朱元璋

上

朱蘇進繼《康熙王朝》、《鄭和》以後，再造《朱元璋》的神話。

中國歷史上唯一一個從乞丐到皇帝的人。

朱蘇進◆作者

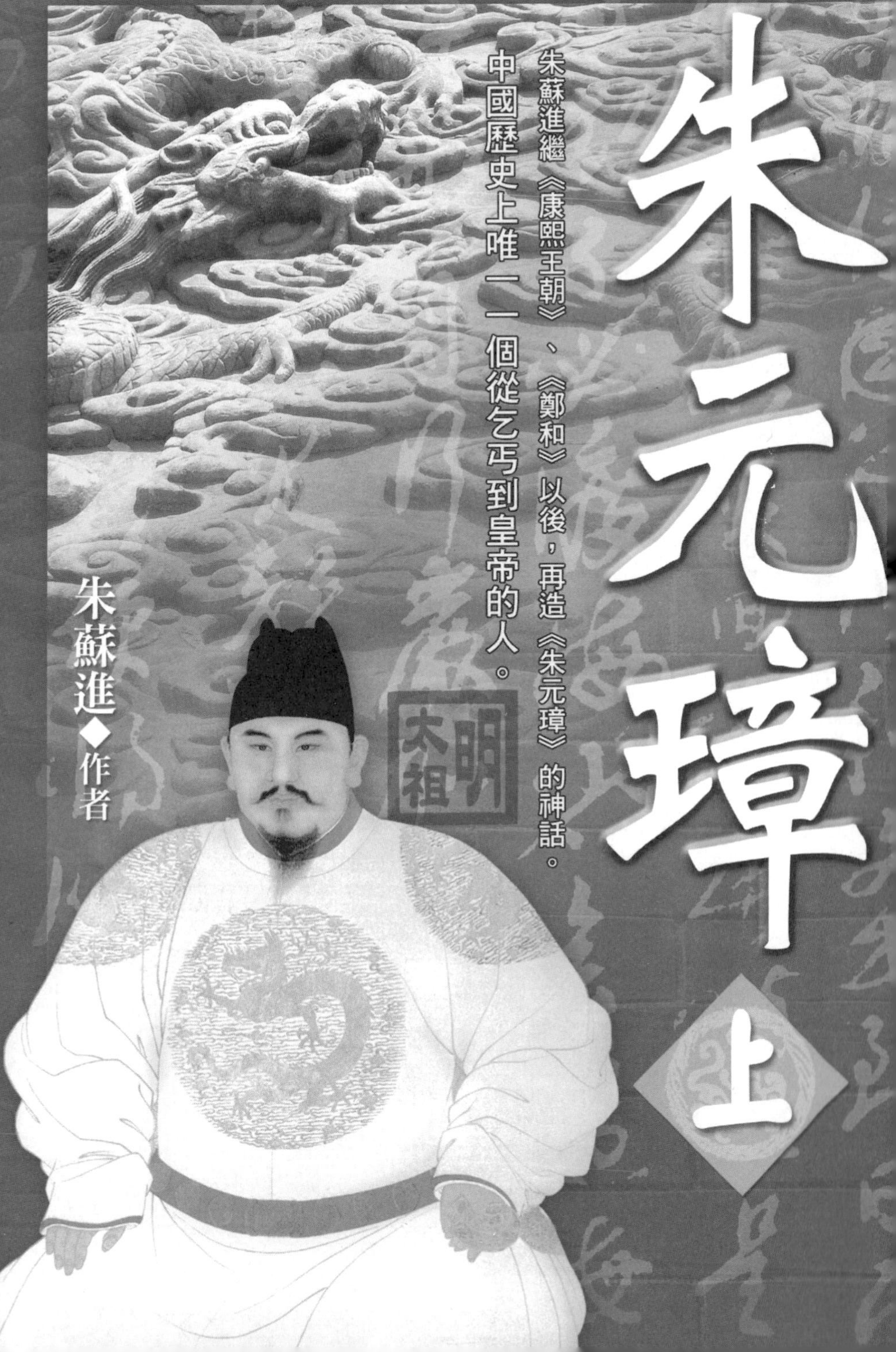

目錄

目錄

第一章
恨幽幽五四魂歸西
饑轆轆重八砍牛犢

晚年的明朝開國大帝朱元璋，常常會在萬籟俱寂的夜半驚醒。他會驀然睜開眼睛，竭力回想方才夢中之景、之人。並不都是噩夢，但任何一個留下了熟人身影的夢境似乎都在傳遞著若隱若現的恐怖氣息。這時候，紫檀花毯錦褥緞被布設的內室就像淒風勁吹的荒野，讓他感覺空虛，心慌。不過，恐怖的情緒不會長久干擾他。也許是帝王滄桑的歷練，也許是冉冉緊隨的老態帶來的精神氣的衰憊，他對恐怖也麻木不仁了。他繼續睜大迷糊渾濁的眼睛，專注地盯著黑暗。濃墨般的夜色在他的注視下漸漸稀薄，像半透明的黑玉，又像冬日裡一床寬軟厚實的棉被，他的心難得地安靜下來，安靜下來。他的嘴角動了動，臉上是一個近年來難得的表情：一個莫名其妙、蘊含複雜的笑容。原來他又回到了夢境中：天地間矗立著一大片森林，其間氤氳著厚厚的迷霧，他試圖穿越迷霧，迷霧的盡頭，是他所有的夢開始的地方，也是他的記憶所能造訪的最遠的場所。

元末至正年間，中原數省遭遇了幾十年來罕見的大旱。烈日經久不息地暴曬著無邊的原野和河流，極度乾涸的農田已經龜裂出兩寸寬的口子，殘餘的莊稼像稀疏乾枯的野草，奄奄待斃，同樣乾枯的河道裡一滴水也沒有，風吹沙起，河底常常會觸目驚心地裸露一些人或牲畜的骸骨。而河邊與荒地裡能看得見的樹幹白花花的——樹皮都被饑民們剝淨拿去充饑了。

天災必釀人禍，這是中華王朝史上一個屢見不鮮的現象，朱元璋的家庭也未能倖免。那時候他叫朱重八。一天，他和徐達、湯和等一群小夥伴在深山裡爲地主老財放牛。他們玩當皇帝的遊戲。他們都是男娃，個個爭當皇帝，不像那些女娃，愛玩的是當新娘的遊戲。好容易輪到朱重八扮皇帝，正在長個子的他興奮地爬到土坡上大青石的頂端，氣勢巍然地正襟危坐。一低頭，衣服又髒又破，肚子也在咕咕叫，他按按肚子，拉拉衣角，抬起頭，目光炯炯地盯著周圍的夥伴，威嚴地「嗯——」了一聲。

這聲宏亮的「嗯」把小夥伴的注意力全部吸引過來了，他們停止喧鬧，一起看他。突然有人叫起來：「上朝嘍——上朝嘍——」重八用力揮了一下手，氣昂昂地叫：「眾將聽旨。日頭橫天過，皇帝輪流做。今兒黃道吉日，該我朱重八當皇上啦！」夥伴們七嘴八舌地笑嚷著：

是啊是啊，該重八哥當一回皇上了！

重八哥好久沒當皇上了，饞得慌呀！

重八你就當吧，咱們拜你！

朱重八威嚴地又「嗯」了一聲，夥伴們安靜下來。他四下看看，高聲叫一個面目清俊的小夥伴：「徐達，取朕的平天冠來！」

徐達趕緊從旁邊抓過一頂用樹枝編成的破爛草帽，雙手呈給朱重八，忍住笑大聲道：「奉皇上平天冠！」

朱重八接過草帽戴在頭上，目光轉向另一個有一副寬肩膀的夥伴：「湯和，取朕的天子劍來！」

小湯和身子往後一仰，從自己腰間抽出那枝放牛鞭，雙手呈給朱重八，高聲道：「奉皇上天子劍！」

小夥伴們忍不住竊笑著，朱重八不滿意他們不當眞的態度，自己便越發氣勢莊嚴、滿臉正經。他接過放牛鞭，威嚴地捧在胸前，朗聲道：「朕——朱重八，上承天道，下順人心，即位開元，敕封天下。眾將聽旨！」

夥伴們一片呼應聲：「接旨嘍——」

朱重八朝身下的大青石啪地一擊，道：「朕，將這片大青石，封做丹陛玉階。」夥伴們嘻嘻哈哈地應著：「丹陛玉階！」朱重八更來勁了，揚鞭指天：「朕，把頭上這片蒼天，封做朕的龍輦傘蓋。」夥伴們又一起叫：「龍輦傘蓋！」朱重八再指面前的兩座大山：「那兩座東嶺西嶺，就是朕的左右護衛！」夥伴們循勢望去，有人叫起來：「哈哈！好大的護衛啊！」朱重八興致勃勃，索性發揮下去，他揮手遙指天邊：「面前五百里平川，就是朕的龍宮寶殿。」

徐達怪聲怪氣地說：「哎呀重八哥，這宮殿看不見摸不著，豈不跟沒有一樣啊？」朱重八聽著一愣，隨即朝徐達氣呼呼道：「放肆！天子無虛言。朕說有，那就是有！」徐達做了個鬼臉，趕緊道：「是是，有有！」

朱重八再指著遠處的松林道：「那片松柏林子，就是朕的將軍元帥。天底下所有的飛禽走獸，都是朕的水陸三軍！」

有人吹起了口哨，大家起鬨：「封得好！封得好！」朱重八更加得意了：「朕還要賞賜列位兄弟呢，徐達聽旨。」小徐達猶豫了一下，立刻有人叫：「快跪下！快跪下啊！」徐達挺著上身，撲通跪地，朱重八一本正經道：「朕把劉財主家的大閨女，賞給你做誥命夫人。」

夥伴們大笑，湯和在後面提醒：「快謝恩啊！」徐達笑得肩胛骨抖起來：「末將謝恩。」朱重八又叫湯和聽旨。小湯和急忙跑上前跪地，腳下絆上石頭，差點摔一跤。眾人又是一陣哄笑。朱重八始終不笑，說：「朕把縣太爺家的二閨女，賞給你做如夫人！」

小湯和聽著一愣，為難地笑道：「重八哥哎，俺娘給俺說過媳婦了。」有幾個夥伴笑得腰也直不起來了！朱重八搔首兩下，突然指著湯和訓道：「笨蛋！笨蛋！多幾個媳婦不好嗎？媳婦越多，說明你本事越大！」幾個小夥伴笑著跳起來，七嘴八舌地附和道：

就是就是。媳婦越多越好！

聽咱娘說，縣裡頭那個老太爺，有大大小小九房媳婦呢，你才倆！

湯和，還不快給皇上謝恩！

湯和也笑了，叩一個頭：「末將給皇上謝恩！」

突然有一個小夥伴想起來：「重八哥，你光給咱們賞媳婦，你自個呢？」夥伴們被提醒，亂嚷起來：「對啊，既然做皇上，總得有個皇后啊！」「重八哥想讓誰當皇后呢？」

朱重八眉一橫，驕傲地回答：「朕不要媳婦，也不要皇后。朕是什麼人？朕是皇上！朕有這片天下就足夠了。」卻有人不滿意了：

重八哥，那我們呢？

不能你不要，我們也沒有媳婦呀！

朱重八終於禁不住也笑起來：「別急別急嘛，咱沒賞完呢！」

這時候，他的肚子又咕咕叫起來，叫得很響，他這才想到清晨只喝了一碗照得見人影的玉米糊糊就出來了。他用手按住肚子，想讓肚子不叫。如果讓小夥伴聽到多丟人啊！他的另一隻手則用力一揮，突然轉了話題：「你們聽著，咱如果當了皇上，每天賞你們兩個麵饃，三個大餅！」

突然安靜下來，夥伴們的面色都有點呆傻，他們情不自禁地喃喃道：「麵饃啊？大餅啊？天哪！」

重八的聲音也異樣了，控制不住地變了調：「麵饃你們知道不？你們見過沒？麵饃可不是糠菜饃子，它每個都有大半斤！每個都是用新麥子磨出來的，又鬆軟，又香甜，咬一口，撐死你！大餅子你們知道不？你們見過沒？大餅子個個都是使香油烙出來的，每個餅子都像鍋蓋那麼大，烙得是又焦又黃，又香又脆！大餅裡面還帶餡兒呢，有肉沫餡、有芝麻餡、有蜜糖餡，任誰咬一口，甜得把腸子都要化嘍！咱舅爺說過：人一輩子只要吃上一個大餅，這輩子就活得値嘍！」

夥伴個個愣愣地看著重八，呆呆地聽他講話。他們個個都是一臉的神往，有幾個人的口角竟然直往下掉口水。

重八滿意地望著大家的神情，繼續道：「告訴你們吧。什麼叫皇上？呃？皇上每天都吃大餅！大餅吃膩嘍，再吃麵饃。皇上上朝的時候，左邊擱著大餅！右邊擱著麵饃！皇上吃撐嘍，就躺在龍座上曬太陽。曬呀曬呀，直到餓了，再接著吃大餅，再接著吃麵饃。知道了吧？這就是皇上！」

沒有人說話。所有的人都屏息靜氣，大張著口，眼內閃著羨慕的光彩，任憑口水從嘴邊滑落。他們如癡如醉，都沉浸在美好的想往之中，以至暫時忘記了現實的世界。

朱重八自己也忘情地陶醉了一會。突然，他回過神來，揮鞭朝大青石狠狠一擊，大叫一聲：「退朝！」

夥伴們被叫醒過來，嘻嘻哈哈地扭到一起，撕扯著，打鬧著，西頭突然響起一聲牛叫「哞——」大家循聲望去，只見幾頭瘦骨嶙峋的黃牛正在啃食溝邊的草莖與樹皮，其中夾著一頭小牛犢，在老牛的身邊蹭來蹭去，發癢的頸項不時在老牛身上的嶙峋處磨擦。重八的目光移過它，朝村莊方向望去。家裡天天在爲吃飯發愁，爹媽再拿什麼來弄吃的呢？重八少年早知愁滋味，心情沉重。但他萬萬沒有想到的是，一道兇殘的閃電已經劈向他的父母，一場滅頂之災此刻正降臨他的家中。

一陣鑼聲急敲，鏘鏘鏘——兩個元兵護送著一輛馬車馳入了孤家莊。馬車上堆著一疊疊空麻袋，空麻袋上坐著掌管收租的老吏。他袖著雙手，閉著老眼打瞌睡。車前，執鑼元兵一面敲鑼一面嘶聲叫喊：「上稅嘍！上稅嘍！都到村口上稅來嘍！」

馬車行至村口的老槐樹下停了下來。老吏睜開眼睛跳下車，右手一閃，掌中就出現了一隻大算盤。他把算盤舉到頭頂，將算盤珠子搖得嘩嘩直響，擺擺手叫執鑼兵勇停止敲鑼。他清清嗓子，拖著懶懶的長聲道：「各家各戶聽眞切嘍！鳳陽縣丞傳朝廷旨意，爲慶賀皇后娘娘千壽之喜，提前收取至正三十八年稅賦，著每畝地納糧三斗，每戶人家進貢銀二分。」

話音未落，村子裡的各家各戶就如同躲避蛇蠍一般，砰砰地關上了門窗。執鑼元兵朝老吏笑道：「韓爺您瞧，老百姓見了咱們就跟見了虎狼似的。」老吏揉搓著眼皮，想讓自己精神點，他不以爲然地說：「虎狼就虎狼，總比耗子好！百姓們怕官府——這就對了。反過來說，他們要是見了咱們不怕，那咱們可就完了！難道不是麼？」元兵不太服氣地說：「爺說的是。可百姓們都躲起來了，娘娘千壽節的孝敬，咱們怎麼收哇？」老吏不屑地瞥他一眼，理直氣壯地訓斥道：「這有什麼難的！他關了門，你就砸門；他關了窗，你就砸窗！天底下沒有收不上來的稅賦，只有，只有你這號不會收稅的蠢才！」

元兵摸摸腦瓜，尷尬陪笑著說：「是是。」

正在這時，空寂無聲的村道上走出來一個身穿銀白圓點藍綢褂子的闊佬，他老遠就滿面堆笑，急巴巴地迎上前，朝老吏做揖，嘴裡熱熱鬧鬧地說：「哎喲喲，韓爺到啦，有失遠迎。韓爺恕罪、恕罪！」

老吏一見有人迎出來，用力抻了抻眼睛，額頭上的一排排皺褶兒立刻深了起來。他用傲慢的口氣說：「這不是劉財主、劉仁義麼？我正要找你！」劉財主臉上掛著親切的笑容，趕緊殷勤地說：「我聽著鑼聲響，趕緊就來侍候您老人家了。噯喲，韓爺您瞧，您氣色多好哇！面如朝日，眼如流霞，聲如洪鐘，氣如長風。」老吏被說得浮起笑來：「得得得！一聽劉財主這番臺詞，我估計今兒收不著你劉家的銀子了！這座孤家莊啊，上下都是刁民！家家都是賊窩！」

劉仁義立刻面露憂色，小心地看看四周緊閉的門戶，歎道：「唉，孤家莊窮啊！人窮膽子就小啊，見不得官人。唉，這麼著吧，寒舍替列位爺備了茶水，請韓爺賞個光，用個茶，歇個腳吧？」

老吏由劉財主陪著朝村莊裡邊走，邊走邊從懷中抽出一本賬簿翻著，斜睨劉財主一眼，正色道：「甭給咱打哈哈，劉仁義，你積欠縣裡十八石稅糧，二百五十兩稅銀。今兒得好歹交上來吧？」

劉財主急得攤開雙手，苦笑著說：「敢問韓爺，如今是什麼年月？」老吏偏過頭盯他一眼：「怎麼啦？大元至正十三年啊。」劉財主急忙接上去說：「是啊，可剛才鳴鑼發號，收的是哪一年稅賦？在下可沒大聽清。」

老吏面不改色地說：「收的是——至正三十八年的稅賦。」劉財主委屈地提醒道：「韓爺呀，至正十三年收至正三十八年的稅賦，韓爺您可是足足提前了二十五年哪！」

老吏索性轉過身看定劉財主，豎起一根指頭，理直氣壯地說：「其一，不是老韓我收稅，是朝廷！」他又豎起第二根指頭：「其二，提前二十五年有何不可？這叫做預收！」接著豎起第三根指頭，「其三，你們孤家莊好些人家，連至正元年的稅賦還沒交齊呢，拖欠了整整十三年！請問，刁民們能拖欠，官府就不能預收了麼？」他居然豎起第四根指頭，「其四嘛——這其四最重要：下月十五便是皇后娘娘壽辰，娘娘可是母儀天下呀，爾等子民敢不孝敬？這壽銀誰要是敢抗交，那可是朝廷欽犯。殺無赦！」

劉仁義故作驚慌：「哎喲韓爺，皇后娘娘壽辰，在下眞是高興，高興啊！可是，您都看見的，半年不下雨了，全鳳陽的莊稼地全荒了，孤家莊更是顆粒無收！您就是把我碾碎嘍，也磨不出二兩油來呀。韓爺如是不信，待會您到了寒舍，可以搜個底朝天。」

老吏猾黠一笑：「搜劉財主府上？那多沒面子啊！再說，你早把銀子、皇糧藏得好好的了！爺也搜不著哇。」劉財主急道：「韓爺明察！」老吏不耐煩地打斷他：「不過，就算地裡不長莊稼，劉爺您不是照樣渾身滋潤麼？再說，您府上還養著一群牛呢。今兒我要得罪劉爺了，待會走的時候，得牽上那些耕牛回縣上交差。」劉財主一怔，連連擺手：「沒有，在下一頭牛也沒有。絕對沒有！」老吏圓滑地微笑著：「實話告訴你吧，爺來之前早遣人打探過——劉府現有五頭黃牛，八頭耕牛。加起來，就折合二百兩銀子吧——便宜你了！」

劉仁義心中一驚，暗暗恨得咬牙，卻是一臉的無辜樣：「在下牛棚是有一座，可徒有四壁，一頭牛也沒有。不信，請韓爺搜查！」老吏也是心裡一驚，恨恨想，又讓他提前做了手腳！一時竟無話可說，半晌才點頭道：「明白了，你估計到我們會來收稅，早早就讓人把牛牽到深山老林裡藏起來了！是不是？劉仁義啊，你眞是滿腹詭計，一腔壞水！」劉仁義卻仰面長歎起來：「唉！上蒼爲證，咱窮啊。窮得是小蔥拌豆腐，一青二白。」

老吏不滿地哼了一聲，說：「甭囉嗦了！領著咱們收租吧。」劉仁義稍稍鬆一口氣，折腰道：「列位爺請。」引著他們朝村內走去。

說話之間，他們一行人已經在一座黃泥巴茅草頂的舊屋前站下了。劉仁義介紹這家男人叫朱五四，老吏道：「怎麼叫這麼個怪名？」劉財主笑道：「人窮麼，目不識丁。叫個『五四』就不錯了。」老吏從一個跟從的元兵手中拿過本子翻著，嘴裡問：「幾口人啊？」劉財主道：「朱五四家能下崽呢，一共生過八個孩子，分別叫做重一、重二、重三、重四，一直到重八。」

老吏噗哧笑了：「賤！那麼，朱家的人頭稅可少不了。」劉財主趕緊道：「正是由於賤，那些崽兒大半都餓死了！就剩下重二和重八兩個賤娃。」老吏狠狠瞪劉財主一眼：「開門！」

劉財主砰地踹開院門，嚷著：「五四啊，官府收稅來啦。甭躲了，躲得了初一躲不了十五啊！」

衣衫襤褸的朱五四正端著土碗給躺在榻上的妻子餵水，聽到吼聲，不禁一顫。極度瘦弱的朱母驚恐地說：「又、又來啦！」朱五四抖索著放下碗，顫聲安慰她：「不怕，我去瞧瞧。」

朱五四自己也怕得下巴微微顫著。他壯膽步出屋門，隨手掩上了房門。朱妻眼睜睜望著他出去，也掙扎著起身，正欲下榻時，低頭忽見自己衣不蔽體的樣子，嚇得兩腿縮了回來。她伸出蒼白的手整了整衣領，重新靠在床上，擔心得抽泣起來。

朱五四早已餓虧了身子，他搖搖晃晃地跨入院中，冷漠地望著劉財主他們。他的二兒子重二正在院子裡整理柴火，上前站到父親身邊。

老吏看著他們，問：「你就是朱五四麼？」

朱五四無聲地點了下頭。

老吏低頭撥打算盤珠子，嘴裡說：「聽著，你從至正三年起，就積欠田租二石三升，積欠稅銀一兩三錢。再加上歷年未交清的稅賦六兩七錢，加在一塊，再加上十年來利滾利、稅翻稅，合計是——」

朱五四滯愣地睜大眼睛看著那隻飛動的算盤。只聽老吏手中一陣算盤珠子響，高聲說：「合計是——兩千四百零三兩白銀！」

朱五四腳下站不穩了，差點暈倒，他的聲音虛弱而絕望：「多、多、多少？」

不等老吏出聲，劉財主就搶著回答：「兩千四百零三兩白銀！承韓爺恩典，零頭就不要了。五四啊，你就交兩千四百兩吧！」

屋內響起了一聲虛弱的慘叫，一直凝神聽著外面動靜的朱妻，昏迷倒了下去。

院子裡的朱五四沒有聽到屋內的聲音，老吏報出的數字像一枚炸彈，它的聲音就把他炸懵了，他驚叫道：「大人，小民這輩子還沒見過三兩銀子呢！我朱家怎、怎麼、怎麼會欠這麼多？」

老吏獰笑著說：「朱五四聽著，不光你媳婦會生崽，那銀子也會生崽啊。尤其是欠人家的銀子，生崽就生得更快！這兩千四百兩銀子，都是銀子生銀子生出來的！」

一旁的劉財主佯作同情，歎息著說：「五四啊，我瞧你一向挺勤懇的，怎麼也這麼沒出息啊，唉！」朱五四跪下乞求道：「大人，您就是把小民剮零碎賣嘍，也賣不出二兩銀子啊。」

老吏臉上立刻像塗上了一層霜，冷冰冰地說：「我賣你幹嘛呀？你又不是豬肉。我只管替朝廷收稅。快快，上稅來吧！」朱五四還是直挺挺地跪著，聲音都有點呆了：「沒有哇」

老吏厭倦地指點著朱五四，對劉財主道：「瞧，刁民不是？我這輩子最煩和刁民說話。來人哪。」兩個元兵立刻提提精神應道：「在。」

老吏厲聲下令：「進屋搜繳！」

兩個元兵踹開門，闖入屋門，乒乒乓乓，一陣翻箱倒櫃。朱五四跨進屋，緊張地盯著他們。他身邊的重二幾次想衝上去阻攔，都被朱五四按住了。

一個元兵從屋角甕子裡提出個小口袋，拎著它大叫：「找著了，穀子！」朱五四臉色倏變，他瘋狂地撲上去：「軍爺，那不是穀子，是、是稻種啊！是咱全家的命根子啊！軍爺啊，咱家兩閨女餓死了，也沒捨得吃它呀！軍爺，你們要是拿走稻種，咱家眞正的就斷了生路啊！」

老吏充耳不聞，只管冷若冰霜地說：「哼，刁民！拿回去餵馬。」

元兵拎著口袋欲走。朱五四和兒子撲上去爭奪。元兵連踢帶踹，朱家父子仍然揪住口袋不放，悲慘的叫嚷聲時而喑啞時而尖利：「軍爺軍爺，萬萬不能啊。這是稻種啊，是全家的命根子啊！咱閨女餓死了也沒捨得吃它。」朱重二兩手死命撕扯著元兵。元兵拔出刀怒罵：「找死啊！」接著用刀背朝重二頭上狠狠一擊。一陣巨痛，重二手一鬆，倒在地上，朱五四大叫一聲撲上去抱住兒子大叫：「重二，重二！」

老吏、劉財主和元兵們出門走了。元兵手裡的口袋在撕扯中裂了小口，不時有稻種沿途撒落。朱五四看見，竟像見了金豆，放下兒子，連撲帶爬地朝它們奔過去。他跌倒在泥巴地裡，爬行著，摸索著，一粒一粒撿拾著那串撒落的稻穀。拾著拾著，忽覺前面有個暗影遮擋著他，他抬起頭，只見重二頭纏破布，立在他的面前。兩人木然相視片刻，重二慢慢蹲下來幫著撿拾，他顫聲道：「爹啊，稻種沒了，明年咱家怎麼過啊？」

朱五四挺了挺身子，又彎下腰，悲憤長歎：「明年？眼下都過不去，誰知有沒有明年呢？」

他們捧著稻穀往家走。進了屋，朱五四讓兒子把灶燒起來了，他坐在灶旁，讓熊熊的火焰照熱自己的臉，照紅自己那雙潮濕紅腫的眼睛。那把大米還在他粗糙的手掌之中，他搓啊搓，搓啊搓，終於搓出了一把潔白的大米，他望著白米不禁哽咽：「重二，給你娘煮一鍋粥吧。」

重二揭開鍋蓋，朱五四將掌中白米撒入沸騰的鍋水，兩腳灌了鉛一般，步步艱難地走入內室。妻子醒過來了，病奄奄地問：「官府，走了麼？」朱五四點頭，朱妻無力地說：「走了就好，唉！」朱五四勉強露出笑容安慰妻子：「你歇著吧，待會，咱們喝粥。」朱妻的眼睛亮了亮，不由自主地嚥了下口水，懷疑自己聽錯了話：「粥！哪來的粥哇？」朱五四困難地說：「別管哪來的。重二正在熬呢，待會，你喝就是了。」朱妻卻說：「不不，等重八回來吧。有粥了，咱們一家人，一家人一塊兒、喝。」

朱五四正欲離去，卻聽見妻子的喘息聲突然粗重起來，他急忙轉回身，走到破榻前，彎下腰著急地問：「怎麼啦？孩他娘，你怎麼啦？」此時朱妻已經上氣不接下氣，神情恍惚地摸索著，將一隻顫抖的手朝朱五四伸過來。朱五四趕緊抓住妻子的手，急慌慌地叫：「孩他娘！孩他娘！」妻子直直地望著他，粗重的呼吸聲戛然而止。朱五四一看，妻子眼裡的光已散，他心知無回天之力了，不敢出聲動彈，就怕自己動一動，妻子就離開他再也回不來了，這樣僵持了一會，妻子還是手一垂，眼睛合上了。

朱五四抖索著手摸著妻子的身子，目光呆滯。他知道妻子死了。死了，都死了。他在心裡悲哀地哭泣，將手放在妻子臉上，這時候，灶間傳來重二歡喜的喊聲：「爹，粥好了！你快來啊！」

朱五四強忍悲痛站起來，朝門外沙啞地吩咐：「重二啊，去喊你八弟回來，回來喝粥！」重二在灶間答應一聲，就朝院外跑。朱五四跟出來，突然又喊他：「重二！」朱重二回身叫了一聲爹，問：「還有什麼事嗎？」朱五四聲音少有的溫和：「往後，你們兄弟倆，要好好的過啊！」父親好久沒有這樣溫和的態度了。朱重二心裡詫異，一時也未深想，「哎」了一聲，愣愣地望著父親。朱五四的聲音越發溫和，說：「去吧！喊你弟弟回來喝粥。」

朱重二撒腿去找弟弟重八。他也餓著肚子，跑跑停停。腦子裡只想著家中的粥。

這時候，在深山中放牛的重八和他的小夥伴們餓一陣忍一陣，終於暈頭轉向地躺在了地上。幾頭黃牛和水牛在四周懶洋洋地趴著站著，牛尾巴甩來甩去地在身上趕著牛虻。朱重八呆呆地望著它們啃食草莖，聽著它們牛鼻孔裡的咻咻喘息聲。湯和用手碰了他一下：「重八哥，我餓。你餓嗎？」重八輕輕地嗯了一聲。湯和有氣無力地說：「咱家三天沒吃的了，今早只喝了兩口涼水。」重八低聲說：「咱家也是，娘還病在床上。哎，你爹的病情怎樣了？沒吃的，他能撐得住嗎？」

湯和沒有回答，重八心裡奇怪，怎麼突然就沒了動靜？他伸過手去碰他，湯和還是一動不動。他急了，一骨碌爬起來急叫：「湯和！湯和！」小夥伴們紛紛爬起來，圍著失去知覺的湯和大呼小叫：「湯和，湯和！你怎麼了？你醒醒！」

重八難過地說：「他是餓的，餓昏過去了。你們誰帶了吃的？」小夥伴們呆呆地你看我，我看你，小徐達沙啞地說：「咱家幾個月沒見米粒啦！都是吃糊糊、樹皮、樹根。」「咱家也是。」「咱家也是。」

小夥伴的眼睛都看著朱重八：「重八，怎麼辦呢？」削瘦的徐達睜著大大的眼睛道：「重八哥，今兒不是你做皇上嗎？你敕封天下，要啥有啥，現在湯和都餓昏過去了。」

小夥伴們都望著重八，七嘴八舌的，甚至有人責怪起重八來：

都怪重八哥，說了半天大餅麵饃，看把人都饞昏過去了！

重八，你要有本事，給弄口糠饃饃吃也好啊！

朱重八愣愣地面對大家的抱怨，手足無措。突然間，他看見乾溝裡那頭小牛，溫柔的大眼睛四處瞟動著尋找食物呢。他那闊大的方下巴頦動了動，咬牙道：「好，我、我讓你們吃肉！吃牛肉！」

徐達驚訝地問：「牛肉？哪來的牛肉？」重八用眼睛示意溝內的小牛。頓時，夥伴的眼睛都直了，但他們很快清醒地說：

重八，那是劉財主家的牛啊！你敢？

劉財主可兇了。上回，咱爹替他趕車，不小心歪了一隻牛腳，他就扣了咱家半年的租子！

重八啊，要是牛沒了，劉財主還不把你打死了！

朱重八好像早想過這些，他皺著眉頭，水汪汪的大眼睛望一眼小牛，又迅速跳過來深沉地望著大家，目光似有點矇矓。他平靜地說：「咱們可以說牛跑丟了，讓大蟲吃了！看他找誰去？要緊的是，大夥眾口一詞，一口咬定——牛丟了，大蟲吃嘍！他能把咱殺了償命？」

一片寂靜，每個人心裡都似有鼓槌在敲擊，都害怕，但也都動心了。

朱重八低沉地說：「看，湯和都餓昏過去了，你們不餓麼？」

「餓！」大夥幾乎是異口同聲地說。

朱重八神情一凜，咬牙切齒地說：「照這樣下去，咱們早早晚晚都得餓死啊！這麼著吧，萬一有事我頂頭！劉財主要殺要砍，剮我好了！和你們無關，我獨自承當！」徐達先揮了揮拳頭，大聲響應：「重八哥，咱們聽你的！」夥伴們立刻一片聲響應。

朱重八走到小牛跟前，一遍遍地撫摸著牛頸，瘦怯怯的小牛溫順地低著頭，鼻子嗅嗅他。他傷心地說：「犢子啊，咱們都要餓死了，求你救大夥一命吧！」小夥伴們呆呆地看著重八和牛犢，一個也不說話。重八與小牛犢兒訣別之後，朝兩個夥伴命令：「你倆，到山頂上望風去！」兩個夥伴應聲跑開。重八又吩咐徐達和小三等人一起動手。他們拿了各自的柴刀，朝牛犢步步逼近。牛犢彷彿感覺到了危險，揚首「哞」地叫了一聲。

小牛死得很慘烈，也很痛苦。等它不動彈了，山坡上已經燃起了熊熊的篝火，大家把小牛架在樹枝上，在篝火中烤牛肉，香噴噴的肉香使得每個人都饞涎欲滴，口中嘖嘖作響。大夥不時伸過頭去深深地嗅著，終於聽到朱重八幸福地叫道：「熟了！」

大夥跳起來，同聲歡呼，一個個伸手要搶。朱重八「叭」地打開他們的手：「一個個來！」他接過徐達遞過來的柴刀，割下一塊肉遞給剛才餓昏的湯和：「你先來。」

湯和的雙手都在發抖，他接過牛肉，埋頭便是狼吞虎嚥！眾夥伴齊問：「怎麼樣？怎麼樣？」眼睛卻又在催重八快割。湯和一言不發，只顧貪婪地啃吃著。朱重八笑了，他割下一塊塊牛肉，分給一個個夥伴。夥伴們迫不及待地接過來，個個狼吞虎嚥，發出呱唧呱唧之聲，有人哎喲一聲，原來牙齒咬了舌頭。朱重八將最後割下的一塊肉留給了自己。他剛咬了一口就深深陶醉了，瞇著眼說：「香啊！眞香啊！」他轉眼望著狼吞虎嚥的夥伴們，自豪地問他們：「怎麼樣？是誰讓你們吃上肉的？」

大家邊吃邊叫：「是重八哥！是八哥！」

朱重八高聲再問：「是誰？」

機靈的徐達最先醒悟過來，笑著喊：「是皇上！朱皇上！」

夥伴們這才明白了，個個大呼小叫：「對了。是皇上！是重八皇上！是朱皇上！哈哈哈！」

聽到夥伴們發自內心的崇拜和快樂，朱重八幸福地笑了。笑容尚未褪，一聲悲慘的牛叫聲讓人聽得驚心動魄。大家心驚驚地轉臉望去，看見一頭瘦骨嶙峋的母牛正在一攤血漬前昂首悲鳴。它嗚過幾聲，又低頭對著血跡嗅幾下，再次抬頭悲鳴。重八心有所動，傷感地扭開頭，他把自己正吃著的牛肉塞進懷裡。

徐達見了，詫異地問：「重八哥，你怎麼不吃了？」

朱重八低聲告訴他：「等會兒我要帶回家給咱娘吃。娘這輩子從沒吃過肉，今兒她病得好重，好重好重啊！」

大夥很快吃完了，一起四仰八叉地躺在草坡上曬太陽，牛骨在他們身邊扔了一地。他們個個撐得肚子溜圓，愜意而滿足，口中吱吱呀呀地唱著小調：

白麵饃，大燒餅，吃飽肚子上朝廷。

噯喲喲，上朝廷。朝廷上擱著大燒餅。

吃它娘，喝它娘，光著屁股曬太陽。

噯喲喲，曬太陽。太陽出來就暖洋洋。

再說朱重二從家裡出來後，急匆匆地朝村外走，山路上空空蕩蕩，一輪夕陽亮晃晃的，照著乾燥的土地，照著遠處連綿的疃疃山影。重二腳踏在地上，就會濺起一團泥塵。他在路上遇到了劉財主，他也在焦急地往遠處眺望，口中罵罵咧咧：「該死的小雜種，怎麼還沒回來？要把爺家牛弄丟了，看爺不劈死你們！」

朱重二想，他這是罵重八他們呢。他的耳邊突然響起剛才老爹異樣的聲音：「往後，你們兄弟倆，要好好的過啊！」

朱重二眉頭一聳，他突然意識到了不祥，驚恐地叫了聲：「爹——」便不顧一切地掉頭往回跑。上氣不接下氣地回到家中，砰地撞開院門，大喊：「爹！娘！爹呀——」

屋內沒有聲音。朱重二惴慄著朝內屋走去，強烈的不祥之感像蜜蜂嗡嗡嗡地圍著他腦袋轉。內屋房門緊閉，怎麼也推不開。他敲著門板喊：「娘，是我呀，重二，快開門。爹呀，開門呀——」

屋內還是寂靜無聲，絕望就像三九天裡一盆冷水澆遍全身。他哭著撞開屋門，一眼看見死在榻上的娘。他朝榻上奔去，哭喊著：「娘啊，娘！」屋門吱吱地叫起來，他一扭頭，駭然看見，屋門慢慢地自行關閉。而那扇門後面，一根白布條上竟然掛著他爹耷拉腦袋上吊而死的身軀！

重二傻了，沉寂片刻後，他發出了撕心裂肺的狂喊：「爹呀！娘呀！」

這個世界上，現在他只有重八一個親人了！

而此時，重八他們一批放牛娃正走在回村的路上。他們快快樂樂嘻嘻哈哈地唱著那支小曲：

白麵饃，大燒餅，吃飽肚子上朝廷。
噯喲喲，上朝廷。朝廷上擱著大燒餅。
吃它娘，喝它娘，光著屁股曬太陽。
噯喲喲，曬太陽。太陽出來就暖洋洋。

突然，有幾個孩子站住了，他們看見劉財主手提一根專門打人的黑棒，橫眉怒目地瞪著他們。他們想起了吃進肚子裡的小牛，頓時，恐懼像密網一樣箍緊了每個人的神經，幾個人膽怯地靠近朱重八，另有幾個孩子則偷偷地往後溜去。

劉財主瞇眼打量著牛群，看著看著，竟然抬起手指數起來：「一、二、三、四。」

放牛娃們臉色劇變。

數完了，劉財主圓睜著眼，暴跳如雷地叫：「少一頭，少一頭！噢，我的牛犢子呢？牛犢子呢？」

放牛娃都縮頭沉默。好一會，朱重八才低聲說：「牛犢子，它、它走失了，丟了。」劉財主一把揪住朱重八胸口的衣襟，拼命搖晃，厲聲斥責：「胡說！牛犢怎麼會丟？它不敢離群的！說，牛犢子哪去了？說呀你。」

朱重八的臉憋得發青：「我、我——」他口吃起來。突然，他大聲叫道：「我吃了！」劉財主愣在那裡，過了一會才問：「你說什麼？」

朱重八只能豁出去了：「劉爺，我們餓得不行了，把牛犢子吃了。」這下劉財主的臉色變成了豬肝，眼珠子幾乎要暴出來，惡狠狠地問：「誰幹的？」朱重八橫豎橫了，乾脆地說：「我。」

劉財主根本不信，他冷笑道：「你你你能吃得了一頭牛？」但他憤憤瞅著朱重八的時候，即刻發現了他的胸口鼓鼓囊囊的，他獰笑著一把撕開重八的胸襟，一塊烤牛肉掉了下來。劉財主抓起牛肉，擱臉前聞著，終於發瘋般地怒罵：「畜生！天殺的！斷子絕孫的東西，眞是讓你給吃嘍！」一面痛罵一面瘋狂地抓過棒杖，劈頭蓋腦朝朱重八打去。朱重八忍受著杖擊，抱著頭道：「劉爺，是我的錯，我賠你！我長大後賠你。」

劉財主越打越兇，越罵越怒：「放屁，你拿什麼賠？啊？那牛犢子是我的親娃兒啊，是我的命根啊！可憐我的牛娃兒啊，再過兩年，它就能耕地了！再過兩年，它就能下崽了！它能下好多崽啊幾年之後，它生的牛娃兒都會長大，長大後都會耕地，都會下崽！那時候，我就有數不盡的牛了！可你、你、你！你這天殺的竟然把我牛娃兒害死嘍！你、你、你何止害了我一頭牛娃，你是害了我一大群牛哇！害了我數不清的牛哇！」劉財主越打越狠，越說越悲憤，他覺得朱重八奪走了自己不可勝數的財產！他一次次把重八打倒，但重八一次次默默起身，頭臉流血，重新站到劉財主面前。劉財主再用棒杖將重八擊倒。徐達、湯和等夥伴早就環環跪著，朝劉財主央求：「劉爺，您饒了重八吧，饒了他吧！」

被打成重傷的朱重八反而一聲不出了，他頑強地爬起來，站在劉財主的面前，再不求饒！劉財主看著流血越來越多的朱重八，並不手軟。他今天是怎麼打都解不了氣的！眼看朱重八越來越不行了，他一棒就將他打翻到溝裡，重八終於一動不動，像是死去了。這時候，湯和、徐達都哭起來，劉財主自己也累得呼呼直喘，在整理衣冠。不料他剛整理完，朱重八竟然又慢慢動彈起來，他爬出溝來，一直爬到劉財主跟前。他再次搖搖晃晃起身，讓劉財主打。朱重八流血的眼睛直直地望著劉財主。

朱重八居然再次鎮靜地說：「劉爺，我會賠你。我長大後賠你！」

劉財主反倒愣了，他有些恐懼了，下巴頦抖著，恨恨地咒罵：「天殺的，天殺的！」

但他並沒有就此甘休。他不會善罷甘休。他讓他的僕人將朱重八捆了，鏘鏘鏘敲著銅鑼遊街。

夕陽稀薄了，在它慘澹的落照之中，遍體鱗傷的重八胸前掛著那塊半生不熟的牛肉，被劉財主斥打著在街上蹒跚行走。劉財主聲嘶力竭的叫嚷聲被銅鑼聲敲出了抑揚頓挫的節奏：

朱家莊個個是刁民，家家是賊窩！

他害死了我牛犢子，喪盡天良！

可憐我的牛娃兒啊，過兩年它就能耕地了！再過兩年，它就能下崽了！它能下好多崽啊！再過幾年，它所有的牛娃兒都會長大，長大後都會耕地，都會下崽！

天殺的惡賊可是害了我一大群牛哇！害了我數不清的耕牛哇！

百姓們遮道觀看，紛紛議論著。朱重八的血洇紅了他身上的破襖，沾濕了捆著他的繩索，他目光呆滯地忍受著降臨在他身上的恥辱。突然間，一同放牛的小三擠出人群朝朱重八叫嚷：「重八，不好了，你娘死了！」

朱重八好像從噩夢中驚醒過來，眼睛活泛過來，回道：「胡說！早上咱娘還好好的。」小三猶豫了一下，沒把握地說：「那，或是我弄錯了。大概是你爹死了。」朱重八怒叫：「羔子養的，你胡說什麼？」小三急道：「重八哥啊，我沒胡說。反正你家剛死了人，也弄不清是爹是娘，千眞萬確！」

朱重八急得白了臉，他迅速扒掉身上的繩索，就要朝家裡奔。劉財主怒叫著上前抓他：「賊崽子，你敢跑？」朱重八把繩索朝劉財主面前一扔，奮力衝出攔阻，竟然將劉財主撞了個跟頭。劉財主大罵著起身欲追。但是小夥伴們一擁而上，跟著朱重八跑，他們有意無意地擋住了劉財主。

劉財主望著遠去的朱重八，跳腳大罵。

朱重八狂奔回家，砰地撞開院門，只見破炕上躺著兩具屍體，正是他的爹娘！重二正蹲在地上嗚嗚哭泣。朱重八恐懼得快講不清話了：「二哥，怎、怎麼了？咱、咱家怎麼了？」朱重二淚汪汪地說：「爹死了，娘也死了。」

朱重八如遭雷殛，狂叫著撲到炕前：「爹呀，娘呀！！」他在哭泣中緩緩地跪在地上，一陣劇烈的疼痛，昏迷倒地。

外面響起一陣悶雷，片刻後，電閃雷鳴，大雨嘩嘩地落了下來。當晚，狂風挾裹著大雨，朱家一盞小小的燭燈被吹得搖擺欲熄。朱重八與哥哥朱重二頭上各束一條孝帶，跪在破草墊上爲父母守夜。重二同弟弟商量明兒給爹娘下葬的事，他發著愁說：「咱家窮成這樣，一沒有棺木，二沒有墳地。咱把爹娘，往哪兒埋呀？」重八呆呆的應著，自然更是一籌莫展。重二感歎：「爹娘臨死前，連一口粥也沒喝上，是餓著肚子走的。瞧咱娘，身上連件像樣的衣裳也沒，咱們可怎麼下葬啊？」朱重八還是呆呆地「嗄」一聲。

重二扭頭看著他：「你別光嗄嗄的，咱得想個法子啊！」

重八望著重二，見早已餓得皮包骨頭的二哥一臉悲痛無助的模樣，不由地憐憫起他來。就在這一刻間，他突然覺得自己已經是一個大人了。他稍稍振作一下，想了想，對重二說：「哥啊，咱去求二伯吧，他不是咱爹的把兄弟嗎？」

重二似有人給他指了一條路，感激地望一眼年紀尚小的弟弟，弟弟平時就有主見，眼下竟成了他的支柱了。他點點頭：「對。找二伯去。每年冬天，咱爹都去幫他家打工，一個錢都不收他的。如今咱爹娘下葬，他總該幫咱捨口棺木吧？」他一把拉起重八，拎了把破傘衝進雨中。

他們好容易才敲開二伯家的大門。二伯驚訝地望著雨中的哥倆。重二淒慘地說：「二伯啊，咱爹娘剛剛去世了！」二伯隔著門檻，身子擋住隙開的門道，驚道：「什麼？朱五四死啦。咦！今兒頭早上還好好的嘛，怎麼說死就死啦？」

重二看出他不想讓他們兄弟倆進屋，抓緊說出來意：「二伯啊，您和咱爹是拜把子弟兄，如今咱爹不在了，侄兒求您幫助點銀兩，捨一口棺木，安葬咱爹娘。」重八幫著哥央求：「二伯，大夥都說您仗義。」

二伯趕緊搖手，歎著氣說：「噯喲！你們可千萬別這麼說，咱當不起！五四死了，這可壞了，壞了！」

重二不知道二伯爲什麼這樣說，不解地問：「怎麼了？」二伯抱怨道：「朱五四還欠咱三十斤糧食沒還呢。不——是三十三斤半！」朱重二聞言大驚：「什麼？咱爹每年冬天給你打工，你一個工錢也沒給過啊！」二伯誠懇地歎著氣：「唉呀，重二啊，你們不知道。我和你爹只是個掛名兄弟，其實根本沒什麼來往。唉，看在我和你爹相識一場的份上，欠我的糧食呢——我就不要了，算我吃虧。唉，五四這人也眞是，欠人家東西不還就死了！」二伯邊說邊關上了門。

重二與重八氣得目瞪口呆！重八從地上抓起一把泥塊狠狠砸在二伯門上，怒罵：「姓胡的，你、你狼心狗肺，早晚被雷劈嘍！」

重二拉著重八蹲在屋簷下，重二嗚嗚哭了：「這可怎麼辦呢？」重八倔強地「哼」了一聲：「什麼拜把子兄弟！狗屁！哥，你別哭了。咱們找劉財主去！」重二驚訝地望著弟弟：「求他有什麼用？他比狼還貪！」重二顯得少年老成：「可全村只他有地、有銀子呀。我、我把我賣給他，爲咱爹娘下葬。」重二以爲重八氣糊塗了，驚道：「八弟，你瞎說什麼？」重八卻拉起重二：「哥，你聽我的吧。咱們走。」他拽著哥快步往劉財主家去。

兩人敲開劉家黑漆大門的時候，雨停了。他們對開門的家僕說明來意，家僕進去通報後，出來將他們叫進了院子裡。劉財主從會客廳裡傲慢地踱出，對跪在濕地上的兩兄弟懶洋洋地開口：「你們是說，朱重八賣身葬父，要用身子換三尺墳地，兩口薄木棺材，爲爹娘下葬？」朱重八連忙點頭：「是。」劉財主知道這是個合算的交易，心下有些得意。但他說：「嗯！孝敬。可是你這小子，頂不了我那頭牛犢子哇。我那牛犢日後會長大，會下崽！牛崽將來還會再下崽，你會嗎？」

重八低聲下氣地說：「我不會下崽，但我會砍柴，會耕地，我什麼都會幹！我總比一頭牛更頂用。劉爺，求您了。」劉財主笑了，可他說出來的話卻是：「我要是不答應呢？」朱重八一下子愣了，可只一會兒，他就抬起頭，狠狠瞪著劉財主：「那、那就保不住，您的牛說不定哪天又會被虎狼吃嘍！今天丟一頭，明天再丟一頭。」劉財主大怒：「放肆，你、你小子敢威脅我？」朱重八的口氣越發硬朗：「劉爺您想，咱反正是活不下去了，什麼事做不出來？求您發發善心吧。求您了。」

劉財主聽了這話心中打了個格楞，是啊，人要是走在絕望之地，他們還有什麼可怕的呢？不能沒有一點防範的念頭啊，他沉吟著：「好吧，我給你們一塊山窪地，讓你們把爹娘葬在那裡。不過棺木就免了吧，朱五四這樣的人還用棺木下葬——不太可惜了嘛？我給你們兩條蘆席裹著他們吧。要知道，蘆席和棺木都一樣的，反正早晚都要爛在土裡。嗯？我怎麼沒聽到一聲謝呀？」

朱重二強忍著悲恨，道：「謝謝劉爺恩典。」劉財主再盯著朱重八：「這小子啞吧了？」朱重八悶悶地說：「謝劉爺恩典。」劉財主滿意了，說：「嗯。下葬以後，這小子就是我劉家的崽子了，我愛怎麼用你就怎麼用你，是不是啊？」朱重八咬著牙說了聲是。劉財主微笑著說：「好。我已經想了用法了。嘿嘿嘿。」

重二、重八兩兄弟領了兩床蘆席悶悶地回到家中，兩人在爹娘身邊守了一夜，第二天才用蘆席將爹娘的遺體裹實了準備去埋葬。蘆席嫌短，父母赤裸的雙腳竟然還露在蘆席外面！朱重八與重二頭紮孝帶，跪在炕頭的祭香前。眞的要同爹娘告別了，此生此世難以再見他們的容顏。他們的鼻子酸了，酸楚蔓延開去，接下來，喉嚨口也噎著了。無限悲傷湧上心頭，好容易止住的眼淚再次流下來，他們戀戀不捨地再次叩首，拜祭。

吱吱一響，房門被人推開了。徐達、湯和領著小夥伴入內，他們每人頭上都繫著孝帶或者草繩。小夥伴紛紛跪下，一同朝老人拜祭。朱重八回頭望了夥伴一眼，感動得差點掉淚。朱重二起身泣道：「起靈吧。」

小夥伴們上前抬靈。朱重八說聲「慢著」，他匆匆脫下自己的上衣，裹好娘的雙腳。朱重二見狀，也趕緊脫下自己的衣裳，裹好爹的雙腳。

吃過牛犢肉的十幾個小夥伴合力抬著兩具屍體，走向村外。湯和和小三吹起了送葬的嗩吶，聲音嘶啞悲傷。周遭陽光燦爛，那是血紅蒼白混淆的顏色。朱重八與朱重二跟在爹娘遺體後面哭泣，在陣陣哀婉憂傷的嗩吶聲中，在聞聲而來的村民們的長吁短歎聲中，小夥伴們一起嗚嗚呀呀，似哭似唱，將兩位老人抬向荒涼的山崗！他們一起動手埋了老人，在荒坡上立了個小小的木碑。重二在墓碑前哭得號啕不已，重八一動不動地跪著，只是默默地淌眼淚。

葬了爹娘，朱重二要走了。重八也要走。兄弟倆站在空空蕩蕩的屋子裡，站在爹娘睡覺的土坑旁，內心的傷感無以言說。朱重二對重八說：「八弟，待會你就要到劉財主家去了，你可得照顧好自己呀。」

重八讓他放心，「你呢？」他擔心的是重二。重二說：「甭擔心我。我外出打工。等我攢足了錢，一定把你贖出來。」兩人你望我，我望你，再也說不出話。忽然間，兄弟倆摟到一塊失聲痛哭。重二泣道：「八弟，你餓了吧？哥給你找點吃的。」重八連忙說自己不餓，重二歎氣：「我知道你餓。等著，要分手了，總得讓你吃點什麼。」重二走進灶間，乒乒乓乓地翻櫥倒櫃，卻找不著一口吃的。忽然，他看見了那口破鍋，揭開蓋一看，驚喜地發現鍋裡竟然有半碗稀粥！

重二端著那半碗粥小心翼翼地來到重八身邊，他的聲音有點抖：「八弟，這是咱家最後剩下的一點稻種，爹讓我熬成了粥。可爹娘臨死也沒捨得吃一口。八弟，你把這粥喝了吧。」重八不肯：「哥，我不餓。你喝了。」重二板臉道：「喝嘍。聽哥的話，你快把它喝了。」

重八說：「那我們一塊喝吧。」重二搖頭：「不。你喝了。快！」他將粥碗硬塞給朱重八，厲聲道：「喝！」重八接過碗，雙手顫抖。重二轉身從屋角抓起一頂破斗笠，戴在頭上，又提起條打狗棍，掉頭離開了家門。

重八望著哥哥遠去，流淚啜那半碗稀粥。

這半碗稀粥曾多次出現在朱元璋晚年的夢境中。那是他永世難忘的半碗粥！它們是他家的稻種，爹娘臨死也沒捨得吃它。他當了皇帝後，曾把這事說給皇子們聽，他們不信。說給皇孫們聽，他們更不信。只有他自個明白，那年月，要是家裡能吃上一口飽飯，他斷然不會造反，這世上只會多一個老實巴交的農民朱重八。絕不會有大明皇帝朱元璋！

第二章

異相人入寺充行童
馬一良臨刑得超渡

朱重八頭纏孝帶、赤裸著上身來到劉財主家。他的心頭空落落的。親人死的死、走的走，現在他眞是一無所有，所以也沒有什麼好擔憂的了。他不知道劉財主會讓他幹什麼，但他知道劉財主看見他這副模樣會辱罵、譏誚他。然而令他意外的是，此刻的劉財主與以往的劉財主簡直判若兩人了。見了他，不說話就拎了一件衣裳過來，居然還笑瞇瞇地打量了他片刻，然後把衣裳往他身上一扔，叫他穿上。

朱重八心裡好生納悶呀，衣裳是半新舊的藍布衫，還有月牙色的鑲邊，這可不是窮人家平常穿的衣裳！劉財主什麼時候有過這麼大方啊？他想讓他幹嘛？他的心中不由警惕起來。天上掉餡餅的事他可不相信。正疑惑間，劉財主已經在一邊說開了：「瞧，這衣裳可眞合適。你這輩子沒穿過這麼好的衣裳吧？嘿嘿，你劉爺啊，沒村裡人說的那麼壞，也沒劉爺自個說的那麼好。財主嘛就是財主，劉爺嘛就是劉爺！」

朱重八呆呆地聽著，他琢磨不出這是怎麼回事。劉財主用手指點他：「發什麼呆啊？劉爺喜歡給人恩典，受了恩典的人哪，應該感恩戴德！」朱重八醒悟似地道了聲：「謝劉爺恩典。」劉財主「嗯」了一聲，對重八說：「好生聽著。從今日起，你就屬於劉府了。劉爺讓你做什麼，你就得做什麼。要你生，你就有條命。要你死，你就得歸化入土。懂吧？」

聽了這話，朱重八心裡恨恨的，也吃了一驚。他冷冷地說：「懂了。那麼，劉爺是想讓我生還是要讓我死呢？」劉財主詫異他的氣性：「嘿嘿。小小年紀說話挺厲害！」接下來，他用緩慢的語調直截了當告訴重八，要他頂替自己的二小子，到皇覺寺當行童去。

行童不就是小和尚嗎？血氣方剛的男娃朱重八，怎麼甘願去當和尚呀？再說才被小夥伴們擁戴著當過一回皇帝的，眨眼卻要去當和尚了，夥伴們會怎麼看？朱重八有點懵，竟說不出話來。劉財主見他不說話，想他已經應允，就對他細說起來：「三年前，我家兒子患下重病，眼看就不行嘍。我到皇覺寺焚香發願，說『佛主要是救下我兒子，日後就讓他捨身侍佛，到廟裡當行童去。』嘿嘿，眞靈！我兒子立刻大病痊癒。可我就這麼一個獨子啊，怎麼能讓他出家做和尚呢。可是，我又已經跟佛主許過願了。所以，我要你頂替我兒子出家，到皇覺寺當行童去。如此，我既還了願，又保住了兒子！」

這是偷樑換柱！朱重八委屈極了，大聲說：「我不想當和尚！」劉財主一下綳緊了臉：「劉爺讓你做什麼，你就得做什麼！娃兒你不知道，做行童多好啊。古人說『凍不餒的蔥，餓不死的僧』，和尚受四方供養，從來就不愁吃喝，終日安享太平。而你們朱家上下，身無完衣，日無三餐，餓死都是正常的。娃啊，劉爺把你渡進佛門，是你朱家幾輩子的福氣，劉爺是你朱家的大恩人。還不快謝！」

當和尚有飯吃了！餓不死了！有飯吃多好哇！正在挨餓的朱重八不由被說動了，他喃喃地說：「謝劉爺。」劉財主將聲音放緩和些：「入寺以後，你唯一要做的事，就是天天焚香頌經，替劉家保佑太平。記著了？」

朱重八點頭應允。劉財主笑了笑，著人將一串木珠套在重八頸脖上，又牽了條老牛讓他坐上去，教他閉眼握香。自己左右看看，滿意道：「像！像！像佛祖邊上的金剛泥菩呢！」那頭老牛也披紅掛花的，一行人搖搖擺擺地朝皇覺寺走去。跟在老牛後面的劉財主趾高氣揚，搖頭晃腦，爲自己的如意算盤得意。

路旁觀望的人漸漸多起來，徐達、湯和等小夥伴擠在人群之中，萬分不解地注視著朱重八。徐達怪聲怪氣問：「看，那是重八哥嗎？」

湯和驚叫：「天哪，他怎麼成這模樣了？」小三一撇嘴：「聽咱爹說，劉財主把他收做義子了，送到廟裡當和尚。」徐達和湯和就一齊朝朱重八「呸呸呸」地吐口水。

耳朵特別靈敏的朱重八聽到了夥伴們的譏嘲，他緊緊閉著眼，坐在牛背上一動不動，任憑老牛將他拉向皇覺寺院。沒有人知道，此刻，他已經在有意識地修煉自己的身心，他已經在憧憬著與晨鐘暮鼓、青燈古佛相伴的那個清泰世界了。

青山腳下的皇覺寺廟終於到了。劉財主對大門前的僧童道：「小師傅，請向高彬法師通報一聲，就說孤家莊劉大爺送子還願來了。」僧童入內片刻，一位高大持重、鬚髮皆白的老僧出來，合掌揖道：「阿彌陀佛，善哉善哉。劉施主終於想起當年的誓願了，貴公子人呢？」

劉財主趕緊把朱重八推向前，笑道：「大師啊，我才收了一個娃兒，就讓他頂替我兒子侍候佛主吧。」高彬法師皺眉打量朱重八：「施主啊，當年你的誓願可不是這麼發的。你說，要把自己的親生兒子獻入佛門。」劉財主陪笑道：「嘿嘿，法師啊。誰都知道佛主普渡眾生，是天底下最寬宏大量的人，佛主不會計較的。在佛主眼裡，人無貴賤，都有善根哪。您瞧您瞧，這娃兒長得多體面，長臉大耳的，又結實，又乾淨。他夢裡都想著侍候佛主呢！」

高彬認眞再看小重八，連連搖頭：「這娃兒相貌太過醜陋。本寺選擇行童，首先要骨相清秀，起碼也得慈眉善目才行。可這娃兒長了一副閻王臉，滿眼殺氣。日後香客進寺拜香，還不以爲撞著山賊了嗎！」

朱重八知道自己長得醜，驢頭馬面大耳朵。平時看見女娃都愧得不敢抬頭，聽了法師的話，他更爲自個兒的醜陋而慚愧了，不由自主地低下了頭。

劉財主趕緊說：「慢著法師，我還沒說完呢！」劉財主一把抓過朱重八的膀子，讓高彬法師看他身上那壯實的肌肉。道：「這娃兒雖醜，但他跟牛犢子一樣結實啊。您瞧您瞧，他上下都是力氣。法師啊，皇覺寺就不需要擔水拉車的人工麼，就不需要做粗活幹苦力的夥計麼？肯定需要。可寺裡雇工得花錢，而這娃兒是捨身入寺的，你們一個錢也不用花，豈不比雇工合算麼？」劉財主又貼著高彬耳邊低聲道：「法師，您就別把他當行童，只當他是一頭牛馬，嘿嘿，這不全有了！」

高彬法師面無表情，其實心有所動，不禁稍微頷首。他再度打量朱重八，竟然不嫌他醜了，臉上還漸漸露出了笑容。

劉財主和他的僕人牽著牛走了，朱重八就跟著法師進了寺門。他踏著青石板，沿著深幽幽的甬道寺門，一步一步走向皇覺寺深處。起先聽得見自己腳踏青石板的聲音，走著走著兩邊禪房裡傳出的隱約擊板誦經之聲吸引了他，他東張西望地尋找聲音的來處，沿途，那一座座香爐、佛塔、經匾、都讓朱重八既驚異又膽怯。

高彬問了重八的名字，一聽叫「朱重八」，他搖頭道：「這名兒惡俗之至。從今日起，你就是皇覺寺『行』字輩僧童了，你就叫個『行石』吧。」朱重八對法師又敬又畏，立馬回答：「成。我就叫行石。」高彬糾正他：「我跟你說話時，你不能回答『成』或者『不成』，要說『是』。」朱重八立刻改正：「是。大叔啊，那你叫什麼呢？」高彬教導他：「我不是你大叔！我是皇覺寺方丈，法名空覺。你只能尊我爲『大師』。」朱重八尊敬地叫了聲「大師」。

高彬一邊走，一邊抑揚頓挫地說：「入了佛門，就得嚴守佛界規矩。我佛大慈大悲，但是，無規矩也就無善惡了。佛界規矩最要緊的是『三皈五戒』。何謂三皈呢？皈依佛，皈依法，皈依僧。」

朱重八緊緊跟著法師，且走且道：「皈依佛，皈依法，皈依僧。」

高彬沒想到這個外表粗魯之人口齒這般伶俐，滿意地誇讚：「嗯，聰明。」他頗有興致地說下去：「何謂『五戒』呢？不殺生，不偷盜，不淫邪，不妄語，不飲酒。」這些話在朱重八的耳裡新鮮，他趣味盎然地跟著說：「不殺生，不偷盜，不淫邪，不妄語，不飲酒。」高彬更高興了，又看一眼朱重八：「這娃兒確實聰明，一點就通。」朱重八禁不住得意起來：「就這些呀，好辦。」

高彬見重八一稱讚就翹尾巴，露出傲氣來，便訓斥道：「什麼叫做就這些，多啦！三皈五戒之後還有『沙彌十重戒四十八輕戒』；還有『比丘二百五十戒』。」重八驚訝不已：「這麼多呀？」高彬道：「所有的清規戒律，都是佛祖立下的，僧徒們樣樣要遵行。茲舉一二，讓你稍知深淺。你看見那些比丘誦經禮佛麼？」

兩人說著話已來到佛堂外廊，朱重八一下子肅穆起來，怯生生朝佛堂裡望去，看見身著青色長衫的和尚們排排跪坐在蒲團上，聚精會神地虔誠念經禮佛。眞是兩耳不聞窗外事，一心只念聖經書。想到自己不久也要加入他們的行列，他不由吐了吐舌頭。

高彬在邊上說：「誦經時，身體歪斜便是不敬，要罰；腿腳亂動也屬不敬，要罰；念錯經文更是不敬，要罰；還有，眼睛閉上了要罰；眼睛睜太大了也要罰；打呵欠、流口水更要罰。總而言之，修行是一輩子的事，要從正心開始。」朱重八驚得睜大了眼睛：「天哪，到處是戒律呀！那他們、他們是怎麼活下來的呀？」

高彬見朱重八說話隨便，嚴厲訓斥道：「妄語！就衝你這句話，已經犯了五戒中的第四戒了，不可妄語！」朱重八知佛門禁地規矩多，沒想到進了佛門還有這許多禁忌。他膽怯地說：「咱知錯了。」

哪知道又遭高彬訓斥：「又是一句妄語！佛門弟子應該怎麼說？」朱重八想了一下，赧然道：「弟子行石知錯了。」高彬道：「這才對。」

兩人說著已經轉進佛堂來到了灶房。朱重八望著灶房問：「大師啊，我們到這幹什麼？我想和他們一塊念經識字。」

高彬搖頭：「妄語，佛經可不是爲了識字用的！再者，你還沒有受戒，沒資格誦經。你且在灶房裡幫工吧。看見那副水桶扁擔了嗎？」

灶房的角落裡有一副比朱重八腰際還高的水桶，朱重八不知所以地望著它。高彬吩咐他，每天必須挑一百零八擔水，將所有水缸灌滿。清晨三十六桶，晌午三十桶，傍晚三十六桶。

高彬交代過後掉頭離去，朱重八朝灶房四處呆呆看著，這裡是佛門世界裡的一個市井之地。黑漆漆的灶臺，高高的水缸。屋子一角堆著橫七豎八的木柴，鍋碗瓢盆零亂地散放在木板臺和灶臺上。突然，灶臺後面傳出幾聲喵喵喵的貓叫，須臾，一隻神態驚惶的花貓從灶後跳了出來，兩隻綠幽幽的眼睛與重八看著它的眼睛對恃著，兩條前腿緊緊巴著地面，好像隨時準備逃之夭夭。朱重八莫名其妙地一陣感動，一瞬間，他想到了他的家，想到了家中一個個死去的親人，還有下落不明的二哥。他的心頭泛上一圈孤獨的漣漪，眞想同花貓說兩句話。他也學著貓的聲音喵了一聲，然後走向屋子角落裡的水桶，把它擔了起來。桶太高，桶底拖在地上。他只得放下水桶，重新解開桶繩，將它們縮短。遠處禪房裡傳來莊嚴的誦經之聲，朱重八朝那裡眺望著，小小的心靈間充滿了說不清楚的神聖的渴望。花貓走了過來，搖動著長長的尾巴，算是與他相識了。

從此朱重八每天走在青石道上。那副巨大的水桶永遠如影相隨，伴著他蹣跚而行，沉重的負擔幾乎要壓垮他，但他一直咬緊牙關頑強地堅持著。他的汗水濕了乾，乾了濕，桶裡的水不斷跳到地上，常常水桶挑到灶房時，裡面的水只有一半了。他曾經多次摔倒，摔倒了總是很快就爬起來。他將桶裡的水灌進高高的水缸時，吃了很多苦。水缸他夠不著，他只得放下水桶，從旁邊抱來一塊大石頭，擱在水缸旁邊。他先踩上石頭，然後再次用力提起水桶，將水灌進水缸。但就在桶裡的水快要灌進水缸的一剎那，他的身體一歪，水桶砰當落地，所有的清水流得一乾二淨。

往往這種時候，遠處傳來的陣陣誦經聲格外悠揚、格外清晰。朱重八常常流著眼淚，羨慕地、久久地望著那座禪房，他嚮往走進佛教聖地的那種神秘感受，他渴慕修成正果，得那智慧圓融的妙趣。但他唯一的選擇卻只能是重新挑起那副巨大的水桶。銅鐘也敲響了——噹噹！噹噹！朱重八彷彿受了催促，他加快了腳步，再次朝西南方向的河流走去。他沒有被沉重的水桶壓垮，反而練出一雙銅肩鐵臂。日月流逝，年齡漸長，他成長爲一位相貌奇異、身材高大的年輕僧人，他逐漸明白，皇覺寺的晨鐘暮鼓都是空的，青燈黃卷都是假的，它們既救不了世人，也救不了他。他也曾誠惶誠恐地受戒，卻被佛門視爲忤逆之人，彷彿他是天生的褻瀆者，幾度遭受唾棄，這樣的遭遇，他永世難忘。

記得第一次受戒時，他身披僧服，站在巨大的菩薩像下，內心充滿著因爲渴望和虔誠而引起的不安。寺廟裡的僧人圍繞著他，四周響著一陣陣誦經聲與木魚的敲擊聲。高彬莊嚴地坐在聖壇高處注視著他。一個僧師按慣例高喝：「吉時已到，僧童行石剃度受戒！」重八立刻面朝菩薩像，跪地合掌，彷彿他一心嚮往的智慧圓融的境界就在咫尺之間。他的心臟急促地跳動著，嘴裡喃喃道：「阿彌陀佛，行石領戒。」

一個年輕僧人捧著一隻托盤上前，盤中有鋒利的剃刀、燃燒的香燭、厚厚的經卷等物。僧師從盤中取過剃刀，朝他走來。他按著他的頭顱，三五下之間，他的頭髮便被剃淨，一片片飄落在地，剃度時，朱重八的嘴裡一直沒有停止過誦經。

剃度畢，開始受戒。只見年輕僧人從盤中取過燃著的香燭，交給僧師。僧師朝香燭輕吹一口，香燭頓時更亮更旺了。僧師捧著香燭莊嚴地默誦片刻。接著，僧師把香燭火頭重重地按在他赤裸的頭頂蓋上。要用香火在他頭頂燙上九個疤。他當時渾身顫抖了一下！

僧師按了片刻，取下香燭一看，火頭竟然滅了。而他的頭上竟沒留下一點疤痕。僧師驚得叫起來：「咦？滅了！」周圍僧人頓時響起唧唧喳喳的議論聲，彷彿遭遇恐怖事件，氣氛極為不祥。高彬法師的臉也沉了下來，肅穆不語。於是僧人再次奉上一炷香燭，這炷香看上去似乎更粗、那火頭也更亮。僧師接過，再次默誦片刻，朝他頭顱上狠狠按下！過了一會，他抬起香燭一看，居然又滅了。僧師大驚失色，連話都說不勻了：「又、又、又滅了！」所有的僧人法師都大驚失色，唧喳議論，一片驚訝怪哉之聲。正有些混亂，上面突然傳來輕輕的咳嗽聲，這聲音是高彬法師發出的。頓時，所有僧人屏息靜氣。行戒的法師匆匆走到高彬面前合掌稟報：「大師，行石此人，絕非佛門弟子。他、他罪孽深重，不可受戒啊。」

高彬閉眼痛苦長歎：「冤孽啊，惡煞呀。皇覺寺百年來沒出過這種不幸！」立刻所有僧人都對他怒目而視，彷彿他是魔鬼託生的。重八自己也恐懼得垂下頭，渾身發抖，他莫名其妙就成了全寺的罪人！爲什麼？眞是百思不得其解啊！

而高彬再睜開眼睛的時候，已經滿面恨容。他似乎好不容易才平靜下來，沉聲道：「將這個孽障用過之物，全部投入火中焚毀。至於他本人嘛，將他從法冊上除名！從今往後，絕不准此孽障進入佛堂一步！」

所有僧人都揖首合十，長呼一聲佛號。朱重八則在那莊嚴的佛號聲中顫抖不已！

高彬攏一下手，兩個僧人立刻上前，他們兇狠地架起重八，把他提出佛堂。

從此，再沒有人管他，他總是身著那身破舊衣裳，仍然擔著水桶，在石道上艱難地行走。身上的那副扁擔總是被水桶壓彎，吱嘎作響。只有那隻同樣孤獨的花貓與他作伴。他們常常在灶房裡無言對視，有時候，他忍不住發出壓抑的歎息，花貓便善解人意地叫喚兩聲，聲音極其細微體貼，像是要安慰他。佛堂不時傳來誦經聲，但這時候的重八對它們已經完全置若罔聞。

終於有一天，皇覺寺的佛堂裡再無誦佛聲，連年的兵災與瘟疫，已經使得皇覺寺香火喪盡，僧徒滅門。僧人法師四處散去，雲遊乞食，年輕的朱重八不用再擔水，他戴上破箬帽，手執木魚和瓦缽，也離開寺廟，自找活路去了。他眞的成了「凍不死的蔥，餓不死的僧」了。

有一天，他在熙攘擁擠的小鎮上化緣，小鎮街口衝進一列元兵，他們執刀鳴鞭，嘴裡兇猛地高喝：閃開，閃開！接著，一輛囚車赫然推了過來，車上豎著一隻木架，木架上通體蒙著黑布，卻不曉得黑布下面是什麼東西。

一個元廷官員立於高處高喝：「百姓們聽著，本朝開元以來，邪教茲生，悖亂綱常，惑眾造反，毀祖害民！朝廷爲行天道，嚴旨搜殺所有明教信徒。百姓們都睜大眼睛看一看！」話音未落，一個元兵揮刀砍斷架上繩索，長長的黑布飄然落地，木架上竟然背靠背五花大綁著一男一女兩個人，都是血流遍體，男的奄奄一息，女的一動不動。圍觀的百姓不禁驚呼起來。

官員揮刀對百姓說：「這男的便是明教要犯、紅巾軍首領馬一良，女的就是他的婆娘。皇上有旨，將這一對邪教男女巡街展示，以彰聖朝天威。今日午時三刻，在此當眾斬首！」

百姓們驚惶不定，竊議之聲不止。官員要的就是這個效果，他得意地甩袖踱開，到一邊茶攤上喝茶去了。

這時候，渾然不知其然的朱重八從小鎮的另一頭走來，他一邊走一邊擊缽而誦：「奄叭尼諾吾休依，佛光普渡，苦海無邊，眾生有緣，魂歸西天。做佛事嘍求布施。善哉善哉，阿彌陀佛」他走進圍觀的人群裡，來到死囚面前。驚駭地望著囚車裡的一對男女。那馬一良忽然抬起頭，低聲喚了他一聲師父。朱重八訝然，合掌問：「施主何事？」馬一良問他：「你會誦經麼？」朱重八說：「當然。」馬一良對他說：「我妻子已經死了，我很快也要死。求師父爲她誦經超渡一番，不過，我身無分文，只有來生再謝你了。行麼？」朱重八猶豫了片刻，他知道他是朝廷死囚，但一個行將赴死的生靈要求誦經超渡，怎忍拒絕？他說：「小僧遵命就是。只是，施主您呢，不需要超渡麼？」

馬一良淒然微笑著說：「我不要。我生是明教人，死爲明教魂。」他怒瞪遠處那些元兵，斬釘截鐵道：「我與那些元禽異類，生死不兩立！」

朱重八見他死到臨頭面無懼色，眞是一個視死如歸的熱血男子，頓生敬意，合掌念道：「阿彌陀佛！」這時一個元兵走上前，氣勢洶洶問：「你是什麼人？膽敢與亂賊竊竊私語！」朱重八頷首道：「在下是皇覺寺遊僧，行佛事求布施。這位施主請小僧爲妻子誦經超渡。」元兵喝斷他：「他是邪教重犯，死有餘辜。不准！」朱重八懇求道：「兵爺呀，世上萬物，俱是生靈。佛光普渡，善莫大焉。」元兵蠻橫地說：「老子已經說過了，不准！」朱重八合掌一揖，平靜地說：「但是，小僧已經答應施主了。如不能誦經超渡的話，小僧就是誑語欺人，觸犯佛門戒律了。」元兵驚訝地唏噓：「嘿嘿，你小子當眞要給他誦經超渡？」朱重八正色道：「是。」元兵刷地抽刀怒喝：「小子聽著，你膽敢誦出一聲經文來，老子立刻劈了你這顆禿頭！」

元兵的話音剛落，人群中擠出一個渾身泥水的姑娘，她拼命擠到前面，立在囚車面前，無限感傷地直直盯著馬一良和朱重八。而圍觀的百姓則驚恐萬分，他們擔心地望著朱重八。馬一良看見那姑娘，渾身一震，像是突然被抽走了體內的銳氣，立刻轉頭面對朱重八，聲音溫婉地歎息道：「師父，你走吧，不必誦經了！」

朱重八不動不語。

馬一良顯得很著急，身體不安地顫動著。他兩眼只盯著朱重八，催促道：「師父，快走吧。我多謝你了，快走！」

朱重八抬起頭，堅定地說：「施主，小僧已經答應誦經超渡了。既然答應了，那就不光是答應施主，也是答應佛祖了。」一邊的元兵又驚又恨，大聲道：「爺再說一遍，你如果敢念出一個字來，爺立刻砍了你這顆禿頭！」朱重八嚴正地回答：「稟兵爺，小僧爲行佛法而死，有如得道升天。」

百姓們聞言紛紛擠上前，膽戰心驚地看著朱重八。只有那個臉色蒼白的姑娘，眼睛一直沒有離開過馬一良和死去的馬氏。那哀痛的眼神顯得迷濛，裡面閃爍地映照著她的絕望與哀傷。

朱重八似看未看，但他已經感覺到了身旁少女那不同尋常的悲哀。他平靜地上前兩步，面對那位已經死去的女子，閉眼合掌，默默誦經：「奄叭尼諾吾休依！」

元兵手中那柄長刀微微顫抖，終於高高舉起，正欲砍下。這時，突然旁邊叮噹一響，原來在不遠處茶攤上喝茶的那位官員一直在關注這裡的動靜，他把茶杯蓋子重重扣上了。元兵的刀鋒停留在半空中。只見那官員離開茶攤，走到元兵面前，衝他低聲喝斥：「擅殺僧人，會激起漢人眾怒！」元兵立刻縮首退下。官員則死盯著正在誦經的朱重八，直到他念完經文，才沙啞地問道：「完事了？」朱重八揖道：「佛事已畢，佛法無盡。」官員問：「你把他超渡到哪去了？」朱重八道：「西天佛祖蓮花座下。」官員呵呵笑起來：「西天？好嘛，我成全他上西天。來呀！」

幾個元兵齊聲應著走上來。官員厲聲道：「時辰已到，執法！」

馬一良被帶到法場中央，那裡有一根高高的石柱。馬一良身上捆著繩索，在眾元兵拽扯之下慢慢上升，越升越高，直到石柱頂頭。而不遠處，一排弓弩手正彎弓搭箭，瞄向石柱頂端的馬一良。

官員朝朱重八調侃：「小子，你看他是不是離西天不遠了？」

朱重八朝石柱頂端的馬一良看過去，他覺得馬一良正在那個遠離塵埃的地方遙望著他。好像只看他一個，他垂首合掌，默默祈禱。突然官員在他身邊大喝：「放箭！」頓時萬箭齊發，嗖嗖嗖，馬一良很快被射成了一個箭巢！百姓們一片大呼小叫。這時，人群中突然激起一片騷亂，原來是剛才擠在囚車旁的那個姑娘昏了過去。

這個頎長美貌的姑娘是馬一良與馬氏的女兒。她被路人救醒過來後，避開眾人，連夜直奔濠州城裡的紅巾軍元帥府。到了元帥府門口，她不顧門口臺階下排立著的眾多紅巾軍士兵，直接衝進帥府去。士兵上前攔阻她：「站下。你是何人？大元帥府豈敢亂闖？」

姑娘悲憤推開他們，大聲叫：「讓開，放開我，我要見郭子興。」

士兵愣了，驚訝地指著她：「你、你、你敢直呼大元帥名諱！」

她趁他們驚訝的空檔，衝入府內。

寬敞的帥府內，紅巾軍元帥郭子興正在與兒子郭天敘議事。郭子興高坐帥椅，郭天敘恭敬地立於一旁。郭子興告訴天敘，據哨馬探報，元廷集結各路官軍，據稱二十萬，不日就要進攻濠州城。郭天敘道：「父帥，兒也接到了探報，元兵前鋒已經抵達烏龍鎮，據此不到八十里。但是，他們號稱二十萬，充其量也不過七八萬人。而且大半是不堪一擊的漢軍，蒙元軍隊只有不到兩萬。」

郭子興蹙額托腮，顯得心事重重：「說實話，我並不擔心那些元廷鷹犬，我擔心的是城裡我們這些義軍兄弟，不能齊心作戰啊。」

郭天敘長得不如父親那樣魁梧，像個白面書生，但他顯得少年老成，略略俯首道：「父帥說得是。濠州城最早是父帥您打下來的，而如今卻擠進七路義軍，光是自封元帥的就有五個。什麼趙帥、孫帥、陳帥、李帥，唉！他們哪，只怕貪圖的是這座城池。父帥千萬要多加提防啊！弄不好，還沒把元軍打垮，自己的立足之地反倒丟了。」

郭子興正要說話，突然聽見堂下有人尖聲叫他：「郭大叔！郭大叔啊！」一個披麻戴孝的頎長姑娘衝入跪到郭子興座下，悲傷地叫大叔！郭子興細看，驚訝地說：「這不是馬姑娘麼？你怎麼來了？馬兄弟好麼？」馬姑娘抑制已久的悲苦像衝開閘門的水一樣衝了出來，她大放悲聲：「大叔啊，我爹娘、他們、他們落於元賊之手，在烏龍鎮被害了！」郭子興面色倏變：「你說什麼？馬兄弟被害了？何時被害的？」馬姑娘抽泣著說：「就在三天前，我爹被元軍捕住了，那些朝廷鷹犬，拿我爹當箭靶子，吊得高高的，生生給惡賊射死了！大叔啊，我要報仇，我一定要殺光那些元賊！」

郭子興大慟，跌坐椅上，呆呆自語：「我明白了，馬兄弟是為我們義軍而死的。明教起兵以來，他盡散家財，全力支援我們。元廷那些惡賊早就想捉拿他了。」馬姑娘悽愴地低聲道：「郭大叔，我現在無家可歸了。」

郭子興顫抖地扶起馬姑娘，溫和地說：「姑娘，從現在起，你就是我郭子興的親生女兒，這濠州城就是你的家！」馬姑娘站在那裡擦著淚，輕聲謝了郭子興。郭子興又吩咐兒子，從自己內室裡騰出一間來做馬姑娘的臥房。此外，凡馬姑娘所需的吃穿用度，一樣也不得短少。

郭天敘一直在邊上目不轉睛地盯著馬姑娘，他為她的美色震撼，見父親吩咐，喜滋滋答應著，立刻讓女僕為馬姑娘換上新衣。自己領著已經煥然一新的馬姑娘從堂院穿過。正在嘻哈笑鬧的義軍士兵乍見一個美麗姑娘，一個個眼睛發亮，愣在了那裡，四周一時安靜下來。

郭天敘的眼睛從士兵身上一掃而過，口裡斥責：「看什麼，沒見過女人嗎？退下去！」但他的臉上卻掩不住盈盈笑意，轉身朝馬姑娘道歉：「嘿嘿，這些弟兄，打打殺殺慣了，粗俗無禮。妹妹別在意。」

郭天敘一聲親切的「妹妹」讓馬姑娘赧紅了臉，她不知如何應對，赧然地「我、我。」郭天敘更加動心，愈發親切地說：「你既然是我爹乾女兒，那還不是我的妹子麼？不瞞你說，我一直盼望有個妹子啊。」馬姑娘頷首輕應：「多謝郭大哥。」

郭天敘把馬姑娘領到一間廂房前，殷勤地推開門讓她先進。馬姑娘款步入內，左右看看，只見屋裡畫棟雕樑，錦衾繡架，甚是華麗，頓時不安：「這讓大叔費心了。」郭天敘得意地說：「妹呀！這屋不是父帥的廂房，而是我的臥房。是我執意讓給妹妹的，妹妹千萬不要嫌棄。」

他的眼睛此時直直地看進馬姑娘那美麗的杏眼裡：「我可以睡到兵營去。只要妹妹睡在這屋、這床、這枕頭上　嘿嘿嘿，我心裡眞是暖洋洋的，都要醉了！」

馬姑娘羞怯垂首，感動地道謝。郭天敘豪爽地說：「噯，自家兄妹，何必言謝？」他笑瞇瞇又呆看馬姑娘片刻，才萬分不捨地離去。

馬姑娘轉身關上門，她背靠在門板上，感受著屋內溫軟的氛圍，卻幽然落淚，她想起了同爹娘在一起的溫馨日子，心裡喃喃念著：「爹呀娘啊，女兒想你們。」突然門板又被敲響，馬姑娘趕緊擦乾眼淚，打開門，竟然還是郭天敘。馬姑娘剛叫了聲大哥，郭天敘就奉上一面大鏡子，笑道：「我才想起，妹妹屋裡還少一面鏡子。看，這架蟠龍鏡是我從縣大爺府上繳來的，妹妹留著用吧。」

馬姑娘趕緊推辭，但郭天敘已經不由分說地進了屋，親手將鏡子安頓在條桌上。他把馬姑娘推到鏡子前，鏡子裡同時出現了兩個人的面龐。郭天敘聲音發顫，手指悄悄在馬姑娘肩上撫動著：

「妹呀，你看，你、你眞是美如天仙啊！」

此時的馬姑娘哪有心思談情說愛，她輕輕掙脫郭天敘，勉強笑道：「郭大哥既然這麼疼人，那我還想要一件東西。」郭天敘大喜，慷慨應允：「妹妹只管說，哪怕是天上的星星月亮，只要妹妹喜歡，哥保證上天摘了來！」馬姑娘微微搖頭，似乎遺憾對方太不了解自己心思，她口氣堅決地說：「我想要一把三尺長的戰刀，我要它鋒利無比！」

郭天敘萬沒想到一個看上去弱柳扶風般的漂亮姑娘居然向他要戰刀，驚訝得臉色都變了：「戰刀？」他不相信地問。

馬姑娘憂鬱地說：「郭大哥呀，元軍快來了，我手無兵器如何爲爹娘報仇？再說了，這濠州城到處是男人，我也得有個護身武器呀。」

郭天敘喃喃地應著：「是是。我、我替妹妹瞅瞅去！」他有些狼狽地離開了。

話說朱重八那日眼見馬一良被萬箭射殺之後，心中萬般痛心。他默默爲他誦經超渡一番，仍舊身著一襲破僧衣，手執瓦缽，口中念念有詞地往前趕路。這一日來到了濠州城郊。冷不防一群義軍突然從草叢中跳起，手執刀槍向他直撲過來，三兩下就把他按倒，同時叫嚷著：「逮著了！逮著了！」

朱重八驚慌掙扎：「軍爺軍爺，小僧是出家人 」捉他的義軍頭目說：「放屁。你這副模樣分明是蠻胡。說，元軍爲何派你來的？快說，不然砍你頭。」朱重八急忙分辯：「小僧不是胡人，確實是漢人，小僧是鳳陽縣皇覺寺遊僧。」剛才說話的義軍頭目哈哈笑道：「看你這模樣，一副驢頭馬面，還敢冒充漢人？」邊上一個義軍說：「就算你是漢人，漢人裡也有奸細呀！」後面走上來一位粗莽的將軍模樣的人物，詢問出了什麼事。義軍士兵一面後退讓路，一面揖報：「稟胡先鋒，又逮著了一個韃胡奸細。瞧！他還打扮成個醜和尚！」

胡先鋒上下打量朱重八，皺眉道：「哼，大戰在即，元賊哨探們三天兩頭地前來送死！甭囉嗦，砍了。」朱重八急了，趕緊大聲叫起來：「軍爺，噢不，大將軍。小僧不是奸細，小僧是鳳陽縣皇覺寺裡的和尚！」胡先鋒譏嘲道：「和尚？和尚跑這幹嘛來啦？來找尼姑？」邊上的兵士哈哈大笑。朱重八急中生智，陪笑道：「小僧不是來找尼姑的，是來找兩個結義兄弟，一個叫湯和，一個叫徐達。他倆早先加入了紅巾軍，帶信叫小僧來入夥。說紅巾軍講義氣，有飯吃，嘿嘿嘿。」眾人一聽都不吭氣了，胡先鋒沉吟著：「是麼？信呢，拿我瞅瞅。」朱重八趕緊渾身摸索，竟摸不出來。他不禁跪地，顫聲道：「丟了……」

胡先鋒嘿嘿冷笑：「我就知道丟了。我再問你，你兄弟在紅巾軍哪個營？哪個哨啊？」朱重八撓頭，半天想不出，顫聲回道：「不、不知道。」

胡先鋒緩步上前，伸手撫弄著朱重八那顆禿頭，又是幾聲冷笑：「這顆禿腦袋挺光溜嘛，啊？正好拿來練刀。砍嘍釁旗！」眾義軍齊應「得令」，搶上前把朱重八推向斷頭臺。

斷頭臺是一座高高的殘斷城牆，牆下已經躺著三五個元軍的屍體。幾名義軍推推搡搡，將朱重八踉蹌地推向斷頭臺，令其跪下。朱重八強著身子不動，卻被義軍強行按跪。身後霍然響起胡先鋒拔刀的錚然之聲。朱重八長歎一聲，閉上了眼睛。他聽見胡先鋒用青磚狠狠擦拭戰刀的聲音，那聲音像冰川開裂那樣可怕，他此刻彷彿站在裂開的冰川邊緣，即將掉入深不可測的冰水。磚塊被拋開了，胡先鋒提刀走到朱重八身後，他再次伸手撫弄朱重八的禿腦袋——甚至將它扶正，接著高高舉起戰刀。
在這千鈞一髮之際，忽聽一個尖銳的聲音高叫著近來：「慢著！放下！」剎那間，一匹白馬風馳電掣般奔來，上面高踞一個身披紅袍的英俊女子，大家睜大眼睛看去，正是剛來軍營沒多少日子的馬姑娘！
馬姑娘馳至近前，在馬上對胡先鋒揖禮：「胡先鋒，聽說你們抓的是個和尚？」胡先鋒用眼示意身下的朱重八：「您瞧這頭，跟屁股一樣光溜！」
眾義軍又哈哈大笑。馬姑娘敏捷地跳下馬奔到朱重八面前，細細一看，聲音忽然變了：「是你？眞的是你！你是聖僧啊，是義士啊！」
朱重八睜開眼，恍若在夢境裡，喃喃道：「我、我不是聖僧，我是皇覺寺小僧。」
馬姑娘救下朱重八，將他帶回帥府，將朱重八在法場上爲父母親誦經超渡之事繪聲繪色地告訴了郭子興。郭子興不由對長相醜陋的朱重八刮目相看了。他讓朱重八就在帥府堂院的大桌上吃飯，一聲令下，桌上即刻堆滿了大餅子。朱重八左手右手都抓著大餅，狼吞虎嚥，吃相極爲貪婪。郭子興就坐在旁邊，含笑望著，郭天敘在父親邊上有點坐立不安，看著朱重八直皺眉頭。馬姑娘也陪坐在桌旁，她看見朱重八就想起了死去的父母，覺得朱重八分外的親切，他替朱重八倒了碗水，溫和地說：「朱大哥，甭急，喝點水。」
郭天敘在旁邊看著，無端地心生妒意。又聽見馬姑娘稱朱重八大哥，氣得差點罵出來！
郭子興卻對這個相貌奇異的小僧興趣盎然，他含笑問朱重八：「那天在烏龍鎮上，爲我馬兄弟做臨終超渡的，是你吧？」朱重八滿嘴是餅，說不出話，直點頭：「嗯，嗯！」郭子興再道：

「元賊說，你如敢念出一個字就砍你的頭，但你絲毫不懼，仍然爲我馬兄弟誦經超渡，是不是？」朱重八還是點頭：「嗯，嗯！」郭子興高興地說：「這事啊，動靜大了！周圍五百里都傳遍了，父老鄉親們都說，佛祖派了一位聖僧下凡，助義軍，除元賊，光復大漢。哈哈哈。這位聖僧，沒想到就是你啊！」

朱重八終於把餅子嚥下去了：「大、大、大帥，我、我不是聖僧，是鳳陽皇覺寺裡的——」郭子興擺擺手，沒讓他說完：「知道知道。你是普通人，是被皇覺寺除名的小僧！爲此，本帥才更覺得你講義氣，有出息，是條漢子！說實在的，你當和尚眞可惜了，你說是不是可惜了？」朱重八尷尬地喃喃著：「我、我也當不下去了，皇覺寺叫元軍燒了。」郭子興和藹地問：「願意吃糧當兵麼？大餅管夠！」朱重八興奮地抬起頭：「願意。」郭子興顯然很滿意：「在我這，新來的弟兄無論有什麼本事，都要從士兵做起，出生入死，建功立業，一步步拼搏向上。最後，他才可能出將爲相，光宗耀祖。這道理你懂麼？」朱重八點頭道：「我懂。」郭子興就將朱重八交給郭天敘安置。郭天敘應了，轉臉示意部下，立刻有人上前帶朱重八出去。郭天敘盯著朱重八的背影，不悅地對郭子興說：「父帥，這人笨拙之至，一臉的惡相。您留他幹嘛？」

馬姑娘立刻生氣地問：「郭大哥，姓朱的長相好壞，跟打仗有什麼關係？」郭天敘被嗆，一時無話可答，郭子興沉吟著將馬姑娘的話接過去：「丫頭說得是。天敘呀，我剛才細看了此人的相貌，雖說他醜，但從命相上看，這個朱重八可謂相貌奇偉，氣宇不凡。日後或許大有出息呀。」

郭天敘更加不悅，馬姑娘卻聽得雙眼發亮，臉上浮起笑容。

朱重八被兩名義軍領回胡先鋒面前，胡先鋒正席地而坐，端著碗在喝酒。一碗酒盡，士兵趁機稟報：「胡先鋒，帥府郭將軍有令，將這個朱兄弟交給你安置。」胡先鋒先是驚訝，繼之哈哈大笑：「又是你呀，咱們真是不打不相識。不不——不殺不相識。哈哈！說吧，你會幹什麼？」朱重八一時想不出自己在軍營裡能幹什麼，囁嚅道：「我、我會——」胡先鋒打斷他：「回本將話時，先得說『稟將軍』！『稟報』的稟，懂麼？」朱重八正正身子，聲音響了些：「稟將軍，我會做誦經，做焰口，行佛事。」胡先鋒不屑道：「咱這是兵營，不是廟！其他你還會什麼？會使刀不，會殺人不？」朱重八搖頭道：「不會。」胡先鋒更不屑了：「笨！殺人都不會，要你何用？哎，養馬會不？」

朱重八想想說，自己小時候放過牛。

胡先鋒噗哧笑了：「嗯，這跟養馬也差不多。這麼著，你就當個馬夫吧。記著一條，爺的戰馬比你命金貴得多，它要是掉了一根毛，瘦了一兩膘，你就沒命了！」朱重八心想，這紅巾軍的大帥倒是和藹穩重，可下面的將領說話怎麼這樣飛橫跋扈啊？他隱忍著回答：「是。稟將軍，當年劉財主也這麼說過，他家牛要是掉了一根毛，瘦了一兩膘，咱就沒命了。」

胡先鋒聽著一愣，瞪他一眼，怒道：「領他去馬房！」

胡先鋒的部下帶著朱重八走了。帶朱重八來的帥府士兵等他們走遠，從袖中摸出一隻鐲子遞給胡先鋒，低聲說：「稟胡先鋒，這隻金鐲子是帥府郭將軍賞您的。」胡先鋒趕緊接過去，打量著，不由喜笑顏開：「喲，郭公子太客氣了，安置個下人，又何必封賞呢？」士兵靠近竊語：「郭公子的意思是，戰場上刀槍無情，這笨小子要是死於非命，那可是他的福氣了。」

胡先鋒愣怔片刻，明白過來，道：「回稟郭公子。上了戰場，這小子肯定死於非命！」

朱重八對此自然一無所知，他任勞任怨地在紅巾軍裡當起了馬夫。一天，他穿著一件小得不合體的義軍服，半截人站在水裡，爲一群活蹦亂跳的戰馬洗刷。一個士兵過來傳達胡先鋒的命令，叫他把兩匹五花馬給和字營千總送去。朱重八向士兵打聽和字營駐在哪塊，士兵說：「笨。和字營駐哪都不知道。東門八條巷。」

朱重八牽上兩匹五花馬，赤著腳，朝城門走去。那件短小的軍服，幾乎像繩索那樣捆著他粗大的身軀，他穿著難受，一路走一路扭動著！走到街口，他向一個守衛打聽和字營千總在哪裡，守衛指著對街那座酒樓告訴他，在那裡面喝酒。

朱重八牽馬至酒樓前，聽到裡面笑鬧之聲，探首一看，眞正呆了。因爲裡面對飲的兩個軍官，一個矮胖些的像湯和，另一個長得清俊的像是徐達。守在酒樓前的士兵推開他，順手關上門，厲聲斥問：「看什麼呢看？」朱重八小心地問：「兄弟，打聽一下，那和字營千總是不是名叫湯和？」守衛說：「不錯。」朱重八又驚又喜，道：「噯喲，我可找著他了。」說著便往裡闖。守衛一把推開他，斥道：「站著，千總們在議事，不得入內。」朱重八央求道：「兄弟，煩你通報一聲，就說朱重八送馬來了。」守衛看他一眼，讓他候著，自己走進酒樓，湯和與徐達正推杯換盞，喝得暢快，守衛上前報告：「稟千總，有個馬夫給您送馬來了。」湯和隨口道：「叫他候著！」

守衛從酒樓出來，對朱重八說：「千總有令：叫你候著。」朱重八滿面驚訝地問：「什麼？他沒請我進去？」守衛見狀倒也奇怪起來：「你什麼東西呀？人家是將軍！你也配和將軍喝酒！」朱重八嘴裡說：「是是，不配，不配！好兄弟，你有沒有說，是我給他送馬來了？」守衛道：「說了呀。千總讓你候著。」朱重八急了：「你有沒有說，是一個叫朱重八的給他送馬來了？」守衛嫌煩了：「你叫什麼不重要。」朱重八更急，朝守衛深揖：「重要，重要！好兄弟，求你再稟報一聲，說一個叫朱重八的要見他。」守衛疑惑地看看朱重八，見他一臉的期待，終於道：「候著。」

守衛又進去了，朱重八在外焦急地等候著。突然，酒樓的大門被砰地撞開，湯和與徐達兩人醉醺醺地衝出來，他們瞪眼朝朱重八打量片刻，狂喜地抱著他又打又捶。湯和邊捶邊叫：「重八哥呀，眞是你呀？你還活著啊！哈哈，你這是穿的什麼呀？」朱重八嘟嚕道：「咱是馬夫。給兩位大人送馬來了。」

徐達一把摟住朱重八：「重八哥，你來得好，太好了！咱們兄弟終於又見面啦！」兩人嘻嘻哈哈把朱重八拉進酒樓，帶到席前。湯和拍著自個胸前紅纓帶，炫耀著：「重八啊，看見沒——千總！咱現在比鳳陽縣的縣太爺還神氣呢！」朱重八譏諷道：「看見了，你哥我現在可比皇覺寺的行童還苦呢。」

徐達也拍自己胸前的紅纓：「再看這——咱是副千總！」朱重八還是不恭的口氣：「也看見了。不過，你倆官再大也是咱兄弟，對不？當年也給咱叩過頭，對不？」

湯和笑道：「沒錯，咱還吃過你宰的財主家牛肉呢！」徐達一拍朱重八肩背：「哥哎，無論貴賤，咱們一日兄弟，終生是兄弟！」湯和一屁股坐在首座，指著旁邊一張小凳，大咧咧地說：「重八呀，坐！」

朱重八卻站著不坐，問他：「湯和，咱兄弟仨誰是哥？」

湯和呆愣片刻，只得笑說：「你唄。」朱重八斷然道：「兄弟間，應該肝膽義氣重於天，對不？應該有上下規矩，對不？才說過的，一日為大哥，終生就是大哥，對不？」

湯和看看徐達，無奈地笑道：「沒錯。」朱重八竟然揪著湯和耳朵把他提起來，自個一屁股坐下，說：「聽著兄弟，你倆要麼殺了我，要麼就得認我這個大哥，讓我坐這個首座兒！」

朱重八的威風令湯和、徐達欽服。他們只好乖乖地讓座，並替朱重八斟酒，連聲說：「認你，咱認你這個大哥！」

朱重八看著嘩嘩而入的酒漿，心情少有的痛快：「嗳——這就對了。別看咱現在是個馬夫，將來啊，或許也能混成個大將軍、大元帥呢！」

湯和咯咯笑著，徐達舉杯道：「哥哎，咱兄弟間要說的話多了，先乾杯！」

三人舉杯，狠狠地擊盞而盡。朱重八幸福長歎：「多少年了，哥哥我沒沾過葷腥。今天見著這酒，眞比見著佛爺還親呢。」湯和自豪地說：「重八哥，今後你就跟著我，保你有吃有喝！」朱重八問：「湯和兄弟，剛才我滿城找你，把頭都轉暈了。怎麼這城裡頭有這麼多將軍、元帥，那麼多的先鋒和千總啊？」

湯和蹙額一歎：「別提了哥。眼下，城裡義軍是一片混亂，小小的濠洲城竟然擠著五個大元帥。什麼趙均用趙大帥、孫德崖孫大帥，彭大彭大帥，咱們首領郭子興雖然打下了這座城，卻只能排在末尾！而趙帥、孫帥都是郭子興的對頭，相互間明爭暗鬥呢。」

朱重八擔憂道：「大敵當前，義軍應該萬眾一心，抗擊元賊啊，怎能鬧窩裡鬥呢？」徐達也歎氣：「大哥，你有所不知。眼下天下大亂，江南江北的紅巾軍分十好幾支呢，他們個個占山為王。你不服我，我不服你，誰的兵馬多，誰就是大帥。再說，有些人名義上號稱義軍，原本卻是山中草寇。勝了，他就是王，敗了，他仍回山裡當盜賊去。」

朱重八聞言不禁擔心地說：「這種義軍，只怕難成大業呀。」湯和擺手：「大哥，不說這些了。活一日就得活得痛快，來，乾了！」三人擊盞，再次飲盡。

朱重八與湯和、徐達俱大醉，相互摟著，搖搖晃晃出了酒樓。店主陪笑跟在後頭：「多謝軍爺光臨！嘿嘿嘿，軍爺可吃得好？」湯和醉醺醺地答：「好，好！」店主壯膽道：「那麼，敢請軍爺賞幾個酒錢。」

湯和斥道：「爺出生入死，殺敵復國，腦袋瓜子都掖在褲腰裡，今日吃你個小酒是看得起你，你怎敢要錢？」店主訥訥懇求：「小店生意微薄，實、實在賠不起呀！」徐達也斥罵：「什麼話，掌嘴！吃你個小酒就賠本麼？沒瞧見我們大哥是將軍？還不快給將軍大人賠禮！」

店主膽怯了，趕緊深揖：「小的不會說話，請大將軍寬容。嘿嘿，多謝軍爺光臨小店。」徐達得意地說：「這才叫懂事。咱們走。」

朱重八驚訝地問：「湯和，咱吃了人家的酒，怎能不給錢呢？」湯和趕緊扯他衣角，低聲道：「我可是千總啊！城裡將軍都是白吃白喝的，我要是給錢，那太沒面子了。」

朱重八不滿地說：「禍害百姓，枉為義軍！不管人家怎麼樣，咱兄弟不能這樣。湯和，你要是還認我這個哥——給錢！」湯和看一眼徐達，無奈地掏出荷包，朝那店主一扔：「拿著。」

店主大喜，感動得連連做揖道謝。

三人出了酒樓，朱重八一看街面上有許多兵士，便立刻恢復成馬夫模樣。他從守衛手裡牽過那兩匹馬，朝湯和、徐達一揖，道：「請湯千總，徐副千總上馬。」湯和笑道：「重八，你這是幹嘛？」朱重八低聲說：「咱兄弟相聚時，我是大哥。可是一旦進了軍營，你兩位就是千總，哥只是個步卒。咱還得謹守規矩。上馬吧，哥為你們牽馬開道。」徐達誇張地上下打量他一遍，不無驚奇地說：「咦？重八啊，你可真是不一般了！」

朱重八卻再不說笑，深揖道：「請兩位千總上馬。」

第三章

醜馬夫誤誅胡先鋒
朱千總緣結郭帥女

濠州城裡的大帥府比郭子興的帥府看上去輪廓軒昂華美得多。金黃色琉璃瓦，井然有序地排列著。兩邊尖尖翹起的簷角，像展翅欲飛的大鵬翅膀，似乎隨時準備一扇沖天，往更廣闊的天地騰躍而去。這一天帥府大門外守衛密布，刀槍閃亮，一位義軍官員立於門畔高聲唱報：「孫大帥到，趙大帥到！李大帥到！」唱報聲中，幾個剽悍的義軍首領，威風凜凜地陸續朝帥府大門裡走。

帥府的正堂裡早一字兒排開了五張雕花樟木帥椅，正中的帥位上坐著濠州城最高首領彭大元帥。他，青衫綸巾，清癯儒雅，顯得比其他元帥沉穩矜持。濠州義軍諸帥——趙均用趙大帥、孫德崖孫大帥，李雲虎李大帥，各在左右落座。彭大帥看一眼仍空著的末座，問：「郭兄弟呢，為何還不到？」

孫德崖、李雲虎、趙均用的表情都有點不屑，孫德崖看一眼末座，嘴裡還不滿地哼了一聲。彭帥不動聲色地掃眾帥一眼，輕歎：「都是自家兄弟，何必如此？」孫德崖馬上說：「彭哥，咱們把姓郭的當兄弟，姓郭的可把咱視為眼中釘、肉中刺啊！」孫德崖邊上的李雲虎氣憤地對大家說：「昨天，我部下看上了一幢宅院，姓郭的硬說那是他的營地，生生把我部下攆了出來！」

孫德崖見有人接他的話，氣更盛了，呵呵笑著拍了拍李雲虎的肩膀，道：「大哥你太軟弱了，你腰上挎的戰刀是攪屎棍麼？」李雲虎冷笑：「攪屎棍倒有一根，就是他姓郭的，攪得咱弟兄們不安寧！」孫德崖誇張地哈哈大笑：「待會姓郭的來，得尊他一聲郭攪屎！」

笑音未落，郭子興已經大步入內，他冷冷地盯著孫德崖，目光中全是不齒，一字字都像從牙齒縫裡硬擠出來的：「各位想尊我一聲什麼呢？」一時靜場，眾人都有些難堪。孫德崖冷不防當面得罪了郭子興，他不甘心地哼了一聲。李雲虎助威似的也哼了一聲，只有彭帥滿面笑容，熱情招呼著：「郭兄弟來了？快坐，坐！」

郭子興重重落座，同時把自己的座位從孫德崖身邊拉開一截！彭帥看一眼眾帥，滿腹心事地說：「元廷大軍十萬，由宰相脫脫親自率領，前來攻打濠洲城。義軍的生死存亡，在此一戰！切盼列位兄弟團結一心，共同禦敵啊！」郭子興義正辭嚴地附和：「彭帥說的是！大敵當前，如果我們義軍之間還要明爭暗鬥、視自家兄弟爲攪屎棍的話，那就請等著韃胡們屠城吧！」孫德崖、李雲虎沉著臉不語。

彭帥望著大家，鄭重徵求各方意見：「城內外，各位兄弟的兵馬都有限，全部攏到一塊也不足五萬。我想，如要退敵，所有義軍必須統一號令，集中使用才成。各位大帥以爲如何？」

眾帥都點頭。郭子興提議：「在下的意思，我們不能困守孤城，坐等元軍來攻。咱們應該殺出去，主動伏擊元軍！」彭帥立即贊同：「是啊，元軍長途來犯，兵馬疲憊，用伏兵奇襲是上策！城外的葫蘆口，兩山夾一河，正是伏擊的好去處，可以埋伏數千精兵。」郭子興頷首：「在下同意彭哥所見。那麼，留哪支義軍守城，派哪支前去設伏呢？」

此言一出，不說話的就更不說話了，原來說話的也沉默下來。

彭帥看看大家，試探地說：「我就直說了吧。濠州所有義軍當中，最精銳的部隊就數郭兄弟和孫兄弟你們兩支了，可否請你兩位兄弟，各率所部前去設伏？其餘義軍，隨我守城接應。」郭子興沉吟道：「要我去可以，但有個條件。擔任伏擊的部隊，只能有一個統帥，統一指揮才可取勝。」孫德崖高聲道：「本帥願意擔當伏擊重任，但必須由我統一指揮。」郭子興反唇相譏：「孫大哥啊，喝酒吃肉，我比不過你。但要論用兵打仗，大哥只怕還稍遜一籌！」

對於孫德崖，沒有比別人說他不會用兵更招他痛恨的了，他立刻怒沖沖道：「放屁！是英雄是婊子，咱們戰場上見！」郭子興道：「說得好！兄弟我斗膽了，請孫大哥把部隊交給我，由我統一指揮。」孫德崖毫不示弱：「本部弟兄，絕不聽從任何人指揮，咱們各人指揮各部，互不相干。」郭子興針鋒相對道：「那可好，到時候如果我上你不上，那就不但耽誤了戰機，還可能陷別人於死地！」孫德崖冷笑譏嘲：「郭兄如果貪生怕事，那還是縮在帥府裡摟女人睡覺吧！嗳，我還聽說，郭兄近日又招了個如花似玉的丫頭，叫什麼『馬姑娘』」。李雲虎在一邊誇張地噗哧而笑：「哈哈哈。」

郭子興哪裡受得了如此侮辱，一股熱辣辣的怒氣沖上腦門，不由揮拳上前：「你他媽的臭嘴噴糞！那是我義兄馬公的女兒。」孫德崖見郭子興要動手，跳起身迎擊，眾帥趕緊上前拉開，兩邊相勸：「罷了罷了，大敵當前，都生死存亡的時候了，兄弟間還開這玩笑！」

彭帥氣得臉色鐵青，放聲喝令兩人：「都坐下！」郭子興與孫德崖氣咻咻落座。彭帥長歎一聲，朝郭子興拱手作揖：「子興兄弟，愚兄懇請你了。此役，你和孫兄弟，還是各人指揮各部吧，啊？」郭子興滿心憂憤，但也只能無奈應命。他速速回到郭府，召集各營將領議事。身披戰甲的他高居帥位，郭天敘立於其側。胡先鋒、徐達、湯和等眾將領兩旁排立。郭子興神態冷峻：「各位弟兄。元廷宰相脫脫率大軍來犯，濠州城生死存亡，在此一戰！大帥會議上做了決定，由我部和孫部擔當伏擊重任，在城外葫蘆口設伏。盼各位弟兄奮勇爭先，勇猛殺敵，絕不能落於孫部之後，讓孫德崖那小子看咱們笑話。」

郭天敘聽著心中一震，爲引起父親重視，他故意慢吞吞道：「父帥，末將有句話，不知——」郭子興不滿兒子在緊要關頭還吞吞吐吐的樣子，大聲道：「說。」郭天敘道：「末將以爲，此次伏擊，不但要奮勇殺敵，而且還要有『三防』啊！」郭子興不禁心有所動：「哦？哪三防？」

郭天敘微微蹙額，顯得深思熟慮道：「其一，要防備當面之敵，來犯的元軍；其二，要防備側面的友軍，也就是孫德崖。」湯和傻呵呵地插言問：「防他什麼？」郭天敘斜他一眼：「防備他臨陣脫逃，不戰而退，陷我部於死地！」

此話正中郭子興下懷，但他此時不便表態。眾將領被提醒，往深處一想，果然有理，紛紛點頭。郭天敘接著說：「其三，咱們還要防備身後守城那些大帥們。」湯和先想了想，實在想不出名堂來，又傻呼呼地問：「爲何還要防備他們？」郭天敘嗔怪道：「唉，你用腦子想想嘛！此役，我們是出城而戰，背水一搏。如果擊退了元軍，返回濠州城一看，嘿，城門卻關上了！不讓咱們入城了！咱們浴血奮戰打退了元軍，卻把辛辛苦苦得來的老本丟了！到那時，我們豈不是無家可歸，進退兩難了麼？」

眾將都未往這一層想。一經點撥，不禁面面相覷，表情愕然。徐達將信將疑，不太贊成地說：「郭公子啊，我們要是左顧右盼的，那還怎麼打仗啊！」郭子興心中思慮一番，覺得此時只有以大局爲重才是上策，肅容道：「剛才天敘所言的那『三防』，各位兄弟心中有數就是了。但我相信，彭老帥絕不會有不義之舉！聽令：明晨三更起身，各部飽餐一頓，進入葫蘆口陣地。胡先鋒，湯千總！」胡先鋒和湯和齊應：「末將在！」郭子興發令：「你二人率本部爲此役的主力。炮響之時，必須率先殺出，萬不可有任何遲疑！須知，兩軍相逢勇者勝，不管來敵有多少，只要我們動作勇猛，元軍必然混亂。我們越勇猛，元軍就越混亂。勝利的把握也就越大！」

胡先鋒、湯和大聲應著，遵命而去。整個軍隊頓時忙碌起來。朱重八趕緊爲一匹匹戰馬上鞍。

馬房外面，兵士們奔跑吆喝、提刀拿盾，不時傳來「快點，快快！」的叫喚聲以及鏗鏘的刀槍相撞聲。空氣中鼓鼓囊囊地充溢著大戰前的緊張氛圍。

一個士兵匆匆走進馬廄，遞給朱重八一把破舊生鏽的鈍刀，告訴他這是他參戰的兵器。朱重八拿著那柄破刀，又驚又怨：「這、這是什麼破銅爛鐵，割肉都割不開呀！兄弟，能不能發我一把大刀，我有的是力氣！」可士兵已經掉頭走開了。

朱重八憤憤不平地坐到磨刀石前，錚錚地磨那把破刀。不料，那破刀竟在石塊上碰碎一塊刃。朱重八歎息一聲，看看少了一截的刀刃，無可奈何地接著再磨。

這時，郭子興查檢各處，走了進來。他挨個巡查著一匹匹戰馬，見馬廄裡的戰馬都膘肥體壯，渾身光滑，不由露出滿意的神色。他的義女馬姑娘提著一隻小包靜靜地跟在後面，朱重八背對門坐著，一邊磨刀一邊生悶氣，所以對他們的到來渾然不覺。

馬姑娘從郭子興的身後悄悄打量朱重八。朱重八碩大的頭顱在她眼裡有著不同尋常的親切——這是冒著身首分離危險爲父母誦經超渡的頭顱啊！這裡面裝著怎樣的堅毅和勇氣啊，又有著怎樣不可思議的男子氣質呢？從小深得父母寵愛的她，如今失去了至親至愛的所有親人，一個人孤家寡人地留在這個紛紛擾擾的世界上，她是多麼需要依賴在一個寬廣厚實的胸懷裡面啊！她的目光從朱重八的大耳朵移到他的寬肩處，她欣賞著他厚厚的腰背，居然止不住的心蕩神怡！她在心裡笑話揶揄著自己，目光卻已經落到朱重八那雙赤腳上。從入伍到現在，竟沒有人想到發一雙鞋給他，他也不知道打聽一下。馬姑娘的手輕輕打開布兜，砰的一聲，一雙結實的布鞋落到朱重八身邊，朱重八猛地抬頭，見是大帥和馬姑娘，吃驚不小，忙不迭地起身：「大帥，馬姑娘。」

馬姑娘故意繃著臉，一本正經地說：「穿上吧！」

朱重八手忙腳亂地穿上布鞋，窘得頭也不敢抬，穿罷輕跺著：「嘿嘿，正好，正好。」郭子興看著也笑了：「丫頭為這雙鞋熬了個通宵，你連個謝字也沒有？」朱重八趕緊彎腰深揖：「多謝馬姑娘。」

郭子興眼望四周：「戰馬都準備妥當了？」朱重八回道：「全部妥當了，請大帥驗看。」郭子興語重心長地關照：「嗯，重八啊，打仗是一件非常危險的事，沒上過戰陣的人往往會舉足失措，甚至臨陣脫逃。」朱重八想郭大帥不了解自己，他不願聽下去，大聲道：「稟大帥，我朱重八雖然沒打過仗，但我絕不會怕死，絕不會逃跑！我、我、我會和蠻胡們拼命！」

郭子興滿意地笑了。馬姑娘微微歪著腦袋，明亮的目光有點好奇地盯著朱重八，朱重八感覺到姑娘目光中的熱情，不由渾身一陣燥熱，他窘迫得垂下了頭。

侍候郭大帥與馬姑娘上馬走後，朱重八的心情豁然開朗，他笑瞇瞇地久久打量著自個腳上剛穿上的新鞋，表情漸漸陶醉起來。冷不防，一支馬鞭梢兒猛擊他的肩膀，啪！朱重八從甜爽的夢中驚醒，回頭看見郭天敘高高地騎在馬上，面孔扭曲地看著他。郭天敘冷笑一聲：「好一雙新鞋呀！啊？」他的聲音拖著無數憎惡的餘音，不等朱重八回答，鞭馬疾馳而去。

朱重八被澆一頭冰水般，呆立原處半天未動彈。

再說郭天敘騎馬衝進熙熙攘攘的軍營中，找到胡先鋒，低聲交代他：「這回出城伏擊，意義非同尋常，你可得多留神！」胡先鋒見郭天敘冷顏肅容，不知究竟，陪笑道：「公子放心，如今這些元兵，早不是忽必烈那時候了，我老胡砍瓜切菜一般。」郭天敘打斷他：「不。元軍來了，你萬不可率先出擊，而要按兵不動，保存實力。」胡先鋒詫異道：「公子的意思是——」郭天敘湊近他：「你要讓孫德崖先動手，自己則觀風使舵。等他們雙方殺得你死我活，大傷元氣時，你再突然出擊，坐收漁翁之利！如此，元軍也被擊退了，而孫德崖的部隊也消耗得差不多了。」

胡先鋒這才醒悟，敬佩地說：「公子眞是足智多謀。只要姓孫的垮嘍，這濠州城就數咱郭大帥的兵馬多了，其他那些大帥，不值一提！」

這時，朱重八牽著馬正往軍營送，郭天敘遠遠看見，臉色驟變，拉著胡先鋒示意他看朱重八，恨恨地說：「還有一事，那小子，別讓他活著回來！」胡先鋒順著郭天敘的手勢望去，立刻明白了，鄭重保證：「公子放心，包在我身上。」

朱重八對此自然是一無所知，他隨著紅巾軍隊伍開拔到了葫蘆口，那裡是一片山窪，他和眾多義軍一起手執刀箭埋伏於草坡與灌木叢中，他手握的那把破刀，已被磨得雪亮了。身披戰甲的胡先鋒就立在他身邊，只聽他按刀喝道：「待元軍入圍時，所有人不准出擊，不可妄動，候我的號令行事，違令者，立斬！」朱重八心中疑惑，他不解地向胡先鋒望過去，胡先鋒一隻大腳猛地跺到朱重八臉前，泥沙濺得朱重八滿面都是。胡先鋒怒喝：「看什麼看，乖乖趴著！」朱重八只得縮首呑聲。

再說敵方軍隊，早已聲勢浩大地開過來了。驛道上排立著一望無際的大片元軍，他們刀槍閃亮，軍容嚴整，佇立待命。隊伍前面的宰相脫脫金盔銀甲，儒將風範，騎在一匹高頭的銀白戰馬上，正在默然眺望遠處的山口。一個將領上前請示：「中堂，日已過午，可否進兵了？」

脫脫搖頭，揮鞭一指遠處山口：「朝廷大軍所到之處，四方無不震動，但濠州城方向卻一點動靜也沒有。紅賊們既沒有棄城而跑，也沒有出城迎戰。你知道這是爲什麼嗎？」將領道：「末將不知，請中堂大人明示。」脫脫哼了一聲，再朝前一指：「如果我所料不錯，那些紅賊已經在城外設伏了，或許就在這葫蘆口一帶。」

將領隨之望去，只見一騎哨馬疾馳而回，到面前跳下馬，氣喘吁吁地單腳跪地：「稟中堂，葫蘆口西面林內，發現樹枝搖動，並有兵器閃光，怕是有埋伏。」脫脫自豪地微笑道：「果然不出老夫所料！哼，賊兵就是賊啊。」將領討教：「中堂，我們如何應變？」脫脫深思片刻道：「呼將軍，我率三分之一的兵馬在此，令你率大部精兵，隱蔽繞行，轉到賊軍後面去。聽我炮響，前後相擊，將所有賊軍全部殲滅！」呼將軍遵命行動，拔刀朝軍陣高喝：「隨我來！」元朝大軍掉轉方向，轟轟烈烈地朝後方奔去。

紅巾軍方面，胡先鋒站在葫蘆口高處，也在朝遠處觀望。忽聽一聲炮響，只見遠處一縷黑煙沖天升起。頓時，殺聲潮水般響起，顯然是大戰爆發了。一個高高攀在樹梢上的義軍朝遠處探望著，不時向胡先鋒報告：「胡將軍，元賊正在圍攻孫大帥陣地！不好，元賊太多，孫帥義軍抵擋不住！壞了，孫帥他們被元賊圍住了！」樹下的胡先鋒傾聽著戰況，臉上竟是若無其事的樣子。一個副將靠近他，低聲道：「胡大哥，孫德崖怕是不行了，我們趕緊出擊吧？」胡先鋒卻像沒聽到他的話，只問他帶酒了沒有？副將從腰間摘下酒葫蘆遞過去，胡先鋒仰面飲酒，滿意地噴著嘴：「這酒味道不錯。通知弟兄們，別趴著了，都起來吧，埋鍋造飯，吃飽了再說。」

副將以爲自己聽錯了，他看看胡先鋒，胡先鋒的表情鬆弛輕鬆，副將不由心下詫愕不已。他朝孫德崖部隊的戰場那邊望去，那裡傳來的搏殺聲激烈而殘酷！

事實上，那邊戰場上血戰正酣，戰鬥進行得極其慘烈。連主帥孫德崖也被元軍圍攻上了，他們幾個攻他一個，彼此刀槍相擊，殺聲陣陣。強悍的孫德崖奮勇拼殺，但元軍越來越多，孤掌難鳴的他，心痛地看著在他周圍，義軍兄弟一個個陸續倒下。孫德崖猛砍一陣，朝旁邊大喊：「郭子興來人沒有？」一個弟兄且戰且答：「沒有！」孫德崖怒罵：「娘的，爺今日遭暗算了！」話音未落，又有幾個元兵攻上前來，孫德崖只得揮刀迎敵。在數量眾多的元軍圍攻下，孫部義軍殊死搏殺，但寡不敵眾，漸漸潰敗。孫德崖且戰且吼：「趕緊去人，叫姓郭的上來迎敵！叫那個胡胖子快來救援！快呀，去人催他們！」

當孫部一個渾身傷血的義軍來到紅巾軍埋伏地時，胖子胡先鋒正手執大餅坐在樹下，就著酒吃得渾身冒汗。受傷的士兵踉蹌跌倒在胡先鋒面前，喘息懇求：「胡、胡將軍，孫帥快不行了，你們快上啊！」

胡先鋒抬頭望遠處，不置可否地「噢噢」了兩聲。義軍噗地跪下，叩首慘叫：「胡將軍啊，孫帥弟兄們求你了，他們正在浴血奮戰，您快發兵吧，救我們一把。」言未竟，義軍倒地昏迷。

蹲在不遠處的朱重八仰著頭痛心地看著這一幕，見胡先鋒毫不動容，淡淡吩咐邊上人：「抬下去，讓他歇歇。」邊上的副將似有不忍，焦慮地說：「大哥啊，咱們不能等了。」胡先鋒卻直著脖子道：「急什麼，惡戰在後面呢！傳話下去，誰敢擅自妄動，立斬！」

副將無奈，只得唯諾。清晰地將這些細節看在眼裡的朱重八彷彿有一團火在胸口騰挪，他再也忍不住了，突然跳起來，聲音打著顫道：「胡將軍，孫大帥弟兄正在浴血奮戰，而咱們見死不救，蹲乾岸上曬太陽，這、這——」

胡先鋒鄙夷地望著他，冷冷道：「這什麼？」朱重八幾次欲言又止，但實在忍不下這口氣，終於橫豎橫地豁出去了！嘶啞地叫道：「這哪像是義軍哪？像是吃裡扒外的孬種！」

胡先鋒霍地起身，咬牙切齒怒罵：「咦，你個小王八，這有你說話的地方麼？你敢亂本將的軍令，本將先劈了你！」副將趕緊呵斥朱重八：「小子，還不快退！」但是朱重八同樣怒不可遏，他反正豁出去了，非但不退，反而頂撞道：「郭大帥有令，讓咱們伏擊元軍，你貪生怕死，違抗大帥的帥令！」他轉身朝周圍義軍大喊：「弟兄們，天下義軍都是親骨肉，咱們放著元軍不打，看著人家殺自己弟兄，那咱們成了什麼東西，豈不成了元賊的幫兇麼？」

一向霸道的胡先鋒萬沒想到朱重八這個看上去粗笨醜陋的馬夫竟成了半路上殺出來的程咬金，敢同他對著幹，又羞又怒，拔刀撲向朱重八：「娘的，老子劈了你這臭王八！」朱重八左躲右閃，連連劈砍過來的刀鋒好幾次差點碰到他。朱重八退至崖頭，再無路可退，被迫揮刀一擋。不料，胡先鋒竟然站住了，他詫異地摸著自己的脖子，一縷鮮血從指間滲出。他看看手上的血，搖晃著倒地。眾將士一片譁然！

朱重八萬沒有想到，自己隨手一擊，竟然斷送了胡先鋒性命！他嚇呆了，手中刀落地，噗哧一聲跪在胡先鋒屍體前，垂著頭，不知如何是好。

副將見狀大吃一驚，呆了片刻，才大聲喝道：「小子，你竟敢揮刀犯上，殺害長官，這可是萬死不赦之罪！」副將說著抽刀向前，欲砍朱重八。朱重八呆愣窒滯，一動不動。副將望著他這副魂不守舍的模樣，不由動了惻隱之心。手執戰刀僵立片刻，漸漸放了下來。他親眼目睹方才一幕，實不忍心對朱重八下手，慨歎一聲，踢朱重八一腳：「罷了，你小子是條漢子。我不殺你，快逃命吧。」旁邊的老兵趕緊催促朱重八：「小子，將軍饒你了，還不快跑？快逃命啊！快快！」

朱重八清醒過來，他血紅的兩眼瞪著遠方，忽然抓起面前的戰刀，狂吼道：「咱不逃命！咱跟元賊們拼了！」他揮起砍刀，發瘋般地朝戰場衝去。

所有義軍士兵都期待地盯著副將。副將猶豫片刻，也揮刀大吼：「弟兄們，上啊！」義軍們跟著朱重八的身影，紛紛撲向戰場。而此時，孫德崖的部隊已經到了最後時刻，他們被元軍重重圍攻，死傷遍地，官兵上下都陷入了徹底絕望之中。突然一聲狂喊，朱重八和大群義軍瘋狂地衝入戰陣，他們如狼似虎，勢如破竹。元軍望風而靡，在他們的刀鋒下紛紛倒地。

孫德崖大喜地扭頭望一眼，喘道：「好小子，你們總算來了！」

朱重八他們磅礴的氣勢極大鼓舞了孫部義軍，頓時，所有義軍兵勇都發瘋般地砍殺元軍，他們背水一戰、捨生忘死，只一頓飯功夫就反敗爲勝，把元軍殺得落花流水。

這時候，不遠處傳來轟轟轟連續幾聲炮響。黑煙起處，郭子興率義軍直撲元軍的中軍。宰相脫脫眼看衝來的義軍勢不可擋，無奈下令：「退軍！退軍！」說著脫脫已打馬急奔，殘餘元軍跟在後面狼狽奔逃。

勝戰之後，彭大帥在帥府設宴慶功。宴席上一片喜氣，義軍眾帥大酒碗碰擊，一片笑聲驟起，彭大帥高舉酒碗笑道：「葫蘆口一戰，元賊大敗。我料他們半年都恢復不了元氣。此役，多虧了郭帥、孫帥，兩位兄弟可是立下頭功啊！哦，特別是郭部，殺敵最多，斬獲最豐！來呀，老哥敬你們一碗！」郭子興歡笑而飲，心中得意，嘴上卻謙遜道：「豈敢，豈敢。」

吊著一隻傷臂的孫德崖卻是滿臉憤恨之狀。他坐著那兒慢慢飲盡了碗中酒，突然把酒碗狠狠一擲，咣噹一聲，碎片四濺！眾人驚視孫德崖，孫德崖的聲音聽起來寒森憤懣：「是啊。姓郭的殺敵最多，斬獲最豐。可我部弟兄呢？死傷過半！」彭帥趕緊安慰道：「戰場交兵，豈有不傷亡的？孫兄弟，稍後，我們給你多加補充。」孫德崖怒色打斷：「我還沒說完呢！聽著，我想問問姓郭的，約好了同時出擊，你部爲何不動？你們如能同時出擊，我弟兄豈會傷亡這麼多？」

衆人的目光弓矢一般，從幾個方向齊齊射向郭子興。郭子興冷靜地接過這些目光，誠懇地說：「孫兄錯怪我了。我的部下不是不動，他們只是晚了一會。其原因麼，是胡先鋒背我帥令，險些貽誤戰機。」孫德崖咬呀切齒道：「是麼？那請你把胡胖子交給我，我要親手劈了他，給我的弟兄祭靈！」郭子興面露一點笑意：「這可抱歉了。孫兄知道的，我郭子興歷來是軍令如山。胡先鋒既然悖我帥令，那就不勞孫兄動手，本帥就饒不了他。」孫德崖以爲郭子興耍心眼，口氣蠻悍地問：「怎麼著？」

郭子興嚴正道：「胡先鋒已經被軍法處置，死啦！待會，我可以把他的屍首給孫兄送去，請孫兄笑納。」

這完全出乎孫德崖意料，他一時啞然。彭大帥暗鬆一口氣，哈哈笑著和解：「大喜的日子，列位兄弟一醉方休呀。來，上酒，上酒！」

然而，衆帥們舉酒歡慶之時，滿身戰傷的朱重八卻身陷土牢。月光透過高高的窗櫺映進來，土牢裡只有微弱的亮光。朱重八衣衫襤褸，身上血跡斑斑，腳足鎖著鐵鐐。遠處的慶賀之聲隱隱傳來，饑腸轆轆的他目光有點茫然地仰頭望著窗櫺，不願意深想剛發生過的事和即將到來的命運。

土牢裡冷森森的，又冷又餓、等待處死的朱重八不禁打了個寒顫。突然，寂靜的土牢外面響起了輕輕的腳步聲，他警覺地豎耳傾聽，聲音就在窗櫺下面停止了，須臾，從窗櫺的柵欄中掉下來一個包裹，落到他面前。他驚訝地抓起來，一面細心諦聽外面動靜，一面輕輕打開包裹，裡面竟然是熟肉和麵餅。這種時候居然還有人想著他！朱重八眼睛裡立刻有了光，臉上也現出笑意，大口嚼吃起來。

給朱重八送食物的是馬姑娘。她在外面想像著朱重八咀嚼她送的食物時的模樣，不禁兀自嫣然一笑。她不捨地離開土牢，迅速走到小徑上，這才放慢步子。一抬頭，突然看見前面有燈籠光在閃爍，立刻悄悄往暗處一躲，沒想到不慎踩上了腳下的幾塊破瓦，靜夜裡響起清脆的卡嗒一聲，前頭提燈籠行走的正是郭天敘和他的部下，聽到響動，他們立刻警覺地駐足凝神張望，郭天敘眼尖，一眼望見模模糊糊的一個窈窕姑娘的輪廓，他知道那必是馬姑娘無疑，生氣地揮揮手，冷若冰霜地朝牢房大步跨去。

土牢裡的朱重八正在全神貫注地對付手中食物，一面心不在焉地猜測包裹的來歷，心裡漸漸有了幸福的感覺。突然咣噹一聲，牢房門打開了，有亮光照進來，郭天敘氣咻咻大步跨入。朱重八手抓吃了半截的餅子，一時有些呆滯。

郭天敘冷冷嘲諷：「豔福不淺嘛，坐牢還有人侍候著。」朱重八本來心中委屈，聽著來者不善，索性橫下心，硬梆梆道：「就算死犯，砍頭前也得讓人吃口飽飯吧？」

郭天敘見朱重八死到臨頭還敢硬氣，心中更不爽快：「哼，前半句嘛你說對了，你確實是死犯，天明就砍頭示眾！後半句嘛你說錯了，即使砍你的頭，我也不讓你吃上飽飯！為何呢？因為，我想讓你做個餓死鬼！繳了。」他的手下上前，真把朱重八的吃食奪走了。朱重八不由大怒，用戴手銬的手指著郭天敘大聲質問：「郭天敘，你為何總跟我過不去？我哪兒得罪你了？」

郭天敘扭頭就走，他的手下緊隨其後。牢門在他們身後咣噹關閉。土牢重新陷入無邊的黑暗之中。

郭天敘對於朱重八是必欲置之死地而後生。當然，生的是他自己。他以爲只有朱重八死了，他與馬姑娘的愛情才會有新生。他從土牢出來就去了父親那裡。郭子興正在大堂來回踱步，顯得心事重重。郭天敘問過安，恭立於側，察顏觀色地說：「父帥，胡先鋒儘管稍稍耽誤了軍機，但他已經命喪黃泉，以死抵罪了。而朱重八犯上作亂，手刃官長，更是罪大惡極呀，此風斷不可長，此罪斷無可恕！我已經將他關入死囚，請父帥下令，天一亮，就將他斬首示眾，以正軍紀。」

郭子興聽而不聞地走到屏風前，只顧打量著上面的彩繪圖案，而屏風的後面，馬姑娘靜悄悄地佇立著側耳傾聽，她聽到郭天敘說要殺朱重八，又恨又急，上齒緊緊咬住了下唇。

郭天敘見父親沉默，知道他心中另有想法。但他無法忖度父親的眞實意圖，有些不安，只能在旁輕聲催促：「請父帥立斷。」郭子興這才從沉思中醒來，「唔」了一聲道：「天敘呀，你說的有點道理。擅殺官長，斷無可恕。但我想問你一個事。」郭天敘心內一緊：「父帥請問。」郭子興冷著臉問：「是誰讓胡胖子按兵不動的？是誰？哦，你別跟我說是他自個的主意，胡胖子那個呆瓜根本沒這個腦筋！」

郭天敘惶恐，知瞞不過父親，選擇直言，他躬身響亮地說：「稟父帥，是我。」

郭子興狠狠地戳他腦門：「你差點釀出大禍來呀！約好了兩軍同時出擊，你卻想借元賊之手消滅孫德崖，坐收漁翁之利！那孫德崖是傻瓜嗎？其他大帥是瞎子嗎？他們難道看不出來嗎？」

郭天敘不敢抬頭，體恤地顫聲道：「父帥啊，兒子斗膽如此，全是爲了咱們弟兄，爲了父帥您啊！孫德崖一直在暗中與父帥作對，他圖謀獨佔濠州城哪。咱們要是不除掉他，他早晚會除掉咱們！」郭子興聞此言難免心動，但依然正色訓斥：「哼，他這點心眼，我豈不知？可你用這種手段暗算他，既太卑鄙又太愚蠢！這樣做非但不會成功，還會激起他的報復之心，致使義軍分裂！」郭天敘見父親不依不饒，別無它法，只得垂首跪地，忍氣吞聲認錯：「父帥，是兒子糊塗了。」郭子興望著兒子，又道：「還有一件事。」郭天敘膽怯地說：「父帥吩咐。」郭子興突然厲聲問道：「在我郭子興部，究竟誰是統帥？」郭天敘驚惶回答：「當然是父帥。」郭子興嚴正道：「那麼，郭部的任何人，在任何情況下，都不准背著我行事！就算是兒子也不行！」

郭天敘伏地，顫聲道：「遵命。」郭子興生氣道：「退下去，好好想一想！」

郭天敘起來，諾諾躬身而退。剛教訓完兒子的郭子興這才突然扭頭，朝屏風大喝：「誰在屏風後面？出來！」

馬姑娘笑盈盈步出，手中早已托著茶盤：「郭大叔，是我。」她微微下蹲，奉上清茶。郭子興從盤中端起茶杯啜茗一口，微笑嗔道：「你偷聽了半晌，轉著什麼念頭啊？」馬姑娘訥訥道：「我覺得，那個朱重八是、是個好人，求大叔饒他一命吧。」郭子興微怔，炯炯眼神直視著她：「丫頭，你是不是喜歡上這小子了？」馬姑娘大窘，紅著臉偏過頭，避開郭子興目光，嬌嗔：「大叔——」郭子興憐愛地望著馬姑娘，沉吟道：「丫頭，說實話，我也捨不得殺他。但是，這小子犯上作亂，手刃官長。如果不讓他給胡先鋒抵命，只怕將士不服啊。」

馬姑娘扭過身去，氣呼呼頂嘴：「這對他不公！胡先鋒違抗帥令，倘若不殺，此役會如何？」從未有人敢如此同郭子興說話。換了別人，郭子興早已惱羞成怒，治罪懲罰。但對年輕的馬姑娘不忍也不能。她出身富豪之家，父母為幫義軍盡散家財，最後慘死元軍手中。留下的她成了孤女。這姑娘氣質如蘭，聰睿大氣，又得父親豪俠風骨，是個不可多得的女中豪傑。再說，她的直言頂撞並非沒有道理呀！郭子興竟不動顏色地無言走開，翌日隻身去了關押朱重八的土牢，他令人打開牢門，聽得吱吱開門聲的朱重八抬頭，見一個高大的身影佇立眼前。揉眼定睛一看，竟然是郭子興。他趕緊起立，口中訥訥：「大、大帥。」

郭子興原本就緘默少語，此時更是一言不發，將朱重八從頭看到腳，蹙額不滿地發問：「你是個六尺漢子，為何穿這麼短小破爛的裝束？跟叫花子似的。」朱重八說：「胡將軍說營裡沒裝束，這套衣服還是從死去弟兄身上扒下來的。」郭子興將信將疑：「你是說胡胖子虐待你了？」朱重八欲言又止。郭子興卻沉下臉來：「胡胖子也算是身經百戰，殺敵無數。萬沒想到，他竟死在你這個從沒上過戰場的呆子手裡，這事怎麼看都他媽的荒唐！」朱重八有點結巴地分辯：「大帥，我、我並沒想殺他，是他要殺我。我躲來躲去也躲不開，使刀一擋，他就倒下了。再說——」他頓了頓，想自己是否說得太多，不想說下去了。郭子興卻追逼他：「說！」朱重八憤憤不平道：「再說，這傢伙臨陣避戰，陷害友軍，給咱們義軍弟兄丟臉，給大帥您丟臉！我殺了他，不後悔！」

郭子興突然換了語調，慢聲道：「還有個事。胡胖子死後，有人叫你逃跑，你為何不跑啊？」朱重八正氣凜然：「人生在世，得敢做敢當。我寧死不會逃命！再說，大帥您也吩咐過，要咱們奮勇拼殺元賊。」郭子興打量著朱重八身上的傷血，沉默許久才開口：「朱重八啊，你知道自已會有什麼下場嗎？」朱重八道：「郭公子昨晚就說過了，砍頭！」郭子興問：「你怕死嗎？」朱重八沉默片刻：「不怕。」郭子興一聲冷笑：「嘿嘿，眞的不怕？」朱重八憤怒地大聲道：「我等著大帥的斷頭刀呢！你們什麼義軍，呸！」郭子興聞此言大怒：「好小子，你就等著吧！」他一甩手，摔門而出。

朱重八在土牢裡等死的時候，湯和和徐達剛得知他被關入了土牢，他們商議著爲他向郭子興求情。兩人發誓，拼了官職不要，也要求郭大帥寬恕重八一回。但顯然爲時已晚，徐達、湯和兩人剛剛奔到帥府，就聽得一陣軍號吹響，兩人呆愣在帥府門口，滿臉的頹喪。嘹亮的軍號聲中，郭天敘昂首闊步從帥府走出，高踞臺階上高叫：「大帥有令，著百戶以上弟兄，全部到帥府聽命。」

言畢片刻，大小官員就陸陸續續踏上臺階進入了帥府大堂，一個千戶笑問郭天敘：「郭公子，大帥召我們什麼事，是不是要頒賞啊？」郭天敘洋洋得意地說：「美得你！不過，今天這事恐怕比頒賞還痛快！觀斬！」千戶臉色劇變：「斬誰？」郭天敘道：「還有誰，斬那個犯上作亂的小王八唄！」徐達與湯和走過郭天敘身邊，聞言面面相覷，兩人痛苦得心都揪緊了。

朱重八被幾個義軍和刀斧手押進帥府後院。後院裡草木蔥蘢，只有郭子興一個人背著手在院中深思踱步。一棵樹冠茂鬱的粗大銀杏樹下，擱著一隻紫色柚木托盤。盤中一套嶄新的官服燦燦發亮，一柄雪亮的戰刀銀光凜凜地挨官服置放著。樹下拴著一匹驃悍的棗紅色長鬃戰馬，鼻孔在青草地上從容地嗅來嗅去。

行將就死的朱重八被帶到郭子興面前，淡淡的目光與郭子興的久久對視。他有許許多多的冤屈，許許多多的想法，但沒法說出來，只能永遠埋在心底，帶到地下去了。後來，他轉開頭，朝院子各處看看，院子裡草木崢嶸、百花鬥豔。又朝碧藍的天空仰望。天空眞藍，好美，幾條白雲像舞女身上的飄帶，隨風輕漾。他以往怎麼沒有多看它們幾眼呢？這個時候，他最想什麼？他驀然想起了馬姑娘。這個世界上，總還有一個人眞心地待他，這樣一想，他稍稍得了些慰藉。嘴角竟露出了一絲笑意。突然，他聽見郭子興噗哧一笑，對他說：「朱重八呀朱重八，你是一條好漢，日後必定大有出息。我想我不會看錯。朱重八聽令！」朱重八彷彿從噩夢中醒來，驚奇地睜大眼，有點茫然地應了聲：「在！」郭子興高聲宣布：「本帥決定，令你頂替胡先鋒所遺職位，升任紅巾軍千戶，這套官服、戰刀、還有那駿馬，全都是你的了！」

剛才還認定自己必死無疑的朱重八恍恍惚惚，語不成聲地叫：「大、大帥。」郭子興突然又矜持起來：「本帥還有件事，要跟你商量一下。」

朱重八終於明白眼前發生的一切都是眞實的，激動地說：「不管什麼事，只要大帥吩咐一聲，咱赴湯蹈火，萬死不辭！」

郭子興說的話更讓朱重八深感意外：「我知道你父母雙亡。我呢，也就妄自托大了。我想收你爲義子，留在身邊效力，你可願意？」

男兒有淚不輕彈，只是未到動情處。自小感情內斂的朱重八雙眼濕潤了，他噗哧跪地，大聲道：「朱重八叩拜父帥！」郭子興高興地哈哈大笑：「好好！起來，快起來。重八呀，你這名兒不夠響亮。義父想給你改個名兒，你看可好？」受寵若驚的朱重八趕緊道：「改，改！咱爹不會起名，咱小時排行老八，爹就叫咱重八了。請父帥給咱改個名兒。」郭子興沉吟著：「唔。朱、朱，對了，朱元璋，字『國瑞』，你看可好？璋者，爲千年美玉；瑞者，乃國家祥瑞！」

朱重八重複著：「朱元璋！啊，太好啦。我就叫朱元璋！」朱元璋激動得深深揖首，大聲道：「義子朱元璋，叩謝父帥！」郭子興笑將朱元璋帶入帥府大堂。

義軍眾統領早已整齊地靜候於帥府大堂前，知道今天有人要被斬首，個個肅穆緊張。見郭子興進入，一個首領高聲吼叫：「大帥升堂，眾將參拜。」吼聲中，郭子興昂首上堂，眾統領整齊折腰：「拜見大帥。」郭子興穩厚的聲音在大堂裡遊走：「列位弟兄聽令。葫蘆口一戰，原先鋒官胡勇業貪生怕死，貽誤戰機，依法當斬！此外，朱元璋率先衝鋒，奮勇殺敵，大功卓著。即令朱元璋升任義軍左先鋒，官拜千戶！」

此話一出，所有統領都面面相覷，表情詫異。幾個人暗中竊問：誰是朱元璋啊，怎麼從沒聽說過他？徐達、湯和彼此相望，一臉驚疑。郭子興朝後堂笑喝：「朱先鋒，上來見過眾弟兄。」一個官服燦爛的大漢，雄赳赳氣昂昂地佩刀而出，他先向郭子興拜倒，高叫：「朱元璋領命！」徐達一看，不禁跺足驚叫：「我的娘哎，那不是重八嗎？」湯和跟著叫道：「天哪！真是那小子。瞧他那神氣樣，哈哈哈！」

朱元璋走到臺前，朝臺下眾首領抱拳拱一個「英雄揖」，高聲道：「義軍左先鋒朱元璋，拜見各位大哥！」頓時臺下哄然一片。湯和抻著脖子率先大叫：「恭喜朱先鋒！」所有的義軍首領齊叫：「恭喜朱先鋒！恭喜，恭喜！」海潮般的歡呼聲中，朱元璋直起身，自豪地打量著臺下義軍。他眼中盈滿淚水，感激而感慨：片刻間，死囚突然成爲金鳳凰！自己不僅有了駿馬戰刀，還有了一位威鎮四方的義父，有了一個響噹噹的官名——朱元璋！哦，世間榮辱禍福，眞是瞬息萬變啊！

在一片恭喜聲中，唯有一個人瞠目結舌、呆若木雞之後便是唉聲歎氣。過了一會，他氣憤轉首，卻遇上了父親郭子興嚴厲的目光。郭子興知道郭天敘心中不快，待眾人散了，留住郭天敘，直截了當問他：「剛才，我任命朱元璋的那一刻，你聽見弟兄們的歡呼聲嗎？」郭天敘悶悶地說：「聽見了。」郭子興沉靜地分析：「這說明什麼？說明那姓朱的確實讓他們喜歡，說明胡胖子這些年來不得人心。還說明，這事兒你爹做得對，做得高明。我擔保，那朱元璋今後必定感恩戴德，拼死效力！他的本事，要比那胡胖子大多啦。」

郭天敘滿心忌意無處消遣，冷冷譏誚：「恭喜父帥，又多了個兒子！」郭子興知道兒子心中怨怪他，瞪眼教訓道：「天敘呀，朱元璋不過是個義子，你才是我親生骨肉。你犯得著吃他的醋嗎？」郭天敘心裡到底無法平衡，不滿地埋怨：「哼，眼皮一眨，老母雞變鴨！父帥，我、我實在瞧不慣這小子。他才來了幾天呀！」郭子興正色道：「亂世出英雄嘛。眼下，大元腐朽之至，早晚必亡！而一個王朝將亡卻未亡時，往往也是天下最亂的時候。咱們如想在亂世贏得一席之地，就必須搜籠各色各樣的人才。」郭天敘想想也是這個理，只得慨歎應道：「父帥說的是。」郭子興加重語氣又道：「還有一句話，你要時刻牢記。你在這義軍裡，也算是半個主子了。不過，你的地位主要因爲你是我的兒子，這可靠不住！你如想讓眾兄弟死心塌地跟著你、信任你，就必須和他們生死相依，甘苦與共，建立功勳與威望。要不然，有朝一日我死了，你能頂得住麼？弟兄們會不會棄你而去，另投新主呢？」

郭天敘一驚，這才重視起來，虛心道：「兒子謹記在心。」

郭天敘回到營中，思前想後，難解心中鬱悶，他獨坐榻前，借酒澆愁。驀的，耳邊響起脆生生一聲「天敘哥」，不看也知道是馬姑娘。郭天敘不由用嘲諷的聲音說：「哦，是馬姑娘呀，你心裡還有我這個大哥？」

馬姑娘只微微一怔，臉上照舊陽光燦爛，溫婉地說：「天敘哥呀，我給你做了雙鞋，你瞧合腳不？」說著從包袱裡拿出剛縫製好的新鞋，捧到郭天敘面前。郭天敘扭著脖子斜眼打量著：「這鞋是不是朱重八穿剩下的？哦，如今該尊稱人家爲朱元璋了！」馬姑娘一皺眉，嘟起了櫻桃小嘴：「天敘哥，你這是什麼話呀？」郭天敘把杯中酒一飲而盡，醉醺醺道：「什麼話？心裡話！你明知道我喜歡你，你卻暗中相助那小子！」

馬姑娘扭轉身子，語氣中似有許多委屈：「這鞋是我專爲你做的。天敘哥，你、你要不要？」郭天敘把腳往前長長伸出去：「要，要，我要！不過，妹妹呀，你如果還認我這個哥哥，勞你替哥穿上。」馬姑娘看著那雙伸過來的腳，一時呆愣在那裡，尷尬地說：「哥，你醉了。」郭天敘聲音熱辣辣地說：「有一點。不過，哥是酒不醉人人自醉呀！妹呀，替哥穿上，穿上呀！哦，哥知道了，你根本就瞧不起你哥，你嫌哥這雙腳又髒又臭！」

郭天敘話說到這份上，馬姑娘一時也無招架之功了。她隱忍著蹲下身，雙手竟不像自己的，麻木地替郭天敘脫下舊鞋，換上新鞋。郭天敘兩眼直直地盯著她，俯身靠近她道：「妹呀，你這雙小手眞是巧啊，眞是嫩啊！不過，你現在心裡頭是不是恨死我了？是不是還惦著那個小王八呀？」馬姑娘微微朝後讓著，一言不發地替郭天敘換畢鞋，起身欲走。郭天敘卻一把拉住她，顫聲道：「妹，哥喜歡你！哥眞的喜歡你！」馬姑娘捋開郭天敘抓她的手，低聲道：「哥，放開我！」郭天敘緊緊拉住她，醉醺醺地說：「你哥爲了你，茶飯不思，魂不守舍，你難道就看不出來？妹呀，你哥出生入死，腦袋掛在刀口上，說不定哪天就一命歸西了，你、你就不心疼你哥？」郭天敘再也按捺不住欲火和怒火，他起身從後面將馬姑娘用力抱起，狠狠按到榻上，欲行強暴。馬姑娘一手拉緊衣裙，一手拼命推搡，大叫：「放開我，放開！」郭天敘沒料到她的聲音如此之大，不免驚慌，手下一鬆，馬姑娘趁機把郭天敘推開，衝出門去。

馬姑娘心有餘悸地漫步路上，漸漸走近帥府。想父母雙亡，自己孤身一人居然遭此凌辱，越想越傷心，不由得暗暗落淚。恰遇郭子興步出撞見，不由驚問何故，馬姑娘欲言又止，被郭子興帶回帥府內室，非問出緣由不肯甘休。馬姑娘想想相瞞終非長久之計，躲得了今天不一定躲得了明天，心下一橫，就跪在郭子興面前垂首飲泣，將方才遭遇一一說出。

萬沒想到郭子興聽罷反而爆發一陣哈哈大笑，語重心長道：「唉，ㄚ頭啊，義軍的弟兄天天出生入死，說不定哪一刻就一命歸西了。所以，他們活著的時候，總想活得夠本，活得痛快。在男女方面，自然就粗野些。」說到此，他略一停頓，換了口氣，重重道：「天敘這小子，真不是東西！」

馬姑娘神情仍舊黯然，說：「義父的意思我明白。不過，如果連您的義女都保不住自個身體的話，那麼城裡的民女豈不是更不得安寧了？這些男人們口口聲聲號稱義軍，卻對女人肆行強暴，這跟土匪又有什麼區別？」

郭子興一怔，半晌說不出話來。再開口，便是推心置腹的口氣：「ㄚ頭，你說到我的痛處了。唉，眼下不但是天下大亂，咱們自個的軍紀也是壞亂不堪哪，早晚非得整頓不可，不整頓必垮！但是現在，我還得依靠他們打仗，騰不出手來整頓他們。」馬姑娘嬌羞地說：「天敘哥對我這樣不遜，叫我怎麼立足啊？他、他並不全是垂涎我的身子，他、他對我恨死了！」郭子興「哦」了一聲，直視馬姑娘：「為什麼恨你？」馬姑娘難堪地回道：「為了朱重八，我給朱大哥送過東西。天敘哥恨我對他好。」

郭子興從日常蛛絲馬跡中略略猜得隱情，如今從馬姑娘口中證實，便堅定了自己的想法。他親手扶起馬姑娘，溫和地說：「ㄚ頭，義父問你個事，你必須說心裡話。」馬姑娘道：「義父請講。」郭子興問的是：「你有喜歡的男人嗎？」馬姑娘臉上立刻貼上兩塊紅暈，嬌羞搖頭，猶猶豫豫地說：「沒。」郭子興疼愛地看她：「可是，義父覺得你有啊！比如說那個姓朱的？」問過之後，他故意不再朝她望，其實她的每一個表情都在他的眼梢裡收著。

馬姑娘滿面含羞：「義父！他、他、他醜死了！」對著疼愛自己的長輩，她的口氣像是撒嬌、又像是在同誰賭氣。其實她在同自己賭氣呢！她爲什麼會愛上這個長相醜怪的人？捫心自問，自己竟還有點迷他。她不明白自己這是怎麼了。她原本是想找個英俊郎君的呀。哪個少女的夢中情人不是個白馬王子那樣的俊少年呢？可自從遇見他以後，自己就有點情不自禁了。一向覺得自己挺聰明、挺有自制力的她，在這件事情上，竟拿自己沒辦法。

沒想郭子興認眞地說：「不，他不醜，他天生異相，膽氣過人。這一點，義父我不會看錯，這人呀，早晚必有大出息！」

這話在馬姑娘心中的份量，如雷霆萬鈞。她一時竟不知如何再開口了。她大睜著美麗的眼睛呆呆地望著義父。她的眼光裡折射出異樣的光彩和內涵。那裡面有她無法說出來的東西。

郭子興慈愛地望著馬姑娘，緩緩道：「義父也要跟你說句心裡話。丫頭啊，你一個美貌女子，又是單身，只要你在軍營裡，你就是男人眼中的一團火，夜裡的一片夢！不管你想怎麼乾淨，也乾淨不了！爲何？男人們會用各種各樣玩笑挑逗你，甚至用毒言惡語來糟蹋你。那天在彭大帥府上，孫德崖那王八蛋就說你是我的小妾！你看他惡不惡？他想搞垮我，竟然使出了這種手段！」

馬姑娘大窘：「義父！」她羞澀得眼光無處投，更不知如何安慰義父。郭子興關切地勸道：「嫁人吧！丫頭。想嫁誰，隨你挑！但你必須嫁個人，嫁了，你才有安寧！嫁了你愛的人，我才對得起你父親。」

提到父親，馬姑娘忍不住眼中噙淚，但義父如此爲她操心，她心中早已溫暖如春。她無限感激地望著郭子興，卻不知如何作答：「我，這——」郭子興微笑著立掌讓她不要說話，自顧自說下去：「那天，我認朱元璋做義子時，心裡忽有所動。丫頭啊，你可知道我動的什麼心思？」

聰明伶俐的馬姑娘自然已經明白，卻故意垂頭道：「不，我不知道！」郭子興自我陶醉地說：「我在想啊，要是我的義女嫁給我的義子，那該多好啊。義女嫁義子，義子娶義女，堪稱天作之合，親上加親，簡直是太好啦！哈哈哈！」

馬姑娘忍不住撒嬌嗔道：「義父！」

馬姑娘走後，郭子興蹙額在院中踱步沉思了半晌，然後著人去叫郭天敘。郭天敘到後，郭子興喝令侍衛退下，看似無意地隨手關上了院門。郭天敘喜滋滋上前道：「父帥，聽說您要頒賞了？」郭子興沉沉地說：「是。是得開賞了！」郭天敘歡笑道：「嘿嘿，弟兄們都盼著領賞呢。嘿嘿，父帥啊，您賞我什麼呀？」郭子興猛然搧了郭天敘一個耳光，怒叫：「我賞你一巴掌！」郭天敘猝不及防，一時懵了，他捂著面孔顫聲道：「父帥？您——」郭子興一掌擊罷，狠聲狠氣道：「我怎麼著？唔，我的好兒子啊！一巴掌只怕不夠。你爹我再賞你兩巴掌！」郭子興左右開弓，啪啪地又給了郭天敘兩耳光！郭天敘丈二和尚摸不著頭腦，連連後退，委屈萬分地問：「父、父帥，我犯了什麼罪?!」郭子興怒氣沖沖道：「馬姑娘是什麼人？她是我大哥的親生女兒，是你爹的義女，是你的義妹！連她你也敢動粗？你是畜牲啊你？你要翻天哪你？」

郭天敘垂首訥訥地說：「父帥，我、我喜歡她。」郭子興怒斥：「放屁！你那叫喜歡？你是饞她的身體，你這叫賤！」郭天敘忍不住頂嘴：「不錯，我是賤。可馬丫頭比我更賤，她竟然看上了那個姓朱的呆子！」

郭子興長歎：「天敘啊，我跟你說過多少回了？你什麼人，他什麼人？你是統領萬眾的郭公子，他只是咱的一個部下，你犯得著跟朱元璋爭風吃醋麼？」郭天敘無奈認錯：「我是輕薄了。我知錯了。」郭子興繼續訓導兒子：「唉。爲英雄者，如想成大業，光憑刀兵武力，那可遠遠不夠。關鍵是要獲取人心，得人心者得天下！而獲取人心，首先要獲取身邊人的心。獲取才子義士的心！只有這樣，人家才會攏到咱身邊來，跟著咱榮辱與共、親如手足。上了戰場，人家才會爲你捨生忘死，奮勇拼殺！天敘啊，眼前不但天下大亂，這濠州城裡也五帥爭雄，亂上加亂！咱們急需用人哪！那朱元璋肝膽照人，才能超群，正是咱用得著的俊才。爹將他收爲義子，就是盼他將來有大用啊。」

郭天敘雖知父親說得在理，但心中終有塊壘，只是不敢同父親抗辯，只得說：「兒子明白了。從今往後，我一定收斂自己，善待部屬。」

郭子興眼睛看著兒子，告訴他：「過些天，馬姑娘要嫁給朱元璋了。」

郭天敘驚呼：「什麼？」郭子興雙眼一瞪，長長地「嗯？」了一聲。郭天敘趕緊改口：「我是說，這麼快呀！可喜可賀！」郭子興威嚴地加重語氣：「是可喜可賀！我要你好好給人家做喜，好好地爲他慶賀。你要準備一份厚禮，笑顏逐開地送給他！」郭天敘心裡深歎一口氣，嘴上恭敬地答應了父親。

朱元璋與馬姑娘的婚事由郭子興與夫人親自主持。那一天大帥府張燈結綵，喜樂大作！帥府大堂的銅鼎裡焚著百合之香，彩花瓷瓶中插滿長春之蕊。後院裡也是香煙繚繞，花影繽紛。有人把平時捕到的鸚鵡、畫眉、喜雀也帶到後院來了。帥府上下鳥語花香，披紅掛綠。郭子興與夫人喜氣洋洋地坐在一對楠木雕龍太師椅上，笑容滿面。朱元璋身著一身簇新的黃緞長袍，馬姑娘身上更是彩繡輝煌，身著縷金大紅雲緞的綴裙，像所有新娘子一樣紅綢蒙頭，楚楚動人地任丫環攙扶。吹吹打打的喜樂聲響了起來，兩人款款步上大堂。

擔任司儀的郭天敘立於堂中，他滿面堆笑地朝新郎新娘吆喝：「一拜天地！」朱元璋與馬姑娘跪在紅氈上，拈香叩拜天地與佛祖。郭天敘再喝：「二拜父母！」朱元璋與馬姑娘起身，再跪地向郭子興夫婦深深叩拜。郭天敘再喝：「夫妻對拜！」朱元璋與馬姑娘相互揖拜。徐達、湯和及眾將領在一旁歡聲祝福，亂哄哄地笑鬧成一片！三拜儀式結束，郭天敘迅速退到一旁，陰冷著臉甩袖離開。

新婚之夜，朱元璋與馬姑娘在小小廟堂改成的洞房裡共度良宵。洞房的案几上，一對大紅蠟燭劈啪爆響著，坐在榻邊的朱元璋笨拙地將坐於另一端的馬姑娘擁入懷中。朱元璋望著嬌妻的花容月貌，恍若在夢中。良久他才開口說：「妹妹啊，先前咱恨死這個亂世，它害死咱多少人！但從現在起，咱既恨它，也開始有點喜歡它了。嘿嘿，亂世好哇，大亂了就有大變化。嘿嘿嘿！」馬姑娘癡癡地笑了一會，才問：「爲什麼？」朱元璋自豪地說：「聽說書的人講，大英雄都是出於亂世，亂世當中才能建功立業，濟困扶危，平定天下。再說了，這世道要是不亂，我一個放牛娃哪能娶上您馬姑娘呀？這世道要是不亂，哪有我朱重八改名換姓的機緣？哪有一個叫朱元璋的出頭之日？」

一向颯爽英姿的馬姑娘此時卻是如風如雲，千姿百態。她在朱元璋懷裡晃動著身子嬌嗔道：「瞧你得意的，一個放牛娃出身的小行童，自以爲英雄蓋世了！」朱元璋沒想到馬姑娘還有如此嬌柔嫵媚的一面，幸福得腿軟骨酥，將馬姑娘摟得更緊，胸中的男子氣概也更加激越。他嘿嘿笑道：「妹妹啊，別看咱倆現在屈身在一座破廟裡，將來呵，我要爲你蓋一座朝天宮！讓你住進天底下最大的房子，過上人間最好的日子！」

馬姑娘沒想到剛做了自己丈夫的朱元璋會誇下如此海口，不禁有點感到好笑，但感念他也是愛心所致，說些女人聽得舒服的話撩逗她，便不忍潑他冷水，隨口說：「什麼朝天宮啊？那是皇上住的地方，我不稀罕。我喜歡的，是你這人！你啊，看上去粗頭大臉的，但為人厚道。還有，心氣兒比天都高！你知道不，光憑這，也能迷住女人呢！」

朱元璋癡癡地笑著，但神情分明認眞得很：「嘿嘿，人生在世，我是眞要做一番驚天動地的事業的！」馬姑娘卻有些分神，忽然悄聲道：「重八哥，我有些害怕。」朱元璋急問怕什麼，馬姑娘喃喃地說：「我怕，怕天敘哥哥。他這人哪，心地陰險，手腳輕薄。現在咱倆成了一家子，他豈不要恨死咱們了？」朱元璋不由有點憂心，歎道：「唉，你知道不？天敘對我又嫉又恨，幾次三番要害我！」馬姑娘當然知道，她著急地說：「那咱們怎麼辦呢？」朱元璋顯然想過這事，從容道：「叫我看哪，咱們以後要對他更好，更親，更順從！咱們在他面前，要示弱，示忠！」

見朱元璋這樣說，性情穎慧大度的馬姑娘不由大為感動，心裡反而豁亮了，原有的擔心也減輕了。朱元璋眞的令她刮目相看呀！她暗暗慶幸自己此生找對了人。

朱元璋見馬姑娘不說話，以為她心中不以為然，進一步勸解道：「郭大帥是咱義父，天敘怎麼說也是咱義兄啊。如果兄弟之間爭鬥起來，那就是骨肉相殘，誰也得不了好。再說，只要郭大帥在，天敘也不敢太過分。」

馬姑娘還是不說話，朱元璋此時極想聽見夫人開口。她不開口，是不是不贊成咱說的話呀？正在猜度、不知所以間，馬姑娘卻反身抱住了朱元璋的脖子，在他粗糙的臉上溫柔地親了起來。

第四章

醉酒傷人湯和受打
獨闖孫府義子救父

世情看冷暖，人面逐高低，朱元璋如今是深切地體會到了這一點。一夜間成爲郭子興義子的他身著一身鮮亮的戰袍，騎在高大的戰馬上，由部屬牽著走過大街。街兩旁，不時有義軍將領朝他抱拳揖禮：

呵，這不是朱、朱公子麼？在下給公子請安！

小弟見過朱將軍！

威風凜凜的朱元璋笑容滿面，油然而生的一股軒昂之氣在胸腔裡舒服地鼓蕩著。他連連回揖：「胡兄弟好！王兄弟好！」他的身後，那些義軍將領忍不住回首望他，議論著：

郭子興得了朱元璋，如虎添翼。

瞧這氣勢，他比郭天敘更像是郭子興的兒子。將來，說不定得由他主掌帥位了。

我看未必。郭天敘與朱元璋之間必有一爭。到那時，咱們就等著瞧熱鬧吧！

朱元璋在眾多的目光與竊議中從容而行，雖然他聽不清別人議論他的話，但他早已從那些熱切的目光與熱絡的問候中感覺到自己已經今非昔比，成了濠洲城令人矚目的顯赫人物！然而內心深處，他沒有得意忘形，相反，他有著常人少有的清醒，他知道，一個人春風得意之時，也是他受人嫉妒最深的時刻。他走向街面上一座體面的小樓，徐達與湯和已經等候在酒樓前，兩人一齊向朱元璋揖禮：「拜見大哥！」口氣比以往恭敬了許多。

朱元璋跳下馬來，禮貌地笑著回禮，小聲道：「這一路上，我口口聲聲和人稱兄道弟，簡直就沒斷過嘴，叫得我難受死了。說實話，咱的親兄弟就你倆！」徐達、湯和聽了這話都很受用，臉上放光。徐達調侃道；「喲，你如今是乘龍快婿了，還認咱兄弟麼？」湯和也故意大驚小怪的樣子：「瞧這馬，好像是郭大帥的坐騎嘛！恭喜重八，你做了咱主子啦？」

朱元璋親切地捶他們：「損我！走，喝酒去。我可想死你們了。」

進了酒店，徐達與湯和強行把朱元璋按在酒桌首座：「大哥，請上位，請入上位。」朱元璋順水推舟地坐了下來，嘴裡說：「怎麼，你們心甘情願讓咱坐上位了？」湯和呵呵笑道：「在咱們面前，重八大哥永遠是上位！」徐達端過一隻大酒甕，給三隻大酒碗斟上酒。三人舉碗一擊，叫聲「乾了！」一飲而盡。湯和抹嘴道：「哥哎，你起桿子入夥才幾天啊？這不，媳婦有了，千總當上了，還成了郭大帥的義子！哥的本事大得讓咱兄弟佩服死了，眞是不服不行啊。」徐達興奮地說：「往後，咱兄弟就追隨著大哥打天下了！」

朱元璋沒有他們興奮，反倒像是有心事的樣子。沉默了片刻，歎道：「在外人眼裡，我大概風光無限。可其實呢，我是坐在爐火上烤，挨在懸崖上行。一不小心，就會粉身碎骨，腦袋掉了還不知怎麼掉的！」

湯和奇怪地問：「大哥這話什麼意思？」

朱元璋看看四周，見近旁無人注意他們，才低聲說道：「我朱重八並無什麼大貢獻，可郭大帥待咱，可謂是義薄雲天、恩重如山！你倆知道這是爲什麼嗎？」兩人緊張疑惑地望著他。朱元璋說：「郭帥目光超人，一眼看出咱是個可用之才，所以才給了咱這麼厚重的升拔賞賜。從此以後，咱生生死死就是他的人，必得死心塌地感恩、效命。」

湯和鬆了一口氣，道：「我看郭大帥沒看錯人，大哥你絕對是當世英才！」徐達半眞半玩笑地問：「大哥，你既然把郭大帥的心思看得這麼清楚了，還會死心塌地忠於他嗎？」

朱元璋不假思索，爽利地說：「忠！郭大帥名為義父，但比咱生身父親還親！咱爹朱五四只生養出一個放牛娃朱重八，但郭大帥卻生生地造就出一個朱元璋！但，咱現在這聲名位置招人嫉恨哪。也許我躲過了明槍，擋不住暗箭。」

徐達猜度道：「重八啊，你擔心的是不是郭公子，郭天敘？」湯和一聽，快語道：「沒錯，就是他！唉，郭大帥有這麼個兒子，眞是虎父犬子。這小子啊，身無長技卻自命尊貴，心胸狹小又待人刻薄。大哥，你不可不防。」

見兩人說穿，朱元璋反而笑了笑，坦率地說：「多謝關照，我是已經有所提防。」湯和關切地問：「敢問大哥怎麼提防法？」朱元璋道：「郭天敘是義兄，俗話說長兄如父。我待他要如事尊長，恭順而忠誠。凡郭義兄所言，我絕無遲疑，句句遵行；凡郭義兄所令，我赴湯蹈火，一往無前。這，就是我提防他的辦法，無防便是大防！再說，我如今比任何時候都更需要建功立業，也沒有時間處處設防呀！」

徐達、湯和呆了一會，好容易想明白了，同聲大笑：「好哇！高明，高明！」朱元璋感慨道：「說句心裡話，咱們仨才是生死同命的弟兄！咱們一塊光屁股長大，一塊餓過肚子，在一塊黃土底下埋過爹娘。唉，這世上，只有咱仨個是比親骨肉還親的親兄弟！今後，我朱元璋如能成就一番事業，要靠你們相助呢。」

湯和舉盞，莊嚴發誓：「大哥，湯和這輩子就跟著你了，即使粉身碎骨，也在所不辭。」徐達也是一臉的莊嚴：「徐達生生死死跟隨大哥，海枯石爛，此志不移！」朱元璋舉碗過頭，感激地說：「敬二位兄弟！」三人擊碗，一飲而盡。湯和端起酒甕，嘩嘩地朝三人碗裡倒酒。朱元璋擔心他喝醉生事，提醒道：「二弟，這些日子城裡不太平，咱們還是少喝點吧？」湯和不以爲然，大咧咧道：「沒事。今日高興，非喝個酩酊大醉不可！」

朱元璋的擔心並非多餘，天未黑，他就被郭天敘派人叫了去。他匆匆趕到的時候，郭天敘正立於轅門處，面色嚴竣。兩旁衛士神色漠然地排立，彷彿有大事發生。朱元璋心知不好，上前朝郭天敘恭敬地折腰揖禮：「在下拜見郭公子。」郭天敘轉頭不悅地「嗯」了一聲，朱元璋趕緊改口：「末將拜見郭副帥！」郭天敘這才說了聲「免禮」，明知故問：「元璋兄弟，今天軍營該你執勤吧？」朱元璋小心地應承，郭天敘目光猛然射過來：「那我問你個事，千總違抗了帥府軍令，該當如何處置？」

朱元璋心裡咕唧，不知發生了何事，嘴上只得回答：「在軍營裡，無論何人違抗了大帥的軍令，都應該依法處置，概不寬容。」郭天敘道聲「好」，大叫「押上來！」兩旁軍士應著，隨即從轅門後面押出一人，朱元璋不由大驚失色，原來就是剛才一起喝酒的湯和！

郭天敘用居高臨下的聲音告訴朱元璋，湯和醉酒行兇，出手狠毒，竟然把來營點驗的帥府參事打成了重傷。他厲聲責問：「朱元璋，你身爲軍營值旗官，爲何置之不理？」朱元璋穩穩神，道：「稟副帥，末將正在營外巡視。湯和醉酒傷人的事，我確實不知道。」

「現在你知道了？」

「知道了。」

郭天敘微笑了：「那麼，就請值旗官依法處置吧！」

一陣勁風吹過，朱元璋打了個寒顫。他滿面難堪，硬著頭皮上前詢問：「湯和，你果眞打了帥府參事？」沒料到醉意未消的湯和衝著郭天敘醉醺醺叫著：「老子打了，你怎麼著？那小子橫挑鼻子豎挑眼，出口傷人，不是東西，哥哎，那小子就是欠揍！」

郭天敘在一旁冷笑：「聽見了吧？湯和已經認罪了，元璋兄弟，現在該你拿章程了！」朱元璋知道這事是郭天敘搗鬼，必是他暗中唆使帥府參事生事，心裡恨得咬牙，但此時仇恨只能往肚子裡嚥，無奈還得執法。他穩穩神道：「湯和違抗軍令，醉酒行兇，依律，該當眾責打三十軍棍，剝奪千總職銜，降為把總。」郭天敘朝旁邊示意，立刻有人抱著兩根軍棍上前，朝朱元璋腳前一扔。郭天敘努努嘴：「喏，執法吧！」

朱元璋知道這是郭天敘存心給他難題做。他憤恨地剜了郭天敘一眼：「多謝副帥，替咱把軍棍都準備好了。」郭天敘的微笑讓朱元璋的痛苦雪上加霜。「我知道湯和是你的結義兄弟，就怕你一時找不著軍棍啊！至於你下棍時是輕是重，執法是嚴是虛，那我也無可奈何了。告辭！」郭天敘狠狠說完，掉頭便走，在半道上卻突然立定，回頭補充一句：「哦，當眾責打！是吧？既然是當眾，那是否應該把各級統領都召來觀刑，請值旗官斟酌！」郭天敘甩手遠去，跟隨他的侍衛也離去了。朱元璋有點手足無措地看著湯和：「兄弟呀，我提醒過你，眼下是非太多，不要醉酒。」

湯和怒沖沖叫道：「哥，你只管動手，我不怕。別讓那小子背後笑話！」朱元璋想想別無選擇，傷感地轉過身，朝軍士喝令：「召集所有統領，轅門觀刑！」一個軍士拔出牛角號，嗚嗚嗚、嗚嗚嗚！號角聲立刻傳遍軍營內外。

郭天敘並沒有走遠，他走進了馬房，郭子興正立於馬房的暗處，朝轅門觀望。郭天敘輕輕走到父親身邊，不說話也往轅門那裡望著。

郭子興稍稍不滿地說：「天敘啊，你這著也忒過狠辣了！」郭天敘卻顯得很鎮定：「稟父帥，您雖然收朱元璋爲義子，並且給了他天高地厚之恩，但他內心裡是不是眞的對父帥感恩戴德呢，會不會對父帥竭盡忠誠呢？這一點，父帥您並不確信，對不？」這話說在要害處，歷史上，恩將仇報的事比比皆是，郭子興也不能排除這份擔心，他皺著眉沒有說話。

郭天敘見父親默認，認爲自己這一回同父親達成了默契，忍不住神采飛揚地在父親面前進一步表現：「湯和與徐達是他的結義兄弟，他們仨經常在一起聚會。他們謀畫些什麼，咱們並不知道！現在咱們可以看看，您這義子心裡究竟是向著父帥您呢，還是向著他自個的兄弟？是父帥的軍法重要，還是他兄弟的私情重要。如此一來，他是忠是奸，也就大致可以看出馬腳來了。」

郭子興還是不說話，但他觀望的目光卻是更急切更深邃了。

轅門那裡，眾將領已經陸續到來，圍成了一個圈。圈子中間是湯和，他自動臥在一條一尺多寬的長木凳上，兩個執棍軍士分兩邊佇立待命。朱元璋知道不打無法向上交代，看看眾將領，無奈地在心裡給自己鼓了鼓氣，索性高聲喝道：「奉帥令。千總湯和醉酒行兇，違法抗命。著將其當眾責打三十軍棍，以示軍法嚴明。聽著，執行！」他的話音剛落，那兩個軍士便高舉軍棍，你來我往，此起彼伏，朝著湯和的下肢與臀部重重打下去。兩人還按規矩響亮地數著：一、二、三、四。湯和壓抑不住地叫喚了幾聲，下肢很快滲出血來，他死死咬住牙關，漸漸昏迷。朱元璋早已掉過頭去，不忍目睹。觀刑的將領中間漸漸有了騷動，議論聲此起彼伏，突然有人大叫一聲「停！」一個將領上前求情：「朱千總，意思一下就行了吧？湯和承受不住了，再說大帥和公子又不在這兒，何必執法太酷！」其他將領紛紛附和：「是啊，意思一下就行啦，大家都是兄弟，誰還沒個閃失？」其中徐達的聲音尤其突出。

心情沉悶的朱元璋目光閃爍起來，他猶豫了。他朝遠近看看，就是不敢看受刑的湯和。突然，他的眼睛在不意間望見了那座馬房和馬房裡隱約的暗影，心裡一個格登，頭腦頓時清醒過來，彷彿換了一個人一樣，目光變得深沉而冷峻，他提高聲音問：「打多少了？」軍士回答：「十八了，還差十二棍。」朱元璋厲聲道：「接著打，務必打滿三十！」執棍軍士繼續揮棍重重打下，嘴裡數著：二十、二十一、二十二。

朱元璋逼迫自己同眾將領一起觀刑，他望著鮮血淋漓的湯和，忍不住熱淚盈眶。

郭子興透過馬房的空檔望見了這一幕，慨歎不已：「這個朱元璋，果然是個忠心耿耿之人。不管我在不在場，他都始終如一。我信得過他！」郭天敘的語詞間卻是掩藏不住的失望：「父帥，也許那兩個執棍的人是朱元璋部下，別看他們吆三喝四的，但使的卻是虛勁，棍下藏私啊！」郭子興冷冷地問：「你挨過軍棍沒有？」郭天敘搖搖頭。郭子興訓斥道：「你爹我挨過！無論是元軍的軍棍還是義軍的軍棍，我都挨過。所以，他們棍下是實是虛，我聽得出來！」

而此時，朱元璋已執法完畢。執刑的軍士收棍之後正站著喘息，朱元璋讓他們退下，讓呆愣著的眾將領也解散回營。他站在湯和面前，焦急地叫喚：「兄弟，兄弟？」湯和好久才徐徐醒來：「大哥！」

朱元璋側身蹲在地：「上來，我背你回家。」湯和顫聲道：「哥，不用了。」朱元璋不容分說：「你下半身都是血，不能沾地。快上來，哥背你！快！」湯和身體發抖，強支著起身，趴到朱元璋背上。朱元璋背起湯和就朝自己家中去。湯和在朱元璋背上呻吟著：「大哥，還是把我放下吧。叫郭天敘看見，又會說你暗藏私情。」朱元璋憤恚道：「他愛看就讓他看！打軍棍的時候，咱們一下也沒少。打完了，你我還是兄弟，永遠是兄弟！」

湯和心裡一暖，半天沒說話。後來發現朱元璋沒往軍營走，就問：「哥，你往哪兒去呀？」朱元璋說：「回家。」

郭天敘的眼睛到此時還沒有放過他們。他瞪著兩眼，指給父親看：「父帥請看，朱元璋把湯和背走了，他們果然是一夥的！」郭子興看了一眼，卻說：「不錯，這才像義兄弟樣子。忠是忠，情是情，不是無情無義之輩。天敘啊，你如果能這樣對待部下的話，我就放心了。」郭天敘面有慚色，無法作答。郭子興掉頭而去。

再說朱元璋氣喘吁吁地將湯和背回家中，見屋門關著，一隻腳將它踢開，正在後面收拾東西的馬姑娘聽見房門聲響，跑了出來，看到丈夫背著下身血淋淋的湯和，大驚道：「這是怎麼了？天哪，這不是湯和兄弟嗎？出什麼事了？」

朱元璋讓馬姑娘幫忙將湯和輕放到榻上，輕聲說：「湯和受了軍法，挨軍棍了。快拿創藥來，再燒鍋熱水。」馬姑娘放下湯和，忙著找來創藥，她小心揭開湯和的血衣，心驚驚地問：「哪個惡賊打的？下手這麼重啊！」朱元璋悶悶地說：「是我。」馬姑娘倒吸一口氣，一雙漂亮的杏眼立馬睜圓了，像探究陌生人那樣地望著他：「你？」

湯和見馬姑娘變臉，忙呻吟著說：「嫂子，我犯了點事。是郭天敘逼著大哥執行軍法的。」馬姑娘愣了片刻，氣憤道：「我就知道郭天敘心狠手毒，變著法兒跟重八和你們過不去！還有你，重八啊，他叫你打你就打啦？你呆子呀你？他心裡恨你，他這是在治你哪！」

朱元璋垂首爲湯和清理傷口，口氣還是悶悶的，有點透不過氣來似的：「我知道他借著這事來治我。我還估計——」朱元璋隱忍不言。馬姑娘推推他：「說啊，你還想到了什麼？」

湯和也關切地望著朱元璋。朱元璋慢慢說：「我估計著，在我執行軍法時，郭天敘是故意離開的，但我們的一舉一動，他都會知道，說不定他就在旁邊監視著！他的用心是，我如果敷衍了事棍下藏私，他就會稟報大帥，說我對大帥不忠。我如果依法重打了自個兄弟，那他就盼望你們恨我，盼望這一頓打，把我們兄弟給打散嘍。」

湯和驚訝著，想想是這麼回事，不由「呸」了一聲：「這小子！心眼不少，真他媽一條毒蛇！」朱元璋說出自己更深層次的擔心：「我難以估計的是，這事兒究竟是郭天敘的主意，還是郭大帥的主意。」馬姑娘與湯和一聽，頓時面面相覷，都露出了擔心的神情。朱元璋見兩人緊張，反倒寬和地笑笑，親切地說：「湯和，今兒起你就住家裡療傷。臥榻也歸你睡了，妹子會照應你。」湯和驚惶地要掙扎起身，道：「萬萬不可，這是你倆的新房啊！我待這像什麼？」馬姑娘按下他，道：「湯和兄弟，你就住這兒！咱家就是你家！」

再說彭大，原先也算是個讀書人。當了元帥之後，反而更加喜歡讀讀寫寫。這一日正在內堂寫字，突然聽到帥府的大門被重重擂響，那聲音氣勢洶洶，聽上去來者不善。他惱怒地從大堂出來，見一個副將按刀死盯著大門，眾部下皆執刀槍戒備著，臉上都有些慌張。就大聲問：「外面什麼人？」

副將回答不知道。彭大想了想，命令開門。副將猶豫著說：「大帥，聽動靜，外面人不少。恐怕來者不善哪！彭大帥略一思索，還是讓他開門。

副將一揮手，兩個軍士上前卸下門拴。大門立刻轟地被衝開，大群執刀義軍撲入，他們顯然是有備而來，瞬間就迅速布滿了帥府大院，並且一個盯著一個，把帥府軍士監管起來。彭大凜峻地觀看著，直到他看見最後緩步走進大門的孫德崖，才突然露出微笑來，開門見山地問：「哦，原來是孫老弟！怎麼著，要來奪我的帥位了？」

孫德崖抱拳道：「不敢，在下是來請彭總帥主持公道的。」彭大隱忍地說：「主持公道？嘿嘿嘿，如此主持法，我眞是當不起！老弟直說吧，你想幹什麼？」孫德崖怒沖沖地告狀：「昨天傍晚，郭子興部下強佔了我部一所宅院，我這些弟兄沒處安身了。彭大哥如果不能懲辦姓郭的，還我公道，那我這些弟兄就只好在彭府安家了！」

彭大見其要脅，心下惱怒，但還是客氣地說：「孫兄弟，請進來說話。」他引孫德崖進了內堂，讓其坐在太師椅上，著僕從泡上一壺龍井香茶。孫德崖手抱茶壺竟咕咕豪飲，彭大憂慮地在旁踱步，勸解著：「老弟呀，我早擔心你跟郭子興鬧事。前些時，大敵當前，城內各部尙能和衷共濟，一體用命。可只要打敗了元軍，各部的矛盾也就突顯出來了。別的不說，單是糧餉、駐地就不敷分配，你哥我實在難以調和啊，老弟你要體諒。」

孫德崖砰地摜下茶壺：「彭帥，我可是屢受姓郭的排擠欺壓，這口氣我再也忍不下去了。」彭大猛停下來扭頭看著他：「可郭子興說，他屢受你的排擠欺壓，但他一再忍讓。」孫德崖怒不可遏：「放屁！上次伏擊，我就遭了姓郭的暗算，損失了上百個弟兄，這筆賬，我還沒跟他算呢！」彭大見孫德崖出言不遜，心中不快，但爲顧大局，他還是忍氣微笑道：「孫德崖，給老哥一個面子吧，立刻把兵帶回去。今天日落之前，我就讓郭子興把佔去的宅院讓出來，歸還給你，如何？」

孫德崖緩緩道：「多謝彭哥了。不過，還有一件事。」彭大聽他口氣，就知道又要出難題，心裡一陣擔心。

孫德崖問：「上回繳獲的元軍兵器，還存放在大牌樓吧？」彭大略驚，警覺地說：「繳獲所得，你和郭子興不是已經均分了嗎？剩下的那些，是義軍的公產，要留著擴軍所用。」孫德崖冷冷道：「請大帥發話，大牌樓裡兵器，應該全部歸我！」彭大見他胃口不小，又憂慮又煩躁，不願相信地又問了一句：「你說什麼？」孫德崖毫不含糊地說：「不光那些兵器，還有院內那些戰馬，也要全部歸我。因爲，上回作戰，我部貢獻最大，流血最多，應該多予補償。」

彭大已經漸漸沉下臉來，但口氣卻還是相當和緩：「孫德崖呀，這樣說話恐怕忒過了些吧？各部要是都這樣，豈不形同爭搶？弄不好還會激起兵變！」

孫德崖冷若冰霜地說：「人爭一口氣，佛爭一爐香。我身爲本部統帥，如果不能給自己弟兄們一個交代，那我這個首領也當不下去了。」彭大道：「懂了，你是在逼我啊？」孫德崖繃著臉回答：「孫部弟兄，爲殺賊護城流過血，丟過命！他們對此並不在乎。同樣，弟兄們也不在乎爲求公道、爭生存而再次流血！」

彭大知道他是說得出做得出的，不由頹然落座，深思許久道：「無論怎樣，義軍絕不能分裂。孫老弟，且容我們好好商量吧？」孫德崖見彭大話有轉機，也一字一拖地讓了一步：「小弟也正是這個意思，大夥好好商量！」

彭府動態，早有探馬報進郭府。郭天敘接報後，慌忙趕往書房報告父親。郭子興正伏案批文，朱元璋侍立於側。郭天敘來不及行禮，就急報：「父帥，孫德崖搶先動手了！」郭子興一怔，抬頭讓他說清楚。郭天敘急促地說：「今天凌晨，他率兵衝進彭大帥府，逼著彭帥下令，把大牌樓的兵器戰馬全部歸於他。還有，他手下把分給我部的大宅院也攻佔了，我部弟兄被迫和他們交手，雙方都傷了幾個人！」郭子興拍案而起：「這才幾天哪，剛剛打退了元軍，自家弟兄就開始爭鬥了。」

郭天敘道：「父帥，孫德崖此舉是蓄謀已久的，他步步緊逼，想把我們趕出城去，讓他自個獨佔濠洲。」郭子興「唔」了一聲。郭天敘上前兩步，急切地說：「父帥，先下手為強，後下手遭殃。我們再不能任人欺負了，趕緊布置應敵吧！」沒想滿臉慍色的郭子興聽到這裡直視他反問：「應敵？」

郭天敘知道說錯，垂首改口道：「就算不是應敵，也該應變！」郭子興緘默不語。朱元璋忍不住插嘴道：「稟大帥，事起突然，應該慎重處置啊。義軍內部萬不可——」話未說完，就被郭天敘怒聲打斷：「住口！你算老幾？我跟父帥商議事情，輪得到你說話麼？滾一邊去！」

朱元璋一怔，看一眼郭子興，見他竟然一聲不吭，只得忍氣吞聲，朝郭子興一揖，快步退下。

郭子興似乎沒有在意身邊事，果斷發令：「立刻傳命，我部所有將士全部歸營，禁止外出。沒有我的命令，任何人不得擅動一兵一卒，更不准與孫部弟兄交手。違者，立斬！」郭天敘頗感意外，但不得不說遵命，他猶豫一下提出疑問：「父帥啊，孫德崖如果挑釁呢？」郭子興用勿庸置疑的口氣道：「避讓！待我與各位大帥商量後再說。」他像突然又想起什麼似的，又道：「哦，還有一事，剛才是你叫朱元璋滾的？」郭天敘訥然：「兒子一時氣急，口不擇言。」郭子興咬牙切齒地說：「在我面前，誰再敢如此放肆，哪怕這人是我的兒子，我也會殺了他！記住了？」

郭天敘怵然，不敢望父親，顫聲道：「記、記、記住了。」

再說被郭天敘喝退的朱元璋回到家中，見妻子正在為湯和換藥，便過去察看了一下湯和的傷口。接著，他到後面倒了一盆水，放在地上，自己蹲下來為湯和洗腳。本來就拘束不安的湯和更不好意思了，坐在榻上如坐針氈。他扭動身子，俯身撥開朱元璋的手：「哥，嫂子。你們——唉！我、我實在承受不起。」馬姑娘拉他的袖子：「別動，看，一動水潑出來了。」

朱元璋和藹地說：「什麼叫做承受不起啊，將來你哥我要是傷殘嘍，你還不得一樣照應我麼？」

正說得熱絡，門吱地開了，馬姑娘先抬頭，見郭子興獨自一人走進來，馬姑娘高興地叫起來：「義父來啦！」朱元璋趕緊起身揖禮：「父帥。」湯和也要起身，但腳上未穿鞋，尷尬得不知如何是好。郭子興笑眯眯地說：「來瞧瞧你們。新婚之後，我還沒進過這屋呢。呵，小倆口日子過得不錯嘛。」一隻手將湯和按住，打量著：「別起來，傷勢好些麼？」湯和忙說：「差不多了。」

朱元璋張羅著給郭子興上茶，郭子興卻對馬姑娘說：「屋裡熱，丫頭，把茶端到院裡去吧，我要和元璋聊聊。」馬姑娘興奮得臉都熱了。

朱元璋將方矮几搬到院子裡，同郭子興各坐一隻小板凳，馬姑娘端來一副茶具，就進屋去了。月亮是鐮刀形狀，光澤卻很亮，灑下來，落在地上，半個院子都朦朦朧朧的，像在夢境裡。郭子興啜幾口茶，擱下茶盅一歎：「今天這場危機，總算是化解了。大牌樓的兵器，還有戰馬，都讓給孫德崖了。元璋啊，你怎麼看這事兒？」朱元璋有點遲疑地說：「父帥，咱不大會說話。」郭子興睿智的目光盯他一眼：「不，你其實很會說話。今兒，我要你實話實說！」

朱元璋被說得羞澀一笑：「是。父帥，我覺得今天這危機並沒有眞的化解掉，即使表面上平靜下來了，那也只是埋下了更大的危機。因為孫德崖絕不會就此罷手。」郭子興就是要聽這樣有頭腦的話，他鼓勵地點頭：「接著說。」

朱元璋受了鼓勵，從容多了，款款往下道：「眾帥之所以不和，根本的原因，是由於大夥都有稱王稱霸之心，誰也不服誰，誰都想著獨佔濠洲城。」說到這裡，他頓了頓，淺淺一笑：「不光孫德崖想，父帥您也想啊！是不？」他的眼睛望著郭子興，目光中是深深的敬佩，還深藏著愛戴的感情。郭子興心裡舒坦，坦率地說：「是。你說的是！」朱元璋說：「這就難了，因為濠州城只有一個，而大帥們卻有五個。這就難免爭鬥。」

郭子興這才稍露憂慮：「不錯。現在情勢越發危急了，你認為我應當如何應變呢？」朱元璋誠懇地說：「父帥，咱早就有個想法，說出來怕您生氣。」郭子興目光炯炯地望著他：「直說。」朱元璋便推心置腹道：「父帥英雄蓋世，為何要憋屈在這座小小的濠州城裡？為何不出去發展，另闢一番天地？前些年，我做遊僧時到過滁陽、定遠，那兒城池堅固，人丁興旺，能否拿下來做根據？」

郭子興微微頷首：「我也早有此意，但是滁陽、定遠都在元軍手中，只怕我獨自難以攻陷哪。」朱元璋顯然考慮過這個問題，進一步分析道：「先前是這樣，但元廷宰相脫脫兵敗之後，情況恐怕有變化，現在那些城池裡空虛多了。」郭子興「唔」了一聲。朱元璋胸有成竹地繼續說：「即使咱們繼續在濠州城裡待著，父帥也可以避開孫德崖鋒芒，讓他自作自受！」郭子興頗感興趣：「哦？你有什麼主意？」朱元璋道：「敢問父帥，城裡這些大帥，誰威望最高？誰對您最為友善？」郭子興想都不想就說：「無論是憑聲望還是論正直，都得屬彭大彭老帥。」朱元璋立刻道：「那麼，父帥就應該全心全意支持彭老帥，最好推他為『王』。這樣一來，其他四人都是帥，而彭大卻是王，自然應該一統眾軍！而他一旦稱了『王』，也勢必有所回報，會更加倚重父帥您。今後，父帥就不用擔心孫德崖他們了。相反，那孫德崖反而擔心起彭老帥了！」

郭子興大為驚喜：「咦？想不到你這五大三粗的漢子，竟有這麼絕妙的主意！哈哈，告訴你，彭大早就想做淮王了。他就是顧慮各帥不服，才不好意思說出口。好好好，明後天，我就在帥府公議時提出來，擁戴他做淮王！」朱元璋見自己的意見被立即採納，知道郭子興是真的看重自己，很興奮，說：「還是父帥高明。」郭子興高興地起身，高大的身材比來時更顯氣勢，說話也顯得底氣十足：「元璋啊，派你個差使，明天你就帶上一營精兵，親自到滁陽、定遠一帶打探虛實去。此事誰也別告訴，十天以內，回來向我覆命。」朱元璋恭敬地應諾著。

郭子興欲走，卻又站下了。放低聲音感慨地說：「還有一件事，我想讓你心中有數。」朱元璋道：「請父帥吩咐。」郭子興用鄭重的聲音道：「你這個義子，比我那個親生兒子強多了。我信任你，超過信任他！」言罷，他掉頭而去，臉上並不流露情感。而朱元璋卻是受了極大震動，他知道，郭大帥早晚要讓他接掌帥位了。他望著郭子興的背影，心裡充滿了報答知遇之恩的陣陣衝動。

令人啼笑皆非的是，這樣的機會居然這麼快就出現了。

幾日後的一個傍晚，郭子興帶著兩個侍衛外出，走進一條深巷，突然間響起嗖嗖之聲，幾支暗箭飛出，將跟隨侍衛射倒。郭子興疾速拔刀，怒喝：「暗賊，滾出來！」話音未落，果然跳出幾個蒙面大漢，執刀一擁而上。其中一個揮舞著一隻麻袋，出其不意地套到郭子興頭上。郭子興的喊叫掙扎聲悶在麻袋之中，他被那些人迅速拖入暗處，裝上一輛馬車，折騰來折騰去，最後聽到砰的一聲，一扇門被打開了，頭蒙麻袋的郭子興被推進一個地方，接著門又砰的關上。

郭子興扯掉麻袋，劇喘著打量四周的昏暗，只有一扇小小的牆縫透出一絲光亮來，郭子興驚心地意識到他是在地牢裡！他摸索著，摸到牢門前，重拳狂敲：「開門！你們他媽的是什麼人？放老子出去！」

喊叫聲使周圍的寂靜更加森然，地下空間裡只容納了郭子興一個人的怒叫聲：「孫德崖，是你下的毒手！你他媽的不得好死！孫德崖，有種的放老子出來，咱們當面拼個死活！」突然，那唯一的牆縫也被人蓋住，牢房裡立時暗得伸手不見五指，郭子興彷彿與世隔絕了！

這事的確是孫德崖幹的。將郭子興抓來後，他叫人把趙均用元帥請來，對他說：「趙大哥，人我已經抓來了，就在我掌心裡捏著。你跟不跟我起事，給一句話吧！」趙均用極不放心，狐疑地問：「孫大帥，這事你有把握嗎？」孫德崖斬釘截鐵道：「十成把握！你我都清楚，濠洲城五帥相爭，早晚會釀出劇變。咱們爲了生存只能先下手爲強。憑實力，你我兩部就佔了義軍一半多，只要剷除了郭子興，彭老帥也得對咱們俯首稱臣。今後，咱倆就可獨掌濠洲，稱雄江南，創宏圖大業！」

趙均用心想，即使事成，一山豈能容二虎？但事已至此，好漢不吃眼前虧，姑且先答應下來再說，便慨然揖道：「小弟敬奉孫大哥帥命！」孫德崖立即滿面笑容：「好兄弟！這麼著。咱們連夜調集兵馬，五更時刻包圍其他各部的營地，先解除他們的武裝。之後，逼彭大退位，他要是不從，就廢了他！」趙均用問：「郭子興呢？」孫德崖揮掌道：「沒用了，砍了唄！」趙均用其實心中還是留有餘地的，他沉吟道：「大哥啊，郭子興已經是你囊中物了，可否稍候兩日，等大功告成後再殺？萬一事情不順暢，他也可做爲人質啊。」孫德崖想想也就讓了一步，笑道：「趙兄就是多慮。好，就依你！」

與此同時，郭帥府已經得知郭大帥失蹤的消息，帥府上下早已亂成一團。侍衛們拎著刀槍，像無頭蒼蠅一樣來往穿梭，正在關門布防。郭天敘呆坐堂內，隱隱發抖，頭上汗如雨下。郭夫人張氏則歪在太師椅上，在兩個侍女照應下抹淚啼哭：「天哪，這可怎麼好哇，子興啊！你在哪裡啊？」

一個侍衛匆匆奔入，慌張地報告：「副帥。城內外，每條街道。每道河溝都找遍了，沒見大帥影子！」郭天敘喝令：「再找！」聲音明顯打著抖。又一個侍衛氣喘吁吁奔入，大叫道：「副帥，找著了！找著了！」郭天敘跳起來：「人在哪兒？」侍衛喘著氣說：「刀馬巷底，找著了大帥衛士的屍體。看樣子，是中暗箭死的。」郭天敘急叫：「媽的，我問你大帥在哪？」侍衛戰戰兢兢道：「沒見著。」

張氏突然爆發了更劇烈的哭泣：「天哪，這可怎麼好哇，子興啊！你到底在哪裡？」郭天敘煩躁地說：「娘，你安靜些，哭有屁用啊！」張氏怵然禁聲。郭天敘則如熱鍋螞蟻，手足無措地亂轉。

徐達見狀，離開帥府，策馬急馳朱元璋家。到了廟門口，徐達勒馬，駿馬揚首長嘶，徐達未下馬就高叫：「大哥！二哥！」湯和與馬姑娘聞聲推門而出。見徐達披甲執槍，湯和驚問：「三弟，出什麼事了？」徐達跳下馬，焦急地說：「大帥失蹤了，生不見人，死不見屍！」

馬姑娘與湯和大驚失色，徐達道：「帥府已經亂成一鍋粥了，我趕來找你們商量如何應變。」

他朝馬姑娘和湯和的身後看，不見朱元璋，奇怪地問：「大哥呢？」

湯和答道：「大帥派他出城辦差，走了好多天了。還帶走一營精兵。」徐達驚訝地問：「到哪去了？」馬姑娘道：「重八沒說，誰也不知道他去幹什麼。」徐達不由心急如焚：「這可怎麼辦？眼看就要大起干戈了！」馬姑娘扳著指頭算了算：「重八臨走時留過一句話，說他早則五天，晚則八日肯定回來。今兒已經是第八天了。」

徐達呆了一會，歎氣道：「我擔心，擔心他也遭遇不測啊。不說了，我到城外探看去。」湯和扔掉手中拐杖道：「我和你一塊去。」馬姑娘捋捋頭髮，急急說：「等一下，我也去！」

朱元璋和他的一隊精兵已經騎著馬緩緩行進在回府的路上。忽然，林後響起急驟的馬蹄聲，朱元璋立刻示意部下戒備。只見馬姑娘、徐達、湯和三騎飛至，他們急叫著：「大哥，大哥！」朱元璋策馬上前：「出事了？」徐達急促道：「郭大帥突然失蹤，刀馬巷找著了衛士的屍體。各部弟兄軍心不穩，帥府也是一片混亂！」

朱元璋乍驚之後，沉穩下來，厲聲道：「是孫德崖作亂，肯定是他！」湯和急問：「大哥，咱們怎麼辦？」朱元璋沉思片刻，對三人說：「聽著，現在最關鍵的是大帥的死活。如果他死了，郭部就會散癱，甚至任人宰割！如果還活著，那事情還可挽救。」他突然想起，問郭天敘在幹什麼。徐達用譏誚的口氣說：「熱鍋螞蟻似的，沒招了！」

朱元璋四周望著，看見暮色正無聲無息地落下來，道也暗了。他思索道：「天黑了，如果孫德崖動兵，那就是今夜。」湯和問：「要不咱先發制人，召集部屬進攻孫德崖，搶在他前面動手？」朱元璋的表情嚴峻而冷峭，他搖頭道：「那樣一來，濠州城就會是一片血海，上萬義軍沒敗在元軍手裡，卻死於自家弟兄刀下，萬萬不可！再說，大帥不在，咱們也沒法統一號令。」

徐達湯和都急了：「那怎麼辦？」

朱元璋想了想，對徐達、湯和說：「二弟三弟，你們倆立刻歸營，告訴弟兄們，就說郭大帥早就回府了，安危無恙！你倆傳大帥的命令，所有弟兄在營地堅守待命，絕不准出轅門一步！如有人進犯，擊退即可。不要追擊。」湯和、徐達明白了，同聲答應。朱元璋這才馭馬朝馬姑娘靠過去，笑笑，輕輕說：「妹子，咱們趕緊到帥府去。」

四人各自策馬，分道狂奔。

朱元璋沒想到自己的出現會在混亂的帥府大院中激起一片喜悅的聲音，許多人奔相走告：「朱元璋來了！朱千總到了。」朱元璋心下感動，但他不動聲色，聽而不聞，大步流星地穿過院道，直奔大堂。

郭天敘聽到動靜，匆匆迎出，滿面堆笑：「兄弟呀，你可回來了。父帥他——」朱元璋朝郭天敘一揖：「事情我聽說了。稟副帥，我帶來一營精兵，已經在外面布置妥當了，他們足以護衛帥府的安全！」郭天敘轉憂為喜：「太好了，帥府人手太少。我正在犯愁呢！」說話間，馬姑娘已朝張氏奔去，輕輕扶起她軟語相勸：「乾娘啊，您老人家坐這幹嘛？走，咱們後面歇著去。義父福大命大，誰也傷不了他。天塌下來由您兒子們撐著呢！」馬姑娘幾句話，說得張氏舒出一口氣來，情緒稍稍穩定了一些。

而同一個堂內，朱元璋正在問郭天敘：「副帥，您現在準備怎麼辦？」郭天敘訥訥道：「我、嗯，我正布置部下們四出尋找父帥，濠州內外，無一遺漏。就是上天入地，也要把父帥找回來。」

朱元璋微微皺眉打斷：「請副帥趕緊停止尋找大帥！」郭天敘一驚，不悅地問：「爲什麼？」朱元璋道：「一者，父帥既然是遭人暗算。那咱們找是找不著的。再者，弟兄不找，別人還不知道大帥失蹤了。而一旦四出尋找，那肯定會謠言紛起，讓其他各部都知道咱們的大帥不在了！」

郭天敘慚怍道：「對對，我萬急之中，不免疏忽。」朱元璋再次打斷道：「眼下之計，應該以靜制動，堅守營地、哨卡、城關、隘口，準備應變。各營的弟兄越是穩如泰山，那孫德崖就越是不敢輕動！」

郭天敘這才眞正醒悟：「對了，這事肯定是孫德崖那王八蛋幹的！」

朱元璋道：「請副帥主掌帥府。我這就去拜會彭老帥，請他相助。」

郭天敘不解，猶疑地說：「慢著，眼前這事兒，會不會也有他一份？」

朱元璋斷然道：「應該不會！城中各帥中，父帥最信任的就是彭老帥。眼下這危機，非他出面不可。」郭天敘卻擔心地說：「帥府就這一營兵，你又要帶走，這——」朱元璋卻微露笑意：「副帥放心，我一個兵不帶，自個去。」

郭天敘頓時釋然，他朝朱元璋一揖，關切地叮囑：「兄弟，請多保重！」

朱元璋知道此事刻不容緩，他連夜趕往彭府，彭大讓他進了書房。他進門就跪在彭大面前，說出事情原委，請彭大主持公道。

彭大聽了此事心中震驚，拿書的手不由微微顫抖。義軍內部動起眞格的來了！他不能不怕啊，這樣自相殘殺起來，義軍大業難免前功盡棄。而且郭子興眞的遭遇不測，他彭大也一定兔死狐悲。因爲下一個輪到的很可能就是自己了，看得出，孫德崖那小子是個欲壑難塡的傢伙，覬覦總帥這個位子也不是一天兩天了。他頓了頓，沉吟著說：「朱元璋啊，我和子興是過命的兄弟，他如有難，我不會坐視。但是，你怎麼能肯定就是孫德崖下的手呢？」

朱元璋道：「孫德崖與郭大帥早就勢成水火，除了他還會有誰？城裡各部中，郭部、孫部兵馬最多，如果除掉了我義父，城裡就屬他最大了。」彭大顧慮重重：「唉，我一旦召集兵馬平叛，那勢必激起一場惡戰，義軍就要分裂了。」

朱元璋馬上說：「小侄覺得，總帥如果舉兵主持公義，那麼義軍大部都會聽您的招呼，就連孫德崖也不得不三思！因為大部分義軍兄弟都聚集到總帥旗下，孫德崖勢單力孤了，到那時候，他很可能不敢與您為敵。總帥您反而可以不戰而勝。」

這話說得彭大眼裡有了光彩，他微笑著說：「這倒是。德崖那小子嘛，有勇無謀，莽牛一頭！」朱元璋叩首道：「總帥啊，如果您縱容孫德崖吞併了我們郭部，那他下一步會不會吞併您？小侄認為肯定會！唇亡齒寒呀，更壞的是，一旦讓孫德崖得逞，義軍從此就形同土匪山賊，再沒有什麼規矩可言了，人人都夢想著稱王稱霸，天天都會有刀兵相擊。濠州城真的要變成一片血海了！總帥啊，義軍的命運在此一舉，小侄叩請您立斷！」

彭大聽罷動容，久久未語。朱元璋哽咽道：「我義父起兵以來，一直以老總帥為尊，令無不從，禁無不止！前些時候義父還跟小侄說過，要在帥府大會上推舉總帥為淮王，一體節制濠洲城的所有義軍。打過長江，進軍北方，推翻大元。」

此話令彭大深感意外，他早已暗生此意，但也有許多擔心，曾暗怨無人相助玉成此事，未曾想有人為他想到了。他上前扶起朱元璋，不敢相信地問：「起來，快起來。哦，子興真有這意思，推我爲淮王？」

朱元璋信誓旦旦道：「總帥如不信，可以問李大帥。李大帥當場就說，「老彭做淮王當之無愧，這裡頭怕只有一個人不服。」彭大皺眉問：「誰不服？」朱元璋道：「還有誰，孫德崖唄！他做夢都想著稱王啊。」

彭大臉色突然漲紅了，他轉身吩咐兩個千總：「召集龍虎二營弟兄，包圍孫德崖府！」兩千總領命而去。彭大正色對朱元璋道：「侄兒，本帥出手，屬於萬不得已。我並非爲了什麼淮王的虛名，而是爲天下大義，爲了咱義軍的前程！」朱元璋欣喜道：「總帥明見。小侄願隨總帥一同前去。」

朱元璋緊跟彭大，隨大批義軍隱伏在孫府所在的巷口。從巷口往裡望去，孫府大門緊閉，內外皆黑燈瞎火，一片沉寂。一個擊更老人敲著梆子緩緩從府門外踱過，嘴裡吆喝著：「秋高物燥，火燭小心！」

彭大與朱元璋隱在巷口一棵大樹的暗影裡。悄悄觀望。他們聽不到孫府有一點動靜。彭大心下猶疑，扭頭對朱元璋低語：「看這樣子，孫德崖不像要叛亂哪。」

朱元璋的眼睛一直沒離開過孫府，口中說：「稟總帥，孫府的安靜只怕是裝出來的，裡面肯定布滿了伏兵。」彭大點頭，繼續小聲說：「唔，如果是這樣，說明他們有所準備，那我們更得小心。」朱元璋小心翼翼說出一個想法：「小侄先單獨進去，求見孫德崖，試探一下虛實？」彭大問：「怎麼個試探法？」朱元璋邊想邊說：「我面見他，直截了當地向他要人！如果孫德崖沒抓我義父，那他會氣得暴跳如雷，臭罵我一頓，把我攆出來。如果他抓了義父，那他也就不會放過我了，肯定要斬草除根。總帥啊，只要我半個時辰沒出來，就足以證明孫德崖抓了郭大帥，已在圖謀叛亂。那時，總帥就可以出擊了。」

彭大有些意外，他沒想到朱元璋有如此膽識，不禁認眞地注視著他，口裡說：「唔！是個辦法。不過，你此去，是拿自個的命投石問路，太危險！弄不好，你是有去無回啊。」朱元璋苦笑一下：「郭大帥是咱的義父，他如有不測，我理當生死與共！事後，小侄只能盼望老總帥為我們父子倆主持公道了。」彭大眞沒見過如此義氣之人，感動得連眨了幾下眼睛，認眞地說：「侄兒放心。老伯我在此照應！」

朱元璋向彭大告別，昂首走向黑黝黝的孫府大門。

孫府大門緊閉著，朱元璋重重叩門，裡面傳出低沉的喝問：「什麼人？」朱元璋高聲回答：「郭大帥義子，朱元璋！」門內沉靜了一會，沉重的大門才被緩緩拉開尺許。突然，幾支鋒利的長矛伸出來，直頂朱元璋胸膛！

第五章
立淮王郭子興獻策
宴群雄副統帥遠行

為救義父郭子興，朱元璋單槍匹馬闖孫府。面對孫府軍士的鋒利長矛，他面無懼色。大門敞開後，他踏進府衙大門，目光不動聲色地四下一掃，就知道滿院裡都是伏兵，他們執刀挺矛，張弓搭箭，完全處於戰備狀態。

一個軍士上前仔細看看朱元璋，冷笑道：「呵，果然是你！你小子不怕死是不？」朱元璋主動摘下佩刀往地上一扔，昂然道：「煩兄弟通報一聲，我要進見孫大帥。」軍士讓他在院中候著，自己匆匆入報，朱元璋獨身挺立在刀槍劍戟之中，神態自若。

一會兒，軍士出來帶朱元璋入見孫德崖。朱元璋進去之後，看見趙均用也在內，正旁坐品茶，而孫德崖則立於堂中。他渾身上下透出得手後的得意之態，頗有興趣地盯著朱元璋道：「深更半夜，隻身前來，你小子膽子不小嘛！佩服佩服，老孫我就喜歡這種人。」

朱元璋深深一揖，開門見山地懇請孫大帥釋放義父。孫德崖聽罷微怔，哈哈笑了：「不錯，郭子興是我抓了！我不但不會放他，連你也要一塊殉葬！」

朱元璋的回答卻顯得鎮定：「大帥如果殺了我們，等於自絕於義軍。不但郭部八千弟兄會起兵復仇，城裡其他大帥也不會坐視。」孫德崖大咧咧地說：「老子從來就是兩把快刀平天下，誰敢妄動，老子一塊砍嘍！」邊說，邊狠狠怒視朱元璋，情勢頓時僵住了。這時邊上的趙均用輕咳了一聲，慢聲說：「朱元璋，你半夜到此，難道是來向我們宣戰的麼？」

朱元璋無奈地一聲長歎，改了懇摯的口氣：「兩位大帥，在下不是來宣戰的，在下是來求和的。」孫德崖稍感意外地「哦」了一聲。朱元璋見狀，抓緊說道：「在下奉副帥郭天敘所託，向孫大帥請求和解。只要孫大帥放了郭子興，郭部立刻全軍退出濠州城，遠走他鄉，永遠不與孫帥相爭。」

孫德崖半信半疑，但臉色卻立刻由陰轉晴：「當眞？」他望著朱元璋追問一聲。朱元璋信誓旦旦道：「如有半句虛言，請大帥一刀劈了我！大帥啊，我們做出這個決定，也屬萬般無奈。郭部、孫部雖然名號不同，可都是義軍啊！可是，骨肉兄弟一旦交起手來，那殺的往往比死敵還要兇狠，還要殘酷！大帥啊，我們萬分不願讓濠州城成爲一片血海。」

孫德崖、趙均用互視一眼，一時無話可說。

朱元璋單腿下跪，揖道：「元璋代表郭部上下，向孫大帥請和！」

趙均用沉思著，慢騰騰問：「請和——只是你和郭天敘的意思吧，郭子興同意麼？」朱元璋盡量誠懇平靜地說：「在下此來，一是向孫帥表明心意，其二就是想面見義父，叩請他接受和解，退出濠州。」趙均用哼了一聲，不太信任地又問：「他會同意嗎？」

朱元璋很自信地說：「會！因爲事已至此，別無選擇。再者，郭天敘也做了決定。」朱元璋似有難言之隱，一時不說了。孫德崖著急追問：「什麼決定？快說！」朱元璋痛苦地說：「郭天敘決定，郭子興如不同意和解，他就要接掌帥位，把郭部拉出城外，從此自立。」孫德崖聽罷哈哈大笑：「這等兒子眞是禽牲不如！他老子命懸刀口，他卻想著奪權哩！」趙均用點頭道：「早有風傳，說郭家父子不和，看來是眞的了。」孫德崖頓時變得豪爽起來，對朱元璋說：「好，我准你去見郭子興一面，好好地勸說他。如果他不同意投降，那麼你告訴他，明年今日，就是你倆周年！」朱元璋極恭敬道：「遵命。」

孫德崖示意軍士將朱元璋帶下去，回頭望望趙均用：「趙兄，你覺得這小子的話可信麼？」趙均用道：「我是將信將疑。」孫德崖陰沉地說：「老子根本不信！老子太了解郭子興了，他寧死也不會向我認輸。所以，我們正好把這對父子一道斬了，馬上出兵！」

趙均用想爲自己留條後路，他的想法更細緻些。他遲疑地說：「還是等一等吧，也許朱元璋能把郭子興說服嘍。」孫德崖也明白不宜操之過急，看看天色，順水推舟道：「好，就依你，再等半個時辰。」

再說朱元璋，被軍士推入地牢，一眼望見了坐在潮濕泥地上的郭子興，不由百感交集地說：「義父，我瞧您來了！您好麼？受傷沒有？」郭子興見是朱元璋，臉上一陣驚喜，接著卻恨聲悲歎：「元璋啊，怎麼你也被抓來了！這可完了，天亡我也！連你都落到他們手裡，孫德崖就再無顧忌了。」朱元璋微笑寬慰道：「父帥，我是主動前來，說動他們放人。」郭子興朝朱元璋身後瞧瞧，問：「還有誰來？」朱元璋說只有自己。郭子興有點洩氣：「沒用啊！唉，你的忠心令我感動，但你這樣做是白白送死，孫德崖絕不會放過我們。」朱元璋卻輕輕地說：「父帥，我倆的生死存亡，要過一會才能知道。」

郭子興不解其意，朱元璋知道外面有耳目，不便明說。他的心裡，此時正牽掛著彭大那兒的動靜。

彭大一直在孫府外面焦急地注視著緊閉的孫府大門，月光下的孫府朦朧而柔和，好像裡面是一座安靜的莊園。徐達、湯和也已經領著大批義軍悄悄趕到了。湯和上前低語道：「稟總帥，末將率郭部兩千精兵到了，全部聽從總帥號令！」彭大原本就感覺到孫德崖對自己的威脅，考慮此時是一個機會，點頭道：「好，朱元璋已經進去了半個多時辰了，看來是凶多吉少。」徐達急得瞪圓了眼睛請求：「請總帥下令吧。」彭大朝眾將喝道：「聽令，孫府大門一開，你們率兵一齊闖入。誰敢反抗，戰而殺之！」眾將齊應「遵命」，彭大往前去，親自擂響大門。只聽守門統領在門內大聲喝問是誰，彭大高聲回答：「濠州總帥彭大，拜訪孫德崖。」

裡面的統領猶豫了片刻，示意軍士：「仔細瞧瞧。」軍士慢慢卸下門栓，拉開一道門縫，朝外看一眼，回頭稟報：「沒錯，是彭大帥。」

話音未落，大門忽然被一股巨大的力量衝開，那軍士被門板扇到了幾尺開外。只見徐達、湯和當先，後面跟著無數義軍，他們呼嘯湧入，直朝孫部軍士們撲去，雙方即刻動手激戰。刀槍迸擊聲中，彭大一路朝大堂走去，嘴裡高聲叫著：「孫部弟兄們聽著，八千義軍早就在這裡包圍了。放下兵器，咱們還是兄弟！快放下兵器！」

孫部軍士原本勢寡，聽到彭大親自呼叫，頓時鬥志銳減，他們開始步步後退，終於不再抵抗，雙方呈僵持狀。

彭大剛剛踏上大堂石階，孫德崖已持雙刀撲出，挺立在彭大面前，怒目而視。彭大哈哈一笑：「孫老弟，你要是想殺我，就動手吧。」

孫德崖看看周圍，只見徐達、湯和等悍將眼中噴出怒火，持刀四面圍定，孫府顯然已被佔領。不由倒吸一口氣，橫眉問道：「你想怎麼樣？」彭大道：「想和你好好談談。」孫德崖悶悶地問：「怎麼個談法？」彭大道：「釋放郭子興！明天上午，各位大帥都到我府上來喝茶，由我負責各位的安全。」見孫德崖還在猶豫，彭大聲音放緩，但份量也愈發沉重了：「老弟是個明白人。城中共有兩萬義軍，一萬五千站在我們這邊！老弟如果一意孤行，那麼，除了玉石俱焚之外，你也必敗無疑啊。」

孫德崖手中的戰刀終於耷拉下來，沙啞地說：「好，我放人。」

翌日，彭府外壯士排立，刀槍閃亮，戒備森嚴。義軍各部都有一列隊伍在此警戒，他們既彼此提防，又不時滿懷希望地共同望向彭府裡面的大堂。徐達來回不停地走動，一會兒，他焦慮地問湯和：「都大半天了，談判怎麼還沒結束？」湯和也一樣心焦，道：「我怎麼知道？」徐達說出擔心：「但願不要談出人命來。」

大堂裡擺著五張紫紅樟木茶案。彭大居中，其他人左右分列，五位大帥各據一案而坐，每人面前各擺一大碗清茶，別無他物。郭子興、孫德崖、趙均用、李雲虎面色都是凝重如鐵，氣氛顯得壓抑沉重。終於，彭大起立，高聲說：「五帥聯席會議協商至此，共同決定：請孫德崖率部離開濠州，遷往黃崗駐防。所屬兵馬錢糧任其帶走，從此永不進入濠州一步。本帥最後問一聲列位弟兄，是否贊成此議？」

郭子興最先表態贊成，隨後李雲虎也說贊成。趙均用稍稍遲疑後，像很無奈地說：「趙部也贊成。」表過態的大帥的目光都集中到孫德崖身上，孫德崖悶著頭一言不發。彭大見是時候了，道：「看來，孫老弟並無反對意見。那麼，茶會到此結束了，請恕本帥招待不周。」

沒想到郭子興突然起身讓大家慢走，他還有幾句話想說。眾帥皆感詫異。彭大做個手勢請他說話。

郭子興肅然道：「本帥認為，義軍內部之所以發生彼此相爭的事，是因為濠州五帥各領一部，既互不相屬，又互不相服，你敲你的鑼，我打我的鼓。這種局面如不解決，那麼今天事了，明天會不會另起干戈呢？！」

此話一出，不禁有人暗暗點頭。彭大一歎：「子興兄弟說的是，敢問你有何良策？」郭子興建議：「全城義軍合爲一部，我等公立一位大哥爲淮王。從此往後，所有義軍都敬奉淮王的意旨。如此，上下一統，軍令暢行。誰再敢奪位擅權，斬無赦！」

彭大詢問的目光在諸帥臉上一一掃過。

李雲虎最先響應：「好得很，咱們義軍早就該合成一家了！這樣一來，不但少了許多爭端，打起仗來也更有力量啊。」郭子興高聲說：「彭大哥無論是人品、資望、韜略，都在我們各位之上。在下力舉彭大哥爲淮王，統領濠州全部義軍！」

彭大滿臉惶然道：「當不起，當不起。老哥雖然癡長幾歲，卻萬不敢有稱王之心。」未等他說完，郭子興先就朝彭大折腰長揖：「屬將郭子興，參拜彭淮王！」李雲虎也起身朝彭大一揖：「屬將李雲虎，參拜彭淮王！」趙均用遲疑片刻，終於也起身揖道：「小弟趙均用，參拜彭淮王。」

只有孫德崖端坐不動，大家的目光再次集中到他身上，他仍然不爲所動。李雲虎不禁催促：「孫兄究竟是贊成還是反對，給個話呀！」

孫德崖端起面前的茶碗，仰面咕咕狂飲，茶水順著他的嘴角往下淌。飲盡後，他高舉茶碗狠狠欲砸，然而就在他即將砸下時忽然停住了，接著，他重重把茶碗倒扣在案上，底朝上口朝下，朝彭大一揖，咬牙切齒道：「謝彭兄賞茶！」說完，他掉頭昂首離去。大家不禁瞠目結舌，盯著他的背影發愣。

彭大暗暗冷笑，接下來他在大堂大擺宴席，犒賞各位將領，並慶賀晉升淮王。彭大、郭子興、李雲虎同坐首桌，他們興高采烈，醉意盎然。堂下，是已經合爲一部的各千總們，他們也在稱兄道弟，彼此敬酒。郭子興舉碗道：「彭哥、哦不，淮王！在下再敬你一碗，謝你此次排難解危，冒險相救！」李雲虎也舉碗敬酒，恭喜淮王。

彭大心情舒暢，笑瞇瞇地舉碗，彼此一擊，仰面飲盡，道：「二位老弟，老哥才庸智淺，蒙二位抬舉才枉居王位了，今後還得仰仗你們支持啊！」李雲虎豪爽地說：「沒說的，小弟所有兵馬，包括小弟這條老命，今後統歸大哥調遣了！」郭子興更是斬釘截鐵，如發誓般道：「郭部上下包括我郭子興，敬奉淮王命，如有違反，甘當軍法！」彭大喜悅地說：「子興啊，該我向你道賀哇！」郭子興一歎：「我大難不死，有什麼可賀的？」彭大誠摯地說：「祝賀你得到了一位罕見的將才啊。」郭子興露出笑容：「彭總是說義子朱元璋？區區後生，倒是有些本事。但要稱他爲將才嘛，怕是過了。」彭大卻很認眞：「不！照我看，他不但是將才，而且是大將之才。將來啊，此人前程說不定在你我之上哪！」

郭子興直直身子，也認眞起來：「何以見得？」

彭大邊想邊說：「僅從這次事變當中，朱元璋有一、二、三、不，有五件舉措頗爲精當！其一，你失蹤後，據我所知，貴府一團亂麻，貴公子也是張惶失措。而朱元璋立刻封鎖消息，不讓人知道你失蹤，以免亂了貴部軍心！此可謂大難臨頭有定氣；其二，他當時就斷定是孫德崖綁架了你，一眼就看出了禍首。其三，他沒有急於調兵攻孫，而是馬上找我說項。這小子啊，哈哈，眞是巧舌如簧。他說，今日孫如滅了你，下一步就輪到我了。還說，濠州群帥無首，彼此相爭，必須立一個淮王以制群雄！這淮王誰當好呢，又是我！你瞧這小子口舌如何？先給我一個危險，再給我一頂王冠，其用意就是要把我推到刀口上來！其四，我率兵到了孫府後，這小子不懼生死，隻身入虎口，進見孫德崖。他這麼做，只是爲了向我證明孫德崖確實綁架了你，正準備起兵謀反，好讓我下定決心，舉兵彈壓！哈哈，這小子確實了不起！」彭大笑著不說了。

郭子興滿面笑容，聽得連連點頭，追問：「還有其五呢？」

彭大賣一賣關子，飲了一口酒，緩緩說：「這其五嘛，連我也深感佩服！」這倒使郭子興意外了：「怎麼著？」彭大示意堂下：「我們都在這兒喝酒歡慶，可你看看他人呢？」

郭子興朝堂下一看，鬧哄哄的酒宴上，有人站有人坐，有的已經喝得東倒西歪了。但找不見朱元璋身影。他納悶地問：「咦？人呢？」彭大道：「我也是剛剛接報。茶會之後，孫德崖片刻不留，竟要馬上離開濠州。唉，我們這些老傢伙都忽略了這事兒，只有朱元璋前去相送了！他小小年紀，做事如此老辣，想著化敵爲友！這是何等心胸？何等氣度？唉，子興呀，你有這樣的義子，眞是好福氣啊！」

郭子興激動地站起來，朝堂下走出幾步，往外眺望。但是，他看見的只是一桌桌酒席，只是那些鬧哄哄、醉醺醺的義軍千總，徐達、湯和等人，最後，他也看見了自己的兒子郭天敘。郭天敘正坐在副桌首席，得意洋洋地吹噓著：「父帥一失蹤，兄弟就知道是孫德崖那小子幹的！當時，兄弟臨危不亂，立刻令人拜見彭淮王，向他言明利害，痛陳是非，調兵遣將，果斷決策。最後，兄弟身先士卒，殺往孫府。」

郭子興臉色灰暗，一言不發，冷冷地盯著巧舌如簧的郭天敘！

再說孫德崖領著一隊親信，孤獨而淒涼地策馬離城而去。他們通過高大幽深的城門洞，沉重的馬蹄聲踢踢踏踏，在裡面激起一陣空曠的拖遝的迴音。

孫德崖一行人剛剛馳出城門，抬眼就望見朱元璋高踞馬上，攔於道中，身後跟隨大片精兵。孫部親信，立刻按刀執槍，怒目圓睜。孫德崖冷笑：「怎麼著，想趕盡殺絕？小子，眞要死拼的話，你未必是爺的對手！」

朱元璋不卑不亢地說：「大帥說的對，小侄不是您的對手。不過，小侄在此相候，只是想給大帥護駕，爲大帥送行。」孫德崖甚覺好笑：「給我護駕？哈哈，哪個小崽子敢對我下手？」朱元璋沉聲道：「小侄聽到些風聲，也許有人想謀害您。」孫德崖發怒：「誰？」朱元璋猶豫著說：「這──小侄直說了吧。可能是我義父郭子興的一些部下，這只是可能。他們私下議論，覺得您雖然離開了濠州，仍然是個禍害，您不會放過郭大帥的。既然如此，就不如趁您落難時候先下手除掉，省得留下後患。」孫德崖氣得面紅耳赤，霍的拔刀：「郭子興這狗東西，竟然言而無信，出爾反爾！老子──」

朱元璋打斷他：「大帥錯怪我義父了，這事他毫不知情！小侄說了，只是幾個部下想擅自行事。當時，他們也許是酒後狂言，也許眞想這麼幹，總之小侄不放心。所以小侄來爲大帥護駕送行，一直送到淮西去。如果在路上果然碰到伏擊，請大帥給個面子，不要動手，讓小侄斬殺他們！然後，小侄去向義父請罪，想我義父肯定能理解。」

孫德崖往前面望去，水清山秀，道路平坦。驛道上空空蕩蕩的，白塵乾土，一望無際。他將信將疑，但情緒緩和了許多，說：「朱元璋啊，看不出來，你是個有情有義之人。」朱元璋有些發窘：「大帥過獎了。小侄覺得，就算路上什麼事也沒有，大帥臨走了，總該有人來送送。」孫德崖感慨一歎：「是啊，落架的鳳凰不如雞。現在，他們誰都不理睬我了。」朱元璋無法接話，只懇切地請求孫德崖允許他送行。孫德崖心裡暖融融的：「好，你我是不打不相識啊。咱們邊走邊聊吧。」他主動駕戰馬向朱元璋靠過去，兩人並馬而行，離城遠去。走著說著，孫德崖忽然笑了：「元璋啊，將來，郭部要是你當統領就好了，我相信你，不相信郭子興，更不相信郭天敘那小子。」朱元璋更窘迫：「小侄絕對不敢。」孫德崖換了話題：「還有一件事。此次爭鬥，你知道受傷害最大的是誰？得益最大的又是誰嗎？」朱元璋低沉地說：「知道，受損最大的是大帥您。得益最大的是——」

未及說完，孫德崖就恨聲道：「是彭大！他借此機會把我趕出了濠州，自己卻高升淮王，統掌全軍！老叔勸你一句，今後你要提防著他呀。他比我和郭子興加一塊，都厲害！」

朱元璋心中一凜，但他沒有說話，他也不知說什麼好。這次內爭平定了，但會不會有下一次呢？他已經清醒地覺察到，義軍的最大敵人，不是朝廷，也不是那些元軍鷹犬，恰恰是義軍自己！

數日後，朱元璋策馬返回城關，他再次通過高大幽深的城門洞。門洞盡頭突然出現滿面笑容的郭天敘，親切地搶先招呼他。

朱元璋趕緊下馬揖首行禮。

「孫德崖是不是太太平平抵達淮西了？」郭天敘的聲音很親切。

朱元璋說是。郭天敘更親切地問：「可有人途中暗害他？」朱元璋窘迫道：「沒有。」郭天敘神色突變：「那麼，爲何有人胡言亂語，說想暗害他？」朱元璋只得說：「是在下多心了。錯怪那些兄弟。」

郭天敘再次改顏微笑：「不要緊，誰都有失誤的時候。對不對？」朱元璋不知他葫蘆裡賣的什麼藥，忍耐地說：「副帥明見。」郭天敘伸出一隻手：「請吧。」朱元璋問上哪？郭天敘道：「父帥恭候已久。」

帥府內，郭子興心事重重，正煩躁踱步。侍衛報告朱元璋求見，他趕緊入座，故作從容地取過一本書，凝神閱讀。

朱元璋入內行禮，郭子興「哦」一聲，又看了一會書，才戀戀不捨放下。笑道：「元璋啊，兵馬匆匆，耽誤了我多少讀書時光！想當年，我二十二歲中舉，要不是世道亂，或許我也能金榜題名呢！」朱元璋羨慕地說：「元璋是個粗人，沒讀過多少書。每每看見有學問的人，心裡就愧得慌。」郭子興像對一個知心學友說話：「我一直有個夢想，要是能遠離塵囂，重歸書齋，那該多好啊。」朱元璋聽著這話新鮮，他傻呵呵地笑著：「好是好，但父帥有意，世道無情啊。父帥得領著我們大夥打天下。」郭子興用頗幽默的口氣說：「可如今，我眞的要躲進書齋，以詩書爲伴了。」朱元璋正不明其意，卻聽郭子興換了正經的口氣：「朱元璋聽令。」他趕緊道：「末將在。」郭子興高聲道：「本帥決定退出江湖，著你繼任帥位，統掌我部全體義軍！」

朱元璋這一下吃驚不小，他臉色發白，訥訥問：「什麼？」郭子興鄭重重複：「著你繼承帥位，統掌義軍。」朱元璋慌忙跪地，驚惶萬分叫道：「父帥，父帥，元璋寧死也不敢。父帥萬萬不可啊！」

郭子興沉重歎息道：「孫德崖此事，足以證明我老了，不中用了。而你在此事中的種種作爲，又足以證明你堪當大任。由你做義軍主帥，最合適不過了。」

朱元璋眼淚都要下來了，他顫聲道：「父帥啊，元璋加入義軍才五個月。」郭子興微笑：「五個月零八天。」朱元璋重重叩首：「是。元璋是父帥收留的、恩養的，連元璋這名兒也是父帥給起的。如無父帥，豈有咱朱元璋這人？父帥萬萬不可退位，元璋也萬死不敢從命！父帥啊！」朱元璋眞的動情落淚了。郭子興仔細看看他，不禁感動了：「你，眞的不願繼承帥位？」朱元璋大聲道：「萬死不敢！」郭子興歎氣道：「唉，那就暫時擱下這事，以後再說吧。」朱元璋大聲道：「沒有以後，元璋永遠不敢！即使父帥要退，那也應該由天敘哥接掌帥位。」

這話使郭子興臉色燦爛起來，滿意地「嗯」了一聲，道：「起來，快起來。朱元璋聽令！」剛剛起身的朱元璋再次驚訝：「末將在。」

郭子興正聲道：「令你爲義軍副帥，協助我統掌全軍！」朱元璋驚叫：「父帥！」郭子興雙眉一鎖，厲聲道：「你要再敢推辭，就不是我的義子！」朱元璋無奈道：「元璋遵命！元璋謝父帥大恩！」郭子興滿意地望著朱元璋：「唔，現在郭部有一位主帥，兩位副帥了。我跟你說心裡話，天敘那個副帥只是空有其名，我眞正依賴的，還是你啊。」

朱元璋聽了此話，顫聲道：「元璋肝腦塗地，也難報父帥恩情啊！」郭子興阻止他再往下說：「好。商量正事吧。孫德崖事變後，你認爲我們應該如何發展？」朱元璋穩了穩神，思索著說：「末將還是先前那個想法。孫德崖雖然離去了，但濠洲城仍然有一王三帥，擁擠不堪，仍然難免有不測事情發生。建議父帥脫離濠州，到更大的天地另謀發展。」

郭子興點頭：「我素有此意，但是部下們卻捨不得離開。因爲，這濠洲城是他們打下來的，這裡有兵有糧，有老婆有孩子。而外面卻是餓孚遍地，匪盜橫行，難有大部隊容身之處。」朱元璋說：「關鍵在於父帥。如果父帥決心已定，弟兄們必會跟從。」

郭子興想了想：「這樣吧，我撥給你三千精兵，令你以副帥之名，統領他們開往定遠、滁陽一帶，招兵買馬，建立根據，與濠州城爲犄角之勢。你看如何？」

朱元璋大喜。回家就召來徐達與湯和。三人圍著桌子吃飯。馬姑娘在旁服侍著。聽說元璋成了副帥，徐達高興得把一隻空碗拋上拋下的，差點砸了。連聲叫：「好好好！眞他媽的太好了！大哥不但成了副帥，還有了自個的兵馬。」湯和也是坐下又站起，安靜不下來。豪情勃勃地說：「在濠州城，咱們永遠居於人下。外面天高地遠，咱們可以甩開膀子大幹一場！」

滿心歡喜的馬姑娘，在旁笑盈盈調侃：「好哇！你們這幾個傢伙，嫌我義父壓制你們，想甩開他大幹一場了！」

徐達扭頭說：「嫂子，我哥是人中之鳳，他什麼都不缺，缺的就是機會。一旦給了他一個機會，讓他展翅高飛，那前程就不可限量！將來呀，他說不定成爲一省諸候。你呢，也就是個王公奶奶了！」

馬姑娘笑嗔：「去你的！你們自個想建功立業，犯不著拉扯上我！」

朱元璋一直嘿嘿笑著看著他們。湯和忽然想到一件事，問：「大哥，郭帥到底給你多少兵馬？」朱元璋說：「三千。」湯和皺眉道：「少了點。」

朱元璋說：「我不在乎兵多兵少，關鍵是將才。兵是靠將來帶的。有一個好將軍，必能帶出成千上萬雄兵。」徐達笑道：「你說這些將才，心裡有譜了麼？」朱元璋也笑了：「有了，你，湯和，我，還有——」

湯和搶著提醒：「別忘了常遇春！」徐達也不甘落後：「還有鄧愈、耿炳文，唐勝宗，陸仲亨！」

朱元璋回頭對妻子說：「妹子，勞你拿筆記上，這些都是我的生死兄弟，個個好漢。我都要帶他們走！」馬姑娘俐落地取筆記錄，朱元璋繼續報：「還有劉子義，王禹芝，曹震。」湯和趕快說：「還有胡大炮，劉二麻子，宋家三兄弟。」朱元璋頷首說好，湯和對他說：「差不多了吧。這些兄弟裡好些是千總百總，你如果要得太多，怕大帥捨不得。」朱元璋湊到妻子跟前看她的記錄，問：「多少個了？」

馬姑娘迅速瀏覽一遍，告訴他十八了。朱元璋滿意地說；「十八，吉祥。夠了。」馬姑娘斜睨他一眼，聲音有些不快，重重說：「不夠，還差一個！」朱元璋奇怪地問：「誰呀？」馬姑娘嘴一嘟：「你說呢？」

朱元璋撓撓頭皮，又看看徐達、湯和，三人面面相覷。馬姑娘忍不住氣呼呼道：「我！」朱元璋這才恍然大悟，忍悛不禁卻故作嚴肅道：「對對，還有你，我眞該死！光想兄弟了，忘了夫人。你可是咱主子啊，萬不能少。」

馬姑娘這才轉怒爲喜。這時徐達卻搖頭道：「不，嫂夫人得留在城裡。」馬姑娘驚訝地問爲什麼？徐達笑道：「你是人質。知道麼？郭大帥每次派兵出征，都要把統領的父母家眷養在城裡，這可是規矩。一者減少打仗的負擔，再者，確保出征的統領不敢背叛。誰跑了，家眷頂罪。我可以肯定，如果嫂夫人也要走的話，那麼我們誰也走不成！」

家中空氣一時顯得沉悶。朱元璋無奈懇求：「妹子，你還是留在城裡吧，求你了。長者半年，短則三月。」馬姑娘卻是面有難色。朱元璋是個外粗內細之人，想妻子行事爲人一直是女中丈夫，今日表現爲何異常呢？他溫和地問：「怎麼了？」馬姑娘垂下頭，嬌羞低語：「我懷上了。」

湯和、徐達低下頭不知說什麼好，朱元璋又驚又喜，他的目光情不自禁落在妻子的肚子上，走過去將她拉入懷中，激情澎湃地說：「我們不離開！」馬姑娘在他懷中偎依半晌，終於還是顫聲道：「不！你們去吧。我、我留下。我等著你們的好消息。」

也就是在這個時候，郭天敘一聲不響地走進了郭子興的居室，逕直跪在地上。郭子興正歪在榻上讀《孫子兵法》，抬眼驚道：「天敘，你這是怎麼了？」

郭天敘舉首，已是滿面淚花，口氣哀怨地質問：「父帥，你爲何要將大位禪讓朱元璋？」郭子興愣怔片刻，驚問：「你、你怎麼知道這事的？」郭天敘直說有衛士聽見了。郭子興惱怒道：「哪個小子？我割了他的舌頭！」

郭天敘聲音淒切地說：「父帥啊，究竟誰是您的親生骨肉？是我，還是朱元璋？您怎能將帥位讓給他呀？這讓兒子有何臉面苟活於人世，叫我如何在義軍立足啊！」

郭子興心情複雜，百感交集，他斟酌著說：「唉，我那是在試探他，試探懂麼？元璋這回立了大功，在義軍中聲望大長，連彭大都誇他是個帥才。我想看看，我這義子心裡頭貪不貪？有沒有忘乎所以？想不想取我而代之？還好，我讓位的意思剛剛出口，他就惶恐得無地自容，流著眼淚拒絕了！唔，他對我果然是忠貞哪。」

郭天敘還是委屈：「可是，父帥仍然把他立爲副帥了。」郭子興心裡火起，譏諷道：「連這你也不服？他的本事難道在你之下？孫德崖綁架我時，如果按你的法子處置事變，只怕我這條老命都要送掉了。」

郭天敘見父親不滿，也自知理虧，馬上改口道：「兒子明白，朱元璋確有過人之處。兒子要好生向他學習。」郭子興這才稍稍和緩些，道：「這就對了，起來說話。」郭天敘起身，對父親又說出一個擔心：「您可以讓他出去發展，但萬萬不該撥給他幾千精兵！」郭子興不動聲色地問為什麼。郭天敘動情回答：「父帥啊，朱元璋這人不可能久居人下，幾千精兵足以使他割地自立，佔山為王！眞到了那一天，他也許就用不著父帥了。父帥啊，朱元璋對您再忠誠，您也要有所制約，有所提防。您不應該一下子給他那麼多精銳兵馬，而應該先給他一些老弱兵勇，使他足夠立足，卻無法稱雄。如此，他仍然離不開父帥，仍然得時刻仰仗父帥的力量啊。」

郭子興陷入沉思，但他當時沒有表態，只是讓郭天敘退下。郭天敘走後，他約了朱元璋在轅門外散步，兩人並肩行走交談，轅門內盡是執刀豎槍的義軍精兵。朱元璋興奮地告訴郭子興，自己已經把各項準備都做好了，如果父帥准許，打算後天就率軍上路。

郭子興卻不像以往那樣爽快了，沉吟著說：「哦，好好！元璋啊，有件事我放心不下。你如果帶幾千兵馬出去，補給將是個難以解決的大問題。外頭赤地千里，民不聊生。你每天人吃馬嚼的，就得幾千糧草啊，你上哪兒徵集去？」朱元璋點頭：「糧草確實有困難，隨身攜帶的，僅夠維持七天。所以，盼父帥多予支援。」沒想到郭子興打斷他：「不如少帶些兵，先立住腳跟，打開個局面，再逐步發展。」朱元璋問：「那麼父帥讓我帶多少兵？」郭子興說五百。另加「丙」字營全體官兵。

朱元璋深感意外，義父同昨天的態度多麼不一樣啊！但他此時不願意多想，而是脫口道：「丙字營大多是老弱，一旦有事，難以應付啊！」郭子興竟還笑了，說：「他們不是老弱，而是老營！那些弟兄，大多見多識廣，經驗豐富，善於應變。正是你創業時用得著的人啊！」

朱元璋自然不會被這樣一番話蒙蔽，他知道創業時要靠精兵強將，他沉默不語。郭子興有點抱歉：「除老營之外，我再多給你糧餉，多給銀兩。這樣，你半年之內，都不必爲補給發愁了。」朱元璋突然有了新的主意，認眞地說：「父帥，我不要那三千兵馬了。但也不要丙字營。」郭子興驚訝極了，警惕地問：「那你要什麼？」

朱元璋儘量隨意而低調地說：「我只要十八戰馬，十八位弟兄！這樣，反而行動自如，無後顧之憂。」郭子興根本不相信，哈哈哈笑了：「你這是氣話！」朱元璋態度肅慎，說：「不是氣話。父帥，那十八個弟兄，我已經想好了，請父帥准許。」他從懷中掏出馬姑娘書寫的名單，遞給郭子興。郭子興細看，嘴裡喃喃出聲：「湯和、徐達、常遇春、鄧愈、耿炳文、唐勝宗、陸仲亨。好傢伙，這些人大都是你的結義兄弟嘛，個個驍勇善戰。元璋啊，你想把我最好的千總、百總都帶走？」

朱元璋此時內心極度緊張，他全力控制著自己不將內心的急切表現出來，他態度鄭重地說：「我只想要這十八個人，別的，什麼都不要了。請父帥准許。」

郭子興沉默了，他久久地盯著朱元璋，內心激烈地爭鬥著，終於慨然道：「好，就衝你這份雄心，這股眼力，我都給你！」

朱元璋按捺住內心狂喜，深揖謝恩。他眞想仰面蒼穹大吼一聲：咱有自個的兵馬自個的天地啦！

第二天，朱元璋率領十八騎兵穿過城門洞，呼嘯而去。馬姑娘佇立在城上，戀戀不捨的目光只盯著領頭駿馬上那個魁梧的身影，愁眉鎖眼，滿腹心事。郭子興在旁看見，走兩步過來安慰道：

「丫頭，你不必擔心。元璋此去，必定大有作爲。」郭天敘也往馬姑娘身邊靠過去，皮笑肉不笑地說：「是啊，妹妹儘管放心。元璋兄弟走了，還有我呢。我會好生照顧你的。」馬姑娘瞥他一眼，聲音平靜地說：「不用。我能照顧好自己！」

且說朱元璋一行不日到了定遠。那年是至正十三年，西元一三五三年。二十六歲的朱元璋趁定遠那邊毫無防備之際，率十八騎猛士奇襲定遠縣衙，在一片火光與吶喊聲中，元官吏與兵勇且戰且退，狼狽四竄，朱元璋他們一舉攻克縣城，獲得寶貴的糧草與兵馬。

徐達等四人在城關一帶與殘餘元兵激戰未了，朱元璋過去增援。突然看見斜道上一個身穿青袍頭戴綸巾的中年人騎著匹小毛驢緩緩馳過。那人的胳臂下夾著個小布包，半合眼，神態從容閒適，對四周刀槍劍戟、生死禍亂彷彿司空見慣一般，視若無睹。他應該是屬於另一種畫面裡的人。喘息未定的朱元璋敏銳地注意到了這個人。他奇怪地問：「咦，這樣的地方怎麼會有這麼一個人？」旁邊的義軍相互望望，都搖頭說不知道。

朱元璋拍馬趕上去，朝那中年人抱拳一揖，就問對方尊姓大名。中年人睜眼，淡淡回答：「老朽李善長。」朱元璋打量他一眼，見他眉目清雅，骨格俊逸，雖說話低調，神情裡卻飄出一股超然與自信。他的神態令朱元璋動心。他雖然稱自己「老朽」，其實並不老，三十多歲，風華正茂，正是做事情的年齡。朱元璋有意無意地學著他，也低調地介紹了自己。這時徐達他們過來了，一聽朱元璋對那個中年人自稱「晚輩」，覺得大爲不妥，那個中年人還愛理不理的樣子，心下更不爽，就高聲對他說：「這是我們大帥！」

李善長話語微諷：「如今大帥多了，俯拾皆是。恕老朽失禮。駕！」說著李善長騎驢而去。徐達生氣地說：「老不死的，竟敢如此無禮？待我把他揪下毛驢，讓他給大師賠罪！」朱元璋卻注視著李善長削瘦的背影阻止他：「別，別。隨他去。」他在想李善長的過人之處：過刀兵如履平地，氣宇不凡哪！超然而又自信，能屈能伸也。神態淡定，深藏若虛，有幹大事業的素質啊！

李善長是一位教書先生，他在民間一間書院裡教書。路遇朱元璋的時候，他正教完書往家中趕。翌日，他照舊一早來到書院。書院的外牆都破得只剩半截殘壁了，一眼就能望見裡面的學堂。他跨進院落，順手敲了三下懸在樑上的銅鈴，噹噹噹，就步入了學堂。

李善長先將小布包放到案上，打開，裡面露出了幾本《史記》。他抬眼一看，卻見講堂內空空蕩蕩，桌椅東倒西歪，一個學生也無！李善長猜想是昨日打仗所致，他輕歎一聲，獨自端坐，翻開《史記》，抑揚頓挫地兀自說話：「今日開講本紀第八，高祖。高祖者，沛豐邑中陽縣人，劉氏，字季。父曰太公，母曰劉媼。劉媼嘗息於大澤之陂，夢與神遇。是時雷電晦冥，太公往視，則見蛟龍臥於其上，已而有孕，遂產高祖。」這時堂下響起「嘿嘿」笑聲，李善長抬頭一看，昨日遇見的朱元璋獨自坐在最前面的小凳上，聽得興高采烈。

李善長嗔怪道：「為何發笑？」朱元璋態度恭敬地回答：「漢高祖劉邦，是咱最敬佩的英雄。今兒才知道，他是龍王配出來的！嘿嘿嘿！」李善長見朱元璋出言不凡，心裡有了興趣，問：「大師想幹什麼？」朱元璋懇切道：「我想請先生教我讀書，教我學史。」李善長追問：「大師為何要讀書？為何要學史？」朱元璋覺得一時說不清自己的抱負，即使說清了，一個剛相識的人聽了也會覺得淺薄，甚至不可思議。他不由支吾道：「這，人不讀書不知史，枉為人也。」李善長卻冷冷地反駁：「未必。大師不讀書不知史，不是也成為大師了麼？」

朱元璋啞口無言。李善長起身欲去，朱元璋上前攔住，深深折腰相揖：「在下叩請先生當咱的軍帥，請先生萬勿推辭。」李善長笑曰：「老朽身無刀兵之勇，手無縛雞之力，豈敢從命。」朱元璋誠摯地說：「咱已經打聽過了。先生是定遠城裡的大才子，上知天文下識地理，通古博今，料事如神。只因世道混亂，才不得不以教書爲生。昨天見先生騎驢從刀兵中走過，獨來獨往，不以生死爲意，在下非常敬佩！元璋起兵不久，只想著爲天下百姓打出個太平世界。但所知淺陋，兵馬薄弱，難成大業啊。因此，元璋叩請先生相助！」

李善長微笑打量朱元璋，見他人雖長得粗悍，但細觀神態，粗而不野。特別是眉峰高聳，眉宇開闊。一雙炯炯有神的大眼睛深邃而有靈犀，裡面不時有光彩閃動。他心下一喜，但話出口還是不相信的口吻：「憑你，也想爲天下百姓打出個太平世界？」朱元璋豪邁地表示：「是。咱肯定能！」李善長更以譏誚的口氣道：「那好。遠了不說，大帥能否先給定遠百姓一點點太平？」

朱元璋並不理會李善長的語氣，認眞問：「怎麼個給法？」李善長慢言慢語道：「我聽說大帥把定遠官倉拿下了？」朱元璋承認：「是。得糧六千擔！」李善長說：「定遠百姓斷糧半年多了，敢請大帥拿出三千擔糧食來贈與全縣百姓。老朽粗粗算下來，每人可分得三斤白米，這樣一來，男女老少就能吃上頓太平飯了。」朱元璋爲難地與李善長商量：「先生，這可是咱義軍的軍糧。如今，每擔糧食値三十兩白銀啊。咱下一步招兵買馬，全指望這批糧食呢。三千擔是不是多了點？」李善長輕聲一笑：「哼哼，大帥捨不得。看來，大帥的太平世界，不到三斤！」說著，他夾起小布包掉頭而去。丟下朱元璋站在原地發呆。

但朱元璋最終還是採納了李善長的意見。幾天後的一個下午，一張大紅布告貼到城牆上，上面大字書寫著：《告天下百姓書》。百姓們紛紛擁上前觀看，一個漢子念道：「鳳陽朱元璋謹告天下。元賊竊居神州，百姓水深火熱。元璋循天道起義軍，誓除元賊，開創太平世界。元璋特告父老鄉親，茲將定遠官倉糧食，全部奉還於民。並設壇立旗，招募義軍。」沒等那漢子念完，就有人失聲驚叫：

天哪，朱元璋要開倉放糧啦！

眞的麼？他眞要施捨糧食？

上面寫得清清楚楚，將官倉糧食全部奉還於民！

百姓們大呼小叫，紛紛奔相走告。

緊接著，朱元璋的招兵買馬之舉也不同凡響。義軍在轅門下聚集，一面大旗在他們前面迎風飄揚，旗上繡著斗大的「朱」字。旗下設立一副大案，案上擺著十幾隻粗瓷大碗，碗中斟滿了黃酒。一個義軍抓著斬了脖子的公雞，挨個將雞血滴入酒碗當中，碗中黃酒立時變成紅酒。

湯和、徐達、常遇春等眾兄弟圍案而立，神色莊嚴地望著立於高處的朱元璋。朱元璋正在慷慨陳辭：「元璋從軍以來，深感咱義軍最大的敵人並非元軍，而就是咱義軍自個！爲何這麼說？因爲義軍統領們明爭暗鬥，義軍弟兄們軍紀散亂。這樣的隊伍與其說是義軍，不如說是拿著刀槍的草民，打著義旗的野寇！這樣的隊伍目光短淺，心胸狹隘，早晚必敗！元璋以爲，咱們要想在亂世中立足，開創大業，那麼首先得建立一支新型的義軍。建軍又從哪兒開始？就要從立規矩開始！今天，元璋與眾弟兄在蒼天大地之中，在四方百姓面前，歃血盟誓，訂立五條軍規。」朱元璋上前端起一碗血酒，高舉過頭。眾弟兄也上前各端一碗血酒，高舉過頭。

朱元璋高聲喊道：「承天道，順民心，掃除元賊，澄清寰宇！」

眾弟兄跟著發誓：「承天道，順民心，掃除元賊，澄清寰宇！」朱元璋高聲道：「愛百姓，嚴軍規，精忠報國，奮勇當先！」眾弟兄發誓：「愛百姓，嚴軍規，精忠報國，奮勇當先！」眾多百姓不遠不近地圍觀。他們嘖嘖感歎：

唉，這樣的隊伍可是百年不見了！

可不是麼？別看人家兵馬不多，可英雄氣沖天哪！

與其苟活於亂世，不如投靠這位朱大帥。日後一刀一槍，替天行道，青史留名！

李善長也擠在人群中，他欣慰地默默注視著這一切。

朱元璋高聲道出最後一句：「不怕死，不貪財，令行禁止，生死同心！」眾弟兄們又是同聲發誓：「不怕死，不貪財，令行禁止，生死同心！」誓罷，所有酒碗碰在一起，朱元璋與眾弟兄仰面飲盡。他們剛放下碗，就見人群中撲出十幾個青壯年，他們紛紛單腿跪地，爭先恐後地報名：「朱大帥，我想投軍報效！」「大帥，我跟你們走了。」「請大帥收下我！」

朱元璋衝他們笑道：「小兄弟，你們可聽清我們的規矩麼？」眾青壯異口同聲回答：「聽清了！」

義軍第一天招收了十幾個新兵，以後竟然一天比一天多。朱元璋把這些新兵安排在山窪中訓練。新兵們連軍裝都沒有，他們著各式短衣。有的腰間還紮著一根草繩。但他們每人都執一柄雪亮砍刀，擺開陣勢，奮力做著劈斬的動作。指揮官湯和在陣勢裡穿行，監視，同時高喝種種口令：劈！斬！擋！掄！進！退！橫！直！眾新兵遵照口令揮刀使出各種各樣刀法，動作整齊劃一。朱元璋竟然也排列在陣容裡，使一柄大刀，動作一絲不苟。他與新兵一起操練。

操畢，湯和不悅地下令：「停，刀法太過呆拙！先歇會吧，待會再練。」朱元璋拭著汗走向徐達，徐達摘下腰間水葫蘆遞給朱元璋。朱元璋接過，摘去蓋頭，咕咕狂飲。湯和打量著那些新兵，不無憂慮地對朱元璋說：「上位，咱們十天擴軍三千多，速度是不是太快了。你瞧這些娃兒，個個呆頭呆腦的，行麼？」朱元璋回頭打量那些娃兒，一個個稚氣未脫，憨厚呆愣。但他給湯和打氣，說：「行！即使現在不行，上了戰場也肯定行。」湯和奇怪地問為何？朱元璋解釋道：「他們都是沒爹沒娘的孤兒，我把他們都收為義子啦！將來呀，他們都和我是一個脾氣。」湯和奚落道：「上位啊，你自己才多大歲數？竟認下這麼多乾兒子？」朱元璋笑道：「打虎親兄弟，上陣父子兵嘛！不信你等著瞧，這些娃兒跟著我，打起仗來肯定捨生忘死，嘿嘿嘿。娃兒們，拜見你們湯二叔。」

眾娃兒撲前四面圍定湯和，齊聲叩叫：「湯二叔！」湯和窘迫得手足無措：「好好，起來，都起來。小子們，你們有了大帥這樣的乾爹，那可是天大的福氣。好生練武，將來個個都得是英雄漢！」眾娃兒齊聲答應著。這時一個軍士策馬奔來，下馬報告朱元璋：「大帥，城裡來了個穿長衫的人，說要見你。」朱元璋忙問叫什麼名？軍士摸了摸腦袋，不好意思地回答：「他沒說。」朱元璋並不怪罪他，很高興地說：「沒說我也知道，我可等他好久了。快快！」他從軍士手裡接過馬韁，翻身上馬，急馳而去。湯和在後頭喊：「上位，你怎麼認識穿長衫的了？什麼人？」朱元璋回頭高聲回答：「李善長！」

朱元璋匆匆奔入院內，匆匆奔上臺階，朝佇立堂上的那位老者深深一揖：「朱元璋來遲，請先生恕罪！」李善長微笑回揖：「大帥連日來所作所為，令在下不勝敬佩。在下思慮再三，決定不避淺陋，冒昧造訪。如蒙大帥不棄，在下願竭盡所能，略效綿薄。」

朱元璋眼中熠熠閃出一連串的光，狂喜道：「眞的啊！先生，請受朱元璋一拜。」朱元璋跪地折腰欲叩。李善長急忙攔住，但朱元璋仍然重重叩了一個頭。起身將李善長按於首座，歡喜地說：「元璋有先生相助，眞如同劉玄德請到了諸葛亮，做夢都能笑醒來！哈哈哈！」李善長微笑道：「也許大帥勝於劉玄德，但在下萬不敢和臥龍先生相比。大帥呀！」朱元璋急忙打斷：「別別，大帥這名目是唬外人的！您還是叫咱元璋吧。」李善長搖頭道：「那不妥。我聽說，你的兄弟都稱你爲『上位』？」朱元璋點頭，李善長說這名目好。既明白，又不落俗。他認眞問：「我可否也稱你『上位』？」

朱元璋忙說：「成成。您叫我上位，我稱您先生，成啊！」李善長道：「上位啊，在下先請教一件事。破城之後，我曾勸你撥出一半糧食捨於百姓，你捨不得。可爲何幾天後，你竟然把六千擔糧食全部捨給百姓了呢？」

朱元璋不好意思地笑笑：「嘿嘿，當時，我沒明白先生的深意，所以才有些捨不得。那天夜裡，我輾轉難眠，黎明時分豁然開朗！先生讓我放糧，其實是要我爭取民心啊！」李善長笑了：「上位聰明過人，一點即透！當今世上，各種名目的大帥可謂俯拾皆是、數不勝數。他們哪，擁兵自重的不少，眞正得民心的卻不多。上位剛剛起兵，重在造勢。什麼是勢？在下以爲，最大的聲勢就暗藏在老百姓的心中！」

朱元璋雖然學問不高，但知道此話份量，連連點頭道：「是啊，是啊！不瞞先生，咱放牛娃出身，太知道糧食的珍貴了。咱爹咱娘、還有一個哥兩個妹子，都是生生餓死的。那時候，咱家哪怕要有半斤米，他們也死不了哇！爹娘死那天，全家剩下最後一碗粥，我至今記得，那粥只有百把顆米粒！就這百把顆米粒，咱爹娘沒吃上，因此他們死了。咱吃了，所以咱活到今天。」說到這裡，朱元璋的眼眶濕了：「先生哪，一把米值一條命啊！」

李善長聽了感動，道：「不光值一條命，它們還值一大片人心呢！這十多年來，天災連綿不斷，激使英雄豪傑紛紛起兵造反，都說是反元。你說，他們眞是爲了反元麼？大元開國都八九十年了，他們爲何早不反而現在反？說白了，就因爲現在朝廷無道、天地無情，家家斷炊、餓殍遍地，造反是讓饑餓給逼出來的！造反者是爲了活命！縱觀古今，只要有糧食，百姓往往就是順民。沒了糧食，百姓們必成亂民，亂民必成爲義軍！這個時候，誰能給天下百姓一口飯吃，那他就是再生父母，就是百姓的大救星！」

朱元璋見李善長如此理解百姓，更覺遇上了知己，他動情地說：「先生說得太好了。元璋放糧的告示一出，周圍幾百里的百姓都蜂擁而至，咱十天裡就招了三千多義軍啊。咱給他們什麼呢？不過就是一碗飯吃，他們就願意跟咱出生入死了！」李善長微笑道：「上位那碗飯裡頭，還有一份希望，一份公平！爲此，他們才願意跟你出生入死。」

朱元璋連讚：「說的是啊。元璋起兵不久，力量薄弱。可眼前天下大亂，豪強遍地。咱這支小小的隊伍只要稍不當心，就會被元軍擊潰，或者被其他義軍給吞併嘍。先生哪，咱怎樣才能站穩腳跟，發展大業？這是咱現在最焦慮的事兒，請先生教我。」

李善長沉吟片刻，鄭重地奉上了九個字：高築牆，廣積糧，緩稱王！朱元璋一字字重複：「高築牆，廣積糧，緩稱王！」

其實在朱元璋的心裡，當時並沒有眞正明白這九個字的價值。直到十幾年後開元立國了，他才意識到，正是這九字戰略，讓他登上了明朝的開國帝位！

第六章

如虎添翼上位聽史
雷霆震怒父帥施威

朱元璋自從得了李善長，感覺自己如虎添翼。他深知不學無術的人是無法做大事的。所以內心裡對學問很敬畏，對有學問的人也一向刮目相看。他特意在府內精心設置了一個書房，讓李善長在裡面閱卷，研究學問，為自己講歷史典故與強國之道等。在書房裡，朱元璋總是讓先生坐正中的紅木雕花太師椅，自己屈居旁座，專注傾聽李善長侃侃而談。

李善長最先講的就是高築牆、廣積糧、緩稱王。他打比喻道：「所謂高築牆，就是腳下有一塊根據地，背後有一座城池。先站穩了腳跟，再徐圖發展。萬萬不可朝秦暮楚、志大才疏。今日聯甲打乙，明天又降丙投丁！表面上說是東征西討壯大聲勢，實際上已墜入流寇一路了。」

朱元璋聽得如饑似渴，他馬上聯想到現實：「不錯。咱們那些義軍們哪，天天都在忙著你爭我鬥、分分合合的，力量都使在內耗上了。對此，元璋早有切骨之痛！」

李善長見朱元璋領悟力強，內心慶幸歡喜，說起來更加有聲有色：「所謂廣積糧，就是積蓄力量，尤其是糧餉、兵馬、軍械。不會積蓄者，吃一口少一口。打一仗，少一批。而會積蓄者，則能讓地裡糧食再生長出糧食來，讓手裡的兵馬再繁衍出兵馬來。」

聽到這裡，朱元璋忍不住擊節叫好！李善長放慢語速道：「最難的恐怕是緩稱王了。古往今來，世道越亂，稱王稱霸者就越多，而且往往還急於稱王稱霸。他們手裡還沒幾桿刀槍呢，先把自己封為天王、地王、龍帥、虎帥什麼的。他們哪，與其說是仗勢欺人，不如說是仗勢唬人！在這片土地上，您隨便往哪兒一站，放眼望去，不出百里之內就能數出一打大王來！在下冒昧揣想，就連上位您，也有不少弟兄勸您稱王吧？」

朱元璋笑著深吸一口氣，心想李善長真是聰明。但他的心也同他更靠近了。他需要的就是聰明人啊！他不好意思地承認：「可不是麼！打下定遠沒兩天，好些弟兄就勸我做定遠王。」李善長知心地說：「終有一天，上位肯定能成爲王，但是現在萬萬不可！現在上位應該埋頭練兵，積蓄力量，寧爲韜晦，無須張揚！即使到了足以稱王的那一天，稱王也越晚越好！爲何？因爲那將成爲眾矢之的！不但朝廷會首先發兵剿你，而且各地義軍也會側目而視。」

朱元璋的表情凝重深沉，低聲道：「元璋記住了。」李善長的聲音卻突然鏗鏘有力起來：「再說一遍：高築牆，廣積糧，緩稱王。有此三者，上位定能以小漸大，從弱到強，最終一統天下！」彷彿一道閃電劃過，朱元璋的眼中有亮光一閃，他忍不住笑道：「先生說什麼？一統天下？我、我、我怎敢有那等野心！」李善長微笑反問：「上位如果不想取天下，何必收用我李善長？」

朱元璋竟不知如何回答。事實上，他當時還沒有想得那麼遠。他的軍師，幫他提前想到了。

朱元璋的隊伍就此日益壯大起來，到了至正十四年，西元一三五四年，朱元璋進攻安徽重鎮滁陽。朱元璋的義軍用一根粗大木樁狠狠撞擊堅固的城門，在眾兵士的合力撞擊下，厚重的城門一點點開裂、一分分傾斜，終於轟然倒地。朱元璋拔劍帶著弟兄們衝殺，他的那些義子們在鑲著大紅「朱」字的戰旗下瘋狂地衝過城門，居然在兩個時辰之內，就拿下了滁陽城！

聽說朱元璋的義軍攻下了滁陽城，周遭的難民扶老攜幼，踉蹌而來。城外的野地裡，一個衣衫襤褸的老婦安慰著餓得哇哇啼哭的小孫女：「娃兒莫哭，再忍會兒，進了城咱們就能討著吃的了。」身旁的老爹催促她們走快點，他告訴她們：「聽說朱大帥又要放糧了！」

此話一出，不遠處一個頭戴斗笠、懷抱嬰兒的女人興奮舉目，她就是馬姑娘。她上前問守城門的義軍這裡是不是滁陽，年輕義軍說是。馬姑娘立刻激動起來：「那麼，朱元璋在城裡嗎？」年輕義軍斜她一眼，嗔怪道：「你什麼人？竟敢直呼大帥尊諱！」馬姑娘拍拍手裡的嬰兒，羞澀地說：「我是、是、是他的夫人。」年輕義軍叫起來：「放肆，你胡說什麼？」馬姑娘這下被激怒了，漲紅了臉，柳眉倒豎，理直氣壯道：「我姓馬，是朱元璋的夫人！去叫他出來接我！」

聽見這話的人都大驚，一個個停下來側目而視。年輕義軍顫聲問：「您、您真是大帥夫人？」馬姑娘大眼睛瞪他，嗔道：「難道，那朱元璋增添了新夫人？」那義軍撲地便叩：「在下沐英，是大帥義子。沐英拜見乾娘！」話音未落，旁邊又一人撲地叩拜：「在下朱文正，拜見乾娘！」「在下朱文忠，拜見乾娘！」

吃驚的馬姑娘回過神來，笑起來：「好嘛，朱元璋把夫人扔到一邊，自己倒認下一堆乾兒子了！咯咯咯！既然如此，我的話你們聽不？」眾義子齊聲說聽。馬姑娘示意百姓：「這些人都餓了，你們先給他們幾張大餅子！」

沐英立刻向眾弟兄一擺手，大家掏出幾張大餅，遞給百姓。老爹老婦們欣喜萬分，一個勁地朝馬姑娘折腰作揖：「謝娘娘！謝大帥夫人。」馬姑娘抖動著懷裡的孩子，滿足地笑了。

馬姑娘在眾義子簇擁下進入轅門。早有人飛報朱元璋，正在書房聽講的朱元璋大步奔出去，李善長緊隨其後。朱元璋邊走邊叫：「妹子，你不是在濠州城嗎，怎麼到這來啦？哈哈哈！」馬姑娘卻是委屈得眼眶都濕了，嗔怪道：「也不問問我是怎麼來的？我是逃荒要飯來的！」

朱元璋一怔，意識到出事了，他斜看李善長一眼，卻面不改色，指著馬姑娘懷裡的嬰兒問：「這是——」馬姑娘遞過去：「這是咱們兒子！」朱元璋大喜，抱過嬰兒一疊聲叫著：「哈哈，我有兒子了，我有兒子啦！妹子，你真不了起，瞧瞧，一生就生個大胖小子！」旁邊李善長朝朱元璋道喜：「恭賀上位喜添公子。此子足以證明，上位人丁興旺，前程無量！」

朱元璋的義子朱文正、文忠、沐英等，立刻向朱元璋懷裡的嬰兒揖首，齊聲賀道：「屬下拜見公子。」朱元璋笑呵呵地擺手：「別別，你們是他哥。你們和他，都是咱朱家的手足兄弟！妹子啊，你來了可太好了，咱這些義子，自小是孤兒，我待他們比親骨肉還親。今後，他們的生活料理，要靠你多關照了，你是他們的乾娘啊。」馬姑娘爽快地說；「沒說的，我喜歡兒子。多多益善！」

在眾人的歡笑聲中，朱元璋拉起馬姑娘，進了大堂，李善長也跟隨入內。朱元璋將馬姑娘按在帥椅上坐下，低聲問：「妹子，出什麼事了？」馬姑娘悲傷地說：「元軍調集了十萬兵馬，突然攻打濠州，險些破城。後來雖然被打退了，但義軍兄弟傷亡慘重，連彭淮王也戰死了。」朱元璋驚問：「那我義父呢？」馬姑娘喘口氣道：「大帥沒事，但是他的部下損傷過半。城裡糧草斷絕，沒吃沒喝的，一片混亂。我實在過不下去了，就混在難民堆裡，輾轉投親來了。」

朱元璋的濃眉聳動著：「什麼？大帥竟然讓你獨自前來！路上要有個三長兩短的。」馬姑娘眼睛靈動一轉，得意地說：「大帥確實派了十幾個弟兄送我，不過，半道上我就把他們攆回去了。你想啊，這一路上既有元軍出沒，更有盜賊橫行。那十幾個弟兄，其實頂不了大用，帶上他們反而招人眼目，好像我是個千金小姐、帶有萬貫家財似的！還不如混在難民堆裡，苦雖苦些，但是最安全。」

李善長欽佩地說：「夫人有膽有識，聰明過人。善長佩服！」朱元璋內心也爲夫人的機巧過人而驕傲，但他此時不形於色。他對他們說出心中憂慮的事：「彭大一死，我義父又損傷過半，濠州城群龍無首，恐怕又會起爭端哪。」

馬姑娘肯定地說：「不是恐怕，我瞧是必起爭端！」朱元璋表情凝重，馬姑娘接著告訴他們：「元軍剛剛敗退，孫德崖就領著大軍重回濠州城了，他直接住進了彭府，聲稱自個就是『淮王』，要統掌濠州義軍。」馬姑娘說著掀開嬰兒襁褓，摸出一封書信，遞給朱元璋。

朱元璋急接過撕開看，是郭子興的筆跡，上書：「元璋吾兒如面，濠州萬急，孫部爲患，盼你率部速歸，助我抗孫！」朱元璋將信遞給李善長，李善長閱後沉思無語。朱元璋焦慮地向李善長請教，這時馬姑娘懷裡的嬰兒突然放聲哭啼，李善長趁機笑道：「上位，夫人連日受累了，是否先讓她歇息用餐？」朱元璋猛醒，趕緊上前扶著馬姑娘，說：「對對。妹子你先歇一下，回頭我就過去。」

馬姑娘在兩侍衛陪伴下入府去了。朱元璋急急對李善長說：「先生。郭帥有難，我必須立刻率部返回濠州！」李善長立刻反對：「上位，在下以爲萬萬不可！」朱元璋立即臉色一變，高聲責問爲何。

李善長情急道：「上位啊，元軍已經敗退了，你此時返回濠州，並非抗元護城，而是捲入郭子興和孫德崖的爭鬥中去，徒做犧牲而已。其二，你好不容易才建立了自己的隊伍，打下了自個的根據地，一旦返回濠州，便是前功盡棄。你這上萬兵馬，恐怕都得被郭子興收回去。他將何用呢？抗孫！其三，回城容易出城難！在這兒，你是頭兒，你自個掌握自個命運，廣闊天地，大有作爲！而一旦回到濠州，你就是郭子興的部屬，一舉一動，都得爲人所制。」

朱元璋一驚，他一下子沒想到這麼多。但李善長說的話又句句在理，他內心掙扎了一下，終於痛苦地做了抉擇：「先生說的是，不過，義父身處險境，又有軍令召我，我怎能不從啊？」

李善長懇摯相勸：「恕我直言，郭子興與孫德崖，竟然為區區一座濠州城而爭鬥不休，可見這兩位大帥都是目光短淺、心胸狹隘之人，絕非成大事者。而上位您，則有龍騰虎躍之象，有叱咤風雲之才。應該拋棄與他們的株連，獨自開天闢地，另成一番功業！上位啊，濠州只是一座彈丸牢地，回去就會被它鎖住。上位萬不可被親情所累，重新墜入他人掌中呀。」

朱元璋仰天長歎道：「父帥待我的恩情，比天還大。我、我、我如何拒絕父帥的軍令呢？」李善長一聽倒鬆弛下來，微笑說：「如何拒絕？好辦。咱們大大方方、漂漂亮亮地拒絕！」朱元璋懷疑地看向李善長。李善長問：「敢問此刻，濠州城最缺什麼？」朱元璋毫不猶豫地說：「一是兵馬，二是糧草。妹子說過，城裡早就沒吃沒喝了。」

李善長果斷道：「那麼，派三百精兵，給濠州城送三千擔糧食去。那三百精兵，是威。那三千糧食，就是情分了。再加上在下一封書信，我擔保他孫德崖就不敢輕舉妄動！」

朱元璋費神想了想，突然醒悟，不由連連叫好！

且說濠州的郭府內，軍士報告說孫德崖將帥府圍得水洩不通，郭子興不由大發雷霆。他一隻巨掌擊到案上，將一把白玉鎮尺都擊碎了。外面的嘈雜呼嘯之聲隱隱傳來，一旁的郭天敘心中越來越不安，他問：「父帥，孫德崖人多勢眾，帥府只有不到三百弟兄，我們如何應對呀？」

郭子興見他面露驚慌之色，不滿地說：「慌什麼！他們開始進攻帥府了嗎？」郭天敘膽怯地回答：「還沒有。他們在外頭排兵布陣，張弓搭箭的，看樣子，隨時可能殺進來。」郭子興冷笑：「但他們一直沒敢殺進來，是不是？」郭天敘說是。郭子興斜睨他一眼：「哼！你明白了麼？他這是在向我們示威。孫德崖是想告訴我，他已經把我置於掌中了！」

一位外面軍士入內報告：孫部來了個使者，要求進見大帥。郭子興對郭天敘說：「瞧瞧，傳話的來了，叫他進來。」

片刻，一位相貌猥瑣的小人，東張西望、畏畏縮縮地入內。看見郭子興，他趕緊打躬陪笑：「嘿嘿，小的給大帥請安。」郭子興有些意外：「你是孫德崖的什麼東西？我怎麼從沒見過你？」使者嘿嘿訕笑著：「小的是孫大帥的馬夫，給郭大帥傳話來了。小的還牽了匹馬來。」

郭子興大怒：「孫德崖竟然派了個馬夫來傳話！哼，眞他媽的欺人太甚！」使者結結巴巴地說：「大帥別生氣。孫大帥說了，『郭子興不是以前的郭子興了，派個馬夫傳令就足夠了』。再說，小的也不敢不來呀。」

郭天敘叫道：「有話就說，有屁就放！」使者連連點頭：「孫大帥讓郭大帥立刻去淮王府，參拜新任淮王。對了，小的還給您牽了匹馬來，馬在外頭候著。」郭天敘冷冷打斷他：「那個新任淮王，就是他孫德崖吧？」使者仍是卑躬屈膝的模樣：「嘿嘿，孫大帥沒說是誰，他只是說，『郭大帥心裡明白該是誰。』大帥呀，您快著點吧，馬在外頭候著呢！」

郭子興青筋突起，憤憤叫：「不去！」使者陪笑道：「孫大帥說，您要是不去，外頭弟兄就會繳了郭部的刀槍，把他們全部收編到淮王部下。您呢？嘿嘿！小的不敢說。」郭子興怒喝：「說！」使者膽怯地說：「孫大帥說，您就得和小的換個位置。小的住府上來，讓您給孫大帥當馬夫去。」郭子興揮拳擊案，案裂！他大叫：「放屁！」一旁的郭天敘也氣得發抖，一把抽出刀來，按到使者頸上。那使者嚇得抱頭連叫：「千萬別砍小的頭！小的這顆頭不值什麼，可孫大帥說了，小的的頭要是被砍了，郭府上下誰的頭都保不住！」

郭子興臉色鐵青，竭力按捺著滿腔怒火，他霍地垂下自己按在劍上的手，說：「回去告訴孫德崖，我郭子興不去他那兒，就在此候著。他要殺要砍還是要收編，就他媽的來吧！」

使者「噯噯」地應著，抱頭而去。郭子興、郭天敘默然垂首。片刻，郭天敘顫聲問：「父帥，待會孫德崖要是攻進來，我們怎麼辦呢？」

郭子興沉默許久，痛苦地說：「他、他只是想滅掉我，弟兄們不會有事的。傳話下去，孫德崖要是攻進府來，讓他們放下兵器，不要抵抗。唉，都是義軍，免做無謂犧牲。」郭天敘驚叫：「父帥！」郭子興仰面長歎，竟然滿面是淚：「元璋要是在就好了，他已經積攢了兩萬多兵馬，爲何遲遲不來相救！」

郭天敘控制不住嫉恨地說：「你、你到這時候還惦著他？我早就說過，那王八一旦成了氣候，根本就不會再認你這個義父！他利用了你，再拋棄你！他呀，他恨不得你被孫德崖滅了，好自個做大帥！」郭子興狂怒地叫：「胡說，朱元璋絕不會負我！」郭天敘連連搖頭，雪上加霜地說著絕望的話：「父帥啊，他不會來救咱們，絕對不會！咱們完了。」說著沒有告辭就退下了。郭子興感到了前所未有的孤獨。

而昔日的彭淮王府，卻是別樣一番景象。這裡現在已經成了孫德崖的地盤。外面刀槍密布，壯士林立。裡面熱鬧得彷彿慶典一般。被將士們簇擁著的孫德崖得意洋洋地在堂上走動著，東瞧瞧西望望。忽然那派出去的馬夫匆匆奔進來，撲地而跪道：「大帥，小的總算是回來了，馬、馬在外頭。」孫德崖居高臨下問：「郭子興呢？」馬夫顫聲道：「他不來。他說，您『要殺要砍還是要收編，就、就、就他媽的來吧』。」孫德崖冷若冰霜地說：「老子就等這句話呢。」他命令：

「拿下郭府，將郭部上下全部繳械！誰敢抵抗，立斬！」他的話音剛落，眾將士們紛紛拔刀朝堂外衝。但是，當他們衝到門外時，卻聽見外面一片嘹亮的戰馬嘶鳴聲，彷彿有大軍到來。於是一個個都站了下來。

孫德崖見將士突然都不走了，正要上前詢問，迎面奔來一個軍士，急匆匆報告，外面來了一批兵馬，像是朱元璋的部隊！孫德崖驚疑地朝大門外望：「朱元璋？跟我來！」他拔出刀來，領著眾將士匆匆朝外奔去。到了外面一看，朱元璋的兵馬早排成一列，個個精壯無比。他們按刀執槍，怒目橫眉，彷彿面臨血戰。陣前，是橫眉冷對直直挺立的徐達。

孫德崖領著眾將士步出府門，一步步走下臺階，隨著他步伐越來越近，氣氛也越發緊張！當雙方短兵相接的時候，徐達突然朝孫德崖一揖，高聲道：「末將徐達，拜見孫大帥！」孫德崖鼻孔裡哼一聲：「你想幹什麼？」徐達從袖中掏出一信：「上位有書信一封，令在下面呈大帥。」孫德崖不解地問：「上位？什麼上位？」徐達道：「就是朱元璋。」孫德崖臉色稍緩，接過信，意義不明地笑著說：「如今，朱元璋也是一方梟雄了。叫個什麼不好？偏叫個上位。」他撕開信封觀看，朱元璋信上寫著：

小侄朱元璋拜上孫帥。聞濠州被襲，斷糧日久，軍心混亂。特遣徐達押運三千擔糧食奉上，以應所需。孫帥深明大義，定能夠外敵元賊，內安軍民，與郭大帥同舟相濟，榮辱與共。此外，濠州如有不測，小侄此處有精兵二萬，可朝發夕至，排危解難。

孫德崖拿信的手竟顫抖了，對於他，這好像是西邊升起了太陽。太出乎他的意料了！在沒有看到糧食以前，這個太陽西升的消息暫時還是別人告訴他的，他將信將疑。他狐疑地望著徐達，不太相信地問：「糧食呢？」徐達扭頭示意身後。排立的軍士們立刻讓開，只見徐達身後，長長的馬車望不到頭，車上全是麻包。孫德崖呆呆地看著，過一會，突然問：「朱元璋還有話嗎？」他的口氣已經與前判若兩人。

徐達搖頭。又突然想起似的，說：「不過，上位請孫大帥給句話！」孫德崖仰面感慨：「朱元璋啊，你可眞是成氣候了，恩威相濟呀！哈哈哈，好好！看在我落難時，他曾經送我出城的情分上，我答應他了！」他喚過手下宋將軍，讓他將派去郭府的弟兄全部撤回來。又沉吟著加了一句：「還有，撥出五百擔糧食，給郭子興他們充饑吧。」

郭子興對此自然是一無所知。他知道的就是自己大勢已去。他把自己一個人緊關在內室之中，焚香拜佛。佛龕上不是菩薩，而是明教的教主之像，兩邊皆是義軍旗幟。郭子興閉眼舉香，口中喃喃誦教義：「乾坤光明，日月燦爛，元胡灰滅，山河一統。」禱罷，他將香杜安放在教主像下，慢慢地舉起身邊那柄雪亮的長劍，生還是死？對於他現在已不是問題。活著就要受辱，他不願朝這方面細想，因此，他選擇死。

突然外面傳來一陣嘈雜之聲，有人在喊：「看哪，孫部退軍了，孫部退軍了！」郭子興呆聽片刻，以爲是自己的幻覺。不由在心裡嘲笑著自己。但聲音越來越眞切了，在這生死之際，他雖還有些恍惚，但手中長劍一抖，慢慢地手就垂下了，劍落在地上。一陣腳步聲漸近，兒子郭天敘連聲叫著「父帥！父帥！」我來了。郭子興這才確信情況有了轉機。他急忙恢復從容之態，起身開門道：「慌什麼！我在這。」郭天敘一步跨入內室，興奮地說：「父帥，孫部退軍了，他們的人，撤得一個也不剩。」

郭子興恢復了鎮靜，平靜地問：「為何撤兵？究竟發生什麼事了？」郭天敘臉色有點尷尬，不情願地告訴父親：「聽說，朱元璋來人了，姓孫的這才退兵。」

郭子興臉上的陰霾徹底消失：「怎麼樣？我早就說過，朱元璋是我的義子，他絕不會負我！元璋人呢？」

郭天敘從鼻孔裡不滿地「哼」了兩聲，用挑唆的口氣說：「他自己並沒有來。而且，他的人也不是來幫助咱們的，而是給姓孫的送糧食來的，足足三千擔呢！我想啊，孫德崖收了他的糧食，這才答應退兵。」

郭子興雙眉一聳，沉默不語。郭天敘湊近一步，推心置腹地說：「父帥啊，您還不明白嗎？朱元璋早就和孫德崖勾結上了，他倆在串通一氣！還記得嗎？孫德崖被趕出濠州時，就是朱元璋獨自送了他足足八十里地！他倆談些什麼？只有天知道！父帥呀，你還是太善良了，被朱元璋利用、被他蒙住了，他和孫德崖早就有勾結啊！你想想，他能拜你為義父，就不會暗地裡再拜孫德崖為義父嗎？還有，他自個就不會當義父嗎？你知道不？朱元璋在滁陽招兵買馬、自立門戶，他還認了十幾個乾兒子！比您郭大帥的義子都要多幾倍！他早就當上義父了，還會把你這個義父放在眼裡嗎？」

此話句句鑽心，郭子興再也聽不下去，他一腳踹開房門，衝了出去。郭天敘緊跟身後。他們剛剛邁出府門，就見徐達騎著戰馬過來。他看見郭子興，趕緊下馬揖禮。

郭子興冷眼望著他問：「朱元璋呢？」徐達道：「稟大帥，朱元璋在滁陽。」郭子興問：「他收到我令信沒有？」徐達斂容道：「收到了。」郭子興怒喝：「既然接到軍令，為何不親自率軍前來？為何抗命不歸！」徐達不安地低聲申辯：「大帥，元璋派末將前來了。」郭子興厲聲喝斷：「你？你算老幾！再一個，既然你來了，為何不見我，跑到孫德崖那兒去幹嘛？」

徐達見郭子興動怒，一時不知如何措辭才好，忍氣呑聲喃喃道：「末將、末將，哦，末將奉命押運三千擔糧食。」郭子興的臉上冷若冰霜，「好，本帥正需要糧食。糧食呢？」徐達吃力地回答：「交給、交給孫德崖了。」郭子興氣不打一處來：「為何交給他？難道他是你主子麼？」徐達直搖頭：「不、不。只因孫德崖勢大，上位想先把他安穩住。」郭子興大怒：「噢，孫德崖勢大，我郭子興勢小，所以你們就棄郭投孫了，是不是？好一個勢利眼哪，悖主投敵！奸賊！」

這頓怒斥非同小可！棄郭投孫？徐達可承受不起！他急得語無倫次，直挺挺跪地申辯：「不、不，大帥，不是這樣的！」

高大的郭子興一腳踹翻徐達，大步朝徐達的戰馬衝去，跳上馬，狠狠一鞭，絕塵而去。

郭天敘一見，趕緊跳上另一匹戰馬，帶著幾個軍士追上去。

郭子興策馬狂奔，在野地裡越馳越遠。郭天敘在後面緊緊追趕，扯開嗓子大叫：「父帥，父帥，你到哪兒去？」野地裡傳來郭子興果斷的聲音：「滁陽！」郭天敘快馬加鞭又趕上一段：「滁陽在千里之外呀。去那兒幹嘛？」郭子興吼道：「我去宰了朱元璋！」

天黑了，郭天敘望著滁陽方向露出獰笑，他在馬身上加了一鞭，急急朝父親趕去。

郭子興一行日夜兼程到了滁陽。郭子興怒沖沖領著郭天敘等人縱馬衝入軍營，門衛看都未看清，來不及阻攔，郭子興已經徑直朝大帳奔去。馬姑娘正巧在帳外晾衣，一眼望見，驚訝地匆匆迎上去，問：「義父，您怎麼來啦？」

郭子興將手中馬鞭朝她懷裡狠狠一扔，掉頭而去：「我當不起你的義父！」馬姑娘捧著馬鞭，茫然呆立，這時郭天敘上前來，皮笑肉不笑地說：「夫人哪，我也當不起你的義兄了！」他朝地下重重呸了一口，追隨郭子興而去。馬姑娘見他們都是來者不善的樣子，心中免不得爲丈夫擔心。一手甩著那根馬鞭，提心吊膽地也朝大帳走。

對此一無所知的朱元璋正在大帳內笑呵呵地試穿一副嶄新戰甲。兩個侍衛陸續將胸甲、肩甲、背甲、頭盔、束帶等物奉上，並助他佩紮著，他們笑著稱讚：「瞧啊，大帥穿上這副戰甲，跟托塔李天王似的，威不可擋！」

朱元璋聽得歡喜，問：「是麼？」一侍衛認眞地說：「可不是麼？咱們朱大帥身佩戰甲，貌如金剛，比郭大帥都神氣多了！」朱元璋樂呵呵地咯咯笑著，又隨口問：「是麼？」

大步入內的郭子興顯然聽到了這句話，他強力隱忍著，冷冷地插言：「當然是！朱大帥不但比郭大帥神氣，他還要悖主逆父、獨掌乾坤呢！」

朱元璋猛然聽見郭子興說話，回首一望，郭子興一臉怒色衝進來，不由大驚失色，慌忙折腰行禮：「義父！」

郭子興從朱元璋頭上抓下頭盔，咣啷擲地，怒喝：「跪下！」朱元璋連忙下跪。郭子興環視周圍，朝那些侍衛怒斥：「滾！」侍衛們紛紛狼狽退下。這時馬姑娘已經悄然進帳，手裡仍拿著那支馬鞭。她站在暗處膽戰心驚地看著風塵僕僕滿面怒容的義父和垂首驚慌跪在義父面前的丈夫。

郭子興居高臨下逼視著朱元璋，憤怒道：「我問你，你叫什麼名字？」朱元璋不抬頭也看見了郭天敘幸災樂禍的神色，心中難堪，卻不敢不回答，稍一遲疑，斂聲答道：「我叫朱元璋。」郭子興再問：「誰給起的名？」朱元璋更加難堪，卻知道此時含糊不得，硬著頭皮清清楚楚回答：「是我義父郭子興給起的名。」郭子興更生氣了，厲聲問：「你是誰的兒子？誰的部下？」朱元璋不清楚義父為何如此雷霆震怒，但覺得這次無法輕易過關，繃著身子直挺挺跪著，聲音微微發顫：「我是義父郭子興的兒子，是郭大帥的部下！」

「那你為何抗命不歸，自立門戶？為何暗通孫德崖，妄圖置我於死地？」

這頓怒斥如同雷霆萬鈞，向朱元璋壓打下來。朱元璋大驚，急忙抬頭分辯：「我沒有！義父啊，元璋這條命是您給的，元璋生生死死忠於義父。」郭子興恨聲痛罵：「放屁！孫德崖把刀刃兒都按在我的脖子上了，而你非但見死不救，還送了他三千擔糧食！」朱元璋已是有口難辯，從不輕易落淚的一條壯漢，竟委屈得眼淚都出來了：「義父，元璋送糧食去，就是為了救您！義父一直認為，無論孫帥、彭帥、李帥，首先都是義軍，都是手足兄弟呀。咱們的死敵只有一個，那就是元胡朝廷，咱們內部之間絕不應該爭權奪利啊！」

一直站在暗處的馬姑娘此時上前跪到朱元璋身邊，向郭子興叩首道：「義父，請您相信重八吧！他這麼做，全是為了您啊！」沒等郭子興開口，一直冷眼旁觀的郭天敘立刻酸溜溜譏誚：「呵，一唱一和，真是對恩愛夫妻呀！」

郭子興看見突然撲地而跪的馬姑娘，愣了一下，隨即順著自己的氣性道：「丫頭，你來得好，我也得問問你。你是誰的女兒？是誰把你許配給朱元璋的？」

馬姑娘未語先流淚，輕聲道：「我是義父郭子興的女兒，是義父把我許配給朱元璋的。」郭子興不放鬆地問：「你心裡向著誰？你聽誰的話？」馬姑娘愣怔一下，很快恭順地回答：「我的心向著義父，我聽義父的話。」

郭子興的聲音沉了下去：「那好，你拿起那根馬鞭來。」馬姑娘不知何意，遵命拿起身邊的馬鞭。郭子興的聲音突然又響了起來：「替我狠狠抽他三十鞭！」馬姑娘驚愕萬端，明知不可能是別人，卻不敢相信地問：「抽誰？」郭子興暴喝：「劣子朱元璋！」馬姑娘的心跳都彷彿停止了，驚慌地叫：「義父！義父！」聲音與眼神都滿含著祈恕的意味，她有意無意地希冀義父能收回成命。

氣頭上的郭子興根本不予理睬，氣咻咻道：「怎麼著，既然他是我兒子，爲父的就不能教訓他嗎？既然你是我女兒，那就秉承父命，替義父執鞭吧！難道，你不是我女兒？他不是我兒子？」

馬姑娘手足無措，驚惶難堪，不知如何是好。跪在地上的朱元璋反倒暗暗鬆了一口氣。看來，這是義父今天對他最重的處罰了，他趕緊伏下身去，兩手撐地，等著挨打。馬姑娘深知丈夫忍辱含冤被誤解，她的眼角又瞥見了郭天敘快意的又悻悻的複雜的表情，哪裡下得了手：「重八！」她失控地含情叫了一聲，那聲音細聽上去，像是此時無助的她在向朱元璋尋求幫助。

朱元璋一驚，一動不敢動。心裡眞正感到緊張起來，這是在軍營！軍法家法，義父的命令平時誰敢違拗！令行禁止，妹子難道指望這次令出不行？難道想讓義父收回成命？難道沒想到這是要將難堪轉嫁於義父？他心中一凜，厲聲道：「妹子，聽見沒有？義父讓你執家法！快打！」他故意將執軍法說成執家法。

所有人都緊張地望著馬姑娘，這時李善長輕步入內，他站在暗處，默默觀望眼前的一幕。

馬姑娘被朱元璋喝得清醒了些。但她顯得很虛弱，拿起馬鞭站了起來，手卻抖抖的提不起來。

朱元璋扭頭，惱怒地狠盯她一眼，大喝：「打呀，你怎麼了！這是在軍營裡執法！快打！」

朱元璋平日裡是個溫和寡言的丈夫，馬姑娘從未見朱元璋用這麼兇狠的眼神對她，彷彿冬日裡被兜頭蓋臉澆了一盆冷水，她終於被激靈得徹底清醒了。她明白自己此時不打下去，事情更無法了結，對丈夫也更不利。她咬咬牙，終於一鞭擊下，接著一鞭，再一鞭！

啪啪的鞭擊聲響徹大帳！它彷彿抽在馬姑娘的心上，也彷彿抽在郭子興的身上。朱元璋默默受著鞭擊，不躲閃，也忍著盡量不吭氣。看上去是甘願受過的馴服表現。他雖然有委屈，但在心裡，他也在嚴厲地責怪自己，有點太忘乎所以了！義父看到他那樣子能不生氣嗎？該打！眞的該打！挨打的時候，他在心裡告誡自己，任何時候都不能得意忘形啊。保持低調的人才能擁有更多的主動權。要永遠記住這一點！郭子興見他默默承罰，馴服忍受，漸漸面現不忍，幾次欲言又止。

李善長突然發出一聲長歎：「人有忠孝之義，獸有反哺之情。可是現在，竟有人逼著恩愛夫妻彼此鞭擊！這是軍法還是家法？這樣的人，配有義父之尊麼？配做義軍大帥嗎？」這裡誰敢如此大膽放肆？眾人大驚，回頭去看。馬姑娘趁機一噘嘴，將馬鞭擲地，蒙面痛哭逃了出去。

郭子興看見了李善長，他陰沉地說：「我聽說過你，朱元璋悖我軍令，勾結奸異，我、我這樣做，是軍法、家法兼行。」李善長一笑：「恕在下直言，大帥是氣沖牛斗，鬼迷心竅，軍法、家法雙誤！大帥不但不應該責備朱元璋，反而應該感謝他才是。」

郭天敘跳上前斥罵，被郭子興用目光制止。郭子興帶點探究地望著看上去帶點道骨仙風的李善長，問：「你什麼意思？」李善長迎視著郭子興的目光道：「郭大帥看過朱元璋給孫德崖的那紙書信了嗎？」郭子興愕然搖頭。李善長惋惜慨歎：「唉，可見郭大帥也有失察之處嘛！孫德崖為什麼不敢對你下手？不光因爲朱元璋送了他三千擔糧食，更重要的，是因爲朱元璋清清楚楚地告之，濠州如有不測，朱元璋兩萬精兵，可朝發夕至！」

見郭子興面露窘色，李善長更侃侃而談：「兩萬精兵在此，就是大帥您的安全保證，它甚至比在濠州城更讓孫德崖膽寒！如果沒它們，大帥您也不能脫身到這裡呀。再說了，如果朱元璋奉命帶兵回到濠州，那將會怎樣呢？八成會加劇事態，捲入義軍內爭！大帥呀，你難道眞的想滅掉孫德崖，把他的部下們殺得一乾二淨，爲自個稱王而將濠州陷入一片血海嗎？您難道眞的願意做這種連元軍也朝思夢想卻做不到的事嗎？」

郭子興沉默不語。

李善長繼續道：「在下覺得，大帥內心裡，其實也想天下義軍一家親，並不願意和孫德崖血拼，大帥只是不願意被孫德崖消滅而已。而這一點，朱元璋爲您做到了。所以我才說，大帥非但不應該責備朱元璋，而應該謝謝他。他的所作所爲，既是爲大帥著想，也是爲天下義軍著想。」

屋裡的空氣彷佛凝聚一般，似乎個個都在思考李善長的一番話。但郭子興再開口的時候，聲音卻仍然冷若冰霜：「朱元璋，我問你。你我之間究竟誰是大帥？」未敢擅自起身的朱元璋忍著痛還是直直地跪著，毫不含糊地回答：「當然是父帥！」郭子興道：「可我親耳聽見，你手下稱你爲大帥！」朱元璋垂頭惶恐道：「那是部下他們信口妄稱的，元璋萬萬不敢。」郭子興再問：「你還遵從我的軍令麼？」朱元璋立刻斬釘截鐵回答：「父帥所有軍令，元璋無不遵從。如有違悖，要殺要砍，任憑父帥處置。」郭子興稍舒一口氣說：「那好，我宣布，滁陽所有兵馬，全部收歸我掌握。剝奪你所有職權，降爲步卒，在我帳外聽令。」

朱元璋像大腦猛遭一棒，懵了一下，但尚未糊塗，用僅存的理智迅速高聲回答：「元璋遵命！」

這天傍晚，疲憊的朱元璋回到家中，馬姑娘侍侯他換衣洗滌。他傷得不算重，但也不算輕。背上能夠清晰地看到鞭打的紅印。馬姑娘爲他擦洗的時候，他怕馬姑娘傷心，臉上絲毫未露痛苦表情，甚至還掛著笑容。馬姑娘卻沒有好臉色。默默地爲他穿好衣服，不開口，也沒有笑容。朱元璋好生納悶，將馬姑娘拉過來笑問她怎麼了，打了他卻像挨了他打似的。這話不提還好，一提馬姑娘眼淚就流下來了，大男人最看不得女人流淚，朱元璋趕緊將夫人攬入懷中。輕拍悄問：「怎麼啦？」馬姑娘伏在朱元璋懷裡飮泣：「義父逼著我當眾打你，你也逼著我打你！你的眼睛還這麼兇！像要吃了我似的！我恨死你了！眞的恨死你了！嗚嗚嗚！你們男人啊，個個心狠！」

朱元璋愣了愣，這才想起自己情急之時，曾有一道兇狠的眼光瞟向夫人。他自嘲地笑笑，溫和地寬慰夫人：「好了好了。我知道今天得罪妹子了。但你也要想想，當時義父正在火頭上，我們說什麼也沒用。既然是義子義女，挨頓打也不是什麼大不了的事。他借你的手打我，打過了他心裡就會舒服些。」

馬姑娘半晌不說話。再開口時怨艾道：「義父怎麼突然變成這樣了？你忠心耿耿地幫他，他卻如此粗暴地對你，聽說，他還奪了你的軍權？」

朱元璋臉色有點難看，長歎道：「唉，說實話，義父心裡最氣惱的，並不是我給孫德崖送了幾千擔糧食，而是我現在比他勢大，兵多。」

馬姑娘也沉重一歎，仰面問：「咱們今後可怎麼辦呢？」朱元璋爲妻子拭去臉頰淚痕，安慰道：「忍忍吧。早晚，他會明白過來的。」

正說著，突然響起一陣敲門聲。馬姑娘趕緊站起來問是誰。門外響起徐達、湯和的聲音。朱元璋奔過去開了門。徐達進屋就怒叫：「上位，你眞的把兵馬全交出去了？」朱元璋垂下眼睛道：「是。我現在一無所有，自個也只是個步卒了。」徐達大叫：「兩萬多兵馬呀！咱流血拼命大半年，好不容易才攢下來的！一眨眼，全成了他人嫁衣！這郭大帥也欺人太甚了！」

朱元璋知道徐達、湯和他們同自己一樣痛苦，一時也找不出話來安慰。湯和說：「上位啊，我擔心的是，今兒奪了你的權位，未必就是事情結束。說不定明天、後天還會出什麼事。」朱元璋警覺地問：「什麼事？」湯和欲言又止，徐達直言道：「除掉你！」朱元璋臉色一變，接著認眞地說：「不會。郭子興待我有恩，心裡有情，這一點我能感覺出來！」湯和卻道：「郭子興雖然不會，可郭天敘那王八蛋就不會嗎？他早把你當成眼中釘肉中刺了。」

馬姑娘想起白天朱元璋挨打時郭天敘痛快的眼神，插言道：「對，他心裡恨死重八了！」湯和接著道：「再說，這片天下是你打出來的，你即使離開了帥位，弟兄們仍聽你的，你的威望仍然比姓郭的高，他們父子倆對你能放心嗎？」朱元璋垂下眼瞼問：「那你們說我怎麼辦？」徐達上前附耳道：「造反，把兵馬奪回來，自己做大帥。」朱元璋驚嚇地一跳：「不，絕不！」湯和不甘心地說：「那咱們脫離郭子興，帶著兵馬出走，另外開闢天地。」

朱元璋的臉色肅穆起來，聲音也沉下去：「不，也不！兄弟呀，爲人在世，最重要就是忠義，我朱元璋寧可被郭子興砍嘍，也絕不背叛他。他、他是我義父啊，要沒他，就沒我朱元璋的今天。還有，你們想想，要是我棄他們而去，那不就證明郭子興對我的懷疑是對的麼？不就證明我確實心懷不軌麼？從此以後，不管我們走到哪裡，仇恨與分裂都會老跟在咱們屁股後頭，咱們再也不能昂著脖子做人了。你倆要是還認我這個哥，永遠別提這事！」

徐達、湯和面面相覷，歎息無言。馬姑娘的眼中則現出奇異的光芒。她敬佩愛戴地望著朱元璋，眼裡蓄滿深情：「重八啊，你、你──」朱元璋以爲她有話要說，用眼神鼓勵她開口。馬姑娘控制不住地移步上前，靠在他身上，說：「你是個好人！眞的！」

朱元璋見夫人如此深明大義，理解自己，感動得心都濕了。但他用快活的笑聲掩飾著自己：「瞧妹子說的，娃兒都生下了，才知道他爹是好人。」馬姑娘笑著瞟了朱元璋一眼，朱元璋鄭重地說：「不光我是好人，郭子興也是好人。妹子，上酒來，咱們與兩位兄弟好好喝一盅！」

徐達趕緊道：「對對，喝酒！媽的，醉死方休！」馬姑娘高高興興地應聲忙碌去了。朱元璋忽然想起什麼，問徐達、湯和，李先生呢？怎麼沒和你們一塊來？湯和鄙夷地冷笑一聲：「人家呀，早被郭子興請去了，他現在是郭大帥座上客了，正在和大帥一塊喝酒呢！」

這個消息將朱元璋內心蜇得生疼。李善長是個讀書人，他和自己這樣的粗漢不一樣。現在自己一無所有，他會不會離開自己呢？爲了掩飾，他故作平靜地轉過頭去招呼妻子快些上菜。

此時的李善長的確在營帳內同郭子興對酒。郭子興特意安排了一席盛宴，美酒佳餚，只兩人相對而坐，郭天敘在旁親自把盞，殷勤侍候。

郭子興舉盞道：「李先生哪，子興一見到你，就知道你是臥龍再世，風雲高人哪！元璋雖然攢下兩萬兵馬，也頂不上你的本事。來，子興再敬你一盅！」

郭子興的奉承使得李善長滿面歡笑，他連稱不敢，卻欣然舉起酒杯。郭子興看著他飲盡杯中酒，自己也一仰而盡，爽快地說：「先生，子興是個粗人。今天在氣頭上，如不是先生當頭棒喝，子興幾乎就失態了。哈哈，多謝先生呀。」李善長謙恭地說：「大帥當世英雄，善長區區一介書生，豈敢冒昧。」

郭子興道：「在先生面前，咱們明人不說暗話。其實我也知道，朱元璋是個義重如山的漢子，不會叛我。他之所以有今天，也都是我栽培出來的，元璋感恩還來不及呢，豈會背叛？今天他雖然成了點氣候，人還畢竟嫩哪！我收回兵馬，也是為了整頓各部，統一號令。為了日後率軍打過揚子江，攻取中原！」

李善長淡淡笑著，語氣中輕含微諷：「大帥志向，在下不勝敬佩。在下雖然眼拙，但也看得出來，亂世當中，兵馬才是唯一的立身之本。誰的兵馬多，誰就是爺！誰才能夠佔山為王，替天行道！」郭子興見李善長果能一針見血說到利害處，方知此人的確小覷不得，微窘道：「先生呀，我把朱元璋貶為步卒，其實也是為了磨鍊他！讓他捫心自問，痛定思痛，日後方能夠成大器。這也是我的一片苦心啊！」李善長還是淡淡一笑，道：「不錯，這不僅是大帥的一片苦心，也是大帥的用人之道。大帥或許想藉機看看朱元璋在逆境中如何表現。看看他究竟是忠義之子，還是個奸猾之徒？假如他忠誠如舊，大帥從此就可以放心了。假如他受不得委屈，竟敢悖主謀反，大帥則必有另一番手段。」

郭子興這下是真正驚詫了：「先生，您真是洞若觀火，明察秋毫啊！子興萬分敬佩。」

李善長謙遜地說：「善長冒昧言之，得罪得罪。」但他的神情卻透露著得意。郭子興真誠相邀：「先生哪，子興不才，斗膽請先生入幕，任子興軍師。不知先生可否委屈相助？」李善長十分為難，想想還是直言相告，說：「這，我已經答應相助朱元璋了。」郭天敘急著插嘴：「朱元璋是我父帥的一個義子，先生在他帳下，豈不是太辱沒先生麼？再說，朱元璋現在一無所有了，而先生的經天緯地之才，到我父帥這裡才可以盡情發揮呀。」郭子興起身向李善長深揖，懇切道：「如蒙先生不棄，從今往後，郭部上下所有兵馬，皆與先生共掌。郭部內外所有事務，皆聽憑先生裁斷！」李善長大喜而揖：「承大帥厚愛，善長願效犬馬之勞！」

三人舉杯擊盞，一飲而盡。

而降爲士卒的朱元璋則每天隨著步卒列隊訓練。湯和是佇列指揮，他不時高喝種種口令：劈！斬！擋！掄！進！退！橫！直！隨著口令聲，朱元璋與步卒一起，揮舞戰刀，使出種種刀法，弄得滿頭大汗。

郭子興與郭天敘有時會緩步從陣前走過，他們總是遠遠地注視著朱元璋。朱元璋的一刀一勢都力貫千鈞，他全神貫注，從來沒有朝郭子興投來一眼。一天，郭子興終於感慨一歎：「唉，朱元璋當兵是個好兵，爲將是個好將。早晚，他仍將大有作爲！」郭天敘別有用心地也跟著歎息：「唉，可惜的是，他心中不服，胸懷異志，未必願意屈從於父帥之下呀。」郭子興瞪郭天敘一眼，用目光制止他往下說。郭天敘哪肯善罷甘休，委屈地說：「父帥，您不要老嫌我跟朱元璋過不去。難道您沒看出來嗎？這支隊伍是朱元璋的隊伍，這些弟兄是朱家弟兄。朱元璋即使降爲步卒，官兵們仍把他視爲統領，他們心仍然向著他，而不是父帥您啊！」

郭子興沒有再表態。他沉吟片刻，作出決定：「看來，滁陽不可久留，我們要盡快返回濠州去，那才是我們的根據地。」郭天敘喜滋滋說：「就是。回濠州以後，我們才可以對這支隊伍大加整頓，把它眞正掌握到自己手裡。老是待在這，等於把咱們的濠州讓給孫德崖了。」郭子興自豪地說：「這兩萬兵馬一旦進入濠州城裡，孫德崖肯定是望而生畏。天敘啊，著你先回濠州一步，收拾帥府，擴展營地，以備部隊紮營。」郭天敘歡喜應承，又提出一個請求：「父帥，兒子有一個建議。此次回濠州，不要帶朱元璋回去，還是讓他再領幾個人，在外面闖蕩吧。也許，他又能攢起一支隊伍哩。嘿嘿。」

郭子興猶豫片刻，斷然否決：「不。元璋和我們一塊回去。」郭天敘不悅規勸：「父帥，您這是帶回去一個麻煩！」郭子興深沉地說：「我就跟你說白了吧。這支隊伍是朱元璋攢下的，早晚，我都會把隊伍再歸還給他！」郭天敘像一隻洩了氣的皮球，臉上寫滿了沮喪。

不遠處，湯和的口令更加嘹亮：劈！斬！擋！掄！進！退！橫！直！隨著口令，佇列中的朱元璋刀法也越發兇猛，他的喊聲也越發雄壯：殺！殺！殺！而郭天敘仇恨的目光，則穿過重重人影，直射大汗淋漓的朱元璋。

這一天，兩個轎夫抬著一頂封得嚴嚴實實的小轎直朝孫德崖帥府的大門走來，到了大門口，也不駐轎，居然逕直往大門裡抬。孫府門衛朝轎夫喝道：「站下！你們什麼人？」領頭的轎夫詫異地回話：「軍爺，小人是轎夫啊。」門衛圓睜著眼睛怒斥：「爺問的是：轎裡頭什麼人？」轎夫詭笑道：「軍爺還不知道吧？嘿嘿！裡頭是城南劉太爺家的千金小姐。劉爺吩咐抬到淮王府上。」門衛懷疑，嘴裡嘟囔著：「小姐，沒聽說過要來小姐呀！」上前欲掀轎簾。轎夫正色提醒：「劉太爺有話，小姐馬上就是淮王夫人了。誰敢無禮，生生剜了他的眼珠子！」

此話一出，門衛不敢再掀轎簾了。道：「隨我來。」小轎跟著門衛入內。門衛匆匆先入大堂，孫德崖正在兵器架前擺弄著架上的兵器。門衛笑著向孫德崖報喜：「王爺大喜，劉家把千金小姐送到了。」孫德崖放下手中長劍，不解地問：「什麼千金小姐？」門衛訝然道：「咦，城南劉府的千金小姐啊，說是送來當淮王夫人的。」孫德崖一怔，重新抓起那把劍，微笑道：「是麼？那就叫她進來吧。」

門衛應聲往外走，片刻，轎夫將那頂小轎徑直抬上大堂，輕輕放下。兩轎夫朝孫德崖深深一揖，無言退下。孫德崖手握長劍，緊盯著小轎，警惕地說：「王府到了，請小姐下轎。」轎內竟毫無聲息，轎簾紋絲不動。

孫德崖慢慢地拔出長劍，道：「看來，小姐還不大好意思，孫某只好親自相請了。」話音剛落，孫德崖揮劍，劍光一閃，那轎簾齊齊落地，卻見郭天敘端坐轎中，微笑地搖著摺扇。

孫德崖頗感意外，不快地奚落道：「原來是這麼個千金小姐呀！眞是久違了！」

郭天敘從轎內出來，朝孫德崖一揖：「小姐雖無，千金倒有！天敘拜見孫淮王。」孫德崖哈哈笑起來：「你又想求我什麼事了？」

郭天敘看四周無人，附耳低聲道：「請淮王幫我殺掉朱元璋！」

孫德崖一怔，接著又哈哈大笑：「郭公子呀，你一會要我幫你奪取帥位，一會又要我幫你殺人。你的欲望何時才是頭哇？」郭天敘微笑著說：「孫兄心裡明白，我如果主掌了郭部，那不和您自個主掌郭部差不多嘛！再說了，您幫我，其實也就是幫助自己呀。唉，亂世刀兵，生死難測，誰不需要別人幫助呢？」

孫德崖斜他一眼道：「別繞了，直截了當地說吧，爲何要殺朱元璋？」郭天敘恨恨說：「我已經看清楚了，我父親絕不會立我爲帥，他早晚會把大權交給朱元璋。不除掉他，我永無出頭之日。淮王如能助我，那就是天大的恩情，天敘必將銜草爲報！」說到這裡，郭天敘竟然跪下了。

孫德崖連忙彎下腰去扶他：「別別別！起來說話。郭兄弟，我可不是你的殺手，讓我做那等惡事，你能幫我什麼？」郭天敘道：「剛才說了，千金相謝。準確說吧，兩千兩黃金！」孫德崖驚訝地問：「你哪有這麼多黃金？」郭天敘道：「這裡沒有，滁陽有！整個安徽的歲賦都存放在滁陽，而滁陽早就落到我們手裡了。幾天之後，我會讓朱元璋押運滁陽糧餉先行返回濠州，那車上裝載的絕不下於兩千兩黃金。殺了他，就全是你的了。有了那些金銀珠寶，你又可以招兵買馬，大展宏圖了。」

孫德崖聽得眼睛發直發亮，連聲問：「郭公子，你這話當眞麼？眞有那麼多金銀？」郭天敘竟然面露得意之色，說：「哼！拿下銀車之後，淮王可以先稱一稱。如果不值那麼多，淮王可以不殺朱元璋，而回頭砍我郭天敘！」孫德崖的心激烈跳動，但突然又出難題：「我如果奪了銀車，郭子興肯定會報復。」郭天敘狡黠一笑道：「我父帥怎麼會知道是你下的手，難道，你不會叫弟兄們改穿元軍衣裳嗎？」

孫德崖的嘴角用力一抿，像是下決心了，問郭子興什麼時候返回濠州。郭天敘還是猶豫了一下，然後告訴他是五天以後。孫德崖咄咄逼問：「眞的麼？」郭天敘急了，道：「千眞萬確。到時候，我也會再給你通個信，讓你預先準備。」孫德崖又問押車的兵勇有多少，郭天敘略算了算說不超過三百人。孫德崖問：「這些人怎麼辦？」郭天敘倉促道：「他們嘛，淮王愛怎麼辦就怎麼辦！」

孫德崖沉思許久，突然朝外喊：「來人哪！」此聲一出，郭天敘不由緊張得臉色都白了。幾個精兵應聲奔上，按刀圍定大堂，爲首者抱拳道：「末將在。」孫德崖卻面露微笑，淡聲吩咐：「酒宴侍候。」

第七章

劫輜重天敘布陷阱
抗元軍郭孫了恩怨

郭子興在大帳坐著批文，老覺得心緒有些不寧。他問身邊侍衛，今日是誰在帳外執崗聽令。侍衛說到有朱元璋。他想了想就走出帳外去，外面陽光和煦，天空是寧靜的蔚藍色，世界罩在一片溫暖的金色之中。郭子興站在帳前看了一會，心情居然慢慢開朗起來，他裝作剛剛看見朱元璋，用手向他一招，朱元璋立刻上前行禮問安。郭子興對朱元璋說：「元璋啊，陪我走走吧。」

朱元璋跟著郭子興朝遠處走，郭子興扭頭問：「元璋啊，你心裡怨恨義父吧？」一面做手勢讓他跟上去同他並肩走。

朱元璋一步跨前，坦率地說：「開頭幾天，心裡確實有些不痛快，覺得自個很冤枉。現在，我一點怨心都沒有。」郭子興停了下來，筆直注視著朱元璋：「眞的？」朱元璋雖然有些忐忑不安，但沒有避開郭子興咄咄的目光，他正視著義父，平靜地說：「是眞的。元璋所有的一切，都是父帥給的。父帥既然能給我，當然也就能拿回去。做兒子的，如果連自個父親都怨恨上了，那他還有什麼出息呢？」郭子興大舒一口氣，露出了笑容，道：「說得好！元璋啊，聖人云：『天將降大任於斯人也，必先苦其心志，勞其筋骨，餓其體膚』。請你相信父帥，今天你所失去的一切，日後都會加倍償還給你！」

朱元璋聽了此話渾身一震，輕輕說道：「元璋這條命都是父帥的，父帥說什麼還不還！」郭天敘哈哈笑著：「說的是啊！元璋，我準備後天，全軍返回濠州。」朱元璋驚訝地問：「回濠州，那滁陽怎麼辦？」郭子興道：「暫時放棄，集中全部兵馬於濠州！因爲，元軍上次攻濠敗北之後，又要集兵前來了，我們必須統一應敵。」朱元璋著急了：「父帥，滁陽也是座堅城，來之不易，萬不可輕棄呀！」郭子興沉聲問：「爲什麼不可放棄？是不是因爲它是你打下的，是你的根據地，所以你捨不得？」朱元璋垂下頭，委屈地說：「不。元璋說過，元璋的一切都是父帥的。」

郭子興道：「好，那我就定了，放棄滁陽，集兵於濠州。對了，我想問你一聲，你是想跟我回濠州呢？還是想離開我，帶些兄弟另圖發展？」

兩人再次四目對視了。對於朱元璋來說，這是一次困難的抉擇。但他知道自己其實是別無選擇，難道拉起一支隊伍這樣的事情在同一個地方也能夠一而再，再而三的做？再說，郭子興並不想讓他留下來，不管他是什麼用意，他都想帶他走，這一點，朱元璋明白。朱元璋垂下頭道：「元璋遵從父帥的意思。」正在不動聲色觀察朱元璋的郭子興聽到此話，拍著他肩膀道：「好！元璋啊，還是和義父一塊回濠州吧。說實在，有你在身邊，義父無懼於天下！這樣吧，後天上午，著你押運糧餉輜重，和天敘一起，先行返回。」

接下來，朱元璋回營裝載糧餉輜重。馬車在營外停放成一排，兵士們一個個朝車上裝載物品，朱元璋在旁邊來來回回監看著，不時伸手檢查一下物品捆綁的鬆緊是否合適。

湯和悄悄走到他身邊來，輕喚：「上位。」朱元璋與他走到旁邊，低聲問他有什麼事。湯和四下看看無人，才焦急地問：「你真的要放棄滁陽？」朱元璋無奈地告訴他：「不是我，是父帥。」湯和不悅地說：「我和徐達商量了，我們可不願意再掉進濠州那個是非窩裡去！」朱元璋怔了一下，不滿地看湯和一眼，苦笑說：「知道了，你們想離開我，棄我而去。」

湯和知道元璋誤會了，委屈地斜了朱元璋一眼，顫聲道：「大哥啊，求你了，帶著我們一塊走吧。我們一塊離開郭子興，另闖天下！就像上回一樣，我們還會成功的！」

朱元璋渾身一震，隨即沉吟著說：「兄弟，郭帥不像你們想的那麼心胸狹隘，我相信，他早晚會給咱一個公正！再說，元軍又要大舉進兵了，咱們這時候要是分道揚鑣，反而容易被元軍消滅嘍！告訴徐達別離開大隊。唉！你大哥求你們啦！」朱元璋望著湯和不理解的神情，急得頓足。

湯和唉聲歎氣，失望得腦袋都耷拉了。但他只得無奈地點點頭，看看馬車，擔心地問：「上位，郭天敘和你一塊押運，是不是？」朱元璋點頭說是。湯和埋怨道：「怎麼又是他？這個人，你一定得提防。」朱元璋聽到提郭天敘心裡就煩，稍露不耐煩道：「你的話，我心裡有數，就甭說了。」他無意識地朝周圍看看，他腦子裡現在想的是李善長，這些天，他一直記掛著李善長。「看見李善長了嗎？」他突然問湯和。他關心的是他的先生。湯和沒好氣地告訴他：「看見了！他呀，白天和大帥一起坐而論道，晚上和大帥一起抵足而眠，好得像一對夫妻似的！他早把你這個倒楣的傢伙給忘啦！」

朱元璋的心像被銳器刺了一下，痛心傷感得說不出話來，好容易開口，說的卻是：「甭怪他。咱現在一無所有了，他投效大帥也是理當的。」

湯和用奚落的口氣道：「什麼叫『投效』啊？他這是搖身一變，棄暗投明了，呸！」朱元璋傷心氣餒，竟對湯和發了火，厲聲道：「甭說了！這事咱們永遠別再提它了。」

朱元璋與郭天敘隨押送著糧餉輜重的馬車在山野中緩緩而行。他倆騎馬並行在車隊前面。但彼此沉默寡言，各人都在想各人的心事。

他們走過一大片茂密的樹林。遠遠望去，墨綠色的樹林黑鴉鴉的，像氣勢磅礴的千軍萬馬。一直不說話的郭天敘不知怎麼突然來了精神，揚鞭遙指前面樹木道：「元璋兄弟，我知道你一直對我有氣。但我覺得，要是前面突然衝出一片敵軍，你和我，仍可以並肩殺敵，誰也不會私自逃生的，對不對？」朱元璋聽郭天敘的話心裡不舒服，不卑不亢敷衍著：「公子說的對，起碼我不會！」郭天敘接下來的口氣竟似有些討好：「這就說明，咱倆之間的不和還是兄弟手足之間的齟齬。關鍵時刻，咱倆還是會生死與共的，誰也不會背叛誰！」朱元璋不知郭天敘爲何與他套近乎，但想起他過去的種種作爲，畢竟心寒，謹愼地說：「公子說的對，元璋盼望如此。」

郭天敘的聲音顯得越發眞誠熱烈起來：「到濠州後，小弟請你喝酒。咱兄弟倆，盡訴曲直，一醉方休。之後，咱們重新開始，成爲眞正的兄弟！好麼？」朱元璋對郭天敘的變化心裡雖有些疑惑，但還是心動了。他心頭一熱，歡喜答應：「好！」郭天敘見他有些動容，也顯得很高興的樣子，親切地說：「天快暗了，小弟到後面巡視一下。兄弟你不必走得太急。」

郭天敘策馬朝車隊後面奔去，朱元璋默默目送他遠去。雖心存狐疑，但畢竟舒坦了許多。人生在世，誰也不願意生活中有一個牽心掛肚的仇人啊，再說他又是義父的兒子，對妻子也有過感情。他心裡甚至有些感激他了。任何人都有軟弱的一面，現在的朱元璋，多麼盼望和郭天敘成爲眞正的兄弟呀！但他很快就明白了，每當郭天敘這種人嘴裡說出甜言蜜語的時候，可怕的事情就要發生。

朱元璋剛剛轉回身，就察覺大事不好。那黑色的樹林深處，突然潮水般漫出無邊無際的元軍兵勇，他們橫刀執槍，步步逼近。更有一圈弓弩手已經張弓搭箭，從四面八方瞄定了朱元璋。

朱元璋握刀的雙手顫抖了。因爲，他已經插翅難飛！

他看見一個戴著頭盔的元軍將軍提刀上前，逕直走到車前，揮刀割開一隻麻包。看見裡面露出閃閃發光的金銀器皿，那將軍不禁仰面大笑。在他歡笑的時候，朱元璋看到了他的滿是青鬍碴的面孔——他就是孫德崖。

孫德崖看過金銀珠寶再看朱元璋。他意義不明地笑著對他說：「元璋兄弟，久違了！」在他說話的時候，手下將士早已將朱元璋捆綁起來，朱元璋被他們連推帶踢的，踉蹌而行。而不遠不近的草叢裡，郭天敘閒閒地仰臥著，正愜意地望著這一幕。他一動不動，等孫部兵士趕著所有餉車漸漸離去。四周恢復了安靜，吱吱喳喳的鳥叫聲也聽得很清晰了。他才不情願地起身，慢慢抽出短刀，在自己身上左割一刀、右割一刀，直把自己割得戰袍破碎，鮮血淋漓，這才踉踉蹌蹌地朝夕陽奔行而去。

當最後一縷夕陽落入泥土之中的時候，朱元璋被推進了地牢。他一個趔趄跌在地上，索性就勢坐在角落裡，一動不動。地牢裡還有些殘餘的日光，從高高的視窗映進來的。他的目光緩緩打量四周，很快就發現，還是那座地牢，他上次來過的那座地牢。正在感慨，牢門砰嗆一響，兩個執刀軍士又走了進來。他們來勢洶洶，將兩柄亮閃閃的戰刀同時按在朱元璋左右兩邊脖頸上，朱元璋輕歎一聲，閉住眼睛。等了一會，卻沒有疼痛的感覺，原來，這兩個軍士沒有將刀砍下去，而是一直把戰刀按在他的脖子上。一個軍士將他往上一提，喝令他站起來，將他推出地牢。他的頸上居然一直按著那兩柄戰刀，就這樣一路被推進了孫府大堂。

大堂上各種金銀器皿堆得琳琅滿目。孫德崖像個古董收藏商，面對著剛剛覓得的寶貝，摸摸這，敲敲那，眉開眼笑，喜不能禁。他聽到腳步聲，回身注視朱元璋，朱元璋也注視他一眼，接著轉過目光不再看他。過了一會，孫德崖讓手下給朱元璋鬆綁。那兩個押解朱元璋的軍士一怔，遵命鬆開了朱元璋身上的繩索。

孫德崖手摸金銀器皿，得意地微笑著說：「上回，你送我三千擔糧食，我還沒道謝呢，沒想到這回又送我兩千兩黃金。」

朱元璋恨恨地說：「你謝郭天敘吧！」孫德崖搖搖頭：「我不會感謝他，因爲他是個王八蛋，是個狼心狗肺之徒！我要是他爹，早把他千刀萬剮了！郭子興這呆子，怎麼養出這麼個雜種，他都不知道郭天敘早就是我的人了！哈哈哈！」

朱元璋震驚得半天說不出話來，好久，他才顫抖著說：「我明白了，郭天敘悖主叛逆，全是因爲爭奪帥位！」孫德崖笑笑：「不錯。再傻的傻瓜也會明白，關鍵是什麼時候明白過來！你現在才明白，不是有點晚了麼？」朱元璋毫無表情地說：「動手吧。」孫德崖卻歎了口氣，竟然將朱元璋按到椅上坐下，低下頭道：「我不會殺你。你們父子三個啊，郭天敘是王八，郭子興只算是半個英雄，你才是一整個大英雄，是條頂天立地的好漢！」

朱元璋坐在椅上，望著孫德崖，竟然無言可答。

孫德崖俯身扶著朱元璋的雙臂，望著他，眞心誠意地說：「元璋兄弟，跟著我幹吧。我孫德崖是個直來直去的人，從不搞陰謀詭計。你如果願意的話，我想和你歃血爲盟，結成異姓兄弟！我將封你爲濠州主帥，與我同掌全城兄弟。你看哪，咱們現在要金銀有金銀，要城池有城池，要兵馬有兵馬！咱倆要是聯手，必能打遍天下，推翻元廷，光復大漢江山！哦？到那時候，咱們還可以另建一個自個的朝廷哪！」孫德崖越說越激動，簡直手舞足蹈起來。朱元璋被他感染了，激情澎湃，胸口劇烈起伏著，但是最終，他還是克制住了感情，避開他殷切地眼睛，說：「多謝孫大哥的情誼。但我是郭子興的部下，我不能背叛父帥啊。」

孫德崖僵在那裡，木木地問：「你說什麼？」朱元璋見他如此，終於有點過意不去，說話時音調都變了：「孫大哥，你我都是義軍。何爲義軍？那就得義字當頭！小弟寧願被您一刀砍嘍，也不能背叛郭大帥啊！」

孫德崖怒視著朱元璋，氣得微微顫抖。這時，一個軍士匆匆上前，在孫德崖耳邊輕聲嘀咕：「稟淮王，哨馬探來消息，說元廷十幾萬大軍，已經渡過淮河了。」孫德崖聽罷，沉思片刻，命令軍士先把朱元璋押回地牢。

朱元璋被兩柄戰刀按著，再度進入地牢。牢門砰噹一聲關閉，這時候，四周已經暗得什麼都看不見了。他摸索著慢慢坐下，抬頭望望牢窗，那裡傳遞進來的，除了虛弱的夜氣，也還是黑暗。朱元璋對今天的遭遇百感交集，幾乎不願多想。不知什麼時候，他在黑色的寂靜中潸潸落下淚來。

再說滁陽的郭子興，率領大隊兵馬隨後也往濠州城裡趕。隊伍的壯大、實力的雄厚使他心情愉快，滿面紅光。他威風凜凜地策馬而行，隊伍行至一片凹凸不平的野地，忽聽一聲慘叫從旁邊的野草叢中傳來：「父帥！父帥啊！」郭子興猛然起了一身雞皮疙瘩，順著聲音一瞧，只見郭天敘渾身傷血，從低窪野草中踉蹌而出。

兩個兵士急忙上前扶起郭天敘。郭子興跳下馬奔去，不禁大驚：「天敘！這是怎麼回事？快說，出什麼事了？」郭天敘泣道：「父帥啊，我和朱元璋押運著糧餉，剛剛進入三道灣，就陷入歹人的伏擊圈。末將死戰突圍，這才僥倖脫身。」郭子興急切問他：「是誰設的伏擊？」郭天敘猶豫片刻，道：「雖然那些人穿著元軍的服裝，可、可我一眼就看出來，是孫德崖！對，就是他！」郭子興無意識地往四處望望：「朱元璋呢？」郭天敘匆匆道：「失蹤了，生死不明。父帥啊，咱們的銀車和糧餉，都被孫德崖劫走了！」郭子興頓時暴怒：「什麼？都丟啦！好個孫德崖，竟敢下此毒手，郭某絕對饒不了他！」

這時候，緊隨著郭子興的李善長插話了：「奇怪呀。郭將軍此行，前天才決定下來，極為秘密。他孫德崖怎麼會知道？」郭天敘眼珠悄悄一轉，做出悲憤的神態，道：「李先生，您還不明白嗎？咱們當中出了內奸啦！」郭子興喝問：「誰？」郭天敘顫聲道：「還能是誰呢？朱元璋！快進三道灣時，我就有了戒心，下令暫停前進，令朱元璋先入灣打探情況。可他回來稟報說，灣裡太平無事。哪曉得車隊剛剛進灣，孫德崖的伏兵就衝出來了！父帥啊，朱元璋被您奪了兵權，心懷不滿，暗中勾結孫德崖。」說著，彷彿是刀傷劇痛，郭天敘竟然昏過去了。

郭子興吩咐手下抬郭天敘去療傷，自己走到正在沉思的李善長旁邊，陰沉著臉問：「先生，這事你怎麼看？」李善長委婉地說：「公子所言，一時也難以詳察，但眼下更緊迫的是，元廷大軍已經距此不遠了，我們卻脫離了城池，前不著濠州，後不著滁陽，兩萬多弟兄落在這荒野曠地裡，則容易被元廷騎兵擊潰！」郭子興一時也沒有更好的辦法，切齒道：「只有一個辦法了，我親自率兵，搶在元軍到來之前，突襲孫德崖，拿下濠州城！」

義軍先自相殘殺，這實在不是什麼善策。李善長忍不住提出自己的擔心：「只是，他孫德崖也應該有所防備了。」郭子興冷笑道：「他嘛，哼哼！多少年來，我一直是刀下留情。如果眞要血拼，他姓孫的絕不是我對手！再說，濠州城原本就是我的駐地，城裡一草一木，一街一巷，我閉著眼都認得！」

李善長頷首道：「此戰已別無選擇，勝者存，敗者亡！」郭子興他脫掉身上外襖，朝地下一扔，豪氣沖天地回首對劉虎吩咐：「把老五營的弟兄，給我帶上來！」

劉虎遵命而去。一會兒，一陣螺號在夜晚的林邊吹響——嗚嗚嗚！一個雄壯的聲音傳遍隊伍上下：「老五營的，到大帥跟前來！」

徐達與湯和聞聲同時從地上跳起來，朝遠處張望著。只見許多執大刀的老兵，紛紛朝高坡上湧去。

徐達神情緊張起來，對湯和說：「瞧，大帥在召集敢死隊了！」

湯和緊鎖眉頭道：「不好，肯定出事了。走，咱們也去。」他們朝高坡奔跑的時候，迎面碰見了氣喘吁吁走過來的李善長。李善長見到兩人，似鬆了一口氣，匆匆道：「兩位弟兄，我正到處找你們。」湯和冷嘲熱諷道：「喲，李先生嘛！怎麼，今兒沒陪大帥喝茶？」李善長一副大人不與小人一般見識的神態，擺擺手：「眼下不是挖苦人的時候。敢問二位，是不是朱元璋的結義弟兄？」徐達拉拉湯和，阻止他再說不客氣的話，正色對李善長道：「當然。」李善長的目光在兩人臉上逡巡一遍，問：「如果朱元璋有難，你們肯不肯冒死相救？」湯和一聽此話，神情一變：「廢話！我們兄弟生死與共，到底出什麼事了？」

李善長盡量鎮定地告訴他們：「郭天敘說，餉車被孫德崖劫走了，並一口咬定是朱元璋出賣大帥！但我總覺得，其中怕有隱情，郭天敘的話，未必可信。」

徐達氣得跳腳：「這小子賊喊捉賊！」湯和眼望四周，讓他低點聲。李善長卻向徐達投去讚賞的一眼，道：「不瞞你說，我也是這麼想。二位兄弟，可否請你們帶上親信弟兄，隨大帥突襲濠州。在突襲時見機行事，救出朱元璋來。」徐達眼巴巴望著李善長道：「這麼說，你覺得我大哥還活著？」李善長反問：「孫德崖爲何要殺朱元璋？他倆之間有何利害？又有何仇恨？」

湯和在邊上連聲催促：「對對，我們快去！快點！」

就在郭子興將敢死隊召集起來的時候，郭天敘已經將為他療傷的義軍醫生趕走。他與幾個親信隱身在林子裡，低聲吩咐他們：「進城後，只要一看見孫德崖，立刻放箭射死，絕對不能讓他活著！連一口氣都不能留下！」

親信中有那兩個「轎夫」。其中一個問：「如果大帥不准呢？」

郭天敘斬釘截鐵道：「聽著，不管大帥准與不准，你們都要射殺孫德崖！你們誰要是為我立下了這一功，賞銀兩萬，拜將封侯！」眾親信個個面露喜色，爽快應承：「公子放心吧！」

郭部義軍在郭子興的帶領下，輕裝潛行，終於到了濠州城附近。先鋒劉虎從前面回身，喜孜孜地向郭子興稟報：「大帥，孫德崖好像沒什麼防備，城裡頭一片安靜，竟然沒有增兵把守。」

郭子興不相信地說：「不大可能吧。孫德崖既然奪了我的糧餉，就應該料到我必然還擊！」劉虎沒把握地猜測：「或許，他以為我們還遠在滁陽？否則不可能這麼大意啊。」

郭子興思忖，棲身城外也不是個辦法，便命令道：「不管它，衝進去！」

郭部兵勇紛紛躍過城門，衝入寂靜的夜城之內。

李善長沒有隨隊伍前去，他獨自登上城頭，不安地眺望天邊。這才發現，天地正從夜色中顯出來，望出去白濛濛的，天快要亮了！天邊的紅日也正欲噴薄而出，東方仍是一片寧靜。

郭子興的部隊悄沒聲息，迅速來到孫府門前，郭子興對著那扇漆黑的大門揮刀怒吼：「老五營的，上！」

一架架長梯迅速搭上牆頭，劉虎領著眾多精兵翻牆而過。院中立刻響起一片殺聲。孫府大門被先進入的劉虎等人打開，徐達、湯和從大門口揮刀衝入院中。

激烈的喊殺聲打破了黎明前的黑暗，將孫府大院殺得搖晃起來！聲音穿牆透壁，隱隱傳入地牢。地牢中尙在沉睡的朱元璋驚醒過來。他彈身跳起，諦聽著外面動靜。他判斷出外面正在進行一場激戰，奮力去踹那座牢門！但是牢門堅固無比，哪能輕易踹開？

因爲奇襲成功得了許多金銀餉糧的孫德崖，興奮得有點忘乎所以，想入非非，直到下半夜才進入夢鄉。正酣眠之中，突有衛士來報，郭子興的隊伍殺進來了。孫德崖慌張起身，執雙刀撲向大堂，朝正在廝殺的戰團怒吼：「郭子興，你小子在哪兒？滾出來！」

郭子興眞的一閃就在眼前站著了，他大聲說：「姓孫的，爺在這兒！」

孫德崖朝戰團們吼道：「兩邊的弟兄們聽著，都住手，我有話說。」於是郭子興也喝令部下住手。雙方義軍漸漸停止廝殺，但仍然虎視眈眈對視著。

孫德崖揚眉看看四周，見雙方人員都死傷不輕，不由哈哈一笑：「姓郭的，事情既然到了這個地步，你我必須決一生死了，是不是？」

郭子興輕蔑地哼一聲：「孫兄明白就好！」孫德崖竟口氣沉著地激將：「你我之間的恩怨，應該由你我兩人單獨了斷，不必讓弟兄們跟著流血，郭兄以爲如何？」

郭子興一時不知如何回答。郭天敘在旁高叫：「父帥不要上當，孫德崖已是甕中之鱉了！父帥不必與他交手！」

孫德崖輕蔑憤恨地瞪了郭天敘一眼，卻哈哈笑著更激一將：「看來，郭家父子都不是東西，不敢與本王決鬥。」郭子興仰頭傲睨對方，道：「孫德崖，你根本不是我的對手！我把話撂在這兒明年今日，就是你的周年！」孫德崖立馬高叫：「好，咱倆單挑，一決生死。我要是敗了，我部所有兵馬、包括這座濠州城，都歸你所有！」郭子興冷笑道：「哼哼，別忘了，還得加上你劫去的銀車！」

孫德崖一怔，咯咯地笑了，快活地說：「不錯。那些金銀是在我這兒。不過，那是你兒子送給我的，他呀，是個雙面奸、是條兩頭蛇！哈哈哈！郭兄要是不服氣，憑本事來取呀！」

郭子興大怒，扒掉外衣，喝令部下：「都退開，我和姓孫的無論誰勝誰敗，大夥都不准動手。」孫德崖也喝令自己部下退開，看他與郭子興一決生死！

雙方部屬遵令紛紛往後退，郭子興、孫德崖各執刀劍，步步逼近對方。眾人屏息靜氣，大堂峻凜無聲。只聽孫德崖大吼一聲，兩人開始殊死拼殺起來

郭子興與孫德崖刀劍相擊，你來我往，殺作一團。雙方部下都看得呆若木雞！而城頭上，李善長正在憑高遠望，他看見天邊隱隱揚起了一片塵土。李善長知道元軍到了，不由在心裡感歎：元軍來得眞是時候啊，趁義軍自相殘殺得差不多了，他們可以一鍋端了。

元軍這一次果然來勢兇猛，領軍的是諳熟兵法的元朝宰相脫脫，他與大將也先騎著銀鞍白馬走在隊伍前面，漢軍統領陳野騎棗紅戰馬緊隨身後，幾萬元軍旗甲鮮明，見濠州城將近，改換成交戰的陣勢步步前進。

清瘦的脫脫外表並不兇悍。是元軍中鳳毛麟角般稀有的儒雅將領。他眺望著不遠處的濠州城，顯得精神矍鑠。他微笑著喚了聲：「也先哪。」也先應答：「屬下在。」脫脫兩眼還在望著遠處，說：「我有可靠情報，城裡的賊兵不足萬人。將軍只要一個衝鋒，就可破城建功。但我放心不下的是，他們會棄城而逃啊！」也先回答：「屬下知道了。」也先偏了偏頭，問「陳野何在？」

陳野立刻馭馬上前應著：「末將在。」也先吩咐：「我率部從正面出擊。令你率所有漢軍，繞到城後包抄，以防止賊兵潰逃。此戰，務必將他們全殲，不留後患！」

陳野騎著馬，來到漢軍陣營前高喝：「跟我來。」他帶著漢軍，與也先帶的元軍，分道進襲濠州城。

而濠州城內的義軍對此竟毫無知覺。郭子興與孫德崖仍在殊死惡鬥，這兩人已經殺得興起，刀劍鏗鏘，不分勝負。

郭天敘悄悄地走入院角，對自己的幾個親信低聲吩咐：「放箭，快放箭！射死孫德崖！」一個親信膽怯地說：「公子，大帥正和孫德崖殺成一團，萬一箭頭歪嘍——」他不敢再往下說。郭天敘卻厲聲道：「不管它，一切有我做主。放箭，快放箭！」

幾個親信心裡頭吃驚，卻不再多話，悄悄退入暗處，朝殺成一團的郭子興、孫德崖二人張弓搭箭、瞄準。他們的箭頭隨著騰挪跳動的郭、孫二人歪來歪去，遲遲無法射出。終於，嗖地一聲，一支利箭離弦而去！

那支利箭直中孫德崖臂膀，他一個踉蹌，幾乎摔倒。所有觀戰人都脫口發出一片驚呼！與此同時，郭子興的大刀也揮到，刀鋒直逼孫德崖胸前。孫德崖一陣劇痛，搖搖欲墜，眼看敗勢已定。他破口怒罵：「小人，卑鄙小人！暗箭傷人！」孫部所有部下都叫罵起來：「狗娘養的！暗箭傷人！媽的，跟龜孫子們拼了！」孫德崖的部下手執刀槍紛紛湧上前，郭子興的部下也手執刀槍湧上前來。兩部義軍刀槍相逼，眼看就要激起更大的血拼！

混亂之中，郭子興的刀鋒反而砍不下去了，他不知如何是好。孫德崖突然朝自己的部下大喝：

「都退下！」他的部下將士聞聲止步。孫德崖咬著牙，一把拔掉肩膀上的箭頭，扔到地上，橫刀立足，豪邁地叫：「姓郭的，咱們沒完，再來呀！」郭子興還是執刀不動，臉上現出猶豫神色。他斜眼查看，想找出暗中放箭之人。與此同時，院子裡的徐達也在四處張望，他的眼睛終於落在院角落的郭天敘等親信身上，便悄悄地朝他們靠近。

地面上打得熱火朝天，地牢裡的朱元璋卻推不開堅固的鐵門。正心急火燎間，牢門突然砰地開了。朱元璋吃驚後退，看見衝進來兩個孫德崖的部下，他們的刀鋒按在朱元璋脖子上，惡狠狠地將他押出地牢。嘴裡不停地催促：「快快！」

兩軍士將朱元璋押進院中，郭子興與孫德崖仍在執刀劍怒目逼視。兩人緩緩移動步伐，躍躍欲鬥！郭子興看見孫德崖臂膀上的傷口正在淌血，說：「姓孫的，你已經不行了。如果放下兵器，我可以饒你不死。」孫德崖怒罵：「放屁！你上來。爺劈你八瓣！」郭子興憤怒地躍身上前，兩人刀劍剛剛相擊，孫德崖就一個趔趄，差點跌倒。

突然聽到有人大喝郭子興！郭子興回頭一看，只見兩個孫部軍士押著朱元璋上前，他們的刀鋒死死壓在朱元璋的脖子上。軍士怒叫：「咱大帥要是有個長短，我立刻砍了這小子的頭！」

郭子興看見朱元璋，對他笑了一笑：「哦？小子，原來你還活著。」

朱元璋見到兩個義軍大帥拼鬥，痛心得顫聲請求：「父帥，求您不要再鬥了。」郭子興嗔怪：「怎麼，你怕死了？」朱元璋低沉地說：「不！我不怕死。但是無論誰死，這麼個死法都不值得！父帥啊，咱們義軍要死也要死在元軍手裡，爲何要死在自己弟兄刀下？難道非要這樣死，大夥才痛快嗎？」孫德崖哈哈一笑：「你們父子兩個，甭酸了！今兒，誰也活不過今天！」

他們誰也沒有發現，院角落，郭天敘又在催促他的幾個親信放箭。親信爲難得朝後退縮，郭天敘卻跺足向他下了死命令：「放箭，快！」親信只得張弓搭箭，問他射誰。郭天敘咬牙切齒、一字一頓地說：「朱、朱、元、璋！」親信不解地問：「爲、爲何射他？」郭天敘恨恨道：「他是內奸！不能讓他活著！」親信只得再次隱入角落，找好位置，張弓搭箭，將箭鋒瞄向朱元璋。他知道朱元璋在軍中有親信，不知此舉會給自己帶來什麼，拿弓矢的手不由自主地微微顫抖。好不容易拉開了弓，正要放手那一瞬間，徐達突然飛身撲上來，他一刀砍在那個親信的手腕上，將他弓箭擊落，咬牙道：「媽的，你敢使壞！」

親信抱著手腕痛得縮身尖叫起來。院子裡所有人的目光都投向這裡。郭天敘見勢不妙，趕緊悄悄溜走。這時候，外面突然響起了急促的報警鐘聲，噹噹噹！所有人聞聲驚訝，紛紛朝外看去。隨著鐘響，李善長匆匆奔入府門，原來，剛才是他說動孫德崖部下報的警。他一看這陣勢，一切都明白了。朝郭子興、孫德崖抱拳一揖，沙啞地說：「兩位大帥，元軍到了！」

郭子興、孫德崖全都愣怔一下，各自緩緩收刀。郭子興說：「孫兄，你我的恩怨，待戰後了結。現在，先上城抗敵吧。」孫德崖卻怒吼道：「不！」郭子興驚訝極了：「你想怎麼著？」孫德崖錚錚道：「你跟我出城迎敵。咱倆的恩怨，擱到戰場上了結！」郭子興一聽，露出一瞬即逝的猶豫。

孫德崖雖不細心，卻捕捉到了，哈哈一笑，激將道：「怎麼樣，郭兄還是膽怯了。」郭子興果眞被激怒，說：「爺就跟你出城殺敵去，看看咱們誰是眞英雄！」孫德崖爽朗笑著：「好！咱們這對生死冤家聯手殺敵，不勝無歸！」郭子興豪氣沖天地附和：「聯手殺敵，不勝無歸！」

李善長在旁急阻：「不可。唉，兩位大帥萬萬不可義氣用事。元軍兵多，還是守城妥當！」孫德崖斥道：「你懂個屁！賊兵雖多，卻是遠道而來，已經筋疲力盡，正可以打它個猝不及防。郭兄，走哇！」郭子興喝令：「老五營的，跟我來。其餘弟兄，上城去！」四周一片附應呼喊聲：「遵命！」「快上城！」郭子興與孫德崖領著各自的部下衝出孫府，呼嘯而去。

朱元璋見狀，立刻掙脫架在脖子上的刀鋒，並且回頭奪下身邊軍士的戰刀，道：「兄弟，借你的兵器使使！」說罷，他提著刀追趕郭子興去了。徐達在後面朝朱元璋大喊：「大哥，你回來！」朱元璋頭也不回地回答：「甭管我，你們上城去！」

徐達剛離開，郭天敘就悄悄返了回來。他看見被徐達砍傷手腕的親信躺在地上呻吟，一劍將他刺死。然後朝四周張望了一會，見沒人，才匆匆離去。

這裡的義軍內部內戰方休，城外元軍已經布陣完畢。大將也先看著死氣沉沉的濠州城頭，心下生疑，自言自語道：「難道是一座空城，賊兵們已經跑光了？」

脫脫朝森然的城牆注視了一會，問：「如果是空城的話，爲何緊閉城門？」

也先見問，也將目光望向城門，突然感覺到不祥，脫口大呼：「宰相當心！」

說話間，城頭上萬箭齊發，如疾雨般直射元軍。前排的元軍紛紛倒地，後排的則抱頭避讓。元軍陣勢立刻亂了！與此同時，緊閉的城門轟隆隆拉開，郭子興、孫德崖騎著戰馬，領著大片義軍，吶喊著，瘋狂地衝殺而來！

兩軍交鋒了，這是一場殘酷慘烈的戰鬥！郭子興與孫德崖彷彿出山猛虎，又像是鬥牛場裡的兩頭鬥牛，奮不顧身地瘋狂砍殺元軍。義軍弟兄在統帥身先士卒的激勵下，也個個如猛虎惡獸，不顧一切地撲入元軍陣中，拼命砍殺。

孫德崖同時與幾個元兵相鬥，雙方刀槍迸擊，殺聲震天！片刻後，多個元兵中刀倒地，而孫德崖腹部也被刺一槍，踉蹌欲倒。殘餘的元兵步步上前，欲砍死孫德崖。郭子興在近處看見，立刻撲上來，揮刀砍翻那些元兵，朝孫德崖調皮一笑：「姓孫的，你還行麼？」孫德崖氣虎虎道：「爺正殺得開心呢，你管好自個的小命就行了！」郭子興笑道：「你哥命大著呢。你要是不行了，招呼一聲。」說話間，一群元軍圍擊上來，郭孫二人又各自揮刀迎敵。

朱元璋也跟著隊伍出了城，正在戰場的另一角揮刀猛砍元兵。他一面殺敵，一面不時朝各處張望，尋找郭子興。

郭子興與孫德崖身處戰團中心。兩人畢竟不是二三十歲的年輕人了，此前又單獨廝殺多時，力量漸漸不支。他們背靠背地迎擊眾多元兵，打退了元兵們一次又一次血腥的攻擊。血戰中，眼見著元兵非死即傷，但孫德崖與郭子興也相繼中刀。

當這一片元兵敗退後，更多的元兵再度圍了上來。眼看郭子興與孫德崖命在旦夕！正在千鈞一髮之際，朱元璋終於看見了郭子興，他立刻領著幾個義軍衝上來，迎擊包圍著他們的元兵。他邊戰邊朝郭子興喊：「父帥，你們快退！」

但此刻的郭子興與孫德崖已經動彈不了，兩人相繼倒地，並排躺在一堵石崖下。孫德崖按著流血的肚子劇烈喘息著，他抬頭望著驍勇殺敵的朱元璋，顫聲道：「郭兄，你有個好義子啊。」郭子興捂著流血的胸口，眼裡露出欣慰的神色：「不錯，這小子是行。孫兄，你傷怎樣？」孫德崖歎道：「腸子出來了，你呢？」郭子興勉強呻吟著回答：「還好，斷了幾根胸骨。」孫德崖問：

「你砍了幾個？」

「七八個吧！你呢？」孫德崖嘿嘿笑笑：「比你強，九個！」

郭子興道：「孫兄，別急著死啊！你我的恩怨還沒了呢。」孫德崖斜眼嗔道：「爺死不了！噯，有酒沒？」郭子興掙扎著，半天才抖抖地掏出一隻葫蘆，遞給孫德崖。孫德崖也掙扎著，咬掉葫蘆蓋兒，仰面狂飲，只見酒水沿著他臉上流淌。飲罷，他把葫蘆遞給郭子興：「唉，這酒喝得眞痛快！」郭子興也仰面飲酒，直到將那隻葫蘆飲空。

孫德崖突然捂著斷腸子叫了一聲：「不好！」郭子興問：「怎麼著？」孫德崖道：「酒水從腸子裡跑出來了！」郭子興開心地笑道：「活該！」孫德崖也笑了，顯得有些兒女情長，聲音變得比任何時候都柔和：「郭兄啊！我想告訴你個事。」郭子興不滿地瞟他一眼，嗔怪他這種時候還吞吞吐吐：「說吧。」

孫德崖笑道：「你兒子郭天敘不是東西，他是條兩頭蛇！毒著呢！」

都說人之將死，其言也善，孫德崖好像為此刻還對郭子興說這樣令人沮喪的事而有些不好意思。郭子興卻感激他的直言，像對一個知已那樣歎息道：「唉！我已經給小明王上了摺子，我死後，讓朱元璋接任帥位。」

孫德崖的眼皮無力地耷拉著，聽了這話，盡力撐開一點，閃出一束奇異的光亮。他顫聲道：「這就對。對了。」孫德崖說罷，閉上眼死去。郭子興眼睛望著遠處正在廝殺的朱元璋，用最後的力氣虛弱地發聲：「小子，好好幹哪！」言罷，郭子興也死去了。這兩個生死冤家竟然像一對親朋至友那樣靠在了一起。

接下來，就是浩大的喪葬儀式。儀式在濠州城臺上進行，郭子興的部下與孫德崖的部下全體戴孝，祭奠兩位大帥。祭臺上並排豎立著兩副牌位：「明軍大帥郭子興之位」，「明軍大帥孫德崖之位」。

郭天敘在臺前焚香主祭。朱元璋與李善長在兩旁陪祭。後面，則跪著馬姑娘、徐達、湯和以及眾將士。寬闊的城臺上到處插著白色的引魂幡，昨日轟轟烈烈的戰場變成了一個肅穆悲悼的世界。

郭天敘泣聲道：「父帥，孫大帥。兒等與眾弟兄泣血稟告，誓除元胡，光復大漢，重整山河，再造乾坤！盼父帥與孫大帥在天之靈，護佑兒等將士。」郭天敘祝罷，一叩首，再叩首，三叩首。身後，朱元璋含淚，也隨之三叩。

朱元璋叩首後起身，郭天敘卻仍伏地不起，口中繼續哀聲欲絕，似乎久久沉浸在深深的悲痛之中不能自拔。朱元璋在他身後厭惡地望著他。這是一個爲了滿足私欲可以傷天害理、爹娘都不顧的人，這一次禍起蕭牆，他就是罪魁禍首，居然還有臉裝模作樣、矇騙眾人。他忍耐了一會，終於用眼色示意李善長。李善長便上前扶起郭天敘，道：「郭公子，請節哀自重啊。」郭天敘轉過身，朝著朱元璋拭淚泣道：「元璋兄弟，往後要靠你多多扶持愚兄啦。」

朱元璋心裡一聲冷笑，想這個蛇蠍之心的害群之馬，眞是大言不慚。這時，一個千總上前，朝朱元璋抱拳一揖：「朱將軍，孫部全體弟兄商量之後，決定歸屬貴部。懇請將軍接納。」朱元璋興奮地說：「太好了。咱們原本就是一家弟兄，今後就更不分彼此了！」

郭天敘見孫德崖部下向朱元璋報告而冷落他，就突然朝靈臺上的牌位一揖，高聲道：「兩位大帥的在天之靈，聞此，定將不勝歡喜啊！」那千總一怔，有所醒悟，似有難言之隱，道：「稟公子，我部弟兄有一事不明，還望將軍和公子明示。」

不等朱元璋應聲，郭天敘搶先道：「請講。」千總問：「郭大帥的帥位由哪一位接掌？是郭公子還是朱將軍？弟兄們明確之後，也好有個上下。」

此話一出，眾人沉默。將士們都期待地看著朱元璋，朱元璋知道眾將士之心，非他莫屬，卻避開大家的目光，只沉默地看著郭天敘。郭天敘的一切作爲都是爲了爭當義軍大帥，這其實已經是司馬昭之心，路人皆知了。雖然這是一個公開的秘密，但自己卻不能公開同他爭，因爲他是郭子興的親生兒子，而自己只是一個義子。

郭天敘並非不知眾人之心，但他又怎肯放手大帥之位？因此顯得尷尬，一時想不出如何回答。

徐達首先打破沉寂，高叫道：「這還用說嗎？我大哥原本就是郭部副帥。濠州三萬義軍，兩萬多是我大哥帶出來的。因此，應當由我大哥接掌帥位！」

朱元璋趕緊斥止徐達：「住口！」之後他朝郭天敘道：「元璋聽從郭公子尊意。」

郭天敘終於開口說：「啊！我和朱元璋都是同門兄弟，無論誰做主帥，都會繼承父帥遺志，無愧於義軍大業！弟兄們說是不是？」

無人應答。唯獨朱元璋回答：「公子說的是。」郭天敘沉吟著，字字拖拉著說：「至於究竟由誰接掌帥位，那只有等候明王的旨意了。明王乃天下義軍共主，他頒旨由誰接掌帥位，那就是誰。我等不可擅行廢立，壞了義軍規矩！」

第八章

焚遺書郭少帥調包
承豔寵李善長蒙羞

夜漸漸深了，郭子興生前住的內室中殘燭搖曳，郭子興的靈位安放在屋子正北的長案上。馬姑娘身披白麻布孝衣，正在收拾郭子興的遺物。她站在樟木案臺邊整理東西，發現案下隱蔽處藏著一隻紫色雕花小木匣，隱隱直覺裡面有重要的東西。她將小木匣抽出，當她捧著它的時候，感覺自己心跳異樣。猶豫了片刻，她輕輕打開匣蓋，看見裡面躺著一軸信柬。她取出信柬欲讀，想想或許是自己不該看的東西，在手裡拿了一會兒還是把信柬放回了木匣，並將木匣塞回案下，繼續收拾義父遺物。

屋裡收拾得差不多了，馬姑娘往屋外走，心卻牽掛著案臺下小匣裡的信柬。她的腳到底沒有邁出門檻去，而是走回屋裡的案臺邊，看看內外無人，匆匆抽出木匣，拿出那軸信柬，湊到燭下觀看。

果然是一封非同尋常的信件！是義父郭子興寫給小明王的親筆信：「濠州大帥郭子興拜呈陛下。皇天后土，久處水火。我皇順天舉義，再造乾坤，乃天下之大幸。臣率部征戰多年，屢赴險境。臣雖肝膽如舊，節義無悔，但生死勝敗卻不可逆睹。臣念及義軍前程，特奏知陛下：如臣不幸陣亡，謹立臣之義子朱元璋接掌臣之帥位，統領安徽各部義軍。」

馬姑娘呆立案前，雙手顫抖。心中卻是又驚喜又感動。她突然警覺地聽到走廊上有腳步聲，立刻將信柬放回木匣，把木匣塞回案臺下方。

果然有人走了進來，是郭天敘。他神態矜持地說了聲：「哦，妹子在這兒啊。」馬姑娘微施一禮道：「天敘哥，我已經把義父的房間收拾好了，您可以住進來了。」郭天敘眼睛巡視四周，見屋內整潔清爽，窗明几淨，不由說：「多謝妹子。」稍頓，他終於把一直想問的話說出來：「父帥可留下什麼文書嗎？」

馬姑娘示意案臺，從容道：「所有的文案都擱在這兒，我原封未動。天敘哥可以親自過目。」郭天敘故作深沉地一歎：「父帥不在了，幾萬義軍的生死存亡都壓在你哥肩上，你哥眞怕承擔不起啊。」馬姑娘心裡哼一聲，卻平靜地說：「天敘哥不必太過苦惱，義軍不是還有元璋撐著嗎？」郭天敘連聲說：「對對，有他在，我感覺輕鬆多了。妹子啊，咱們兄妹三人，可得一條心啊！」

馬姑娘折腰，心裡想，你何時同我們一條心過啊？嘴上卻應付道：「是。天敘哥連日勞累，早點安歇吧。我走了。」郭天敘趕緊還禮相送：「妹子慢走。」

出了義父的內室，馬姑娘就去找朱元璋。

朱元璋和徐達此時正在孫府的大堂上。朱元璋立在堂側那一架兵器前，隨手拿起一柄丈八矛槍舞弄著，愛不釋手。

徐達卻仰面高坐於大堂正中的帥位，兩條腿翹在朱紅大案上，懷裡捧著一隻酒葫蘆，醉醺醺道：「哥，孫德崖的虎皮王位眞他媽舒服！嘿嘿嘿！咱們出生入死這麼些年，今日總算住進帥府大院了！這麼著吧，你把東廂房給我，西廂房給湯和，咱兄弟仨還是住一塊。當年有難同當，如今有福同享。」

徐達還在喋喋不休，朱元璋已笑著打斷他：「不成！」徐達驚訝地盯一眼朱元璋，嗔道：「什麼，你連這都捨不得？」朱元璋斷然搖頭道：「不是捨不得，而是住不得！咱們不能住這兒，還得住回軍營去，和弟兄們待一塊。」徐達不悅地問：「爲何？」朱元璋說：「現在帥位沒定，軍心不穩。咱要是住到帥府裡了，郭天敘會做何感想？」

徐達輕蔑地一瞪眼，說：「那小子！他不是有郭府麼？你倆一人一座帥府，公平合理！」

朱元璋卻抓過一支令箭敲在徐達腿上，斥責道：「把這兩條狗腿擱下去！瞧你得意成什麼樣了，喝個不停！兄弟，眼下這種時候，更不能大意，稍不當心，就會禍從天降。」

徐達將被敲的一條腿收回，另一條腿仍翹在原處，不屑地說：「什麼天不天的，如今咱就是天！郭大帥在的時候，可以給郭公子點面子。如今大帥不在了，你還顧忌什麼？叫我說，你應該主動接掌帥位，奪了濠州兵權。誰不知道義軍弟兄都聽你的。至於郭天敘那小子，噢，孫德崖是怎麼說的？兩面奸，雙頭蛇，應該活剝了他！」

朱元璋雙眉鎖著，說：「咱沒有證據啊。而他是郭大帥親生獨子，隨大帥舉義也比咱們早得多！按照千年以來的傳承規矩，是子承父業。明王或許把帥位授予他啊！」徐達氣憤地說：「如果那樣，明王就是個傻蛋！明擺著，咱大哥才是濠州義軍眞正的大帥。他要是把帥位給了別人，嘿，那人找死！」

朱元璋笑著望望徐達，問：「你見過明王沒有？」徐達大咧咧地說：「咱見他幹嘛。」朱元璋說：「你不知道，明王是大將軍劉福通所立，眞正做主的並不是這娃兒，是劉福通自個。」

正說著話，馬姑娘輕盈入內，望見兩人，舒了口氣：「重八，徐哥也在這兒！怎麼回事？您這條腿翹得比頭還高，要成犄角啦！」朱元璋嗔道：「正說他呢，得意忘形唄！」徐達趕緊把腿收回來，起身讓座，笑道：「夫人快請，這虎皮王位眞他媽舒服。」

馬姑娘卻向邊上一閃，嗔道：「我可不敢沾它！」她的眼睛亮亮的，欲言又止，卻還是忍不住不說：「重八啊！有個事，我說了之後，你既別惱，也別喜。」

朱元璋見她有些異樣，心下奇怪，催她快說。馬姑娘放低聲音機密地說：「剛才我給義父整理遺物的時候，發現了一幀信柬，是義父上呈小明王的。」朱元璋神色一凜，打斷她：「萬不可私自偷看！」

徐達急道：「什麼話，不看白不看！嫂子你看了沒？」馬姑娘偷覷一眼朱元璋的臉色，不情願地說：「看了。」徐達立刻充滿期待地問：「裡頭說什麼？」馬姑娘又瞟一眼朱元璋，故意拿腔作勢說：「唉！我本不該看的。既然看了，就更不該說。」徐達大急：「哎呀嫂子，快說啊！」馬姑娘斜視朱元璋，卻不肯說了。朱元璋只得反過來委婉求情：「說吧。啊？」馬姑娘喜滋滋道：「義父在摺子裡說啊，『如臣不幸陣亡，謹立臣之義子朱元璋接掌帥位，統領安徽各部義軍。』」

徐達大喜，居然就地蹦了起來：「大哥啊！全妥了！你還不給我嫂子叩頭。」

朱元璋呆愣片刻，感慨萬千：「萬想不到，父帥如此看重我！還眞——」馬姑娘興奮地說：「重八，一旦做了大帥，你也就是一方諸侯了。」朱元璋冷靜地問：「那遺書現在哪兒？」馬姑娘說：「義父書房啊。」朱元璋苦笑一聲：「既然你能看到它，郭天敘就看不到嗎？如果看到了，他會把遺書上呈明王嗎？」

此話一出，馬姑娘和徐達面面相覷。朱元璋沉著果斷地吩咐：「徐達，咱們即刻搬回軍營。」

三人往外走，徐達和朱元璋各牽著一匹馱著行李的戰馬。

湯和匆匆走來，低聲對朱元璋說：「上位。前天交戰時，我們抓獲的那幾百個元軍戰俘，恐怕有些不穩當。」朱元璋奇怪：「怎麼著，他們不是都願意歸降麼？」湯和說：「降雖然降了，但他們仍然提心吊膽。」朱元璋更奇怪了：「他們怕什麼？」湯和說：「怕我們效仿項羽，破秦之後，坑殺三十萬降卒。」

朱元璋點點頭，轉身安排妻子先隨徐達歸營。他跟著湯和匆匆來到郊野，那裡圍著一圈欄杆，四周火把林立，執刀的守衛密布如雲，面露騰騰殺氣。而欄杆內的大片降卒或蹲或臥，個個神情疲憊呆滯，他們恐懼地望著外面，望著越走越近的悍勇的朱元璋和湯和。

朱元璋佇立欄外，威嚴的目光掃視著欄內的降卒，一會兒，他發令把他們的首領帶來。

湯和朝欄內揚手，有人立刻打開欄門，兩個軍士押著一位相貌堂堂的元軍首領走出來。首領邊走邊偷偷打量朱元璋。他朝朱元璋恭敬揖禮，自報家門：「敗將陳野，叩見大將軍。」朱元璋上下打量他一番，微笑道：「聽兄弟的口音，是個漢人。」陳野謹慎地回答：「在下陝西漢中人氏。我所統領的弟兄，也都是漢軍。」朱元璋豪爽地說：「那咱們更不必見外了。說吧兄弟，你有何顧慮？」陳野不安地訴說：「我等歸降之後，時有義軍在營外怒罵，說要把我們所有人砍頭祭靈，爲死去的大帥報仇。」

朱元璋斷然道：「誰敢動你們一根指頭，我絕不寬恕！」

這話並沒有打消陳野疑懼：「可是，大將軍您瞧，這兒是一片亂墳崗子，我們身下就是死人骨頭！貴部把我們圈在這兒，一人只給了一片蘆草席子。弟兄們說，這是要蘆席裹屍，就地掩埋。」朱元璋朝欄杆圈內看看，抱歉地說：「這是郭副帥的命令，城裡已經沒有營房可住了，只好請弟兄們露宿野外。」陳野小心地說：「軍營滿了，城裡還有民房啊。」朱元璋立刻正色道：「那豈不會擾民嗎？陳兄弟，義軍和元軍，處事不同。」

陳野看看四周密布的衛兵，還是膽戰心驚，顫聲問：「大將軍，你們眞的不會處置我們嗎？」朱元璋也朝四周看看，他看過人，又看野外的景。沉思片刻，說：「陳兄弟，我跟你借樣東西吧。」陳野眼中閃過一絲疑惑，說：「請大將軍吩咐。」朱元璋道：「請你借咱一條蘆席，今夜咱就睡在你們弟兄中間，做你們的人質。」陳野驚訝的結結巴巴了：「大、大將軍，您、您、您當眞？」

湯和在一邊不悅道：「上位，不可！」

朱元璋卻把戰刀摘下，扔給湯和。衝陳野笑道：「今夜與你們眾弟兄爲伴，咱肯定是太平無事，無須佩刀。再說了，萬一有人對你們不善，咱即使有刀也頂不住你們幾千個弟兄的拳腳呀。你說是嗎？」陳野感動地說：「在下完全相信大將軍一片至誠了！請大將軍回城歇息吧。」朱元璋笑道：「跟你說句實話，要論餐風露宿，咱可比你在行。當行僧那會，咱是天天露宿野外。一覺醒來，全身子都埋在雪裡！好，不說這些了。」朱元璋轉身吩咐湯和多拿酒來，給弟兄們禦寒。他拉起陳野的手道：「陳兄弟，走！咱們到死人骨頭上喝酒去！」

朱元璋與陳野並肩進入圍欄，在大片降卒驚愕的注視下，走入他們中間。

明月當空，如銀洩地。朦朧的月色給天地間帶來了水樣的柔和。周圍的世界顯得不太眞實。但草席上擱著的幾壺酒是眞的，朱元璋與陳野對面而臥。陳野道：「大將軍啊，現在我知道你爲什麼能百戰百勝了。」他的口氣中滿含景仰。朱元璋很感興趣地問：「哦，爲何？」陳野道：「你們不光打仗勇猛，行事更是仗義。瞧，您往我們中間這麼一躺，眾弟兄都拜服了！」「有位李先生告訴過咱，說取天下不在刀兵，而在人心。人心到了你這邊，天下也就到了你這邊。」朱元璋慢慢說著，像自己也在咀嚼這段話。陳野說：「可不，元廷就是失了天下人心啊！」朱元璋聽陳野抨擊元廷，不由一笑，道：「陳野，咱有一事不解。」陳野道：「大將軍吩咐。」朱元璋說：「你我都是漢人，為何要替元廷賣命？聽說，元軍大半是漢軍。」陳野歎息道：「為了餉銀哪！我們這些漢家弟兄，都是窮苦人，不打仗也得餓死。因此，誰給餉銀就為誰賣命。再說了，人家是朝廷啊，為朝廷打仗，咱也就成了官軍。」

朱元璋微笑著說：「聽你們這意思，咱們義軍就是毛賊了。」陳野大驚起身道：「屬下不敢！」朱元璋見他嚇得臉變色，反過來安慰他：「不要緊，毛賊早晚也會成為官軍。還是那位李先生跟咱說的，他說啊，『一百年前，大元朝廷在咱們漢人眼裡，也不過是一群荒蠻毛賊！』可見世道無常，正邪可以互相易位。」

陳野深深叩首：「大將軍心胸闊大，屬下敬佩萬分！」朱元璋卻打了個呵欠，道：「睡吧。」有義軍的大帥在邊上躺著，陳野哪裡睡得著！許許多多的降卒也睡不著，他們都在遠近各處注視著月光下的朱元璋，而朱元璋很快睡著了，很快打起了呼嚕。他進入了夢鄉，夢見了李善長。李善長拿著書卷，對他侃侃而談。他是多麼盼望他回到自己身邊，兩人朝夕共處，說古道今啊。可是，李善長至此始終沒有出現。

這一晚，明亮的月光也照耀著李善長。他在院子裡長吁短歎，鬱悶踱步。月光將他長長的身影投在青磚地面上。他的老僕正在堂屋內收拾行裝，看見李善長茶飯無心，一個晚上都是心神不安之狀，知道他內心還在猶豫，不由在裡面又問一遍：「先生，咱們真要離開濠州？」

李善長在院子裡說：「走！天亮前就出城，最好不要讓人看見。」

老僕不解地問：「郭公子和朱將軍都那麼敬重先生。先生爲何要走哇？」

李善長跨進屋來，歎息道：「何叔你不明白。郭大帥歸天了，濠州帥位未定，朱元璋和郭天敘都虎視眈眈的，必有一爭！而他倆一旦爭鬥起來，我夾在當中便如處水火，左右兩難。弄不好，把以前攢下來的那點友情，都化作仇恨了，甚至連腦袋都保不住。」

老僕直言：「郭公子這兒待不住，咱們可以回到朱元璋那兒去啊。」

李善長又歎氣，吐露難言之隱：「唉，人不可事二主啊。自從我效命於郭大帥後，恐怕就已經喪失朱元璋信任了。他這人最看重忠義。在他眼裡，我恐怕已經是悖主之臣了。如今再回去，只能是自取其辱！你懂麼？」

老僕顯得有些失望，木然回答：「不懂。」李善長苦笑道：「不懂好。懂得越多，苦惱越多。趕緊收拾東西吧。」老僕用手壓壓簍子，說：「這不，已經收拾好了。」李善長看看行李簍子，毅然決然地說：「走！」

老僕背上行李簍子，輕輕地拉開院門，卻驚慌得退回來，口叫：「先生！」李善長出門一看，只見門外排立兩列軍士，一頂大轎。李善長問：「何事？」

一個統領上前深深一揖道：「奉郭公子令，請李先生遷入帥府居住。」

李善長搖頭道：「多謝了。不去！」統領笑道：「公子說了。如果禮請不行的話，就讓我等力請，請先生恕罪！」統領回頭朝眾軍士示意。眾軍士一擁而上，連舉帶抬，將李善長強行塞入轎中。

李善長掙扎著叫：「放開我，放開！你們這是綁架！」

沒有人理睬他，軍士們抬起大轎只顧一個勁地走。他們把大轎一直抬入郭府才放下。郭天敘匆匆迎上來，親自將李善長扶下大轎，滿面笑容地折腰深揖：「先生受驚了，先生恕罪。」

李善長朝四周看看，苦笑道：「看來，公子是要我做籠中鳥了？」

郭天敘做個苦臉歎著氣回答：「唉，天敘喪父之後，五內如焚。又擔心先生棄我而去，因此，斗膽將先生請到內府居住，天敘也好就近受教，萬望先生恕罪！」李善長不悅地說：「你能綁住我的人，還能綁住我的心麼？」郭天敘可憐巴巴地說：「天敘何德何能，豈敢冒犯先生！天敘請先生來，只是想求先生救我一命。」說著，郭天敘幾乎垂淚，居然屈膝跪了下去。

李善長慌忙將他扶起，驚訝問：「郭公子，您這是怎麼了？」郭天敘一聲長歎：「先生啊，其實您心明如鏡！父帥陣亡之後，濠州群龍無首，軍心不穩，而朱元璋呢，一心只想著爭奪帥位，致我於死地。其勢，咄咄逼人哪！」

李善長微笑嗔道：「光他朱元璋想做大帥麼，郭公子您呢？」郭天敘微窘片刻，道：「不錯，我也想接掌父帥的帥位，但它原本就是父帥遺留給我的呀。朱元璋不過是父帥認養的義子，當初要不是父帥抬舉他，他豈能有今天！如今，父帥屍骨未寒，這小子卻要悖主篡逆了。請先生想想，朱元璋一旦得逞，他能放過我麼？我還有性命麼！」

李善長想到郭子興生前對自己的厚愛，對郭天敘難免生出一絲憐憫，歎道：「唉，善長何德何能，能幫公子什麼忙呢？」郭天敘道：「誰都知道，先生是朱元璋最敬佩的人。父帥過世之後，只有仰仗先生說話了。」李善長問：「公子想讓我說什麼話呢？」郭天敘重重地說：「勸誡朱元璋，我與他兩人都要遵從明王旨意。如果明王讓我繼承帥位，那我當仁不讓；如果明王讓他繼承帥位，我即刻離開濠州，永不與他爭雄！」李善長沉吟道：「哦？兩人皆聽從明王旨意，這倒不失爲一種公斷。這個話，我可以說。」郭天敘大喜而揖：「天敘拜謝先生。」

李善長準備離開，便同郭天敘告別，郭天敘卻攔住他，認眞地說：「父帥雖然不在了，但天敘視先生如繼父！天敘要仰仗先生運籌帷幄，決勝千里。稟先生，我已經把父帥的內府安排妥當了。請先生入住。」李善長急慌慌推卻：「不可。萬萬不可！」郭天敘卻輕鬆地說：「天敘對父帥的臥房稍做了一些調理，先生如果住著不舒服，可以再換。」

他不由分說，把李善長強行挽入臥房。只見臥房內，一片花燭燦爛，張紅結綵，五光十色，早已不是靈房景象。四個窈窕美貌如花似月的侍女站在臥床四角，盈盈地朝李善長折腰，嬌聲道：「先生萬福！」

李善長本一介書生，何曾見過這等架勢！一時有些眼花繚亂，口中訥訥著：「這、這……公子啊，你把我，當、當誰呢！敢問，這幾位也是郭大帥遺物麼？」

郭天敘知己地笑笑：「不。這些姑娘是天敘特意請來侍候先生的，以盡晚輩孝心。嗳，你們還不快侍候著？」那四個姑娘一擁而上，將李善長推推搡搡哄到臥榻，嬌聲俏語道：「先生請寬衣，奴婢侍候先生。」

李善長掙扎著，卻又不忍過於用力。推搡之間，突然大大地打了個噴嚏，「啊咄！」竟將眾人嚇了一跳，李善長抹著臉面道：「善長命賤，當不起姑娘們的盛情。善長聞著這股子香氣，頭都暈了，哎喲，暈得厲害！」

侍女們並不嫌怨，反而一片歡聲笑語：「咯咯咯，先生眞會說話。」

李善長卻沉下臉來：「郭公子如此『運籌帷幄』，善長著實受不了！快把這幾位姑娘帶走。善長量！」

郭天敘在一邊趣味盎然地瞧熱鬧，聽了這話，笑出聲來：「瞧先生說的，開頭嘛，誰都會有點暈。可等您一覺醒來，那肯定是神清氣爽。請先生安歇！」他邊說邊朝門外退，出去後，關上房門，在外鎖死。自己站著門邊竊聽一會兒，房內傳出姑娘們的陣陣笑叫：「咯咯咯，先生請！哎喲先生，您那麼大歲數，還害羞呀！咯咯咯！」

郭天敘將想要做的事安排妥當後，吩咐升堂議事。他同朱元璋兩人分坐大案兩旁，眾將士依次排立堂下。

郭天敘咳了一聲清清嗓子，然後字正腔圓地說：「我與朱將軍有約，即將父帥遺書上呈明王，請明王陛下聖斷。無論明王擇定何人接掌帥位，眾弟兄都當謹遵號令，如事先父，來呀。」

話音剛落，一個統領已經捧著準備好的銀盤上前，盤上擱著一幀信柬。郭天敘的聲音突然破碎了一般，變了腔調：「這便是先父遺書，天敘絲毫未動。內中言語，天敘與朱將軍也都是一無所知。」

朱元璋將目光投向馬姑娘，馬姑娘見盤中信柬與自己所見信柬無異，默然點頭。朱元璋口說：「是。」郭天敘令那統領：「著快馬星夜遞送山東，當面呈交明王陛下。」

統領遵命而退，郭天敘望天一揖，口說：「稟報陛下，郭天敘謹遵天意。」朱元璋也跟著望天一揖道：「朱元璋謹遵天意。」在眾將士注視下，統領捧著信柬匆匆遠去。

午後，朱元璋沿著箭道漫步。遠遠的，他望見城臺最高處站著一個熟悉的身影，他幾乎沒有猶豫，就信步朝城臺走去。一路上，不斷有軍士恭敬地向他揖拜，他只是默然頷首，一直目不旁視地向上望著那個身影。

他走進箭樓，見那個清瘦儒雅的身影背向而立，眺望遠天。朱元璋站下，駐足默視他。片刻，那人彷彿感覺到了，回轉身，正是李善長。李善長朝朱元璋揖道：「善長拜見上位。」朱元璋吸一口氣，道：「李先生，久違了。」那口氣裡有了些不由自主的隔閡。

李善長何等敏感之人，趕緊道：「上位，善長被郭公子強行架入郭府，身不由己呀。」朱元璋靠上去，與李善長一起慢慢走著，笑了笑，道：「聽說，四個姑娘侍候了先生一夜。敢問先生，現在頭還暈麼？」說話的時候，他並沒有看李善長。

李善長既羞又窘，尷尬地問：「這、這事您也聽說了？莫非上位在郭府裡安排了臥底？」朱元璋不屑道：「咱怎麼會幹這種賤事！是郭天敘手下故意放出風來的。說郭公子要拜先生為繼父，還說先生要為他運籌帷幄，決勝千里。只不過那帷幄當中，除了先生外，還有什麼『濠州四豔』！」李善長沒想到郭天敘手段如此低俗，心中惱火，口說：「他、他這是故設圈套，誘我落井。」

朱元璋冷冷打斷他：「好像也不能全怪人家郭天敘吧，先生自個不是也挺受用麼？元璋恭喜先生大福大貴呀！」李善長知其怨怪，也知怨艾易生難消，灰心地歎氣道：「我知道，上位怪我投效了郭子興。」朱元璋嗔斷他：「不敢！郭大帥是咱義父，投效他有何不應該？」李善長說：「這恐怕不是上位的心裡話！」

朱元璋一怔，終於重重歎氣承認：「先生說對了，這確實不是咱的心裡話。自從你離開。咱心裡可是又氣、又恨、又想念、又無奈！咱身邊雖然有許多不怕死的弟兄，卻獨獨缺少先生這樣的智者啊！」

李善長直直地望著朱元璋，沒想到這裡也是情不可卻，朱元璋這麼倚重他，他為之內心顫動。他動情地說：「上位至愛之心，令在下萬分感動！在下雖然眼拙，也看出郭天敘絕非成大事者。如蒙上位不棄，善長盼望重回上位身邊。」朱元璋面露驚喜：「當眞？」李善長拱手一揖道：「三天之內，善長必歸。」朱元璋濃眉一閃，問：「為何三天？只要先生願意，咱立刻可以叫人奪回先生來！」李善長道出難言之隱：「郭氏父子待我極厚，我也想為郭天敘稍盡綿薄，之後再行離去。要不心裡頭——」

朱元璋心裡一咯，隨即笑了：「明白了，先生是個忠厚人，有債必償，有恩必報。好好！」李善長目光中流露出感激，但他並沒有望著朱元璋，而是邊走邊漫漫地望向前方的城牆頭。沉吟著問：「在下想問上位句話，你認為明王會讓誰接掌帥位？」

朱元璋半天不說話，最後，他還是克制住自己，不情願地低沉地說出郭天敘的名字。李善長又問：「那麼，上位能與新帥和睦相處麼？」

朱元璋的表情難以捉摸，他停頓了一下，突然露齒一笑說：「只怕是水火難容！」

李善長沒料到朱元璋說得如此決絕，而且，如此決絕的話是面帶笑意說出來的，心裡驚懼他的霸氣和深藏若虛的征服的力量。一時竟無言以對。這時，城上有軍士高聲喊起來：「看那兒，信使來了！」兩人循聲望去，只見遠方一匹栗色快馬，直衝至城下，信使背上插著一面小小的杏黃旗。

朱元璋突然產生了一種不祥的預感，他與李善長告別，匆匆趕回帥府。郭天敘已在帥府候著。兩人雙雙跪著迎候信使。信使手捧黃束高聲讀道：「奉天承運，明王諭旨。郭天敘舉義多年，忠勇蓋世，足堪大任。著其繼任濠州主帥，賜帥御制帥符一尊，統領安徽各部義軍。此諭。」

郭天敘從信使手中接過黃束和一枚玉佩，滿面紅光地高聲道：「末將領旨！」朱元璋這時候沉下了臉，勉強道：「恭喜公子升任大帥。」堂下排立的眾統領也齊聲跟著說：「恭喜公子升任大帥。」郭天敘朝義軍統領們笑道：「各位兄弟一律官升一級，賞銀五百兩！」

眾統領同聲謝過，郭天敘轉向朱元璋，矜持地宣布：「元璋兄弟，命你接任義軍副帥，協助本帥統領三軍。」朱元璋道聲遵命。聲音剛落，郭天敘再道：「還有，勞你率五千兵馬，前往黃崗駐守，與濠州成犄角之勢。如此一來，元軍要再敢進犯，咱們也好互相應援，合力聚殲！」

此言一出，剛才歡喜熱鬧的堂中立刻沒了聲音。朱元璋直視著郭天敘，目光複雜，久久不語。郭天敘有些尷尬，卻盡力撐出親切的表情：「元璋兄弟在想什麼呢？」

朱元璋冷峻地沉聲道：「咱在想，當初孫德崖倒運的時候，也是被發配黃崗的。今兒，郭大帥視咱如孫德崖，也要把咱趕出濠州城了！」郭天敘故作驚訝道：「哎呀，元璋兄弟誤會太大了！濠州城兵多糧少，不堪支應，必須得分兵駐守黃崗呀。如果副帥不願意去，難道叫我主帥去麼？」朱元璋大笑道：「不必，元璋遵命。但是去之前，咱要把大帥的心思，給眾弟兄挑明嘍！」

郭天敘頓時臉色大變：「你、你。」

朱元璋凜然一揖：「在下告辭。」他轉身，昂首闊步而去，徐達、湯和等緊隨其後。眾統領一片愕然。

朱元璋騎馬率部離開濠州。郭天敘率部下在道旁相送，他的手下軍士個個持槍執刀，表情冷峻。朱元璋知道，郭天敘早就吩咐部下對他帶走的人嚴加提防。果然，朱元璋和部下剛通過城門洞，一個統領就迫不及待地下令快關城門，邊上眾多兵士一擁而上，將高大的城門轟轟關閉。

朱元璋和他的手下漸行漸遠，走出兩里地後，朱元璋才回過頭來眺望遠處的濠州城，城樓巋然屹立在彩霞之中，那熟悉的土灰色城牆距他已經相當遙遠。朱元璋的眼裡凝聚著複雜的情緒：濠州城啊，他多麼希望那是他的領地，是他新事業的起點，但他還是被驅逐了。可他並不沮喪，他沒有時間擁有這種脆弱的感情。況且，他已經感覺到自己羽翼已成，此時的郭天敘，已經殺不動他朱元璋了，所以只好將他趕走。但自己日後必然重歸濠州城，也許那時候，正是他郭天敘的死期！

郭天敘此時正與朱元璋遙遙相對。他高居城樓，眼睛一直盯視著遠去的朱元璋，直到看不清他的身影。他面露微笑，顯得輕鬆而得意，與旁邊表情憂慮沉重的李善長形成明顯對照。

郭天敘趾高氣揚地對李善長說：「朱元璋這一走，消除了我心腹之患。從現在起，我可以放手大幹一場了，也好讓天下英雄們看看，本帥絕非浪得虛名！」李善長淡淡應付著：「敢問少帥，有何宏圖大略？」郭天敘遙指東方：「三百里外，就是古都金陵。本帥此刻望著它，簡直是歷歷在目啊！」

李善長順勢往東方眺望，目光裡流露出神往，帶著感情道：「金陵城背倚長江，南控蘇杭。龍蟠虎踞，天下形勝。而且，大元東南半壁的人丁財賦，皆控於金陵呀。」郭天敘瞥他一眼：「先生還記得嗎？你曾跟父帥建議過，如要成大業，非取下金陵不可。」李善長點點頭：「在下是說過此話。但眼下時機未到啊。」

郭天敘意氣奮發地將頭向後一仰，哈哈大笑道：「先生也有看走眼的時候啊！本帥現在擁兵數萬，取金陵那是唾手可得！陳野啊，把你探來的消息告訴先生吧。」

一直靜靜佇立於旁的陳野向前跨了一步，說：「遵命。稟先生，末將在金陵城內有幾個結義兄弟。昨日，他們前來投靠末將，報說，城裡的兵馬，都被調走追剿浙東義軍方國珍部去了。偌大的金陵城，僅留有八千老弱。」

李善長驚愕不已：「金陵乃是朝廷重城，由宰相脫脫親自坐鎮，絕不可能只留有八千老弱。」

陳野笑道：「末將還沒有說完嘛。金陵之所以只剩下八千老弱，是因爲宰相脫脫使出了一記險著。元軍已經把方國珍部圍在浙東沿海了，脫脫這才率大軍出動，打算在十天以內將方部義軍一鼓聚殲。之後，再迅速返回金陵。」

郭天敘微笑看著李善長：「聽見了麼先生？金陵有十天左右的時間幾乎是一座空城！在這十天時間內，那八千老弱，怎敵我數萬虎狼之士？而十天之後，脫脫一旦消滅了方國珍，又可以集中軍力回頭對付我們了。因此，戰機千載難逢，我們有十天時間創建奇功偉業！」

李善長將信將疑，但也難免心動，怕過於謹愼失去了戰機。沉吟道：「唔，既然脫脫敢唱空城計，少帥當然更應該奇襲金陵了。只是，這消息一定得絕對可靠才行！」

郭天敘嚴厲地注視陳野。陳野立刻撲地而跪，仰天發誓：「大帥。末將如有半句虛言，亂箭穿心而死！末將赴義以來，一直受大帥厚恩，只想著早日爲大帥建功，自個也才好在義軍中站住腳跟哪。大帥如取金陵，末將甘當先鋒！」

郭天敘笑著扶他起來，一疊聲說好。親切地對他說：「壯志可嘉。陳野啊，本帥定會重用你。」李善長躊躇道：「少帥既然早有取金陵之意，那就不該讓朱元璋分兵而去啊，留他守城也好。」郭天敘鼻子裡哼一聲，道：「正是由於我要親自攻取金陵，才更不能讓朱元璋待在濠州。萬一有個三長兩短，我連城門都進不了啦！濠州必須交在可靠人手裡。」

李善長暗想，這兩人眞是水火不容啦，不由歎道：「明白了。少帥用兵，可謂深謀遠慮。在下佩服不已。那麼，少帥打算令誰守城呢？」

郭天敘微笑注視著李善長：「你！」李善長慚愧一笑：「我？少帥啊，在下身無刀槍之勇，手無縛雞之力。」郭天敘微笑打斷：「但你是個忠厚之人哪。有你鎭守濠州，朱元璋八成不會爲難你。先生，我後天進軍黑石磯，給你留三千弟兄，護守濠州十天。在這十天時間內，你只需緊閉城門，替我保境安民即可。」

李善長知道無法推辭，只得應承下來。想這也許就是天意，晚上夜深人靜的時候，他避開所有人，悄悄去了書房，在那裡研墨寫下一信。這封信很快就轉到了黃崗營帳之內的朱元璋手中。朱元璋展開一看，是那筆熟悉的楷體，遒勁而大氣。拿信的手都止不住有點顫抖。他圓睜兩眼，如饑似渴地默讀：

脫脫率大軍南下圍殲方國珍，金陵只留八千老弱。戰機稍縱即逝，郭少帥日前已親自領軍奇襲金陵，在下奉命率三千弟兄守城十天。善長本想早日歸效上位，但此時重任在肩，道義當頭，不忍即去。善長當在十日後歸來。但十日之內，如坐失濠州，善長惟有自刎謝罪，盼將軍見諒。

朱元璋看罷信，將手中信往案上一拍，笑著對湯和、徐達說：「你們瞧瞧，這信有意思，眞有意思！」湯和、徐達兩人圍上前觀看。朱元璋起身踱步道：「瞧出意思來沒有？現在有兩座空城了，一座是金陵，一座是濠州。」湯和高興地說：「瞧出來了，李善長是故意把這個消息告訴咱們的！哈哈，咱們回家的時候到了。上位，趕緊發兵吧，趁郭天敘不在，可輕取濠州。守城的那些弟兄，不敢跟咱們爲難。」正在踱步的朱元璋回頭笑問徐達：「你看呢？」

徐達卻搖頭：「不妥。不管郭天敘這小子多惡，但他現在是大帥，正在率兵攻打元軍。咱們這時候趁虛而入，好像有點說不過去。」朱元璋讚賞道：「還是三弟有見識。這時候奪回濠州，於情於理都說不過去！善長是個聰明人哪，他之所以告訴咱這消息，恰恰是希望咱別在這時候取濠州。咱們一旦攻城，就等於逼他自殺。」

湯和、徐達聽後感慨片刻，湯和不甘心地問：「那咱們就乾坐在這兒，無所作爲？」

朱元璋回眼望著案上的信，邊想邊慢慢說：「咱總覺得這裡頭有蹊蹺！脫脫是久經戰陣的統兵宰相，金陵又是江南重鎮，他怎麼會把全城的兵兒都領去剿方國珍呢，萬一有失——」邊說邊想，朱元璋突然擊案，醒悟道：「哦，金陵城的內情是陳野密報的。這個陳野啊，恐怕不可信任！」

湯和將信將疑，道：「上位，還記得嗎？陳野歸降的時候，你還陪那些降卒們露宿了一宵呢，把他們感動得要死，怎麼現在又不可信任了？」朱元璋沉靜地說：「不錯，咱是和陳野露宿了一宵。那一宵啊，咱喝了不少酒，聽了他不少獻媚的話兒！哼哼，但是後來，咱輾轉了解到，這個陳野三年來竟然多次改換門庭！他原本是杭州元軍，兵敗而逃，投靠張士誠。後來受朝廷招撫，又成了元軍。再後來又被我義父打敗，又成了義軍。再後來再被朝廷收買，再次當上官軍統領。這種人哪，爲銀子而打仗，誰給的銀子多，他就認誰爲主子。」

湯和驚佩萬分，奇怪地問：「上位，莫非你是神仙，一眼能把人瞧透嘍？」朱元璋冷笑道：「咱不是神，但咱能感覺到那人味兒不對。說起話來，甜得發膩！」徐達這才恍悟，說：「如果陳野暗中投靠脫脫了，那他的情報就是個圈套，郭天敘這回就慘啦！」朱元璋譏諷一笑：「也許是咱自個多心了呢？也許是咱看錯了陳野。也許人家郭天敘這時已經奇襲金陵，大功告成，接下來就要威震四海，號令天下了！」

湯和心急地問：「上位，你乾脆說吧，咱們怎麼辦？」朱元璋道：「傳命各營，趕緊收拾兵器、戰馬，準備出戰。」徐達、湯和同聲問上哪兒，朱元璋說：「現在還不知道，要等天上掉個消息下來，那時咱才會知道。」他的口氣裡充滿自信和征服的雄心。

湯和、徐達各去營地傳令布置，一會兒，軍營內外人喊馬嘶，腳步穿梭，義軍弟兄們都在忙忙碌碌地整頓軍械，準備出征。朱元璋也出了營帳，有條不紊地到各處巡視。突然，野地裡傳來急驟的馬蹄聲，朱元璋抬眼望去，只見一騎快馬踉蹌馳來。至前，竟然是李善長跌下馬來，他狼狽不堪地奔到朱元璋面前，喘道：「上位，上位，不好了，大事不好！」

朱元璋身邊的幾個軍士快步上前相扶。朱元璋平靜地問：「哦，李先生啊，怎麼，是不是那位郭少帥陷入重圍了？」李善長驚訝道：「咦，你怎麼知道？」朱元璋並不回答，而是催他快說詳情。李善長顫聲道：「在下得到急報，郭天敘率軍行至金陵近郊黑石磯，突然陷入了元軍重圍，元軍不下於七、八萬。眼下，少帥他們血戰不止，遣人報信求援。」

朱元璋不動聲色地問：「金陵不是座空城嗎？怎麼突然會有元軍設伏？」李善長恨恨道：「這是脫脫的圈套！那個陳野啊，早就暗中勾結元軍，虛報假信，誘少帥入套。他把少帥所領的幾萬義軍帶入黑石磯之後，突然從懷裡抽出朝廷頒給他的一道委令，說自個已經是什麼『浙東大帥兼平章政事』了，其部下也跟著立刻嘩變。」

聽到這兒，朱元璋臉上的表情生動起來。忍不住大笑道：「眼睛一眨，老母雞變鴨！郭天敘呀郭天敘，你陷害自家弟兄可是把好手，可對付元賊爲何就如此草包？隨便給個餌，就掉進去了！」

李善長顫聲求情：「上位說的是。但現在，幾萬義軍血戰待援哪。求上位以大局爲重。」朱元璋的眼睛不看李善長，回首大喝：「傳命，即刻出發！」

身邊幾個統領立刻快步奔向營內，嘴裡大呼小叫著：「出發了！立刻出發！」李善長揖請：「在下請求與上位一同前去。」朱元璋委婉拒絕：「先生，元軍已有準備了，此戰可能非常危險，也許連咱都回不來。」李善長再次請求：「善長再不願意離開上位了。善長願與上位同生共死！」朱元璋臉色開朗起來，語氣掩飾不住的高興，說：「好！把咱的戰馬牽來，給先生當坐騎。」

李善長深揖道謝。朱元璋挽起李善長朝戰馬走去，並親手扶他上馬。李善長騎上那匹高大的銀白坐騎，白俊馬突然昂首叫了一聲。李善長的精神也隨之昂奮起來。他突然彎下腰問：「敢問上位，您怎麼知道郭天敘會落入圈套？」朱元璋眨眼笑道：「陳野不可信任。」李善長追問：「您怎麼知道陳野不可信任？」

朱元璋微笑沉吟，慢騰騰道：「李先生，元璋最擅長的也許不是打仗，而是察看人心！誰忠勇，誰奸猾，誰表面忠勇而內心奸猾，誰表面奸猾而內心忠勇，元璋都能看出來。」

李善長聽著聽著，臉上閃過一絲懼怕之色。朱元璋沒有注意李善長的表情，他已匆匆掉頭離去。在他尚年輕的心靈間，已經包容著太多的世態滄桑。「世情看冷暖，人面逐高低」，對此他深有體悟。亂世當中，許多人都曾經觀風使舵，擇主而事，就連李先生也不例外。他冷冷地想，現在他總算是明白了，只有咱朱元璋，才是你唯一的主子！

朱元璋快步走入營地，將士們都在匆匆上馬，整裝待發。朱元璋剛步入轅門，軍士就牽過來另一匹栗紅色驃悍戰馬，他正要上馬，忽然心有所動，停下陷入沉思。過了會兒，他朝暗處低吼：「三弟！」

徐達從黑暗中走出來，快步上前問：「上位，什麼事？」朱元璋附在徐達耳邊急速低語。徐達聽著聽著，先是驚訝，接著露出笑容。朱元璋說完，厲聲問：「明白了麼？」徐達笑道：「大哥放心吧！」

徐達接過朱元璋手中那匹馬，一偏腿跳上去向遠處急馳而去。

再說郭天敘帶的幾萬義軍，此時正被圍困在江邊黑石磯。郭天敘與幾個侍衛伏身在一堵扇形的岩石後面，躲避著頭頂上如雨般的飛箭。他神色驚慌，姿態狼狽，而四周都是元軍的鼓號之聲，義軍們在包圍圈中已經苦戰多時。

一個統領手執盾牌遮擋著飛箭跑來，嘴裡叫著：「少帥，少帥！」郭天敘急問：「吳將軍，怎麼樣，能否突圍？」統領上氣不接下氣地說：「看、看樣子，不成，東、西、南三面都被元軍佔據著，弟兄們死傷過半了。」郭天敘怒叫：「那北面呢？爲何不帶人從北面突圍？」

統領苦笑一聲，指著寬闊的長江道：「少帥啊，您回頭看一眼，這就是北面！」

郭天敘回望長江，江水浩浩蕩蕩，橫無際涯。江面上水氣氤氳，白霧繚繞。不由膽戰心驚：「啊？這可怎麼辦？怎麼辦呢？難道就在這等死？」統領道：「少帥，眼下情況，恐怕只能堅守待援。」郭天敘悲歎：「援？誰會來援救咱們呢？」統領說：「只有朱元璋了，這時候，他肯定早就接到咱們的敗報了，如果能帶領一支精兵，兩三天內趕到，那咱們還有希望。」郭天敘急忙說：「趕緊再派弟兄，冒死突圍出去，令朱元璋火速增援。」

統領不動，而是爲難地問：「少帥，沒別的話麼？」

郭天敘抹去額頭血痕，咬咬牙，一把摘下胸前玉佩交給統領，道：「把它交給朱元璋吧。就說、說、說我求他了。如果能親自趕來解圍，從今以後，他就是義軍大帥！」

統領暗舒一口氣，接過帥符道：「遵命，我再派人衝衝看。少帥啊，末將還有句話。」郭天敘以爲還有什麼良策，眼睛嘴巴一起催促他快說。統領吞吞吐吐說：「您身爲大帥，縮在這恐怕不成。您應該、站在、高處，讓所有弟兄都看見您。這樣，他們才會殊死奮戰啊！」

郭天敘猶豫片刻，知道此時自己不挺身而出軍士們連兩天時間也未必能頂得住，只得奮身彈起，恨恨道：「你說得對！」他冒著飛箭跳上岩石頂，揮劍朝四周大吼：「弟兄們，數萬大軍即將來援。咱們趕緊拿下對面那座山頭，再堅守兩天，就能重回濠州了。弟兄們，跟著我衝啊！」

眾侍衛紛紛跟隨跳出，一齊狂呼大喊：「大帥在此，跟著大帥衝啊！」須臾間，四面八方出現大群義軍將士，他們揮舞刀槍，跟著郭天敘冒死朝山坡上衝擊。

山頭上，元廷宰相脫脫身披戰甲，冷眼觀望著山下正在衝鋒的義軍，問立於其側的陳野：「哼，賊兵要做困獸之鬥了！郭天敘會不會有援軍？」陳野回答：「稟大人，沒有。」脫脫懷疑道：「怪了，那他們爲何還不投降？你肯定他們沒有援軍嗎？」陳野斬釘截鐵地說：「末將絕對肯定！方圓五百里內，再沒有其他賊軍了。」

脫脫卻不放心，大聲問：「那個朱元璋呢？」陳野笑道：「稟大人，他早就被郭天敘趕到黃崗去了。其手下也不足萬人。還有，他跟郭天敘勢不兩立，就是有兵也不會來救他的。」

脫脫默想片刻，令身後呼嘎副將迅速回城傳令：「將金陵城裡的內衛、城防，包括護院兵丁們，全部調來增援，務必在天黑之前將這股賊軍殲滅，以免夜長夢多！」

且說朱元璋帶著大隊兵馬行至三岔路口，他望著路口一座空蕩破陋的亭子，不由感慨憶當年：「咱當行僧那時，曾經到過這裡。在那亭子裡睡過一宵，呵呵，差點把咱凍死。」李善長在馬上四下觀望著，見左前方墨綠色一小片松林，後面是嶙峋起伏的山崗。提醒道：「上位，黑石磯好像快到了。」朱元璋說：「不錯。左邊那條道通往黑石磯，而右邊那條道通向金陵城。兩邊的距離，大約都是十幾里。」李善長心裡緊張，小心問道：「那麼，上位打算如何進兵？」朱元璋像是沒聽見，回頭命令：「傳下去，讓弟兄們吃飽乾糧，歇息待命。」

一部下應聲而去。朱元璋則跳下馬，朝小亭走去，還回頭招呼李善長一起進去歇一會。李善長心裡七上八下的，卻不敢多問，只得隨朱元璋步入小亭。入亭後，朱元璋竟氣定神閒地席地而坐，似乎要在此處憶苦思甜，他從懷裡掏出一塊大餅，扒一半遞給李善長，自己先狼吞虎嚥地咬起來，嘴裡嘖嘖有聲。而李善長卻手拿餅子，一口也嚥不下去。

朱元璋一面津津有味地吃著，一面讚歎：「這餅好著呢！咱小時候，最大夢想就是每天能吃上一塊大餅。」李善長實在忍不住，小心翼翼地提醒：「上位啊，十幾里外，少帥他們生死未卜。」

朱元璋邊嚼邊說：「咱感覺到了，他們已經到了最後關頭。」

李善長急切道：「那咱們此刻——」朱元璋臉上露著滿足的微笑，道：「咱們此刻得吃飽喝足嘍！先生哪，不會吃喝的人，往往也不會打仗！」

這時候，湯和匆匆奔過來，且走且叫：「上位，弟兄們怎麼停下了？」朱元璋道：「二弟，咱在等個消息。」湯和立在亭子邊，不解地問：「出發前，你就說等天上掉個消息下來。現在你等啥？」朱元璋露齒笑道：「現在嘛，咱在等天下掉第二個消息下來。」說話的時候，他的眼睛往亭外瞟去。

湯和傻愣愣地望望上下四周，不解地問：「在哪兒？」

這時候，岔路口出現了一輛馬車，一個農民模樣的馬夫坐在車首揮鞭馭馬：「駕！駕！」朱元璋起身拍拍餅屑，手往外一指：「這不，消息來了！」

說話間，馬車已馳到亭前，馬夫跳下來，揭去斗笠，竟然是改裝成農夫的徐達！他一臉的歡喜，上前稟報：「上位，我回來了。」

朱元璋立馬肅容，急問：「情況怎麼樣？」徐達敬佩地說：「嘿，完全如你所料，如今的金陵城，才眞正是座空城了，連他媽的城防、內衛、巡街兵丁都被調到黑石磯去了！」

朱元璋手臂一揮高聲喊：「出發！天黑之前，拿下金陵！」

湯和這才明白過來，他握拳在徐達肩背上擂了兩下，笑叫：「三弟，原來你跑到金陵城裡打探虛實去了。哈哈哈！上位，你這著眞是高明！」朱元璋在一邊含蓄一笑，說：「陳野說金陵是空城的時候，其實不是。但是現在，它眞成了一座空城了。咱們乘虛而入，即可攻佔金陵。」李善長感歎道：「上位用兵，眞是出神入化。不過，少帥他們——」李善長不忍再說，垂頭歎息。

朱元璋湊近他低聲說：「李先生，跟你說句實話吧。金陵元軍都集中在黑石磯，咱們現在要去救郭天敘的話，根本救不出來！而攻陷金陵之後，卻能讓脫脫喪失根據，軍心大亂。到那時候，郭天敘他們或許有生還的希望。」

李善長擔心著郭天敘帶領的幾萬義軍的命運，心裡鬱悶，無言而揖：「上位明見。」

朱元璋匆匆奔向戰馬，突然，一個渾身傷血的義軍士兵從另一條岔路踉蹌奔來，淒慘叫喚著：「朱將軍，將軍！天哪，總算看見你們了。」

幾個部下急忙上前扶住那人。朱元璋俯身問：「你是從黑石磯衝出來的？」義軍從胸口掏出一條浸著鮮血的玉佩，痛泣道：「是、是。稟將軍，五萬多弟兄被圍在黑石磯，上天無路，入地無門，死傷慘重啊！現在，所剩已經不到三成了。郭帥讓出帥位來求您了，求您趕緊救救咱們吧！」

朱元璋顫聲問：「弟兄們還能堅持多久？」義軍士兵說：「到不了天黑。」言未盡，便一頭栽倒，昏迷不醒。

所有人都緊張地看著朱元璋，四周是一片駭人的靜寂！

朱元璋手攥帥符久久地沉默著，驀然，他仰天大吼：「出發。拿下金陵城！」

第九章

戴重孝三軍祭新主
改征剿脱脱嗔招撫

黑石磯的高坡上，飛砂走石，殺聲震天。郭天敘與他的義軍部下正在拼命抗擊蜂擁而上的元軍。他們早已殺得心力交瘁、遍體鱗傷，口中不停地吞吐著粗氣。郭天敘砍翻撲上來的兩個元兵，直起身子焦急地朝遠方觀看，但青黛色的遠方山嶺巍然不動，那裡似乎正在延伸著綿綿的可怕的寂靜。郭天敘氣急敗壞地叫：「朱元璋，你他媽的怎麼還不到？求你了，快來救援吧。快呀！」

而此時的朱元璋，已經率領部下衝入了金陵城。金陵城門大開，朱元璋他們如入無人之境。朱元璋腦子裡出現了諸葛亮的空城計，他和部下警惕地持刀槍前進，小心翼翼走了一段，各處街道、城防竟然不見一個元兵。

湯和先打破沉寂：「媽的，這幫傢伙眞的連看門的都沒留下！」話音剛落，一處院門拉開，鑽出一個元兵腦袋，他驚見義軍，慌叫：「天哪，賊兵進城啦！」

湯和撲上去，一刀砍翻他。幾個義軍衝入院門，將院內幾個散兵逼住。那些兵勇急忙跪地乞饒：「兄弟開恩，求兄弟開恩！咱也是漢人哪，五百年前是一家。」湯和厲聲問：「城內還有守軍麼？」殘兵道：「都督府留了些人，其他兵馬都調走了。」

李善長對朱元璋說：「這裡我認識，轉過那個街角，就是金陵都督府了。」朱元璋令湯和趕緊攻佔都督府，湯和揮刀帶了一撥人就走。

黑石磯江邊的高坡上，義軍等不來朱元璋，已陷入了四面八方的元軍包圍之中。雙方血戰激烈，郭天敘部下體力不支，左顧右盼希望奇蹟出現，可援軍遲遲不來，他們的眼中漸漸露出絕望神情。

郭天敘恐懼地縮身在石窩裡，不時伸頭朝遠處探望。一個正在抵抗的統領怒叫：「少帥，朱元璋不會來了，你甭指望他了。」郭天敘終於按捺不住，跳起來絕望痛罵：「朱元璋你這狗娘養的，見死不救。老子悔不當初，早就該活剮了你！你他媽的不得好死！」統領怒氣沖沖叫：「罵有個屁用。少帥，您是義軍頭兒，萬萬不可落到元軍手裡，失了尊嚴。您趕緊拿主意吧！」

郭天敘不解道：「你還要我拿什麼主意？」

那統領一邊跟衝上來的元軍拼殺，一面回首急叫：「少帥自個明白！」郭天敘一震，心下已經清楚，不甘心地問：「你、你讓我自盡？」統領一手捂著滲血的胸口高叫：「少帥啊，您如不自盡，難道願意受元賊羞辱？」

郭天敘呆怔片刻，從地上拾起一把血刀。自刎前，他又期待地看向遠方，恍惚中，遠方的青嶺成了一座火山，他幻覺火山即將爆發！然而火山沒有爆發，反而遠方的寂寥飛越時間空間、飛越慘烈鏗鏘的戰場，傳遞滲透進義軍兵勇們的骨髓，每個人都意識到，不會再有奇蹟發生了！郭天敘終於徹底絕望，咬牙切齒、無限感傷地叫：「朱元璋啊，朱元璋！你狠，你狠！」言罷，郭天敘橫刀自盡。

郭天敘自刎之時，朱元璋昂首進入了金陵城內的都督府。他且走且看，神態矜傲地打量著這座雄偉壯觀、莫測高深的官府。他來到總督大堂，只見四壁皆是元帝的題匾及宰相府的虎符、權杖等物，觸目所及，在在莊嚴！他往那尊龍案前有模有樣地一坐，情不自禁兀自微笑了。

這時，李善長指揮著幾個義軍從堂後匆匆而出，那些義軍抬著數隻大籮筐，籮筐上蓋著黃綢，高高堆起。李善長則跟在後頭不斷叮嚀：「當心，當心，一字一物都不能少了。」朱元璋喝問：

然的李善長，走上前道：「咱瞧瞧。」

李善長笑答：「寶貝。」朱元璋沉下臉責怪：「李先生，戰情還沒結束，您倒率先搜羅起財物了！」李善長笑著深深一揖：「上位說的是。它們確實是無價之寶。」朱元璋疑惑地望一眼陶陶然的李善長，走上前道：「咱瞧瞧。」

李善長一把掀開黃綢，筐內竟然堆滿各式帳冊。朱元璋不解地問：「這是什麼？」李善長開心地說：「稟上位，它們是朝廷在江南六省的稅賦、錢糧、戶籍、表冊，誰掌握了它們，誰就對大元東南半壁各省府州縣的兵丁田畝、稅收財政等事瞭若指掌！上位，您取天下之後難道就不要治天下麼？而它們就是治天下的寶貝！」

佔有了金陵府，朱元璋原本心中就欣喜，一聽此話紅光滿面！上前取冊翻閱，含笑誇獎：「好好！先生啊，你可眞了不起，想得細，想得遠！哎，先生倒讓咱想起一件往事了。」李善長問何事。朱元璋道：「當初，漢高祖劉邦攻克長安，兵破咸陽宮。進宮那天，將士們的心思都在金銀財寶上，唯獨宰相蕭何看不見金，看不見銀，更看不見什麼珠寶玉器，他一心直奔那些戶籍表冊！嘿嘿，先生啊，你就是咱的蕭何。你就是治天下的無價之寶！」

李善長大爲惶恐，連連搖手：「上位雄才大略，智勇蓋世，如同當年漢高祖，在下卻當不起蕭何。」朱元璋哈哈大笑：「當不起也要當。天下事兒，就屬於那些敢做敢當的人嘛！」李善長佩服道：「上位說話，眞是刀刀見血。」朱元璋問：「先生準備把這些寶貝拉哪兒去？」

李善長道：「運回濠州。」朱元璋微笑道：「咱不回濠州了。從現在起，這座金陵城就是咱的根據，咱的首府！而先生您呢，就坐在這張大案前批閱文書吧。你瞧這案頭多氣派，足足可以睡下兩人！」李善長慌忙道：「在下萬不敢。它可是上位的帥座啊。」

這時湯和匆匆入內稟報：「上位，城中殘敵都已經肅清了。下一步怎麼辦？」朱元璋想了想，沉穩交代：「其一，趕緊張榜安民，穩定人心；其二，分兵布防，防止元軍反撲。還有，黑石磯那兒恐怕是到了最後關頭了，雙方都已筋疲力盡。這時如能有一支精兵相助，或許能救出此義軍弟兄。」湯和急忙高聲喊：「我去！」朱元璋關切吩咐：「二弟，你要當心。如果元軍勢大，你絕不可戀戰！」

再說元朝宰相脫脫佇立在長江邊的一座山頭上，俯視著山下層層元軍圍攻郭天敘義軍，久久，久久，仍有殘餘義軍浴血抵抗。脫脫搖頭不解，問身邊陳野：「陳野，你也做過義軍吧？」陳野不安地回答：「是。」脫脫微笑道：「你做的那支義軍，每到絕境，就會十分明智地屈膝投降了。這夥人是怎麼回事，他們難道眞的寧死不降？」陳野慌不擇辭：「稟大人，他們，他們愚昧頑惡，不識朝廷天威，個個是傻子，呆子！」脫脫冷蔑一笑，反問：「這麼說，你是聰明人了？」

陳野一怔，窘笑無語。脫脫歎道：「唉，如此呆傻之士要是多了，天下何能有太平？」

一個副將氣喘吁吁奔來：「大人，大人，不好了！城內守軍來報，說有大片賊軍偷襲金陵。」脫脫驚訝喝問：「賊軍全部被困在此地，奄奄待斃，怎麼還會有賊軍呢？」副將回頭厲聲叫：「過來！」幾個元兵上前跪地，畏怯互視，誰也不敢開口。脫脫怒叫：「快說！」

一個元兵道：「稟相爺，確實有大片賊軍攻城，他們、他們好像從天上掉下的，一眨眼兒，城池就被他們拿下了。」脫脫幾乎暈倒：「什麼？金陵城丟啦！賊軍是哪兒來的？是誰的隊伍？」兵士訥訥回答：「不、不知道。」

陳野在一邊心驚肉跳地顫聲道：「我知道，是朱元璋。方圓幾百里，只有他這支隊伍。」脫脫充滿殺意的目光兇狠地瞪了陳野一眼：「哼，還是你聰明啊！朱元璋趁我大軍出動，偷襲金陵！你爲何不報？」陳野嚇得立刻跪地：「大人，小人萬萬沒想到，那朱元璋竟然如此狂妄啊！大人，如果眞是朱元璋的話，那他最多也只有萬把人。大人只要回首一擊，就可以拿回城池。」脫脫沉聲問敗兵：「說，賊軍有多少人？」

一人顫聲回答：「大概萬把人。」脫脫無語，眼睛轉向另一個敗兵，他急忙顫聲回答：「恐怕不止，起碼五萬人。」脫脫仍不說話，眼睛轉向第三個敗兵，那人急忙顫聲回答：「不不。小人覺得，賊兵們鋪天蓋地，不下於八萬哪！」

脫脫還是無語，但眼中已噴出火苗。他轉向陳野，陳野嚇得大叫：「大人，朱元璋沒那麼多兵馬，絕不會超過一萬！這些人是被他打怕了、嚇壞了，草木皆兵！」

突然間，山頂上鼓號震天，殺聲大作。脫脫抬頭一看，只見大片義軍正從高處衝殺而下，他們勢如狂潮，彷彿從天而降！原來，湯和竟然繞道山頂，帶領眾將士居高臨下俯衝下山。

久經沙場的脫脫也一時懵了，顫聲道：「朱元璋如果只有萬把人，那他守城尙嫌不足，怎敢分兵與我交戰？」陳野再也答不上，他驚恐地說不出話來：「這、這——」一面情不自禁往後退。

脫脫慢慢抽出劍柄，一步步逼近陳野，陰沉地說：「哦，知道了！你是朱元璋的臥底，是他派你來設圈套的吧？」陳野恐懼地後退著，慘聲乞求：「大人錯怪小人了，小人對朝廷忠心耿耿啊。」

這時副將在脫脫身後大叫：「賊軍靠近了，大人當心。」話音未落，幾支利箭嗖嗖射到四旁，脫脫趕緊回頭打量衝殺漸近的義軍。陳野趁機狼狽溜走。

其實湯和只帶了兩千義軍過來，因爲剛剛輕而易舉佔領了金陵城，所以湯和部隊士氣大振。他們的奮勇與神速竟使得沿途所有元軍觸之即倒、紛紛逃避，幾乎是無人敢敵！湯和身先士卒，揮刀大叫：「弟兄們，元胡們已經慌神了。咱們殺下去，一直殺到江邊去！衝啊！」

他奮勇當先，不顧生死地衝殺。義軍們隨著他潮水般傾瀉而下。

脫脫身邊副將急聲請命：「大人，賊軍來勢兇猛。我們怎麼辦？」

脫脫歎息：「金陵已失，兩面受敵。朱元璋在附近必定還有伏兵啊！」他稍做停頓，終於氣餒道：「傳令，收縮軍陣，且戰且退，轉往東南方，待戰局穩定後再想法子吧。」

再說朱元璋進了金陵城，心情是前所未有的舒暢。他高居城樓之巔，打量著這座龍蟠虎踞的繁華城市。徐達與李善長左右相隨。徐達興奮地說：「呵，這城池可眞是銅牆鐵壁啊，比我早先聽說的還他媽雄壯！有這傢伙，等於渾身是膽嘛，咱們更是天不怕地不怕了。嘿嘿嘿。」

李善長也在極目遠望，附議道：「金陵不但銅牆鐵壁，而且得天獨厚！它北有長江之隔，東依鍾山之險，而南面蘇、杭、湖一帶，自大漢以來就是最爲富庶的州縣。人丁旺盛，稻米富足，鹽鐵等物更是取之不盡用之不竭。誰要是得了金陵，誰就可以雄居東南，進而窺視天下。在下恭喜上位，天意所屬，大業有成！」

朱元璋並未被勝利衝昏頭腦，淺淺一笑道：「甭高興得太早。功業大了，麻煩也大了。」徐達不解：「這話怎麼說？」朱元璋道：「沒得金陵前，天下英雄誰都瞧不見咱，他們就是瞧見了也瞧不起咱！現在咱得了金陵，大元朝廷還不嚇一跳，視咱爲大敵？不光朝廷吧，還有各省的義軍大帥也會坐立不安了。西面的陳友諒，南面的張士誠，他們誰沒有帝王之心啊？唉，咱給皇上、給天下英雄們添麻煩了！」

這話既幽默又刻薄，李善長與徐達都放聲大笑起來。

正說笑間，城下馬蹄聲起。徐達伸頭朝下一望，叫道：「看，湯和回來了！」朱元璋的面色嚴肅起來，湯和沿著城道急步奔行，一直奔上城臺。他走近朱元璋的時候，兩人目光相接。湯和的步子頓時放慢：「上位！」朱元璋沉聲問：「怎麼樣？」湯和沉痛地說：「元軍們退了，黑石磯五萬多弟兄，只有不到五千人生還。」

大家沉默了許久，朱元璋終於開口：「郭天敘呢？」湯和低聲道：「自盡了。」朱元璋意外地一愣，繼而冷冷道：「不錯。」湯和以爲自己聽錯了，驚訝地問：「什麼？」朱元璋加重語氣低聲說：「我說他不錯，有骨氣！」

眾人又是一片沉默。朱元璋慢慢走開，聲音悲傷地命令：「全軍服喪，舉哀！」李善長跟上兩步低聲問：「請上位示下，喪事在何處舉辦？」

朱元璋舉首望天，腳跟卻跺一跺城臺：「就在這兒。這兒靠天近哪。」

金陵城臺很快被布置成一片靈場。正中高聳著郭天敘的靈位，四周白色的幡幛隨風飄拂。三軍俱戴孝，跪地祭拜，陣陣鼓號聲衝出人群在天際悲鳴。

朱元璋一身重孝跪在靈牌下，他雙手舉香，長叩而泣：「元璋率三軍將士叩祭大帥郭天敘在天之靈。少帥隨父帥舉義以來，順天行道，征伐元胡，譽滿海內，威震四方。郭氏父子兩代大帥，燦若日月，名垂古今。」朱元璋的聲音越來越悲痛，顫顫巍巍的，最後他竟然淚如雨下，失聲號啕起來：「天敘兄啊，父帥在世的時候，你就待元璋如同胞兄弟，日同行，食同席，夜同眠。教誨哺育，生死相依。父帥歸天之後，你待元璋更是義重如山，恩同父母。沒有郭氏父兄，就沒有咱朱元璋的此生此世啊！嗚嗚嗚！元璋恨不能隨父兄同去九霄，蒼天之上，重續骨肉深情。」

城臺一角的敵樓內，徐達與湯和正抱著腿兒坐在牆頭上，他倆雖然也穿著孝衣，卻各搖著一把大蒲扇在納涼。聽到朱元璋的動情訴說，兩人驚愕互望，徐達先失聲笑起來：「二哥，你聽聽！大哥這是怎麼了，有那麼悲痛嗎？哭的比唱的都好聽！」湯和搖頭晃腦地說：「這你就不懂了。自古以來，靈臺就是戲臺，哭就是唱！我猜啊，他這會兒心裡別提多樂了。反正郭天敘死了，他愛怎麼說就怎麼說唄。」徐達不滿地說：「你聽這唱詞，肯定是李善長寫的，肉麻不？」湯和卻像故意抬槓：「我聽這詞蠻好！這時候，恩怨早就過去，應該籠絡軍心。別忘了，這些弟兄好多是跟著郭大帥起事的。」

徐達暗忖這話有理，他又伸頭朝外看看，笑道：「二哥，你感覺到沒有？咱大哥可比以前能幹多了！也厲害多了！」湯和問：「怎麼著？」

徐達悻悻道：「以前他性情跟咱倆一樣，實在！可是現在，也學會殺伐決斷、恩威並用、眞中有假、假中有眞。我呀，是又敬他，又、又有點怕他。」

湯和聽著聽著，神情緊張起來，趕緊噓一聲：「低點聲。以前他叫朱重八，現在他叫朱元璋，這能一樣麼？三弟呀，我早就想跟你說句心裡話。記著，就算你我這樣的弟兄，今後在大哥面前也得收斂著點。要知道咱倆不但是他的弟兄，更是他的部屬。呃？天意難測，軍法無情！」

徐達深深點頭，使勁揮扇：「他娘的，熱！」

朱元璋彷彿聽到了他倆聲音，驀然回首後望。只見後面白花花一片，皆是服喪祭拜的義軍。朱元璋沉重歎息一聲，抬頭仰望天際，心中說：父帥啊，元璋對不起您。我能夠救郭天敘卻沒有救他。因爲他三次想害我，三次啊！卻沒害成，反而害了他自個！父帥啊，義軍裡有我無他、有他無我！我被他逼得沒法，只好請他到天上歇著。」

朱元璋起身後轉，目光一閃，熟悉他的將領已知這是示意，立刻向後吆喝，幾個軍士押著叛將陳野上前。他們一直把他押到郭天敘的靈位前，按他跪地。

朱元璋示意軍士退下，自己走到陳野身後，彎腰附他耳邊，親切地說：「陳兄弟，恭喜你又被咱抓獲了。」陳野睜開眼，顫聲乞求：「大帥饒命。我是漢人，不是元胡啊。」朱元璋繼續語調溫和地說：「我知道你是漢人。不過，元胡中有好人，漢人中有禽獸！你還記得那天夜裡，咱倆在墳地上喝酒露宿麼？」

陳野驚恐地抖顫著道：「記、記得。大帥，小人求您饒命啊！」

朱元璋微笑著緩緩道：「今天，要請你到墳地下面長眠了。陳兄弟，你在義軍和朝廷之間，先後四次叛來叛去。加上這一次陷害郭天敘，那就是五次了！眞是可惜啊，你怎麼只長了一顆腦袋？讓咱沒法把你五次砍頭！」朱元璋憤怒地揮手。一個軍士上前，高高舉刀，奮力砍下。頓時鮮血在祭臺前迸濺。

金陵都督府的書房成了朱元璋最心儀的地方。他日理萬機，但每天必上那裡坐上兩個時辰。書房裡那尊紅木雕龍大案上堆滿著厚厚的各式古書，朱元璋坐在案前一邊搖扇，一邊讀書。他讀得既認眞又痛苦，不時翻前翻後，長吁短歎。一會兒，他遇到一個生字，不知何意，就提起毛筆，把這個生字一筆一劃、規規矩矩寫到旁邊那本「九宮格」稿本上。稿本翻開的一頁上已經寫滿了各種生僻文字。末尾是三個極相似的漢字「己、已、巳」。

李善長步入書房，見狀微怔，揖笑道：「三伏酷暑，上位卻在伏案苦讀。在下敬佩。」朱元璋趕緊起身道：「先生來啦。趕緊看座，上茶。」李善長在旁落座，道：「請問，上位召在下何事？」朱元璋連聲道：「先生別坐那兒，坐這兒來，坐這兒！」他雙手把李善長按到大案前坐下，指著稿本上那三個「己、已、巳」道：「咱小時候就學過這字，分明是自己的『己』嘛，可書上怎麼把它寫錯了？三本書上三個樣。」

李善長微笑道：「敢問上位，當年是哪位先生教你的？」朱元璋說：「村裡一個酒鬼，姓馬。咱每給他偷一個瓜，他就教咱十個字。幾年下來，咱爲他偷了不少瓜，也學了不少字！」李善笑謔：「偷來的東西靠不住。這位馬先生教錯了。」朱元璋不服氣道：「怎麼著？」李善長拿過稿本，取筆一個個重新寫下。且寫且教：「上位請看，這第一個字念（ㄐㄧˇ），自己的『己』，左邊不封口；第二個念（ㄧˇ），已經的『已』，左邊半封口，第三個念（ㄙˋ），巳時的『巳』，地支第六位，左邊全封口。稍不留心就會把它們寫差了。」

朱元璋驚詫得叫起來：「天爺！這幾個字看上去好生面熟，咱還以爲是一個字呢，原來是三個呀。」李善長點頭道：「是三個。雖然它們只有區區幾筆，但其內容大爲不同。稟上位，漢字經過千年演化，已成鬼斧神工，難以窮盡。有時候一個字能讀出幾個音，一個字也能有幾種寫法。只要稍不留心，就差之萬里。就拿己、已、巳三字來說，看似簡單，許多人都以爲認得，其實都在自以爲是！上位啊，越是簡單之處，越能看出中華文化之宏偉博大，深不可測。」

朱元璋感慨地看著它們道：「區區數筆當中，就藏有這麼多名堂。可見書山有路、學海無涯。」他突然認眞地說：「李先生，兩年前，咱曾經拜你爲軍師。今兒，咱想再拜你一次。」李善長緊張起來：「爲什麼？」朱元璋誠懇地說：「拜你爲學師，給咱講書授學！從今兒起，你就坐在這尊大案前，兩天一講，永不間斷！不論是談古論今，還是兵法國策、四書五經、陰陽儒法，只要是世間學問，咱朱元璋樣樣都想學！」朱元璋說著整了整裝，一頭跪到李善長腳前欲叩首。

李善長慌不迭俯身相阻：「上位快起，萬萬不可！」朱元璋肅然道：「拜師大禮，不可疏忽！」李善長不便再推卻，朱元璋眞給李善長叩了三個重頭，個個叩地有聲。李善長既感動又有些自豪，歎著：「上位啊，在下不勝惶恐。」

朱元璋指著案上典籍歎道：「李先生，咱雖然讀書不多，但心裡明白。取天下靠刀槍，治天下卻要靠它們。爲王者要是連字都認不全，這天下就是被他取下了，也等於糟蹋了天下！」李善長頷首長揖：「上位明見！在下領命。」這時候一個侍衛入內稟報，說明王派來的一位特使，已經等候在府門了。朱元璋眼睛一亮：「哦？稍候，待咱親自出迎。」

侍衛應聲退下。朱元璋衝李善長笑道：「咱們取金陵剛剛五天吧？明王的特使就到了，消息眞快！」李善長道：「如果我所料不錯，此人應該是來傳旨敕封的。」朱元璋隨便問：「你估計明王封咱什麼？」李善長肯定地說：「大帥！」

朱元璋再度整了整裝，步出大堂，跪在院子中央，明皇的特使舉一幀黃卷抑揚頓挫地念道：「虎威大將軍朱元璋智取金陵，威震南北，居功至偉。特晉封爲虎威大元帥，並領江南中書省平章政事。天佑明教，忠義萬世。欽此。」

朱元璋叩首，接過黃卷道：「朱元璋領旨，謝明王天恩。」特使深深一揖，退下。李善長扶起朱元璋。朱元璋再次展開黃卷打量著：「好麼，除了賞個大帥之外，還添了個『江南中書省平章政事』！嘿嘿，這是什麼官兒？」李善長道：「江南中書平章，相當於江南六省宰相，一體節制江南各路義軍。」

朱元璋得意道：「也就是說，明皇把咱擱在江西大帥陳友諒、浙東大帥張士誠他倆之上了？」李善長點頭：「正是。」朱元璋心花怒放：「哎呀呀！先生瞧啊，明皇這筆字寫得眞好，水靈靈的！咱什麼時候才能寫出這麼好的字來呀。」

李善長聽出了話中深意，愣怔須臾，邊思邊說：「在下想，上位將來未必要在黃絹冊頁上寫字」朱元璋心中略略不快，不解問道：「哦，那咱寫到哪兒去？」李善長突然朗聲道：「寫上九尺巨碑，立於泰山之巔，光照萬古千秋！」朱元璋一驚，隨即明白過來，哈哈大笑：「先生這是拿鞭子抽咱呢！不過，抽得舒服！」

朱元璋與李善長在金陵高談闊論，大展宏圖，北京（時稱大都）皇宮內廷，當朝宰相脫脫卻長跪在玉階下待罪。烈日當空，地面火燒火燎一般，天地間彷彿一隻大而無當的蒸籠。脫脫就跪在蒸籠之中，已不知跪了多久，早就汗如雨下。但他不敢鬆懈，仍然挺直著身體候旨。這次黑石磯由勝轉敗，脫脫自知責任重大，懲罰難免。心中也沒少自怨自艾，終於，一陣沉重的長號聲響起：嗚嗚嗚！脫脫又驚又駭，抬眼望去，號聲中，一個聖使在兩行御林軍護送下威嚴走來。

脫脫見狀，知道大禍臨頭，長歎一聲，主動摘去冠冕，擱到身邊，長叩及地。聖使走到脫脫面前，高聲宣旨：「奉旨。脫脫帖木耳喪兵辱國，坐失要地金陵，致使江南震動，六省崩壞，罪無赦！」念到此處，聖使故意停頓下來，斜眼打量著脫脫。

脫脫閉上雙眼，渾身發抖，顫不能言。聖使得意地繼續念：「念其早年剿賊有功，著免其死罪，剝奪中書省平章政事職銜，前往浙東軍營，暫任江南招撫專使，辦理招撫明教賊軍等事。欽此。」

脫脫愕異道：「什麼？招撫專使！」聖使奸笑說：「是啊，招撫專使。相爺難道嫌官小麼？還不快謝恩！」脫脫挺直身子怒沖沖道：「本人根本不在乎自個的生死榮辱！但是，從什麼時候起，朝廷把剿賊方略改爲『招撫』了？」

聖使斜眼滿不在乎說：「噢，就今兒晌午，就在您跪這兒待罪時改了！」

脫脫激動地跳起來：「萬萬不成！那些賊兵們敗壞綱常倫理，禍國殃民，他們一日爲賊，則終生賊性不改，死有餘辜！朝廷剿還剿不盡呢，怎麼能招撫啊？招撫等於是向賊兵們認輸。」聖使理直氣壯道：「正是由於剿不過來，才改爲招撫嘛。威服之餘，加以恩服。」脫脫痛心疾首：「不成。招撫等於是養禍爲患，可萬萬不成啊！如此下去，祖宗的江山都會毀於一旦！煩公公替我傳句話，我要進宮，面諫皇上。」

聖使見脫脫果眞不顧自個的生死榮辱，對朝廷還是如此忠心耿耿，也有些動容，不由低聲勸阻：「相爺不要固執。這事兒，皇上也做不了主，是七大王爺共同決定的。」脫脫深感意外：「怎麼，王爺們都在宮裡？」聖使露齒一笑，歎道：「唉，您能夠全著身子回去，就是王爺們的莫大恩典！」

脫脫長歎一聲，邁著沉重的步子離開，他的精神恍惚，身子搖搖晃晃。聖使在後面見了，彎腰相送：「相爺好走。奴才會代您回奏，替您謝恩。」

卻說金陵的都督府已經煥然一新，府外軍士整齊排立，刀槍旗甲鮮亮，比先前更加威風。只聽一陣雄壯的鼓號聲嗚嗚響起，一個將軍闊步而出，他挺立在帥府玉階上高喝：「大帥升堂！著千總以上文武入內聽令！」

鼓號聲中，許多將軍身著嶄新服裝，分兩行列隊，莊嚴進入金陵大堂。徐達、湯和排在隊伍的前列，他們在大堂裡依次站定，寂靜無聲地等待著。

等了一刻，朱元璋從一尊屏風後面緩緩步出升堂，他身佩大帥服飾，前所未有的氣宇軒昂。眾將齊齊折腰，大吼：「末將拜見大帥。」朱元璋昂然一揖：「免禮。」眾將直身，佇立不動。朱元璋朗聲道：「列位弟兄，自從咱們取金陵爲根據以來，各地州縣就紛紛來歸，四方百姓更是踴躍報效！短短半年，咱們兵馬就擴大到了六十五營，三十二萬！咱們的地盤北起江淮，南至浙東，西起淮西定遠，東到大海邊，咱們擁有城池十七座，土地將近千里啊。還有，咱們的糧餉、軍械也是屯積如山，足可供三年支用。總而言之一句話，咱們闊氣了，強大了，成爲一方諸侯了！大元朝廷和各地義軍，都對咱們刮目相看了！」

眾將歡聲四起：

這都是大帥的功勞啊！

咱們才開頭哪，早晚還要打進大都，奪取天下，光復大漢！

朱元璋微笑著低咳一聲，眾將立刻寂靜。朱元璋沉聲道：「還有一個消息也要告訴大夥，咱們的死敵、宰相脫脫被朝廷罷官了，攆到浙東當什麼『招撫專使』。這是什麼意思呢？就是說，朝廷被義軍打慌了，怕了，急了，要改征剿為招撫，跟咱們擠眉弄眼了！嘿嘿，這又是咱們發展壯大的大好時機啊！」

眾將吱吱一片笑聲。朱元璋繼續道：「但是，不管朝廷剿還是撫、不管它刀槍相向還是跟咱們扮笑臉兒，咱們紋絲不變，咱們始終都是義軍！大夥說，是不是？」

眾將齊聲大喝：「是！」

朱元璋語重心長地說：「今天這份功業，都是眾位弟兄浴血奮戰換來的。咱知道，各位弟兄心裡頭都盼著有一份尊榮。好！今天，咱們就論功行賞，拜將授銜，確立上下尊卑。這，也有利於大夥今後統兵作戰啊！咱說的是不是？」

眾將興奮得再次大吼：「是！」

朱元璋沉默了，他在前排緩緩走動，久久掃視那些熟悉的面龐。他的目光令將軍們感到不安了，他們都在心裡估量期待著自己的榮譽。

朱元璋終於喝道：「徐達。」徐達應聲而出：「末將在！」朱元璋又同樣叫出湯和和常遇春。三個人都站在朱元璋的面前，朱元璋親切又莊嚴地宣布：「即日起，你們三位拜為義軍元帥，授二品銜，各統兵十營。」

三人大喜，齊揖：「末將領命謝恩！」

接下來，朱元璋連聲喝出一連串姓名：「鄧愈、耿炳文、唐勝宗、陸仲亨、韓立武。」將軍們一個個的應答著，大步跨上前。眼看被授銜的將軍越來越多，站在側位一直帶著滿足神情喜滋滋觀望授銜過程的李善長越來越不安了，他幾次凝神細聽，卻老是聽不到自己的名字。授銜眼見已接近尾聲，朱元璋的聲音還在大堂的四壁莊嚴地迴盪：「你等拜爲正將軍，授三品銜，各統兵三營。朱文正、沐英、花榮、呂林。你等拜爲副將軍，授四品銜，各統兵一營。」年輕的將軍們一個個的領命謝恩。

授銜終於結束，朱元璋的目光巡視眾將，卻從李善長面前滑過，就像沒有看見他。李善長不禁深深垂下頭，掩藏著內心的失望。朱元璋高聲道：「下月初一起，金陵易名應天，爲義軍首府。金陵都督府，易名爲江南中書省，統領各地軍政。」所有將帥都意氣風發地齊聲應諾。朱元璋有意無意地掃視李善長一眼，只見他表情沮喪卻在困難地自持。

當晚，朱元璋吩咐在府院中擺宴慶賀拜將授銜。月光如霧如水，在一桌桌豐盛的宴席間氤氳流淌，使賀宴有了夢的意境。那些剛剛受封的將帥們從矜持中走出，將夢的意境扯破。他們喜氣洋洋、大呼小叫，好幾個將軍幾杯酒下肚已經酩酊大醉，卻還是不依不饒地舉杯相敬。一個將軍搖搖晃晃走到徐達面前道：「哥！您二品，您元帥！您擺譜是不是？不成！今兒您要不喝下這碗酒，兄弟一頭碰死在這兒！」

徐達原本酒量不小，但今兒特別痛快激動，所以早就豪飲得過了量，這會兒卻不甘示弱，照舊搖搖晃晃地起身，叫著：「什麼話？咱兄弟，個個戰場英雄酒場好漢！你就是把東海搬來，哥也一口氣把它乾嘍！」說著仰頭又是一碗下肚！

只有朱元璋沒有喝醉，他矜持地微笑著，滿足地望著狂歡的場面，聽任眾弟兄放縱情懷。徐達一眼瞥見笑瞇瞇坐在冷落處的朱元璋，見他沒有和大家一同喝酒，立刻左胳膊抱個酒罈，右手端著酒碗，醉醺醺走到朱元璋面前，把酒碗朝朱元璋面前一放，咕咕地斟滿。之後下命令般地說：「哥，端起碗來，乾嘍！」

朱元璋搖頭道：「咱還有事，不能再喝了。」徐達用斥責的口氣道：「哥，你要是敢不喝，我、我、我就把一罈子酒澆你頭上！」朱元璋看他醉態可笑，忍著笑道：「你澆吧。」徐達高舉酒罈，竟然當眞要把一罈子酒當頭澆下去，跟著走過來的湯和恐懼驚叫：「三弟，不可犯上！」但是已經晚了，朱元璋被劈頭蓋臉地澆了個遍，只見酒漿順著他的身體往下流，他的腦袋彷彿是從水裡撈出來的。醉醺醺的徐達搖搖晃晃地指著朱元璋哈哈大笑：「看哪，咱哥成落湯雞啦！哈哈！」

朱元璋心頭串起一團火，他直視徐達，銅澆鐵鑄般，紋絲不動地端坐著。頓時滿場驚駭，許多人的酒都被嚇醒了，他們呆呆地看著這邊，誰也不敢出聲。

湯和先回過神來，趕緊撲上去，朝徐達啪啪地抽了兩個耳光，轉身朝朱元璋折腰，顫聲道：「上位，三弟醉了，您、您千萬別生氣，千萬別跟這小子一般見識！」湯和喋喋不休地說著，被朱元璋微笑打斷：「湯和，這不干你的事，你慌什麼？再說，咱不生氣。」湯和轉身訓斥徐達：「混帳東西，還不給上位跪下！」徐達卻醉意盎然地嘻笑著：「跪、跪、跪個啥？爺幹嘛要跪？」話未竟，他竟一頭栽倒在酒席上，呼呼大睡了。

朱元璋蹙眉一歎，對邊上人說：「扶他下去歇著。」

兩個將士過來扶走了徐達，其他將帥仍處在驚恐未定之狀。朱元璋慢慢舉起面前那碗酒，高聲說：「各位弟兄，這是徐達剛剛斟下的一碗酒，咱沒喝，所以被他澆了一頭一臉！」

眾將帥聞言，這才敢放鬆開來，有人輕輕笑了。朱元璋看著大家說：「現在，咱要把它喝了。但是咱喝完這碗酒之後，就要戒酒十年！十年之內，滴酒不沾！各位弟兄從此再不要給咱敬酒了。為何？因為你們能開懷一醉，咱不能醉，咱也不敢醉！」言罷，朱元璋將那碗酒一飲而盡，重重落座。

酒席柳暗花明地漸漸恢復了歡樂氣氛，像一支歌曲的弦律從悲愴沉重跳躍到了歡快輕鬆，歡聲笑語重新響起，朱元璋卻再也無法融入眼前的氣氛，他看看旁邊另一個空座，表情失望。細心的湯和奉承地遞上一條毛巾讓朱元璋揩臉，指著旁邊的空座，小聲問：「上位，李先生為何不到？」

朱元璋面無表情地說：「病了。唉！武人愛醉酒，文人哪，就是愛犯病！」湯和明知故問：「什麼病啊？」朱元璋終於又笑了，反問：「你說呢？」湯和笑嗔：「嘿嘿嘿，我說是毛病！李先生對上午的拜將授銜心懷不滿。上位把所有弟兄都封遍了，連義子、義侄都沒拉下，卻唯獨沒他什麼事。」

朱元璋沉默不語。

湯和小心地問：「上位，李善長是你敬重的人，今天為什麼不封他？」朱元璋不情願地說：「在咱們最困難的時候，李善長曾經離開咱們，投效郭天敘。這事你還記得嗎？」湯和輕聲說：「當然記得。」朱元璋冷漠地說：「嘿嘿。可有人卻以為，咱們把這事給忘了。」湯和問：「誰啊？」朱元璋重重說：「李善長！」湯和一怔，他沒想到朱元璋還在記恨李善長，李善長不是將功贖罪了嗎？打下金陵就是他通風報信的呀！他心裡有點為李善長叫屈。

李善長正在自家的小院裡徜徉。天氣悶熱。滿月高懸在清澈的銀河裡，旁邊圍繞著大大小小的星星，它們投下的光芒將小院的地面映照得神神秘秘的。一棵棗樹在風裡婆娑，樹葉的影子淡淡地映在地上，顫悠悠的，李善長心煩意亂，不時長吁短歎。他知道月亮照著他的小院也照著金陵府的大院，那裡轟轟烈烈的，被封的將帥們個個躊躇滿志、歡天喜地，早已喝得酩酊大醉。而他面前的小案上擱著的涼透了的飯菜，卻紋絲未動。

老僕走過來看看飯菜，輕歎一口氣道：「先生，你一點都沒用啊。」李善長道：「不餓。撤了。」老僕一邊收拾一邊小心地說：「聽說，帥府正在大擺宴席。」李善長不耐煩地打斷他：「知道！」老僕一心冀望主人發達，知不該問還是忍不住問：「先生爲何不去呀？」李善長跺足發怒：「沒臉去！知道麼？上位沒給我臉面！」老僕不知究竟，嚇得縮首。這時傳來一陣敲門聲。老僕用眼睛望著李善長。李善長神情複雜，猶豫著示意他開門。

老僕過去拉開院門，湯和笑嘻嘻入內，深深一揖，叫了聲：「李先生。」

李善長撐起情緒回答：「呀！是湯大元帥啊，稀客！」湯和笑眯眯道：「上位請先生過去講學。」李善長心中百般滋味，來不及體味，斟酌著說：「這，太晚了吧？再說我也病了。」湯和深深一揖，朗聲道：「先生沒病，而且所有弟兄都知道先生沒病！因此，上位讓咱親自來請，說別人怕請不動。請先生給咱一個面子。」李善長一驚，湯和這話不是逼上梁山嗎？但他不也正期待有人來逼他一下嗎？他不聲不響走出門。門外早已站著一匹駿馬，湯和請李善長上馬。李善長看看四周，沒有其他的馬了，問：「您呢？」湯和憨厚地笑笑：「我嘛，只配替先生牽馬。」

李善長的心裡原本是一盆涼水，湯和的話像兌進了一溪熱流，但他還是矜持地擺手：「萬萬不敢！在下雖然稍有不適，路還是走得動的！」

湯和絲毫不介意李善長的態度，連聲「請請」，不由分說將李善長扶上坐騎，之後牽著韁繩徒步前行。李善長心中更熱，不安地說：「湯帥，您的心意我領了，快讓我下來吧。咱們一道走。」湯和和善地說：「先生不必客氣。告訴您一件事，當年，上位也給咱牽過馬。」

李善長驚訝地問：「什麼？朱元璋給你牽馬？」湯和笑笑：「這有什麼了不得？當年我是千總，他才是個馬夫！如今，我給先生當一回馬夫，有什麼不成的？」

湯和在李善長失勢時這樣講話，李善長銘感頗深。

李善長被帶入書房。書房內燈燭燦爛，當中大案上堆滿典籍，座位卻空著。堂側設一隻小案，朱元璋在小案後佇立等候。李善長謹慎走入，向朱元璋一揖，兩人同聲問候對方。李善長說「拜見上位。」朱元璋說「有勞先生。」

李善長道：「請上位示下，今日講什麼？」朱元璋微笑，語意雙關地問：「李先生想講什麼，就講什麼！無論天文地理，還是忠孝節義，都成！」李善長聽得汗毛豎起，慢慢地屈膝跪下，顫聲道：「善長向上位請罪。」

朱元璋緩緩道：「您是先生，咱是學生。學生豈敢斷先生的罪啊？」

李善長愧赧道：「我知道，上位對當年那件事一直不能釋懷。」朱元璋絲毫不肯放鬆，明知故問：「當年哪一件事？」李善長窘迫不已：「郭子興過世時，我曾經投效過郭天敘。這事，是我軟弱，我糊塗，我不識事理。」他硬著頭皮自責。朱元璋彷彿鼓勵他：「先生請繼續說，放開來說！學生正在洗耳恭聽。」

李善長更難堪，卻知道不說開不行，他道：「那時我、我有些擔心，擔心上位被剝奪兵權之後，恐怕不行了，不如另效新帥，橫豎大家都是義軍。上位啊，善長有眼無珠，無箝永之志，有投機之心！善長向、向上位請罪。」李善長長叩不起。

朱元璋臉上終於閃出一絲微笑，卻很快消失，他嚴肅地說：「咱一直想問先生一件事，先生務必直言。」李善長道：「請上位示下。」朱元璋問：「你認爲郭天敘是怎麼死的？是被元軍殺死的？還是被咱朱元璋害死的？」

難道還能有其他答案？李善長想也沒想就知道他的回答別無選擇。問題是如何回答得讓對方釋懷，這將決定他的生死榮辱。終於，他調整情緒，昂起頭，表情同樣嚴肅地回答：「稟上位，郭天敘死於他自己之手！他那樣的奸險小人，即使沒有死於黑石磯，早晚也必獲天譴。」

朱元璋大爲滿意，叫聲「對呀！」上前扶起李善長，激動地說：「先生快起來！先生啊，咱一直在等您這句話，等了足足好幾個月！跟您說白了吧，元璋是個粗人，沒啥本事，卻最重忠義，最重人品。當年那件事，是扎在咱心裡的一根刺！你不說，我不說，這刺就永遠也拔不出來。現在好了，咱倆說開了，咱一身輕快，舒服多了。先生請坐，元璋給先生賠罪。」朱元璋說著朝李善長深深一揖，高聲宣告：「今日起，元璋拜先生爲應天府宰相，掌管四州、八府、三十三縣所有內政。先生哪，義軍所有的錢糧、百姓、官吏、行政都交給先生了！今後，咱負責治軍，先生負責治民，咱們同心協力，打造出一片光燦天下！」

李善長頓時被百感交集的情緒轟炸，但他來不及爲命運的不可思議唏噓，其實這本來就是他心中的預謀。他激動道：「善長領命。從今往後，善長追隨上位，無論上刀山赴火海，萬死無悔！」

朱元璋哈哈大笑：「咦，先生這話說得痛快，說得跟弟兄們一樣了。痛快！」李善長笑道：「我還有一句話呢，想說而沒說。」朱元璋爽利地催促：「說啊！」李善長指點著朱元璋：「上位欠我一頓酒！」

朱元璋更高興了：「早給先生備下了，先生請！」他一把抓起李善長的手，往大堂側廂房走去。

側屋裡果然擺著別緻的一桌酒席，菜肴清淡精緻，一壺好酒，卻只有一隻酒杯。朱元璋指著酒席笑道：「瞧，就咱倆，先生請上座。」

李善長當仁不讓地在上座落坐，感慨道：「不瞞上位，湯和拉我出門的時候，我甚至想到了要砍頭，沒想到做了應天宰相，還賺了一頓酒吃！」

朱元璋道：「有個事要請先生原諒。咱已經當眾宣布戒酒了。十年之內滴酒不沾！因此，咱只陪酒，不飲酒。」

李善長關切地問：「為何？」

朱元璋突然顯得滿腹心事，他搖頭歎息：「唉，一言難盡哪！」

朱元璋想起了徐達剛才的表現。而徐達自己並沒有意識到自己的過錯。湯和拉他來向朱元璋賠理道歉，他還賴著不肯。湯和急了，強扯著他走：「走啊你！禍事已經犯下了，你躲得了今日，還能躲得了明天？」

徐達還是半醒半懵著，他將信將疑地問：「哥，我真澆了他一頭酒？」他還以為湯和誆哄他同他開玩笑呢。

湯和斥責道：「那還用說！你不但澆了，還罵他是落湯雞！將士們都在，看了都嚇壞了！唉，我早就提醒過你，咱上位和以前不一樣了，要小心聽命，特別是進金陵以後，上位更重視上下尊卑。這些我說過沒有？」徐達這才意識到事情嚴重，態度老實起來，喃喃道：「說過。」湯和恨鐵不成鋼地用手指著徐達的腦袋教訓：「可你小子就是不往心裡去，見酒就沒命！」

徐達這下酒醒了大半，連聲道：「完了完了，上位肯定饒不了我。這下可完了！」湯和道：「趁早給他磕兩頭，別讓他堵在心裡。這事啊，早了早好。」

徐達酒全醒了，這才真正害怕起來，反過來拉牢了湯和，畏怯地說：「哥，你別走噢，你可得在邊上守著噢。他要是用軍棍打我，你可得說話！」

湯和哭笑不得，說：「這個自然。不過，要是只挨頓軍棍的話，那算是輕的。」徐達頓時大叫：「那他還要怎麼著？砍我腦袋？好，我不去了！」湯和趕緊拉住徐達：「走吧，走吧！砍頭萬萬不會。我估計，上位會想法子把丟失的尊嚴找回來。咱們呢，得給他一臺階，讓他出出氣，你說是不是？」

兩人邊說邊走，來到了側廂房。朱元璋正與李善長擊杯勸飲，見徐達扭扭捏捏地過來，心下便已明白他是認錯來了。他冷眼望著徐達不作聲。徐達偷偷瞟了一眼朱元璋，一聲不響地上前屈膝跪下。湯和在旁嘻笑：「上位，三弟給你請罪來了。」

朱元璋把筷子重重一擱，衝徐達怒斥：「你能啊你！剛剛授你帥位，你就當著那麼多弟兄的面，大發酒瘋！還好那只是一罎酒，要是一罎子大糞，你也衝咱澆下來？」湯和失聲而笑，隨即趕緊捂嘴。朱元璋繼續怒斥：「徐達呀徐達，你怎麼老是沒分寸呢？咱幾個雖然是結義兄弟，但成大事者是不能講情面的！你身爲元帥，還有軍規、軍紀麼？還有上下尊卑麼？你日後怎麼統領三軍將士？」

徐達喃喃地賠罪：「大哥，咱錯了」朱元璋怒喝：「甭叫大哥！」徐達趕緊改正：「上位，末將錯了，請上位治罪。」朱元璋毫不客氣道：「自個說，怎麼罰你？」徐達難堪地說：「這，還是打棍子吧。」朱元璋生氣地說：「你皮厚！打不死熬不爛的東西，打你有什麼用？」

徐達無可奈何了，訥訥道：「那上位說吧，該怎麼著就怎麼著。」

朱元璋沉思片刻，說：「罰你在帥府大門，站哨十天，要讓全體將士都看見。唔，每天日出即到，日落歸營。風雨無誤！」徐達驚訝地說：「十天呀？」朱元璋重重道：「三十天！」湯和趕緊踢徐達一腳：「上位已經說過十天了，你還不快謝恩。」

徐達無奈，只好老老實實道：「末將領命謝恩。」朱元璋看也不看他，斥道：「哼，去吧。」湯和趕緊拉了徐達退下。

朱元璋對李善長歎道：「先生都看見了。這事兆頭不好。進城以後，不少弟兄開始得意忘形，軍紀也開始煥散了，如不痛加整頓，早晚要出大事。」李善長點頭：「上位見微知著啊。義軍弟兄多數來自山林草莽，不守規矩也討厭規矩。但是，沒有規矩，則不成方圓哪。」

朱元璋說：「咱現在，地盤大了幾十倍，百姓多了幾百萬，治理這麼大的攤子，靠這幫將帥不行，得靠先生這樣的賢才文士。要靠什麼來著——吏治！」

李善長越來越意識到自己遇到了知己的主子，能成大業的主人。他舒暢地笑道：「上位明見，打天下靠將才，治天下靠賢士。古人早就說過，成大事者，既須『尚武』，更需『養士』。文武兼備，方可富民強政。」

朱元璋聽李善長說到「養士」，正中下懷，這正是近日常常盤旋於他腦中的問題：「咱聽說，浙江有四大名士。」這自然是李善長最熟悉的了，他如數家珍：「金華宋濂、麗水葉琛、龍泉章溢、青田劉基。這四個人當中，才氣最盛、名聲最大的，是劉基。」

朱元璋目光炯炯：「咱要把這些人都請到金陵來，幫著咱們成就大業，特別是這個劉基。先生認識他嗎？」李善長沉吟道：「劉基，字伯溫。祖上是浙江青田旺族，本人是至順年間進士，官居處州。他自小遍覽群書，通古博今，才華卓越，傲然不馴。」朱元璋急切道：「以先生的尊貴，請得動這個劉伯溫嗎？」

李善長搖頭：「只怕是請不動。」朱元璋問：「爲何？」李善長道：「上位知道劉伯溫最恨什麼人嗎？」朱元璋眉頭皺了起來：「什麼人？」

李善長道：「他最恨各地的農民義軍，這其中恐怕也就包括上位了。義軍當中，他又尤爲痛恨在他家鄉鬧事的方國珍等輩。這個劉伯溫哪，死心塌地地捍衛君臣綱常，與咱們義軍誓不兩立！在他眼裡，什麼『明教』，什麼『紅巾軍』，統統是妖寇、是毛賊，只會悖祖亂常，禍國殃民，絕不能成什麼氣候！還有，劉伯溫曾經奉朝廷之命，自籌糧餉兵丁，組織過一支青田鄉軍，保衛浙東家園。他那支鄉軍，也剿殺過不少紅巾弟兄哪！所以，義軍大帥方國珍也把他恨透了，發誓將他碎屍萬段。」

朱元璋呆了一會，突然哈哈笑起來：「咦？聽起來，這個劉伯溫不像是書呆子，而是個文武全才嘛。難得，眞是難得！」李善長對朱元璋的態度深感意外：「怎麼？上位還誇他？」朱元璋笑道：「這種才士，咱非請來不可，綁也要把他綁了來！否則的話，咱們不用，別人也會用他。」李善長愕然道：「上位啊，方國珍與他誓不兩立，賞銀萬兩要他的人頭。」

朱元璋冷靜地說：「咱不是方國珍之輩，咱是朱元璋！方國珍是他的死敵，朱元璋或許能成他的朋友！」李善長爲難地說：「上位啊，您不了解這些文人，他們一貫自命清高，目下無塵。即使上位看得起劉伯溫，劉伯溫卻未必看得起上位。」他自知言重，惶恐添了一句：「哦，在下失言，上位恕罪！」

朱元璋顯得沉著大度，他微笑道：「先生沒有失言，先生說的對！不過，先生不也是個文人麼？咱聽說過一句老話，叫什麼『文人相輕』，說江南文人瞧不起江北文人，京城文人瞧不起外地文人。」

李善長聽得刺耳，也把筷子重重一擱，生氣道：「聽上位這意思，好像暗示我李善長心胸狹隘，嫉賢妒能！」朱元璋趕緊笑著寬慰：「沒，沒！先生千萬不要多心。」李善長急於表白似的，奮然道：「這麼著，在下親自替上位修書，請上位派專人禮聘劉伯溫前來金陵，看看上位您能否如願！」

朱元璋大喜道：「太好了，咱等的就是先生這句話！多謝先生了。嘿嘿嘿，以元璋之誠意，先生之筆墨，還怕招不來一個區區劉伯溫？」

翌日日上三竿，應天府鼓號長鳴。府外守立著兩排軍士。一個副將立於帥府玉階上高喝：「大帥升堂，著各將領入內參拜！」鼓號聲中，將軍們列隊依序入內。當他們走過軍士時，軍士紛紛持槍行禮。這其中，就有身著士兵服裝的徐達。他昂首挺胸，看也不看那些將軍。但是，所有將軍都驚訝地看著他。即使走過之後，仍然有人回首相望。

身著帥服的湯和走到徐達跟前，威嚴地看看他，訓斥道：「站好嘍，這才第一天哪！」

徐達氣得猛一挺身，筆直站立。湯和背過手，得意洋洋地進入帥府。

第十章

帖木耳狸貓換太子
劉伯溫含笑讀聘書

初秋不知不覺地來了，清爽的秋風在村裡的莊稼和野草中穿行。小鳥鳴囀、綠樹婆娑，田園秋色，蒼翠宜人。幾個農夫敞衣挽袖，正在水田中忙碌。忽然間，隔著田埂的村中主道上傳來踢踢踏踏一陣馬蹄聲，大家吃驚地抬頭眺望，只見數騎元軍快馬簇擁著一輛官車馳入村莊。騎馬的軍士個個如臨大敵，執刀提槍，戒意極重。

快馬直馳到一座青磚大宅前停住。爲首的將軍望了望緊閉的院門，慢慢下馬，往門口走。當他走到關閉的大門前時，兩扇門板忽然吱吱地同時拉開。將軍一怔，往裡看見院中早已跪著一位清癯優雅的中年文士。那文士沉靜地叩首，嘴裡說：「罪臣劉基，拜見來使。」

將軍甚是詫異：「劉大人，你料到我們會來拿你？」劉伯溫淡淡道：「罪臣估計，就這幾天吧。」將軍驚奇眞有這等神機妙算之人，愣愣道：「那麼，劉大人請吧。」劉伯溫問道：「可否稍候片刻，容罪臣更衣？」將軍應允。劉伯溫道聲「多謝」，從容起身，步入內室。

一個軍士猶豫了片刻，欲按刀跟入。將軍對他搖首，制止道：「不必了。他不會逃跑的。」軍士低聲道：「卑職擔心的是——自盡！」將軍沉默片刻，歎道：「那就給他這個機會吧，他原本就是蒙冤獲罪。」將軍說著，自己卻朝內室方向焦急地探望。

劉伯溫正在內室與兒子劉璉話別。顯得稚氣未脫的劉璉侍候劉伯溫換穿五品官服，眼裡噙著淚水。劉伯溫有些茫然地站著一動不動，唯用眼睛戀戀地打量著屋內的一切，他望見了案上的文稿，沙啞地對兒子說：「璉兒，那些詩文舊作都整理好了，你好好收著。要是我回不來了，你就等天下太平之後，替我刻版印刷百冊，分送給親朋好友。剩下的，在我墳前燒了！」

劉璉臉色蒼白，又驚又痛地叫了聲「父親」，再也說不出話來。劉伯溫不滿兒子的儒弱，心裡卻更加疼愛不捨，問：「記著了？」劉璉哽咽點頭。劉伯溫歎道：「唉，雖然是蹉跎一世，也盼望雁過留聲啊！」他用手從上往下拂了兩下長衫，從容走向房門，當他經過文案時，戀戀不捨地撫摸著案上那些文稿，忽然看見旁邊擱著一碟燒餅，拿起一個聞聞，面現陶醉之色，接著將燒餅塞入懷中，那神情竟好像塞進一枚巨膽，昂首出門了。

劉伯溫上了官車，騎士們押送著官車一路急馳，到了一座氣派宏偉的衙門前，車馬驟止。劉伯溫下車，步入浙東官府大門。到了廳堂，押送的軍士離開，他在廳內孤獨端坐，閉目等候。天色漸漸暗下來，斜陽以其微弱的光線投入廳內，移過劉伯溫的面孔，在他坐著的硬木凳腳上隱身。劉伯溫覺得自己已經等了好久，睜眼看左右，室中居然還是空無一人，只得忍氣吞聲再閉上雙眼。

其實這時候，脫脫帖木耳就在廳旁的房內爲劉伯溫的事情傷腦筋。他心煩意亂地踱步，不時看一眼文案上那幀巨大的聖旨。隱約可見聖旨末尾有一行字：密斬劉基，將首級送往。

將軍入內輕聲提醒：「中堂，劉基在廳內已經等候兩個時辰了。」脫脫銳利的目光突然盯住將軍，沉聲問：「呼將軍，你覺得劉基該不該殺？」將軍爲難地低頭迴避脫脫的目光：「這個，末將聽憑中堂決斷。」脫脫沒好氣地剜了將軍一眼：「哼！問也白問！我要的那顆腦袋，準備好了嗎？」

將軍挺身垂眼道：「準備好了。」脫脫卻長歎一聲，步出書房。

劉伯溫仍在端坐等候，他並沒有去想自己此時的危險處境，卻聽見了自己的饑腸在咕轆轆叫喚。他睜開眼，看看左右無人，便伸手入懷掏出那個燒餅，聞一下，比方才在家中更加陶醉，他有滋有味地大口嚼起來，因為餓，感到燒餅格外香甜。脫脫就在這個時候走了進來，他打量著正在呑吃燒餅的劉伯溫，突然嗔道：「待罪之徒，還敢如此瀟灑？這是省府衙門，不是飯館子！」

劉伯溫抬頭一看，驚得半個餅子掉地，趕緊起身叩首：「罪臣拜見中堂大人！」脫脫回揖，親切地說：「起來，你接著吃吧。吃完了說話。」

劉伯溫趕緊拾起那半個餅子，吹一吹，又揣回懷裡，微窘：「見笑見笑。這青田燒餅名滿天下，罪臣從小就好這一口，出門就揣一個。嘿嘿嘿！」他好像完全忘了兩人不同的地位，關切地問：「中堂大人，您不是回京城了麼，為何在這？」

脫脫自嘲地一笑：「跟你一樣，我現在也是個待罪之臣。自從金陵兵敗之後，我被朝廷罷官奪職，貶到浙東府做『招撫使』來啦。坐！」

劉伯溫一愣：「招撫使？難道，朝廷又要改換平賊方略，變『剿』為『撫』了麼？」脫脫不無敬佩地說：「劉兄眞是敏感，一點即透。朝廷不但改變了平賊方略，而且把以前剿賊有功的文武統統貶斥，換上另一批主張招撫的大臣主政。他們哪，比咱們聰明伶俐！他們善於向賊子們降恩、獻媚，喜歡跟賊子擠眉弄眼！」

劉伯溫頓足，激動地說：「可他們根本不明事理，不知賊性，不知道如何消除賊患！中堂大人，今日這些明教巨賊，堪稱千年未見之兇險！他們逆天理，滅王道，毀綱常，悖祖宗！他們抗拒世上一切道德規矩，有乾坤倒轉之心志啊！他們一日陷身為賊，則終生不改。對待他們，朝廷剿殺尚嫌不足，如何可以招撫？又如何能夠招撫？稟中堂，我如是賊，此刻便會仰天大笑，笑朝廷無能，表面上降恩招撫，實際上是因屢屢戰敗而不得不認輸！」

脫脫沉下臉道：「劉基，過分了！」劉伯溫卻無所顧忌地繼續順著自己的思路說：「招撫的恩旨一下，賊子們便會得意忘形，他們會跟你中堂大人漫天要價，什麼官職哪、糧餉哪、軍械哪、駐地哪，樣樣都要！朝廷給得起麼？即使給了，那麼招撫所耗，難道會小於剿賊所耗嗎？即使賊兵眞的承恩受撫了，他們搖身一變，即成官軍。這種官軍，能持續幾日？一旦有風吹草動，他們不會再次揭竿而起麼？！對於他們而言，降復叛，叛復降，降降叛叛，叛叛降降，都是賊子天性，都是生存需要。如此一來，朝廷與其說是招撫，不如說是養賊！」

這些話，如錐鑽心，脫脫聽得痛心疾首，他猛擊案頭，怒喝：「放肆！」劉伯溫終於沉默。片刻，脫脫卻仰天長歎地服了輸，道：「劉伯溫，你雖然話語如刀，但句句都對。本堂的心都被你搗爛了！唉，本堂世代受朝廷厚恩，忠誠無二，朝廷要怎麼做，臣下只能極力遵行，否則，本堂豈不是也像叛賊了麼？」劉伯溫語意雙關道：「中堂畢竟是中堂。」

脫脫終於想起此行何干，對劉伯溫道：「實話告訴你吧，我這次來浙江，就是奉旨招撫方國珍的，方賊已經答應歸順朝廷了。皇上和各位秉政王公，聞訊都如釋重負，高興啊！不過，這個方賊，他除了要一紙委任狀外，還要一顆人頭，才肯棄甲下山。」

劉伯溫愣怔片刻，手指自己腦門，道：「中堂所說的人頭，就是這一顆吧？」脫脫點點頭，苦笑道：「正是！劉伯溫呀，方賊爲何對你恨之入骨？他恨你，竟然超過了恨我們。」劉伯溫不以爲然道：「這有什麼奇怪的。因爲你們這些官軍剿賊無方，而我所招募的鄉軍，卻更加通曉賊性，曾經剿得他們無處藏身。他們自然對我恨之入骨。」脫脫沉重而惋惜地說：「爲了讓方國珍俯首歸降，只好委屈你了。」劉伯溫悲憤道：「我對於朝廷忠心耿耿，而朝廷對我卻是忠而見棄。現在，竟拿我的頭去慰賊！去獻媚！唉！這樣的朝廷，還能苟延幾時啊！」

脫脫被此話觸動心事，垂下頭，喃喃道：「外面備了酒菜。吃完了，您就上路吧。」劉伯溫激憤地說：「不吃！我自個有。」他從懷裡掏出剩下的半個青田燒餅，大口嚼食。吃罷，端起面前茶盅，一飲而盡。無言地正視脫脫。

脫脫不看劉伯溫，用平穩的聲音道：「來人。送劉伯溫上路！」話音剛落，立刻衝入幾個軍士，將劉伯溫帶走。

劉伯溫被帶往轅門外的刑場。那裡早已排立著兩行壯士，個個手執亮閃閃的刀槍，劉伯溫面無表情地從刀槍中走過。前方的一塊木板上鋪著一片白布，旁邊擱著一隻紅漆木匣。這木匣顯然就是用來裝頭顱的。劉伯溫呆呆地走到白布中間，站定。兩個刀斧手上前將他強按跪下，正好跪在那隻木匣前。接著，另一軍士上前，替他罩上了黑色頭罩。

周圍的人看見，那頭罩在劇烈喘息中不時地起伏收縮！脫脫一直在不遠的地方靜觀，這時開口對著頭罩說：「劉伯溫，今日之事，本堂深爲遺憾。」頭罩中的劉伯溫發出沉悶的即將窒息的喊聲：「中堂聽著，伯溫今日，就是閣下明天！」

脫脫朝旁邊的將軍示意，那將軍一揮手，幾個鼓號手吹起悲壯的牛角號，嗚嗚嗚！號聲中，轅門內突然推出另一個囚犯，他也罩著黑色頭罩，被軍士推到劉伯溫旁邊，狠狠按跪。牛角號繼續吹響，刀斧手高舉起鬼頭刀，就在號聲結束的那一瞬間，鬼頭刀猛然砍下。嚓地一聲，一隻罩著頭罩的頭顱掉進木匣。

兩個軍士拉起劉伯溫，扯下頭罩。劉伯溫巨喘不止，突然看見木匣裡有個頭顱，驚得目瞪口呆。木匣立刻被一隻手蓋上，眨眼間又被那隻手匆匆拿走。

劉伯溫驚魂未定，聲音止不住地抖動：「中、中堂、中堂大人，這是？」脫脫眼睛一掃，所有軍士全部退下。他淡然道：「本堂不忍殺你，但也不能抗旨不殺。所以，本堂找了另外一個人來，用他的頭顱代替你的頭顱，送給方國珍。所幸的是，那人長相與你相似。」劉伯溫顫聲道：「罪臣，多謝。」脫脫平靜地說：「不用謝。日後，方國珍如果降而復反，我可能還要請你出來剿賊。但是現在，你先得隱姓埋名，躲進深山，以免被人識破，上奏我『欺君之罪』。」劉伯溫聲音裡充滿感激：「遵命」。脫脫道：「自個回去吧。本堂不留飯了！」脫脫說完掉頭而去。劉伯溫渾身還在顫抖，目光久久感激地望著脫脫的背影。

劉伯溫一路躲躲閃閃往家趕，到達青田山莊時，早已狼狽疲憊至極。他手裡拄著一支樹枝，渾身塵土泥汗混雜，搖搖晃晃地走過青石小橋，就朝著劉宅加快了步子。正在院門處守望的童僕看見，興奮地大叫：「老爺回來了！少爺啊，老爺回來啦！」

劉璉從院內瘋狂奔出，幾乎是撲到劉伯溫面前，一把抱住他，含淚叫道：「父親，您可回來了！眞的回來了！」劉伯溫沙啞地說：「不回來，又能上哪去呢？」

劉璉這才注意到父親狼狽不堪的模樣，詫異地問：「去的時候您可是坐著大車，十幾個官兵護駕的，回來怎麼是這樣？」劉伯溫苦笑道：「這就叫眼睛一眨，老母雞變鴨。我嘛，是借屍還魂回來的！」劉璉不解地問：「父親，到底出了什麼事？」劉伯溫擺手安慰他：「沒事，沒事。哦，你爹天生就是個窩囊人兒，想出事都沒得出！」

劉璉與童僕將劉伯溫扶進院門。剛進門劉伯溫就吩咐關門。童僕轉過身去正欲合攏院門時，忽然又驚叫起來：「老爺，又來了一輛官車。」

走到院子中央的劉氏父子驚駭止步。他們驚恐地回頭問：「什麼？」卻已經聽見了咚咚的叩門聲，劉璉驚慌地望著父親，劉伯溫示意他去開門，自己迅速往屋裡去。劉璉磨磨蹭蹭開了門，就見兩個商販模樣的人站在門口，劉璉不耐煩地問：「閣下何事？」年長的商販立刻滿臉堆笑：「敢問，這是劉伯溫府上麼？」劉璉不情願地回答：「是。」商販面露喜色道：「請問劉公在家麼？」劉璉皺眉道：「家父臥病多日，概不會客。」年長商販雙手托出一札：「金陵李善長，託在下送交書信。」劉璉望著那封燙金信札，猶豫許久，方才勉強接過。

劉璉進了屋，劉伯溫已經躺在榻上，將在一邊伺候的童僕遣開，閉眼傾聽劉璉誦讀來信。讀完之後，劉伯溫沉默半晌才睜開眼，卻讓兒子再念一遍。劉璉又誦讀一遍，劉伯溫又是半天不開口，劉璉等著，劉伯溫卻道：「再念一遍。」劉璉不情願地說：「父親，已經是第三遍了。」

劉伯溫只道：「念！」

劉璉只得再從頭開始：「愚弟善長叩拜伯溫年兄大駕。昔日柳園一別，幾曾夢中相會。當今，元廷腐朽無道，天下蒼生如處水火。各路英雄豪傑，風起雲湧，誓除韃虜，光復大漢。鳳陽朱元璋順天舉義，以雷霆萬鈞之勢縱橫中原，所到之處，元軍望風披靡，百姓再生之幸。此時元璋大帥據虎踞龍蟠之城，領江南平章政事，擁兵百萬，坐地千里。期期然望賢如渴，恨不能身有雙翼，飛至年兄案前，以求叩拜受教！愚弟奉大帥諄諄至囑，誠請年兄赴金陵一會，把酒盡歡，暢話古今。大帥至誠之心，千言不絕，萬語難盡。善長日夜翹首企盼。頓首再拜！」

劉璉見父親仍在閉目沉思，忍不住問：「父親，李善長什麼人哪？為何一口一個『年兄』的？」

劉伯溫吐出一口氣，說：「當年，我曾與他一同參加過鄉試和會試。鄉試開榜時，我高踞其上，他列名末尾。會試開榜時，我列名二甲第九，他卻名落孫山，窮得連返鄉的銀兩都沒了。那一次，我風光無限，他斯文掃地。羞憤之中，差點從高塔上跳下自盡！由於這一段因緣，我與他，可以互稱『年兄』吧。但如今，人家是朱元璋的僞宰相了，今非昔比呀。照我看，這位年兄的志向恐怕還不止區區一介僞職，他是想借助朱元璋，攀龍附鳳，直上天廷呢！」

劉璉到底年輕，一聽說到當今風雲人物朱元璋，直率地說：「父親，朱元璋可謂是巨賊梟雄，承郭子興衣缽，短短幾年間就屢敗官軍，驟成大業。我剛剛得報，金華宋濂、麗水葉琛、龍泉章溢等人都已經被他請到金陵去了。浙江四大名士，就剩下父親您了！朝廷要是知道朱元璋曾經聘您入幕，恐怕又要罪上加罪了。」

劉伯溫苦笑道：「人在家中坐，禍從天上來。你擋不住，我躲不開！」

劉璉急道：「來使現在外頭等候。咱們如何答覆？」劉伯溫想了想，說：「我寫封覆信吧，交來人帶回。」劉璉擔心地提醒：「父親，與賊首暗通書信，只怕不妥啊。」劉伯溫說：「知道。但我不會授人把柄。」劉璉又問：「他們還送了禮品，咱們收是不收？」劉伯溫歎氣苦笑：「收下。我已經得罪了方國珍，得罪了朝廷，要是再得罪這個朱元璋的話，就沒有苟延殘喘之地了！哦，既然收了人家的東西，咱們也該回送點什麼吧？」

劉璉邊起身邊問道：「您說送什麼？我去預備。」劉伯溫笑了：「除了這條賤命，我還有什麼呢？對了，送他一罎好酒，百年佳釀！」

劉璉不解：「家裡哪來的百年佳釀？」劉伯溫詭詰一笑：「我說有，那就是有。」

應天承的禮賢館正在建造之中，眼看著已初具規模。許多民工差役正在裡外忙碌著打漿、砌牆、塗壁、油漆。李善長陪著朱元璋在各處巡視，兩人一路愉快地說笑著。朱元璋神采奕奕地對李善長道：「這院子，咱就叫他迎賓園，笑迎天下賓客。這座樓啊，咱就叫它禮賢館，禮遇八方賢士！你看如何？」李善長微笑頷首：「唔，迎賓園、禮賢館，名目樸實、厚道。園中有館，可謂眞情裏著實意。」朱元璋聽得舒服，得意地說：「咱要把這座樓館蓋得比衙門還氣派！讓天下人都看看，咱朱元璋是怎麼尊奉文人的，供著，供得高高的！嘿嘿嘿！等樓館起來，先請先生和劉伯溫入住。」

李善長正要說感激的話，一個軍士奔來傳報：「稟大帥、先生，去往青田的人回來了。」李善長面色頓時緊張起來，朱元璋也是神情一緊，急問：「劉伯溫來了麼？」軍士道：「沒有。」李善長暗暗鬆了口氣，道：「上位，果然不出意料啊。」

朱元璋立刻沉了臉，悶悶地看著兩個使者抬著一罈酒走過來，使者近前，放下酒罈，從懷中取出一隻信札，稟道：「這是劉伯溫的覆信。」

朱元璋吩咐李善長：「念咱聽聽。」李善長神色冷峻地接過信，匆匆撕開信封，展開信箋，突然間雙手顫抖，久久說不出話。朱元璋嗔怪地看他一眼，催促道：「念哪！」

李善長將信箋翻轉，亮給朱元璋看，竟然是一張白紙。他儘量平靜地說：「覆信不著一字，是謂『無言』哪！」朱元璋濃眉跳動，勃然大怒地望著那隻酒罈：「這是什麼？」使者顫聲道：「這是劉伯溫回贈的百年佳釀。」朱元璋叫人打開。李善長揮掌朝酒罈一擊，擊裂了罈口的泥蓋頭，再揭去封口紙，現出滿滿一罈酒漿。立刻有人捧上一隻碗，李善長看看朱元璋，朱元璋點點頭，李善長便從罈中舀了一碗酒，嗅了嗅，輕啜一口，氣得把酒潑到地上。

朱元璋問：「怎麼著？」李善長恨恨說：「一罎清水！」

朱元璋氣得悶了一會，反倒冷靜下來，換了平和的口氣道：「這劉伯溫，眞是怪裡怪氣的，有話不直說，他到底什麼意思？」李善長在一邊道：「稟上位，劉伯溫意思很明白。信嘛，不著一字，意謂著無話可說。酒嘛，一罎清水，意謂著君子之交淡如水。」

朱元璋聽了，到底不快：「好嘛，他是君子，咱可不是。咱這輩子也最討厭正人君子！」李善長沉重一歎：「在下早就說過，劉伯溫不會來的，他自命清高，視義軍爲雞鳴狗盜之輩。」朱元璋冷笑道：「說實話，義軍當中的確有不少雞鳴狗盜之人。別人不說了，有個叫朱重八的，小時候就宰過財主的牛，偷過豪紳的雞！」李善長一驚，不敢接話。朱元璋見他不語，反過來問他：「先生，現在咱們應該怎麼辦？」李善長故意沉吟了一會，道：「天下賢士多得很，不缺一個劉伯溫。」朱元璋卻說：「那麼大個賢人兒，擱著不可惜麼？再說，他會不會再替朝廷效命，領著鄉軍打義軍？」

聽話聽音，尤其同權威相處時，李善長剛才的僥倖被驚駭沖洗而盡，他緊張得臉色蒼白，顫聲問：「上位想，想派人，殺了他？」

朱元璋直視李善長，半天不說話。臉上劍拔弩張彷彿一觸即發的滿是情緒，卻終於沒有爆發。他突然掉頭奔進禮賢館。李善長猜不透朱元璋到底在想什麼，跟著匆匆走了進去。

朱元璋大步來到未完工的半截書案前，嘩啦一下把案上鋸、刨等器物都抹到地上，朝四周一掃，吩咐：「拿文具來。」周圍立刻一片忙亂，工匠們找來找去，終於捧上一根木匠畫圖用的半支禿筆，不安道：「大帥，就它了。」朱元璋接過道：「行啊。紙呢？」周圍又是一片忙亂，卻再也找不到一片紙。李善長捧上那張空白紙：「上位，這是劉伯溫的信札。」朱元璋居然面露驚喜：「對了，用它最合適！」他把那張空白信札鋪到案上，將筆伸進木匠用的墨水匣裡沾了沾，伏案疾書起來。一會兒，他擲筆道：「這是咱寫給劉伯溫的一道《聘書》。勞先生大駕，親自跑一趟青田，把它交給劉伯溫。」

李善長心裡暗暗鬆了口氣，接過一看，卻哭笑不得，訥訥道：「上位，容在下將此書重寫一遍吧。」朱元璋眼一瞪：「幹嘛？」李善長湊近他低聲道：「您這道《聘書》，不過上下八行，三十餘字，卻有六、七、八、足足九個錯別字！」朱元璋羞愧道：「這麼多？」李善長笑笑：「正是。在下即刻回府，將此書恭楷重錄，之後前往青田。」朱元璋卻矜持地說：「不必了。咱泥腿子不怕醜！這字再怎麼著也比咱這張臉俊多了，是不是？再說，先生已經給劉伯溫寫過信了，不頂用。現在輪到咱了。勞先生大駕，帶上它，親自去一趟青田吧。」

李善長走後，朱元璋有點心神不定，便約了湯和著便裝逛街。街道兩旁的酒樓茶鋪頗為興旺，各種小挑販的吆喝叫賣之聲不絕於耳。朱元璋滿意地說：「二弟，瞧，半年不到，金陵城已經變樣了，熱鬧了！」湯和感慨道：「百姓嘛，只要給他個太平日子，立刻能復甦。太平比什麼都好！」朱元璋頗有同感：「是啊，啥時候，天下百姓都能這樣太太平平、熱熱鬧鬧，就好了。」湯和笑道：「啥時候？這咱知道，到上位你做皇帝的時候唄！」朱元璋笑斥：「美的你！」

兩人說說笑笑走到一座酒樓前。湯和站著像是走不動了，說：「哥，餓了。進去吃點？」朱元璋有些猶豫：「咱那口子，等咱回家吃飯呢。這兩天，她正跟咱嘔氣。」湯和取笑道：「哎喲，啥時候起，我哥也開始懼內了？甭管她，進去吃，我餓！」朱元璋拍拍腰間：「咱可沒銀子噢。」「我有。」湯和說著率先往裡走。

剛跨進酒樓門，一個中年店主就殷勤地迎了上來，躬腰笑道：「二位來啦？二位裡頭請，請！」兩人打量四周，底層空空如也，樓上卻傳來笑鬧之聲，地板被跺得咚咚響。朱元璋與湯和依案坐下，湯和問有什麼好吃的。店主趕緊沏茶，陪笑說：「哎呀，才來一夥軍爺，把小店的雞鴨魚肉都要光了。就剩下兩把掛麵。二位爺，小店的湯鹵麵做得可好了，嘗嘗？」湯和跳起正欲發作，朱元璋伸臂攔阻道：「行，就吃麵吧。」店主高叫著退下：「哎！湯鹵麵兩大碗公！三鮮佐料擱足嘍！」

約一碗茶功夫，鹵麵就端了上來，朱元璋與湯和各捧著一隻大大碗公，忽啦啦吃麵。身下雖有凳，朱元璋卻不坐，蹲在凳上吃。間或讚歎一聲：「香！過癮！」店主聽見，滿面笑容，對老熟人那樣親切地說：「二位爺，坐下吃啊。」朱元璋爽然道：「不用，蹲著吃香！」湯和看著朱元璋忍住笑道：「老闆，再來兩碗，多擱辣子！」店主答應著正要離開，樓上卻驟然喧嘩，笑鬧之聲震耳欲聾。店主朝頭頂望望，臉色陰鬱地搖搖頭。湯和也歪頭看看樓梯，問：「老闆，上面是什麼人哪，鬧得這麼厲害？」

店主面現懼色，壓低聲音道：「就是剛才說的，幾個軍爺在上面喝酒。」湯和不滿地說：「去，叫他們閉嘴！」店主爲難道：「小的，兩位爺，您就委屈點吧。上面都是將軍，您惹不起他們的！」湯和撇嘴譏笑道：「將軍怎麼著？進了你門都是客，你不能厚一個、薄一個。人家喝酒吃肉大吵大鬧，咱吃碗麵都吃不安寧！」店主放低聲音說：「您不知道，那將軍是朱大帥義子也姓朱，神氣著呢！說是打遍天下無敵手，殺人無數！你敢和他比？」

湯和衝著朱元璋笑了：「沒別人，朱勇。」

朱元璋沉下臉道：「神氣呀！咱是不敢跟他比。他爹是朱大帥，咱爹只是個老農民。當年要有碗麵吃，咱爹也不會餓死。」

生怕惹事的店主連忙堆笑道：「聽聽，還是這位爺懂事！二位慢用，慢用。」店主欲走，朱元璋擺擺手：「慢著老闆，問你個事。這幫軍爺們吃喝之後，給不給你銀子？」店主沒想到還會有人關心這個，像遇了知己，對朱元璋抱怨：「我的天，可讓您問著了，不給！從來不給，盡賒賬！」朱元璋臉色一變：「當眞？」店主喪氣地說：「這還有假？小店都要讓他們吃空了！今晚更過分，那位將軍非要俺閨女上去陪酒，俺也不敢不依。」

朱元璋聽不下去，沉聲道：「這樣吧，你上去跟他們要酒錢，如果不給，你下來告訴咱。咱就在這候著，看看是眞是假？」

店主疑疑惑惑地看看朱元璋又望望頭頂天花板，上面的喧鬧聲更大了，夾雜著喊他的聲音：「老闆，來呀！酒沒了，添酒來！老闆！你聾啦！」

朱元璋又向店主果斷示意。店主戰戰兢兢上樓去了。朱元璋與湯和在下面側耳傾聽。店主蹬樓只一會兒，上面就傳來怒吼：「什麼銀子？沒有，給老子記上！」再一會，便是砰砰的砸打之聲。朱元璋已經忍無可忍，跳起身奔向樓梯。但是，他剛邁上樓梯，那店主已經從樓上滾落下來，一直滾落到朱元璋腳前，口淌鮮血，奄奄一息。朱元璋憤怒抬眼望去，只見義子朱勇與幾個軍士醉醺醺步下樓來，口中還哼著小曲。至前，朱勇突然看見怒目金剛般的朱元璋，呆了，喃喃地叫：「父帥。」

朱元璋像是沒看見他們一般，轉身問蹲在店主身邊的湯和：「怎麼樣？」正在試探店主呼吸的湯和低聲回答：「沒氣了，死了。」店主女兒也從樓梯上下來了，一聽這話，哭喊著撲到店主身上，慘叫：「爹呀！爹！」

除了店主女兒的哭叫，店裡沒在其他聲音。只有畏懼的眼睛與憤怒的眼睛。雙方對視著。朱勇先垂下頭，慢慢跪下。所有軍士趕緊跪下。朱勇渾身顫抖，道：「父帥，賜罪吧！」

朱元璋也是渾身發抖，半晌，他長歎一聲，痛苦地說：「勇兒，你、你、你先回去吧！好好地睡上一覺，然後來見我。」

再說內府掌燈時分，馬夫人左等右等不見丈夫回來。她心情煩躁，索性坐到榻畔縫製衣裳，堂中擱著的一席飯菜一筷未動，眼見熱氣漸消漸散。馬夫人雖然手握針線，心卻不在針線上頭。她不動聲色地側耳諦聽著外面的動靜，外面時動時靜，朱元璋終不見回來。陪伴的侍女上前奏道：「夫人，大帥怕是不會回來了，你先用膳吧？看飯菜都涼了。」馬夫人猶豫片刻，固執地說：「不，等他回來。」侍女溫婉相勸：「可是，天已經黑了。」馬夫人賭氣道：「等到天明也要等。」侍女只得無奈退下。

終於聽見了清晰的馬蹄聲響，一個侍女歡喜地叫了一聲，馬夫人立刻起身往外走。兩個侍女提著燈籠，一前一後引著馬夫人來到府門口，她們看見兩個軍士押著一乘蒙著綢緞的座車停在帥府門前。軍士正要掀車簾，猛然看見馬夫人一行三人，一怔，趕緊上前勒轉馬頭，催馬離開。

馬夫人頓覺蹊蹺，高聲叫：「站著。」軍士立定，垂首不動。馬夫人上前，打量著綢緞車簾問：「裡面什麼人？」軍士支吾道：「這、這、嘿嘿！裡面什麼人也沒有，是田畝土地的『魚鱗冊』，大帥調閱的。」馬夫人勃然變色：「撒謊！魚鱗冊還用綢緞蒙著。打開！」

軍士無可奈何地慢慢打開車簾兒，只見兩位美貌少女，互相摟著，畏懼地縮在車座上。馬夫人逼視軍士道：「哼，又是兩個良家少女！」

軍士恐懼地辯白：「不不、不是！她倆是金陵劣紳胡義之家的丫頭。這個胡義之啊，是朝廷走狗，禍害鄉里，罪惡滔天。嘿嘿，後來胡義之死了，兩丫頭總得有人照應不是？」

馬夫人不耐煩地打斷他：「人是誰送來的？」軍士立正道：「驃騎將軍朱勇。」

馬夫人有點失神地看著那兩個女子，她們年輕、窈窕，細瓷般的肌膚，芙蓉般的面容，她們的表情羞澀又悲苦，雙雙含淚望著馬夫人，目光中又是害怕又有期待。

馬夫人很快意識到自己有點失態，冷靜下來，用譏誚的口氣道：「朱勇可真是會孝敬哪！既然送來，就下來吧。」軍士趕緊上前扶住女子，嘴裡叫著：「下來，快下來！」馬夫人冷眼旁觀，極力按捺著內心的不快，令身邊侍女：「帶她們去洗浴、更衣，吃飯。」侍女快快道：「夫人！」

馬夫人冷冷重複：「我說過了。帶她們去洗浴、更衣、吃飯！」言罷，她掉頭回府。

朱元璋說好與夫人共進晚餐的，卻是頭頂滿天星星回府。他自知失約理虧，躡手躡腳鑽入府門，悄悄往側廂房走去，顯然不願驚動任何人。正在小心翼翼邁臺階時，驀然聽見噹的一聲響，不由駐足回望，風起處，樹影婆娑，碎銀般的月光之下，院中的石案前赫然坐著一人——正是他的夫人。

朱元璋暗歎一聲，無奈地走過去。未開口先滿面堆笑：「嘿嘿，回來晚了點，事多。」馬夫人似聽不聽，冷冷地問：「吃了嗎？」朱元璋正要如實說，見夫人臉色不對，便改了口：「沒沒！不是說好咱倆一塊吃嗎？可把咱餓壞了！」馬夫人起身道：「跟我來。飯菜都給你留著。還有，還有你義子孝敬的兩道美味！」朱元璋跟在夫人身後，暗自慶幸輕易過了一關，興奮地討好道：「是麼？這可好極了。哎呀，有妹子這等賢內助，咱福氣大了！嘿嘿嘿！」喋喋不休奉承了一路，及至一進廳堂，卻立刻啞口無言了。他看見，十二支頭號大燭照耀著一席家常飯菜，令他目瞪口呆的是，有兩個美貌少女坐在案旁，那燭光像是爲她們上的油彩，讓兩個少女恍若神妃仙子，格外楚楚動人！

朱元璋大爲愕異，說話竟有些結巴：「這、這兩人是誰？待這兒、幹、幹什麼？」馬夫人怒沖沖道：「誰？是你喜歡的美女！她們陪你吃完飯，還要陪你上床過夜！你別不好意思，上去仔細瞧瞧，是不是『沉魚落雁』？夠不夠『閉月羞花』？她倆比我可漂亮多了！年輕多了！」

一頭霧水的朱元璋顫聲道：「妹子別誤會，咱根本不知這些事！」馬夫人怒斥道：「不用你知道，也不用你開口。你的那些義子、兄弟，可能體察朱大帥心思呢，主動會替你辦！你想要什麼，他們就會給你送什麼；你想怎麼辦，他們就會怎麼辦。他們恨不能變成你肚裡的蟲子，一直鑽到你心眼裡去！就拿這兩個丫頭來說吧，護駕軍士是怎麼說的？噢，『魚鱗冊，大帥調閱的魚鱗冊。』聽聽，兩丫頭竟然成了魚鱗冊！而你呢，還『調閱』了！」馬夫人氣得身子綿軟，跌坐榻上，終於失聲飲泣了。

朱元璋低聲問：「誰送來的？」馬夫人恨恨道：「朱勇！」朱元璋臉上肌肉一動，咬牙切齒道：「又是他！」一邊狠狠地朝旁邊侍女揮手示意。侍女們趕緊上去將那兩個少女帶走。

馬夫人俯身床榻哽咽著數落：「重八啊，這兩年來，你鋒頭大了，心也野了！你明裡暗裡，娶過多少個小妾？什麼張氏、李氏、王氏，以爲我不知道嗎！是不是你兵馬增加了幾倍，女人就要增加幾倍？你這樣下去，對不起我不說，部下們又會如何看你？你怎麼統領將士？他們也都是男人哪。朱大帥能如此，他們就不能嗎？」馬夫人越說越傷心，幾乎泣不成聲了。

朱元璋有點手足無措，垂首自責道：「妹子，咱錯了，錯了！」說著小心地上前，欲拉起夫人。

馬夫人卻將身一扭，憤怒地用力拂去朱元璋的手：「說聲錯就沒事了？男人個個好色，特別是你，自稱『天下無雙的大男人！』你改得了嗎？」

朱元璋一時愧不能言，見屋內沒人，思忖著侍女迴避不會再進來，就勢在榻前單腿跪下，用手輕拍夫人後背安撫她：「孩子他媽，今晚發生過一件事，讓咱心裡頭跟刀子戳了似的。唉，咱越發明白了，咱有錯。咱向你發誓，從今往後，再不近女色了。」

馬夫人一聽丈夫叫她「孩子他媽」，又百般祈恕，漸漸氣平下來。身子雖然還是扭了幾扭，但動作已經柔和多了。她有幾個出類拔萃的兒子在那兒呢，她怕誰呀？犯得著同那些沒有根基的年輕姑娘爭風吃醋嗎？往深裡說，這其實只是她馬姑娘的一種撒嬌方式罷了。重八男人做得再精采，哪知道自己女人各種各樣的花頭經呢？這樣一想，馬夫人已經在心裡竊笑了一回。是收場的時候了，見好就收，這是做得精采的女人應該懂得的方略。想到這裡，她差點要笑出來。她咳了一聲，硬將笑意隱去，似乎很不情願地開口道：「往後看吧！重八，還有件事。」朱元璋稍鬆一口氣，趕緊道：「你說。」馬夫人並不馬上說，卻提了提朱元璋肩胛那兒的衣裳，嗔道：「在家還裝腔作勢的，誰理你呀！」

朱元璋見女人換了語氣，趁勢起身坐上床榻，一把將馬夫人攬入寬闊的懷中，溫情地催促她：

「說呀，我等著聽呢。」馬夫人舒服地貼著丈夫，表情卻格外認眞：「你要讓部下們善待城裡的士紳，像對待平民百姓一樣。現在，士紳們連門都不敢出，看見義軍就像看見虎狼，嚇得頭都要縮進肚子裡去。他們整日提心吊膽，害怕抓丁，害怕挨打，更害怕家產、閨女，還有金銀財寶遭義軍搶了去。對了，這兩個丫頭，就是士紳胡家的。」

朱元璋知道這番話是夫人對他的關心，心中感動，又奇怪她剛才還爲兩個年輕女人痛心疾首的，怎麼眨眼能提醒他注意這等大事情？女人哪女人，對他自己的這個女人，他還眞有點弄不懂呢！不禁有些爲她著迷起來。但他又理智地反駁道：「妹子，你說那些士紳，都是財主啊。義軍弟兄大多飽受財主壓迫，包括咱。」

馬夫人針鋒相對地說：「財主怎麼了？財主也有好人！我就是財主家的閨女，你乾爹郭子興就是淮西世族的大財主。如此看，你朱重八還是財主的義子兼女婿呢！」

朱元璋被說得噗哧笑起來，不得不承認：「這話不錯。」馬夫人眼睛睜得大大的，義正辭嚴地說：「你不總想著成大業嗎？那就得把所有有錢、有勢、有學問的人，和沒錢、沒勢、沒飯吃的人都攏到自個身邊來，大家合起夥來和朝廷鬥。這才能成大業！要是名門世家、士紳財主都恨你，都讓你給逼到朝廷那邊去了，你想想，你能成功嗎？就算是成功，又得多流多少血？多死多少人？」

朱元璋聽著聽著，神色劇變，彷彿想著什麼事，嘴裡喃喃道：「不錯，不錯。妹子啊，你說出了一個天大的道理啊！」馬夫人嘴一撇，故意道：「什麼道理呀，我不懂。」

朱元璋激動地高聲道：「一個大道理！你想，各地的義軍大多是揭竿而起的饑民。他們把對蠻元朝廷的恨，都擱到士紳財主們頭上去了。以爲殺士紳財主就是反抗暴元。這其實不對，許多名門旺族，包括士紳財主都與朝廷勢不兩立。特別是那些文人賢士，祖上多是世家。就說浙江四賢吧，個個是士紳。但要是沒了他們，光靠咱們打打殺殺，終究不能得天下。就是得了，也治不穩、坐不住！更何況，他們一旦爲朝廷所用，那麼憑他們的本事，一個人就能支起一方鄉里，跟咱們作對！他劉伯溫就是個例子啊。」

馬夫人眼睛瑩潤地望著朱元璋，癡癡地女人氣十足地說：「我可沒想得這麼深，重八啊，你雖然識字晚，可你、你眞聰明啊！你能想明白這些事情，眞是了不起啊！」

朱元璋在一個聰慧女子的讚賞聲中幸福的人都麻酥了。他木木地搖著頭說：「唉，這麼簡單的道理，咱怎麼才意識到哇！義軍弟兄只是咱一條腿，而那些文人賢士、包括名門旺族，是咱另一條腿啊。缺誰，咱都是個殘廢。」一面說，他一面摟住了夫人，馬夫人就勢軟軟地倒了下去。

兩天後，朱元璋心事重重地在牢房前徘徊了兩次。終於下了決心，讓軍士打開牢門銅鎖，他沉著臉走了進去。

牢房其實是一間碾房，朱勇歪著身子縮在地上。看見朱元璋入內，眼睛裡閃現一絲光亮，但隨即很快滅了。他跪起叫了聲「父帥」。

朱元璋久久地盯著他，聲音沙啞卻直截了當：「勇兒，乾爹要殺你！」朱勇心一沉，慢慢垂首，顫聲道：「殺吧，我確實有罪。」朱元璋氣憤地說：「不光你。還有你四個犯罪的弟兄都要殺！」朱勇大驚，抬頭大聲說：「爲什麼？那老闆是我打死的，他們只跟著我喝酒，沒犯事啊！」

朱元璋咬牙道：「我查問過，你那四個弟兄，個個膽大包天！他們強搶民女，強占民宅。甚至把姑娘藏到軍營裡去了，逼她們做自己老婆！這等人，配當義軍嗎？不但軍法難容，天理也難容！」朱勇不服氣地說：「娶民女做老婆的，又不光他們，好多弟兄都這麼做。徐帥部下，有的還娶了兩、三個呢！」

朱元璋怒吼：「不准！誰這麼做，殺誰！」

朱勇跪著朝前移了兩步，焦急乞求道：「父帥，您只管殺我，求您饒了我那些弟兄吧！他們上戰場都是不要命的好漢，一個頂元軍十個啊。就算死，您也讓他們死在戰場上好嗎？父帥，求您了！」朱勇仰著頭，繼續往前爬行到朱元璋跟前，抱住朱元璋的腿泣求著。

朱元璋內心受著強烈震撼，痛苦地閉眼，一言不發。朱勇突然後退，瞪著朱元璋道：「對了父帥，軍營裡那幾個娘們不是民女，是財主家的女人。咱們起兵以來，殺過那麼多財主惡霸，玩他幾個女人算什麼？這就該當死罪了？」朱元璋被說得一愣，但他定了定神，緩緩道：「財主也是人，財主家女人也是女人。只要他們反抗韃元，支持義軍，那就都是咱的兄弟姐妹！再說了，你甭用這話來為自個遮掩，你們強姦女人的時候，顧得上她是財主家還是百姓家的嗎？你們心裡只想著，『爺出生入死，命在朝夕，快活一天算一天！』你們哪，跟那些元軍有什麼不同？」

聽到這裡，朱勇人往下一縮，頓時矮了一節似的：「父帥！」他的眼神語調都在乞求義父不要再往下說了。朱元璋歎氣道：「你還有什麼心願，說出來。乾爹給你辦。」朱勇淚如雨下，哽咽道：「我、我還有個妹子，人在鳳陽三里屯。名叫彩雲。」朱元璋點頭：「彩雲。記下了。回頭咱就派人去鳳陽，把她接到應天府來。今後，她就是你乾娘的侄女了。要是來得及的話，我讓她跟你見上一面。其他還有事嗎？」

朱勇頹喪地搖頭：「沒了，謝父帥！哦！別讓妹子見我，我沒臉見她。」

朱元璋的眼睛有些潮濕，他憐惜地撫摸著朱勇頭顱，久久沉默。之後，他掉首而去。牢門在他身後砰地關閉。

朱勇仍跪在地上，眼淚止不住地往下淌。他突然覺得自己極其虛弱，撐著地面站起身，看看屋樑，太高，夠不著。再看看四周，目光最後落到了面前堅硬的石碾子上了。他退後幾步，慢慢摘下頭上的將軍帽，扔在地下，接著低下頭，深深吸口氣，正要一頭撞去，牢門卻吱地一聲又開了。

朱元璋紅黑的臉膛再次出現在牢門口，低聲道：「勇兒，乾爹了解你。你現在，是不是想自盡啊？」朱勇望著朱元璋，一言不發。朱元璋道：「乾爹求你個事，不要自盡，你給咱昂著脖子上刑場！因爲，因爲乾爹想讓所有弟兄都看見你是怎麼死的，以此爲教訓。」朱勇顫聲道：「父帥，您想用我這顆頭，辦事！」朱元璋沙啞地說：「是的。成嗎？」朱勇大聲回答：「成！」

朱元璋感激地看著朱勇，突然叫了聲「好兒子」！言罷，再次掉頭而去。出了牢門，他再也控制不住自己，眼淚盈滿了眼眶。他抹著眼淚穿過院門，驚愕地看見二十幾個年輕義軍跪在院中。他們當中有將軍、有千總、有軍士。朱元璋打量著他們，沙啞地說：「哦，咱所有的義子、義侄都來了，到得可眞齊！就是升堂聽令，也沒見過這麼齊！是爲朱勇求情來的吧？」

領頭的朱文正難爲情地說：「父帥，我們是請罪來的。」朱元璋往石凳上一坐：「哦，什麼罪啊？」幾個義子陸續抬頭，一個個道：

稟父帥，我三次賒欠酒賬，昨兒才還。

稟父帥，我、我吃過花酒。

稟父帥，我打過財主，也、也打過百姓。

父帥，我佔用民房，把當家的給攆走了。

朱元璋痛惜地教訓道：「剛剛混出個模樣來，就神魂顛倒，忘乎所以，禍害起百姓來了！唉，這得怪咱，怪咱哪！咱收下你們，卻未加管束，不知教誨。使你們放縱自個，只曉得打仗殺敵、吃肉喝酒，不曉得天底下還有其他的綱常倫理、道德規矩，現在，咱給你們立一道軍令。從明天起，你們每天必須學會五個大字，每百日必須念完一冊書。回頭，咱就給你們請個先生，你們跟著他讀詩書、學兵法，哦，還有文武之道，聖人之言。唉，你們該學的東西太多了啊！」

眾子侄齊聲喊著「遵命」。朱元璋聲調沉痛地繼續教誨道：「娃兒們，記著。給咱牢牢地記著！一個人，如果只知打仗殺敵而不知讀書識理，那麼，他再勇敢也不過是頭猛獸，你殺人再多，也只是個畜牲，不是人！」

朱元璋起身離去，眾子侄們惶然伏首。

且說李善長被朱元璋派去邀請劉伯溫，他騎著一匹栗色小馬悠閒地從田間小道行馳而來，一路問一路找，漸漸行至了劉宅前。

李善長跳下馬，撣了撣長袍的灰，整整衣冠，步上臺階，神態莊重地叩門。不多時，劉璉打開門，冷淡地問：「閣下何事？」李善長揖道：「請問，這是劉伯溫府上麼？」

劉璉不答話，默默打量他，問：「閣下是誰？」李善長道：「淮人李善長。」劉璉大驚：「您就是李善長？」李善長沉穩地答道：「正是在下。」劉璉深深鞠躬：「有失遠迎，請先生恕罪。」

說著，劉璉偷眼望著李善長身後。李善長微笑道：「劉公子不必探望了，在下是隻身前來。沒兵！」劉璉微窘，再揖：「先生請。」

李善長昂然入內。

劉伯溫已在客廳內等候，相見施禮之後，劉伯溫請李善長坐上座。李善長當仁不讓地坐了，將朱元璋的親筆書信交與劉伯溫，自己手搖摺扇看著劉伯溫捧讀書信。

劉伯溫神情有些拘謹地展信，讀著讀著笑起來：「朱大帥這道聘書，可謂古今奇文，佩服，佩服啊！」李善長道：「年兄的意思，是說它文理欠佳，錯別字太多了吧？」劉伯溫微笑著：「八行三十餘字，竟有九個錯別字。難道，朱大帥帳下，就沒有文人墨客嗎？」李善長矜持地說：「有，有的是。文臣武將，取之不盡，用之不竭。在下只能算恭隨其末。」

劉伯溫審視著李善長的表情，醒悟道：「哦，明白了。朱大帥親筆直書不避醜陋，坦然將自身短處展現於光天化日之下，這恰恰是常人所不敢爲呀！」李善長笑著點頭。劉伯溫稍含得意地說：「前不久，另一位義軍大帥方國珍，非要得到我的人頭，才肯接受朝廷招安。」李善長笑著打斷：「聽說過，年兄頭顱嘛，當然是方國珍的愛物！」

劉伯溫淺淺一笑，又道：「而昨天，我又接到浙江官府一封信，說方國珍騙得朝廷的糧餉後，竟然又反了。他從歸降到反叛，一共只有二十七天！唉，眞是弄不懂，所謂義軍，義字何在？他們朝令夕改，降降反反，還不如鳥獸蟲魚用心專一嘛。就是一片樹葉，那也要等秋冬之日，才肯從樹上飄落。唉，落葉也比義軍有箝心哪。」

李善長道：「年兄說得對。方國珍之輩，無箝永之志，有投機之心。」

劉伯溫卻道：「既然李先生也這麼認爲，那我就放心了！方國珍是義軍大帥，朱元璋也是義軍大帥。敢問這朱大帥與方大帥，兩者有何不同呢？」

李善長見劉伯溫說話如此放肆，不由心中慍怒，正色回駁：「涇渭分明，截然不同！方國珍名爲義軍，但觀其作爲，卻是跡近草寇山賊。而朱元璋則是古今罕見、開天闢地的英雄豪傑！他懷聖賢之心，率仁義之師，驅暴元，安黎民。所到之處，無論官民百姓，還是士子鄉紳，都是一片擁戴。要不然，也不可能在短短幾年間，就取下五州、八府、三十三縣，坐地千里，擁兵百萬。」

劉伯溫哈哈大笑：「哎呀呀！李先生，您是不是在吟詩作賦啊？如此詩情畫意，頗令在下感動。」李善長嘩地收斂摺扇，同時也收斂了笑容，一臉嚴肅道：「劉伯溫，我不會懇求你，更懶得開導你！我只是專程將此書送到，便可覆命。直說吧，你要我如何回答朱元璋？」

劉伯溫沉默片刻道：「劉某不敢奉命。」李善長早沉下臉來：「就這？」劉伯溫也沒給他好臉色：「就這。」李善長立刻起身告辭！

劉伯溫陪著站起淡淡道：「好走。」

李善長昂首出門，劉伯溫站在原地沒動，劉璉一見，趕緊跟上去代父親相送。他恭敬地將李善長送到院門處，深鞠一躬代父親賠禮：「先生，家父生性耿直，請先生不要見怪。」

李善長訕訕道：「這嘛，我早有領教！」「先生——」劉璉望著李善長，欲言又止。李善長溫和道：「有話就說吧。」劉璉眼睛直直地望著李善長，擔心地問：「朱元璋會不會派兵殺我家父？」李善長想都沒想就說：「不知道。」

兩人再無言，互揖。李善長出門離去。

劉璉回到內室，見父親拿著那張《聘書》在細讀。他不聲不響地站在父親身後看：「先生，咱是苦娃子出身，爹娘都餓死了，咱造反是叫朝廷逼的，造反是拼個天下太平！求先生趕緊來金陵，幫咱一把。只要先生來，咱什麼都聽先生的。元璋在這給先生叩頭了。先生，快來吧！」

劉伯溫拿著《聘書》，長歎自語：「唉，滿篇錯別字，一顆赤誠心！」劉璉在身後輕聲告訴父親李善長走了。見父親半天不開口，劉璉焦急地提醒：「父親，朱元璋可能會派兵報復、滅門！」

劉伯溫一怔，回頭直視劉璉，過一會兒，他緩緩搖頭：「你放心，不會的。朱元璋不是方國珍！」

話雖這麼說，劉伯溫卻準備出門了。他是突然走的，只帶了童僕小六。自己穿戴如老叟，肩搭一隻搭褳，騎上了小六牽在手上的一頭驢。劉璉不安地依依地請求：「父親，還是我陪您出行吧？」劉伯溫毫無商量餘地地說：「不必，有小六就行。你要是陪著，官兵看見會抓丁。」

劉璉滿面不捨地站下了，一會兒又在後面叫：「父親，路上當心盜賊。」

劉伯溫回頭，慈祥地笑著說：「放心，我倆老的老、小的小，盜賊看不上眼。」劉璉顫聲叮囑：「早些回來！」劉伯溫擺擺手，再不看兒子，騎在毛驢上漸漸遠去。

第十一章

馬夫人惜孤收義女
五少壯跳城留唏嘘

李善長在劉伯溫那裡碰了個不軟不硬的釘子，心裡不痛快，一路左思右想地怏怏而回。這一日，終於回到了闊別多日的金陵。他騎馬穿過巨大的城門洞，心裡就有了一種歸家的親切。進了金陵城，他騎在馬上，馭馬在街道上慢行，那座接近完工的禮賢館像是一步一步向他移過來似的，他看它的時候它就近了。他瞧見幾個工匠抬著一方闊大的漢白玉，口發「呵喲」之聲往工地上去。遠遠地招手喝住了他們。

工匠看是相爺，趕緊停下來恭敬地招呼。李善長馭馬過去，下了馬，仔細打量他們抬著的玉材，疑惑道：「此館所有的石材木料、磚瓦漆漿，都經我審理過，其中並無玉石一項。為何弄來這麼大一塊漢白玉，這得多耗費多少銀子？」

工匠頭兒陪笑解釋：「稟相爺，這是大帥親口吩咐的。令小的購置一塊絕佳玉材，鑲於樓館門楣，大帥要親筆題寫『禮賢館』三字，大大的鍥在上面。大帥說了，『讓人隔著二里地，都能清楚地瞧見館名兒！』」李善長想到了此行的遭遇，苦笑道：「既然如此，就好生辦吧。」

工匠們再次抬起那塊大玉材，吆喝而去。李善長望著即將完工的樓館，不禁喟歎：禮賢館啊禮賢館，「禮」重如山，「賢」從何來？他心情沉鬱地重新上馬，直奔帥府大堂。在大堂門口往裡瞧，看見大堂的文案上鋪著厚厚一摞宣紙，朱元璋背對大門，執巨筆一遍又一遍地書寫「禮賢館」三字。他怎麼寫，都覺得不滿意。三番五次地揉了重寫。地面上，七零八落地扔棄著許多個紙團，隱約可見上面歪斜的墨跡。

朱元璋如此重才，李善長內心激動，他駐立一會才入內輕喚：「上位！」朱元璋手中的筆不動了，卻沒有回頭，聲音儘量掩藏住心情的急切：「他怎麼說？」李善長道：「四個字，『不敢奉命』。」

朱元璋手中的筆停留在半空，一顆墨珠順著筆尖緩緩淌下，啪嗒一聲掉落在宣紙上，滲出一片黑團。李善長趁機一語雙關進言：「上位啊，請恕在下直言。您蘸的墨太濃了，這樣一來，非但沒法寫字，只怕還會把字兒給淹嘍。」

朱元璋轉過身來直視李善長，目光銳利地問：「你是不是說，咱對劉伯溫，用情太濃了，太厚了？」李善長重重道：「在下以爲，劉伯溫配不上上位的情分。」朱元璋的臉色由紅轉青，他一把抓去面前宣紙，揉作一團，重重擲地。卻出人意料地再度提筆，重新鋪陳一張宣紙，在上面用力書寫。像同誰賭氣似的。李善長有些愕然：「上位，這禮賢館，還値得蓋麼？」朱元璋驟然發怒道：「蓋！蓋好了給你住。你就是咱們的賢！」

李善長心裡一驚，他一時想不透朱元璋是因爲劉伯溫發怒還是因爲他的話發怒，或者兩者兼而有之？眞是上意難測啊！他知道此時唯有什麼也不說，趕緊訥訥告退。

朱元璋繼續書寫禮賢館三個大字，因爲劉伯溫不來了，他也就心無旁鶩了，這一次，他竟然把三個大字寫得力透紙背、方正渾圓，個個精神氣兒十足。寫完後，他退後兩步，細細瞧著，瞧著，心裡一陣委屈突然潮水般地湧上來，他無法抑制住自己的情緒，把筆狠狠朝「禮賢館」三個字擲去。

筆落地，而紙面上多了個大墨團！

且說朱勇孝敬大帥的兩個漂亮姑娘被馬夫人暫且留下來後，在府裡當丫頭使喚。這一日，兩個姑娘在書房裡手腳伶俐地收拾東西。她們靈巧地抹桌、拭鏡、餵鳥、置物，因爲生活有了著落，兩個人氣色好多了，顯得容光煥發。一邊幹活一邊哼歌。雖未施粉黛，白皙的面頰卻像抹上了一層紅暈。

馬夫人走過書房，在門外看了一會，想起自己當年，心中一動，不由走進去笑道：「到底是大戶人家出身，幹起活來，確與平民百姓家的孩子不一樣。」兩個姑娘聽見夫人聲音，驚得急忙屈腰施禮，同聲道：「夫人萬福。」

馬夫人答應一聲，表情和藹可親，道：「倩兒、玉兒，歇會吧。都過來，我有話說。」話音剛落，姑娘倆就應聲上前，一個替馬夫人推出軟椅、扶她坐下，另一個則端茶倒水。馬夫人剛剛將手伸到肩胛處，年長一歲的倩兒便道：「夫人肩骨不舒服了吧，我替夫人鬆鬆肩。」沒等馬夫人回答，倩兒便轉到她背後，雙手靈動地按摩起她的肩膀來。伺立在一側的玉兒執羽扇爲她搖扇納涼。

馬夫人見兩個姑娘乖巧，心中愉悅，她愜意地閉著眼叫喚：「哎喲！舒服，眞是舒服。哎！瞧我這日子過得，像個皇宮太太了！」倩兒笑盈盈道：「夫人本來就是貴人。」馬夫人聽得心花怒放，對兩人說：「聽著，我有個好消息告訴你們。待吃過午飯，你們每人拿上十兩銀子，就可以離開帥府。回家去吧！」她得意地瞇著眼，等著倩兒、玉兒道謝。

未曾料到，兩個姑娘臉上的笑容頃刻消失了，半天說不出話來。馬夫人沒聽到回話，詫異地睜大眼睛問：「怎麼著，難道你們不高興？」

倩兒委屈得聲音都顫了：「夫人要攆我們走嗎？」玉兒也像是要哭：「夫人，我倆沒有家，也沒處去啊。」

馬夫人從軟椅上直起身，扭頭審視著兩個姑娘，奇怪地問：「究竟怎麼回事？你們不是豪紳胡家的麼？爲何說無家可歸？」

倩兒垂頭道：「稟夫人，我和玉兒是姐妹，自小賣給胡家的，長大後，一直侍候著胡老太太。」說到這兒，她停了下來，似乎在想著下面的話如何措辭。玉兒也低著頭，接著說：「胡老太太對我們蠻好，可前不久，胡老太太不幸亡故了。我們在胡家，一下子就沒了太平。」她不再說下去，似有難言之隱。倩兒憤憤道：「胡家三位公子，出言粗俗，手腳輕薄，好幾次要對我倆無禮！」

玉兒輕輕歎了口氣，說：「那天晚上，小轎把我倆抬到這裡，我倆眞是嚇壞了。可是後來，才發現不是那麼回事。在這兒有飯吃，有衣穿，人人待我們客客氣氣，夫人您更是待我們比胡老太太更親，更好！」

馬夫人心中還是疑惑，再度打量著兩個姑娘，沉吟道：「看你倆做事，確實比我這兒的丫頭能幹；可是聽你倆的談吐，又不像丫頭了，倒像是知書識禮的豪門小姐。對我說實話，難道你們眞是窮人家孩子？」

倩兒趕緊道：「稟夫人，我倆很小就被賣進胡家，家鄉父母在何處，連我們自己都不知道。」玉兒也跟著說：「那位胡老太太平生沒別的喜好，就愛聽戲、聽人說書。時間長了，我倆也跟著讀戲文、念詩書，慢慢地也就學會讀書識字了。」

馬夫人從來就喜歡會讀書識字的姑娘，還就想有個這樣的姑娘作伴呢。心中不由有點歡喜，嘴裡道：「不容易，眞是聰明剔透！說吧，你倆想怎麼著？」

姐妹倆知道事情有了轉機，互視一眼，雙雙撲通撲通跪到馬夫人面前。倩兒乞求道：「求夫人收留我倆吧。除了這兒，我倆沒處可去了。」玉兒趕緊道：「我倆有個心願，想把這兒當家，夫人就是我倆祖宗。我倆一定好生侍候夫人，一輩子孝敬您！」

馬夫人並沒有拿兩個姑娘的話太當眞，但現在既然她們提起，倒也暗合她的心意。她覺得有幾個讀書識字的姑娘陪伴左右是件愉快的事，便笑笑，脫口隨便問：「當眞？」姐妹倆齊聲認認眞眞道：「眞眞切切！」

馬夫人心裡歡喜起來，臉上也露了笑容，道：「好，好！實話告訴你們，那天晚上，我一見你倆那可憐的小樣兒，就喜歡上了。聽著，你們想留在這兒，我樂意，我高興！你們什麼時候想走，我也絕不攔你們，只是有點捨不得。」

姐妹倆大喜，一起叩首謝夫人。馬夫人笑著拉她們：「起來，快起來吧。我呀，裡裡外外一大堆義子、義侄，還從來沒認過乾閨女呢，如今——」話音未落，才起身的姐妹倆又撲通一聲跪下了，叩首及地，同聲道：「倩兒（玉兒）叩拜乾娘！」

馬夫人望著她們笑道：「眞是對伶俐人兒！咯咯咯！好好，我認你們了！」姐妹倆歡天喜地道謝，馬夫人道：「快起來。來呀，接著替我鬆肩哪！」姐妹倆趕緊起身站到馬夫人身後，一人捏著她的一邊肩膀，按摩起來。馬夫人愜意地閉著眼：「嗯嗯，舒服！閨女啊，有個事我得先說下。在帥府過日子，得守規矩！這第一條規矩，就是要心細，口緊，有眼神兒！不當說的不說；不當看的不看；更不能聽信謠言，播弄是非！」

倩兒斂容回答：「記著了！」玉兒響亮地重複：「心細，口緊，有眼神兒！」馬夫人滿意道：

「其他方面嘛，你們很快就會熟悉。我也會關照你們的。對了，多大了？」

倩兒說自己十八，玉兒說自己十七。馬夫人微笑道：「都夠歲數了。我也給說白了吧。我這兒常來將士，那些義子、義侄更是三天兩頭地往這兒跑。你倆要是看上誰，就告訴我，我替你們做主。誰讓我是你們乾娘呢！」

倩兒、玉兒像被人呵了癢癢，忍不住吱吱笑著，嬌嗔：「乾娘！」

馬夫人得意地說：「我擔心的是，你倆長得太漂亮了，那些義子、義侄一見你們，就會神魂顛倒，垂涎三尺，追得你倆甩都甩不掉！要真到那份上，你們也可以稟報我。我讓人打他們軍棍！」

倩兒、玉兒快活地大笑起來：「咯咯咯！夫人，您、您真好！」馬夫人坐起身，收斂了笑容，道：「成了，就到這兒吧。聽著，今天城裡要發生一件驚天動地的大事。待會，你倆跟著我出征。」

倩兒、玉兒高聲應著「遵命」，驚訝地相互對視了一眼。

不一會兒，城關鐘樓巨大的銅鐘被「噹噹噹」敲響了！今天的鐘聲像警報一樣，鼓盪著每一個人的心，傳遞著不祥的預兆。聽見鐘聲的兵勇們排成整齊的隊伍，緊張地奔行，彷彿奔向戰場。他們跑到箭道前，立刻五步一崗、十步一哨，排成長長的甬道，直至城臺之巔！

而城裡的街道上，一座座士紳家的大門被軍士們敲擊著：

開門，快開門。

宋老爺，您別怕，請把門打開！

正在院子裡餵鳥的宋老爺反而匆匆奔回堂屋，惶恐地催促家人：「快關門，快快！兵爺們又來了。」

他的媳婦從內室奔出來，慌張地問：「爹，出什麼事了？」宋老爺跺足斥責：「哎呀你！還不快躲起來？等著野男人搶你！」媳婦嚇得奔回內室，宋老爺又朝另一個少女訓斥：「死丫頭，快把你這件花褂子換嘍，到裡頭躲著去！哎，再抹上一臉爐灰！」

慌亂之中，家人們都躲藏好了。宋老爺一顆心撲撲跳著，提心吊膽等候大禍降臨。果然，院門再次被拍響：「開門，宋老爺，您老開開門哪！」拍門聲越來越急，宋老爺知道是禍躲不過，準備一個人豁出去了，趔趄著上前把門打開，一個軍官急不可耐地一步跨入，宋老爺正駭然間，軍官卻對著他深深一揖，笑容滿面地說：「嘿嘿，老爺好！老爺吉祥！」

宋老爺心中詫異，忙不迭擺手：「萬萬不敢！上回來，您可是叫我老畜生的，這回怎麼『吉祥』起來了？」軍官陪笑道：「那是晚輩不懂事理，晚輩給老爺道歉了。來呀！弟兄們，把東西抬進來！」

一夥軍士抬著紅木桌椅案櫥等物入內，陸續放在院中。宋老爺疑惑不解，小心翼翼打聽：「軍爺，您這是？」軍官不好意思地說：「這都是從您這兒搶、噢，借去的。現在歸還給您老人家。」宋老爺惶恐推辭：「別別別，都是粗傢俱，不值什麼，軍爺要是喜歡，就接著用。」

軍官懇切道：「您老放心，我們再不會拿您東西了。您瞧瞧還缺什麼不？要是短少了，言語一聲，帥府隨後會賠給您銀子。」

宋老爺驚訝得張口結舌，心中大惑不解，不知何時太陽從西邊出來了？這時另有軍士牽進一匹馬來。軍官問：「這匹大黑騾是您家的不？」宋老爺頓時激動起來，上前撫摸它的脊背：「是，是它！」軍官將韁繩交在宋老爺手上：「那您就收下。我們用了幾個月，嘿嘿，實在不好意思。」

宋老爺顫聲問：「軍爺，這、這究竟是怎麼回事啊？你們怎麼變了？」軍官抱拳一揖，一本正經回答：「帥府有令，從今起，五州八府三十三縣的所有世家名門、士紳財主，與百姓等同。任何將士不得有絲毫侵犯，違者以軍法論處！」

宋老爺這才明白究竟，激動得仰面高叫：「天啊！眞是變了！上天有眼，蒼生有福了！」軍官含笑道：「還有件事，要麻煩大爺一回。」

宋老爺殷勤地連聲道：「您說！您說！」軍官說：「大帥有請所有士紳，到城臺一會。」宋老爺想起剛才那驚心動魄的鐘聲，心有餘悸，推托道：「唉呀，多謝多謝。可我重病在身，連動彈一下都難了。」軍官微笑說：「您別怕，不會有事的。」

宋老爺還是想賴著不去：「軍爺呀，老夫膽小體弱，見著刀槍就寒心。老夫告饒了，就不去了吧？」軍官這時沉了臉：「這可不成，非去不可！您要是走不動，我們用轎子抬著您去。請！」

立刻上前兩個軍士，不由分說地將宋老爺強行扶出院門。

鐘聲突然又噹噹響起，似在不耐煩地催促大家快快各就各位！滿街上都是抬著士紳的轎子，軍士們抬著轎子照樣健步如飛地跑。領兵的軍官還在邊上不時催促：「快快！」轎子裡的士紳們一個個從窗中探出半邊臉來，驚恐不安地東張西望。城臺上方，橫空出世般拉著一條巨大的橫幅：替天行道、整肅軍威！而城關箭道上，雄偉的金陵城上，早已刀槍密布，旌旗烈烈。

萬事俱備！那刀光劍影中的聲威、陣勢，甚至比戰場更令人心驚膽戰。

朱元璋身著盤金繡龍的鮮豔大帥服，佇立於高臺上。目光冷峻凝重，魁梧的身體巍然不動。

兩個傳令官此起彼伏地交替高喝：

湯帥到！

徐帥到！

常帥到！

甲字營正副將軍到！

龍字營五統領到！

吼喝聲中，湯和、徐達及各部將軍、統領、千總，各著甲冑，列隊依序步上城臺。

且說劉伯溫離家之後，不聲不響地默默往京城裡趕。這一日騎著毛驢終於來到了金陵城。只見街面上亂哄哄的，熙熙攘攘的人群在朝一個方向湧動。他夾雜在人群中進入城門。進城後就感覺到城裡殺氣騰騰，許多軍士執刀槍排立於城關下，軍容嚴整，如臨大敵。

劉伯溫俯身問一位白鬍子老人：「大爺，出什麼事了？」老人奇怪地說：「怎麼你不知道哇？朱大帥在城樓上整肅軍紀、開刀問斬！」劉伯溫驚訝地打聽斬誰？老人表情誇張地說：「斬誰？斬自個弟兄唄！」

劉伯溫驚疑地眺望著不遠處的巨大城樓，不由得心裡慨歎：城樓做法場，問斬天地間！氣派！呵呵，這可是一場千古難得的好戲啊。他催促童僕小六子快點走，去瞧個究竟。

主僕兩人擠擠挨挨地一點一點靠近城樓，往上看，城臺中央是一座高聳的敵樓。敵樓下布滿刀斧手，敵樓內安置著一排太師椅。大群將軍排立在敵樓兩側。一連串的小轎被抬上城臺，一直抬到敵樓前。那些戰戰兢兢的士紳，被扶到太師椅上，依序坐定。面前的威嚴陣勢令他們驚恐不已，甚至連眼皮都不敢抬。

朱元璋大步走上敵樓，朝士紳們抱拳一揖道：「列位前輩，元璋給你們請安了。今兒，咱把全城的士紳、名流、世家都請來了。請來幹嘛？觀禮！觀什麼禮呢？觀看咱們義軍整肅軍威的大禮！前些日子，你們受驚了，受欺負了。今兒，元璋代表數十萬義軍將士，向你們致歉，給你們賠罪！」朱元璋一把摘去頭盔，向那些士紳深深折腰。

士紳中間頓時出現一陣不安的騷動。朱元璋大聲喝問：「總監軍何在？」湯和從將軍佇列中跳出道：「末將在！」朱元璋大喝：「開場！」他自己走下敵樓，湯和則走上敵樓朝臺下大喝：「傳令，帶刑犯！」那排刀斧手同時大喝：「帶刑犯！」

五個犯罪的將士從側牆內被押出，背縛雙手，走在最前面的就是朱勇。五人被押到敵樓下，站立。

湯和厲聲吩咐監刑官將他們的出生、履歷、功過、罪行，公之於眾。副將雙手展開準備好的一本巨冊，大聲念道：「驃騎將軍朱勇，鳳陽人氏，十五歲舉義參軍，歷經大小戰鬥八十餘次，殺敵五十五人，立大功八次，負戰傷六處，授三品將軍銜。入城之後，踞功自傲，逞兇放縱，屢次欺害百姓。並於八月初三晚，縱酒打死店家一人。」

湯和高聲道：「朱勇敗壞軍法，逞兇害民，依律當斬！」兩個軍士立刻將朱勇推到城沿處，按他下跪。

觀禮的士紳們大驚失色，許多將士則痛苦地垂下了頭。箭道上擁擠的百姓，這時候一個個伸長了脖子朝城上瞧。小六子拼命擠推旁邊的人，讓劉伯溫再往前擠擠。劉伯溫揮汗如雨地連聲賠禮：「得罪了，讓一讓。得罪了，讓一讓！」主僕兩人不知哪來的力氣，竟然擠到了城臺上！

監刑官手捧巨冊，還在繼續誦讀：「驃騎副將李長空，鳳陽人氏，十七歲舉義參軍，歷經大小戰鬥三十餘次，殺敵十九人，立二級戰功五次，負戰傷三處，授四品副將銜。入城以後，踞功自傲，貪婪謀私，屢次侵奪民財，逼佔民女三人，並致使一女自盡身亡。」

湯和面色冷峻地厲聲道：「李長空強暴民女，逞兇害民，軍法難容，依律當斬！」押著李長空的兩個軍士立刻將他推到城沿處，按他跪在朱勇旁邊。

監刑官將巨冊翻過一頁，又念：「甲字營副千總田海亮，十三歲舉義參軍，歷經大小戰鬥二十餘次，殺敵六人，立二級戰功兩次，負戰傷五處，授五品校尉銜。入城以後，踞功自傲，與朱勇等狼狽爲奸，屢次侵奪民財，逼佔民女一人，重傷無辜百姓四人。」

湯和厲聲道：「田海亮貪暴不法，逞兇害民，軍法難容，依律當斬！」

兩個軍士立刻將一個少年推到城沿處，按跪在李長空旁邊。不一會兒，最後一個罪犯也被推到了城沿處，五個人跪成一排，後面站立五個刀斧手。

湯和朝朱元璋揖首請示：「罪犯審畢，請大帥示下！」

朱元璋跨前一步，望望四周，情緒激動地向大家說：「聽見了吧？他們這五個人，都是少年從軍，都是戰場英雄，都是淮西子弟，都是咱朱元璋的骨肉心肝啊！可進了城，他們立馬就神魂顛倒了。踞功自傲啊，貪暴害民啊，目無軍法，任意放縱。結果，害了百姓，也害了他自個！今兒砍他們，是砍了咱朱元璋一塊肉哇，砍了義軍的毛病！咱不砍不行啊，再不砍，義軍毛病會更大，到頭來，會把整個義軍都禍害嘍！今兒，咱站在這兒，站在這法場上，站在這金陵城頭，向皇天后土、日月乾坤稟告一聲：朱元璋的義軍，義字當頭！是眞正的義軍！老百姓，就是咱義軍的天！誰禍害了百姓，誰就傷天害理！他就既不配做義軍，也不配做人！」

朱元璋仰望著蒼穹，右手慢慢地一揮。

湯和看見，立刻高喝：「開斬！」

隆隆的大鼓敲起來了，那鼓聲像馬蹄踏屍，令人心碎難耐！鼓聲中，五個刀斧手高舉砍刀，手卻顫抖著，久久砍不下去。跪在地上的朱勇回過頭對刀斧手道：「兄弟，砍吧。」湯和看看朱元璋，未見動靜，只得再朝他們厲聲下令：「砍！」

但是，兩個刀斧手手軟了，眼淚汪汪的，大砍刀竟然垂落了。

突然間，一個士紳跌跌撞撞地跑出敵樓，直奔到朱元璋跟前，跪地乞求：「大帥，這些孩子不懂事，偶有罪過，定能痛改！請大帥寬恕他們吧！」

所有士紳像聽到號令一般，一起站起身，一片央求聲：「大帥，您寬恕他們吧，就這一回啊！」

所有將帥都期待地看著朱元璋，眼中飽含深深求情的意味。朱勇與犯罪弟兄也扭過頭，睜大眼望著朱元璋。

朱元璋沉默著，全身一動不動。終於，他微微搖頭。

朱勇絕望地垂下頭，鼓聲仍在隆隆不歇地響。

湯和大步奔到刀斧手面前，大聲命令：「開斬！誰敢抗命，連他一塊斬！」

刀斧手彼此互視一眼，再次走到朱勇一排人的身後，艱難地舉起大砍刀，但沒有一個人肯先下手。

朱勇扭過頭衝湯和道：「湯叔，別難為他們了，都是自家弟兄。」

湯和深藏憐惜，繃臉斥斷：「你住口！斬！」

朱勇忽然挺身站起，對身邊跪著的罪犯沙啞地喊道：「咱不能讓自家弟兄砍咱們。兄弟，跟哥走啊，死也落個全屍！」話音剛落，背縛雙手的朱勇縱身一躍，躍上了城沿，接著彈身一蹦，從高高的城頭墜落下去。

四個罪犯幾乎沒有再猶豫，一串兒跳起，紛紛蹦上了城沿，爭相撲下高高的城頭。未等下面的百姓回過神來，幾個肉身已經快速沉重地砸落在地面上，濺出一團團黃土沫兒。風吹塵消之後，那幾個身體再也沒有動彈。

隆隆鼓聲忽然止息！人群裡一片驚叫唏噓聲，朱元璋腦袋裡「嗡」的一聲悶響之後，臉色青白，一切銳氣情性全從臉上消失。他的神情突然變得呆滯，眼睛木木地望著朱勇幾個捨身的那處城沿，忘其所以。所有的將士與士紳都有些木呆，偌大的城樓沒有一個人說話，整座金陵城都沉浸在死一般的沉默之中！

城臺邊角，劉伯溫驚駭至極！過了一會，他也垂下頭，暗暗拭淚。

沒有來城臺的只有馬夫人等一幫女兵。朱元璋沒有讓她們來城樓觀斬，而是給夫人分派了其他任務。風采依然的元帥夫人意氣風發，她身著一套做工精緻的墨綠滾金邊女將服裝邁出帥府大門，顯得氣宇軒昂。階下排立著一隊女兵，一匹銀白駿馬立在她們面前。倩兒、玉兒從門內步出，朝她躬身行禮。

馬夫人回首一望，倩兒、玉兒身著嶄新的淡青色女官服飾、頭戴鑲嵌白邊的紅色氈帽、肩披黃銅細甲、腰懸長劍，巾幗英雄的模樣竟然比穿女兒裝更顯英姿颯爽，光彩奪目！馬夫人賞心悅目，歡喜地調侃道：「你倆是天底下最漂亮的女官。跟在我後頭，把我也給抬起來了。咯咯咯……」

玉兒抿嘴一笑，請示夫人執行什麼任務？馬夫人說是搜查兵營。玉兒驚恐道：「兵營？那些男人會不會把咱們攆出來呀？」馬夫人硬氣地回答：「不會。今兒，你倆是那些男人的長官！誰要是敢阻攔，敢出言不遜，你們可以狠狠地訓他、罵他，甚至搧他耳光！聽著。今天你們不必害怕任何男人，相反，他們應該害怕你倆。」

倩兒、玉兒聽得滿心歡喜，倩兒忍不住明知故問：「怕我們啥呀？」馬夫人微笑道：「待會就知道了。出發！」馬夫人說著步下臺階，騎上銀白戰馬，揚鞭而行。倩兒、玉兒徒步緊隨其後，那隊女兵雄赳赳地跟在她倆身後。

一行人來到一座軍營前，轅門緊閉著，幾個軍士持槍橫立在門口。馬夫人朝玉兒努努嘴，玉兒立刻按劍上前，喝令軍士開門。守門的軍士相互看看，表情猶豫。玉兒心想第一次執行任務，不能怯陣，故意扮出兇橫的表情，用劍鞘一揮，大聲叫：「聽見沒有，開門！」

門衛看看玉兒身後的馬夫人，不敢違抗，趕緊拉開闊大的營門。玉兒得意地大步跨入。這時一個青年將軍怒叫著從左邊匆匆跑過來道：「你想幹什麼?你是什麼人?」玉兒見來人英俊瀟脫，不由眼前一亮，她並不因爲他是將軍而發怵，而是冷冷反問：「你是什麼人?」將軍驕傲地回答：「本營值旗官，花榮！」玉兒同樣驕傲地告訴他：「我是帥夫人的侍衛官玉兒！」

花榮已經走近，一聽玉兒自報是大帥夫人的侍衛官，不由認眞地瞧了她一眼，彷彿看到的是陽光下一朵嬌豔的玉蘭，他頓時被她的容貌所驚，居然手足無措起來，口中訥訥道：「你、你、你——」

玉兒心中得意，掩笑嗔怪道：「你什麼你？」花榮窘得臉都紅了，不由自主地口吃起來：「我、我、我——」玉兒見狀，只得厲聲打斷他：「我什麼我？」花榮更窘，喃喃道：「我、我怎麼從沒見過你啊？」玉兒嘴角一撇：「你沒見過的事多啦！」

門外，倩兒已扶著夫人下馬。馬夫人進入營門，微笑地走上來誇獎道：「玉兒，幹得不錯，威風。」花榮趕緊朝夫人半跪下去，揖首問安：「乾娘。您來啦？」

馬夫人讓花榮起身，爲兩人介紹：「這是我的義子花榮，三品將軍。這是我新收的侍衛玉兒。哦，也是我義女。你們哪，算是乾兄妹吧。問候一聲！」

玉兒這才改容，對花榮將軍燦然一笑，叫了一聲哥，趁機雙眼亮亮地打量他。花榮卻不敢看玉兒，慌慌一揖，緊張得不知說什麼好。馬夫人見狀，斥怪道：「你怕什麼，她能吃了你！」花榮這才呻吟似地叫喚：「玉、玉妹妹。」馬夫人吩咐他：「花榮聽著。今兒搜查各處軍營，看有無暗藏民女、民財。你營是第一片。著你爲玉兒帶路，並聽從她的吩咐。」又吩咐玉兒：「帶上兩人跟他去。務必詳查所有營房、馬棚、倉庫，一處也不得遺漏！」

兩人領命，馬夫人帶著其餘人往下一營去。花榮見馬夫人走了，明顯鬆了口氣，朝玉兒擠擠眼，笑道：「玉妹，嘿嘿！哎！我叫人給你弄糖水喝，弄果子吃，都是新下來的果子啊！」玉兒卻冷若冰霜地打斷他：「花將軍帶路，我要搜查！」花容伸伸舌頭，興奮地領著玉兒往營內去。他們朝一排又一排的簡易棚屋走，一路上花榮自豪地吹噓：「玉妹，你放心。我屬下兄弟，是所有義軍中軍紀最好的，打仗勇敢，辦事牢靠，重情重義。嘿，都跟我一個樣！」

玉兒似聽非聽的模樣，走到一座棚屋門口，對花榮吩咐，打開門進去看看。花榮立刻命令手下士兵把所有房門都打開！

士兵們一扇一扇的打開房門，然後整齊地排立於門畔。玉兒朝他們掃視一眼，領頭鑽入了頭一間棚屋。屋內的泥地平整踏實，上面搭著一排排木板地鋪。草席、薄被、竹枕、草鞋等日用品都有條不紊地排列著。

玉兒站立著看了一會，嗯了一聲，走出來，進入下一間棚屋。這間屋子同上間幾乎一模一樣。花榮得意地看著玉兒道：「我說過，我的弟兄乾乾淨淨，都跟我一樣，嘿嘿。」玉兒嗔怪道：「你幹嘛老拿自個做比方？」花榮睜大眼睛誇張地叫道：「哎，你沒聽說過嗎？兵熊熊一個，將熊熊一窩！妹只要瞧瞧我，等於瞧見了咱所有弟兄！」玉兒撇嘴笑斥：「吹！」說著話就走到了排房盡頭，那裡有一間青磚砌的瓦屋，屋門上吊著一把大銅鎖，卻有兩個衛士在兩旁守著。

玉兒好生奇怪，站住不走了，疑問道：「這屋上了鎖還要叫人守著啊？」

花榮神情緊張地說：「哎呀，這屋嘛，其實裡頭啥都沒有。走走，我陪妹妹繼續巡視。」玉兒越發心中生疑，沉下臉道：「啥都沒有還鎖它幹嘛？花將軍，屋裡到底是什麼？」花榮含含糊糊回答：「是、是庫房，專擱廢舊兵器，骯髒得很，沒什麼好看。妹子，咱們走吧。」玉兒一本正經說：「我有令在身。所有營房、倉庫包括馬棚，都必須查看。再說，庫房怎麼會安在營房內呢？」

花榮難堪道：「直說了吧，是我的住房。」玉兒心中竊喜，這刻兒，她最想看的就是花榮的屋子了。但她卻故意繃緊了臉，用勿庸置疑的口氣道：「噢，原來是將軍府啊，那更得仔細瞧瞧了！美女啊，金銀呀，一般都藏在這種鬼地方！」花榮氣得大叫：「妹子，我、我啥都沒有！」玉兒進一步激將：「那爲啥不敢開門呢？快開門！」

花榮無可奈何地讓衛士開門。衛士從腰間抽出鑰匙，打開房門。玉兒笑瞇瞇地走了進去。剛入門，就被屋裡的氣味薰得掩鼻欲逃！只見餐桌上杯盤狼藉，臥榻上如同狗窩，地面上扔滿雜物，屋角則堆著一堆廢舊的刀槍箭戟。玉兒心裡莫名其妙地失望，她酸溜溜地奚落花榮：「這是人住的地方麼？狗窩！臭死了。」

花榮窘迫至極，訥訥道：「叫你不要看嘛，你非要進來。」玉兒慍怒道：「你怎能這樣過日子啊？你的兵都比你乾淨。」花榮心裡懊惱，悻悻道：「嘿嘿，我顧不上這些。」

玉兒正欲出門，突然看見窗櫺上貼著一副窗花，那是紅紙鉸出來的一對鳳凰，玲瓏剔透，美麗可愛。玉兒「咦」了一聲，指著窗花道：「這是從哪兒偷來的？分明是民財嘛！」花榮急急辯白：「妹子，這可不是偷來的，是我鉸的！」玉兒不相信地睞他一眼：「你？你個大男人還會鉸窗花？」花榮得意地一仰頭：「當然。小時候跟娘學的。咱娘鉸的剪紙和窗花，全縣有名！什麼樣的飛禽走獸、草木百花，她都鉸得活靈活現！我還不頂她一個小指頭呢。」

玉兒靠上去細看，不由喃喃地說：「好可愛，真漂亮。」花榮的臉色又燦爛起來，趕緊道：「妹子喜歡就拿去。」玉兒登時紅了臉，瞪他一眼，掉頭出門：「我不要！」花榮趕緊追出去，殷勤地陪著玉兒仔仔細細查遍了他所管轄的營房。

玉兒滿意離去，在點將臺那裡看到馬夫人。馬夫人高高坐在點將臺上，倩兒立於其後。臺下，七零八落地站了十幾個年輕的民女，有的還懷抱嬰兒。她們有幾個圍著竊竊私語著，也有獨自垂淚的。

從各營歸來的女兵陸續登臺，向馬夫人報告：

稟夫人，乙字營沒有民女；丙字營也沒有。

稟夫人，南片三營查畢，沒有民女。

稟夫人，甲字營搜出民女兩口，已經把她們帶來了。

稟夫人，虎字營搜出民女三口，男嬰一口，都帶來了。

玉兒也登上臺去，馬夫人急問：「花榮那邊怎麼樣？」玉兒響亮地回答：「稟夫人，花將軍營內，沒有民女，也沒有民財。」馬夫人鬆口氣，低聲說：「這就好。已經處置了一個義子，別再出事了，叫她們靜下來。」

玉兒神氣地轉身，朝臺下的民女高聲說：「姐妹們，安靜。大帥夫人有話說。」民女們立刻斂聲屏氣，巴巴望著臺上的馬夫人。

馬夫人起身步至臺邊：「我知道，你們有的是被官兵們搶來的，有的是被強行娶來的，還有是餓得受不了了，用自個身子來換軍糧吃的！不管是哪一種，我告訴你們，你們受委屈了，而我們那些官兵做錯了，他們會受到懲處！現在，你們的爹娘在營外等你們，你們可以各回各家了。願意走的，領上十兩銀子離開。願意嫁給官兵的，也可以選擇留下，領上一份糧冊，今後按月領取軍糧。好了，打開營門！」

營門隨即被拉得大開了，等候在外的老父老母湧了進來，民女們喊著「爹啊，娘啊」地踉蹌撲過去，點將臺下響起了含義複雜的哭泣之聲。

這時，女兵們押著一列犯罪兵勇從不遠處過來，她們不時喝斥：「快走，快！」犯罪兵勇馴服地聽從她們的命令。一個抱著嬰兒的民女正在東張西望，進退兩難的樣子，突然她朝隊伍中的一人大喊：「吳哥！」然後不顧一切地朝那人奔去。

被叫的吳哥本來耷拉著腦袋，聽見叫聲，抬頭一眼望見抱著嬰兒的民女，立刻張開臂膀，死死將她們摟住。民女顫聲問：「吳哥，你怎麼了，他們會殺你嗎？」兵勇悲傷地催促：「你快走吧，快走。別管我！」民女嘶啞地叫道：「不！我、我不走了，我和你一塊死！」

周圍人紛紛朝他們看，突然傳來馬夫人堅定的聲音：「這位妹子，你男人不會死，但他必須受到懲處。你先回去吧。十天以後，再來和他相會。兵勇放開民女和嬰兒，兩人同時將信將疑又滿懷希望地問：「眞的嗎？」

馬夫人頷首肯定地說：「眞的。咱們義軍既有義，也有情！」

卻說朱元璋避開了眾人，著一身素服步入營院。這是一座準備廢棄的大院，裡面空蕩無人，知了在高高的槐樹上一聲一聲地叫著，更顯地面的安靜。

朱元璋逕直朝北屋走，吱吱地推開房，一眼就望見五具屍體停放在裡間鋪板上。他慢慢走過去，圍著屍體繞行一圈之後，蹲了下來，伸出一隻發抖的手，慢慢揭開蓋在屍身上的白布，朱勇的面龐豁然現了出來，他的臉色似乎還有點緊張，口角間咬著的一枝草莖又使他看上去像是稍稍的心不在焉。

朱元璋慈祥地摘去那根草莖，眼淚嘩嘩掉落：多好的娃兒啊，就這麼從城樓上跳下去了！嗚嗚！娃兒們，咱對不住你們，咱害了你們哪！嗚嗚嗚。娃兒啊，跟你們說句心裡話，咱這麼做，都是叫士紳財主給逼的呀，叫元胡朝廷給逼的呀，他們逼得咱不得不處死你們哪！娃兒呀，你們也有錯啊，千不該萬不該，就是不該害民啊！嗚嗚。你爹咱憋氣，咱窩囊，咱心裡心外都流血，咱自個都恨死自個了！嗚嗚嗚。操他娘的，那些狗屁士紳財主有啥了不起？還不都是吸咱們血、吃咱們肉才肥起來的？可今兒，你們受辱，他們直著脖子看大戲！他們那幫東西，哪顆腦袋不比你們更應該砍？嗚嗚嗚！這時的朱元璋變得無拘無束、無遮無攔了，他蹲在屍體旁邊粗啞痛哭，捶胸擂地，涕淚橫流，哭得像一頭受傷的狼！他終於可以放縱壓抑了許久的情懷，放縱自己對死者的愛、對財主士紳的恨！

有一個人一直在偷偷觀察他，現在又悄悄跟著他來到了營房外面。他就是劉伯溫。他在停屍房門外已經站了很久，隔門傾聽著屋裡傳出的哭訴聲，臉上的表情彷彿在欣賞一首悲愴的樂曲。他聽見屋子裡朱元璋一陣高過一陣的縱情號啕：「娃兒，你們不會白死，咱早晚會給你們一份榮光。早晚，你們會看見，咱怎麼爲你們報仇雪恥！今兒，你們就先走一步吧，到天上等著咱。唉，早晚有一天，咱也會去和你們相會呀。嗚嗚嗚。」

劉伯溫像突然醒過來般，回了回神就推門，朱元璋聽見動靜，赫然回頭，一眼看見一個身穿青布長褂的頎長中年人站在門外，便警覺且不快地問：「你是誰？」劉伯溫在門外跪地長叩：「青田劉伯溫，拜見大帥！」朱元璋呆呆地看著他，突然失聲哽咽：「劉先生，您可來了。您終於來了！唉，瞧，咱這副醜模樣，全讓您看見了！」

劉伯溫肅敬道：「稟大帥，我並沒有看見醜模樣，但我今天卻看見了——」他的聲音高了起來：「看見了金陵城上的王者之氣！看見朱元璋大帥您，暗藏著一顆帝王之心！」

朱元璋一驚，竟然有些情不自禁地發抖。他竭力平靜著自己，兩眼直視劉伯溫，問：「爲何這麼說？」

劉伯溫稍抬一下眼，示意面前的屍體道：「如果沒有帝王之心，大帥根本不會這麼做。就算是做了，大帥也不會這樣痛苦。」

朱元璋再撐不下去，垂下了頭，深沉一歎道：「對呀！劉先生一眼就把咱看穿了。」劉伯溫懇切地寬慰他：「大帥所爲，伯溫敬佩萬分！成大事者無不如此。成大事者，也必須如此啊！」朱元璋的眼眶再次濕潤，感動地說：「先生是知音啊。」劉伯溫卻沉思著說：「不過。在下有一句話想敬告大帥。」朱元璋趕緊請他快講。

劉伯溫的眼睛望著朱元璋的眼睛，正色道：「大帥如果想成爲帝王，那麼，今天的痛苦才剛剛開始。大苦大難，還在後面。甚至直到成爲帝王之後，苦難也不會了結！」

朱元璋猛然一驚，呆呆地看著劉伯溫，半晌，失聲飲泣，卻同時深深點頭。劉伯溫的話眞是一劍穿心，令他膽戰心寒！然而他明白，此話卻是深中肯綮的眞知灼見！他再次望著鋪板上的屍體，在悲痛恐懼的同時狠狠咬緊了牙根。是的，他將成爲帝王，他將歷練常人難以理解的痛苦。他會經歷常人難以想像的大苦大難，甚至在成爲帝王之後，苦難也不會了結！但他不會放棄充滿深度誘惑的帝王之路！他將爲此赴湯蹈火，在所不惜！

第十二章

送《律令》花榮戲玉兒
鬆肩背倩兒戀大帥

朱元璋與劉伯溫第一次見面就有交心的深談，這是兩人都未曾料到的。雖然話題沉重，但交談過後，心情舒暢許多。後來，他們不再說話，席地默坐了一會，都知道對方的腦子不會閒著，但誰也不知道對方在想什麼，是怎麼想的。

終於，朱元璋先站了起來，劉伯溫也隨即起立。兩人笑呵呵地並肩走出營院大門。院外，李善長已經領著湯和、徐達等將帥迎立等候多時。李善長笑瞇瞇地一揖，語意深長地對劉伯溫說：「伯溫兄，數日不見，如隔三秋。想你啊！」劉伯溫有些歉意，趕緊深深回揖道：「上回相見，乃是伯溫愚昧！請先生恕罪。」

湯和等跟著揖首，對著劉伯溫齊聲道：「拜見劉先生。」

朱元璋特意向劉伯溫介紹道：「這幾位，都是咱的生死弟兄。有他們撐著，咱就能縱橫天下！」

劉伯溫再揖：「列位將帥的大名，伯溫早已如雷貫耳。今日相見，三尺開外，就感到列位的英雄氣逼面而來！」

眾將帥見劉伯溫風度儒雅，又聽著他才華橫溢的讚語，都哈哈大笑起來。徐達高興地說：「劉先生不愧是個進士，誇獎起人來，聽得渾身舒坦！」湯和也笑道：「就是。起兵多年了，今兒總算網羅到一個金榜題名的進士！劉先生，您可是咱義軍隊伍裡的獨一份。」

這話在李善長聽來，像咀嚼一顆半生不熟的青果，酸澀難嚥。他勉強保持著笑容，默默無語。

朱元璋挽著劉伯溫臂膀，親切地說：「劉先生。今兒高興，不回帥府了，咱領你各處走走，瞧瞧這座虎踞龍蟠的金陵城！」眾將帥跟隨兩人往前走，只有李善長腳步遲緩地拖拉在後，他的眼睛盯著前面的朱元璋和劉伯溫，儘量掩抑著無以名狀的失落情緒。

一路走著說著，朱元璋忽然偏過頭問：「劉先生，上回，善長親自去青田府上，也沒把你給請動。這回，爲什麼自個來了呢？」劉伯溫微笑看著朱元璋道：「稟大帥。上一回，我是身子沒動心動了！」朱元璋感興趣地問；「哦？是什麼讓你心動的？」劉伯溫動情地說：「是大帥那封滿是錯別字的《聘書》呀！」朱元璋開心地哈哈大笑：「現醜現醜！」劉伯溫深有感觸地歎道：「以前，我對朝廷曾是一腔愚忠，但朝廷卻忠而見棄，拿我人頭招撫方國珍！這事兒讓我徹底看清了，這樣的朝廷必亡！非但必亡，而且末日不遠。恰在這時大帥的信到了，讓我心裡翻江倒海啊！當時我回拒大帥，只是給自己留條退路，第二天我就騎著毛驢上路了。我想親眼看看城裡的兵勇和百姓，看看這裡的人心和氣色，聽聽街談巷議。甚至一草一木都能傳遞出興亡的消息！稟大帥，伯溫以爲：一支隊伍能否成就大業，往往能從細微末節處看出來。請大帥恕我多心。」

這一番話說得朱元璋心花怒放，他豎起拇指，滿懷敬意地說：「劉先生，您眞是位異人啊！」劉伯溫趕緊謙虛地說：「萬萬不敢。在下是常人，地道的常人，只是喜歡動點兒心思罷了。」說著，劉伯溫突然感到缺了什麼，一想，缺的是李善長的聲音，他回頭朝後搜尋，果然看見李善長被冷落在最後面。他不動聲色地轉過臉來，繼續與朱元璋並行聊天。走著走著，猛一抬頭，不由一愣，望著前方情不自禁大讚：「氣派，氣派！」

原來朱元璋領著他奔禮賢館來了。氣勢恢宏的禮賢館已經完全竣工落成。

朱元璋將劉伯溫的驚訝望進心裡，得意地笑道：「嘿嘿，怎麼樣啊，先生？這樓是專門爲天下賢士們蓋的。咱盼望他們都來，來得越多越好。不夠，咱再蓋！」

劉伯溫抬頭瞻仰著，一連聲稱讚：「好好！天下連年兵火，到處斷壁殘垣。只有大帥您這兒，能夠平地起高樓啊！」朱元璋哈哈大笑，對身後的徐達道：「三弟說得對，劉伯溫誇起人來，聽了就是舒服！」劉伯溫仰面觀望「禮賢館」三個大字，朱元璋的墨跡已經變成一塊玉匾高懸在門額上，他故意問李善長：「李先生，這館名是何人所寫啊？」

李善長讓笑意浮現在臉上，淡淡地反問：「怎麼著？」劉伯溫認眞地說：「這三個字，濃墨重筆，勢如狂風亂雲，頗有龍虎之氣！」

朱元璋聽得心曠神怡，有點委屈地表白：「咱爲寫這三個字，整整練了三天哪！把膀子都累酸了，打仗都沒那麼累！」劉伯溫眼裡閃著光：「原來是大帥手筆啊。好，好！敬佩，敬佩！」李善長一臉矜持，語意深長地在旁插嘴：「不但好。而且，一看就令人叫好。」

劉伯溫眼光一閃，微微頷首。字如其人，字就是人。對於這一點的認識，他們是心有靈犀的。他不能再說什麼，沉默無語。

朱元璋並沒有在意他們的唇槍舌劍，更不知道他們的話中玄機。他興致勃勃，熱烈地招呼兩人：「走哇，進去喝茶！走走！」他示意湯和、徐達回去，自己右手挽著劉伯溫，左手挽著李善長。同他們並肩進入禮賢館。

朱元璋選了禮賢館內一個小廳喝茶。三人圍著一尊紅木方案坐下，相繼舉盅飲茶。朱元璋嗤溜一聲就把小盅飲盡了，朝邊上叫：「咱不使這，取大壺來。」立刻有侍衛捧上一隻尺許高的大茶壺。朱元璋接過去，對著壺嘴咕咕狂飲，許久才愜意地放下。他擦擦嘴巴，誠懇地說：「劉先生。咱早就想向你請教取天下的方略，請先生教教咱。」劉伯溫惶恐地拱手道：「不敢。不敢。」

李善長在旁微笑相勸：「不必客氣，請吧。跟大帥說話，越直率越好。」

劉伯溫沉吟一會，侃侃道：「我曾經在兵部發往浙江府的廷寄當中，讀到過你們的九字方略。『高築牆，廣積糧，緩稱王。』在下請教，這九字方略是何人所獻？」

朱元璋朝旁指了指李善長。劉伯溫登時起身，朝李善長深深一拜，嘴裡道：「高明，高明！李先生實在是了不起啊！」李善長回禮，矜持地說：「伯溫兄言重了。」劉伯溫鄭重地說：「不。正是這九字方略，決定了大帥所率的義軍，能夠從小到大，由弱到強。前進一步則穩固一步，步步爲營，愈戰愈強！元廷兵部，對此是既憤慨又苦惱，卻無計相施。大帥啊，如果要說取天下的方略，在下認爲這仍然是最佳方略，捨此無它！唉，李先生這九個字，居功至偉！」

朱元璋連連點頭贊同：「不錯，不錯！」李善長頓時喜笑顏開，適才的不快一掃而空，謙道：「這全是上位之功。如無上位，善長這九個字，徒爲畫餅而已。」劉伯溫笑著反駁：「畫餅者，心中有餅！如無善長兄九字方略，何來今日弘偉氣象？」

李善長微微搖頭，憂心地說：「可是現在，好多部將都勸上位趕緊稱『王』。因爲，義軍屬地已經縱橫千里，百姓數百萬，兵馬三十餘萬，並建金陵爲首府應天。上位統率如此強大的力量，相形之下，『大帥』的尊號，已經不相符了。」

朱元璋詢問地望向劉伯溫。

劉伯溫道：「善長兄所言，有道理。但是，部將們希望大帥稱王，也有自個的功名心在作怪。大帥一旦進位爲王，他們也可以隨之進封。在下以爲，目前尤其不可稱王。因爲，元廷在『招撫』

之策失敗後，肯定會變撫為剿，再度調集北方大軍進攻江浙皖一帶的義軍。誰在此時稱王，誰就是元廷的首敵。大帥仍應該尊小明王為君，避免成為元廷的主攻目標。」

朱元璋對劉伯溫這番話深以為然，點頭道：「湖北大帥倪文俊、江西大帥陳友諒、浙江大帥張士誠、方國珍，他們幾個都想稱王。這種時候，咱們更不能和他們爭這個虛名了。讓他們去蹦高吧，咱們還是壯大實力，等候戰機。」

李善長突然想起一事，目光轉向劉伯溫道：「伯溫兄。聽說你曾給元廷上過一道奏摺，痛斥義軍『十惡』。上位和我，早就想聽聽是哪十惡啊？」

劉伯溫一聽此話，驚出一身汗來，他來不及猜測李善長為何此時突然提及此事，急忙說：「得罪得罪！那時候，在下對元廷還抱有一腔愚忠，憋著勁追剿方國珍。所謂『十惡』，都是在下罵義軍的話。現在想來，內疚得很！汗顏哪，汗顏！」

朱元璋不無好奇地笑問：「先生這樣的高人上奏，恐怕不光是罵吧？就算是罵，咱也想聽聽先生是怎麼罵的？」

劉伯溫想了想，神情漸漸肅恭，謹篤地說：「大帥明見。我所說的十惡，實際上是農民義軍的十個致命弱點！」朱元璋臉色頓變，急切地催促：「快說，哪十個致命弱點？」

劉伯溫突然起身，朝朱元璋、李善長抱拳一揖，昂首高聲道：「第一、不敬孔孟，褻瀆聖人之道；第二、敗壞天理人倫，盜掘皇家祖墳龍脈；第三、攻伐無度，形同流寇；第四、時降時反，狡猾多變；第五、糧餉不能自足，臨陣不知兵法；第六、掠人妻女財產，只知取於民而不知養於民；第七、為將者心胸狹隘，視學子士紳為仇寇；第八、為士者缺乏訓練，作戰形同群毆；第

九、爲兵者多來自饑民山賊，勝時聚集，敗時作鳥獸散；第十、此義軍與彼義軍之間，互相猜忌，彼此攻伐。稟大帥，在下最後的結論是：只要這些惡劣之處不除，義軍終究是草寇，絕不可能成大業。」

小廳內寂默無聲。李善長呆在座位上，忘了手裡還拿著茶盅。朱元璋也像是聽呆了，面如生鐵般凝結發青。劉伯溫不安地望了兩人一眼，垂首道：「在下言語放肆，多有得罪。」

朱元璋長長吐出一口氣，慨然道：「痛快，痛快，先生罵得眞是痛快啊！這十惡，把咱們義軍的毛病全揭穿了！」劉伯溫懷疑朱元璋的眞誠，他直視他：「大帥眞的這麼認爲嗎？」

朱元璋黑白分明的大眼睛正視劉伯溫：「眞眞切切！」劉伯溫激動了，他推心置腹道：「稟大帥，這不光是義軍的毛病，官軍也有，甚至更加嚴重！大帥啊，當時我在奏摺上寫下這十條時，一半是罵義軍，另一半是藉著罵義軍來罵元胡朝廷啊！」

朱元璋突然跳起來：「罵得好！」李善長也感歎道：「千古名罵，萬載相傳。」

朱元璋伸手指定劉伯溫：「你，馬上把這十條給咱寫下來，每個字都要寫得雞蛋那麼大！咱要把它掛在大堂上，天天看，夜夜想，直到——」朱元璋突然住口，來回走了幾步，立定，眼睛閃亮：「直到改天換地的那一天！」

且說徐達與湯和白天被朱元璋在禮賢館門口攆走，眼巴巴望著他歡歡喜喜帶著劉伯溫無拘無束往裡走，便有被冷落的感覺。兩人悻悻然的終不是滋味。傍晚時分兩人散步，不由自主走進禮賢館，在遊廊上東張西望的。只見廊簷五彩繽紛、廊欄畫龍雕鳳的，看著既奢華又雅淡。湯和羨慕地嘖嘖道：「瞧瞧，住這兒眞快活，簡直比帥府都舒服。」

徐達顯得人情練達的樣子，道：「文人嘛，就得用綾羅綢緞、好吃好喝養著。哦，就跟養畫眉鳥似的。你養得好，它才唱得好。」湯和忍不住發點牢騷：「媽的，還是做文人舒服！不打仗、不流血，卻吃香的、喝辣的。咱下一輩子不當將軍了，咱也考進士去！」

徐達上下打量著他，用誇張的口氣道：「考進士？哎呀呀，我說你這塊料啊，烤狗肉更合適。」湯和氣得上去敲他：「滾你個球！」徐達躲閃示意：「噓！小聲點！」他輕手輕腳走到東廂房那裡低聲喚李先生。東廂房的門開了，李善長出來，見是他倆，驚喜地招呼兩人入內。

湯和、徐達顯然與李善長熟稔。兩人進屋後不等李善長開口就佔據了兩張軟榻，兩人一躺一坐，彷彿是在自己家中。李善長笑瞇瞇地看著他們，讓僕人倒了茶水放在茶几上。

三人天南地北海聊一陣，湯和忍不住發牢騷：「老哥你都瞧見了？劉伯溫一到，就成爲上位的座上賓、心頭肉，鋒頭都快要蓋過你了。你當然應該保持風度，不吱聲兒，可咱弟兄不服啊。」

李善長立刻申明：「我天生就這風度，用不著保持！」他奇怪地看看他們倆，問：「你們爲何不服？湯帥，要有點胸懷嘛。」湯和說：「不是胸懷問題。那劉伯溫和咱們根本不是一路人哪！」正踱步的李善長停下來，正色道：「這話從何說起？」徐達突然從軟榻上彈身而起，道：「老哥，我問你。劉伯溫是不是帶領鄉勇，打過咱義軍？」李善長一愣，道：「打過。」徐達又問：「浙江處州那一戰，是不是他主持的？」李善長道：「聽說是。」徐達猛擊大腿：「這就全明白了。咱屬下三個弟兄，父親都死在處州之戰。他們一聽說劉賊來了，立刻想來劈了他！叫我一頓臭罵，把他們三人關起來了。」李善長看看徐達，頷首道：「做得對。」

湯和說出心中堵著的塊壘：「老哥，咱們都是淮西出來的，劉伯溫卻是浙江官吏出身，殺過不少義軍，如今他被元廷拋棄了，窮途末路，才投靠咱們這邊！咱兄弟信不過他啊。」李善長矜持地說：「今非昔比，劉伯溫已非當年。再者，你們這話跟我說也沒用啊。劉伯溫不是我請來的。」

徐達、湯和一聽李善長的暗示，就明白劉伯溫是朱元璋請來的。兩人互看一眼，湯和對徐達道：「明兒，咱就跟上位說去，攤開了說！」李善長猶豫了一下，還是說：「我勸你們不要。劉伯溫剛剛來，得給人家留點尊嚴。再一個，他今天獻上的幾條建議，也頗有價值，上位很喜歡！湯帥、徐帥，耐心點嘛。多聽聽、多看看，日子長了，相知深了，那時再說也不遲嘛。」

徐達、湯和心知這話有理，都歎了口氣。李善長沉吟著繼續說：「對於劉伯溫這樣的士子，我比你們了解，了解得深得多！他是書宅裡長大的，處處講究心性，喜歡什麼『清靜，寂靜，雅靜』多啦！看吧，無須多久，劉伯溫就會受不了這兒的環境，受不了這兒的人情世故。到那時，就算你們不說話，他也會說的！」

徐達、湯和又是彼此看看，兩人一時都猜不透這話的意味。難道劉伯溫還會有更激烈的言辭？

兩天以後，朱元璋升堂。大堂下將帥排列，李善長、劉伯溫居前而立，朱元璋佇立於丹陛之上。與先前不同的是，屏風前加設了一尊太師椅，馬夫人竟巍然在座。令將帥們眼睛一亮的是，馬夫人身後站立著如花似玉的玉兒與倩兒，尤其是花榮，更是覺得今日的大堂彷彿舊貌換新顏了，輝煌無比，他的心中掠過一陣陣幸福的波動！

眾將帥覲拜之後，朱元璋開門見山地說：「列位弟兄，今兒聚議，是想送大夥一件寶貝。什麼寶貝呢？《律令》！什麼律令呢？《建軍施政律令》！」

話音剛落，倩兒、玉兒立刻各托銀盤，盤上堆著厚厚一摞油印薄冊，緩步走下丹陛。姐妹倆從排頭開始，挨個發給將帥們一人一冊。將帥們雙手接過後，好奇地翻閱著，立刻驚詫之聲蜂起。朱元璋高聲道：「這份《律令》是咱和李善長、劉伯溫一塊商量制定的，連夜刻印了五十本，先發給副將以上官員們斟酌，修訂之後再發給全軍將士，九夫長以上一人一本。在《律令》當中，詳細規定了對待孔聖、書院、士紳、商賈、戰俘、民眾、僧道、經濟、農桑九方面的方針策略。義軍各州府縣，以及各部各營，統統照此遵行！」

朱元璋一開始說話，下面就安靜了。玉兒在肅靜的大堂上將《律令》發到了花榮手中。花榮興奮地接過去，眼睛熱辣辣地盯著玉兒，還趁勢碰了一下玉兒的纖柔細指。玉兒似笑非笑，躲閃著他的眼睛。

丹陛之上，朱元璋繼續道：「這《律令》可是好東西呀！一個，所有將士兵勇都有章可循了，連咱也不例外；再一個，不識字的人還可把它當作識字課本，既懂規矩又長學識。咱先把醜話說在前頭，十天之內必須把它背熟。誰要是忘了，丟了，換酒喝嘍，咱定把他一擼到底，養馬去！」

將帥們哄堂大笑。朱元璋也忍不住笑了，道：「咱就說這些，下面請夫人說話。」將帥們立刻靜寂下來，驚訝地瞪大了眼望著馬夫人。

馬夫人起身緩緩走上前，微笑道：「各位弟兄，我也準備了一件寶貝，叫做《內眷管理律令》。它不但是給你們的，也是透過你們，給各位的父母家眷的。」

玉兒、倩兒又各捧一摞薄冊，盈盈走下堂，將薄冊發至每個將帥手中。馬夫人聲音沉穩地向大家說：「這本《律令》當中，規定了軍士幾歲可婚，婚後如何生活？父母與子女怎樣供養？每月的柴米油鹽如何發放。還有，男人出征打仗時，內眷如何留守？男人如果陣亡，遺孤的撫恤標準。」下面的將帥頓時一片叫好聲！

在嘈雜的議論叫好聲中，玉兒又將《律令》發到了花榮手中，花榮趕緊接過並且緊緊按在胸口，親熱地問：「嘿嘿，我還沒結婚呢，誰是咱內眷呀？」玉兒氣得將《律令》一把奪過來。眾將帥又是一片歡笑叫好聲。

馬夫人在上面笑著說：「先甭急著叫好，《律令》裡還規定了，如果你們這些將帥虐待妻女，她們如何伸冤告狀。如果你們敢拋棄她們，她們會得到什麼補償、而你們將付出什麼代價！從現在起，義軍所有家眷，將由帥府內政司統一管理。內政司嘛由我直接掌管！」

朱元璋率先朝馬夫人一揖道：「遵命。」所有將帥也跟著齊聲叫：「遵命！」

晚上朱元璋回到內府，進門就見牆壁上掛著的大幅《十惡》手書條幅，每個字果眞有雞蛋那麼大。他往太師椅上一坐，喚倩兒過來揉肩，自己仰臉瞧著它。倩兒不知從哪兒影子一樣閃到朱元璋面前，嫋嫋婷婷站著，讓朱元璋看了她一會，，才站到朱元璋身後，柔軟的纖手在他寬厚的肩膀上或按或捏或擻，像會說話一樣，充滿了柔情蜜意。朱元璋呻吟著：「唔，舒服，舒服！」突然馬夫人走了進來，斜一眼朱元璋，嗔道：「什麼讓你舒服啊？是牆上的《十惡》，還是倩兒的手指頭？」朱元璋瞇著眼道：「揉得舒服，罵得也舒服，都舒服！」

馬夫人默讀《十惡》，道：「重八，劉伯溫的才華，只怕比善長還要高些。你能把他攏來，眞是福氣。」朱元璋得意地晃一晃腦袋道：「不是福氣，是咱的王者之氣！嘿！這話可是劉伯溫自個說的！」馬夫人瞥他一眼：「不過，我有點小小擔心。李善長與劉伯溫，一個是淮西大賢，一個是浙江名士，他們能不能和睦相處啊？」

朱元璋不假思索道：「劉伯溫才華逼人，李善長更厚道些。這兩人各有長短，就看咱怎麼駕馭了。」正說得熱鬧，窗外忽然啪嗒一聲。朱元璋警惕地喝問：「是誰？」頓時窗外恢復寂靜。馬夫人示意身後的玉兒出門查看。玉兒答應著匆匆走到門外，隱約可見一個人影在月光下一閃，消失在槐樹西邊。正愕然往回走，發現自己腳下的臺階上遺留著一隻荷包。玉兒拾起荷包，打開一看，驚訝得臉色登時緋紅。她迅速把荷包藏進懷裡，用冰冷的兩隻手掌捂住自己突然發燙的臉頰，垂首返回屋裡，對朱元璋稟報：「大帥，是一隻野貓。」

朱元璋不在意地「哦」了一聲，繼續與夫人談論：「經過這番整肅，義軍必有嶄新氣象。三、五年之後，咱們甚至可能渡江北伐了！」朱元璋與夫人說話的時候，玉兒心神不定地挪向窗前，不時斜眼偷看窗外。

好容易夜深回到內府偏房臥室，玉兒小心翼翼點亮蠟燭，先回首瞧瞧房門，然後爬到榻上，從懷裡掏出那隻荷包，又從荷包裡面抽出一疊紙，竟是窗花！玉兒興奮地將窗花攤到臥榻上，層層揭開，越攤越大，最終呈現出一幅闊達數尺的美麗圖案：兩隻鳳凰展翅環飛，四周則圍繞著百鳥。它們個個玲瓏剔透，光彩照人。玉兒跪坐在自己的小腿上，臉上的表情像陶醉在滿園春色之中，她久久沒有動彈一下，似乎怕一動，自己心窩裡的幸福會溢出來，會流失掉。

不知過了多久，也許只是極短的一刻，也許已有大半個時辰，門吱地一響，倩兒進來了。她走上前，瞪大眼看著，脫口讚道：「我的天，漂亮死了！哪來的？快說！」

玉兒這才回過神來，猶豫一會兒，終於低聲告訴了倩兒。倩兒笑道：「是他呀。沒想到一個大男人，這麼心靈手巧！」玉兒還在陶醉著：「他還沒女人呢！老是纏著我！」倩兒的神色卻變了，皺著眉對玉兒說：「妹子，姐勸你不要嫁給他。」玉兒不快地問：「為什麼？」

倩兒在榻邊坐下，知心地說：「他們這些將軍，老得出征打仗，一不留神就陣亡了。你看看內務司名冊就知道，上面有多少寡婦啊！再說，你現在年紀還小，慢慢看，尋一個安穩些的男人不好嗎？」

玉兒知道這是姐姐的肺腑之言，不由認眞想著她說的話。後來，她抬起頭來，惆悵地問：「姐，你想尋個什麼樣的男人呢？」沒想到，倩兒的神情挺決絕，果斷地回答：「我絕不嫁這些將軍，免得當寡婦！我呀！嘻嘻，到時候看吧。」她的目光裡閃爍著異樣的光亮，好像她已經有了更好的心上人。玉兒好生納悶，難道還有比花榮更好卻又不用出征打仗的未婚男人？

翌日，玉兒在帥府內政司裡侍候夫人。馬夫人坐於文案前批閱文牘，令玉兒將各州呈上來的內眷名冊拿來。玉兒在文櫃前找了一會兒，就捧著一疊冊簿呈上來。馬夫人吩咐她將冊簿擱在文案上，低頭繼續批閱文牘，突然又隨口問起了倩兒在何處。玉兒回道：「被大帥召去了，說叫她鬆個肩、敲個背。」

馬夫人愣了愣，抬起頭來，拿起案上的熱茶呷了一口，笑著讓玉兒坐下，關心道：「我問你個事。花榮是不是喜歡上你了？」玉兒拘謹地半個屁股坐在凳沿上，紅著臉不說話。馬夫人和藹地說：「哼，我早瞧出苗頭來了。告訴我，你喜歡他嗎？」

玉兒更加窘迫，先點頭，繼而又搖頭，支吾道：「夫人，我、我自己也不清楚。」馬夫人輕擊案臺：「唉，這就是喜歡上了！花榮是個好孩子，值得喜歡。」玉兒難為情，想阻止夫人往下說：「夫人。」馬夫人卻對此事趣味盎然：「以前呢，我看你辦事說話，一直覺得你比倩兒聰明。現在，我忽然發現，你的倩姐姐要比你聰明呀。你知道這是爲什麼嗎？」玉兒茫然地搖頭說不知道。馬夫人臉上的笑容突然消失，重重說：「因爲，將來你最多是個將帥夫人。而她呢，倒想著當王妃呢！」

玉兒大驚，俗話說，聽話聽音，鑼鼓聽聲。不用察言觀色，她就知道馬夫人認爲倩兒是個忤逆不孝之人，不由深爲姐姐擔憂。而倩兒對此卻是一無所知，她正在另一間屋子裡溫柔地爲朱元璋鬆肩、敲背。朱元璋聞著她周身的香氣，心裡掙扎猶豫了一會，終於把手搭到了倩兒腰間。倩兒心頭頓時熱浪滾滾，她就勢向朱元璋靠得更近。

朱元璋親切地用家鄉話問：「倩兒，咱問你個事，你可得說實話。」

倩兒柔聲道：「大帥問吧。」朱元璋的聲音沙啞可親，竟有些傻呼呼的樣子：「在女人眼裡，咱這長相是不是很醜啊？」倩兒未開口先咯咯笑了，又做出嬌怯模樣：「我不敢說，怕你打我！」

朱元璋趕緊保證：「不打、不打。說呀。說！」倩兒嬌婉地說：「在我眼裡，從來就覺得大帥挺神氣。大帥長得也許不算好看，就算有點醜吧，但醜得可愛。相處愈久，愈覺得——」朱元璋趕緊追問：「覺得什麼？」倩兒重重道：「覺得大帥渾身上下，都是英雄氣！比一般男人都要好看！」

朱元璋高興得哈哈大笑。把一隻大手蓋在倩兒的小手上，用力捏了捏。兩人正柔情蜜意間，門外突然傳來急促的叫喊聲：「滁州將軍六百里急報！」朱元璋趕緊推開倩兒，低聲說：「出事了。」話剛說完，一個軍士就匆匆奔入，跪到朱元璋面前，呈上信件的同時，喘氣稟報：「大帥，滁州將軍六百里急報！元廷發兵五十三萬，分東西兩路進剿中原義軍。脫脫帖木耳親自率領精騎五萬，已經過了棗莊、彭城，直奔江東。」

朱元璋匆匆撕開信束，急閱。當夜召李善長、劉伯溫商量對策，緊急布置。翌日一早，著人傳喚花榮。花榮早有準備，只一刻，就一身戰甲地大步跨入了帥府。他看見朱元璋俯身在一幅地圖面前。上前揖道：「父帥，末將到。」

朱元璋仍在全神貫注地注視地圖，一動不動，嘴裡說：「花榮。咱朱元璋十九個義子當中，數你最爲智勇雙全。屬下兵馬，也最爲精壯。自己說是不是？」花榮想了想，自豪地回答：「是！」朱元璋直起身來，神態嚴峻地說：「元軍已經開始大舉進剿。在陸路方面，攻守要塞是江西太平；水陸方面，攻守要塞是安慶鎮。今天凌晨，徐達已率軍出發，攻取安慶，對他咱完全放心！至於這太平鎮嘛，咱想了一宵，決定派你出征。成嗎？」

花榮挺胸大聲回答：「成！」朱元璋問他有何要求。花榮反問：「父帥給我多少兵馬？」朱元璋道：「除你屬下三營之外，再加撥五營，總共八千精兵。」花榮又問：「時間呢？」朱元璋道：「十日內攻下太平，之後堅守待命。」花榮想了想，大聲回答：「成！」

朱元璋見花榮不走，奇怪道：「還有何要求？」花榮早已深思熟慮，大聲道：「有！」他的聲音忽又小下去，道：「但不是軍務，是我自個的事。」

朱元璋疑惑地望著他，目光裡也含有鼓勵：「說！」花榮挺胸大聲道：「我、我喜歡玉兒。我喜歡死她了！她、她也喜歡我。」他因爲太激動，又有些不好意思，後面不知如何說下去。朱元璋笑著鼓勵他：「接著說。」花榮大聲道：「可等我一旦走開，肯定有好多弟兄追她。她那麼漂亮，誰不動心？等我回來，她早成人家的人了！我想在走之前，跟玉兒把事定下。」

朱元璋愕然盯著他，反問：「你、你要咱跟玉兒下軍令？」花榮呑呑吐吐道：「這事，父帥、父帥您說話恐怕還不行，得、得夫人說話。她歸夫人管。」

朱元璋瞪花榮半晌，長歎一聲，上前狠狠戳他胸脯。想訓斥一聲，說出口的卻是：「你小子在這等著！」他大步往外走，花榮的目光送義父背影走出大廳，自己先行陶醉起來。

朱元璋進了內府側室，代花榮求情。馬夫人端坐榻邊上，一副愛理不理的樣兒。朱元璋只得彎腰打躬地懇求：「花榮馬上就要出征了，這是孩子最大的心願。咱們乾爹乾娘得滿足他，讓他渾身是勁！嘿嘿！」馬夫人優閒地修剪著自己的指甲，淡淡道：「沒意見，你說去呀。」

朱元璋一時來不及檢點自己哪兒得罪了夫人，只得陪笑道：「咱說恐怕不成，那閨女最聽你的。你是她的恩人嘛！」

馬夫人不語，卻像心有所動。朱元璋趕緊深深做揖，低聲下氣說：「妹子啊，哥求你了，求你了！」馬夫人突然冷冰冰地說：「玉兒的事我可以做主。倩兒的事怎麼說？」朱元璋大驚失色：「倩兒怎麼了？這、這事跟她有什麼關係？」馬夫人訓斥道：「甭跟我裝糊塗！我知道你喜歡倩兒，我也知道擋不住你們。但是，天下太平之前，不准你娶她。省得你分心、我鬧心！看在將帥們眼裡，也不好看！」

朱元璋呆若木雞，半晌才悻悻道：「成。」沒想到馬夫人又發一令：「讓她離開金陵，送淮西老家養著。」朱元璋長長吸了一口氣，恨恨吐出來，咬牙切齒道：「成！」馬夫人這才起身，板著臉吩咐朱元璋：「在這等著。」

朱元璋頹喪落座，無奈長歎。

朱元璋這裡長吁短歎地等待夫人，那裡的廳堂裡，花榮也在坐立不安，心急火燎地等候他的消息。正急不可耐、心煩意亂之時，傳來一聲細氣的、顫抖的問話：「什麼時候走啊？」

花榮轉身一看，玉兒已經雲彩一般飄至身邊，她眉梢含羞，迴避著他的注視。花榮心盪神迷，顫聲回答：「明天。」玉兒抬起頭，含情的大眼睛裡淚光點點：「我、我等你。」她害羞低語。花榮激動地一把摟住玉兒，喃喃道：「妹妹，你知道不，哥愛你，哥愛你愛得沒命，哥愛死你了！」

玉兒的淚珠成一串直流下來，她再也控制不住，失聲道：「榮哥，我知道。我也、也喜歡你。但你、你一定要好好回來，千萬別、別出事！」花榮挺直身子，信誓旦旦道：「哥絕對不會出事！仨、兩月內，哥肯定會回來。然後就娶你！再往後，咱倆永遠不分開！」

兩人情不自禁，激情相擁。

再說黃州郊外，一群義軍戰馬飛馳而過，濺起陣陣雪團。這支義軍歸湖北元帥倪文俊統領。倪文俊跨一駿馬馳到一座山崗上，駐馬眺望。問部將：「這裡距黃州還有多遠？」部將回答：「大約還有三十餘里。」倪文俊下令：「傳命各營，做好接戰準備，當心陳友諒伏擊。」部將應聲馭馬馳去傳命。這時，一騎哨探從遠處馳來，到了倪文俊跟前，下馬叩報：「大帥，陳友諒出黃州城了。」倪文俊問：「帶了多少兵馬？」哨探道：「不到二十騎。」倪文俊大爲驚訝：「什麼？膽子不小嘛。我帶三十萬大軍討伐他，他只帶二十騎？」

話音剛落，又一騎快馬從遠處馳來。這哨探馳至跟前，下馬叩報：「稟大帥，陳友諒出城十里，就跪在雪地上，將自己捆綁起來，背縛一根荊杖，等候大帥賜罪。」倪文俊不相信地問：「你看清楚了嗎？」哨探道：「千眞萬確，眞是他。」倪文俊不禁仰天大笑。笑聲中，部將們一片叫嚷：

這小子知道不是大帥對手，主動乞降了。

陳友諒自縛荊杖，這是仿古人之禮負荊請罪啊。

倪文俊興奮地揮手：「走！瞧瞧去。」眾騎簇擁倪文俊往前馳去。

一行人浩浩蕩蕩奔馳城下，果然一眼望見皚皚白雪之中，跪著一位著深色戰袍的中年將軍。他被粗大的繩索牢牢捆綁著，後背插著一根荊杖。他身後，果真只有不到二十人，都跪在雪地裡。

倪文俊率軍馳近，下馬，部將們則各持兵器，警惕前行。倪文俊心中還是狐疑，他沉默著，彎腰仔細打量一番跪著的將軍，確實是義軍的江西元帥陳友諒。不由憤怒喝問：「陳友諒，你奪我的糧草，殺我部屬，取我的黃州城。你怎敢如此大膽？」

陳友諒垂首道：「友諒誤聽奸人挑唆，得罪了大帥。現在，友諒將黃州城歸還給大帥，並請大帥治罪。」

倪文俊抬頭看看，黃州城門大開，城上空無一人。恨道：「光把城還給我，這就夠了麼？你還殺了我的守將！」陳友諒低泣道：「友諒自知罪過太甚，所以在此負荊請罪。假如大帥認爲不夠，友諒願意賠上這顆頭顱。只盼望大帥寬恕我身後這些部下，放他們一條生路吧。」

倪文俊冷冷地說：「這話不錯。以命抵命，報應無爽！那麼，我就要取你的頭顱了！」陳友諒顫聲道：「大帥請便。」倪文俊錚地拔劍，大步走到陳友諒面前，揮劍半空欲劈。這時，他其實在細細地觀察劍下的陳友諒。

陳友諒閉著眼睛引頸待斬，一副聽天由命的模樣，渾身微微發抖，沒有絲毫反抗的跡象。倪文俊見了哈哈一笑，擲劍於地，道：「陳友諒，你能知罪改過，就還是我的好兄弟。我寬恕你啦！」陳友諒長舒一口氣，顫聲道：「大帥天恩，友諒萬死必報！」

倪文俊親自拔去陳友諒背負的荊杖，爲他解開繩索，叫他起來。陳友諒失聲痛哭起來，謝了倪文俊的寬宥之恩才緩緩起身。一會兒，兩人手牽著手，談笑風生地進入黃州城。陳友諒道：「倪哥哥，我早就叫人殺雞宰牛，安排了大酒大肉，就等著哥哥來呢。」倪文俊快活地笑道：「好好。我們在風雪裡奔走好幾天，早就餓壞了。」

兩人剛剛走過城道，突聞轟轟巨響，倪文俊回頭一看，巨大的城門關閉了。倪文俊身邊除了十幾個部將外，兵馬全部被擋在城外。這時，眾多伏兵跳出來，刀槍與弓弩從四面八方圍定他們。

倪文俊臉色巨變，沉聲問：「陳友諒，你想幹什麼？」陳友諒早已變臉，冷笑道：「我？實話告訴你，我要取你而代之！你呀老哥，庸弱無能，愚昧無知，白領了幾十萬兵馬，卻毫無作爲！你這等庸才佔據著帥位有何用？」倪文俊怒喝：「你這王八羔子，我剛剛才放過你，你就敢——」

陳友諒蠻橫打斷他，嘲諷道：「老哥，這事你也好意思說？我都替你害臊！你中了我的『負荊請罪』之計，更見得你是愚昧無知之人！對不起了老哥，時間緊迫，我得用你的頭去號令三軍了！」

倪文俊氣憤得兩手顫抖，指著他怒叫：「王八蛋！」再也說不出話來。陳友諒此時的聲音句句像岩石一樣堅硬：「哦，順便說一聲。老哥，你不會白死的，我會讓咱們的旗號插遍大江南北，讓你死而瞑目。」他再不朝倪文俊看一眼，一揮手，眾將士刀劍齊上，將倪文俊等人刺殺在地！

此事不脛而走，迅速傳到朱元璋的部隊。朱元璋立刻召集眾將帥升堂議事。大家神情激怒，義憤填膺。朱元璋語氣沉重地說：「陳友諒弒主奪位，擁兵六、七十萬，占據了湖北、江西、湖南等地，兵多將廣，戰船雲集。他現在，已經成了天底下實力最強大的義軍！」徐達忍不住脫口罵道：「這狗東西，背信棄義！該把他千刀萬剮！」眾將帥也跟著應和怒罵。

朱元璋輕咳一下，繼續道：「這還沒完呢。陳友諒已經順天命進大位，宣布自己是『漢王』了，要大江南北的所有義軍，全部歸順於他。這不，漢王還給咱朱元璋發來了一道令旨，要咱速去黃州朝拜王駕，共圖大業！」朱元璋手一抖，展現出一幅「聖旨」。

眾將帥又是一片怒罵聲：去他媽的！發兵討伐，滅了這個狗東西！

朱元璋繼續道：「與此同時，元軍兩路大軍也距咱們不遠了。統兵元帥，就是咱們的死對頭脫帖木耳！大夥商議一下，當下，咱們該如何應敵？」

李善長出班，言簡意賅說出自己的想法：「稟大帥，善長以為，一、萬不可發兵討伐陳友諒；二、集結所有兵馬，依憑長江之險，抵禦元胡大軍；三、可以先派遣部分精銳，預先過江，伏於來敵必經路上，晝伏夜襲。遲緩元軍，並令其疲憊不堪。」

李善長言罷退下。湯和出班揖道：「末將贊同李先生策略！」徐達等陸續出班，俱道：「末將贊同！末將贊同！」眾將帥的附議之聲，使李善長隱然自得。

朱元璋左右看看，只見劉伯溫面含微笑聽著眾人議論，一副超然的世外高人之狀。朱元璋不得不屈身相問：「劉先生有何高見？」眾將頓時安靜下來，紛紛朝劉伯溫望去，對這個朱元璋請來的智囊，他們個個都想一睹大山眞面目，測量一下他的深淺。

劉伯溫沉吟片刻，像授課一樣用平穩的聲音先提出問題：「在下覺得，在決定迎敵策略之前，應該先確定敵人是誰？最危險的敵人又是誰？」

眾將哄然大笑。有人高叫起來：「這還用說嗎？當然是朝廷，是元軍！」

劉伯溫道：「不錯，元軍確實是敵人，但不一定是最危險的敵人。在下覺得，義軍最危險的敵人仍是『義軍』，是西面的陳友諒，南面的張士誠！」

此話一出，將帥們嗡然一片。

劉伯溫不得不高聲道：「元廷大勢已去，如同腐水朽木，遲早都必滅亡！然而像陳友諒、張士誠這樣的義軍，則是漫山遍野，如狂蜂悍蟻鋪天蓋地，他們既比元軍可怕得多，也比元軍麻煩得多！他們打著義軍旗號，時降時反、亦正亦邪、互相攻殺不已、彼此暗算利用。他們個個都在稱王稱霸，裂土爲疆，個個都想做皇帝爭天下！青史爲證，中華大地如只有一個皇帝，天下雖苦，卻也基本太平；如果有兩個皇帝，則戰亂不止，山河破碎。如有三個皇帝爭天下，則肯定血流成河，乾坤大亂！請問列位，現在有多少個眞皇帝、假皇帝、以及想做皇帝而沒做上的梟雄霸主呢？只怕是成百上千，不可勝數！這才是天下大亂的根源！」

將帥們面面相覷，竊語：

這進士是不是罵咱們義軍呢？

當然！他還想讓咱們去打別的義軍呢！

狗東西，俺爹就死在他手裡！

朱元璋顯然聽到了將帥的議論，輕咳一聲令他們住口，忍著氣問劉伯溫：「先生的話有道理。但具體應該怎麼著呢？」劉伯溫道：「首先，派專使持賀函覲見陳友諒，恭喜他晉位漢王，並表示出傾心歸順之意。」

將帥們再也忍不住了。湯和首先發出一聲冷笑：「先生，您說的是人話嗎？」於是眾將帥彷彿聽到號令，一片怒罵：

不是人話，是狗叫！

這傢伙當過朝廷鷹犬，剿殺過浙東義軍！

他手上還沾著義軍兄弟的血跡，如今仍是元胡幫兇！

一個將軍跳出來，錚地拔劍，怒喝道：「劉伯溫，我要報殺父之仇。先砍了你，再接受軍法處置！」徐達與兩位將軍急忙按住那人，並怒斥劉伯溫：「大進士，你還不快滾！」

劉伯溫驚呆了，他看看李善長，李善長沒想到他會如此率眞、如此不諳人情世故，歎息著將頭扭開；他再求助地看朱元璋，朱元璋卻是臉色鐵青，一言不發，誰也猜不透他到底是怎麼想的。其實他對劉伯溫的話並非不動心，他本能地覺得他說得有道理，但理智上，他明白此刻不能表這個態。而且，劉伯溫說的話也太過分了。在他眼裡，義軍都是打家劫舍的毛賊，都是爭當皇帝的梟雄，都是天下大亂的禍害，那不是連咱都在內嘛！哼，就他是世外高人，就他可以指點江山，說這說那的。王八羔子！他傷了大家的感情，也傷了他的自尊。他劉伯溫可以無所顧忌，而他朱元璋卻是不能不有所顧忌的，這和別人的看法恰恰相反，自己無法在此時偏向他！這個時候，沉默是金，他選擇不說話。

劉伯溫見朱元璋沉默無言，心中襲上一陣寒冷的悲哀。他深深一揖，全力克制著心裡的委屈：「大帥，在下告退了。」他在將帥們的唾斥聲中灰溜溜走出大門。朱元璋視而不見，一動未動。

李善長見狀，猛然驚醒，急急追出去，出了門就喊：「伯溫兄，伯溫哪！等一等，請留步！」劉伯溫反而猛走幾步，但後來又驀地站定，表情淡漠地注視著追上來的李善長。

李善長至前，長歎一聲相勸：「伯溫兄千萬不要在意，這些人都是武夫粗漢，說話口無遮攔。善長剛來的時候哇，還被他們當頭澆過馬尿呢！唉，處久了，誤會消除了，你就會發現他們個個質樸可愛。那個澆我馬尿的小子，後來跪在我腳跟下，把頭都磕破了，非要當我義侄不可。嘿嘿嘿，你說這事有意思不？」他盡量顯得語氣輕鬆。

劉伯溫打斷他：「沒意思。一點意思都沒有！善長兄，今天這遭遇，我在元軍那裡也經歷過。現在我徹底明白了兩頭都沒有我的容身之地！」李善長誠懇相勸：「伯溫兄，千萬別走！你一走，上位會傷心。而那些將帥，也會更加恨你呀！」劉伯溫蹙眉再次打斷：「善長兄，我跟你不一樣！你勤懇樸實、深謀遠慮、任勞任怨，任何主子都喜歡你這樣的臣下。相處越久，主子就越喜歡你！」

李善長聽得愜意，忍不住露出微笑謙道：「過獎。」劉伯溫自顧自說下去：「而我恰恰相反，主子剛見面時，對我總是大加賞識，把我捧得高高的。時間一長，主子就受不了我的言談舉止，受不了我身上這股子傲性！我要再不走，這傲性會讓我掉腦袋的！」

李善長聽得一愣，沒想到劉伯溫對自己也如此率直，他也直言道：「既然話說到這份上，我也難以相勸了。」劉伯溫倒笑起來：「善長兄。考進士你考不過我。而待人處世，我遠不如你。佩服！」他一揖，掉頭而去。

李善長懵了一下，像一個規規矩矩行路的人無端被扔了一塊石頭。呆愣片刻，突然大聲叫：

「劉伯溫！」劉伯溫止步回頭。李善長氣呼呼拱手一揖道：「多謝了。」劉伯溫莫名其妙，問：「謝我什麼？」李善長冷冷地說：「謝你那天抬舉！那一天，你早就知道九字方略是我所獻，卻假裝不知道，故意在上位面前對我大加讚賞。」他一反往日的謹慎，止不住說話的願望。他不能在這種時候還受對方的奚落，他不是說他世故嗎，他難道眞像他表現的那麼率眞？不染世塵？呸，他要把他扔的石頭扔還給他！

劉伯溫果然惱怒，氣咻咻道：「不必謝。既然閣下早就看出來了，說明我做的還是愚蠢！」

劉伯溫步履匆匆地回到禮賢館的西廂房，立刻吩咐童僕小六收拾東西，自己則整理了一個小搭褳。小六快活地收拾包裹，不敢相信地問：「老爺，咱們眞的回家？」劉伯溫連聲道：「回家，回家！」小六歡喜道：「太好了！老爺，咱們再不來了吧？」劉伯溫連連搖頭：「再不來，再不來了！」那口氣，好像他們即將逃離一個恐怖的沼澤地。不多久，兩人埋頭理好了東西，劉伯溫搭著小搭褳，小六背著大包裹，主僕兩人說著話相伴出門。

劉伯溫與小六沿著禮賢館的石階朝下走，小六忽然站住了，有點膽怯地說：「老爺，你看。」劉伯溫循勢望去，看見臺階最下層有一個漢子背對他們，坐在階石上，寬闊的肩膀與碩大的頭顱如銅澆鐵鑄，一動不動。

劉伯溫心裡一熱卻又一涼，他讓小六止步，獨自走下臺階，輕聲喚：「大帥。」朱元璋不回頭，硬梆梆擲出兩字：「別走！」劉伯溫卻肅容道：「即使大帥想留我，眾將也留不得我。大帥也不會因為我，而得罪眾將士的！因為，我手無縛雞之力，打仗得靠將士。」

劉伯溫說話就是透徹，他就是那種察得見淵魚者！朱元璋又惱恨又無奈，一時啞然，低下頭去。他的神情隱隱傳達出他內心的痛苦與矛盾。

劉伯溫是何等敏感之人，且身處逆境中的他，神經格外敏感細密。他將這一切吸入心中，並且為此感動。他摯切地對朱元璋說：「在帥府，我還沒有把話說完。大帥啊，陳友諒是十分可怕的敵人，你不消滅他，他就會消滅你！此外，陳友諒也絕不會滿足於稱王，他會搶在你前面稱帝！請大帥做好準備。」

說完這話，劉伯溫輕鬆了些，覺得已經還了朱元璋的情，他與小六繞過朱元璋，離開禮賢館。玉石巨匾襯托著的禮賢館三個大字在陽光下熠熠閃光，又莊嚴又調皮。坐在它底下的朱元璋紋絲未動，其實劉伯溫的話正在他的心中翻江倒海。

而劉伯溫的心裡已經將這一段日子的經歷丟開，他為即將返鄉興致勃勃。他和小六一路談笑風生。小六牽著毛驢調皮地說：「老爺您瞧，這毛驢在這兒吃胖了。」劉伯溫噗哧一聲笑了：「是麼，咱們可是瘦多了！六子啊，毛驢比咱們福氣好，你說是不是？」小六咯咯咯，不知為什麼高興著：「是！老爺，騎上去吧。」劉伯溫騎上毛驢，顛顛地前行。小六蹦蹦跳跳地跟在旁邊，一路拈花惹草。

主僕兩人即將走出巨大的金陵城門時，忽聽身後馬蹄聲響，兩人有些心驚，不禁回頭張望朱元璋鞭馬急馳而來。兩個侍衛跟隨在後。劉伯溫只得停下等他。須臾間朱元璋就到了面前，他坐於馬上，劉伯溫坐在驢上。兩人四目相視，相持不說話。

還是朱元璋先開口，沉甸甸的語氣中帶著懇求：「劉伯溫，要咱怎麼做，你才肯留下？」

劉伯溫無言。

朱元璋試探道：「咱打算處置那些放肆的將軍。」

劉伯溫避開朱元璋咄咄的目光，他知道這只是朱元璋故意對他做的姿態，但還是令他內心感激涕零，他懇切地說：「萬萬不可！他們恨我，有他們的道理。對了大帥，剛才在禮賢館時，我仍然沒把話說完，現在才又想起來。」

朱元璋激動，明白劉伯溫是在還他的情，盡量用平靜的聲音道：「請說。」

劉伯溫目光銳利睿智，他激情澎湃道：「在下以爲，當前最佳選擇，是上書給脫脫，歸降朝廷，以此轉移元胡大軍的攻擊矛頭，八成能讓他們揮兵陳友諒。」

這話完全出乎朱元璋意料，他愕異驚詫：「你要咱投降元胡？劉伯溫啊！你剛才還大罵義軍如同草寇時降時反，現在卻要咱這麼做？」

劉伯溫卻顯得胸有成竹：「上位息怒。剛才是剛才，現在是現在。請大帥想想，方國珍降元降了多少次？張士誠降元降了多少次？他們每降一次，元廷都給他們賞賜官爵糧餉，因此他們的隊伍越降越多，地盤越降越大。這些千年未見的怪事，都在今天發生了。唯一不利的是，元廷現在不相信他們了。但大帥不一樣，大帥從來沒有投降過，不妨試一試。」

這話逆耳，朱元璋受了侮辱般難以忍受，他突然揮起劍鞘指向劉伯溫，怒叫：「放屁。咱是朱元璋，咱寧死不降！」

劉伯溫嚇得向後一仰，愣了一刻，終於從容歎了一口氣，緩緩道：「假如大帥不打算殺我，請容在下告辭。」

朱元璋怒喝：「滾！」

劉伯溫催動毛驢，悠然離開。朱元璋一直怒視著他的背影，心中酸甜苦辣，百感交集。最後沉重一歎，撥馬回城。

第十三章

難捨難分姐妹別離
痛定思痛元璋乞降

劉伯溫走後，朱元璋一直心緒不寧。這一日，他坐於紅木大案前，手托腦袋，心事重重。湯和與李善長侍立在側。李善長侃侃而談：「元軍雖然號稱五十萬，但多是各地漢軍糾集而成，依照常理，只要出發五百里，就會散失十萬，再走五百里，又會散失十萬。等到了戰場，就只剩不到三十萬了。而我軍雖也是三十萬，卻是兵精糧足，以逸待勞。」

朱元璋似聽非聽，沉默不語。湯和與李善長互相望望。李善長見他情緒不佳，示意湯和說話。湯和輕喚：「上位，上位！」

朱元璋猛醒，看了兩人一眼，歉意道：「怎麼？哦，接著說，咱聽著呢。你們說得好！」湯和笑嗔：「上位呀，你就忘了那個劉伯溫吧！」朱元璋不好意思地辯解：「咱根本沒想他！咱在想、想陳友諒！琢磨他下一步要幹什麼。」

這時，一位副將大步跨進來報喜：「大帥，前軍元帥徐達，遣人飛馬報捷：十三日晚，攻陷安慶！」朱元璋立刻精神大振，挺直了胸膛道：「好哇。總算把安慶拿下了。這下子，元軍想要南下，就更難了！」湯和幽默地調侃：「徐達取安慶，竟然比花榮取太平晚了三天，叔叔落到侄子後頭！我琢磨著，這三天裡，徐達肯定氣得吐血。」朱元璋聽著這些好消息，臉色漸漸開朗，道：「花榮這小子確實能幹！不枉咱待他一番心意。知道不，臨行咱還給他當了回月老呢！」

李善長恭維道：「上位待義子、義侄，從來都是情深義重。」朱元璋笑呵呵道：「等花榮回來，就給他辦喜事、娶媳婦。」

正說得開心，又一副將匆匆奔入，神色惶然道：「稟大帥，太平鎮丟了。」朱元璋臉色一變，斥道：「胡說八道！」副將顫聲道：「水帥將軍遣快船來報。十四日凌晨，陳友諒奔襲太平，十數萬大軍圍城猛攻，黃昏時，太平城被攻陷。」朱元璋彈身而起，沉臉問：「花榮呢？」

副將泣道：「花榮傷重被俘，陳友諒要他歸降，他一個勁地罵！陳友諒把巨石捆到他身上，將他沉江而死。八千弟兄，大部分陣亡。散兵兩千多，被我水師收容。」

朱元璋眼睛直瞪瞪的，身體顫抖：「陳、陳友諒，你、你好狠哪！你比元胡還要狠啊！」話未說完，突然抱住頭顱，暈倒在地。

朱元璋被抬回內府歇息。馬夫人聽朱元璋身邊人說了原委，不由暗自垂淚。晚上，她心情沉重地來到偏房，輕輕推開門，只見燭光下，玉兒跪坐榻上，正將一幅美麗的剪紙往窗櫺上黏貼。貼上之後，玉兒退後，打量著窗上展翅欲飛的鳳凰與百鳥，又上前親了剪紙一會，一副陶醉的神情。馬夫人靜靜地看著玉兒，心疼地輕喚她一聲。玉兒回頭，窘迫得臉頰熱了起來。

馬夫人顫聲道：「乾娘對不起你。花榮，戰死了。」玉兒驚叫：「不，不會的！絕對不會！他答應我回來。他說元軍不經打，說他打元軍最有辦法了。」馬夫人流淚了：「偷襲太平的不是元軍，是義軍！是陳友諒！」

玉兒癱軟在榻上，掩面失聲。馬夫人上前摟住玉兒，喃喃道：「孩子。你看過那本厚厚的冊子，你知道咱們失去過多少親人啊！現在，你後悔了吧？」玉兒滿面是淚，說：「夫人，我愛他。我已經是他的人了。」

娘兒倆又說了一會兒知心話，馬夫人終究惦記著丈夫的病情，又匆匆趕回去。正遇上兩個侍衛提著燈籠將李善長引進內府，於是一同進入朱元璋臥房。

朱元璋躺在榻上，頭纏紗巾，見李善長進來，欲掙扎起身。李善長趕緊按住他，道：「上位，你就躺著說話吧。」朱元璋話語淒涼，說：「劉伯溫的預言應驗了，陳友諒果然是最危險的敵人！他的心思，比元胡毒辣。他殺起義軍兄弟來，比元胡狠毒！」李善長難堪地應著。朱元璋又痛心疾首地說：「善長啊！寫《降表》吧。給元廷寫《降表》！」

李善長一驚：「上位當眞？」朱元璋點頭無言，伸手朝屏風一指，那裡已經擱著紙墨筆硯。李善長神情呆滯，片刻，步履沉重地走過去。

撰寫過程之中，李善長幾次唉聲歎氣，表示難以措辭。朱元璋卻沉思著一直沒有開口。整整一個時辰，李善長才手執寫好的《降表》走近床榻，朱元璋輕聲道：「念吧。」李善長只得抑揚頓挫地誦讀起來：「罪臣本爲淮西順民，只因饑寒交迫，無奈從賊。今日幡然思過，痛悔前非！臣叩請朝廷降恩赦罪。臣所屬各部將士，均願意歸順朝廷，並聽從調遣。臣則自縛於金陵城下，北向長叩，靜候朝廷旨意。如能上沐天恩，恕臣解甲返鄉，臣萬幸也！如令臣建功贖罪，報效沙場，臣甘效犬馬，萬死不辭！」

朱元璋哪裡受得了李善長當著他的面，念這樣死皮賴臉的辭藻，早逃避瘟疫一般爬了起來，繞到李善長身後踱著步，苦臉皺眉聽著，此時終於按捺不住，頓足道：「噁心死了！這麼下流的話，先生也寫得出來？咱簡直成了龜孫子嘛！」

李善長體諒他內心的矛盾與難堪，只得歉意陪笑道：「這是在乞降。乞降就要像個乞降的樣子。好比當年韓信受胯下之辱。上位，後面還有——」李善長還要繼續念，朱元璋慌忙攔阻他：「別別，別念了！先生寫得很好，是咱不好，咱聽不下去！」李善長又好氣又好笑，無奈道：「那怎麼辦？」朱元璋咬牙道：「就這麼著吧，拜發。」李善長道聲「即辦」，摺起《降表》，匆匆步出臥室。他剛穿越過道，卻被後面趕來的侍衛叫住：「李先生，李先生，大帥請您回去。」李善長一愣，問是否大帥改主意了？侍衛說不知道。李善長只得匆匆往回走，再進臥室，見朱元璋仍在踱步沉思，欣慰道：「上位，說心裡話，在下也並不贊成乞降。哪怕它是詐降，在下也不喜歡！」朱元璋驚訝地看他一眼，淡淡安慰：「明白，咱明白。」李善長並未觀察朱元璋的臉色，揚著《降表》道：「我這就將它付之一炬。」朱元璋卻是神情肅穆，用低沉的聲音說：「不。咱請先生回來，是、是想請先生再寫一份。」

李善長愕異不解：「再寫一份？給誰？」朱元璋重重落座，齒間迸出三個字：「張士誠。」

李善長一愣，無言。朱元璋顯然已經深思熟慮，他復站起，款款道：「咱琢磨著，陳友諒既然視咱爲心腹大患，非去之不可，那麼他肯定會拉攏浙江張士誠，約他對咱東西夾攻，平分天下。這兩人的兵馬加在一塊，足有一百二十餘萬哪！如果眞讓陳友諒得逞嘍，咱們就完了。所以，爲了對付陳友諒，咱就不得不向張士誠示弱，朝他賣個笑臉。」

李善長這時才明白過來，苦笑道：「聽上位的意思，咱們『降』了元廷還不夠，還得向張士誠再降一次？」朱元璋抿緊嘴，閉了一會兒眼，不得不痛苦地承認：「大致是這個意思吧！但究竟該怎麼說，請先生斟酌。唉，我頭痛得厲害！」他渾身隱隱發抖，緊攥雙拳，盡力支撐著自己。

李善長趕緊上前扶朱元璋坐下，反過來寬慰他：「上位別急，千萬不要太動肝火。說實話，我雖然不贊成上位這麼做，但只要上位拿定主意了，在下就做，而且把它做好！」朱元璋感動地說：「拜託先生。」

李善長再度坐回案頭，這一回沒有剛才那般艱難，凝神默想片刻後，笑道：「有了！上位且聽聽，是否可以這麼說。『張帥如面，元璋百拜。叛賊陳友諒逆天作惡，弒主奪位，已淪為天下義軍死敵！此賊近日又率兵東來，意欲鯨吞江南。大帥與元璋均處於危難中。元璋如敗亡，大帥則頓失屏障，難保平安』嗯，接下來嘛，就說『元璋恭請大帥晉帝位，統領江南義軍，元璋所部願歸為屬下，並請為先鋒，為陛下率先抵禦陳賊。為表歸順之誠，元璋敬奉白銀萬兩，戰馬百匹。』」

朱元璋認眞聽完後，冷靜道：「說得好，就這麼著。」李善長即刻揮墨，伏案書寫。朱元璋注視著埋頭揮筆的李善長，心裡難堪而慚恨：眞是醜死了！瞧咱幹的這事，醜得不堪入目！咱一直想做頂天立地的男人，現在明白了，頂天立地是要用胯下之辱來換的啊！

而這時候，正是倩兒離開帥府的時辰。一輛四輪馬車停在帥府門口，倩兒身著緊身銀白滾邊綢襖，披著大紅雲緞縷銀披風，走出帥府。華麗的衣著並沒給她增添什麼快樂，反而令她倍感淒涼。她傷感地與玉兒告別。姐妹倆久久擁抱在一起，不忍分離。玉兒流淚問：「姐啊，幹嘛去滁州？咱們待在一塊多好。」倩兒更是泣涕漣漣：「我也不想去，可大帥非讓我去不可！他在那兒蓋了房子，還請了先生教我讀書。」

玉兒不想聽下去，只想知道：「你這一走，什麼時候才能回來啊？」

倩兒痛苦地說：「我也不知道，等天下太平以後吧。」玉兒哭出聲音來了：「花榮死了，姐也走了，丟下我怎麼辦啊？」倩兒抹著眼淚說：「姐早就勸你別愛他！唉！別哭了，你有夫人。她待你好，卻不喜歡我。」

其實馬夫人正在府門內佇立觀看，這時候默默離開了。

侍衛掀起車簾，倩兒戀戀不捨地登上馬車。車夫揚鞭一甩：駕！

大車漸遠。倩兒一直從後窗望著玉兒。玉兒則望著遠去的姐姐，直到道兒上什麼也沒有，她還是癡癡地立在那兒。

除了玉兒，另一個對倩兒離開耿耿不樂的人是朱元璋。他一夜沒睡實，雖說不是全爲倩兒，想事兒的時候卻老是躥出倩兒的身影。國事、家事，沒有一件順心事！翌日清晨，他早早執一桿長槍來到內府院中雪地上，略一定神，大吼一聲，將手中長槍舞得銀光四濺，心裡才稍稍安適些。

馬夫人也起得早，到院中觀看雪景，看見朱元璋在雪地上舞槍弄劍的，不由悄悄駐足欣賞。朱元璋舞畢，突然擲槍，槍尖深扎在一棵樹上，桿尾顫動不止。

馬夫人笑盈盈迎上去，問：「哼！病好啦？」朱元璋拭著汗，說：「好了好了！唉，咱這輩子還沒生過病呢。大敵當前，它敢不好？」馬夫人笑嘻嘻道：「嗳，跟你商量個事。聽說青田一帶，山青水秀的。我悶著也是悶著，想出去逛逛山水。」朱元璋心裡正不痛快，生氣地說：「現在事多得跟麻團似的！你怎麼能走？內府離不開你。不成！」馬夫人也不高興了，一疊聲反駁：「內府離開誰都行，特別是我！我嫁你這麼多年，你帶我出去玩過嗎？你沒空，我自己還不能逛逛山水？再說了，這場病好像把你病糊塗了，沒聽見我去哪兒嗎？青田！可眞是遲鈍！」

朱元璋臉上的陰霾一寸一寸散去，突然大叫：「噢喲！你、你是去拜訪劉伯溫吧？是不是想把他請回來？」

馬夫人得意地斜睨丈夫一眼，故意慢吞吞道：「試試吧。我悶著也是悶著，順便逛逛山水。」

朱元璋未聽完已經單足跪地，激動地說：「妹子，咱有你在是天大福氣！這事要能成，就太好了！劉伯溫是高人，咱悔不該放走了他。」

馬夫人聽了這話並沒有陶醉，反而含義複雜地「哼」了一聲，故意悻悻道：「跟你說白了吧。我攆走你一個心上人倩兒。就給你請一個心上人來，還你這份情！值不？」

朱元璋一愣，隨即哈哈大笑：「值，值！太值了！」

再說陳友諒自佔據了面江而立的安徽采石鎮，就將這座小城守衛得固若金湯。從城下到城上，皆布滿將士，他們個個手中刀槍閃亮。陳友諒總是身著王服，在一位少年將軍相伴下，天天定時查檢各處。這位少年將軍便是他的兒子陳理。這一日，陳友諒登上城巔，遠眺江山景色，慨然道：「多少英雄豪傑，折戟沉沙，埋沒在浩瀚大江中啊！」

面色白皙、英氣勃勃的陳理更是慷慨激昂：「而如今，父王君臨長江，問鼎中原。百萬雄師，投鞭斷流，取天下如探囊取物！」

陳友諒搖頭嗔道：「理兒，這麼說話就太輕率了！江北，有元軍和小明王；江南，有張士誠和朱元璋。這四方兵馬，都是勁敵！你且說說，如果取天下的話，我們應當孰先孰後？」陳理高聲道：「先取江南，再定江北！」陳友諒頷首微笑：「不錯。我再問你，江南朱元璋與張士誠，他倆誰強誰弱？」

陳理稍一思索，侃侃而談：「稟父王，張士誠盤踞江浙富庶之地，擁兵五十萬，魚米桑麻，糧餉軍械都取之不盡，文臣武將更是成百上千。因此，張士誠是我們的首要勁敵。至於朱元璋嘛，他不過是郭子興餘部，託他乾爹的福佔據了金陵附近十幾個州縣。但他擁兵不足三十萬，資望尚淺，不學無術。屬下大多鼠竊狗偷之輩。這個放牛娃能成今日氣候，大半是僥倖！」

陳友諒聽著聽著沉下臉來：「放牛娃怎麼了？英雄莫問出身！別忘了，爹早年也只是個漁夫！我告訴你，朱元璋要比張士誠厲害三倍！至於原因麼，我且不說，你好好思索。明天回答我。」

陳理驚訝地望望父親，想問，話到嘴邊又嚥了回去。

這時候，一個將軍興沖沖奔來，一路叫著：「漢王，漢王，大喜呀。嘿嘿！大喜！」陳友諒笑問：「吳兄弟，喜從何來？」將軍指手畫腳地說：「采石鎮鄉紳獻上了一尊金榻。他們說，八十年前，這山上有座龍王廟，遭遇雷擊，將廟擊塌了，現出一尊金榻。現在，那鄉紳要將金榻獻給漢王！」

陳友諒疑惑地說：「哦，看看去。」

陳友諒一行人來到一座輝煌的廟宇。不走近就見廟宇門楣鑲著三個泥金大字：五通廟。一進廟門，果見廟堂正中擺設著一尊金光閃閃的坐榻，眾多部將已經站在那裡圍觀。陳友諒走過去，眾人讓開，一位鬚髮皆白的老者正在娓娓講述金榻的來龍去脈。

老者的聲音沙啞中夾帶著驕傲：「八十年前，老夫出生的那天，正逢八月初一，突然天降暴雨，雷閃雷鳴哪！據先父後來說，只見夜空中出現了一條金龍，牠見頭不見尾，口噴萬丈烈焰，將一道道閃電直擊長江之畔，眞有天崩地裂之勢！日出後，先父帶著鄉勇，壯著膽子上了江邊龍山。忽然看見山上那座龍王廟整個不見了！天哪，那龍王廟比這座五通廟大三倍有餘，竟然整個不翼而飛，只留下一片廢墟。更神奇的是，原先龍王爺塑像的地方，出現一尊金榻，就是它！」

陳友諒背手而立，不由仔細打量金榻。只見它全金打造，燦爛奪目。足部隱約可見古老文字。

老者繼續道：「後來得知，這尊金榻，乃漢武帝所遺。先父便將它冒死保存下來，代代相傳。

今日，小民將它拜獻給大王！」老者目光炯炯地望著陳友諒。

陳友諒矜持地問：「為何要獻給我呢？」老者道：「敢問，大王的壽誕，是不是八月初一？」陳友諒說是。老者道：「大王是不是立志驅除韃虜，光復大漢？」陳友諒眼中射出銳利自信的光亮：「當然！」

老者深深一揖道：「大王啊。可見您原本是漢武龍脈，蟄伏於江漢之間。千年之後，驟逢亂世，漢帝在天之靈，便用閃電打出這尊金榻，其用意，正是要您順天命承繼大位，拯救天下萬民於水火之中。龍吟四海，澄清九霄！」

眾將聽得雲裡霧裡，望著眼前的金榻，他們眼中閃光，都信了。一片勸進聲叫道：

漢王，這是天意啊！

漢王，趕緊承繼大位吧，登基改元，君臨天下！

漢王，萬萬不可推辭啊！

一片勸進聲中，陳友諒卻顯得無動於衷。他矜持地搖頭：「不。我不做皇帝！」眾將一片驚愕，七嘴八舌地叫「漢王，漢王！」

陳友諒豎起一掌制止大家，深沉地說：「如今天下未定，烽煙四起。南北梟雄無不暗藏大志，都對帝位垂涎三尺。我陳友諒是個明白人，何苦要坐到這尊爐火上烤？再者，友諒何德何能，豈敢譖居大位？不！」他掉頭而去，態度堅決。眾將臉上各種表情都有：沮喪、悻然、抱怨、愕異。老者則連聲叫著「大王、大王」，急步追出。

只有陳理臉上的表情與眾不同。他面含微笑，若有所思，卻又透露出胸有成竹的自信。眾將見狀，紛紛轉向他進言：

殿下，漢王如果拒進，多傷弟兄們的心啊！

殿下啊，漢王一旦做了皇帝，您不就是太子了麼？百年之後，天下就輪到您啦！

殿下，您趕緊想法子勸勸大王吧。

陳理微笑道：「列位叔伯，我了解父王心思。父王啊，不是不想當皇上，只是，不能這麼輕率啊。」他的表情含蓄，話中更似藏有深意。眾人紛紛請教有何良策？陳理道聲「都過來」，眾將靠近，陳理低語授計。眾將聽得連連頷首。他們在陳理指揮下，有條不紊暗中布置，一切準備妥當，便在陳友諒經過處埋伏，趁陳友諒在岸邊昂首疾行時，眾將軍從四周衝出，將其圍在中間。為首大將朝他一揖道：「得罪大王了！」話音剛落，眾將一擁而上，將陳友諒強行抬起即走。

陳友諒在眾將肩上大叫大嚷：「幹什麼？放肆！你們要抗上？想造反麼？」眾將不理不睬，幾乎是跑著將其抬進了五通廟。廟裡已經披紅掛綠、煥然一新。那尊金榻放置廟堂中央。眾將把陳友諒逕直抬到金榻前，立刻有人上前，將一襲黃燦燦的皇袍披到陳友諒身上。另有人摘去了他的頭盔，將一頂金碧輝煌的龍鳳冠冕扣到他頭上，之後把他強按在榻上坐下。

大將朝外高喝：「天子即位，文武臣工入朝叩拜！」叫聲未止，廟門已經轟然大敞，陳理率領著大批將士及士紳湧入。他們奔至榻前撲地而跪，從廟堂裡一直跪到廟門外。接下來是整整齊齊的三跪九叩，眾人大呼：「吾皇萬歲！萬歲！萬萬歲！」

陳友諒臉上絲毫未露快意，而是頓足長歎道：「唉，你們這是害了我，眞是害苦了我呀！」然而在陣陣「萬歲」聲中，陳友諒終於不再堅持，他有些迷失了。身子自然而然地在金榻上坐端正了，臉上是矜持肅毅的表情。

龍鳳六年，也就是一三六〇年，陳友諒在採石鎮五通廟即位稱帝，國號漢，改元大義。

雖說陳友諒在采石鎮稱了帝，然而元末的義軍陣營卻難以統一。那裡實爲藏龍臥虎之地，恰如三國時期，曹操、劉備、孫權鼎足而立，三路梟雄虎視天下，各抱地勢、勾心鬥角。朱元璋那裡暫且不提，卻說東吳首府隆平郡的義軍首領張士誠，也算是義軍一方英雄，平日韜光養晦，斂藏鋒機，實則運籌於帷幄之中，時時準備待機而起。

這一日，東吳首府隆平郡的湖畔，新建起的一座依山面水的闊大亭臺上，一排女樂正懷抱琵琶，嬌聲彈唱。亭臺中央另有幾個美女揮撒長袖，在歌聲中翩翩起舞。

眾文臣環侍著一位方肥懸鼻、養尊處優的王公，談笑正歡。他就是誠王張士誠，他坐在酒案後，微笑觀賞歌舞，目不轉睛。

一個內侍捧著銀盤輕步至前，俯身輕語：「大王，內府送來兩幀急件。」張士誠是個歷來主張建功立業、風花雪月兩不誤的人，他的目光仍盯在美女身上，頭都沒動一動，張嘴問：「哦，都是誰發來的？」內侍道：「一幀來自江漢陳友諒，另一幀來自金陵朱元璋。」

張士誠一聽彈身而起，兩眼直盯著銀盤上的書信。兩旁臣工也是眾目注視，一言不發。彷彿意識到風險當前，剛才的彈唱曲調之聲全都戛然而止。

張士誠掉頭往九龍閣走，眾臣工快步跟隨。內侍捧著銀盤顛顛地跟在後頭。進了樓閣，張士誠端坐首座，拆信一目三行看過，讓臣工們傳看，他搖著羽扇似笑非笑道：「今兒可眞是雙喜臨門。陳友諒、朱元璋兩大梟雄都來求我了！列位臣工，商議商議吧。」

宰相張士信步出奏道：「陳友諒這信啊，貌似恭敬，實際上以『漢帝』之尊給我們下旨，約陛下南北夾攻，共同消滅朱元璋，之後平分其地。相比之下，朱元璋的口吻則恭順得多，他叩請陛下進帝位，統領江南義軍，並請命為先鋒，剿滅叛賊陳友諒。臣意：兩人雖然都不可信，但相形之下陳友諒更惡。他是個弒主奪位之徒，心狠手辣，斷不可信！」

一老臣跟著步出，清咳一聲，響亮地說：「陳、朱二人，一個要送給大王半邊天下；另一個呢，要送大王一尊帝位。嘿嘿，多麼慷慨啊，簡直是媚態可掬！可惜呀，他們送的都是連他們自個也沒有的東西啊！」

眾臣咯咯笑起來，屋裡一片贊同附議之聲。

老臣自己首先斂笑肅容道：「所以，他們並不是想送點什麼，而是想利用大王。陳友諒為消滅朱元璋，就邀請大王東西夾攻，為他火中取栗；朱元璋為抵抗陳友諒，則勸大王進大位，好把大王推到前頭，自個縮在大王身後，以圖自保。但是，臣以為，朱元璋一旦敗亡，我們也就唇亡齒寒了，接下來，陳友諒必定趁勢南下，攻取東吳。臣意：明拒陳友諒，暗助朱元璋。」

陸續有臣工出列附議。一將道：「目前態勢，於陛下最為有利。因為陳朱二人已經互為水火，而陛下一舉手、一投足皆可左右天下！千古良機，不可錯失。末將建議，趕緊進軍廣東、湖南等地，先把那些草寇們佔據的地面拿回來，壯大咱們的實力！」另一將叫道：「大王，連陳友諒這等貨色都膽敢稱帝，那大王早就應該登基了！末將叩請大王擇日即位，改元建國！」接著就有文臣呼應：「就是。江浙魚米之鄉，富甲天下！此時不稱帝，更待何時？」

眾文武交相爭議時，張士誠一直含笑沉思，片言不發。這時他緩聲道：「列位愛卿，晌午了。

你們餓不餓啊？你們要是不餓，寡人可是餓了！」

張士誠如此灑脫，眾文武卻一片愕然，他們面面相覷，竟不知如何應答。張士誠率先起身，輕掃眾人一眼，道：「開宴吧。酒醉飯飽之後再說。」

大家再度回到亭臺，依次落座。每人面前都設一尊矮几，上置杯盞。琵琶聲也再次彈響，一列秀女捧著酒壺上前，為文武大臣斟酒。最後走出一位王妃，美貌無比，像眾星星烘托的一輪皎月，捧著銀壺、輕移蓮步來到張士誠身邊，卻一歪身偎進張士誠懷裡，含笑為他斟酒。張士誠輕攬細腰，笑問：「愛妃，你說，本王是打朱元璋好，還是打陳友諒好？」王妃嬌滴滴道：「不嘛，都不好！」

張士誠點著王妃鼻子，親暱地問：「那怎樣才好呢？」王妃道：「大家都別打仗，太平快活的過日子，這才最好！」張士誠憐愛地撫摸懷裡尤物，道：「愛妃啊，說到本王的心裡去了！哈哈！」

張士誠見眾人面前酒皆斟滿，舉杯目視眾臣將：「請。」臣將們齊聲道：「大王請。」張士誠率先飲盡杯中酒，眾臣將紛紛飲盡手中杯。這時琵琶聲更委婉激越，歌舞也掀開高潮，張士誠卻是凝思冥想，對琵琶歌舞視而不見，聽而不聞。忽然，張士誠拿起銀勺，輕擊玉盤，噹！立刻，所有歌舞全部止息。文武大臣們的目光全部投向了張士誠。

張士誠顯得嚴肅果斷，他命令宰相張士信：「回覆陳友諒，就說，本王答應他的全部要求，即刻發兵夾擊朱元璋。」張士信答應著正要離開，張士誠卻讓他別急，道：「還有呢。同時發信朱元璋，告訴他，本王滿足他的全部願望，發兵助他抵禦陳友諒！」張士信心存疑慮，口裡只得答應「遵命」。張士誠接著吩咐武將宋大帥：「傳命三軍，按兵不動，隔岸觀火，靜待其變！這才是保境安民的上策呀。」他微笑著一掃眾臣，昂奮地說：「等這兩個梟雄打得筋疲力盡、一敗塗地時，我們再突然動手，坐收大利！嘿嘿，本王何許人哪？本王才不會被他們所用。相反，本王倒要用一用他們！」

張士信激動地說：「陛下智謀，天下無雙！」眾文武紛紛稱頌：「有大王坐鎮東吳，臣等三生有幸啊！」

張士誠慨然舉杯：「列位愛卿，乾！」眾文武齊聲回應：「乾！」琵琶、歌舞聲復起。張士誠飲盡杯中酒，志得意滿地微笑著。

且說馬夫人徵得朱元璋的應允，帶著玉兒去青田山莊請劉伯溫復出。此時，江南正值冬去春來，萬物開始復甦之際，一路上，她們專挑茂林修竹、山清水秀的綠地行駛。這一日，馬車駛上一座青黛色的山坡，馬夫人撩開窗簾，只見黎明的彩色光斑點綴在漫山遍野正在盛開的桃花上，外面的世界一片燦爛輝煌。

馬夫人歡喜地問策馬的衛士，到什麼地方了？衛士道：「山坡下就是青田山莊了。」馬夫人心曠神怡，由衷讚歎：「古人謂之人傑地靈，還眞是有道理哇。以清泉林影爲伴、飛花摘葉，自在裕如，這就是賢人、眞性情人選擇的歸宿。噯，讓我們下車吧。」

此時馬夫人早忘了平日的戒律與矜持，招呼玉兒一聲，自己先跳下車來。玉兒跟著下車，一見遍地桃花，情不自禁奔入桃林，驚叫：「天哪，眞好看！」她伸手輕輕折下一枝銀綠桃花，手舞足蹈地朝馬夫人叫道：「夫人，您瞧，這顏色多稀奇啊，它還帶著露珠呢！」

馬夫人上前接過，微笑著問：「丫頭，喜歡嗎？」玉兒說：「喜歡死了！」馬夫人憐愛地說：「我就是想帶你出來散散心。這些日子，你瘦多了！」玉兒垂首道：「謝夫人。」馬夫人手撫玉兒肩背，知心地說：「花榮那件事，我對不起你，心裡不安哪！唉，丫頭啊，亂世當中，人人命苦。而苦命人當中，又數咱女人們命最苦。就說我吧，父母雙亡，膝前無子。大帥那個性子，別提有多剛烈了！而且，他還有個毛病，喜歡漂亮女人。我訓他、罵他，可有什麼用呢？男人嘛，哪個不這樣？不得已，我只好把你姐送回老家去了，省得大帥分神。在將帥們眼裡，那也不好看哪。」

提到姐姐，玉兒有些悲傷，低聲道：「夫人，我明白。可我，永遠見不著姐姐了！」馬夫人沉默了一會，溫和地說：「不會。到時候我會把她接回來，甚至會爲她操辦大婚，讓她嫁給大帥！我會了卻重八那份心思，也讓你姐滿足。但是，這要等到天下太平之後，在此之前，不成！」

玉兒眼眶裡波光瑩瑩，感動地說：「夫人，您眞好！可是，眞到了那天，您呢？您怎麼辦？」

馬夫人稍稍一愣，隨即笑了，緩聲道：「我嘛！我就是我，沒人能代替我。不管重八他娶多少女人，也沒人能代替我！」她的神色，從容而驕矜，傳達出一種常人難以抵達的境界。

玉兒疑惑愕然。無法理解馬夫人內心深處的感受。

兩人在桃花中間徜徉、觀賞。馬夫人看著美麗的桃花，突然歎氣道：「玉兒，下回我不會再給你提親了。你看上誰，自個告訴我。」玉兒低沉地說：「不。我誰也不嫁了！我、我永遠守著夫人，永遠侍候著夫人！」馬夫人噗哧一聲笑道：「咯咯，我謝你這份情！不過，你這話說早了。營裡有那麼多男人，你又長得這麼漂亮。唉，現在說什麼都沒用，還是看緣分吧！」

咫尺之遙的劉伯溫並不知道馬夫人已經來到青田。他閒居在家，優哉遊哉。隨意歪在院中躺椅上，手執一卷，默默品讀。躺椅旁邊擱一隻簡易小案几，上置一壺清茶。邊上散布著數隻竹椅。

其實他今日一心兩用著，他在等待兒子劉璉的消息。劉璉一推門，他就趕緊坐起，著急地問：「怎麼樣，打聽到什麼？」

風塵僕僕的劉璉先拿起茶壺大口飲茶。喝了一通才道：「縣府的驛差說，江北的元軍已經到了盱眙。還有，有貨船順江東下，船夫經過太平時，看見江邊戰船密布，大軍雲集。」劉伯溫道：「哦？那應該是陳友諒的部隊了，他動作可眞快！還有什麼？」劉璉又說：「商販這些天都往隆平郡跑，因爲那裡的鹽鐵穀米，比平時漲價了一倍多。」

劉伯溫驚訝道：「隆平是張士誠首府，各地都有供奉，從來不缺貨物，爲何漲價呢？」但一會兒，他就自己得出了答案：「哦喲，對了！是張士誠部下大肆徵購，他們在整軍備戰了。」

劉璉一聽，急了，都要打仗啊？他問：「父親，咱家怎麼辦？」劉伯溫瞪了兒子一眼，嗔道：「璉兒，你不能事事都問我，自個也動動腦子嘛！要是我死嘍，你找誰問去？」劉璉調皮一笑：「父親福大命大造化大，死不了。有您在，就得仰仗您。」劉伯溫不滿道：「不！你現在就當我死嘍，自個拿主意吧。說，咱們該怎麼辦？」劉璉只得做出動腦筋的樣子，想了片刻，卻還是說：「我、我不知道。」

劉伯溫恨鐵不成鋼地長歎一聲，發號施令：「趕緊將咱們那所山莊收拾出來！多準備些柴米油鹽，立刻運過去。兩天後，咱全家老少遷住山莊避難！」劉璉拖長聲音，不以爲然地說：「知道了！父親，我剛才就想這麼說的。」劉伯溫笑斥：「去你的吧你！」

劉璉走了。劉伯溫仰面倒在躺椅上，望著碧天白雲，竟有一種本末倒置的感覺。又要大亂了，而自己卻在這裡與孤雲同閒，相看兩不厭呢。他心情有點不平靜，再看不進書，不由閉了眼沉思，兩顆手指輪番敲打躺椅扶把兒。

一枝粉紅色的桃花慢慢伸到劉伯溫臉上，輕輕擊了一下他的鼻尖。劉伯溫觸電般驚起，突見眼前一個清瑩標緻的姑娘，驚問：「幹嘛？你、你是何人？」

玉兒溫雅躬身施禮：「我叫玉兒。給劉大人請安。」劉伯溫驚疑問：「姑娘，有什麼事？」玉兒笑盈盈道：「有位夫人渴了。想跟您討杯茶吃！」劉伯溫扭頭一看，馬夫人正從遠處緩步走來。劉伯溫趕緊跳起身，呆立著，直視馬夫人越來越近。他不由得輕歎一聲：「唉！」

馬夫人春風一樣暖暖吹過來：「伯溫啊！」沒等馬夫人走近往下說，劉伯溫已經無聲地跪倒在地，沉聲道：「夫人什麼都別說了，都別說了。在下一切都明白！我、我跟你回去。」馬夫人一路上遐想過種種說服劉伯溫的情景，有嚴肅的、有輕鬆的，想到在趣之處還會竊笑出聲，但再沒料到這樣不費吹灰之力就能請回劉伯溫，心裡不由得又驚喜又驕傲，嘴裡問：「眞的？」

劉伯溫誠懇點頭道：「同夫人說話，豈能有假！」馬夫人快活極了，道：「多謝你了，你給了我很大的面子！快請起。」玉兒趕緊扶起劉伯溫。馬夫人坦摯地說：「伯溫啊，我準備了一肚子話，竟然一句沒用上。」劉伯溫拱手道：「夫人不避險阻，專程到此，這比什麼話都重！在下再迂，也應該知趣了。夫人哪，晚走不如早行。明天天一亮，咱們就歸赴金陵吧。」

馬夫人朝大門外望去，遠處是連綿起伏的青山，從山腳下蜿蜒而來一條小河明澈如鏡，河畔綠茸茸的青草地裡到處開著不知名的野花，在陽光照耀下五光十色的。馬夫人有點迷醉，她貪婪地吸一口清新的空氣，急忙道：「別，別別！你看你這兒，『結廬在人境，而無車馬喧』，『採菊東籬下，悠然見南山』，眞是人間仙境啊！我還沒瞧夠呢！待兩天再回去！再說，也別讓大帥覺得請你請得太容易了，咱們得急一急他！」

劉伯溫沒想到大帥夫人還能信手拈來古詩讚美自己的家鄉，說出話來又是那樣貼己舒快，不由來了精神，問：「夫人眞想瞧瞧青田風光？」他的話中不無激將。馬夫人爽快地說：「當然。」劉伯溫頓時興奮地吹噓道：「嘿！夫人可說著了。世人只知道什麼三山五嶽啊、西湖翠樓啊。俗！俗得厲害！他們不知道咱這也有青田十景啊！這十景，樣樣不比名山大川差。明天天一亮，不、不，明天天不亮，我就陪夫人觀景去。頭一景：青田日出！」

第二天凌晨，劉伯溫當頭領道，童僕六子牽著毛驢，讓馬夫人騎在驢背上，玉兒在旁隨行，侍衛們則遠遠跟隨著，一行人興致勃勃朝山上去。六子饒舌道：「夫人，上山就得騎驢。它皮實、穩當、拖不垮、壓不爛，比騎馬舒服多了！您說是不是？」馬夫人戰戰兢兢扶著驢背，強笑道：「是啊！六子，比坐轎都舒服。」

眾人穿過一片林子，面前豁然開朗。劉伯溫在前面高叫：「夫人，到啦！」馬夫人趕緊下驢，快步上前，登上山巔。這裡天高地遠，極目無窮。此刻，一輪紅日正噴薄欲出，萬道金光從它身後射出，閃爍在大地上，燦爛無比！

晨風吹起玉兒長髮，玉兒俏麗的臉龐在晨曦中紅得透明，她看似粉雕玉琢，飄飄欲仙。迎風放聲驚叫：「天啊！太漂亮啦！」

劉伯溫立於峰巔，眺望朝陽，慨然自語：「千萬年來，它悠然升起，悠然降落，照耀著紛紛亂世，照耀著天下英雄！夫人呀，世上萬物，無論生死榮辱還是功名大業，只要與這輪紅日相比，都不過是半片草葉、一滴朝露，轉瞬即逝而已。」

馬夫人臉上的表情靜穆而莊嚴。她思緒萬千，爲劉伯溫的話，也爲眼前的壯麗景象。她緩緩道：「是啊，大自然創造了美，創造了一種令人永難忘懷的感動。難怪古人說，『功成、名遂、身退，天之道也。』我明白了，讀書人爲何一朝兼濟天下，青史留名，就要退隱山林。在這樣的地方，看雲容水態，山色變化，觀日出日落，四季升沉，豈是塵世間喧囂浮躁、心爲形役的生活所能比及？然唯有青史留名，這退隱才是大智者眞正心安理得的歸宿啊！」

這回輪到劉伯溫肅穆起敬了。馬夫人竟能攜景抒情，不露痕跡地以自己的一番表白來堅定他出山的意念！他不得不承認，這些話直抵他心間，觸動他靈魂，他喃喃歎道：「大帥有夫人，三生有幸啊！」

再說金陵城的應天府裡，朱元璋等候馬夫人等得心焦氣躁，算算夫人早該回府，卻偏偏等不來蹤影。這一日，他又到門畔張望，探頭極目，路上久久不出現車影，不由失望沮喪。轉身詢問侍立玉階上的大虎、二虎：「夫人走了多久了？」大虎想了一會道：「稟大帥，今兒是第七天了。」朱元璋憂心忡忡道：「不會出什麼事吧？你兄弟倆，各帶二百軍士，立刻出發趕往青田，沿路細細搜尋，隨時接應。」

兩人領命剛走，朱元璋又叫回吩咐：「你倆要分開搜尋。大虎走小道，二虎走大路。限後天日落前，回來稟報！」大虎、二虎應聲而去。

其實這時候，馬夫人乘坐的大車已經馳入金陵城道。劉伯溫騎著驢子晃晃蕩蕩跟隨在車畔。城裡給人紛亂忙碌的感覺，兵勇們牽著戰馬來往穿行，一尊尊紅衣大炮掛在馬後。遠近各處，都是一片大戰前夕的緊張氣氛。馬夫人掀開車簾，默默觀望。

劉伯溫自言自語道：「看來，陳友諒開始進軍了！」馬夫人卻微笑對劉伯溫說，自己想託他個事。劉伯溫趕緊靠近道：「請夫人吩咐吧。」馬夫人欲說還休的樣子，試探道：「大帥這個人，表面剛烈，心裡有時也挺脆弱的，尤其是好面子！待會你見了他，能不能給他個面子？」

劉伯溫沒想到馬夫人這麼心細、面面俱到，既端莊賢慧，又玲瓏剔透，更加暗暗佩服，朝她一揖，請她儘管放心。

回到應天府，馬夫人先進內府清洗一路風塵。玉兒打來溫水，馬夫人站在銀盆前，埋頭洗面。朱元璋得到通報，笑瞇瞇地進來，他看了一眼玉兒，玉兒就會意地悄悄走出房門。馬夫人細細洗滌之後，把手一伸，朱元璋趕緊遞過毛巾，馬夫人接過毛巾，揩盡臉上水珠，抬頭一看，朱元璋鐵塔一般矗在面前，不由又驚又喜，斥道：「你怎麼進來了！」朱元璋嘿嘿笑：「妹子，回來了？」

馬夫人笑嗔：「人都站你面前了，還問我回來沒回來！」朱元璋問：「他人呢？」馬夫人明知故問：「誰呀？」朱元璋不好意思地傻笑道：「嘿嘿，劉伯溫唄。」馬夫人道：「我讓他回禮賢館了，人家也得歇歇不是？」朱元璋心中一喜，忙不迭點頭：「是是。妹子，你怎麼把他給說動的？」

馬夫人故意歎了一聲，誇張地說：「唉，費了我九牛二虎之力！劉伯溫這人啊，確實心高氣傲，自尊心太強！同時，人家對你也是又敬又怕又有氣。我嘛，好說歹說，費盡了心思，才把他給說動了。現在，他可是徹底認識到朱大帥一片赤誠了，向我保證，從今往後，效忠大帥，萬死無悔！」

朱元璋眞怕這不是眞的，瞪視夫人：「眞呀？」馬夫人得意道：「不信你等著看。待會他見到你，會不會叩頭認錯！」朱元璋驚喜至極：「哎呀妹子，以往咱怎麼沒看出來？你這本事，簡、簡、簡直就是個女諸葛嘛！」馬夫人噘了噘嘴，挖丈夫一眼，嗔道：「咦？這麼顯而易見的事，怎麼才看出來呀！遲鈍！你呀，和我相處越久，越會發現我本事大！」朱元璋連聲道：「是是，服了，服了！」馬夫人教導著：「往後對人家尊重點。文人嘛！脆弱。」朱元璋連聲道：「是是。又脆弱、又嬌嫩！」

門畔，玉兒雙手掩口，拼命忍住笑。

再說劉伯溫肩搭小搭褳，小六背負大包裹，兩人再度踏入了禮賢館。尚未安定下來，李善長就急匆匆奔了過來，兩人施禮相見，李善長感慨萬千地說：「唉，你走後這幾日，我可是度日如年啊。上下裡外多少事，鬧得我是焦頭爛額！不瞞你說，我連作夢都在想，要是劉伯溫在這兒就好了。他肯定舉重若輕，排難解危，挽大廈於既倒，回蒼穹於——」

劉伯溫微笑打斷：「好了好了，善長兄，你我之間，不必唇槍舌劍了。既然同事一主，就應該同心同德。只有這樣，我倆才能都過得輕鬆，都活得愉快。」李善長聽得直點頭稱是。劉伯溫又道：「再一個，在下的毛病你全知道，長於言而短於行。如果是坐而論道，我行。但要是日理萬機，處理那些紛醞複雜的軍政、民政，我萬萬不行。而這方面，是你最擅長的，也是帥府最重要的。只此一項，在下就永遠不可能越過你去！所以，你在大帥身邊的首輔地位，雷打不動，無人可替！」

李善長仔細看看劉伯溫，見他一臉的認眞，不由大感欣慰。顫聲道：「伯溫兄人品胸懷，善長自歎不如。善長謹此謝罪！」劉伯溫再揖道：「從今往後，伯溫定當視善長兄爲上，甘居其下，同心同德，共襄大業！」李善長激動地奪過劉伯溫搭褳，搭到自己肩上，道：「伯溫啊，請！」兩人臂挽臂，拾級而上，穿過禮賢門，進入內館。

李善長且走且道：「伯溫啊，有個事我先告知你，上位不但給元胡遞去了《降表》，也給東吳王張士誠上了《勸進書》。閣下的建議，上位都採納了。」

劉伯溫聞言一愣，隨之哈哈大笑：「善長兄，我只勸大帥降元，沒說降吳啊。大帥眞是青出於藍而勝於藍。佩服佩服！」

劉伯溫稍作安頓，同李善長一起去大帥府覲見朱元璋。到了帥府門口，兩人從車裡下來，見湯和、徐達及幾個鬧事的將軍排立在帥府門口，正疑惑間，聽見徐達大喝一聲：「給劉先生賠罪！」頓時，所有將帥齊齊折腰，同聲高喝：「給劉先生賠罪！」劉伯溫回想當日自己的狼狽，難免心存芥蒂，他回揖，語梢帶譏：「不敢，不敢，萬萬不敢！」

徐達有些發窘，賠罪道：「劉先生，我們這些弟兄，都是粗人，不見棺材不落淚啊！直到陳友諒那狗東西殺了我們弟兄、奪了我們城池，我們才明白先生的話是對的！我們愧對先生。」

劉伯溫見徐達態度懇切，眾將俱是一臉誠懇，甚感慰藉，抱拳四下環揖道：「徐帥、湯帥、列位將帥，你們都是當世英雄。伯溫能夠與英雄爲伍，同襄大業，是謂三生有幸，死而無憾啊！」

正在客廳裡焦急等候的朱元璋接到劉伯溫進府的通報，哦了一聲，急步奔向門外。剛要邁出門檻，忽然想起夫人的誇口，便把腳縮回來，掉頭重新退回客廳，在正中一張大椅上坐下，端正身體，昂然不動。

剛剛坐穩，就見劉伯溫一邊整衣撣袖，快步走了進來。朱元璋笑望劉伯溫走近，心裡卻不無擔心：這個傲骨錚錚的大才子，果眞會如夫人所言叩頭認錯嗎？

劉伯溫從容走到堂中，屈膝下跪，深深一叩：「劉伯溫叩見大帥，請大帥治罪！」

朱元璋這時心花怒放，趕緊起身，跑過去親自扶起劉伯溫，笑道：「伯溫啊，可想死咱了。你來好，太好了！快坐。」

劉伯溫與李善長一起落座。朱元璋卻站著，說：「先告訴你一件醜事，咱向元胡乞降了。不但如此，咱還向張士誠獻媚了。唉，咱本來一條腿都不想跪，現在兩條腿都向狗雜種們跪下了！」

劉伯溫連忙拱手道：「大帥此舉，可喜可賀！在下只想到向元胡詐降，沒想到向張士誠也詐個降。大帥行事，眞是神鬼莫測。要麼不做，要做就百尺竿頭更進一步！在下敬佩。」

朱元璋赧然道：「別安慰咱了。咱們這是連降帶騙！唉，醜死了，眞是醜死了！」劉伯溫道：「不醜不醜，成大事者，當爲天下難爲之事。大帥不是最敬佩布衣帝王漢高祖嗎？他呀，當年爲了爭天下，也做過許多醜陋不堪的事兒。比如說，劉邦收彭越那時，也曾經假意乞降，再趁亂進軍。最後，則敗其軍，斬其頭。」

李善長聽了，不禁皺起眉頭。朱元璋驚訝地問：「是麼？」他回頭，薄嗔李善長：「哎呀！李先生，你給咱說過漢史，怎麼沒聽你說起這一段啊？」李善長支吾：「啊啊！上位，漢史浩如煙海，在下當時沒說完，下回會說到的。」

劉伯溫愈發頭頭是道：「就算青史，也不可全信。青史是由勝利者書寫的，必有所篡改、遮掩。只要大帥一統天下了，那麼，今天您自責的這些『醜事』，都會被世人說成是『妙計安天下、神策定乾坤』的聖舉！」

朱元璋開心地哈哈笑道：「這個嘛，咱信！」

這時內侍上前通報，酒宴已經設好了。朱元璋忙說：「伯溫啊，請，咱給你接風。」劉伯溫卻起身揖道：「大帥。夫人此行，一路辛苦。在下可否先給夫人請個安、謝個罪？」朱元璋立刻道：「應該應該，善長啊，勞你陪伯溫同去，待會也拉夫人一塊來赴席。咱在酒席那兒等你們。」

李善長道聲「遵命」，起身與劉伯溫一塊出門。走上廊道，見四下無人，迫不及待地請教劉伯溫：「伯溫啊，實在慚愧。剛才你所說的漢高祖降彭越那事，是哪部史書所載？怎麼我沒見到過？」

劉伯溫略怔，做出思索狀：「哎呀，容我想想。你看你看，書名就在嘴邊上，叫你一問，倒想不起來了。」李善長在邊上提醒：「《漢書》上肯定沒有，官史也不會有，肯定是野史。噯，是不是《閱風樓札記》？」劉伯溫搖頭道：「好像不是。」李善長再道：「《咸陽拾遺》吧？」劉伯溫又說不是。李善長絞盡腦汁地道出一連串書名：「《夢古臺春秋》？《漢史勾沉》？」劉伯溫還是連連搖頭：「不不，好像都不是。」

李善長急了：「哎呀，那到底是哪本書啊？你好好想想。我隔天就要給上位來一堂『日講』，他要是問起來，我可就難堪了！」劉伯溫被逼無奈，只得向李善長深深作揖道：「善長兄恕罪。劉邦降彭越那事，官史沒有，野史也沒有，它是我信口胡編的。我嘛！我說漏了嘴。」

李善長瞠目結舌。一會，他頓足道：「你這是爲何？」劉伯溫微笑之中難掩狡黠：「一來，是爲安慰大帥；二來嘛，雖然史書未載、世人不知，但我敢肯定劉邦做過許多上不了臺面的醜事，包括恨事、窘迫事！要不，他也成不了帝王呀，尤其是鼎鼎大名的帝王。您說是不是？」

李善長又好氣又好笑，道：「劉伯溫啊，你呀！唉，你有時也眞遭人恨！輕飄飄的幾句話，把我也給耍弄了，害我苦思半天沒著落！你呀，眞是個神鬼莫測之人！」劉伯溫正色道：「我不是，大帥才是神鬼莫測之人。」李善長好奇問：「怎麼著？」劉伯溫看看左右，見無人，反問他：「善長啊，你眞沒看出來嗎？」李善長愕然道：「看出什麼？」劉伯溫低聲道：「大帥剛才表現出來的那些悲憤哪、自責啊，一半是眞、一半是假。一半義憤填膺，一半是在演戲！啊？大帥才眞正是神鬼莫測！」

李善長猛然醒悟，不禁連連點頭：「不錯。你一語點破之後，我現在想起來，果然如此。確實如此！」劉伯溫又笑問：「您說，大帥這是爲什麼？」李善長認爲無從猜度，氣道：「這還有個爲什麼？他樂意唄！」

劉伯溫詭譎一笑，道破玄機：「照我看，大帥心裡完全明白，當前形勢下，他必須向強敵屈服，否則難以自保，更難取勝。但是，大帥多年來都號稱義字當頭，以忠義行事。絕不能放棄忠義之名，也不能損害大帥之尊！因此，必須在大庭廣眾之下，表現出萬不得已、大悲大痛啊！」

李善長越聽越受震動，他驚駭朱元璋的用心之深，更害怕劉伯溫鞭辟入裡、振聾發聵的點化，他知人之深遠甚於己，自己看人的本事無法望其項背。這使他深爲沮喪。他深深點頭，顫聲道：「是呵，是呵！受教了。」劉伯溫卻怕他驚嚇，想要安慰他一般，淡淡道：「這事到此爲止，咱倆永遠不提了，好麼？」

李善長連聲說：「好、好、好！」心中仍是震驚不已。

第十四章

爭帝位陳友諒舉兵
授戰刀藍將軍領命

元軍營地裡紮著大片帳蓬，轅門外甲士威嚴排立。一位骨格不凡、上了年紀的文臣，手執一箚，快步朝當中那座大帳走去。帳前兩個軍士同時拉帳門，恭敬地說：「呂大人，請。」呂昶略一點頭，快步入內。將手中書札交給坐在帥椅上的脫脫。脫脫細細看過那幀書札，笑道：「好、好，沒想到朱元璋也會乞降，眞叫人刮目相看。」

呂昶放下手中茶盅，謹慎地說：「中堂，朱元璋此舉，恐怕是被迫。中堂大人不可輕信。」脫脫將信札放於案上，目光銳利，道：「當然是被迫，勢窮而降，降中有詐。那些紅賊，哪個不是這樣？三年前，他乘我不備，偷襲金陵的事，至今我還歷歷在目！」

呂昶鬆了口氣道：「大人明見。」脫脫卻憂心忡忡歎息：「唉，算起來快二十年了吧？朝廷一直東征西剿，陷在平叛的泥坑裡，而且越陷越深。那些個亂民、饑民，如同野火，這兒滅了那兒又起來，可謂撲之不盡，交相燎原。」

呂昶深有同感：「在下早就跟朝廷建議過僅靠官軍，是無法剿滅各地賊軍的。我們應該鼓勵、利用各地賊軍爭權奪利，讓他們之間互相殘殺。如此，朝廷才有機會各個擊破，進而平定大局。」

脫脫遇到知己，欣慰感歎：「先生是個明白人啊！」

呂昶分析：「朱元璋此時乞降，就是被西面陳友諒、東面張士誠，兩面所逼的。如果我們能善加利用，定有奇效。」

脫脫讚許微笑，親手爲呂昶續上茶水，請他接著說。呂昶道：「在下斗膽建言。其一，接受朱元璋的《降表》，並且把他歸降的事大加宣揚，最好讓天下賊軍們都知道，以便懾其膽，亂其志，寒其心！」脫脫稱讚：「好！」呂昶接著說：「其二，即令朱元璋率領本部兵馬剿殺陳友諒，看他遵命還是抗命。如果遵命，那就是以賊攻賊，兩敗俱傷；如果他抗命，其歸降之言，也就不攻自破了。」脫脫頷首道：「好主意。」呂昶再說：「其三，這一回，朝廷應該接受以前受降的教訓了，絕不能犒賞朱元璋任何糧餉、軍械等實物，以防他降而復反。但是，我們可以重賞他官職啊、爵位啊等等虛名。這方面，可以重重的賞！」

脫脫高興道：「先生說的條條妥當。本堂照准！」呂昶舉盅飲茶，得意地微笑：「中堂聖斷。」脫脫望著呂昶，卻沉吟起來：「不過，招撫朱元璋這樣的梟雄，應當有一位重臣親往，如此才能顯示朝廷對他的厚望啊！」呂昶顯然沒想到這層，不由訥訥道：「應該，應該。」他腦子迅速一轉，出現了嘎魯帖木耳那膘壯的身影，薦舉道：「我看，監軍大臣嘎魯帖木耳可以勝任。」

沒料到脫脫馬上否決：「嘎魯嘛，打仗喝酒還湊合，跟賊子鬥心眼，不行。再說，他是個蒙人，賊兵們最恨胡騎了。」呂昶腦子裡又出現一個人：「參知政事劉玉仁，有勇有謀，膽大心細。」脫脫想了想，還是否決了：「算是個人才，但他官職太低，與大任不配。」呂昶腦中一直在緊張地排列著合適人選，突然一拍大腿：「有了！戶部侍郎吳子義，昨天剛剛押運糧草到營，就命他前去吧。」脫脫還是不甚滿意：「吳子義我也了解，這人實在。他籌辦衙門繁務，行！要論隨機應變、舌戰群雄，斷然不行！」

呂昶只得閉了嘴。脫脫注視著他，一聲長歎道：「呂先生，本堂求你了。此項大任，非你莫屬啊！」呂昶呆了半晌，終於道：「沒想到，自個拋出去的主意落自個頭上。好吧，我就冒死走它一趟！」

脫脫大喜，起身深鞠一躬：「多謝先生。我立刻上奏朝廷，委先生招撫欽差。無論此行成否，先生都是功不可沒。」呂昶卻沉重地說：「中堂大人，如我有不測——」脫脫趕緊打斷：「萬萬不會！兩國相交，不斬來使。」呂昶苦笑：「兩國？我們可是視人家為賊呀！何來兩國？如我有不測，在下的家眷，請朝廷善加撫養。」脫脫高聲道：「先生放心。本堂肯定迎你凱旋歸來！」

這次脫脫為呂昶招撫朱元璋準備得很光鮮。臨走前一天，呂昶來到轅門外，見停著一輛裝飾氣派的大車，車尾飄揚巨幅錦旗，車頭插著兩隻官牌。牌上大書八字：奉旨招撫，恩威天下！而守候車旁的副使、護衛、馭手等人，個個也是服飾鮮亮。他兜圈子巡視這輛耀眼的大車，副使上前稟報：「大人請看，這是朝廷令旨，這是皇上恩賜朱元璋的御酒和八寶頂帽，這是任命朱元璋為榮祿大夫、兼江南中書省平章的敕封金冊。」他說話的時候，護衛就把一樣樣賜物捧給呂昶過目。

呂昶卻皺起了眉頭，嗔道：「糊塗，真糊塗！此去金陵四、五百里，一路上盜匪出沒，強人橫行。你們打扮得這麼光鮮，不是招賊注目麼？」副使陪笑道：「大人，我們帶了三十個護衛。」呂昶冷笑地看那幾個護衛道：「盜賊們個個都是亡命之徒。咱們的護衛敢於亡命嗎？」副使尷尬地請求示下。

呂昶略一沉思，果斷下令：「所有大紅大綠之物全部去掉，把車裝扮成喪車，再拉上一口棺材。對了，把權杖、御酒、金冊、兵器，還有朝廷賞賜的東西，全部裝在棺材裡。你們幾個披麻戴孝，裝扮成送葬的隊伍。至於護衛嘛，砍掉大半，留十個人就夠了，沒這麼多送葬的！」

副使一聽要披麻戴孝，登時苦下臉來，道：「大人，中堂的意思，命令我們此行一定要尊嚴氣派，以展示朝廷天威！」呂昶不以為然，嗔道：「天威？哼哼，是我去招撫，不是他！照我說的做！」副使只得應承著去辦。

再說陳友諒，雖然稱了帝，卻沒有忘乎所以，反而更加勤勉於事，雄心勃勃，急於早日一統江山。這一日，他來到雄偉的武昌城頭，陳理早在高聳的敵樓上立上一尊描龍畫鳳的傘蓋。佩戴帝王冠冕的陳友諒坐到傘蓋下，兩旁將帥雄赳赳排立。陳友諒威嚴地檢閱三軍。只見城下眾多甲士們排成一個巨大方陣，正在相互格殺。刀鋒砍擊在盾牌上，嘎嘎直響。陣陣怒吼聲更是直沖雲霄：殺！殺！殺！

陳理侍立在旁，得意地說：「父皇請看，這是兒臣親自組建的御林軍，他們個個是百裡挑一的壯士，只要父皇一聲令下，他們上刀山下火海，絕無二話。」

陳友諒凝視著城下，心情暢快，不由露出微笑道：「好、好，的確不凡。」陳理一聽誇獎，高興地說：「兒臣準備依照這規格，增訓三千龍虎營，為各營楷模。」陳友諒卻打斷他：「不必了，這些就夠了。知道為什麼嗎？」陳理正熱騰騰地興奮著，突然被澆一頭冷水，情緒低落下來，輕聲道：「兒臣不知。」

陳友諒手指前方，循循善誘：「你看這些所謂壯士，他們揮刀、出槍、進退，一舉一動都整齊劃一，像是一個模子造出來的！理兒啊，這是在排戲，而打仗可不是這麼打的！上了戰場，會有這麼整齊的刀法嗎？三兩下之間就要見血，就要流肚腸子，就要掉腦袋！要麼你掉，要麼別人掉！所以我說，有這些人就夠了，他們把守宮廷，鳴鑼開道，嚇唬嚇唬老百姓，足夠！兵馬就不用你練了，交給你的叔伯們練吧。」

陳理慚愧地噯了一聲。陳友諒囑咐道：「今後，你多做些其他事，收拾民政，整理稅賦，開科取仕，樣樣重要。」陳理答應著。陳友諒側臉問身邊人：「陳三武呢，他負責打造戰船，進行得怎麼樣了？」話音剛落，一位將軍就上前揖報：「稟皇上，戰船三百八十艘，基本打造完畢。」

陳友諒沉了臉，不滿道：「基本完畢？就是說還沒有完畢！船型呢？」陳三武稟報：「混江龍八十艘，每艘可載將士兩千五百；江海鼇八十艘，每艘可載將士兩千；撞倒山一百艘，每艘可載將士一千五百，戰馬三百匹；塞斷江兩百艘，每艘可載將士一千，糧草兩萬擔。」

陳友諒冷冷問：「時間？」陳三武陪笑道：「再、再有三個來月，就可以全部下水了。」陳友諒斜睨他一眼：「我給你的期限好像是本月底。」陳三武小心陪笑道：「是是。皇上啊，經費不足，工匠有些怠慢了。」陳友諒朝他親切一笑：「工匠是你的事。我給你經費好像只多不少哇！」

陳友諒平時是個不苟言笑的人。他的笑讓陳三武恐懼：「是是。稟皇上，卑職明天就把鋪蓋搬到船上去，吃住都在船上！我要盯著工匠們日夜趕工。船不下水，我就不下船！嘿嘿嘿！」

陳友諒打斷他的喋喋不休，輕聲道：「砍了。」陳三武沒聽清：「皇上說什麼？」陳友諒怒吼：「我說砍了！」立刻撲上幾個侍衛，把陳三武拖下去。陳三武連聲慘叫：「皇上啊！哥啊！饒了我這回吧。哥啊，皇上！」

站在陳友諒身後的所有將軍面孔變色，卻無人敢勸。唯有陳理上前，撲地而跪，求情道：「父皇，陳叔是您堂兄弟，跟您多年了。您就饒過他這回吧。兒臣叩求父皇，陳叔雖然——」陳友諒突然打斷他，嚴厲地問：「告訴我，砍一個腦袋好，還是砍一千個腦袋好？」陳理愕異：「當然、當然是越少越好。」陳友諒發狠道：「正是爲了將來少砍腦袋，今天才不得不砍他的腦袋！聽著，你帶著你陳叔的腦袋，立刻前往船廠，將首級展示給所有人看。傳我令旨，所有戰船，本月底必須全部完工下水，並且成功試航。哪一條戰船沒能下水，或者下水後不中用，則將該船從監工到工匠，全部斬首！去吧。」

陳理顫聲應著，陳友諒又對各將軍道：「明日朝會，總兵以上所有官員，到奉天殿聽令。」眾將戰戰兢兢回答：「遵旨。」誰也不敢怠慢，第二日一早，文臣武將們早早來到漢宮等候，在聲勢雄壯的鼓號聲中，他們列隊登上玉階，進入漢宮奉天殿，小心翼翼排班畢，折腰齊吼：「吾皇萬歲！萬歲！萬萬歲！」陳友諒端坐金榻，叫：「平身。」眾臣將再吼：「謝恩！」

陳友諒起身，一直走到將軍們面前，大聲道：「朕決定了。下月初三，發兵東征！三個月內擊潰朱元璋，攻佔金陵！」此話一出，文武們大為驚駭，一片竊議之聲在大堂起伏。陳友諒一回頭，聲音卻立刻消失。

陳友諒冷峻地說：「武昌距金陵，一千八百多里。朕隔著這一千八百里地，也能聞到朱元璋的帝王之心！你們知道嗎？朱元璋自命忠義，廣招四方賢士，還蓋了一座禮賢館，專門供他們居住。知道嗎？他認了二十多個義子、義侄，手下最能打仗的，都是兄弟營、父子兵！朕還聽說，他那位馬夫人，至今能夠身著布衣草鞋，不避男女大防，親自為負傷將士療傷。這一切，都證明這個禿僧啊，野心齊天卻故作韜晦！這個禿僧哪，是我們大漢國的心腹巨患。因此，取天下必須先除朱元璋！」

眾文武靜靜聽著，此時紛紛竊議：「是啊！是啊！此話不錯。」陳友諒繼續大聲說：「此戰，朕御駕親征！此戰，既是我們開國後的首戰，更是決戰！朕決定，所有軍隊，空國而出，順江而下，直撲金陵，將朱元璋所部全部剿滅。弟兄們都知道的，朕打起仗來是不留退路的，要麼不打，要打就得破釜沉舟，一擊而定乾坤！諸葛亮那種七擒孟獲、六出祁山的打法，朕最討厭！歷史也證明他敗亡了，他不行。他只會運籌帷幄，不能決勝千里，到頭來，把自個活生生氣死在五丈原！」眾文武附和一片笑聲。似乎諸葛亮的做法的確可笑。

陳友諒等大家笑了一陣，才擺手讓大家安靜，又鄭重地說：「此次東征，各部帶足一百日的糧草。百日之後，正是江南稻米收穫季節。到那時，我們已經就食於金陵城下，養兵於淮揚亭園了！朱元璋剿滅後，浙江的張士誠更不值一提，他是個酒色王公、花花太歲，彈指可定！朕琢磨著，最遲年底，長江以南將盡歸大漢，元廷只剩半壁江山，形同僵屍。等到明年開春，我們只要發一支兵，舉一把火，就可將殘元焚爲灰燼！弟兄們，你們牢記朕的十字箴言：首戰即決戰，一戰定乾坤！」

眾文武精神抖擻地昂首大吼：「首戰即決戰，一戰定乾坤！」

戰船終於打造完畢。江面上，一艘艘巨型戰船正在順流而下：混江龍、撞倒山，塞斷江、江海鼇，每艘都有三、四層，甲板闊大，揚巨帆，伸長槳，配炮臺。每艘船都像是一座島嶼。眾船相接，則塞川斷流，布滿江面，望不到盡頭。行進時，各船的炮聲、號聲、鼓聲此起彼伏，接連不斷，以此傳遞著種種號令。

漢軍的聲威與軍威，空前雄壯！

帥船高臺上，老者送的金榻在陽光中閃閃奪目。陳友諒沒有坐在上面，他正與眾將佇立前臺，眺望前方。其中一個將軍稟報：「再有三天，船隊就可馳入鄱陽湖，轉過鄱陽。再有三天，就是堅城洪都。那座城，是朱元璋區內第一座重鎮。」另一將軍請示：「皇上，我們面臨兩個重要選擇：是繞過洪都直下金陵，還是先攻下洪都之後再取金陵？如果取前者，我們可以爭取時間，疾馳金陵，投入決戰。但危險在於，大軍突進後，洪都城內的守軍很可能乘虛而出，威脅我們後路。如果先下洪都再取金陵，雖然妥當，但如果久攻不下，也會延誤進軍時間。」

陳友諒沉默不語。又有一將軍道：「皇上，末將以爲還有第三個選擇——分兵。派十萬兵馬攻取洪都，水師及大部軍力仍然直取金陵。如此，就算洪都難攻，也可以將它圍封，不讓它作亂。」

另幾個將軍紛紛表態，多數都贊同胡帥所言。

陳友諒仍然一言不發，面色冷峻地沉思著。這時，一個將軍突然指向江邊，讓大家看。所有人循聲望去，江岸上，一騎飛馳。騎手高舉一面紅旗急速搖擺著。陳友諒急忙道：「那是信使，派快船把他接來。」說著掉頭走開，獨自在高臺上踱步沉思。眾將則在原處佇立等候，誰也不敢亂動。他們的眼睛都盯著巨船縫隙中忽然馳出的一艘快船，目不轉睛地望著十幾個水手狠力搖動長槳，朝岸邊急馳，心裡都在猜測信使帶來的消息是吉是凶。

快船把岸上的信使接來，陳友諒已回身端坐金榻上，信使登上高臺，向陳友諒叩報，洪都城正在集兵備戰。

陳友諒沉聲斥問：「多少兵？多少民？多少水師？多少糧草？」信使喘一口氣答道：「城內有兵八千餘人，其中水師佔一半。戰船都埋伏在城內河汊裡，隨時可以敞開水閘，沿內河馳入長江。全城百姓約有二十多萬，所屯糧草堆積如山，足有二百萬擔！」

一直顯得胸有成竹的陳友諒臉上露出驚愕神色：「二十萬軍民，屯積二百萬糧草幹什麼？哦，知道了，朱元璋料到早晚會有一場大戰，所以，他預先把糧草屯積在這裡。眞是兵馬未動，糧草先行啊。聰明。」

一位將軍興奮提議：「皇上，既然城中只有八千守軍，何不一鼓作氣將它攻下？奪取糧草，爲我所用！」另一位將軍說出自己擔憂：「洪都城內還埋伏著水師戰船，如果我們棄之不顧，那他們等大軍過後，很可能馳入長江，擾我後路。」

陳友諒倏地站起，厲聲道：「傳令。船過鄱陽後，直馳洪都。準備好八萬精銳部隊，棄船上岸。十天之內，必須攻下洪都！然後再取金陵。記著，十天，多一天都不行！」

再說馬夫人爲朱元璋請回劉伯溫後，朱元璋內心裡安寧不少。他倚重這些通古博今之人，卻也在心裡有意無意地暗暗同他們較著勁兒。於是只要有時間，就催著李善長爲他說古道今。這一日，李善長手執一卷古書，又爲朱元璋「日講」。朱元璋踱步凝神傾聽。

李善長侃侃道：「概而言之，項羽用兵，以一當十。韓信用兵，則是多多益善。兩人雖有不同，但都是名垂青史的良將。項羽夜襲彭城時，三萬鐵騎殺得劉邦五十萬人丟盔卸甲，連老婆、孩子都不要了，此謂以一當十之明證。韓信呢，曾經三次被劉邦奪兵，可是一轉眼兒，他又能籌集出數十萬兵馬出來，而且越戰越多，是謂多多益善！可見，善戰者，不患兵之多寡，而患將之良弱。」

朱元璋顯然已陷入深思，他問：「漢武帝劉邦呢，他比項、韓兩人如何？」李善長笑答：「這嘛，韓信的一句話最爲精采。他說，『漢王不善將兵，卻善將將。』就是說，劉邦雖然不善於統兵，但善於馭將。漢王自己並不善戰，甚至可以說他是屢戰屢敗、屢敗屢戰。但是，他最清楚誰能打仗，最知道用誰來爲自己打仗。上位啊，馭將之道，便是王者之道。」

朱元璋眼睛一亮，自豪地說：「嘿嘿，咱不但能帶兵打仗，咱也能馭將！這方面，咱好像稍勝於漢武。」李善長趕緊附和：「那是，那是。」朱元璋忍不住得意：「咱雖然佩服『以一當十』的將軍，但咱確信，最終勝利總是屬於『以十當一』者。以少勝多只能是偶爾為之，兵多將廣的一方，定能最終取勝。」

這回輪到李善長眼睛一亮，他未曾料到朱元璋能從反面得出深湛的體會。正要撫掌稱讚，卻見一將匆匆奔入，急稟：「大帥，洪都守將遣快馬急報，陳友諒親率大軍，御駕東征了！此刻，已經兵至鄱陽湖！」

朱元璋吃驚不小，卻端起茶碗啜飲，鎮定地問有多少兵馬？將軍道：「水陸三軍共約六十八萬。」未等將軍說完。朱元璋就訓斥：「虛張聲勢！咱早就給他掐算過，陳友諒共有兵馬不到六十萬，留下各州、府、縣的守軍，再留下老弱傷病，可用兵馬最多不會超過三十五萬！」

將軍顫聲回答：「可是，洪都守將稟報說，陳友諒這回動員了全部軍力，空國而來，連首府武昌，都不留守軍。他還親眼望見，長江江面上巨船密布，行駛了兩天兩夜仍不見頭尾。那每艘戰船都有十丈高、百丈長，上有弓弩，下有炮臺，光甲板上就可布兵兩千多！」

聽著聽著，先前顯得鎮定自若的朱元璋臉色漸漸發青，執茶碗的手不禁微微發抖。李善長更是一臉驚駭。將軍繼續稟報：「除了六十八萬大軍外，陳友諒還徵調了百萬民夫，為大軍開路搭橋，運送糧草、軍械！還有，陳友諒把他下達的令旨，叫作《絕命書》。嚴令三個月拿下金陵！逾期，將帥斬首，他退位自裁！還、還有——」

這位將軍見朱元璋面色劇變，嚇得不敢往下說了。李善長齒間迸出一個字：「說！」將軍的聲音游蛇一樣抖動著：「還有，他們三軍上下，都、都在傳誦陳友諒的十字箴言，叫什麼『首戰即決戰，一戰定乾坤』！」李善長渾身發冷，喃喃道：「首戰即決戰，一戰定乾坤？上位，陳友諒不是來打仗的，他是來拼命的！」

朱元璋難得的失神了。他伸手木然地將茶碗放歸案几卻放了個空。只聽砰噹一聲，茶碗落地碎裂，茶水菊花葉一樣朝四下舒展。朱元璋聽而不聞，像是不知道一般。他起身，視而不見地從李善長身旁慢慢走開，只丟下一句話：「知道了。」

朱元璋沉重的雙腳在帥府廊道上木然移動，玉兒手挎花籃迎面過來，看見朱元璋後趕緊側身讓道，含笑請安：「大帥！」朱元璋卻視若無睹，神情呆滯地從她面前走過。玉兒抬頭盯視朱元璋背影，茫然驚駭。朱元璋呆呆穿過院門，把門的侍衛二虎見了他的神情，也心中暗驚。

見朱元璋走到書房門口停下，二虎趕緊上前替朱元璋推開書房門。朱元璋這才看見二虎，沙啞地吩咐：「二虎啊！別讓任何人進來。」二虎答應著，待朱元璋步入書房。他輕輕關閉房門，按劍守立門外。

再說李善長駭然盯著朱元璋跌落的那攤茶碗碎片，好久好久。待回過神來，立刻著人去叫劉伯溫速速過來議事。劉伯溫已經大致聽說了事情原委，面色冷峻地匆匆趕過來，正要施禮相問，李善長已伸出手一把抓住他的衣袖，道：「伯溫，出事了，出大事了！」

劉伯溫見李善長方寸已亂，便格外在心裡鎮定著自己，冷靜地說：「我已經知道了。洪都送來的消息，如同燎原烈火，已經在帥府內外傳開了。」李善長苦笑道：「我說的不是那、是這！」他伸手指著地面那攤茶碗碎片。劉伯溫不解：「這是怎麼了？」李善長望望外面，低聲道：「上位失手了，也失神了，他摔了個茶碗！伯溫啊，這麼多年來，我從沒見他慌張過。可是今天，陳友諒讓他、讓他手足無措了。」

劉伯溫愣了愣，卻練達地說：「上位也是人啊。生死存亡，豈能不慌？」他四下一瞧，奇怪道：「他人呢？」李善長搖頭說不知道。

這時，帥府院內傳來了大片腳步聲，夾雜著急促轟嚷：「上位？大帥？在哪兒呀？！走、走，咱們先上大堂！」

劉伯溫對李善長說：「聽，將帥們趕到帥府來了。」李善長慌了：「這可怎麼辦，上位不在呀！」劉伯溫低聲勸慰：「別慌，這時候咱倆千萬不能慌！即使心裡沒底，也不能讓他們看出來！」李善長有些赧然，勉強鎮定自己，道：「說的是。」劉伯溫又道：「你是帥府大都事，大帥的首輔。他不在，你先頂一頂吧。」

李善長趕緊拉住劉伯溫，生怕他離自己而去，說：「別別別。咱倆一塊去！」劉伯溫急道：「唉呀，我得去找大帥，得把他請出來啊！」李善長只得鬆手，走開兩步又回頭叮囑：「你、你得快著點啊！」劉伯溫嘴裡應諾著，快步離開。

劉伯溫走後，李善長步出大堂，眾將帥早已聚集在堂外空地上，大呼小叫中夾雜著交頭接耳，看得出神色個個緊張不安。外面還有將帥一路議論著陸續趕來。

有人親眼看見，每艘戰船都有十丈高、百丈長，上有弓弩，下有炮臺，光甲板上就可布兵兩千多！

陳友諒立了《絕命書》。限三個月拿下金陵！逾期將帥斬首，他自個退位自裁！

聽說十字箴言了嗎？「首戰即決戰，一戰定乾坤」。

媽的，狗娘養的，眞狠哪！

李善長從容地咳了一聲，笑容可掬地大聲說：「在外頭嚷什麼呢？既然都來了，大堂說話吧。值日的，給將帥們上茶！弟兄們請啊，請！」李善長讓徐達、湯和等將帥先行進入大堂。自己轉到後面，臨進門前，還磨蹭著回頭焦急眺望，希冀劉伯溫引著朱元璋突然出現在面前。

劉伯溫此行可謂出師不利。他朝書房去，遠遠就見書房門口立著二虎，按刀守在門側，他急忙上前相問：「大帥在裡頭吧？」二虎雖直視劉伯溫，卻一言不發。劉伯溫又急又氣，用嗔怪口氣道：「到底在是不在？」二虎佇立不動，居然還是一言不發。劉伯溫心中惱怒，大步上前，正欲推門，只見唰地一閃，二虎的刀柄已經橫擋門前。二虎沉聲道：「大帥有令。任何人不准入內。劉先生，對不住您了！」劉伯溫心下不快，只得快快而回。

書房裡的朱元璋絲毫沒有覺察外面的動靜。他正沉浸在自己的天地間。他仰面朝天，手足劈開，一動不動地將自己攤開在冰涼的青磚地上，兩眼盯著天花板，腦袋裡則在翻江倒海地劇烈思索著！伸手可及之處，擱著一隻大的銅茶壺。突然，一陣巨痛襲來，朱元璋緊緊抱住頭顱，身體痛苦地翻滾著，大茶壺砰地一聲被砸翻。然而，朱元璋咬緊牙齒，自始至終沒有發出一聲呻吟！

帥府大堂裡的將帥們正望眼欲穿地等候著朱元璋。久等不來，大家不由心浮氣躁地吵成了一片！將帥們有的蹲、有的站、老老實實坐著的反而沒幾個。他們個個粗聲大氣，各不相讓。

徐達扯著嗓子叫，顯然想把別人的聲音壓下去：「你們甭被陳友諒嚇住了，天塌不下來！說是六十八萬大軍，有幾個久經陣戰的？在安慶時，老子跟他部下交過手，刀槍一碰，老子立刻感覺出來。媽的，這些娃才放下鋤頭把子沒幾天嘛，爺都捨不得宰他！嘿嘿。」湯和反駁他：「兄弟，安慶那一仗恐怕不能算數。當時，陳友諒所有精銳都用於攻打太平了，花榮正是爲此陣亡的。你安慶只是被陳友諒虛圍著，當然沒遇上強兵猛將。」

徐達彷彿受到極大污辱，氣得瞪眼嘟囔：「你又不在，知道個球！」常遇春嚴肅地說：「我們雖然兵精將勇，但主要強在步軍上。陳友諒馬軍眾多，戰馬大多是從西北引入的汗血馬，馳騁戰場十分了得！更不利的是，他的水師比馬軍更強。那些戰船之大，之多，都是百年罕見！要不是有人親眼看見了，咱簡直不敢相信。」

一位將軍附和道：「列位，我是水師提領，我清楚咱們三條船綁一塊也比不上他一條。那些戰船一旦逼過來，大得簡直壓在咱腦門上了！我的水師不能動，一動就撞人家船幫子。再一個，金陵城緊靠長江邊，地形不利。城是死的，戰船可是活的。他打得贏就打，打不贏就跑。我們裡外都被動啊！」

李善長坐立不安地聽著眾將帥的種種議論，腦袋都大了。他手心、頭、臉都是汗，拼命搖動一把闊大的摺扇，想使自己冷下來、靜下來。他一個勁地看劉伯溫，劉伯溫卻縮在暗處，獨坐無語，抱定宗旨不同旁人交流似的。李善長又急又無奈，生氣地將手中摺扇拍得嘩嘩響。直拍得劉伯溫無法裝佯，才稍稍轉過身來。李善長趕緊朝他探首，扇子遮面，小聲急問：「上位呢？」劉伯溫說在書房。李善長問：「幹嘛呢？」劉伯溫居然是不緊不慢的口氣：「書房嘛，當然是讀書。」李善長氣道：「你進去請他呀！」劉伯溫顯得更氣：「門外有三尺長劍我進不去！」李善長焦躁道：「唉。這都一鍋粥了！快，你說兩句。」

沒想劉伯溫堅決搖頭：「我不說！上回，我就是因爲多嘴，才惹了禍。」李善長急得團團轉：

「你不說，我不說，像什麼話？」劉伯溫卻沉著起來，輕勸：「善長兄，穩著點。大帥沒到之前，咱倆最好都別說話。」

劉伯溫這樣說，李善長眞無話可說了。

這時，李文忠與另一將軍停止竊語，李文忠猶豫地起身，朝眾將一揖道：「在下有個念頭，說出來大夥別見怪。既然打起來勝敗難料，能不能想個別的辦法？」湯和似乎意識到他的意思，催促道：「文忠侄兒，你有話就說吧，坐這兒的弟兄，都是一根腸子通到底，不會見外的！」李文忠受了鼓勵，直截了當道：「降！不是眞降，是詐降。大帥已經向元廷遞過降表了，爲什麼不能給陳友諒再遞一份？」

此話一出，大堂內的嘈雜之聲立刻停止，接著是死一般的沉寂。李善長再次看向劉伯溫，劉伯溫仍然規規矩矩坐著，面無表情。一個將軍起身表態：「文忠侄兒的話有道理。降，也許過分了。我看，可以跟陳友諒言和！」

眾將帥又交頭接耳起來，嗡然之聲不絕於耳。但是沒有誰再站出來說話了。李善長一眼望去，看見點頭贊同者竟然不少。他再次朝劉伯溫傾過身去，輕聲求道：「伯溫啊，促駕去吧！就說我說的，上位要是再不來，恐怕不行了！」他的口氣軟中帶硬，這種口氣他從未對劉伯溫用過。劉伯溫也意識到情況嚴峻，點頭站起來，無聲地步過屏風，再次往書房去。距書房還有一段路，二虎已經看見了他。二虎一言不發，朝劉伯溫堅定地搖搖頭，隨即右手一抖，劍鞘中亮出了三寸銀劍。接著再啐地一聲重新進鞘。

這意思太明白了。劉伯溫在原地站了一會，轉身慢慢踱回大堂。當他踏上玉階時，無意間轉臉一看，頓時渾身一震！透過半邊房門，他看見朱元璋竟然就在大堂側室裡，依案端坐，仔細傾聽大堂內的動靜，同時急速在紙片上記著什麼，劉伯溫眼尖，驚恐地發現他的手在微微顫抖。而一板之隔的大堂那邊，爭辯聲正大作：

反正降元降漢都是降，只要有實力，任何時候都可以東山再起嘛。要沒了兵馬，什麼都沒有！去你娘的，跟陳友諒打！打不過再說。哪能沒交手先叩頭！

劉伯溫趕緊提起精神，快步進入大堂，彷彿什麼都沒看見。他重新落座之後，微微合眼，宛若入定。李善長探首過來，用扇遮面，嗔道：「上位呢？」劉伯溫一動不動，低聲道：「早就來了。」李善長急看四周，未見人。問：「在哪兒？」劉伯溫神秘一笑：「上位嘛無處不在。」李善長懵了一下，想他這種時候還在故弄玄虛，不由怒從心起。正欲反唇相譏，卻一眼望見朱元璋從屏風後面走出來。

朱元璋走上大堂，下面頓時寂靜。朱元璋抱拳笑揖：「對不住，咱剛剛查營回來。」他從容落座。李善長側身道：「稟大帥，弟兄們正在商議應敵方略。」朱元璋道：「接著商議吧。大敵當前，生死危亡。這種時候，最重要的就是把心裡話說出來。說什麼都行只要是心裡話！」李善長心裡放鬆了一下，道：「大帥沒來之前，他們都說過了。」朱元璋面露微笑：「是麼？咱沒聽著，就再說一遍吧。啊？每個弟兄來個三言五語，一個也別拉下！誰開頭？」

徐達率先跳起：「我主戰！調集全部兵馬，跟陳友諒拼個你死我活。萬一戰敗，就退居鍾山，據險相抗。再不行，就回淮西老家，打游擊去！」

幾個將軍呼應道：「末將也主戰！末將主戰！主戰！」

湯和起身道：「我主和。陳友諒率軍六十八萬，我們只有三十萬軍力，相差懸殊。這三十萬當中，還得撥出一部分防備北面的元軍，再撥出一部分監視南面張士誠。我們是三面禦敵。」

李文忠起身道：「末將主降，詐降！陳友諒貪圖的，無非是一個帝位。我們只要承認他的帝位，表面上答應歸降，就可能遲滯他的兵鋒。六十多萬大軍，空國而出。待不長久，仨倆月後，定會生變。」

另外一些將帥也紛紛站出來說話，有主戰的，也有主和的。無論誰說什麼，朱元璋總是連連點頭，「唔唔」地作讚許狀。一個敦厚結實的年輕將軍突然走出來大叫：「大帥，末將主攻！」所有人都吃驚地望向他。朱元璋也望著他：「攻？藍玉啊，怎麼個攻法？」藍玉揮拳道：「咱們不能苦守金陵，應該舉兵出擊，朝陳友諒迎頭殺去！」

將軍中間有人發出嗤笑聲，那笑聲使藍玉頓感窘迫，他不好意思地回頭坐下。朱元璋卻若有所思地點了一下頭，之後望向李善長。李善長簡潔地說：「在下主和。和如不成，則主戰！戰如不勝，則退回淮西，另圖再起！」說完他注意看朱元璋的表情。

朱元璋微笑道：「先生樣樣都說著了。」他的目光突然移到劉伯溫臉上，「哦，劉先生，怎麼一直沒聽到你的聲音呀？」劉伯溫深深揖首，趁機避開迎面急切的目光，道：「在下一時拿不定主意，請容在下三思。」朱元璋寬容地說：「不想說也行，不勉強。這樣吧，各位先回去。今天晚上，放懷喝酒，放頭睡覺。好好地歇一歇。明天辰時初刻，到此聽令！」朱元璋說完此話，起身率先離去。眾將驚愕互望，陸續起身，怏怏而下。很快，大堂空靜了許多，只剩下李善長與劉伯溫兩人。

李善長心中莫名不安，他起身，不悅地對劉伯溫道：「現在可以說了吧，你到底主張什麼？」劉伯溫低聲道：「主攻！」李善長呆怔半晌，不太相信地顫聲追問：「你也主攻？」劉伯溫模稜兩可地淡淡哦了一聲，卻問起剛才那個小將的情況。李善長告訴他，他叫藍玉，是上位的義侄。劉伯溫仍是淡淡笑著，道：「他的話，說到大帥心裡去了。當然，還有我！」

李善長頓時受傷一般，面色虛弱蒼白，皺紋也像是加深了，紋溝裡盛滿悔意。劉伯溫見他這樣，心中有些吃驚，只得默默離去。回到禮賢館，未進西廂就看見童僕小六焦急地站在門外，見主人回來，面露歡欣。劉伯溫正要詢問，小六卻豎起食指到嘴邊，示意主人不要說話，接著指了指虛掩的屋門。劉伯溫疑惑地推門而入，進屋就聽見一片「呼啦」之聲，悄悄轉過屏風一看：朱元璋蹲在圓凳上，捧著一隻大碗，正嘩啦啦大口吃麵。

劉伯溫忍笑折腰：「大帥，在下和小六子的晚飯，都叫您吃了。」

朱元璋放下空碗笑著說：「等你半天了，老不來，肚子餓得咕咕叫。嘿嘿，你那娃，麵煮得不錯，有嚼勁！」劉伯溫愉快地說：「大帥喜歡，六子肯定高興。」沒想朱元璋已經板下臉來斥問：「今兒為何不開尊口？」劉伯溫抱歉道：「在下遲鈍。」朱元璋立刻怒不可遏叫道：「那叫清高！現在說吧，再不說，咱把你腸子扒出來！」

劉伯溫頓了頓，肅容片刻，道：「如要我說，我就請大帥先斬了所有的主降者！」朱元璋知道劉伯溫的鋒銳話語後面，必有高見，笑問：「為什麼？」劉伯溫重重道：「因為來者是陳友諒！跟他交手，根本無須商議什麼戰守降和，你幹他也不會幹，你不戰他也要逼你戰！所以，大帥只有一條路——戰！任何避戰求和的議論，任何怯戰乞降者，不管他是兄弟還是子侄，都不當留，也不足惜。殺一儆百，以振軍心！如此，方能將全體將士都逼到決戰的路上來！」

這話，連朱元璋聽了都倒吸一口冷氣，他搖搖頭道：「這麼絕情的話，眞不像是個書生說出來的。」劉伯溫抗議道：「在下讀過書，但從來不是書生！在下當年剿賊時，最厲害的就是痛下殺手。哦，恕在下罪過，那時的賊是義軍。」朱元璋目光炯炯地望著他，歎了一聲：「劉伯溫啊，咱兩個沒在戰場交手，可眞是僥倖。」劉伯溫趕緊道：「那是在下的僥倖。」兩人相視一笑，笑裡既有惺惺相惜之意，又似心有靈犀之通，但只稍縱即逝，一瞬，雙方目光就跳開。朱元璋讓劉伯溫接著說。

劉伯溫沉思著說：「至於戰法，藍玉那句瘋話說得對，攻！進攻！」朱元璋自豪地大笑：「哈哈哈！知道不，他是咱侄！」劉伯溫高聲稱讚：「好侄啊！」朱元璋又催劉伯溫接著再說。

劉伯溫此時像個將軍，毅然道：「在下建議。一，開倉放糧，動員五州八府三十三縣所有軍民，全力迎戰。二，散發兵器，召募兵馬，迅速擴軍！第三條最重要，我部戰船不足，需要抓緊時間打造戰船，或將民船改造爲戰船。不求大，再大也大不過漢軍的混江龍。但要求行駛迅速、機動靈活，這恰恰是漢軍巨船的短處！」

朱元璋聽到這裡，已經面色爽朗，親切地對劉伯溫道：「這些事，都可以讓李善長辦。他做這些，比你強得多。」劉伯溫笑著點頭稱是。這時朱元璋抓起案上外套，抖了抖，朝肩上一甩，道：「走了，甭送。」劉伯溫不滿足地說：「大帥，在下說半天了，您一直沒說自己的決斷。」

臨出門的朱元璋臉上已迅速換上慣常威嚴，沉穩地說：「咱早說過了，明天辰時初刻聽令，你也一樣。」他走到門口又站下，扭頭問：「劉先生，還有個事。你是不是看見咱貓在側室裡了？」

劉伯溫腦中敏捷一閃：他沒看見我，怎會問我？但不敢撒謊，幾乎是脫口道：「看見了。」朱元璋追問：「還有誰看見？」劉伯溫搖頭：「沒人。」

朱元璋狠狠地說：「那咱就把實話告訴你，生死存亡的時候，最能瞧出人的眞心。咱躲在那兒偷聽，不是想聽弟兄們的主意，是想聽聽他們的忠義肝膽，聽聽他們嚇沒嚇著、慌沒慌神！」

作爲臣子，朱元璋的話讓劉伯溫驚心，但現在最聰明的表現，只能是順連方才兩人間的默契，站在對方的立場上想事，他壯膽問：「大帥聽出來了嗎？」語音體貼知己。朱元璋默默點了一下頭，似乎還想訴說什麼，但終於什麼也沒說。

朱元璋走後，劉伯溫頹然落座，垂首發愣：大帥在暗中，其他將帥在明處，一個有意，一個無心，說不定哪一天，其中某些人人頭落地都不知道究竟是怎麼回事！歷史上，這樣的事情還少嗎？他睜開眼，突然發現地上有個小紙片，想起朱元璋剛才抖過外衣，思忖是他掉出來的。猶豫了一刻，終於擋不住誘惑，彎下腰拾起紙片，湊到燭光下細看。紙片上字跡大小不一，雜亂無章，上面寫著幾個人的名字。有的名字上打個叉，有的名字上畫個圈。宋義的名字旁邊還有一行歪斜的字跡：孬種，咱白養了你！

劉伯溫顫抖的手伸向燭火，將紙片燒盡。心裡卻沉甸甸地想：朱元璋身上長著多少隻眼睛？朱元璋心裡，藏著多少張紙片啊？

朱元璋走出西廂不久，二虎領著侍衛們就跟了上來。朱元璋立刻吩咐二虎去把藍玉找來。他回到帥府內院，遣走侍衛，獨立在月光下等候。

藍玉英氣勃勃、急步而至，帶來一陣清風。朱元璋感覺剛才迷糊的月光清亮了些。他親切地說：「藍玉啊，明天，咱要向全體將士下達戰令。不過，你沒有必要聽了。」藍玉紋絲不動地站著，等待朱元璋往下說。朱元璋動情地說：「今兒在大堂，你最英雄！那一刻兒咱心裡想，媽的，他要是我兒子該多好啊！」

藍玉仍然紋絲不動筆直站立，聽了這樣的誇獎，他自豪又有點不好意思，他不知說什麼好。

朱元璋望著藍玉，字字清晰地說：「陳友諒順江而下，第一關就是洪都！饒州那兒屯有三萬精兵，是咱們最精銳的將士！咱全部交給你了。你帶上他們，星夜趕往洪都，堅守一百天！」

這時藍玉才發出嘶啞的聲音：「遵命！」朱元璋語重心長道：「咱們現在最需要的就是時間、時間哪！但是時間，要靠你們守城、流血、喪命，才能給咱們贏回來！聽著，九十九天丟了城，你死罪！一百零一天以後丟了城，你仍是個大功臣，是此役第一功！」

藍玉嘴裡迸出兩個字：「明白！」隨後，朱元璋親自將藍玉帶到帥府小院，小院周圍竟有一圈護衛舉著火把，把小院照耀得一片通明！院子中央，一匹高大的銀白戰馬正在急不可耐地踢動鐵蹄。它的旁邊，放著一副精緻戰甲，一把錚錚發光的戰刀！

朱元璋望著藍玉道：「這是咱的坐騎、盔甲、戰刀，都給你了。從現在起，你有殺伐專斷之權，砍誰的頭都不必稟報！」

藍玉激動得眼睛閃亮，大聲道：「謝大帥！」朱元璋厲聲吩咐：「洪都城屯積著二百萬擔糧草。它們，是咱早準備要和陳友諒決戰用的。在任何情況下，糧草不准落到陳友諒手裡！」藍玉斬釘截鐵地說：「絕對不會！」

朱元璋一把抓過戰刀，遞給藍玉。情切切地說：「侄兒，舅拜託你了。一百天！」

藍玉跪倒在地，接過朱元璋的戰刀。朗朗重複：「一百天！」

第十五章

元使臣受命走金陵
縣丞事徵船立大功

馬夫人帶著一幫女眷在紫金山上採集草藥。天氣很晴朗，湛藍的天空中只有幾朵白雲浮著，絲棉一樣輕飄飄的。山上草木蔥蘢，鳥在林間鳴，蝴蝶在低矮的灌木野草叢中飛來飛去。馬夫人、玉兒和一幫女眷全部身著素色布衣，手執小鋤、小鏟，背著藥簍，蹲在草叢中尋找、辨別藥草。不經意間，馬夫人看見崖邊伸出的一株珍稀草藥，它紅花紫葉，亭亭玉立，俏麗可人。她喜叫一聲：紫龍花！趕緊朝它登去，卻不料腳下一滑，差點跌下懸崖。邊上的玉兒驚叫一聲，一隻手死死拉住崖邊灌木，另一隻手緊緊拽住馬夫人！兩人屏息斂氣，腳下慢慢移動，好容易脫離險境。

玉兒嚇得面色蒼白，虛汗直冒。望一眼崖邊的藥草，心有餘悸地說：「夫人，多險啊！算了、算了，萬一眞掉下去，大帥他——」馬夫人喘著氣道：「那是紫龍花呀，極爲難得。興許一棵就能救一個將士的命。」玉兒不等她說完，連忙阻止道：「那也不能您去冒險啊！」她左右看看，噔噔噔跑開，一會兒，拾了一枝長樹枝回來，探出去勾崖邊的紫龍花。

她朝著紫龍花的根部用力一勾，再勾！終於把紫龍花折斷，整株拿到手上。

馬夫人笑著拍拍玉兒肩膀，說：「歇歇吧。」兩人盤腿坐在綠草叢中。馬夫人揉捏著膝蓋，伸個懶腰，說：「眞舒服啊。」玉兒取過水葫蘆，遞給馬夫人。馬夫人啜飲幾口，交給玉兒。玉兒接過仰面往嘴裡灌。馬夫人看著她，說：「玉兒，你知道不？每一仗打下來，直接死在戰場的人其實並不多，大部分弟兄都是傷重而死的。最重要的原因，就是無藥可醫啊！」

玉兒憂慮地問：「夫人，打仗，要打到哪一天是頭哇？」馬夫人搖搖頭：「我也不知道 只怕沒人知道。」玉兒看著散布在草木間的女眷們，輕聲問：「夫人，那些姐妹，她們男人都還在嗎？」

馬夫人沉默許久，歎氣道：「她們的男人都死了，而且死的還不止一個男人，有父親，有兄弟，然後才是自個丈夫。玉兒啊，這山上的人，除了你和我，都是寡婦！」

玉兒端詳著手裡美麗的紫龍花，將它湊近臉龐，悲哀地說：「不。夫人，我也是！花榮也死了。」兩人正聊著，一串馬蹄聲驚動了玉兒，她抬起頭來，看見山間小道上，一隊軍騎飛馳而過。她又看見草木間的女眷們，一個個抬著頭，同她一樣在呆呆地眺望小道上的軍騎。她不由自主凝視著她們。她們之中有白髮婦人，有中年女子，再往下一個比一個年輕，最小的不到二十歲！玉兒望著那些女眷，爲她們擔憂：「沒了男人，她們日子怎麼過啊？」馬夫人道：「非常難過，可是也得過啊。」

玉兒心裡難過，不再說話，眼睛又朝草木間望去，忽然，她看見遠遠的山道上，一行衣衫襤褸的人趕著一輛靈車吱吱馳來，車上載著一具棺材。看上去，這是一支送葬的隊伍。她立刻指給馬夫人看。

喪葬隊伍越行越近。馬夫人站了起來，她注意地望著走在前面的呂昶，他雖穿著破衣爛衫，卻顯得清癯幹練，文質彬彬，風骨不凡，尤其兩隻眼睛，斂聚著鋒芒智慧，警覺地且行且看。

女眷們也紛紛站起，羡慕地議論：

看哪，這人眞是好福氣，死了還有個棺材睡！

就是，我男人死的時候，只有半張蘆席裹著。

馬夫人一聽此話，回頭道：「你男人比大帥強！他父母死的那天，連蘆席也沒有。是大帥他哥哥脫下自個衣裳，給娘裹了腳，才下葬的。」

女眷們驚訝地竊竊議論起來。

呂昶朝她們走來，上前拱一拱手道：「列位民女，勞駕了。前面是金陵城麼？」馬夫人不動聲色地打量著他，反問：「你想去哪兒？」呂昶不太情願地回答：「哦！進城，赴金陵中書省衙門。對了，它也叫什麼『大帥府』。」

馬夫人見對方說到大帥府態度不敬，且又帶著一隻棺材，心裡生氣。慍怒地說：「走昏頭了，大帥府不埋棺材！」

一向受人敬重的呂昶哪受得了一個女人如此訓斥？立刻板起臉，生氣道：「這位民女，怎麼這樣說話！」馬夫人豈買他的賬？銳利的目光掃一眼棺材，針鋒相對道：「這位老爺，幹嘛裝成下葬的！」

呂昶一怔，才想起此行大任。口氣軟下來，尷尬笑道：「好眼力啊，呵呵呵！實話告訴你，我等是朝廷欽差，專程前來金陵。如果方便，給你二兩銀子，煩你帶個路吧！哦，足銀二兩啊！」

馬夫人略驚：「欽差？想找誰？」呂昶重重說：「金陵大元帥朱元璋。得！跟你說也沒用，你又不認識。還是引個路吧。」圍觀的女眷嗤嗤吱吱笑起來。馬夫人頓了頓，直截了當地說：「他是我男人。」

呂昶大驚失色，顫聲問：「你是、你是馬夫人？」馬夫人認真點頭，反問：「你呢？」呂昶深揖道：「內閣戶部尚書，欽命招撫大臣呂昶！」馬夫人忍俊不禁：「瞧你們穿的，跟要飯的似的！皮肉倒還白淨。哦，打聽一下，朝廷大臣們都這樣麼？」

呂昶難堪地陪笑道：「夫人取笑了。唉，這一路上不太平啊，到處有匪寇、山賊、強盜，我等為了平安抵達金陵，不得不如此啊。既然金陵城到了，請容在下更衣。入城！」

馬夫人爽快道：「更吧。」呂昶卻為難起來，呑呑吐吐道：「這、茫茫大地，無遮無攔，列位夫人不迴避一下？」馬夫人不以為然地嗔道：「咦，你還眞講究！想叫我們鑽草叢裡去？」

呂昶理直氣壯回答：「更衣，乃君子儀規也！何況，男人看女人更衣不好，可女人要是看男人更衣也有礙夫人之尊吧？」馬夫人見呂昶說話文謅謅的，詼諧有趣，且有理有節，不由對他有了好感，便順水推舟道：「不錯，見我男人是得有個模樣。咱們轉過身去吧。」

眾女眷笑著轉身，像小時玩捉迷藏遊戲一樣。呂昶等立刻扒掉外衣，開棺取出皇旗、權杖、官服等賜物。女眷們等了一刻，聽見身後一聲大喝：「欽命招撫大臣、戶部尚書呂昶，拜見夫人！」便一起回轉身，只見變戲法一樣，呂昶突然變得衣冠鮮亮，形容灑脫。侍衛個個披甲按劍，威風盎然。那輛靈車已經披紅掛綠，遍插旗牌，成了名副其實的彩車。車上高高掛著八個顏體大字書寫的黃錦橫幅：奉旨招撫，恩威天下！

眾女眷瞠目結舌，看得眼亮。馬夫人倒樂了，彩車總比棺材吉利呀。她臉上露出笑容，吩咐女眷們引著呂昶一行進城，自己帶著玉兒，先坐車回了帥府。

馬夫人興沖沖找到朱元璋。他正和劉伯溫坐在內廳閒聊呢。馬夫人自小誦詩學文，喜同文人交往。見有大文豪劉伯溫在，說話更帶勁了。將剛才的事情，繪聲繪色告訴他們。玉兒端水侍候馬夫人洗臉。朱元璋著短褂站在洗臉架旁邊，揮把大蒲扇，趣味盎然地一個勁問：「眞呀？化妝成下葬的來啦？眞絕！哈哈哈！」

馬夫人抬起頭，臉上全是水珠，她接過玉兒手中面巾，笑個不停：「他們把朝廷的聖旨、金冊，還有賞你的御酒、八角官帽，統統藏在棺材裡！最後還來個『更衣』！眞笑死我了。」

朱元璋眼睛亮亮的，誇獎道：「這人聰明，聰明呀！還有，一品大臣甘受這種委屈，心胸也不俗哇！」劉伯溫擱下茶盅，急切地問：「夫人，此人確實名叫呂昶嗎？」馬夫人道：「是他自己說的。」劉伯溫再問：「雙口『呂』，永日『昶』？」馬夫人心想，誰還驗明正身呀，嘴裡說：「大概是這兩字吧。」

朱元璋見劉伯溫少見的鄭重其事，忙問：「伯溫，怎麼著？」劉伯溫道：「如果眞是他的話，那可太難得了！呂昶哪，兩次主刑部，三次主戶部，在朝爲官三十八年。是內閣漢臣中第一能人兒！」

朱元璋訝然：「是麼？咱可聽說每個部都有好幾位尙書啊，漢尙書常常是個陪襯。」劉伯溫馬上說：「呂昶斷然不同！他可是學有眞章，名副其實。這麼說吧，朝廷包括大都在內的典章制度，他瞭若指掌。大元各省的物產、稅賦、鹽鐵、漕運，也都在他肚裡裝著，此人尤善理財！他的本事啊，勝我十倍，只怕也不次於李善長。」

朱元璋激動的臉潮紅，「哎喲」驚叫一聲，趕緊衝守立門畔的二虎吼：「人呢？」二虎一臉窘迫：「在、在簽押房待著。」朱元璋揮揮手：「趕緊請上大堂。噢不！請到咱的書房裡來。」他回頭徵求劉伯溫意見：「書房親切點，是不？」劉伯溫連忙說：「親切，親切！還是書房好。」他的眼睛看著朱元璋身上的短褂，欲言又止。朱元璋順著劉伯溫的目光低頭瞧自己的衣服，明白了，蒲扇猛擊大腿，衝正在侍候夫人的玉兒大喊：「更衣！快拿我長褂子來！那件綢的！」

玉兒趕緊放下手中銅盆，答應著跑去拿長褂。馬夫人吃驚地瞪著朱元璋，揶揄道：「你、你也來個更衣？還、還、還綢的！」

朱元璋換穿綢緞長袍後，隱約有了瀟灑儒雅之氣。他裝模作樣地站在高高的書櫥前，拿起這本書瞧瞧，放回去。再拿起那本書瞧瞧，再放回去。神不守舍地等待著呂昶。

不一會，二虎恭敬地陪伴呂昶進了書房。呂昶一眼望見迎面滿牆滿櫃的書籍，繼而看見「凝神閱讀」的朱元璋，按禮節上前深揖道：「招撫欽差呂昶，拜見朱大帥。」

朱元璋轉身回禮，笑道：「呂先生哪，元璋久仰你的大名！請坐，快請，請！」呂昶躬身謝座。看見玉兒捧著一隻銀盤入內，盤上擱著敕令金冊、八角官帽等物。她將銀盤放在呂昶身邊案几上，隨之爲兩人斟茶。

朱元璋掃一眼銀盤，笑道：「咱認得這帽子，一品官見皇上戴的。」呂昶平靜地說：「大帥明見。」朱元璋親切地說：「剛從棺材裡拿出來的吧？哦，先生別慌，咱不嫌棄！」

朱元璋眞心實意這樣說，呂昶卻大窘，只得強持正經，「啊啊」兩聲之後，抑揚頓挫道：「皇上得知大帥幡然悔過，傾誠來歸，深感欣慰呀！特別是中堂大人脫脫帖木耳，更加看重大帥的至誠至信之心。爲此上奏朝廷，特降恩旨，敕封大帥爲『江南中書省平章政事』！大帥知道吧？如此顯位，相當於整個江南的大元宰相啊！」

朱元璋聽著不耐煩，禮貌地含笑打斷他：「咱以前也得過這官，這回是第二次了。」

呂昶大顯意外：「不會吧，朝廷何時封過你？」朱元璋抿抿嘴角：「不是朝廷。是天下義軍共主明王。」呂昶又窘，「啊啊」兩聲繼續道：「此外，朝廷還特賜大帥御酒、銀冠、敕令金冊等物。對各部統領，朝廷將視其官爵品級，依次封賞。」

朱元璋想忍一忍的，但覺得太浪費時間，就決定把竹筒裡的豆子全倒出來，開門見山道：「呂先生，咱是個直性子，不跟你繞了！咱先告訴您兩件事。第一件，咱不會投降朝廷。送去的那份《降表》，是詐降！醜死咱了。」

呂昶雖有心理準備，卻也沒料到朱元璋會立刻就變，他臉上肌肉動了動，直著兩眼生氣地說：「朱元璋，原來，你也是個無誠無信之徒！」

朱元璋並不生氣，還是笑著：「先生甭發火，就像你藉口棺材避避難一樣，咱那封降表，也是用它避開元軍的攻擊鋒芒。你做得，咱也做得。」

呂昶一時竟想不出話來應對，氣呼呼問：「哼，第二件是什麼？」朱元璋目光炯炯，直視呂昶，態度和藹但口氣決絕：「第二件是你走不了了。咱要留下你，請你做咱的戶部尚書。哦，雖然咱現在還沒有戶部，但以後會有的。」

呂昶登時跳起，臉色蒼白。氣急敗壞地說：「休想！在下生爲大元之臣，死爲大元之鬼！請大帥自重些，放在下回去。」

相形之下，朱元璋顯得格外心平氣和，他平靜地說：「坐下。先生坐下說話。呂先生，咱說您走不了，那就是走不了了！您這樣的能人心裡肯定明白，元廷快完了，您如果再待在那兒，將來就眞得要睡進棺材裡了。告訴先生，咱早晚會打進大都，早晚會有六部，咱現在就想儲備人才，以爲將來大業所用！先生如果一時想不開，咱不著急，咱養著你、等著你，三年、五年都行，就是不能讓你走！嘿嘿，你家又不在青田，走了咱上哪找你去？」呂昶聽到後納悶，喃喃重複：「青田？」朱元璋輕鬆笑道：「噢，那只是個比方。」

呂昶的心卻在往下沉，他深鞠一躬，慘戚戚委曲哀求：「大、大帥，你看老夫這把年紀，快六十了！老妻弱女都在大都，您能忍心？」朱元璋不讓他往下說，打斷道：「咱當然不忍心！咱說了，早晚會讓你們闔家團圓！」呂昶的心一上一下跳動著，他試探地問：「可否請大帥給個恩典。放歸副使，還有那些護衛？」朱元璋明白告訴他：「護衛可以走，至於那個副使嘛，已經殺了！二虎他們審明白了，脫脫之所以派他擔任副使，其實是來專門監視你的！哦，還有，二虎他們也告訴了你的護衛，正副使都殺了。所以，你在大都的家眷，應該不會受到株連。」

呂昶沒想到朱元璋這麼深謀遠慮，心中震撼不小。他的身子因爲突臨劇變而微微顫抖著，知道說什麼也是白搭。朱元璋和藹地說：「呂先生，請用茶吧。」呂昶顫顫端起一隻細瓷茶盅，朱元璋則端起一隻粗瓷大碗。

傍晚，朱元璋心情愉快地回內室。馬夫人正在臨鏡理妝。朱元璋搖個扇，走到她身後，在銅鏡裡露露臉，笑瞇瞇揶揄道：「嘿嘿。怎麼，你也更衣啊？」馬夫人瞪他一眼，問：「談完啦？」朱元璋愜意又得意：「完了！咱們先吵嘴，再喝茶。之後他哭哭啼啼，之後咱們再喝茶！嘿嘿，談得痛快。妹子，你說元廷怎麼那麼笨呢，送咱一個大賢人！」馬夫人在鏡子裡瞟他一眼，好奇地打聽：「怎麼個賢法呀？」朱元璋說：「咱問他。呂先生，您最怕什麼？他說，『我最怕死。身爲戶部尚書，視子民生命爲第一，豈能不怕死？』」

馬夫人一聽稱讚道：「說得好！」朱元璋又說：「咱再問他。呂先生，您最愛什麼？他說，『我最愛財，身爲戶部尚書，掌理天下錢糧，豈能不愛財？』」

馬夫人激動的回過身來大讚：「說得眞好！怕死、愛財，句句都是大實話！管錢糧的人啊，必須誠實可靠，不能有虛言。」朱元璋俯身低聲道：「跟你說白了吧，這方面，我看李善長也不如他。」馬夫人瞪朱元璋一眼：「又來了、又來了！我看你這人啊，喜新厭舊！說不定哪天，我還不如你的新歡呢！」朱元璋著急表白：「看看看看！這是哪跟哪啊！咱在說李善長，咱有根據！善長這人啊，樣樣好，但說話也有不實之處。比如，他經常把五斗三升穀子，說是『將近六斗』。把三千八百老弱，說是『四千精壯』！這方面，李先生就比不了呂先生。」

馬夫人故意撩逗他：「唉，你不覺得那姓呂的有點呆麼？」朱元璋嗔怪地瞟夫人一眼，道：「呆好哇！人呆一點，肯定老實、可愛。關鍵時候，也可靠！劉伯溫、李善長他倆，就是聰明太過。尤其是劉伯溫，咱老覺得，咱一句話沒說完呢，他倒全明白了！鬧得咱怪難過的。你說，要是主子樣樣都叫臣下看透了，這主子還有尊嚴不？李善長日講的時候，就給咱講過這條，叫做『聖君者天威難測』。噯，『難測』的意思你懂不？那就是說——」

馬夫人反身將指頭點在朱元璋腦門上，責備道：「我看你是醉了！」朱元璋委屈地說：「咱沒喝酒。咱發過誓十年不飲！」馬夫人一撇嘴：「那你怎麼滿嘴胡話呢？」朱元璋訕訕笑著：「嘿嘿，今兒高興，揀了個大便宜。」馬夫人也噗哧笑了：「好啦，好啦，我看你是太得意了！我還有事情要同你說呢！」

朱元璋這才坐下來，一臉的莊重：「說！本帥定有公斷。」

馬夫人道：「重八啊，你能不能下個手諭？准許所有將士的遺孀，自由改嫁。」朱元璋再沒想到夫人會說這個，臉頓時掛下來：「什麼意思？幹嘛突然說這？」馬夫人揪心地說：「你不知道，好些遺孀還不到二十歲，你想讓她們守一輩子寡嗎？她們的日子過得太難了。上有公公婆婆，下有未成年的兒女。」朱元璋不願意聽這些，打斷她：「內政司不是按月撥發糧米嗎？她們製作軍服弓弩，不是也給她們餉銀嗎？」

馬夫人嗔怪地看一眼丈夫，這些大男人，哪知道女人的艱辛啊！重八也不例外。她不無埋怨地說：「但是沒有男人的日子，你根本就體會不到！她們一方面得應付艱苦生活，另一方面也得應付野男人的挑逗、欺負！有些遺孀雖然愛上了男人，卻不敢改嫁。還有的，偷偷地與將士私通，拿自個的身體換取升斗粗糧！重八啊，頒布一條律令吧，准許她們自由改嫁，讓她們重新選擇喜歡的男人，成個家，過幾天熱鬧日子。」

朱元璋定了定神，想了想，臉上還是陰沉著，粗聲粗氣說：「不成。男人講義氣，女人就得講貞操！要是男人屍骨未寒，他老婆就改嫁，別的不說，咱也對不起死難弟兄啊！那些弟兄，都是咱送上戰場的呀！他們的遺孤，誰來養？他們的父母，誰孝敬？不成！」馬夫人紅著臉爭辯道：「重八，你得爲活著的人著想。」朱元璋火了：「咱就是在爲活人著想，才不准這麼辦！死難弟兄的父母遺孤，不都是活人嗎？」

馬夫人見丈夫如此僵化，只認死理，也火起來，大聲道：「遺孀們嫁了人，仍然可以贍養父母遺孤嘛！」

朱元璋指著馬夫人大聲說：「好哇！妹子，咱總算知道了。趕明兒咱要是戰死了，你立刻就會改嫁！」馬夫人被這句話說懵了，漲紅了臉，大怒道：「我才不會呢！我什麼人？我是——」朱元璋登時一臉得意：「瞧瞧，你自個都不願意做的事，幹嘛逼別人做？妹子你這叫不誠實嘛！所以，咱才說不成！」馬夫人氣得狠擂朱元璋一拳：「出去，你這個呆子。給我出去！」

朱元璋起身，搖著蒲扇，大搖大擺而去。馬夫人不甘心地跟在後頭嚷著：「這事沒完，以後再跟你說！」門畔，朱元璋得意地丟下一句：「以後嘛，咱也戰死啦！嘿嘿嘿！」

這一天的夜裡，朱元璋到江邊造船廠巡視。這裡到處燈火通明，座座船臺被照得白晝般明亮。船臺上擱置著接近完工的大大小小的戰船。工匠們正在吊裝一根巨桅，工匠頭目吆喝著：「上，上，再上。往左一點。」

朱元璋表情不悅地問：「李善長在哪兒？」二虎指著前方一座棚屋，說他在提調司。朱元璋眼睛望定那根巨桅，不滿地說：「哼，提調司？他是怎麼提調的！」

朱元璋走進棚屋。李善長正在裡面怒聲訓斥幾個提調官：「如今，每一天，每一個時辰，都是洪都將士拿命在換！還有八十三天，所有兵馬就得溯江而上，迎擊陳友諒，就等咱們戰船！可咱們呢，六丈船還歪在船臺上，八丈船到現在還不能下水，按照這種進度，大夥都得掉腦袋！」李善長訓完話一抬頭，看見了朱元璋，趕緊起身問安。所有的提調官都把頭垂得低低的，不敢看朱元璋。朱元璋嗯一聲，衝他們道：「先到自個位置上去吧，過一會，咱瞧你們去。」提調官們急匆匆往外走。朱元璋掃了二虎一眼，二虎也趕緊出去，屋裡只剩下朱元璋和李善長兩人。

朱元璋沉下臉道：「李先生啊，你答應過咱，每十天交給咱五十條戰船。幾十萬弟兄們都在等！他們必須登船之後，才能訓練水戰攻防！」

這話從朱元璋口中說出，眞是力壓千鈞，李善長不由得面紅耳赤，陪著小心道：「上位，開頭可能會慢一點，以後會越來越快。」朱元璋的話像一顆顆的石子，擲地有聲：「陳友諒造戰船就比咱們快，陳友諒用兵也比咱們快！」

李善長見朱元璋動怒，深揖下去，顫聲道：「在下知罪了。」朱元璋沉默片刻，才和緩下來，問：「缺人手不？」李善長道：「當然是越多越好！」朱元璋道：「明天，再撥給你五千精壯弟兄，給工匠打下手。」李善長興奮地說：「這就太好了！」朱元璋問：「資金、木料、銅鐵、絲麻？」李善長趕緊道：「這些，我已有安排。所缺的，就是時間。」

朱元璋的聲音又沉重起來，道：「時間咱沒法給你！估計，陳友諒這會已經開始攻打洪都了。每天下來，藍玉那兒都得死幾百弟兄，十天就是幾千！」李善長深深垂首，身體微顫，口中迸出二字：「明白！」

朱元璋掉頭出門，半道上又止步回望：「你說往後會越來越快？」他不放心地問。李善長高聲回答：「是！」朱元璋道：「多謝了。那咱拭目以待。」李善長望著朱元璋離開，自己身子一軟，跌入座中。一位幕僚輕輕上前道：「大都事，吃點東西吧，你一天沒進膳了。」李善長搖頭，無限傷感地說：「上位從沒有這麼訓過我啊！」幕僚安慰道：「大帥就這脾氣，大都事不要在意。」李善長還是搖頭，突然低聲問：「老宋啊，上位是不是把呂昶留下了？」

幕僚謹慎地看看門外，低聲說：「是。有傳言呂昶是個大賢人啊，將來要做咱們的戶部尚書呢！」李善長一怔，問：「人呢？」幕僚告訴他：「禮賢館撥出兩間屋子，供呂昶居住。」李善長沒吃東西卻心口堵得實實的，沉重地歎息：「唉，禮賢館啊，越來越擁擠嘍！」

再說洪都城關上，剛剛經歷過一場惡戰。青磚地上到處是斷箭殘槍，各種姿勢的屍體縱橫交錯。活著的義軍兵勇正把死難弟兄抬下箭道，抬屍者個個滿面硝煙，身掛傷血。

藍玉腰挎大刀，身著戰甲，滿面殺氣地在城關上走動。他的身後跟隨著兩個副將。他們邁過一具具屍體，巡視著正在鑲補破碎城牆的兵勇，藍玉不時斥令一聲：「這不行，再加固！抓緊點！」

一位老將匆匆迎來，邊走邊道：「上將軍，漢軍退兵了。這回，他們一直退往江邊。」藍玉嚴峻地吩咐：「派哨騎出城打探。他們還會來的！」老將道：「我已經派出去了。」藍玉低聲問：「三叔，今兒傷亡多少？」老將遲疑了一下，輕聲回答：「傷三百多，亡、亡八十。」藍玉發怒道：「太多了。負重傷的弟兄，慢慢也會死啊！三叔，今兒才十九天，照這麼消耗，撐不住一百天。」老將安慰他：「大帥脾氣你知道。他說堅守一百天，其實七、八十天後，他可能就會趕到。」藍玉憂慮地說：「那是可能。咱們只能準備和洪都共存亡了！」他往城下看看，指向內城對老將道：「拆民房！從近城的房子開始，給我一幢一幢拆！把所有磚石木料都搬上城。」

老將驚訝地瞪著眼，沒有動彈。他弄不懂藍玉是何用意。藍玉解釋道：「剛才我看見了漢軍貼城上來的時候，弓弩沒用，而磚石砸下去，一砸一串！」老將提醒他：「藍玉啊，你還記得《律令》嗎？大帥親自頒布的《律令》！嚴禁害民，違者軍法論罪。」藍玉橫眉怒吼：「我才不管那個！我負全責！你只管告訴百姓，城要是破了，陳友諒屠城！老少不留！如果打敗陳友諒，我給他們蓋新房。」老將凜然點頭，應諾著就走，藍玉又叫住他：「還有，咱們不是有二百萬擔糧食嗎？讓百姓吃，敞開肚子吃，但有一條，吃完了得上城助戰！三叔啊，你想法子，給我把每個百姓、每個娃兒、甚至每條狗，都弄來助戰！」

老將匆匆而去。藍玉衝他背影又喊：「還有，牢裡的死囚也統統放出來上城！」

這時候，長江裡的陳友諒正端坐在帥船高臺的那尊金榻上，因爲攻城久久不下，不由惱羞成怒，坐金榻如坐針氈。他令人把攻城將軍叫到甲板高臺上來。兩個將軍被叫過來後單足跪地。其中一將低聲稟報：「皇上，末將連攻了三天三夜，將士折損了大半，請皇上准我稍做休整，添兵再戰。」

他話沒說完，陳友諒就怒沖沖道：「砍了！」幾個侍衛立刻上前，將兩人按住，拖下去。兩個將軍一個怒罵，一個乞饒：

陳友諒，老子多年出生入死，你他媽的忘恩負義！你狗屁皇上！

皇上饒命！末將願意領兵再戰。

環立的文臣武將人人自危，俱眼觀鼻，一動不動。陳友諒沉重地說：「原計劃十天攻下洪都城，今天已經是二十一天了，洪都卻巍然不動！不瞞各位，朕，預感不好哇！你們呢？」

誰也不敢貿然開口，見沒人說話，陳理壯膽道：「父皇，兒臣認爲，洪都雖然沒攻下，但它也是氣息奄奄了。再戰，必能一舉而下。」

陳友諒沒表態。一將上前道：「皇上，洪都已經耽擱了咱們二十一天時間，不能再拖了，趕緊繞過它，直下金陵吧！」另一將道：「末將贊同放棄洪都，全軍掉頭東下。」

一位大臣不同意：「皇上，臣同意太子所言，舉兵再攻洪都。事已至此，如果半途而廢，那就是前功盡棄。」

陳友諒皺眉道：「十萬大軍交相圍攻，二十天都沒攻下它來，這說明什麼呢？說明我們先前情況有誤，洪都城裡根本不止八千守軍，朱元璋在城中，早就屯下重兵了，最少八至十二萬，甚至更多！」

陳理趕緊附和：「父皇聖斷！」陳友諒繼續分析：「這就意味著，還好我們沒有繞過它，直奔金陵而去。否則的話，當我們在金陵與朱元璋激戰時，這洪都城裡的兵馬，必然乘虛而出，斷我們水路，從後面殺過來！」

這下子，所有文武都豁然醒悟，讚佩不已：「皇上明見！皇上聖斷哪！」陳友諒起身，臉上一片凜然之氣，果斷道：「傳旨。全軍休整兩日，之後，把我們最強悍的水師全部調上岸，把水戰用的弓弩、火銃也統統帶上，與步軍合兵一處，全力攻城！朕親赴城下督戰。五天之內，攻陷洪都！」

且說金陵城的李善長，雖殫精竭慮，造船速度仍未見大的進展。他幾乎從早到晚待在船廠的提調棚內現場指揮。棚內像個熱騰騰的蒸籠，幾個提調在裡面緊張得連連拭汗。李善長少見的沒了風度，在棚子裡困獸一樣焦慮地踱來踱去，突然停下指著棚子裡的人怒斥：「不成，你們聽著，今天日落前，五十條戰船必須下水。哪一營做不到，斬哪一營提調官的頭！還有，下水的船必須靠得住。如果試航時發生了滲漏，哼，我也不好多說什麼了。你們看著辦！」提調官們不敢異議，戰戰兢兢道：「是、是！明白，明白！」

這時幕僚拭著汗匆匆奔入，簡直是肆無忌憚地大叫：「大都事！大都事！」李善長心裡正煩躁著，生氣地讓他「鎮靜」！幕僚立定，仍然興兜兜的，一臉掩不住的欣喜，道：「稟大都事。江寧縣衙來報，他們負責的一百條戰船，已經全部齊備！而且——」

李善長沉著臉斥道：「不可能，又在說謊！」幕僚根本不在意李善長的態度，還是興奮著：「嘿嘿，而且他們還多準備了一百二十條船，總共是二百二十條！」

李善長目瞪口呆。所有提調官一片嗡然！李善長直覺出現了奇蹟，顫聲問：「船在哪兒？」幕僚道：「停靠在江心洲。」李善長掉頭奔向門外，騎上馬，瘋狂地鞭馬直馳江心洲。到了岸邊，他奔上堤壩，顧不得狼狽，上氣不接下氣地直上堤頂，朝下一望，頓時呆定。只見密密麻麻的船舶停靠江邊，幾乎望不到頭。他貪婪地望著望著，終於露出了久違的笑容。等回過神來，看見堤壩另一頭，平靜地立著一個官吏，個子不高，細眼白臉，雖目不旁視，李善長卻感覺他是在全神貫注吸引自己的注意。

李善長鎮定一下自己，很有風度地朝那人走去，走到官吏面前，問他：「你是江寧縣丞？」官吏換上恭敬的神色，深深一揖道：「稟大都事，縣丞患病去職了。屬下是江寧主簿。暫理縣丞事。」李善長便問姓名。官吏告訴李善長他叫胡惟庸。李善長一字一頓：「胡－惟－庸。」沉吟道：「唔……這事是你辦的？胡惟庸謙謹地回答：「是。」李善長不動聲色地打量著他，道：「我仔細看過，那些船並不全是新船嘛。」胡惟庸爽朗地答道：「稟大都事，它們比新船更好用。因為，它們都經歷過大風大浪的考驗！」李善長詫異道：「說吧，船是怎麼來的？」胡惟庸謙恭地說：「屬下斗膽稟報，鄙縣在大都事限定的時間內，不可能完成一百條戰船。」李善長頷首道：「這個我知道！」胡惟庸的聲音漸漸興奮起來：「所以，屬下發出告示，徵召江海各處船舶，限五丈以上。告示上不提備戰，而只說徵召船舶載運石材木料，運往下江。凡應徵船舶，每月給銀五十兩，這相當於正常運費的五倍！之後，屬下把僅有的十幾條船全部派出去拉石頭了，每船預付了五十兩現銀。但他們一旦揚帆，立刻一傳十、十傳百。各地的江船、海船便紛紛趕來，賺取銀兩。」

李善長原來一直提心吊膽聽著，生怕有何不妥。至此終於大大舒了一口氣，確信大功告成。顫聲道：「好哇！」

受到稱讚，胡惟庸的聲音反而恢復了平靜，殷勤地用手指著江裡的船說：「請大都事細看那些船，它們表面上雖然陳舊，但船身堅實無比。這是因爲，海浪大於江浪，海船定比江船堅實！只要稍作改裝，那就是上好的戰船哪！」李善長再也忍不住喜悅，上前拉住胡惟庸，激動地說：「眞是太好了！老夫眞不知該如何謝你！」

胡惟庸恭敬揖首道：「不敢。屬下早就仰幕李公多年了。」李善長開心的大笑：「哎呀呀，老夫眞是昏昧！江寧藏著你這麼一個大才子，我怎麼就沒發現呢！」胡惟庸微笑道：「李公日理萬機，寸時寸金。」

李善長笑道：「聽你談吐，是個飽學之士！考過科舉嗎？」胡惟庸道：「鄉試僥倖中了。會試麼，慚愧，兩次名落孫山。」李善長立刻增添了親切感，大聲道：「那何愧之有？是科舉誤人嘛！哎呀，眞正的賢才異士，反而不屑於科舉。即使赴試，也經常不入那些昏昧考官的眼，被他們耽誤嘍！老夫早年，也深受其害。」胡惟庸簡潔地說：「李公一言中的。」

李善長像遇上了知己，親切地讓胡惟庸跟自己走。胡惟庸默默跟著走了一段路，李善長奇怪地轉臉道：「胡惟庸，你也不問問上哪兒去？」胡惟庸恭順地說：「李公說上哪兒，屬下就上哪兒不必問。」李善長更高興了，笑道：「那我就告訴你，咱們哪，見大帥去！我呀，我要把你重重地舉薦給朱—元—璋！」

胡惟庸笑了，深揖謝恩。李善長且行且感歎：「我得讓大帥明白，什麼呂昶之輩，都不過是徒具虛名罷了。咱們自個身邊就藏龍臥虎哪！嘿嘿嘿！」

李善長領著胡惟庸剛剛邁上帥府大門前的玉階，就見劉伯溫跨出門檻，迎面走來。李善長平時雖然排名在劉伯溫前，但與劉伯溫在一起時，每每自覺底氣不足，甚至還有隱約的自卑。此刻，他突然氣宇軒昂起來，得意地領著胡惟庸走上前去。劉伯溫何等精明人也，一眼看出李善長異樣來，早早謙讓地站下，彬彬有禮地抱拳招呼：「善長兄，連日辛苦了！」李善長這才匆匆一拱拳，且說且行：「哦，伯溫哪，大帥在嗎？」劉伯溫說：「剛剛下堂。應該在書房吧。」李善長似乎生怕劉伯溫再問，匆匆領著胡惟庸快步走過。劉伯溫滿腹狐疑，踟躕離去，半道上又回首，深究地打量著兩人的背影。

李善長就這樣一臉興奮地走進書房，朱元璋身著短褂，正搖扇皺眉看《孫子兵法》，卻是怎麼也看不進去。李善長引薦了胡惟庸，胡惟庸施禮問安，李善長在旁邊如此這般說了事情原委，朱元璋聽著聽著就把書一扔，咧嘴笑起來，抬頭打量著肅立的胡惟庸，問：「聽你口音，是淮西人吧？」胡惟庸道：「屬下祖籍鳳陽，三河鎮，聚賢屯。」朱元璋見他熱得一頭汗，親手把自己喝的大碗遞過去，笑道：「那兒離咱家五十來里，一天能打個來回。」胡惟庸雙手接過碗，一氣飲盡，卻不言謝，雙手把碗放回案上，道：「屬下父母鄉親，都對大帥感恩戴德。」

朱元璋還在笑瞇瞇地打量他：「胡惟庸啊，你立了大功，功不可沒！但咱想問問，你每條船、每個月給五十兩銀子，縣上哪來的這麼多銀子？今後你怎麼辦？」胡惟庸鎮定地回答：「稟大帥，縣上並沒有這麼多銀子，但屬下是這麼想的：銀子只給一次就行，船卻要全部扣下做戰船。如果戰勝陳友諒，大帥什麼都會有，何愁銀兩？如果戰敗，那就是金陵不保，將帥亡命，到那時銀兩又有何用？此外，那些船竟然有一半是浙江開來的，是張士誠屬地的船。這些船，即使是戰勝了陳友諒，也不必放歸，應當全部編入水師，效命於大帥！」

朱元璋睜大眼睛，興奮極了，竟把桌子一拍，道：「說得太好了！胡惟庸，你馬上搬到城裡來，就在禮賢館住下，任帥府參知，文三品！從今往後，你就協助善長，辦理所有的軍政事務。」胡惟庸深揖：「屬下領命。謝大帥！」朱元璋笑道：「嘿嘿！你嘛，就甭叫大帥了，和善長一樣，叫咱上位吧。」

李善長領胡惟庸告退。出了書房，李善長就一路介紹著：「前面是帥府大堂，後面是內眷居室。哦，那片屋子，就是中書省所在，你我辦公的地方。看好嘍！離大帥近在咫尺啊！」胡惟庸恭聲道：「屬下清楚了。」李善長微笑地問：「惟庸啊，知道你今天最大的收穫是什麼嗎？」胡惟庸思索片刻道：「進見了大帥，升任了帥府參知。」李善長道：「這雖然不錯，但並不是最大的。」胡惟庸再想不出名堂，道：「那、屬下就不知道了，請李公教誨。」

李善長諄諄教導：「你最大的收穫，是從今以後，可以稱大帥為『上位』了！」胡惟庸不明白，詫異地問：「大帥與上位這兩個稱呼有什麼不同嗎？」李善長自豪地說：「大有講究！我只告訴你一條，只有跟大帥過命的弟兄、義子，才有資格叫他『上位』。整個金陵城裡，叫『上位』的人不超過二十個！嘿嘿！知道劉伯溫嗎？」胡惟庸顫聲道：「鼎鼎大名，如雷貫耳！」李善長更得意了：「就他，也只能叫『大帥』，而不能叫『上位』。上位也從來不糾正他！這裡頭，大有內含啊！當然啦，劉伯溫也有自知之明，並沒有隨意改口。」

還有這麼深的名堂啊！胡惟庸恍然大悟：「哦！謝李公教誨！不過，李公啊，屬下還有一個最大的收穫。」李善長奇怪地「哦」了一聲，胡惟庸朝李善長半跪，長揖道：「那就是屬下三生有幸，認識了李公！李公賞拔之恩，屬下沒齒不忘！」這話說到了李善長的心坎上，他期待的就是這個。他顫聲道：「起來，起來！唉！老夫真是無話可說了。」

這一天的深夜，朱元璋剛睡下不久，就被一陣尖銳的馬嘶驚醒！他問二虎外面發生了什麼。二虎往帥府外奔去，見黑暗中，兩個軍士牽著一匹戰馬急匆匆走來。戰馬上軟塌塌地倒著一個人，不知死活。戰馬在帥府前駐足，軍士欲抬下馬背上的人。二虎厲聲問：「那是什麼人？」一軍士道：「稟將軍，他是小明王的貼身侍衛，已經身負箭傷，剛剛進城門，就不行了。他自個說，是從山東趕來的，奔馳了兩天三夜。」

二虎一驚，馬上命令門衛趕快把他抬進來。自己進去稟報。朱元璋著短褂匆匆趕到客廳，那個明王侍衛肩上還在滲血，背靠椅腿，歪坐在地。朱元璋俯身輕喚：「兄弟！」明王侍衛氣息奄奄地說：「大、大帥，明王被脫脫大軍包圍，在沂蒙山，犄角嶺。元軍人多勢大，大將軍劉福通率軍苦戰了半個月，還是沒能退敵，五萬弟兄，死傷大半了，劉大將軍也受重傷。還有，我們糧草殆盡，最多只能堅守三、兩天。明王令咱突圍傳命，請朱大帥趕緊率軍救援！大帥，生死萬急，刻不容緩哪！」說著，一陣劇痛襲來，侍衛暈倒。

朱元璋沉痛地吩咐把明王侍衛抬下去。他衝著二虎道：「傳李善長、劉伯溫、徐達、湯和、常遇春到帥府來，立刻！」二虎應聲欲去，朱元璋又補充道：「哦，還有那個胡惟庸，也一塊叫上吧。」

須臾，人都到了。朱元璋坐首座，後立二虎。李善長等人依序環坐兩旁。惟有胡惟庸不敢就座，恭敬地站在李善長旁邊。朱元璋肅容道：「咱原以爲，脫脫所率的元軍，要麼西征陳友諒，要麼回師陝西。沒想到的是，元廷發生了內亂，脫脫率兵奔向大都，幫著他主子爭大位去了。但是，脫脫途經沂蒙山時，遭遇了小明王！唉，再怎麼著，明王也是天下義軍的共主啊，他要是落到元軍手裡，元廷就可以用他的頭顱傳令天下，說北方賊寇已被剿淨，南邊的也指日可滅！再說，小明王落難，咱也有責任。咱要是沒遞上那份《降表》，脫脫就不敢走啊。所以，咱打算救他。親自去救！」

說完朱元璋目光四下一掃，但掃來的是一片沉默。朱元璋皺眉道：「贊同不贊同，都言語一聲！」

劉伯溫起身道：「大帥，在下堅決反對援救明王，特別是大帥親自前去！我們當務之急，是全力迎戰陳友諒，他隨時可能棄洪都於不顧，揮師西進。」湯和也站了起來道：「我也不贊成上位親自去。非救不可的話，我去！」徐達道：「叫我說，根本不必救！咱們起兵十年了，得過小明王一兵一卒沒有？沒有！咱們是自個壯大起來的。跟他沒關係。」常遇春提出異議：「三哥這話不對。先大帥郭子興，就是老明王部下！怎麼說沒關係？咱們十年來，都是打著明王旗號南征北戰的。再說，要是江北義軍弟兄全部滅嘍，元廷就可以全力對付咱們。」

朱元璋點頭道：「四弟說得對，咱倒忽略了這一點。」

這時候，李善長緩緩開口了：「上位啊，你親口說過，洪都城每天都要死上百個弟兄，十天就是上千。所以如此，就是爲了爭取時間。」

朱元璋苦笑道：「媽的，讓你逮著了！不錯，咱是砍下了一條胳膊，丟給陳友諒啃，咱也痛啊，痛得厲害！可只有這樣，才能把陳二麻子阻擋在洪都，咱好在日後砍了那個狗娘養的！」李善長繼續道：「現在戰船大都齊備，各營都在練習水戰。您卻要率軍北上救人，來回最少三十天，值麼？如果有這個時間，我們爲何不提前西征，迎戰陳友諒？」

朱元璋望著大家道：「今兒就說白了吧。一個，步軍改習水戰攻防，沒有四、五十天根本不行。你們幾個將帥說，是不是這樣？」徐達、湯和、常遇春都不約而同地點頭。湯和還道：「水師統領說過，四、五十天都勉強。」朱元璋說：「再一個，藍玉在洪都多堅守一天，陳友諒就得多付一分代價，咱這兒就多一分把握。所以，咱才給藍玉一道死令，堅守一百天！咱是拿洪都三萬八千將士的性命，換取時間，以便日後跟陳二麻子決一死戰！」

眾座皆驚，只有劉伯溫沒有異常表情，似乎早知此意。朱元璋道：「援救小明王，咱親自去最有把握，來回也最多二十天。等咱回來的時候，這兒差不多萬事皆備了，正好舉兵西進！」

眾座又是一片沉默。劉伯溫猶豫地說：「大帥既然把話說到家了，在下也就冒昧了。」朱元璋嗔道：「直說！」劉伯溫冷靜地說：「沒有明王，大帥是主子。一旦把明王救到金陵來，大帥和明王，誰是主子？明王如果說這說那的，大帥您聽是不聽？從是不從？！所以，明王名為天下共主，實際上是大帥的包袱，對此，棄之為佳，救回來，才是自尋煩惱！」

眾人像是在岔路口經人指了路，一片聲稱「是！」朱元璋氣得狠狠瞪了劉伯溫一眼，卻無言可答。待眾人平靜下來，他賭氣似地說：「不成，咱說了，咱要救，咱親自救！這個事，就這麼定了，不議了！」

劉伯溫再不開口了。徐達、湯和、常遇春同聲道：「遵命！」這時，胡惟庸突然俯到李善長耳邊低語幾句，李善長一邊聽一邊點頭，末了，鼓勵道：「惟庸啊，直接跟上位說！」胡惟庸便朝朱元璋一揖，道：「上位！」稱呼剛剛出口，劉伯溫便驚訝地看了胡惟庸一眼，立刻意識到，這是大帥新歡。

胡惟庸恭聲稟報：「據浙江船民帶來的消息，張士誠正在向湖州調兵。那兒距金陵不足三百里。屬下擔心，金陵所面臨的危險，不止是北面元軍和西面漢軍，還有南面的吳軍啊。」劉伯溫立刻贊同：「胡惟庸說得對。張士誠一直在等待時機，想趁大帥和陳友諒交戰時，突然出兵，坐收漁利。非但如此，如果他知道大帥率軍北上了，可能驅兵攻打金陵。」

朱元璋看兩人一眼，自信地說：「哼，咱了解張士誠，他沒這個膽子！」

劉伯溫卻針鋒相對道：「稟大帥，他沒有，陳友諒有！大帥一旦離開金陵，消息幾天之內就會流傳出去，斷然封鎖不住！那時，陳友諒會派人飛報張士誠，說朱元璋北上，金陵城空虛，咱倆趕緊東西夾擊，平分天下，諸如此類，肯定會！」

此話令所有人震動、沉思。好一會兒，朱元璋才沉重地開口：「你說的是啊！」李善長見朱元璋口風改變，加重口氣勸阻：「上位，不要北上！也不可北上！」朱元璋又沉默了一會，卻出人意料地恨恨道：「明王咱是救定了，不管你們心裡頭怎麼罵，罵咱迂也好、恨咱固執也好，咱非救不可！誰再阻攔，滾出去！」

眾人個個大驚失色，從沒見朱元璋如此暴怒。驚駭之下，俱悶頭不言了。劉伯溫無奈之下，獻出一計：「那麼，在下建議，大帥北上的同時，派精兵猛將主動進攻湖州打得越兇猛越好！其用意，是威懾張士誠，令他以為我們要全面進攻了，只圖自保，不敢輕舉妄動。」朱元璋終於露出笑容：「好主意。劉先生，這麼好的主意幹嘛不早說？」

劉伯溫苦笑道：「因為在下一直盼望您不要北上。現在逼得沒法了，只好說。」

朱元璋望著三個將帥，簡潔地問：「誰去？」三個人都相爭不讓。

徐達道：「南面是我的部下。當然我去！」朱元璋猛擊大腿，站起。所有人立刻起立。朱元璋高聲分派任務：「明兒一早，咱北上救援明王，常遇春部同去；徐達率本部猛攻湖州，不管打下打不下，十天之後立刻撤軍，回原防地駐守；湯和留駐金陵，率全軍練習水戰攻防；李善長繼續打造戰船，籌備軍械，越多越好；劉伯溫留守帥府，處理日常事務。」

眾人領了任務，紛紛告退，各就各位。徐達、湯和、常遇春快步奔出大門，各騎一匹戰馬，鞭馬急馳而去。劉伯溫、李善長稍後並行出門，胡惟庸則跟隨著他們，卻自動與他們保持一段距離。

天空很晴朗。彎彎的月亮又尖銳又神秘。溶溶月色中，劉伯溫與李善長踱向禮賢館。劉伯溫看了看身後，又尖銳地瞟李善長一眼，道：「善長兄，恭喜了。你收了個高徒啊！」李善長謙虛地說：「唉，當不起！胡惟庸入閣，是大帥賞拔的。我不過引見了一下。」劉伯溫問：「用銀兩詐取海船是他辦的吧？」李善長微笑說是，忍不住糾正道：「幹嘛說『詐取』，應當說智取。」劉伯溫連忙改口：「是、是。智取！瞧，我又說漏了。」他真心讚歎：「他辦得好哇！」

李善長倒一時無話了。過了一會兒，突然搖頭歎息：「大帥今天，瘋了！金陵如此危險，還要三面出擊，洪都，江北，還有湖州。唉　」劉伯溫沒有李善長那麼沉重，他笑笑，輕聲說：「這才是朱元璋呀！我心裡雖然氣，可也真佩服。哎！」他回頭招呼胡惟庸：「胡惟庸，別拉那麼遠，上來一塊走。」

胡惟庸這才快步上前，恭敬地朝劉伯溫施禮。劉伯溫誇獎道：「剛才在帥府，你雖然話不多，但說得在理！」胡惟庸道：「謝劉公誇獎。」

劉伯溫說：「我想問一聲，你贊不贊成大帥救援明王啊？剛才就你沒表態。」胡惟庸謹慎地望著李善長。李善長道：「可不是麼！說吧，惟庸。」

胡惟庸慢慢道：「當時，屬下也不贊成救援明王！但是，屬下後來想，還是救了好。」李善長驚訝地問爲何？胡惟庸道：「別人可以不救，大帥得去救。因爲，大帥一直高舉忠義大旗，屬於明王正宗。」

劉伯溫淡然一笑：「就這些？」

胡惟庸再看了李善長一眼，似乎有些爲難：「還有，屬下如果說錯了，請李公、劉公恕罪。」李善長極想聽個究竟，忙說：「沒事，你只管說。」

胡惟庸道：「明王是一桿大旗。如果這桿大旗落到旁人手裡，那不更麻煩嗎？江北又不止劉福通一支部隊！與其這樣，不如把明王掌握在自己手裡。這就叫『挾天子以令諸侯』。」

雖然胡惟庸低吟淺唱一般，態度低調。然而淡淡的幾句話一出，李善長卻如大夢初醒，愕然看定胡惟庸，感到自己還是低估了他。

劉伯溫卻是棋逢對手一般默契地笑了笑，道：「不錯，這才是朱元璋。」

這時候，洪都城已經到了生死關頭。

城下，戰鼓咚咚伴著驚天動地的殺聲、喊叫聲，無數漢軍正在圍攻洪都城。陳友諒身穿帝服，披著金甲，巍然不動地高坐在皇車上觀戰。城關上，密密麻麻的軍民正在拼死禦敵。他們用弓弩射擊，用雙手高舉巨石、滾木，連續擲下城牆！

藍玉站在城關最險要薄弱處，揮舞大砍刀，東砍西殺。幾個漢軍剛剛從城牆冒頭，他就一刀揮去，將他們砍翻，掉落城下。一個將軍奔來，沙聲大叫：「上將軍，南關破城了！」藍玉怒叫：

「那你跑來幹什麼？殺退他們！把南關奪回來！」他向身邊的兵士揮手，讓他們跟著將軍去！將軍領上一群人，急急奔走了。老將軍支著槍桿，一瘸一拐地奔來，顫聲道：「上將軍，北關不行了，漢軍已經上城了。」藍玉揮刀怒吼：「砍翻他們，上來一個砍一個！一定要頂住！」老將軍沒有馬上離去，顫顫叫了聲：「藍玉啊！」藍玉瘋狂地叫：「待這兒幹嘛，快去！媽的，告訴將士，漢軍要殺過來，就抱著他們跳城，一塊死！」

老將軍槍桿一歪，跌倒了，腿上鮮血直淌，他沙聲叫道：「藍玉，聽我說，最多兩個時辰，城關必破！焚倉吧！」藍玉一驚，不肯相信地問：「三叔，你說什麼？」老將軍慘痛地說：「我說的是實情！陳友諒親自督戰，漢軍都拼了命了！這城早晚要失守。大帥說過，二百萬糧草不能落到他們手裡，是不是？」藍玉決絕道：「絕對不能！」

老將軍叫起來：「那麼多糧草，燒起來也得兩個時辰，才燒得乾淨！咱們現在就得焚倉！」

藍玉彷彿才清醒過來，沉痛地問：「三叔，你、你眞覺得、覺得這城守不住了？」老將軍喃喃道：「肯定會破，肯定是守不住了。」藍玉臉色鐵青，沉思片刻，突然大叫：「媽的，守不住咱就不守了！傳命，老五營的，全部下城，到東門集中！」

立刻，長長的城關上遍傳號令：「上將軍有令，老五營的全部下城，東門集中！」老將軍驚愕地問藍玉要幹什麼？藍玉嘶聲大叫：「反攻！我要帶人衝出城，反攻！既然守不住咱就不守，咱拼它個你死我活！」老將軍吃驚地瞪著藍玉，說不出話來。藍玉的神情決絕凜然：「三叔，這是咱們最後的機會。你立刻把所有傷兵都帶到糧屯去，澆上火油，堆上硝炭，只要我一死，你立刻舉火，焚倉！」說著，他掉轉身奔離。這時，許多將士執刀槍奔下箭道。城關上留下的軍民越來越少，但他們更加拼命砍殺攀上來的漢軍，更加拼命地將磚石滾木擲下城沿。

藍玉來到東門的時候，那裡已經聚集著大片甲士，他們個個手執兵器，目光堅定，流露出必死的決心！在他們前方不遠，兩扇巨大的城門正被外面漢軍撞擊得轟轟作響，只見那厚實的門板正在一寸寸開裂，隨時可能倒下！

藍玉已經重新披上一襲戰甲，他雙手執一刀一盾，背後還插著一把大刀。他快步走到隊伍最前面，焦黑的臉上，一雙黑白分明的大眼睛露出炯炯的兇光。他朝甲士們怒叫：「老五營的聽著！明年今日，就是咱們的周年！在咱們之前，死過無數弟兄。在咱們之後，還會有弟兄戰死！今兒，輪到咱們了，這是咱們的福氣！聽著，誰要是怕死，站一邊去別擋道。不怕死的，就跟我衝出去，跟陳二麻子拼了！」

眾甲士舉起一片森林般的刀鋒，齊聲怒吼：「拼了！拼了！！拼了！！！」吼聲中，藍玉轉過身，怒視著欲裂的城門。突然，他左手執盾一橫，同時右手舉刀刺天！頓時，吼聲消失。所有甲士死一般寂靜，只有他們的眼睛在頭盔下閃射著熾烈的光芒！

城門在顫抖，裂口一寸寸擴大，擴大。藍玉橫刀，佇立不動。他身後，所有甲士俱紋絲不動！城門繼續顫抖，像一個患重症的老人，搖搖欲墜。裂口也在繼續擴大，擴大。終於，城門轟然傾倒，潮水般的漢軍湧了進來。

藍玉仍然不動，只高喝一聲：「弓弩！」城關兩面突然射出無數支利箭，衝在前面的漢軍紛紛中箭倒地。藍玉這才狂吼一聲：「上！」

所有的甲士跟隨藍玉，風暴一般捲出城門，撲向漢軍，瘋狂地砍殺！漢軍猝不及防，節節敗退。

城牆下不遠，是一座座巨大的糧屯。所有的糧屯底部都被堆上了硝炭。傷兵們還在往糧屯上潑澆火油。老將軍一手支著槍桿，另一手舉著正在燃燒的火把，他在等待最後的時刻。他的周圍，七倒八歪地坐著、站著許多傷兵，他們人人都手執火把，眼睛都在注意高高的城牆上的動靜。城牆上，一個觀戰的傷兵不斷地朝這裡傳遞消息：「上將軍衝出去了！上將軍正在拼殺！」

上將軍藍玉與他帶領的甲士已如蠶蛹一樣陷入了層層漢軍的包圍之中。他揮動著朱元璋的大砍刀，如野獸般東砍西殺！漸漸的，藍玉面前的漢軍稀疏了，狼狽敗逃了。藍玉喘息著，抽空朝遠處望望，望見了一輛黃綢遮頂的高聳的皇車，他揮刀狂喊：「陳二麻子在那兒，弟兄們，跟我衝！」率先朝皇駕衝去。

皇車上，陳友諒正驚奇地站起來，呆呆地朝前面看著。邊上護駕的陳理驚叫道：「父皇，他們衝過來了。父皇快退！」但陳友諒卻拔出了天子劍，他憤怒了，他率眾軍士直朝藍玉衝去。

雙方很快匯聚在一起，一場翻江倒海的血戰再次打響。而城牆腳下的老將軍眼中含著淚，朝這兒望過來。他舉火把的手不自禁地顫抖著。城牆上，觀戰的傷兵突然慘聲大喊：「完了，上將軍倒下了！咱們人垮了！」老將軍的身子晃了晃，又站穩。他發出沙啞的命令：「焚倉！」他朝糧倉走去，手執火把的傷兵們跟在他的身後。

突然，城關上又傳下狂叫：「上將軍站起來了！我的天，藍玉他站起來啦！」老將軍的手又抖起來，他縮回火把，仰望城樓。城關上，傷兵繼續大喊：「上將軍又衝上去了。天哪，漢軍在敗退！哈哈，漢軍垮了，他們開始逃命了！藍玉在追殺他們！」

走向糧倉的傷兵們都停了下來，很多人都哭了，渾身發抖，彷彿正在衝鋒的是他們自己！是他們又打退了敵軍的瘋狂衝擊！城關上的狂喜喊叫終於打開了傷兵們的陰鬱臉色：「我的天哪！咱們勝了！看哪，漢軍在逃命，他們全部在逃命啊！我們得勝了！」

老將軍踉蹌後退，手中的火把唰地插入一座沙堆，熄滅了！傷兵們都把手中火把插進沙堆，他們沉著地將全部火把熄滅。然後，他們紛紛頹然倒地，不知誰帶了個頭，他們擁在一堆抱頭痛哭：嗚嗚嗚！

第十六章
朱大帥草叢驚明王
小明王敕封尊「國公」

元軍進入了沂蒙山區，他們組成了一個個的方陣。兵勇們一手執圖紋猙獰的盾牌，一手執刀，單膝跪地，注視山上，時刻準備交戰。一個軍官手舞令旗，騎快馬從方陣後面馳過，沿途高喊：「中堂有令。賊軍已被圍困山中，彈盡糧絕，插翅難飛。著各部嚴加警戒，以防不測！生擒賊首者，賞銀千兩，封萬戶侯。」喊聲未畢，忽然一聲慘叫，胸口竟然已中一箭！他搖晃著跌下馬來。

四周的元軍兵勇驚恐地仰望高山。層巒疊嶂的群山上，風吹葉動，不見其他異樣動靜。

早有人將此事稟報脫脫知道。脫脫正坐在帳中寬大的虎皮帥椅上，聽了稟報，面無表情，只是冷峻地凝視面前一隻數尺高的鐵籠子。他突然起身，走到鐵籠子前，轉身掃一眼眾將，說：「看見這隻籠子了吧？這是本堂給那個『明王』準備的。我要把他裝在籠子裡，敲鑼打鼓地帶回大都，沿途展示給各州、府、縣的漢家百姓們看！告訴他們這就是如日中天的賊首，這就是名揚四海的義軍皇上！可他現在跟耗子一樣縮在這裡，在啃自個的腳趾頭呢！」

眾將一片轟笑。

脫脫繼續道：「只有這樣，才能讓造反者寒心，讓未造反者不敢造反，讓猶豫徬惶者望而生畏！從此以後，忠君主，耕田地，做順民！哼，讓百姓看看這籠子，可比說什麼都管用啊，甚至比聖旨、告示都更管用！最後，我們再把這籠子獻給朝廷，那時列位將軍就可以晉爵領賞了，你們就可以回家喝得爛醉，摟著自個的女人上炕了。當然了，你摟別的女人我也不管！」

這話調節了氣氛，引起各種各樣的笑。

脫脫突然發怒，恨聲喝道：「住口！現在笑還太早了，因為這籠子還是空的！」

眾將立刻噤若寒蟬。

脫脫目光嚴厲地巡視眾將，道：「本堂剿賊多年了，深知賊性狡詰，變幻莫測。我們哪，經常是在最後時刻讓賊溜了，弄不好還讓賊反咬一口！所以，這一次，務必要小心謹愼，嚴加防備，絕不能讓賊首溜掉！明白嗎？」

眾將高聲應諾。脫脫稍稍放緩了語氣，道：「好消息是山間的賊軍已經彈盡糧絕了，而周圍三百里內，並無任何賊軍。所以，他們是孤軍，內無糧草、外無救兵，所剩無幾，坐以待斃。可壞消息是孤軍者，也能成困獸！也能拼死一搏！所以，你們萬不能以爲勝券在握了，你們務必全力以赴，牛刀宰雞，把它給我剁碎嘍！聽令：明日天明時，擊鼓爲號，各營一齊出動，進山搜剿。一草一木，都不能放過。直到把賊首揪出來！本堂，提籠以待！」他說著轉身，從案上抓起一副圖像，高高展示給眾將：「看！這就是賊首，一個十四歲的娃子。左胸前，有一片核桃大的烏龍痣。」

將領們一個個上前，注視著畫像中的少年。響起一片叫罵聲：「媽的，眞是個娃子嘛！乳臭未乾！」

而這時候，朱元璋也在尋找明王下落。他正率領一群甲士在山野中奔馳。與脫脫正好相反，他是去解救明王的。他們奔至高處，朱元璋勒馬眺望，問身旁的常遇春：「四弟，犄角嶺快到了吧？」常遇春四下望望，嘟囔道：「這山怎麼都長得一個模樣？咱派出哨騎出去打探一下。」朱元璋下馬令各營休息，好好吃一頓。準備天黑透了再行動。

常遇春與朱元璋在林中找了一塊平整些的草地坐下。二虎上前，把一塊木色線布鋪到兩人中間，再展開一隻小包裹，裡面是大餅，乾肉等物。朱元璋撕下一塊大餅，自顧自地大嚼起來。

常遇春從後腰摘下一隻酒葫蘆，得意地朝當中一擱。朱元璋趕緊聲明：「不喝。堅決不喝！咱發過誓十年不飲！」常遇春嘴一撇，嗔道：「沒人請你！」說著拔掉葫蘆蓋，獨自大飲一口，幸福地長歎一聲。再撕塊肉嚼一嚼，舉起葫蘆又大飲一口，再幸福地長歎：「啊！」

朱元璋再也受不了酒的氣味，沒好氣地說：「四弟，躲遠點！」

常遇春嘿嘿一笑：「怕啥呀？經不起誘惑了？你吃你的，我又沒惹你。」

朱元璋無話可答，無奈地望著常遇春喝酒吃肉，腦子機靈一動，突然說起正事來：「天黑以後，咱就突襲元軍大營。你挑幾個靠得住的將軍，帶人猛衝猛殺，造成大亂！我呢，衝進元軍包圍圈，尋找小明王。」

常遇春又舉起酒葫蘆，大飲一口，幸福地「啊啊」了兩聲，才說：「遵命！」朱元璋望著他愜意的模樣，皺眉問：「哎，張士誠的旗幟軍裝，帶上沒有？」常遇春嘴裡沒閒著，含糊地回答：「帶上了。」朱元璋又交代：「吃完飯，令弟兄們都穿上張部的軍裝、打上張部的旗幟。讓脫脫以為，偷襲他的是張士誠部下。往後，好把元軍鋒芒引到張士誠那邊去！」常遇春從口邊拿開肉，笑起來：「哥哎，你就喜歡嫁禍於人！」朱元璋一心想支開他，又問：「哎，那些旗幟軍裝到底帶上沒有？」常遇春道：「說過帶上了！」

朱元璋不依不饒，非要常遇春親自去檢查一下。訓示道：「為將者，事必躬親，不可大意。」

常遇春無奈，嘴裡嚼著肉走了。

朱元璋望著他走遠，壞壞地笑了一聲。趕緊抓過葫蘆，狂飲一口，吞下，閉眼半天不動，很久後才「啊」了一聲，長歎：「老天爺，眞他媽過癮！」接著，朱元璋一口接一口，不顧一切地狂飲起來。正喝得忘乎所以，一睁眼，突然看見常遇春向這邊走來，趕緊放下葫蘆，背轉身，若無其事地嚼自個的餅子。

常遇春一屁股坐下，道聲「都在」，伸手抓過葫蘆，欲飲，卻一滴酒也沒了。他狠狠瞪著朱元璋後背，把葫蘆一摔，斥問：「這是誰幹的？醜不醜啊？」

朱元璋仍然背著身體，嚼自個的大餅，一言不發。

常遇春譏誚道：「還說十年不飲呢，還說天子無戲言呢！一轉臉兒，偷人家酒喝！醜不醜哇？醜死了！」

朱元璋理不直氣不壯，口氣軟下來，有點告饒的意味：「今兒栽你這了，回去別說噢！咱這是頭一回初犯！」常遇春拖著聲調說：「一回跟一百回有什麼區別？回去我告訴弟兄們。」

朱元璋急了，回身厲聲道：「不准說！四弟，這不是小事，咱說過十年不飲，就得言而有信。你得維護咱尊嚴！」常遇春以退爲進地說：「那好吧，有個條件！」朱元璋知道他要出鬼點子，但把柄捏在他手裡，硬不起來，無奈道：「說出來聽聽吧。」常遇春果然提條件了：「打敗陳友諒後，他那些汗血馬，歸我！我的騎兵營缺戰馬。」

朱元璋顯得頗爲難，道：「哎呀，徐達也要啊！」常遇春抓起空葫蘆，再次一摔，叫道：「你甭老是徐達、徐達的，凡是好軍械你都給了他！你偏心啊你！」朱元璋此時只能遷就他：「好。打敗陳友諒後，首先將就你！」常遇春興奮的目光如炬：「定了？」朱元璋鄭重點頭。常遇春滿意地說：「嗯，那偷酒的事咱就不提了。以後要是饞了，咱還可以幫你偷！哦，還有個事。」朱元璋生氣地說：「有完沒完？敲詐勒索啊你！」常遇春卻繃緊了臉，正色道：「今晚偷襲，你絕不能上陣！你得待在這兒指揮全局，哪兒都別去！嫂子、還有善長他們，都反覆交代過我。聽見啦？」

朱元璋望著他，無言以對。

當晚常遇春帶領騎兵衝進元軍大營的時候，已是半夜時分，大營外的元軍衛士抱著長槍、靠著欄杆昏昏欲睡，突然間，四周火光驟起，殺聲震天。等衛士清醒過來，常遇春等早已拍馬衝進大營。聽見殺聲，脫脫腰懸長劍，提著頭盔，匆匆掀開帳門。他剛要把頭盔戴上，常遇春已經趕到面前，提刀砍下來，脫脫趕緊低頭，那頂剛戴上的頭盔已被劈翻在地，咕轆轆在地上滾。脫脫望著四處衝殺的義軍，憂心忡忡悲歎：「唉，又來了！」

朱元璋親自下山去找小明王。山下每隔十幾公尺，就有一堆篝火燃燒。一堆連著一堆的篝火，似乎將整座山都圍住了。元軍將士坐在篝火邊上，個個昏昏欲睡。

黑暗中，只聽唰的一片響，篝火旁的元軍全部中箭，無聲地倒下。

朱元璋出現在灌木草叢中，他揚起大砍刀，大喝：「衝上去！」幾個義軍將軍爭先上前，後面跟著大群甲士。他們邊衝邊砍，將如夢初醒的元軍接連砍倒。

朱元璋早忘了常遇春的交代，揮舞大刀，左一下，右一下，劈殺得十分快意。二虎緊隨他身後警覺地護衛著，緊張萬分。朱元璋接連砍倒幾個元兵之後，有些忘乎所以，得意道：「媽的，過癮！」突然兩個元兵執長槍衝來，直刺朱元璋。萬急中，二虎撲上去，砍倒了一個，另一人的槍尖卻刺中了他腰間！二虎痛得大叫一聲，朱元璋驚回首：「二虎！」一面反身砍倒元軍。二虎搖搖晃直起身來，呻吟著說：「沒事。」

朱元璋叫人將二虎扶回去，招呼眾將趕快上山尋找明王。

天漸漸亮了，東方發白，晨曦滋潤著沂蒙山中的花草樹木。山中的氣氛卻顯得淒清。義軍將士在山間仔細地搜索前進。草木叢中不時出現兵勇的屍體。朱元璋發現不遠處的草枝晃動了幾下，他悄悄拔出長刀，躡手躡腳上前，撥開那片高高的野草，看見一個身著百姓衣裳的少年戰戰兢兢地縮在野草叢中，他的面色蒼白憔悴，雙眼露出恐懼的神情。朱元璋一震，一把撕開他外衣，裡面是一件杏黃色王服。他再一把撕開王服，孩子的左胸裸露出一塊黑痣。

朱元璋心裡無聲地歎息著，整整衣裳，將砍刀朝身邊一插，在孩子面前跪下，正聲道：「江南平章政事朱元璋，拜見明王！」

那孩子驚恐地看著他，嘴唇哆嗦著想哭。

沂蒙山麓酣戰之際，張士誠卻在宮中瀟灑行樂。皓月當空的當夜，天空出奇的藍，陣陣細樂繚繞的湖畔樓臺中，一排樂伎正在彈唱，幾個宮女在樂曲聲中翩翩起舞。張士誠與眾雅士坐在酒案後面，已經醉意盎然。他隨著樂曲的節奏，抑揚頌道：「明月幾時有，把酒問青天。不知天上宮闕，今夕是何年。我欲乘風歸去，又恐瓊樓玉宇，高處不勝寒。哎呀呀，天上宮闕，豈有人間自在？李太白夢幻半生，醒來也不過一寒士也！」

一雅士優雅一揚頭，笑說：「如論文韜武略，詩史子集，唐明皇也當爲陛下折腰哇！」張士誠愜意地舒暢著身子道：「言過，言過。唐明皇如在此座，我倒想請教他，江山美人，孰重孰輕？家事國事，事事何爲？」幾個雅士同聲喝采，大家都快意地大笑起來。

宰相張士信卻在蹙額生悶氣。他坐在樓臺下的青石凳上，焦慮地問一臣工：「陛下這頓詩酒，到底要吃到什麼時候？」臣工陪笑道：「快了、快了，請大人稍候。」張士信氣呼呼道：「快了？我看等到月亮掉下來，他也結束不了！去，再稟他一聲。我有要事。」

臣工應聲入內。張士信坐立不安，焦急踱步。過了一會，臣工匆匆歸來。張士信忙問：「怎麼說？」臣工爲難道：「微臣還沒開口，陛下就豎起了一根銀勺，朝我劃拉了一下。」張士信沒弄明白，問：「他吃好啦？」臣工苦笑一下，解釋道：「他讓我出去！」張士信的臉色陰沉下來，不甘心地責問：「那你就夾著尾巴出來了？」臣工道：「陛下正在跟大儒們續詩聯句。誰要接不上來，就得罰酒三杯，緊張之至啊！」

張士信怒極，臉都扭曲了，恨恨道：「我哥啊，都是被那幫子風流雅士教唆壞了！」他冷著臉，大步朝樓臺走去。臣工急忙跟上去，慌張地勸阻：「大人息怒。大人不可造次！大人，您想幹什麼？」張士信冷冷回答：「我嘛，我也劃拉他一下！」

張士信昂首進入樓臺，逕直走到張士誠案前。雅士們頓時安靜下來，吃驚地看著他。張士信揮臂一甩，將案上所有玉盤珍饈全部劃拉在地，只聽咣噹噹一片亂響，玉盤碎了一片。張士信朝那些雅士們望著，眼裡簡直冒得出火，他怒吼道：「滾！」雅士們跳起身，張惶而去。樂伎舞女也抽身下臺。

張士誠咬牙切齒道：「士信，你越來越放肆了！」張士信心急火燎地埋怨：「哥啊，朱元璋、陳友諒他們都在爭天下！你呢，整日泡在詩詞酒色中，將士們看了寒心，臣下都敢怒不敢言！」

張士誠諷斥：「敢怒不敢言？難道你不是臣下？你不是拍案而起了麼？說啊，你還是不是臣下？」張士信無奈地垂頭道：「是。」

張士誠啪地一掌擊去，怒喝：「跪下！」張士信欲跪，半道突然又站起來，大喊：「不！哥，你再這樣下去，江山早晚將淪於他人之手，咱們會國破家亡的！」張士信說著從袖中掏出一柬，抖開晾在張士誠面前，道：「你看看，這是陳友諒遣飛馬送來的密信！」

張士誠心中不耐煩，不看信柬，只問張士信：「陳友諒說什麼？」張士信道：「他說，他已經攻下洪都，現正在揚帆東下。十來天即可抵達金陵。還說，金陵臥底密報，小明王兵敗山東，困守沂蒙，奄奄待斃。而朱元璋竟然率軍北上去救主子了！金陵空虛，陳友諒要我們即刻出兵，東西夾擊，合力消滅朱元璋，均分天下。」

這信並不能打動張士誠，他冷笑地譏諷：「哼哼，陳二麻子說什麼，你就信什麼？」張士信道：「我當然不信！我非但不信，還知道陳友諒狼子野心，他是司馬昭之心哪！他一旦滅了朱元璋，下一步會吞併我們！所以，我們應該搶先拿下金陵城，壯大實力，以備陳友諒將來翻臉。」

張士誠沉吟不語，表明他心中猶豫不決。

張士信跪下了，摯切道：「哥啊！陛下！金陵不但空虛，而且面臨強敵，人心慌亂。陛下，抓住這千古良機，趕緊攻取金陵吧。給我三十萬兵馬，我親自去！不能讓金陵城落到陳友諒手裡。」

張士誠久久盯著張士信，咯咯冷笑了：「你呀，兄弟。起來吧！這麼多年了，沒大長進，仍然是個匹夫之勇，無識莽漢！你竟然沒看出來，這一切都是陳友諒的詭計麼？他想利用我們爲他攻城！還有，天底下哪有這樣的傻瓜，會在陳友諒大舉進攻的時候棄城不顧？朱元璋根本不會爲一個小明王而離開金陵！」

張士信正欲說話，張士誠看見那個臣工立於門口，進退兩難的樣子，問他什麼事？臣工慌張揖道：「稟陛下。探馬飛報，朱元璋正在進軍湖州，兵馬五萬多，來勢兇猛。統軍大將，就是他的結義兄弟徐達。」張士信驚疑道：「他怎麼敢？」張士誠得意的對他說：「聽見了吧？朱元璋竟然來攻咱們了！我現在考慮啊，陳友諒是不是跟朱元璋勾結起來了。唔，完全可能！這兩個傢伙狼狽爲奸，而且一個比一個奸！他們想誘我入套，趁機呑併我東吳江山！」

張士信將信將疑：「這可能嗎？」他像問人，又像自語。

張士誠用教訓的口氣道：「不管可能與否，總須嚴加提防。士信，別的先不說了，著你親自領軍馳援湖州，抵禦朱元璋部！記著，只須據城堅守，不准出城與徐達交戰！」

且說朱元璋分派李善長等留守金陵，已經二十多日。這一天李善長在帥府中書省臨案批閱文牘，胡惟庸捧著一摞呈文入內，一件件擱到李善長面前，恭聲道：「六合縣請示減免車馬甲冑等物，屬下初擬駁了！」李善長抬頭問：「理由呢？」胡惟庸道：「大都事上月初五，已答應減免六合應繳戰船十八艘，此次，不應再予寬縱。」李善長贊同。胡惟庸再遞上一件：「鎮江府新徵兵勇一千二百口，需餉銀三千六百兩。屬下初擬照准。並酌加餉銀一千二百兩。」

李善長微怔，問他爲何要加？胡惟庸道：「屬下親赴鎮江查驗過，這一千二百人，全部是十八至三十歲的青壯，無一虛報！這在當前，極爲難得啊。」李善長欣慰道：「好！批覆鎮江，所有餉銀務必全部發到兵勇手中，府衙不准截留！」胡惟庸應諾：「屬下即辦。哦，李公，這件較爲棘手，屬下不敢自斷。」李善長「哦」了一聲，讓他概要說說。胡惟庸道：「水師千總劉長生，與驃騎副將宋大貴的遺孀非法同居，並致使該遺孀身懷六甲。」李善長勃然大怒；「大戰在即，出這種醜事，成何體統！」

胡惟庸沉吟道：「此事，軍法難斷，民法也難斷。屬下聽說，大帥曾與夫人爲遺孀再嫁事相執不下。」李善長訝然：「是有這事，不過你怎麼知道的？」胡惟庸微笑道：「那遺孀，曾向夫人侍從玉兒哭訴過。而玉兒將她領到我那兒去了。」李善長換了口氣，沉重地說：「棘手，棘手啊。」

稍停，胡惟庸恭聲道：「屬下以爲，李公有兩個選擇。一是可將此事交三軍總監湯帥處理。那麼，那位犯事的千總必處軍法；二呢，可將此事轉內政司處理。那麼，夫人自會有斟酌。」

李善長微笑望著他，問：「你的意思呢？」胡惟庸道：「屬下的意思，大戰在即，正需將士效命，還是轉內政司吧！」李善長點頭贊同。這時，隨著一串急促叫喊「老哥，老哥呢？」湯和匆匆入內。

胡惟庸急忙替湯和搬過一張椅子，奉上熱茶。湯和道了謝，說出一個令大家心驚的消息：洪都丟了！他讓胡惟庸快去叫劉伯溫來商議。李善長驚訝地問他，洪都是何時丟的？湯和說是八日拂曉。陳友諒的幾十萬大軍圍攻了五天五夜，被他攻克了。

正說著，劉伯溫與胡惟庸已經走進來，湯和看見他們，只點了一下頭，繼續說下去：「陳友諒拔下洪都後，最多休整三天，然後必定率師東下，直撲金陵！」

劉伯溫拉了一把椅子，坐下就分析起來：「水師順流而下，如果風順的話，四、五天可達金陵。加上陳友諒休整的日子，那麼就是八、九天。」湯和插言：「可能更快！如果我是陳友諒的話，我就不做休整，我會讓步騎統統上船，於航行途中休整！這樣，又可節約三天時間。」

此話令劉伯溫、李善長驚懼。李善長氣急道：「大帥北上已經二十多天了，八天沒有消息。也不知何時回來？唉！眞不該去啊！」湯和道：「我的想法，三軍立刻登船，航至上江三叉口，佔領有利地形，準備迎戰陳友諒。」李善長感到自己擔不起如此重大的責任，猶豫不決地說：「大帥還沒有回來，不妥吧！」湯和急了，說：「派多路哨騎尋找大帥，找到後，請他不必回金陵，直接趕往三叉口。善長，沒時間啦！」

劉伯溫的眼光正盯著牆角的一隻蜘蛛，它結了網，自己卻從網中落下來，眼看越落越低，細細的絲線就要被拉斷，倏忽間它又縮了回去，離蜘蛛網又近在咫尺了。他心有所動，收回目光，對湯和說：「湯帥，恕我多心。洪都什麼時候丟的？」湯和有點不耐煩：「哎呀，說了，八日拂曉，敗兵來報！」劉伯溫卻是不厭其煩：「是藍玉派來的信使麼？」湯和悲歎道：「藍玉已經陣亡了。」

劉伯溫沉默了一會，還是說出自己的懷疑：「前些天，也有哨騎報過，說洪都失守了。加上這一次，已經是第三次了。」湯和打斷他：「這一次，是兩個城裡的殘兵向安慶守將稟報的，他倆親眼看見，洪都東門、北門都破了！唉，跟你說白了吧。我原先估計，藍玉領三萬人，最多堅守洪都兩個月，而他已經堅守了八十多天，很了不起啦！」劉伯溫冷靜地說：「我的意思是，既然這是第三次報失守，那不證明前兩次是誤報嗎？豈有一座城接連失陷三次的道理？或許，這一次仍然是誤報哇。或許藍玉沒死，又把城門奪下了，洪都雖然萬急，但它仍然健在。」

湯和搖搖頭，動情地說：「我了解藍玉，他打起仗來不要命！動不動就衝上去。」

一直在認眞傾聽兩人對話的李善長此時終於下了決心：「我贊成湯帥，所有兵馬、軍械登船待發，但不可揚帆。再等大帥三天。」湯和立刻掏出令冊朝案上一拍：「大帥不在，調動戰船必須我們幾個連署，才能下令。」

李善長提起筆，在令冊上簽下自己的姓名。湯和上前接過筆，唰唰幾筆後，執筆看著劉伯溫。劉伯溫猶豫了，他並沒有放棄自己的觀點。湯和在一旁催促他。他猶疑地接過筆，但還是簽下了自己的名字。

湯和抓起令冊就走，一面說：「我馬上頒布戰令！」劉伯溫不快地望著他的背影，朝李善長稍微一揖，無言離去。李善長示意面前那些呈文，讓胡惟庸拿去辦理。

一直沉默佇立於旁的胡惟庸上前取過呈文，說：「屬下即辦。」他走到廊道時加快幾步趕上了走回自己簽押房的劉伯溫。「劉公。」他在他身後叫。劉伯溫停步問：「何事？」胡惟庸斟酌著說：「劉公剛才所說的，陳友諒揮師東進，到金陵需要四、五天時間。」劉伯溫說：「是啊。如果風順的話。」胡惟庸陪笑道：「盛夏無風，即使有，也是東南風。」劉伯溫猛醒：「噢！陳友諒東下應當是逆風，四、五天到不了。而我們如果溯江西進，倒是順風了！」胡惟庸笑了：「劉公明見。」劉伯溫責備道：「胡惟庸啊，剛才為何不糾正我？」胡惟庸微笑道：「哦！劉公只是一時口誤，馬上就會想到的。屬下沒有什麼好說的。」劉伯溫注視胡惟庸，心裡有點感動。他淡淡一笑：「你是個厚道人啊。多謝！」

劉伯溫離去。胡惟庸凝視他的背影，不屑地一笑。轉身愜意自語：「說的不錯，咱不厚道，誰厚道哇？」

其實這時候，朱元璋、常遇春他們已經行進在回府的路上。兩人縱馬急馳，至一高坡，朱元璋回首張望，只見一輛王車遠遠地拉在後面。

朱元璋對常遇春說：「四弟，速度太慢了。照這樣，明晚都到不了金陵。」常遇春也道：「是啊，我們出來都二十八天了。城裡的人該急死了！」朱元璋思索片刻，道：「還有二百來里吧！你先行回城！告訴他們，咱和明王後天午前一定到。讓三品以上文武到光華門接駕。還有，三軍登船待命，所有糧草、軍械也全部裝船。抓緊一刻是一刻。」

常遇春答應著，打馬馳開，剛馳出不遠，卻勒馬回首，不放心地提醒：「上位，陳友諒的汗血馬。」朱元璋笑笑，揚揚手：「有數，等打敗陳友諒再說。」常遇春作驚訝狀：「喝酒時你可不是這麼說的！要變卦？」朱元璋沉聲道：「你和徐達，誰在此戰中功勞大，汗血馬歸誰！」常遇春大叫：「好！定了？」朱元璋不耐煩一劃手臂道：「定了！」

兩天後，朱元璋終於帶著隊伍回到了金陵。李善長等文武臣將早在城門外列隊迎駕。儀仗兵勇手執鼓號排立在城門口。一輛王車馳來，小明王身著王服，端坐錦座之上。朱元璋騎馬跟隨在側。

李善長等文武官員朝王車揖拜，口中喊：「拜見明王。」小明王局促不安地頷首微笑著。車駕匆匆而過。朱元璋即刻跳下馬，當頭便問：「兵馬軍械，上船了嗎？」湯和得意地回答：「早登船了，三天前！」朱元璋歡喜道：「好！善長啊，立刻在城關上布置敕封大禮。完後，咱們直接上船！」

敕封大禮的儀式就在城關上舉行。那裡刀槍閃亮，旌旗林立。城關當中設置了傘蓋和丹陛。小明王換上一件更為燦爛的王服，手執一札，端端正正地坐在龍椅上。

鼓號聲響起，一個文臣高喝：「江南中書省平章政事朱元璋，率文武臣將及夫人叩拜明王！」話音未落，鼓號齊鳴。朱元璋一身大紅袍服，沿紅地毯徐步上前，後面跟行馬夫人和他們年少的兒子朱標、朱棣等，再後面跟行李善長及文武部下。

朱元璋行至駕前，三跪九叩。明王木木然起身受拜。一侍從捧銀盤上前，明王將手札擱到銀盤上。那侍從隨即高聲道：「明王有旨，敕封朱元璋爲吳王，尊『國公』，加領左丞相，授節制天下兵馬之權！並冊封夫人馬氏，爲王妃，賜一品誥命。」

冊封聲中，馬夫人徐步上前，再拜。侍從繼續宣旨：「冊封長子朱標爲世子，朱楨、朱棣等爲王子。」

幾個少年上前，叩拜如儀。

只有一個人沒有參加熱鬧的敕封儀式，他就是劉伯溫。他遠離眾人，正站在城關陰涼處閒閒地搖扇納涼。童僕小六子在他身邊，不停地踮著腳兒看，興奮地問：「老爺，您怎麼不去拜皇上啊？」劉伯溫微笑著說：「我麼，拜不拜都是我。」小六伸著頭頸，羨慕地說：「老爺，那個皇上跟我差不多大哎，穿得可眞漂亮！」

劉伯溫笑笑：「那是戲裝，當然得漂亮嘍。他們在演戲嘛。」小六又問：「哎呀！老爺，我怎麼沒瞧見皇后啊？」劉伯溫道：「這嘛，老爺就不知道了！不過……沒有好哇。」小六說：「人家當皇上，都有幾十個皇后嘛！」劉伯溫噗哧笑了：「人家那是眞皇上，這個是假皇上。六子，甭羨慕他，你比他舒服。」小六吃驚地問爲什麼？劉伯溫淡淡道：「他嘛，活不了多久！你呢，肯定比他活得長，還有個驢子騎騎，是不是？」

沒等六子說出下面的話，他們就看見胡惟庸從不遠處的旁門走出來，手執一札，進退兩難的樣子。劉伯溫警覺地問他怎麼沒參加大禮？胡惟庸解釋說自己當值，剛剛趕來。劉伯溫問他手中文札是什麼，胡惟庸道：「才收到安慶急報，說洪都沒丟，藍玉仍在血戰堅守。劉公啊，您眞有先見之明哪！」

劉伯溫傲然一笑：「叫我僥倖言中！惟庸啊，等大禮結束，你就呈上去吧，大帥該高興壞了！」

胡惟庸唯唯應著離開。敕封大禮終於結束了，朱元璋手裡拿著冊封金冊，喜氣洋洋地循箭道而下，湯和、徐達、常遇春等將帥緊隨其後。朱元璋見胡惟庸侍立於道旁，走近問道：「胡惟庸，有事麼？」胡惟庸雙手遞上信札道：「安慶將軍急報，洪都沒丟！」朱元璋一把取過信札急看，片刻，手揚信札顫聲道：「藍玉眞是了不起！好侄兒，良將啊！嘿，你們幾個瞧瞧，洪都還在咱們手裡，藍玉還在血戰堅守呢！哈哈！今兒眞是雙喜臨門！」

湯和他們圍著看信札。胡惟庸帶來了好消息，朱元璋笑著邀他同行。行走間，朱元璋問他：「胡惟庸，劉伯溫怎麼沒來呀？城門接駕，他就沒來。敕封大禮，他又不在。」胡惟庸小心回答：「稟上位，劉伯溫來了，在城關上。」

朱元璋怔了，立停問：「既然在，爲何不參加大禮。他在幹什麼？」

胡惟庸不想說的樣子，勉強道：「在、在和人說笑。」朱元璋不滿意他吞吞吐吐的樣子，慍怒道：「說什麼？笑什麼？」胡惟庸還是猶豫，朱元璋的聲音明顯加重了：「直說！」

胡惟庸顫聲道：「他說，大帥和明王在演戲。還說，明王是個假皇上，活不了多久。」

一層陰霾蒙上了朱元璋的面孔，他掉頭就走。心裡火透了！這個劉伯溫，簡直處處賣弄聰明！既然你把事情看得這麼明白，就不該多嘴！如果你滿嘴跑舌頭、將你的聰明說出來，哼、哼！那就是你的不聰明了！

胡惟庸說話時好像沒多想後果，他見朱元璋動怒，在原地站著半天不敢動，面有懼色。等朱元璋走遠了，他回頭尋找李善長，卻看見幾個內侍抬著轎子，將明王抬下城道去了。胡惟庸趕緊側身施禮，當明王從他面前經過時，他舉目注視著那個年輕孩子，暗中喟然一歎。

李善長走過來看看他，問：「惟庸啊，有事麼？」胡惟庸像見了親人一樣，靠近李善長耳畔，急促地竊語著。李善長聽了一會，臉上露出微笑，他親切地拍拍胡惟庸，稱讚他：「做得對，做得好！」

這時候，小明王的轎子已經從城關上抬到了城門口。那裡停放著一乘嶄新的龍輦，大虎率領若干侍衛守立在旁。小明王下了轎子，登上龍輦。朱元璋示意大虎過去，鄭重地吩咐他：「大虎啊，著你護送明王，直到滁州。之後，傳命給滁州知府，令他給明王蓋一座王宮，小些無妨，但必須有外朝內廷，像個樣子。從此後，滁州文武都要執王禮朝拜明王。」

大虎應諾著，奔到龍輦前，上馬喝道：「起駕！」龍輦穿過城門，急馳而去。眾侍衛跟隨在後。

馬夫人與幾個王子走過來，她朝朱元璋笑著蹲了蹲身子，微笑道：「臣妾拜見吳王了。」朱標、朱棣也上前行禮：「拜見父帥。」馬夫人趕緊糾正他們：「得叫父王！」朱標、朱棣欲再揖。朱元璋笑著攔阻：「罷了！哎呀！妹子，就別損咱了。你不也是母后了麼？」馬夫人望著遠去的龍輦，道：「哼，人家剛封了你，就把人家送走了。連酒也沒敬人家一盅！」朱元璋歉意道：「實在沒功夫了。咱馬上就得登船。妹子，咱走後，金陵城就全權委託給你了。城內有一萬二千守軍，城南有三萬兵馬警戒張士誠，其他人都要隨咱迎戰陳友諒！」

馬夫人收起笑容，沉吟了一刻，道：「你放心去吧。哦，把劉伯溫給我留下。」朱元璋一口回絕：「不成啊妹子，此戰極爲要緊，勝敗決定咱們的存亡啊！劉伯溫和李善長，咱都得帶走。」馬夫人急了：「那，那我身邊沒人怎麼行？」朱元璋微笑道：「早替你想好了。」他招手把胡惟庸叫了過來，吩咐道：「咱出征以後，由你協助夫人留守金陵，坐鎮中書省，處理所有的軍政、民政。」

胡惟庸驚喜萬端，卻立刻沉了沉氣鎮定下來，聲音都發顫了：「遵命。屬下一定不負重望！」

朱元璋自豪地關照他：「你要做的頭一件事，就是把明王敕令昭告五州八府三十三縣，以及南北各地所有義軍統領。就說咱朱元璋已經是吳王了，奉明王旨，節制天下義軍，討伐陳友諒！叫他們遵奉咱的號令。」

胡惟庸應諾離去後，馬夫人擔心地望著他的背影問：「這人成嗎？」

朱元璋低聲道：「瞧吧，不次於李善長。」朱元璋拍打著世子朱標肩膀道：「標兒、棣兒，爹走後，你們要好好讀書，照看好你媽！」朱標乖乖地說：「請父王放心。」朱棣卻急切地請求：「父王，帶我去打陳二麻子吧？我的弓馬刀槍都很棒了，連湯叔、徐叔都誇過我。」朱元璋摸著他的腦袋安慰他：「這次不成。等下次吧。」朱棣急得跳腳：「我再不打，仗都打沒了！」朱元璋高興得大笑：「棣兒放心。爹呵，一定給你留下幾萬里邊疆，叫你去打！」

在朱元璋一家的歡笑聲中，二虎把戰馬牽到朱元璋跟前。朱元璋扒下身上王袍，朝馬夫人懷中一塞，迅即上馬，朝馬夫人揚揚手：「妹子，甭擔心。等咱大勝的消息吧！」

朱元璋與二虎等鞭馬馳離。他們策馬衝到江邊，江裡戰船林立，一排排地望不到頭，將士們皆在甲板上佇立。朱元璋策馬衝到帥船舷邊，捨騎奔上搭板，朝湯和一揮手：「出發！」湯和朝水師將軍下令：「傳命起錨升帆！」兩個號手吹起巨大螺號：「嗚嗚嗚——」一串令旗直上桅頂。船首，沉重的鐵錨帶著一串江水升起

朱元璋率領的大軍西征了。

朱元璋佇立在帥船的高臺上，朝前眺望。漸漸開闊的江面上，一面面巨帆迎風鼓蕩，疾馳而過的戰船鋪展在方圓數里的江面上，氣勢磅礴。朱元璋心曠神怡，豪情滿懷。微笑著問站在旁邊的劉伯溫：「劉先生，大戰前夕，心窩裡是不是有些砰砰跳？」劉伯溫笑著承認：「是啊，又緊張，又激動。大帥呢？」朱元璋說：「習慣了，不覺得什麼。要是老沒仗打反倒難過。」

劉伯溫吸進一口江面上的清風，說：「大帥，二十萬人迎戰陳友諒六十萬大軍，勝負確實難料啊。還有，您沒回來時，我到營中走了走，感覺到，不少將士也有畏敵之心。」朱元璋望著遠處，沉穩地說：「很正常。膽子是打出來的，所以首戰必須取勝。只要首戰勝了，軍心就會蹦出來！」

劉伯溫點頭同意。朱元璋思忖著說：「劉先生，咱從沂蒙回來的路上，心裡一直不安，就是怕陳友諒放棄洪都直下金陵，那樣一來，金陵恐怕難以抵擋。」劉伯溫道：「所幸陳友諒沒有這麼做。」朱元璋卻說：「但咱現在想來，真是後怕不輕！還是先生說得對，咱不該北上。」

劉伯溫奇怪地看看朱元璋，道：「大帥，明王已經救回來了，您何必——」

朱元璋不等劉伯溫說完，又道：「還有一件事要謝你。當湯和接報，洪都失陷的時候，只有你判斷的對，是誤報，一座城不可能連失三次！」劉伯溫愉快地謙虛了一下：「那是在下僥倖言中。」

朱元璋卻收起了笑容，道：「不！是先生聰明過人。所以，先生經常言他人所不能言、或者不敢言之事！比如，在城關上，先生就談笑風生，說咱和明王在演戲。還說明王活不了多久！」

聽到自己剛說過的話從朱元璋口中出來，劉伯溫像被開水燙了一下，深深驚駭。他作揖幾乎到地，語不成聲道：「大、大帥，在下失言，失言！請大帥恕罪！」

朱元璋面無表情，一字一句擲地有聲：「元璋拜託先生了，從今往後，當說的說，不當說的永遠別說！」

劉伯溫又是一躬到地：「在下銘記在心，永不再犯了！」

劉伯溫勉強在朱元璋身邊再站了一會，藉口高臺風大，回到船艙之中。他一屁股坐到鋪上，回頭想想，連出虛汗。人軟軟靠在艙壁上，想來爲了爭寵，人人都會費盡心機，人心叵測啊。不由長吁短歎。突然，關緊的艙門被推開，李善長探頭一望，笑呵呵不請自入：「哎呀！伯溫，外頭江風似水，山色如畫，你一個人待在屋子裡，悶不悶得慌呀？」

劉伯溫還是心跳跳的，說：「悶得慌！給你說著了。我還正在心慌呢！善長啊！禍事了！」李善長輕鬆地明知故問：「哦，禍從何來呀？」劉伯溫道：「禍從口出唄！我讓大帥狠狠地敲了一下。這不，一身冷汗，後怕不止！」李善長取笑他：「你也有受驚嚇的時候？還後怕不止？裝！」

劉伯溫摸摸心口，道：「驚嚇已過，後怕確實不止。告訴你吧，大帥訓我之前，誇我這、誇我那，兜了個大圈，然後再狠狠宰我一刀。天哪，幹嘛要兜那麼大一個圈兒？」李善長微笑道：「天威難測嘛。不兜，你不知厲害！出來吧，大帥召我們議事呢！」

劉伯溫隨李善長來到甲板上。朱元璋與眾文武已席地而坐。朱元璋招呼兩人在身邊坐下。只聽湯和興奮地說：「四天後，船隊將馳入鄱陽湖，到現在仍然看不見陳友諒戰船，可見洪都還在咱們手裡，陳友諒還在攻城。」

朱元璋的聲音很沉重：「到今天，藍玉堅守洪都已經是一百零三天了，咱都難以想像他是怎麼堅持下來的！說白嘍，這種時候，洪都如果丟了，那是理當的、正常的。如果還沒有失陷，反而不正常了！」

李善長接著說：「洪都不光是一座城啊，那二百萬糧草可是咱們辛辛苦苦攢下的！有它，此次作戰的糧草就足了，沒它，就不能長期接戰，得速決。」徐達道：「善長說得對。這種時候，洪都要是丟了，那太可惜了。咱們得加快船速。」

朱元璋望望徐達：「沒風，怎麼加快啊？」徐達道：「只能靠人划。把所有兵勇全部組織起來，三班輪流，一刻不停的划槳。爭取一刻是一刻！」

朱元璋決定就這麼辦。千總以下，全部輪流執槳，抄最近航路奔向洪都！常遇春卻不跟著大家說「遵命」，而問：「大帥，到洪都後，誰主攻哇？」徐達瞟他一眼：「那還用說，我！」湯和直著脖子道：「水師是我訓練出來的，我！」

常遇春一聲不吭，兩隻大眼死瞪著朱元璋——直瞪得朱元璋不得不板下臉道：「常遇春吧。」

常遇春快意地高聲道：「領命！」他騰躍而起，揚著頭走向自己的船隻。

只片刻，江面上所有的戰船都伸出了長槳，像百足蜈蚣，急速搖擺。可在朱元璋心裡，這些船還是行得太慢。他實在惦記藍玉他們，恨不得自己腳下的船是一條長翅膀的大魚，即刻就能飛抵洪都城。

其實洪都城已經成了一座名副其實的死亡之都。到處都是鮮血和屍體。城關的空氣裡瀰漫著血腥味，一具具躺著、歪著、靠著的血肉之軀上扔著廢棄的殘槍斷劍。

硝煙剛散開的、靜悄悄的戰場上，突然有人喊起來：「漢軍又來了，又要攻城啦！」聲音來自敵樓高處，在那裡瞭望敵情的一個軍士，用沙啞的聲音竭盡全力在叫喊。那些倒下的軀體一個個艱難地動彈起來，然後爬起來，站起來，抓起殘缺的刀槍，走向城牆箭垛口。

瘦骨嶙峋的藍玉就躺在敵樓裡的竹榻上。守城的這些日子裡，他掉了二十多斤肉。他渾身血跡，雙腿全部折斷了。聽著號角聲，他痛楚地睜開眼睛，對老將軍說：「三叔，叫人抬我上城。」老將軍連忙說：「藍玉，你兩條腿都斷了，出去了也沒用。就待這兒，外頭有我。」藍玉道：「不成。我得在。我得讓弟兄們都看見我。快呀！三叔！」老將軍無奈，只得對周圍兵勇道：「抬出去。」

兵勇們上前抬起藍玉。藍玉又大叫著要拿刀！老將軍只得上前，不忍看藍玉，低著頭把刀遞給他。藍玉接過來，將大刀緊抱在胸前！

竹榻被抬上城關，經過一個個傷殘的兵勇。他們誰都不說話，靜靜看著這個斷了腿的上將軍。

藍玉突然叫抬榻的兵勇停下。他指著他們經過的那根又高又粗、折斷半截的旗桿，命令道：

「拿皮帶來，把我綁在旗桿上。」

跟在竹榻旁邊的老將軍失聲叫起來：「藍玉！」藍玉厲聲催促：「綁著我才能站得住。快呀！」老將軍痛楚地對身邊兵勇吩咐：「綁上！」

藍玉被緊緊地捆綁在旗桿上。

轟！一彈飛至近處，炸開。大戰開始了！

藍玉揮舞砍刀，狂吼：「弟兄們，洪都城是咱們的，永遠是咱們的！大帥快到了，陳二麻子快完了！弟兄們，統統上城，決一死戰！」

所有活著的兵勇都撲到城垛上，在炮火硝煙中開始激戰！

漢軍那邊，主帥陳友諒也明白已到最後關頭。朱元璋和他的隊伍一定在日夜兼程地朝這裡趕。他也是孤注一擲，親自上陣了。他手執一盾站在陣前，身後挺立著大片漢軍。他唰地拔出腰間天子劍，看一看，不管用，朝邊上一扔。朝旁邊伸手，一將立刻遞過一把長矛。陳友諒接過來，用盡全力狂吼：「好漢們，聽令！今兒我帶頭衝城！我要倒下，你們就踏著我的身體衝上去。日落之前，拿下洪都！好漢們，衝啊！」

大片漢軍跟隨陳友諒潮水般朝前擁。他們衝到城牆處，攀著一座座雲梯，沿牆而上。城關上的兵勇、百姓不斷擲下巨石、滾木，將漢軍兵勇砸翻。但是後面的人仍然冒死往上攀登！終於有的漢兵衝上了城關！

登上城牆的兵勇立即虎視眈眈地衝向藍玉和他的部下。

藍玉揮著大刀砍倒幾個衝來的兵勇，自己再次受傷。一個漢軍將軍執長槍朝他逼近，他竭盡全力，把手中砍刀朝他擲去，正中將軍胸口。

城關上，守城將士倒下的越來越多，漢軍湧上來的也越來越多，漢軍已經控制局面。

藍玉劇烈地喘著，深邃冒火的目光此時有些迷茫地望著遠方，口裡喃喃道：「大帥，你怎麼還不來呀？城丟了。」

彷彿心有靈犀，他突然間聽見了遠處的號角聲。噠噠噠！他的腦袋暈眩起來，他不敢作聲，以爲這是自己的幻覺。幻覺消失過後，他的部隊將不復存在。這時候，老將軍瘋狂地衝到了他的面前，嘶啞狂叫：「藍玉啊！他們來了！」

藍玉慢慢睁開眼，他的眼淚流了下來：「聽見了，那號聲，咱熟悉！」

衝在最前面的是常遇春和他的騎兵。戰馬颶風一樣狂撲而來，後面，無數義軍將士如潮水般瀰漫過來。城下的漢軍驚駭得四處東奔西逃。

陳友諒驚愕地看著無邊的精銳騎兵，知道大勢已去。他長歎一聲道：「撤軍！傳命撤軍！」

陳理趕緊牽過一匹馬，大叫：「父皇上馬。」陳友諒跳上戰馬，搶先奔馳。陳理跟在後頭，徒步亡命。

朱元璋的部隊不費吹灰之力，一舉打退了漢軍。他走上城關，邁過橫七豎八的屍體，一直朝敵樓走去。老將軍和一個軍士架著藍玉過來。藍玉顫聲道：「大帥！」喉嚨裡便哽塞住了，再也說不出一個字。

朱元璋噎回傷感，問：「糧草在嗎？」藍玉重重點了點頭。

朱元璋一把抱住藍玉，熱淚奪眶：「好侄！好侄！」他也哽住了。

老將軍在一邊擦著淚說：「大帥！上將軍兩條腿都斷了。」朱元璋流淚道：「咱在城下看見了，這小子，把自個綁在旗桿上！你瘋了啊！藍玉，你比咱還瘋啊！」

藍玉終於嘿嘿笑了起來。站在朱元璋身邊的二虎抹了把眼淚，帶著幾個侍衛上前，趕緊將藍玉抬走。

朱元璋回頭一看，兵勇們正在抬屍，清理戰場。他突然喝道：「別動，都別動。傳命，千總以上的軍官，全部上城，到這兒來！馬上來！」

常遇春、徐達、湯和三大元帥帶領著大群將帥進入城門，他們驚訝地看見，所有民房全部倒塌了，所有的樹都成了焦木，所有的守城將士，都在渾身淌血。

將帥們走上箭道。一眼望過去，箭道幾乎成了血道，三步一把刀，五步一具屍，他們沿著箭道走上城關。驚駭地看見，整個城臺上屍體遍地，其中有一半竟然是百姓。朱元璋招手讓他們走到那根斷旗桿下，列隊。

他的聲音打著顫，與往常不同，像是從牙縫中擠出來的：「弟兄們，你們好生看看，看看這戰場。看看死去的弟兄，他們一半是將士，一半是洪都百姓！洪都成了烈士城，英雄城哪！咱命令他們堅守一百天，可他們足足堅守了一百一十七天！三萬八千人，頂住了陳友諒六十萬大軍輪番圍攻！藍玉兩條腿斷嘍，還把自個綁在這旗桿上，跟陳二麻子拼！六十萬漢軍就是啃不動他們！聽著，藍玉三萬人能把陳二麻子打趴下，咱們二十萬精兵還有什麼做不到的？漢軍必敗，咱們必勝！」

一石激起千層浪。將帥們齊聲應和：「必勝！必勝！」喊叫聲石破天驚，久久迴盪在洪都城關的上空。

第十七章

峰迴路轉漢軍復仇
驚天動地英雄引爆

兵敗如山倒。自朱元璋的義軍出現，漢軍就潰不成軍，像江河退潮一樣，節節敗退回營。回去的路上，他們個個表情沮喪，耷拉著腦袋，拖泥帶水地往前挪動著。幾個傷號以斷槍爲杖，彼此相扶，嘴裡不停地哼哼唧唧。

爲首的一個將軍更是怒氣沖沖，他朝身後傷兵們吼叫：「嚷什麼？腦殼還支在脖子上，就是你他媽的福氣！喪門星！」忽然間，這位將軍站住了，因爲他隱約聽見大帳中傳來了哭泣之聲。將軍詫異地問一個副將：「誰在裡頭號喪哪？」副將趕緊豎起一指，讓他禁聲，輕聲道：「噓！是皇上。」將軍驚訝地瞪著眼，不太相信地問：「皇上？」副將低聲道：「是他。我剛要進去稟事兒，嚇得我縮回來。軍臺啊，皇上失態了，在放聲大哭呢！」

將軍斜眼看看那座龍帳，竟然冷笑起來，嘴裡嘀咕著：「嘿嘿嘿。哭吧，活該！現在哭，不太晚了麼？」

營帳內的陳友諒袍甲零亂、衣冠不整，坐在龍榻上，淚水橫流。洪都大敗，令他絕望，他太難過了，少見地失去了自制力，「嗚嗚！兒啊，十幾年來，爹沒吃過這麼大的虧啊！此仇此恨，山高海深哪！嗚嗚嗚！此仇不報，枉爲人哪！嗚嗚！」他哭著喊著，完全沉浸在自己的情感天地裡，忘記了帳外有人。忘記了身外的一切。

太子陳理跪在邊上，陪著無聲飮泣。過了一會，他睜開眼，朝帳門看了一眼，望見了外面的幢幢身影。他趕緊掏出一塊錦帕上前，顫聲相勸：「父皇保重龍體，別哭了。父皇，兵勇在外頭呢，士氣要緊啊！」

陳友諒猛醒，立刻止泣，接帕拭淚，哽咽道：「唉，爹失態了。」陳理含淚相勸：「父皇，您剛起事時，只有八、九個人哪，不是也打下半邊天下了麼。您說過，勝敗乃兵家常事。洪都僅是初戰，咱們大部軍力還在。只要父皇重振神威，定能——」

陳友諒搖頭道：「理兒，話雖然對。但是洪都之敗，非同小可。因爲，我早就跟部將們說過，『首戰即決戰，一戰定乾坤』。如今首戰敗了，大挫軍心啊！」陳理心裡也是極度失望，忍不住說出來：「兒臣也覺得奇怪。攻洪都的時候，起碼有四、五次都已經破城了，怎麼竟沒拿下來？兒臣眞是不解。」陳友諒露出怒容：「有何不解的。將士怕死懼戰唄，關鍵時刻，硬是衝不上去！唉，此戰，不但耽誤了我一百多天的時間，而且還損失十來萬步軍！今兒眼看就拿下了，朱元璋卻率大軍趕到了，功虧一簣啊！現在好，形勢劇變，必須直接與朱元璋接戰了，我們兵疲馬乏，他可是剛剛趕到的生力軍啊！」

陳理心煩意亂，道：「父皇，要麼，我們暫且班師退兵吧！返回武漢，休整數月之後，再次東征。」陳友諒臉色更難看：「不行，絕對不行。班師，說得好聽，那是死路啊！」陳理不解，問爲何。陳友諒道：「你爹，在刀山血海裡拼殺十幾年了，得出一個重要教訓。生死存亡之際，眨個眼都不行，何況後退？誰要是退後一步，接下去就是一連串敗退，就是人心大亂，就是一敗塗地啊！兒啊，你記著：生死存亡關頭，退是死路，進方能求生！」

陳理不說話了，像在思索。過了一會，他突然道：「兒臣有主意了！」陳友諒疑惑地看著他，陳理理直氣壯地說：「當前最要緊的，是振奮軍心。請父皇召開誓師大會，大開殺戒，於陣前痛斬一批攻城不力的將帥，用以激勵士氣！」

陳友諒苦笑道：「振奮軍心是不錯。但現在已經不能斬將帥了。」

陳理不解：「爲何？您在出征前不是痛斬過幾個兄弟嗎？致使將帥激奮，軍心大振！」陳友諒再次苦笑：「那不一樣。那時，你爹在鋒頭上，人人敬畏交集。我怎麼斬他們，他們都得服！我斬得越厲害，威望也就越高！嘿嘿嘿！但現在不成嘍。此次東征，是我稱帝以來首次御駕親征，只能勝不能敗。而如今初戰不利，使得龍威大損！如果再斬將帥，必將激起兵變！」

陳理聽到末一句，顯然受驚嚇了，聲音都打起顫來：「對啊，父皇說得對，父皇聖明。」陳友諒深沉地說：「聖明不聖明的，就不說它了，但你爹什麼時候都不會糊塗！即使現在，我心裡也清楚得很！理兒啊，你要有數，好些部下暗地裡對我不滿呢！他們原本是徐壽輝舊將，在他們眼裡，我的軍權是從徐老大手裡非法奪來的，是『弑主篡位』！所以，這時候，斬將立威的事已經不能做了。做了，說不定誰斬誰呢！」

這番話讓陳理意識到了自己的淺薄，他後怕著，驚慌地問：「那、那，咱們該怎麼辦呢？」陳友諒嘴角一抿，牽出冷冷一笑：「慌什麼，爹已經有主意了！我啊，非但不殺，反而要重用他們，可勁用！把他們用疲嘍、用夠嘍、用爛嘍！到那時候，再殺也不遲嘛！」

陳理一臉的驚恐，小心翼翼道：「父皇，兒臣不懂。」陳友諒望望他，輕輕說：「你不必懂。你只要細心看著，琢磨著，就夠了。」

陳友諒起身走出龍帳。須臾，鼓號聲就震天響了起來。一個侍衛騎著戰馬在營中穿行，高喝：「皇上口諭，著各將軍、千總、總旗，龍帳聽令！」

那位剛才發牢騷的將軍剛剛解了甲，聽到傳令，兩眼死盯著奔馳的侍衛，伸手慢慢地抓過長劍，掛在腰間，再度披甲、束盔。副將湊近低語：「軍臺，皇上想幹什麼？」將軍臉色鐵青，哼了一聲道：「老套，降罪於人，斬將立威！」副將臉色蒼白，問：「那咱們怎麼辦呢？萬一斬到咱們頭上。」將軍冷笑道：「我可不是他的墊腳石！」他盯著副將的眼睛，問：「兄弟，你有種麼？」副將不假思索回答：「有！」將軍眼望四周，急促布置：「那你聽著，趕緊安排一百個壯士都得是最可靠的弟兄！讓他們埋伏在龍帳周圍。我進龍帳聽令，如果陳友諒砍別人腦袋，那我不管。如果他敢跟我翻臉，要我的腦袋，哼、哼，那我也就不客氣了！」

副將神情緊張地問：「將軍打算怎麼做？」將軍低聲吩咐：「進龍帳時，兵器都得留在外頭。但我會懷揣一把短劍，進見陳友諒。只要他下令斬我，那麼在侍衛上來之前，我會搶先衝上去，拔出短劍掐住陳友諒的脖子！大喊一聲『陳二麻子弒主篡位！』你聽到這聲喊，立刻率兵入帳。嘿嘿，這時候，我的劍鋒就按在陳友諒脖子上，他們誰都不敢動的。」

副將舒了一口氣，像已得手的樣子，有力地說：「好！」又問：「然後呢？」將軍微笑著說：「然後嘛，咱們的選擇就多了！可以降元，也可以歸降朱元璋，還可以誰都不降，咱們帶上兵馬、揣上金銀，當綠林好漢去。逍遙痛快地過日子！」

副將笑說：「大哥，還是誰都不降，過逍遙日子好！」將軍也笑起來：「得。聽你的！你親自率領一百壯士，成嗎？」副將激動地說：「哥，您的腦袋就是我們大夥的腦袋！您要是有個閃失，我們還有什麼指望？哥放心吧！」

將軍抓過一把短劍，揣入懷中，大步向漢皇的龍帳走去。只片刻時間，龍帳外已是甲士林立，殺氣騰騰。鼓號聲中，陸續而來的眾將一看這陣勢，不禁面面相覷，暗中提心吊膽。帳門口，設一半人高的臺案，所有進帳的將軍，都解下兵器，放到案上，空手入內。將軍的短劍藏在衣服內，他攤攤兩手，昂首入內。陳友諒高居金榻，注視著排班而立的眾將，面色溫和。

眾將齊揖道：「拜見皇上。」聲音比往日明顯沉悶。

陳友諒起身，微笑著四下掃視著：「都來啦？」

帳內一片可怕的寂靜，暗藏殺機的寂靜。

陳友諒的聲音卻是近日少有的親切：「你們說說，洪都之戰，是勝了，還是敗了？不妨事，說說嘛。」陳友諒連問幾聲，帳內仍是一片寂靜。誰都不知道陳友諒葫蘆裡賣的什麼藥。

陳友諒微笑著說：「叫我說，咱們沒勝，但也沒敗，咱們跟朱元璋戰了個平手！」眾將聞言個個詫異，嗡然聲竊起。陳友諒以壓過眾人的高聲道：「爲何這樣說呢？因爲，我們原準備到金陵與朱元璋決戰，可那是在朱元璋的地面上，他有主場之利，一草一木都有利於朱不利於我。而現在呢，我們卻調動了朱元璋，讓他溯江千里，離開了老巢，來到廣闊的鄱陽湖。在這兒，才是我們眞正的決戰！這，也是我醞釀已久的殲敵預案！」

這話聽上去新鮮，又似乎是個理兒。眾將都興奮起來，嗡然之聲比剛才更響。

陳友諒得意地巡視眾將，又道：「攻洪都雖然折損了一些兵馬，但那是步軍，我們的四十萬水師毫髮未損！就算是步軍將士也是越戰越勇、士氣高昂啊！接下來，鄱陽湖決戰，勝負關鍵是水師。而我們水師比朱元璋多兩、三倍呢！我們的混江龍、撞倒山，塞斷江、江海鼇等巨艦，更是朱元璋那些小戰船不可比擬的！吳總旗，你剛到外江打探過，你把看到的情況跟弟兄們說說。」

總旗遵命步出道：「各位軍臺，末將親眼所見，朱元璋帶來的戰船全部是匆忙打造的，最大的也不到八丈。與皇上的巨艦相比，簡直是個馬桶蓋子，不堪一擊！」

陳友諒揚聲大笑：「聽見啦！鄱陽湖將變成一片大圍場，我們可以把朱元璋的戰船，像沉魚落雁那樣射獵乾淨！弟兄們可以放手一搏，殺個痛快！」

眾將終於開心地大笑起來。在大家的笑聲中，陳友諒突然招呼宋將軍上前來。

暗藏短劍的宋將軍一驚，情不自禁地摸了摸胸懷裡的短劍，警覺地走上前，折身一揖，雙手卻架在胸前再不放下。陳友諒高聲道：「在攻城之戰中，你奮勇當先，一往無前，多次大破敵軍！朕，拜你為征西大元帥，晉武英閣大學士，封漢陽侯。並賞銀萬兩，良田三千頃！」

陳理立刻捧著一隻銀盤上前，盤上擱著敕封金冊，他笑盈盈地遞過去，說：「宋伯伯，請。」宋將軍大感意外，驚訝地顫手接過，叩謝皇上。陳友諒又喚出吳將軍，道：「你在攻城戰中，身先士卒，刀劈頑敵，身負重傷仍死戰不退，朕歷歷在目哇！聽旨，朕拜你為定西大元帥，晉少傅少保，封武昌侯，賞銀五千兩，良田一千頃！」陳理再次笑盈盈捧銀盤上前。吳將軍激動得臉都漲紅了，接過來叩謝道：「末將就是粉身碎骨，也必報皇上天恩！」

陳友諒輕鬆地擺手，對大家說：「這些日子弟兄們都累了。朕也是人，朕也累啊！朕也想歇一歇、樂一樂啊！聽著，今天晚上，明月下，在營外草地開設慶功宴，千總以上弟兄都來參加！陳理啊，傳命內府，把船上所有的美酒珍饈全部拿出來，朕要與眾弟兄大快口腹，一醉方休！」

眾將士頓時眉開眼笑，歡笑聲此起彼伏地響了起來。

盛宴在野地裡舉行。明月融融的，像輕霧，瀰漫在草地上和宴席間。燭火將珍饈美饌照亮了，豐盛的晚餐令人饞涎欲滴。

將帥們圍著酒席，推杯揣盞，大呼小叫：

恭喜宋哥晉升大帥，乾哪！

吳哥，吳少保！這碗酒您要是不喝，那、那我就給您跪下了！

別、別、別，我喝。酒算什麼？我現在最想喝的，是朱元璋他娘的血啊！

眾將歡聲大笑，突然笑聲戛然而止，他們看見陳友諒過來了。

陳友諒擠入他們之中，笑舉一盅酒，接著吳少保的話道：「老吳啊，喝朱元璋的血這話說得眞好哇！當年，咱倆兵敗五牛山，你也說過類似的話。說完，你提上刀就衝出去了，萬軍叢中，活生生把劉知府的腦袋劈了下來，那可是好大的一汪血啊！哈哈哈！」

吳將軍激動地說：「皇上，這事您還記得？」陳友諒說：「記得、記得！我就是忘了自個姓啥，都不能忘了這事！來，老吳，兄弟我敬你一杯！」吳將軍又感動又激動，兩人一飲而盡！跟在陳友諒身邊的陳理趕緊爲陳友諒斟滿酒。陳友諒又舉盅走到宋將軍面前，親切地點著他的鼻子道：「老宋啊，我知道，你對我有氣！」宋將軍嘿嘿笑著分辯：「末將豈敢！」

陳友諒瞪著眼道：「可我也有氣啊！我氣的是你心裡有話悶著不說，我們要是早按照你的攻城方略，挖地道，炸城牆，那洪都早就粉身碎骨了！」

宋將軍歎息道：「可惜，炸城晚了幾日，讓朱元璋趕上來了。」陳友諒沉重地檢討自己：「可這恰恰證明，我有大意之處，而你有先見之明啊！老宋，這杯酒，兄弟給你賠罪了！」陳友諒舉杯過頂。宋將軍激動得喉嚨也哽住了，他跪了下去，兩人一站一立，仰面乾盡杯中酒。眾將皆感歎不已。陳理趕緊給陳友諒再斟滿酒。陳友諒笑道：「列位兄弟，放開喝，待會還有好戲呢！」

話音剛落，一陣弦樂響起，龍帳大門拉開，從那裡嫋嫋步出八位如花似月的美女，她們本身就像一串樂曲，手執杯盞，一步一扭地走向各席的將帥，嗲聲嗲氣地勸酒。勸著勸著，就與將帥們調笑起來。有的竟然半偎在將帥懷中，纖纖玉指，把盞相勸：

劉將軍啊，喝呀，娘娘的酒，您敢不喝！

韓將軍，再喝一杯，要不，我可要掐你了！

所有的將帥，無不是雪獅子向火，化了半邊！他們個個骨酥心迷，一迭聲叫：「我喝！我喝！娘娘叫我喝啥，我都喝！」

陳友諒笑容滿面地望著，溫和地對大家說：「弟兄們都沒帶家眷來，寂寞呀！今晚，我把嬪妃都叫來了，讓她們親自給你們敬酒，你們呢，也好忘情一醉，酒不醉人人自醉！是不是啊？」

「是、是、是！」陳友諒身邊這幾個將帥早就望著那些嬪妃發呆，簡直顧不上回答陳友諒的話了。陳友諒饒有興味地望著他們，突然想到了什麼，兀自咯咯笑起來，招呼老宋過去。

宋將軍趕緊走到陳友諒身邊。陳友諒低語道：「看上了哪一個，就領到自個帳中去！」宋將軍不知陳友諒此話何意，懼怕地連聲道：「不敢不敢！那些娘娘，都、都是皇上的愛妃呀！末將萬死不敢。」陳友諒嗔道：「甭說這！我既然要和弟兄們共用天下，何況幾個女人！再說了，嘿嘿，我早就看出來了，你小子一直對我的吳妃垂涎三尺，是不是？」宋將軍聽了這話，難以自持，喃喃道：「皇上！」他不知說什麼話好了。

陳友諒微笑道：「待會她過來給你敬酒時，就把她領到自個帳中去吧。今天晚上，她歸你用！」陳友諒掉頭走開，半道上還回頭鼓勵：「放心用！可勁用！」

宋將軍一臉的傻笑，兩眼直直地盯著美貌嬌柔的吳妃，涎水欲落！

與陳友諒的盛宴相比，洪都城裡顯得清寂許多。城中的將軍府在戰鬥中快被打成廢墟了。朱元璋在只剩斷垣頹壁的大堂裡與文武們議事。他們有的人席地而坐，有的人坐在破凳上，有的就在屁股下墊塊磚頭。

徐達發言道：「陳友諒的所有艦船都進入鄱陽湖了。很明顯，他的用意是，把我們帶進湖裡和他決戰。因爲湖面遠比江面寬廣，有利於他的巨艦。」

劉伯溫贊同他的看法：「徐帥所言極是。我也到湖邊看過，陳友諒的巨艦們舷舷相接，排成了水上城堡。一旦交戰，他們可以居高臨下。但是它們如此布陣，也有弱點。那就是呆板遲鈍，行動不便。還有，周邊的船擋著內裡的船，打起來時，只有最外面的船能充分發揮火力，內裡的船簡直就給悶住了。」

徐達見劉伯溫贊成他的意見，興奮地又說：「可不是。後面這條，我倒沒想到。」朱元璋想得更遠，道：「說實在話，如果此役能徹底打垮陳友諒，那是最好不過！否則的話，他要是班師回武昌了，咱們就得準備明年、後年和他一戰再戰。那樣就有得打了。所以啊，陳友諒跑進湖裡去了，咱高興！咱只要把湖口封住，他就進不了長江了，就跑不掉了！」

常遇春提醒道：「鄱陽有兩個出口。一是北面的涇江口，一是南面的南湖嘴。南北兩面各布一支重兵，那就是掛上了兩把大鎖，湖門就關死了。陳友諒的步軍已經垮了，水師要想上岸和我們交戰的話，嘿嘿，我不好意思說了。所有的汗血馬都在我手裡，漢軍連戰馬都沒了。」言下之意，岸上戰鬥非他莫屬。

提到汗血馬，徐達狠狠瞪湯和一眼，扭頭不言。朱元璋只當沒看見，對常遇春嗔道：「封鎖湖口，歸你！」常遇春趕緊答應：「當然，當然。」朱元璋微笑道：「咱還有幾十萬兵馬沒用呢！」眾文武都詫異地看著朱元璋。朱元璋接著道：那就是時間。現在，時間站到咱們這邊來了。時間哪，頂幾十萬兵馬可謂有過之而無不及！陳友諒此行帶了一百天糧，現在早就超過百日了，怎麼著，他也快斷糧了吧。所以，日子越往後，漢軍只會戰力越減，軍心越亂！聽令！」

所有文武立即起身。朱元璋肅容道：「總體方略，決戰鄱陽湖，力爭此役徹底解決陳友諒。有異議的說話！」

眾文武寂靜無聲。朱元璋下令：「常遇春所部，加撥湯和部兩營，封鎖南北湖口，不得放陳友諒漏網！」常遇春亢然應命。朱元璋又令：「徐達、湯和，分率水師各營與敵交戰。各船務將火器、弓弩層次排列。近敵時，先發火器，次發弓弩。接舷後，則人人登上敵船，用長短兵器與敵搏殺。有俘獲敵大艦者，重賞！如臨戰退縮，不敢登敵船者，無論何人，斬無赦！」

眾將遵命行動。須臾，鄱陽湖廣闊的湖面上，鼓聲雷動！一場聲勢浩大的殊死水戰在漢吳兩軍展開，湖水被擊起柱柱水花，浩瀚的湖水沸騰了。

漢軍水師各船排列成城堡般的陣形，每船上下數層，遙望如樓閣入雲；吳軍戰船雖短小，卻像無數箭魚般衝上前來。船上層層密布火銃、弓弩。靈便輕捷的小船之中，水手們奮力搖槳，吼聲、水聲交織在一起，此起彼伏。

雙方戰船接近了。只聽一聲令下，吳軍戰船上火銃齊發，噴出萬道火舌。繼之弓弩驟射，萬箭如雨；漢軍船陣中，各戰船拼命還擊，也以火銃、弓弩相迎。宋將軍高居戰船甲板上，揮長刀怒喝：「給我打，狠狠打！弓弩手，都到前面來，看準了放箭！」

大片弓弩手衝到甲板前方，前排蹲後排立，引弓待發。宋將軍忽然看見一個前排的弓弩手往後縮，上去一刀刺死，奪過他的弓，衝到甲板最前方，張弓猛射。

龍船上的陳友諒一直在注視宋將軍的戰船。遠遠見他身先士卒，如此奮勇，不禁笑出聲來，對旁邊的陳理說：「瞧！老宋啊，終於大展神威了！」

吳軍方面，徐達也挺立在自己戰船的前甲板，手執長槍，怒視著越來越近的敵船，大喝「快、快、快！」兩船砰地接舷，徐達縱身一躍，率先撲上敵船，噢噢大叫著，東劈西殺。眾部下紛紛跟著躍上去，與漢軍水勇短兵拼殺。

帥船上的朱元璋，焦急地觀望著兩軍的交戰情況。轟——一彈飛到近旁，炸起高高的水柱。朱元璋擦去濺在臉上的水花，不安地對侍立一邊的二虎說：「陳友諒的火器，比咱們火銃口大呀！」

這時候，漢軍的宋將軍放箭放得興起，突然把箭一丟，說：「遠了，夠不著，衝上去！」副將提醒他：「軍臺，咱是船船相連啊！」宋將軍聞言衝到舷邊，拔刀砍斷纜繩，又舉刀命令：「追殺他們！」

纜繩砍斷後，他們這條巨大的戰艦破營而出，一面急馳，一面噴射著炮火。直衝向朱元璋所在的戰船。朱元璋身邊的二虎看見巨艦直衝過來，驚呼：「大帥，快退！」朱元璋怒視那條大艦，沉聲道：「退什麼？退也來不及了，準備接戰！」

二虎驚慌地望著那條巨艦，說：「不成啊！大帥，它比咱船大太多了！」朱元璋怒吼：「跟它拼！」轟！一彈落在帥船上，幾乎擊潰半邊甲板！二虎焦急地朝幾個侍衛喝令：「把大帥架到小船上去！快！」眾侍衛上前，架起朱元璋就走。朱元璋竭力掙扎，然孤掌難鳴，只得就範。

他們上了一隻小船，二虎等人拼命划槳馳離。朱元璋盯著那艘越來越近的巨艦，只見它像一頭好鬥的公牛，直直衝向帥船。轟的一聲，帥船被撞翻了。巨艦碾過帥船的殘肢碎片。

朱元璋驚愣在那裡，二虎後怕得手中的船槳也停了下來。須臾，朱元璋發令退軍。船尾站起兩個號手，吹響尖利的螺號。浩渺的湖面上，吳軍戰船紛紛掉頭返航。水面上漂浮著碎木片、旗幟、以及沉浮不定的屍體。屍體周圍的湖水現出一灘一灘暗紅的顏色。像是顏料潑進了湖水中。

漢軍獲勝班師回營。陳理親手撩開帳門，陳友諒笑容滿面地走進去，朝金榻上一坐，嘴裡直說痛快。「痛快！痛而快之啊！哈哈！」

陳理興奮地說：「兒臣親眼瞧見，朱元璋的水師戰船，最少毀損三分之一！」陳友諒氣色紅潤，道：「老宋今天立下大功。督軍奮戰，身先士卒！嘿嘿，從沒見他這麼英雄，這麼拼命！」

吳妃擰了一把熱毛巾上前，親手替陳友諒揩臉，嬌聲道：「瞧皇上累的，讓臣妾看了心疼。哦，哪個老宋啊？」陳友諒笑道：「愛妃呀，你們歡度一夜，怎麼連名都沒搞清楚？」吳妃忽然醒悟，跺足嬌聲尖叫起來：「討厭！是他呀。哼，那人連話都顧不上說，一個勁地發瘋！把臣妾都、都、都煩死了！」

陳友諒哈哈大笑，陳理面露窘色。陳友諒笑罷道：「愛妃，今天晚上，你再去一趟。」吳妃臉微紅，生氣嬌嗔：「我不！」陳友諒摟過吳妃，在她耳邊竊語一番，言罷又親了一口。吳妃的臉更紅了，但那是興奮。她望著陳友諒的眼睛：「皇上當眞？」陳友諒微笑點頭。吳妃道：「這可是您說的噢。那我就去嘍？」陳友諒一本正經說：「理兒，送吳妃去。就只當是戰場建功嘛！」

在一邊一直窘迫難當的陳理朝吳妃微揖道：「娘娘請。」

吳軍那裡的氣氛就不一樣了。將士們打了敗戰，個個沉著臉。朝湖邊的龍王廟走去。那龍王廟已經改作王府行營了。廟門外面甲士排立，火把通明。徐達、湯和繃著臉兒往裡走，身後跟著兩列部將，掛傷帶彩的將士也在其中。

朱元璋站在一尊怒目金剛塑像下，說：「今日一戰，折損戰船一百零九艘，傷亡將士二千多人，比藍玉守城十天損失還大！究竟是怎麼弄的，列位說說吧。」他的表情平靜，聲音卻是擲地有聲。眾將面面相覷，俱不敢開言。

徐達心裡也有點發毛，見沒人開口，只得硬著頭皮上前，揖道：「稟大帥，初戰失利，絕非弟兄們不夠英勇，確實因爲漢軍戰船太高大了，光它一面船帆，就比我們整條戰船還大啊！還有，漢軍船船相連，結船成陣，接戰我軍，是俯攻。我戰船小，衝殺敵船則是仰攻。其三，敵船上的銅炮、火銃都比我船火器口徑大，遠距離時，敵火力盛於我。近距離時，末將率將士往敵船上跳，許多將士卻跳不上九尺多高的甲板，落入水中，成爲敵弓弩手的靶子。戰末酣，湖面已成一片血海。」

朱元璋怒嗔：「哦？戰敗了，還口若懸河，一套一套的！」徐達窘迫地低頭道：「總之，我們準備不足，太過輕敵了。」

朱元璋斥責：「輕敵好辦，就沒有懼敵的嗎？咱親眼看見，琪字營四、五條船、瑞字營六、七條船就不敢衝，原地打轉轉！戰前有令，凡『臨戰退縮不敢登敵船者，無論何人，斬無赦！』傳命，將這些戰船隊長全部拘押，明日陣前執法斬首！」

二虎應聲而去。徐達驚顫地叫：「大帥！」朱元璋冷冷一擺手：「退下。」徐達垂首退下。朱元璋沉重地說：「爲將的繼續說吧。」
下面靜默片刻後，湯和想出了一個戰勝漢軍的辦法——火攻！朱元璋聽了湯和的提議，身子半天一動不動。緊蹙的雙眉像在暗下決心。
再說二虎根據朱元璋的命令，帶著眾侍衛將九位戰塵未褪的青年軍官押解到樹林裡。每個軍官都被押到一棵樹旁，綁在樹身上。二虎一個個向他們抱拳折腰，道：「列位兄弟，凌晨時分，會拿『送行酒』來。」說著他掉頭而去。過了一會，陸陸續續來了一些兵勇，他們不遠不近地站住了，心驚驚地看著，一邊議論：
瞧哇，全部是隊長啊！眞會砍他們嗎？
不光隊長，還都是鳳陽老營出來的呢！
那個大鬍子我認得，滁州大戰時立過大功。怎麼會栽在鄱陽湖裡？
圍觀的兵勇越來越多了。被綁的軍官大多閉著眼，一言不發。
會議一散，徐達就心急火燎地找來了。他心痛欲裂地望著被綁的軍官，聽著四周兵勇的議論。突然，他猛地轉身離去。
他來到龍王廟。朱元璋坐在供臺邊，臺上放著一罎子酒。他一隻手抓起罎口，朝碗裡倒酒。接著端起碗來，大口飲盡。沉重一歎：「唉！」徐達不聲不響地看著，朱元璋感覺門口有影子，扭過頭來。見徐達直直地站在門前。
朱元璋不等徐達開口就嗡聲嗡氣道：「甭勸！想喝就坐下，不想喝就出去。」徐達上前抱起酒罎，狂呑兩口，放下。抹抹嘴，大聲道：「大哥，寬恕他們這回！」朱元璋嗡聲嗡氣堅持道：

「說過甭勸！」徐達臉色發紫，發怒道：「要麼你砍我吧，放了他們！」朱元璋狠狠瞪他：「該著你的時候，咱也會砍！」

徐達一揮手，咣噹一聲，碗與罎俱落地碎裂。朱元璋伸頭，怔怔的看著地面，拾起小半個酒罎底兒，將裡面殘酒一飲而盡。然後再猛擲出去！接著怒吼：「滾出去！」

徐達激動地說：「大哥，你去瞧瞧，那九個隊長，個個都是淮西子弟。」朱元璋不看他，只冷冷道：「咱叫你出去。」徐達怒氣沖沖對著他：「你這叫斬將立威，不惜自戕！」朱元璋疑惑：「咦？『自戕』什麼叫『自戕』啊？」徐達道：「就是自個割自個的肉，自個滅自個的兄弟！」

朱元璋挖苦道：「你這麼說我就聽明白了，何必文謅謅的！自戕二字，只怕是劉伯溫教你的吧！」徐達的臉上也是冷冷的，道：「不錯。」

朱元璋感慨道：「三弟。鄱陽湖決戰，生死交關。這種時候，更得嚴格軍紀。唉，殺一個尋常將士，殺也就殺了。殺九個淮西子弟，三軍膽寒，軍法如山！何況這些弟兄不爭氣，確實懼戰了。咱親眼看見的！」

徐達深歎道：「哥，你知道不，這些子弟平時挺勇敢的，今日爲何怯陣了？」朱元璋說不知道。徐達告訴他：「他們都不會水啊，生來就沒下過湖，上了船暈得站都站不住，怎麼殺敵呢？」

沒想朱元璋變臉道：「咱也沒下過水，咱爲何就不暈船？他們是人，咱也是人啊！還有，在金陵時，水戰怎麼練的？哦？看來咱還得再辦一個元帥、湯和！練水戰，他是總督。」

徐達一聽這話吃驚不小，趕緊道：「不干湯和的事，這些弟兄，是開戰前從常州調來的，是我的部下。」

朱元璋嘲諷道：「我說呢！怪不得你跟咱撒嬌。誰的部下也沒用，都是咱朱元璋的部下！」

徐達痛心疾首地說：「哥，殺了他們，將來咱還有什麼臉面見家鄉父老？」朱元璋語重心長地說：「三弟啊，此戰如果敗了，咱們還有回家的那天嗎？美的你！陳友諒率軍東進，張士誠乘機北上，脫脫再揮師南下，咱們連命都沒有了！」

徐達驚怔了，緩過來又說：「哥，你知道陳友諒洪都兵敗之後，是如何對待他那些敗將的？」朱元璋聽出徐達要搬陳友諒的作爲來爲他的部下說話，不高興地說：「不知道，咱也不想知道。」

徐達自顧自說下去：「我可是知道了。陳友諒非但沒有斬他們，反而大擺宴席賞賜那些敗將，他甚至把自己的妃子都賞給水師將軍！之後怎樣啊？那些傢伙在今日交戰中兇猛萬分，打得我們慘敗。」

朱元璋感到意外，他的表情猶疑，眼看有希望改變主意了。但緊張思考過後，他卻反問徐達：「你這是什麼意思，要咱學陳友諒是不是？」徐達無言。顯然是這個意思。

朱元璋發怒道：「他那是流氓手段，是賊盜心計！哼、哼，把自個女人都送出去了，這是人幹的事嗎？禽獸不如！這種事兒，咱寧死不爲。活著就得講忠義、擔生死，功過二字分得明明白白！還是那句話，懼戰者，斬無赦！哪天咱要是懼戰了，你們可以斬咱！」

朱元璋話說到這份上，徐達的心也撲通沉到了深潭裡，他望著潭面上的圈圈漣漪，還想抓起點什麼。顫聲道：「大哥。那九人當中，有兩個是親哥倆。放一個吧，別讓人家絕了後。」朱元璋深深垂下腦袋，最終還是搖了搖，聲音沙啞地說：「洪都城裡，半數百姓絕了後，大家都是人！」

徐達激憤地還要說話，朱元璋阻止他道：「你要是還認咱這個哥，就別說了！」徐達欲哭無淚，咬牙忍痛轉身走開。卻聽見朱元璋在身後又將他叫回。徐達陰沉著臉回身，朱元璋問：「你說，那九人是你的部下？」徐達說是。朱元璋重重道：「那麼，明兒一早，由你親自監斬！」

徐達驚駭，面色瞬間蒼白。他沒有說話，頭重腳輕地離去。

他踽踽獨行，無目的地沿著湖邊走，他覺得自己無法面對明天，一時失去了思維能力。後來，星星出來了，他才能想些事。接著他想到了該做的事。他到營帳裡轉了一圈，出來的時候，後面跟著兩個挑擔子的老兵，他們穿過營地大門，進入待斬者待的樹林。

徐達讓守衛兵勇爲九個年輕隊長鬆綁。他自己先往泥巴地上一坐，然後對九個人說：「都坐下吧。」九個隊長均席地而坐，悶聲不語。兩個老兵將籮筐挑到中間，掀開蓋，大家看見了一筐麵饃、一筐酒肉。

一個中等個子、皮膚黝黑的隊長突然顫聲叫老兵：「爹，怎麼是您啊？」老兵忍住淚道：「娃兒，爹給你們送飯來了。」徐達不忍地低下頭。一會兒，抬起頭，聲音哽咽地招呼大家喝酒。

年青的隊長們一人抓過一隻大酒碗，兩個老兵將酒倒進他們碗裡。

徐達沙啞地說：「兄弟們，咱救不了你們了！明兒一早，要把你們陣前問斬。」

隊長們沉默著。好久，一人嘶聲道：「別當著弟兄們的面，行不？」

徐達搖頭，難過地顫聲道：「不行啊！」

所有隊長都埋下頭，默默飲酒。

徐達說：「酒肉是大帥賞你們的，各位弟兄們且吃著，聽我說幾句。」

有一頭濃密捲髮的隊長打斷道：「徐帥，你甭安慰，咱不怕砍頭。」

老兵嗔他：「娃兒，聽徐帥說！」

徐達語氣沉重地說：「我知道，你們不是膽小鬼，懼戰是由於暈船所致。但事兒既然犯下了，就得給全軍弟兄一個交代，原因麼，大家都明白！我想問你們一聲，死於懼戰，丟人不丟？你們樂意背這個罵名麼？」

那些隊長一聽，紛紛怒叫：

不，咱冤！

這死法，死得窩囊！

徐達啓發道：「既然非死不可，咱就得死得驚天動地，死出淮西英雄漢的樣來，死得讓三軍上下敬服！」

一位隊長激動地問：「徐帥，有話就直說吧。想叫咱們怎麼做？」

徐達低沉地說：「漢軍的戰船最怕火攻。昨日交戰，就由於咱們火器不夠猛，才敗了下來。如果咱們有支敢死隊，以自個身體當火把，捆著火藥包跳上敵船，引燃自個，定能將漢軍戰船炸成一片火海！」

隊長們呆了，你看我、我看你。爲首的高個隊長慨然高叫：「好主意！這個死法，過癮！」

其他隊長醒悟過來，乘著酒性紛紛大叫：「成啊！我去！反正是個死，一條命總不能死兩回吧。多賺幾個陪著，值啊！」

兩個老兵都在旁邊抹眼淚。一個道：「娃兒們，明兒，爹駕船送你們衝上去。爹也不回來了！」

他的兒子驚叫：「爹，你甭去。」老兵哽咽道：「娃兒你想想。你死後，咱家就絕戶了。爹活著還有什麼意思。一塊去，好歹是個團圓！」

老兵的兒子終於落下淚來。他大口喝盡碗中酒，頭伏在膝蓋上，號啕大哭。

等他盡情哭了一會，徐達對大家說：「有個事，你們得答應我。明日赴戰，一個都不准活著回來！」

九個隊長一怔，繼而瘋笑起來：

那還用說嗎！哈哈哈！

風蕭蕭兮易水寒，壯士一去不復還哪！

他們開始大吃大喝，再不說一句話。徐達則呆呆地看著他們。終於熬到了天亮。

這一夜好像很漫長，又似乎非常短暫。但不管是漫長還是短暫，總算熬過來了。

一聲淒厲的號角吹響了，陪著青年軍官一夜未眠的徐達情不自禁地顫抖了一下。他仰頭朝前望去，天邊閃射著血紅的光芒！

這片光芒照射到湖邊高地的時候，三軍將士已在這裡聚齊。他們頭戴鐵製頭盔，持槍橫盾，嚴裝佇立，等待公開處斬懼戰的淮西子弟。朱元璋著一身戰甲，立於陣前。

軍陣對面是高約兩尺的行刑臺，臺上置放著一副斷頭臺。號角聲中，兩個軍士扯著一面巨大的軍旗登上行刑臺，將軍旗蒙在斷頭臺上。另一個軍士抱著一隻牛皮包裹登臺，在軍旗上嘩地展開，竟是九把閃亮的大砍刀！這意味著，那些青年軍官的頭顱將被這些利刀斬斷，他們的鮮血也將流淌到軍旗上。

驚心動魄的號角聲終於停止，湯和步出軍陣，高聲道：「水師琪字營、瑞字營九艘戰船，在昨日交戰中，萎縮不前，臨陣懼戰。依律，斬其隊長，以正軍法！」

沉悶的鼓聲響起來，像敵人方陣步步逼近的踏步聲，有點使人透不出氣的感覺。一行刀斧手登上了行刑臺，他們俐落地從斷頭臺上取過各自的砍刀，佇立於臺後。

朱元璋的表情冷若冰霜。他高喝：「徐達！」

身著戰甲的徐達出列，他的面容有些憔悴。他闊步登上行刑臺，大喝一聲：「押上來！」九個隊長被守衛押進法場，押上行刑臺。出人意料的是，他們個個意氣昂然，而且無一人被捆縛。

朱元璋怒視徐達質問：「頭未斷，爲何鬆綁？」徐達凜然朝隊長們喝令：「扒掉外衣！」

九個隊長全部扒掉外衣，每人全身都捆滿了火藥包！

徐達朝朱元璋一揖道：「稟大帥。九位淮西子弟請命，身攜火藥登上敵船，與敵同歸於盡！他們願在戰中粉身碎骨，不願戰前在此斷頭！」

朱元璋注視他們，半晌無語。兩個老兵步出軍陣，向朱元璋揖道：「大帥，我倆請命，駕船送這些娃兒出戰，一同赴死。」

朱元璋沉默著，一步步走上行刑臺，打量著那些隊長，他甚至伸手撚了一下火藥包，拿到鼻下嗅著：「你們要用身體作火把，引燃陳友諒艦船？」

九人同聲道：「是！」

朱元璋再問：「你們不打算活著回來，將功折罪嗎？」

九人同聲道：「不！」

徐達高聲怒吼：「大帥，我這些部下絕無僥倖之心，如果有一個人生還，砍我的頭！」

朱元璋又沉默了片刻，一把揪起那面軍旗，扔到排頭的隊長身上，威嚴下令：「打著它，出戰吧！」

九個隊長走向湖邊，湖水中泊著兩條快船，船上擺著長梯。那兩個老兵已經執大櫓站在船尾，安靜地等候他們。徐達立於搭板前，腳下有一隻炭桶。九個隊長陸續從他面前經過，他從桶中拔出一束束正在燃燒的香燭，遞給他們。隊長們把香燭細心地插在腰裡，之後大步登船。

徐達拔劍，砍斷船纜。隊長們同時搖動長槳，快船迅速遠去。

徐達原地佇立，久久眺望著他們。

鄱陽湖上又是鼓聲隆隆，翻江倒海！

無數艘吳軍水師的戰船，正揚帆搖槳，朝前衝去。最前方是兩艘小型快船，其中一艘上面插著軍旗。船尾的老兵拼命搖動長櫓。船上的隊長們也拼命搖槳前進，彷彿那鼓聲催促的只是他們，催促他們快快獻出自己。

漢軍的炮石不斷打來，在快船近處擊起高高的水柱，像是爲九個年輕人送行的禮花。他們冷眼望著立於漢軍龍船高臺上的陳友諒，他正在指手劃腳，指著他們的快船高喝：「打爛他們，統統打爛嘍！」

哦，那龍船，像是戲臺。陳友諒眞像戲子在演戲啊！

離陳友諒不遠處的一艘巨船上，宋將軍立於前甲板，親執硬弓，連續發箭。在他身下，半跪著一排弓弩手，全神貫注地、嗖嗖地向前方射箭！在他們身後，嚴陣以待的船陣中，層層炮臺噴吐著火舌。

兩條快船上的九位隊長和兩位老兵，目光如炬地注視著漢軍船陣的動靜。他們沒有畏縮，而是沉著地冒著炮石與弓弩，衝向宋將軍射箭的巨船。眼看距離越來越近了，終於，快船船首砰地一聲撞到巨艦船身上。

一個隊長跳起身，將頂端帶鐵勾的長梯搭在船幫上，口叼一把長刀，急速攀爬。其他隊長都口叼長刀，跟隨著他攀爬。他們快捷地跳上寬闊的甲板，幾乎一同揮刀朝前衝去。

宋將軍一直在關注稍遠些的吳軍大船，見已經有人衝上船來，大驚，氣急敗壞狂叫：「放箭。」弓弩手們急忙轉身，張弓射箭。

兩個隊長中箭了，但他們仍然掙扎著往前衝。一邊衝，一邊拽出腰間火燭，引燃身上的火藥包。轟轟巨響，巨大火團立刻席捲了戰船。彷彿聽到了約定的信號，所有的隊長全部引燃了身上的火藥包，一團團火焰沖天而起，迅速撲向漢軍的整個船陣！

立於帥船前甲板上的朱元璋，眺望著遠方火海般的漢軍船陣，一言不發。在他身後不遠的地方，劉伯溫與李善長並排站在一起，也在朝漢軍船陣觀望。

劉伯溫微笑著開口問：「善長啊，你在看什麼？」

李善長輕聲驚歎著：「我在看火海。你呢？」

劉伯溫的眼睛裡有東西在閃亮，道：「我嘛，我在看大帥。善長啊，你知道現在大帥心裡在想什麼嗎？」

李善長心想，他又要耍聰明了，笑笑說：「我不知道！你呢？」

劉伯溫也同樣笑笑，說：「我嘛！也不知道。」

帥船抵岸了，伸下一副搭板。朱元璋沿著搭板，笑容滿面走下船。他的雙腳剛踏上地面，就好像聽到了異常的動靜。他轉臉望去，只見一艘嚴重破損、半沉半浮的快船也在慢慢靠岸。船尾，那個老兵搖著長櫓。船頭，還插著他揪過的那面軍旗。

快船艱難地靠岸。老兵踉踉蹌蹌上岸來，走到朱元璋面前，注視他片刻，突然把一片燒焦的、沾滿血肉的衣裳碎片扔到朱元璋腳前，顫聲道：「咱兩個兒子，就剩下這片碎布了！」

朱元璋呆了會，顫聲道：「五叔，從現在起，我就是你老的兒子！」

老兵無言地轉身走開。

朱元璋微晃一下，突然噴出一口鮮血。二虎與李善長急忙上前，扶住朱元璋，慢慢將他扶進樹林內。這裡正是昨夜捆綁那些隊長的地方。朱元璋手撐樹身，沙啞地對扶著他的人說：「放開，咱想躺一躺，就一會兒。」說罷，他往地下一倒，靠著樹身呼呼睡去。

二虎無奈，問李善長：「這可怎麼辦呢？」

李善長想想，沉重地歎了一口氣說：「別驚動他，讓他睡吧。就在這兒給他搭個蓬子。」

二虎轉身吩咐侍衛們搭蓬子，拿毯子。

幾個侍衛忙了一陣，拿來一條毯子蓋到朱元璋身上，並在他的上方，搭起了一座簡易帳篷。李善長在帳篷近旁慢慢踱步守候。他沒有想到，朱元璋的這一覺，兩天兩夜沒有醒。

第十八章 侃古今君臣論王道 圖自保士誠拒來使

漢軍慘敗之後，退到江中湖心洲。陳友諒佇立在湖邊，痛苦地眺望著黑黝黝的湖面。陽光在湖面上跳上跳下的，黑金一樣的光點像要跳進陳友諒的眼睛裡，他感到一陣陣的眩暈。就在前方不遠的地方，一艘巨艦歪沉在水中，巨艦周圍的殘槍斷木，輕浮地隨湖水漂流。一群衣冠不整、拖泥帶水的兵士正踏水而上，他們個個神情沮喪、狼狽之至。

陳理領著幾個兵勇，吭哧吭哧抬著那隻沉重的金榻過來。把它放到陳友諒面前。他拭一把汗，炫耀地說：「父王，兒臣冒著生命危險，把它從龍船上搶下來了！嘿嘿！」

陳友諒望著那尊金榻，臉上冷若冰霜。他突然怒沖沖道：「我現在眞是恨透了它啊！恨透了！」陳理大驚失色，顫聲問：「爲何？」陳友諒沉鬱地說：「還不明白嗎？就是這尊帝位，把我們弄到今天這個地步！唉，古往今來，它害過多少英雄豪傑！沒想到，我也不能免俗，我陳友諒也爲它慘遭噩運啊！」

陳理顫抖地下跪，向父親賠罪：「父王，兒臣有罪。當初，將軍們極力勸進，兒臣就、就給他們出了個主意。」

陳友諒臉上是痛心疾首的苦笑，他不無恨意地說：「我知道，我能不知道嗎？你自己也想當太子嘛。我死後，你可以繼承江山，君臨天下！」陳理羞慚而叩，道：「父王恕罪。」

陳友諒沉重地歎了一口氣，放緩了語氣，說：「起來吧！我不怪你。我說過了，是我不能免俗！當初，我要是堅定點，清醒點，忍耐點，不至於有今天。」

陳理拭淚而起，驀然高聲道：「兒臣把它沉到江底去，讓它從此以後，絕跡人間！」

陳友諒卻阻止了他。「不！」他說。陳理詫異地望著父親。一時間，他覺得自己笨，跟不上父親的思維。

陳友諒皺著眉，語重心長地說：「你以為，這東西能夠要取就取、說棄就棄麼？不！你一旦坐上去，就下不來了，下來就得粉身碎骨！」他吩咐陳理把它擦乾淨，還是搬進龍帳去。陳理他們走後，陳友諒一個人在湖邊待了一會兒。等他回到龍帳的時候，他做出了一個新的決定。

約莫一頓飯的功夫，一個內侍從龍帳內走出來，朝四面高喝：「皇上口諭，召各部將軍、千總、總旗官，龍帳赴宴！」

宋將軍聽到傳旨聲，走出軍帳，朝龍帳那裡眺望。副將笑著湊上去，說：「嘿，皇上又要籠絡軍心了。軍臺，猶豫什麼？咱們赴宴去啊！」

宋將軍輕輕歎了一口氣，歉意地說：「唉，敗成這樣還賜宴，眞是對不起皇上啊。」副將有點不以為然地做了個鬼臉：「對不起也得活啊。走吧，痛醉一場再說。」兩人說著走進龍帳。

龍帳內陳友諒高踞金榻，巍然而坐，面前放著一隻酒案。眾將帥進來後依序而坐，每個人的面前都擱著一隻酒案。陳友諒掃視眾人一圈，舉盅向大家敬酒。眾將帥舉盞，陳友諒先一口飲盡，眾將帥接著將手中的酒飲下去。突然，幾個將軍脖子一伸，竟把口中酒水噴了出來。宋將軍看著手中的酒盞，驚愕道：「這是什麼酒啊？」

陳友諒沉聲道：「是鄱陽湖水。這水裡有幾十萬弟兄的血！喝嘍。」

宋將軍的心往下一沉，愕然望著陳友諒，陳友諒臉色陰沉，厲聲命令：「喝嘍！」宋將軍將酒盞顫抖地舉向口邊，略呷一口。陳友諒冷笑地問：「味道如何？醉不醉人哪？」

宋將軍不知如何回答。陳友諒其實並不要他回答，他將手中酒盞朝堂下一擲，咣噹！這是一聲信號，陳理率大群衛士仗劍衝進帳內。陳理一擺手，他帶的衛士立刻朝排頭的將軍們當胸刺去。宋將軍等幾人慘叫著仰面翻倒，手抓案腳，來不及表示憤恨，就直直地瞪著眼死去。陳理再一擺手，衛士們就拽起死者的腳往帳外拖。

屍體從活著的部將面前拖過，他們個個驚悚不安。陳友諒滿意地掃一眼大家的表情，放緩聲調道：「不要驚慌。他們辜負天恩，屢戰屢敗，喪師辱國，天地不容啊。特別是宋祖義，還暗藏篡逆之心！你們說，朕該不該殺呀？」苟活的眾將爭先恐後回答：「應該！殺得應該！」

陳友諒起身走到龍帳中間，意思不明地笑著說：「現在，我們兵困湖心洲，上天無路，入地無門，是謂兵家絕境，你們，都慌神了吧？」

眾將駭然回答：「不慌！末將不慌！」

陳友諒露出胸有成竹的微笑，道：「慌也是難免的。慌而不亂，才是定性！只要你們聽我的話，照我說的去做，我一定把你們帶出絕境，出死地而後生！將來啊，富貴榮華、金山銀山，子子孫孫都享用不盡。」

眾將唯唯諾諾，個個一臉恭敬。

陳友諒的眼睛在眾將身上巡視，字字清晰地說：「從現在起，每一營、每一伍，每一兵、每一卒，都直接歸朕指揮。你們酒足飯飽之後，即刻歸營，傳命部屬，明日辰時起身，只帶隨身兵器，不帶輜重。朕親自指揮你們突圍！」

眾將心裡僥倖著、興奮著，但不敢表現出來，他們嘴裡謹慎地應諾。

陳友諒用眼示意陳理，陳理掀開帳門，恭聲道：「娘娘請。」話音剛落，一串嬪妃捧著酒壺入內，媚笑著爲眾將斟酒。眾將望著杯中白酒，餘悸未消，心神不定。陳友諒笑道：「放心，這回不是湖水了，是朕珍藏的百年佳釀！」

再說林中的朱元璋，在老槐樹下酣睡兩天後，在黎明時分醒來。天空碧藍透亮，水洗過一般。千萬道金碧輝煌的太陽光熱情地潑灑在前方的湖水中，在微微蕩漾的湖面上粼粼閃光，像星星一樣活潑地跳躍。頭頂的樹梢上，幾隻漂亮的鳥雀啁啾呢喃，像在招呼大家起身。朱元璋一骨碌坐起，看見李善長與眾軍士姿態各異地席地睡在邊上，才想起兩天前的那場血戰。

他深吸一口清晨的新鮮空氣，掀起身上毯子，蓋到李善長的身上，自己向湖邊走去。

李善長身上一暖，反倒醒了過來。他睜開眼睛，不見朱元璋，就腦袋轉來轉去地四處尋望。忽然聽到一片湖水的響動聲，爬起來走到湖邊觀望，朱元璋果然就在湖水裡面，赤身裸體地在湖中扎猛子。

李善長不太好意思朝赤身裸體的朱元璋多望，但還是忍不住看了一會，等朱元璋游近，李善長就兩掌遮嘴輕輕叫道：「上位，你這成什麼樣子？」朱元璋光著身子笑呵呵奔上岸，從侍衛手中接過衣裳，連叫：「痛快、痛快，簡直跟換了個身子似的，渾身痛快！善長啊，下去試試。」李善長矜持擺手：「告免！」朱元璋又連聲叫起來：「餓死咱了。去，拿早飯來吃。多拿幾個饃！」一個侍衛應聲而去。朱元璋精神抖擻，邊穿衣裳邊道：「善長啊，幾天沒『日講』了？」李善長略略心裡算算，說有七、八天了。朱元璋鄭重地說：「那得補！一定得補回來。」李善長矜持地告訴朱元璋，他早有準備。朱元璋卻笑道：「你連日辛苦，今兒日講，還是請劉先生吧？」

李善長微怔，心裡有些失落，卻仍不失矜持，點頭說：「哦！可以。」他收拾收拾，往劉伯溫的住處走去。

劉伯溫早已起身，在一間簡陋的青磚屋內與童僕小六下圍棋。劉伯溫坐在一張寬綽的大椅上，小六坐一張木板小凳。小六在棋盤上擺上六顆黑子。劉伯溫閒閒看一眼，搖頭說：「不夠。」小六再擺上兩顆。劉伯溫仍搖頭：「還是不夠。得讓你九子。」小六只得再擺上一顆。劉伯溫這才投下一枚白子，兩人開始對弈。

下了幾步棋，小六看看棋盤，有些小得意。他抬頭望著劉伯溫，道：「老爺，你說過的噢！我要是升到六子，毛驢就賞我了。」劉伯溫隨口說：「賞你。」棋盤上，小六逼進一步，嘴裡道：「我要是升到五子呢？」劉伯溫抑揚頓挫道：「加賞一副驢鞍子。」小六興奮道：「我要是升到四子呢？」劉伯溫道：「加賞月薪半貫。」小六眼睛發亮：「我要是升到三子呢？」劉伯溫見小六沒完沒了，終於呵斥道：「下棋時不能惦記著錢。心有俗念，這棋就齷齪了！」小六爭辯說：「不！老爺，您不懂。心裡有錢，下棋才有勁啊！」

劉伯溫正想教訓小六，轉念站在童僕的地位一想，童僕說出的想法也沒啥錯，於是說：「哦、哦！也是啊。人各有志嘛，隨你。」

小六見老爺說他想賺錢是有志，興奮得有點忘乎所以，又問：「老爺，我要是升到分先了，您賞我什麼？」劉伯溫笑嗔：「憑你，永遠不可能和我分先！連李善長都不能！」小六不服氣：「萬一呢？」劉伯溫鼻子裡笑哼一聲：「萬一？嘿嘿，眞到了分先的時候，你做莊主，老爺做僕人。」

兩人正沒大沒小的閒聊，忽聽笑聲起：「多自在呀！主僕倆紋枰論道，揮斥方遒。」

劉伯溫聽見李善長的聲音，趕緊起身相迎，笑道：「哎喲，善長兄！嘿嘿，我這是叫寂寞給逼的，坐坐。六子，上茶。」

童僕應聲而去。劉伯溫抽身將大椅讓給李善長，自個轉到小凳那邊，將棋子抹開，笑著相邀：「善長兄，請賜教一局？」李善長微笑：「不成。我連『分先』都不配，如何敢賜教？」

劉伯溫微窘，道：「哎呀！善長兄雖然棋力稍弱，但棋品高絕！在下每回與善長兄對弈，都覺得仙氣逼面，紅日當頭！令在下心曠神怡呀。享受，眞是享受！」

李善長嗔道：「伯溫啊，您要是有一百斤的話，五十斤肉長嘴上！」

劉伯溫準備以退爲進：「那是、那是。看來這棋，善長兄不肯賜教了？」李善長並不就範，卻說：「你不是寂寞嗎？現在不了，大帥召你日講。」劉伯溫不解地問：「咦，從來都是你授學，怎麼忽然想到我了？」李善長不無醋意地調侃：「大帥惦記你唄！」

劉伯溫拿了幾本古書，隨李善長來到龍王廟中，朱元璋就在那裡等他。李善長離開後，兩人入座。劉伯溫發現，朱元璋已今非昔比，手邊的古書越來越多。他眉頭舒展，心情平和，說話態度也格外的親切謙虛，他說：「伯溫先生，元璋少小無學，孤陋寡聞，特別羡慕讀書人。如今，咱雖然統兵無數，治地千里，可靜下心來一想，還是覺得心裡空落落的。爲啥？胸無點墨呀！」

劉伯溫恭敬謹愼地說：「大帥這幾句話，一聽就是王者之言。既大氣，又謙虛。」朱元璋含蓄笑笑，直言道：「千年以來的歷代帝王中，咱最佩服劉邦！」這個話題劉伯溫也感興趣，問：「敢問大帥佩服他什麼？」

這恰是朱元璋腦子裡常想到的問題。他不假思索就回答：「最讓咱佩服的是，漢高祖乃開國立代之君，當今這些江山社稷、典章制度，說白嘍，都透著大漢遺風！是不是？嗯。這麼了不得的人兒，卻出身寒賤，是個布衣帝王。」

劉伯溫感慨地說：「如論寒賤，劉邦只怕還不如大帥，他畢竟做過泗上亭長，管著十里地面，吃著朝廷俸祿。而大帥才眞正一無所有，是一株破土而出的參天大樹！」

這話從自視清高的劉伯溫口中說出，朱元璋感到格外受用。他突然話鋒一轉道：「咱最不佩服的是，劉邦對文人儒士十分輕蔑。聽說，他曾經在儒士冠帽裡撒過尿！這事是眞的麼？」劉伯溫聽了，自尊受傷，心中隱隱不爽，不樂意地回答：「是眞的。」朱元璋激烈抨擊：「劉邦怎能做出這等齷齪事來！要殺便殺，尿什麼尿！」

熟讀史書的劉伯溫卻是見怪不怪，淡然道：「可見帝王也有齷齪之時，也有齷齪之事啊。不知大帥聽說過沒有，這位冠帽裡被尿尿的儒士陸賈，後來竟成了大漢名臣。他進奉給劉邦的兩句話，流傳千古。」

朱元璋極感興趣，身子前傾，讓劉伯溫快說。

劉伯溫這時才像個講學的先生，道：「取天下靠馬上征戰，治天下能坐在馬背上治理嗎？」朱元璋一拍書案，大讚：「說得好！叫咱看，武將才是馬啊，文臣應該是騎在馬上的人。咱一定要倚重文臣。」劉伯溫微笑著，微笑中隱含著不易爲人察覺的不以爲然。但他還是忍不住直抒己見：「聖君眼中，武將文臣都是馬！不同之處在於，一爲悍馬，一爲輕騎，只有君王才是馭者，駕策隨心，統馭天下。」

朱元璋欣賞他的直言不諱，忍不住誇獎：「好好，說得好！受教了。」他快意調侃：「伯溫哪，你姓劉，劉邦也姓劉，你祖上和大漢劉家有無瓜葛啊？」劉伯溫連連擺手：「在下萬不敢替祖上攀龍附鳳，劉家之祖與漢高祖毫無瓜葛。」朱元璋滿面遺憾：「眞的沒有？」劉伯溫斬釘截鐵否認：「斷然沒有。」朱元璋由衷感歎：「先生脫俗！如今哪，人人都繞著彎兒想跟帝王將相掛上關係，姓李的說自個是李世民後裔，姓趙的說自個是趙匡胤子孫。就連陳友諒這東西，竟然也說他祖上原本姓劉，爲避禍才改姓陳的。可笑不？爲了盜世，不惜欺名，連祖宗都改了！」

劉伯溫調皮地微笑了：「稟大帥，劉家祖上雖沒有攀龍附鳳，但劉家後人卻有一位攀龍附鳳的了。」朱元璋明知故問：「這人是誰呀？」劉伯溫折腰微笑道：「這人就是在下，而龍鳳之尊正是大帥。」朱元璋開懷大笑：「伯溫啊，謝你抬舉！」

兩人正談笑風生，李善長匆匆入內告訴朱元璋：常遇春遣人來報，今日黎明，陳友諒突然舉兵襲擊涇江口，險些破圍。常遇春率軍力戰，才把他們打回去。但仍有七、八人脫逃。

朱元璋驚起，馬上問陳友諒在哪兒。李善長說：「常帥肯定，脫逃者當中絕對沒有陳友諒。但他還是親自帶人追殺，力爭無一漏網！」朱元璋發怒：「常遇春失職，記大過一次！並通報三軍，引以爲戒！」

李善長答應著，朱元璋沉吟道：「涇江口地勢開闊，是陳友諒突圍的首選處！看來，那裡需要加強布署，咱得親自去一趟！」他匆匆奔出門，撂下一句：「劉先生，回頭再講。」

李善長目視朱元璋消失，回過頭來，似不經意地慢吞吞問：「伯溫啊，日講如何呀？」

劉伯溫覺得剛才與朱元璋談話挺輕鬆、挺有趣，心下正受用呢。見問，一怔，警覺地拐了個彎，苦著臉道：「說起來是我給大帥日講。實際上，是大帥借日講教育我呢！善長兄，以後這事，還是您來吧，我一邊縮著去。」

李善長頓時輕鬆些許，咯咯咯笑起來，連聲道：「辛苦、辛苦。眞是辛苦你了！」但他面前卻浮現出剛才劉伯溫和朱元璋談笑風生的畫面。他剛才正巧瞥見了那一幕。

劉伯溫牛頭不搭馬嘴地回答：「不辛苦，辛酸哪。」

這話說得李善長更疑惑起來，明明兩人談得投機快意的，爲什麼要說「辛酸」呢？他望著劉伯溫，心裡湧動著探出個究竟的渴望。但劉伯溫卻流露出不容人再打聽的神情，矜持地告辭走了。

李善長坐在劉伯溫剛才「日講」的位置上，有些失神。他隨手拿起一本書閱讀，卻心煩意亂地看不進去。但他還是木然地流覽，內心不願意離開這個座位。

朱元璋不久就回來了。他進門就端起茶碗咕咕喝水。之後長吁一聲告訴李善長：「常遇春追上脫逃者，把他們砍了，其中確實沒有陳友諒。咱加強了涇江口兵馬，以防下回。」

李善長起身道：「上位，我們離開金陵已有兩個月了，將士們都有些按捺不住，想盡快消滅陳友諒。」朱元璋卻坐了下來，沉著地說：「不急。陳友諒就快斷糧了，再等一等，這個果子就會熟透，自個從樹上掉下來。」

李善長口裡敷衍著：「也好，也好。」他的心思其實不在這些事情上，他被一個思緒籠罩著，一時竟無法擺脫。他繞來繞去終於忍不住打聽：「上位啊，您是不是藉日講敲打了劉伯溫？」

朱元璋一怔，思忖一下便有些明白過來。他得意地大笑，索性順水推舟：「那是劉伯溫多心！怎麼，你也多心了？」

李善長趕緊搖頭否認：「在下去請伯溫的時候，他正在教童僕下棋，寂寞呀！」

寂寞？對此，朱元璋眞的有點驚訝，要做的事這麼多，怎麼生得出閒心來寂寞呢？他覺得好笑，說：「寂寞？唉！文人哪，動不動就寂寞，咱怎麼就不寂寞呀？眞是的！這樣吧，趕明兒準備兩根魚竿，你陪劉伯溫釣魚去。」他想想，有意思，竟噗哧笑出聲來。

李善長還是囿於心中那塊陰影，不得開心。他迂迴試探道：「在下的意思是，鄱陽湖這裡大局已定。而金陵城那兒，不知該攢下多少事了！光靠胡惟庸頂著，時間長了怕是不行。要麼劉伯溫先回金陵，要麼在下先回金陵。」

朱元璋連連搖頭；「不成、不成，你倆都在這兒待著。誰寂寞，誰釣魚去，反正咱離不開你們。善長啊，你和伯溫之間，是不是有點唧唧喳喳，不太痛快了？」

李善長急忙掩飾：「沒有，絕對沒有！伯溫兒才華橫溢，見識超群，善長與伯溫相處，可謂亦師亦友，頗有收益！」朱元璋銳利地看他一眼，沉吟著慢慢道：「劉伯溫雖然才華橫溢，卻是長於言短於行。如果談古說今，那他是呱呱叫，咱聽著都帶勁。如果說治理軍民政務，那還遠不及你李相國呀！」

那片浮躁的塵埃終於往下飄落，消失在堅實的泥土之中。李善長滿面欣慰地說：「上位過獎。」他一時竟想不出合適的對答。

朱元璋用知己的口氣親切地說：「對了，咱早就想委你個大事！」李善長立刻正容道：「請上位示下。」朱元璋的面容嚴肅起來，說：「陳友諒一旦被打敗，那咱們的地面就會擴大許多。湖漢一帶，咱們一下子就新增出三個省來，新增州府。」李善長立刻準確說出：「十二州、二十三府、九十六個縣。新增百姓麼，約八百二十餘萬。各類水田、山地麼，約二百五十多萬頃。」

朱元璋欣慰地說：「聽聽，咱就是離不開你嘛！善長啊，著你立刻制定未來的治漢方略。打敗陳友諒後，咱們怎麼安民，怎麼撫政？知州、知府、知縣等各級官吏，咱們如何選擇調配？都由你善加考慮，拿一份名單出來。」

李善長的心中塊壘徹底倒塌，驚喜地顫聲道：「上位，如此重任，在下擔心承當不起。」朱元璋卻信任地打斷他：「承當得起！你的本事，咱最清楚。哦，不是還有劉伯溫嘛，讓他協助你。」

李善長笑容滿面地笑著告辭。朱元璋望著他離去的背影，想起劉邦說過的話，「馭人之樂，其樂無窮」。嘿嘿嘿，他眞的嘗到學以致用的樂趣了！他在心裡頗爲得意地自我調侃：咱與漢劉邦雖然相距千年，遠隔萬里，怎麼跟哥倆似的，心心相印嘛！

朱元璋的自信在增長。他覺得他的腦子越來越能夠捉摸事了，越來越管用了。你看今天，他與大文豪劉伯溫談得多麼融洽、多麼歡暢啊。他的心裡，對文人一時增添了幾許親近感。他知道李善長在他這裡吃了定心丸，此時必定找劉伯溫釣魚去了。難道只容文人有閒情逸致，我就不能也來點雅興？這個念頭一出現，他就吩咐衛士拿來魚竿，自己也往湖邊趕去。

李善長、劉伯溫果然在湖邊釣魚。兩人見朱元璋也拿了釣魚竿過來，驚喜地往邊上挪動，在兩人中間空出一個寬敞的位子來給朱元璋坐。朱元璋像模像樣地擺著釣魚姿勢。屛氣凝神等了一會，湖水還是鏡面一樣的平靜，什麼動靜也沒有。朱元璋有些焦急，他扭頭看劉伯溫，劉伯溫竟像入定的菩薩，慈悲超然地望著前方山水，似乎已然忘卻了身爲何物，此爲何地。朱元璋只得坐直身體，再耐心等待。他瞪著水面上的浮飄，突然見它顫動起來，一陣驚喜，猛地甩竿，居然是空的！他氣得直嘟囔，重新放回魚線。過了一會兒，浮飄又動了，這一會兒他小心了些，先穩住神，然後突然猛地甩竿，還是空的！當他第三次甩竿時，魚鉤被水草掛住，魚線斷了。他再也按耐不住，氣得把竿子一摔：「一晌午了，魚沒釣著，倒賠了根竿子，眞他媽誰釣誰呀！」

這時二虎奔過來興奮地大叫：「大帥，看誰來了？」

朱元璋扭頭，看見二虎身邊，竟然站著四王子朱棣。朱元璋大爲驚喜：「朱棣，怎麼是你呀！嘿嘿，我兒，過來！」他伸出兩條捋起袖子的手臂。

朱棣跑上前與朱元璋抱在一起。朱元璋拍拍他的頭問：「怎麼來的？」

朱棣發窘，呑呑吐吐道：「嘿嘿！自個來的。」

朱元璋大讚：「了不起，我兒就是了不起！從金陵到這兒，足有七、八百里呀！對了，你媽知道不？」朱棣是擅自跑來的，他害怕地支吾：「不知道，但我想，她現在肯定知道了。」

朱元璋大吃一驚，發怒道：「什麼，你是偷跑來的？沒經你媽同意？連護衛都沒帶？」

朱棣見父親生氣，怵懼道：「我、我帶了銀子，還帶了刀！」

他從肚子下面唰地抽出一把閃亮的短刀，炫耀地舉到面前。

朱元璋一把搧掉那刀，怒氣沖沖訓斥：「這玩意頂屁用。要是碰到強賊，那還不生剮了你！」

朱棣不服氣地嘟囔：「他們又不知道我是誰的兒子，再說，我也沒碰到強賊。」

朱元璋嗔道：「那是你的僥倖！說吧，來這幹嘛？」朱棣羞澀地說：「我想父王了。我還想參戰！」

朱元璋不知說什麼好，瞪他片刻，噗地笑了：「不愧是咱兒，瘋啊！唉！下回絕對不許了！」

朱棣以爲已經過關，趕緊道：「就這回，就這回。下回再不了！」

朱元璋訓誡：「身爲王子，一舉一動都得講規矩。犯了規矩，照懲不誤！」朱棣忙說：「知道了。」朱元璋吩咐二虎：「二虎啊，領他去洗刷、吃飯、換衣裳。完了以後，再打他十板子！」

朱棣可憐馬巴巴地求饒：「父王！光吃飯就行了，板子就不打了吧？」朱元璋斷然道：「不成！」二虎笑著領朱棣走開。朱元璋扭著頭滿意地望著兒子的背影，頗爲得意地自語：「這兒，眞是瘋，像咱小時候。」

這時兩個軍士上前叩見。朱元璋看他們面貌不熟，有些意外。兩個軍士稟報說，他倆是應天府衛戍營的副千總。四王子走前留下一張條子，說要來幫父王打仗。馬夫人看後急壞了。胡惟庸急令他們率人搜尋。說，找著後，不必讓四王子發現，只在後面小心護衛著，所以他們一直護送四王子到了鄱陽湖。

朱元璋笑道：「我說呢，這小子哪有這麼順暢。辦得好！胡惟庸處置妥當！」軍士又從懷中掏出一束奉上，稟報道：「這是胡惟庸的信函。呈報帥府近期辦理的大項事務，請大帥審閱。」

朱元璋趕緊接過來，讓侍衛安排兩個副千總吃飯、歇息。侍衛帶著千總走過樹林，看見朱棣被兩個兵按在一張長凳上，扒去半截褲子，敞著屁股，正在接受板擊。

兩人不走了，笑著站下觀看，只見二虎親執竹片，啪地一擊。朱棣「啊喲」痛叫：「輕點！痛死我了！」二虎斥道：「你不是想打仗嗎，刀槍劍棒要比這痛得多！我先給你預習一下。」說著又是一擊，啪！朱棣再次「啊喲」叫喚，二虎打一記，朱棣就叫喚一聲，痛苦萬分的樣子。二虎斥道：「叫什麼？我還沒用勁呢！」朱棣乞求著：「行了吧？」

二虎不講情面：「不成，還有四下！」他朝朱棣裸露的屁股一下一下繼續擊打，滿滿實實打完十下，才說：「好了！執行完畢。起來吧！」

兩個千總這才跟著侍衛走開。朱棣噘著嘴，一臉委屈地穿上褲子。二虎為他套上一件顯然過大的軍裝，他步履歪斜地走去找父親。朱元璋就坐在方才釣魚的地方，正在一頁頁細看信函。朱棣哼哼唧唧道：「父王，打完了。哎喲，可痛死我了！」

朱元璋打量著朱棣，說：「這衣服不合身啊。」跟上來的二虎道：「末將實在找不著合適的衣裳了。」朱元璋笑著回憶當年的自己：「十幾年前，咱剛投軍的時候，也穿過不合身的衣裳。」他突然意識到對兒子說這些無益，改口吩咐：「棣兒，明日開始，你跟著劉伯溫先生，讓他給你日講，授學。」

朱棣大失所望，帶著哭腔請求：「父王！我可是來騎汗血馬的，我要參戰！」朱元璋溫和地說：「以後吧。娃兒家，先上學堂，後上戰場。」朱棣著急得聲音都變了：「父王，您什麼時候上過學堂？您跟我說過，戰場是最好的學堂！」

這是朱元璋說過多次的話，他一時竟不知如何回答兒子。

朱棣見父親沒話說，理直氣壯地提要求：「給一匹汗血馬吧，我要參戰。」朱元璋爽朗地笑道：「依你！待會，咱領你到常叔那兒去，你就跟著他！記著，那兒更得守規矩，犯了事，就不是打板子了得的！」朱棣快活地笑著：「知道、知道！嘿嘿！我什麼人？我能不知道嗎？」

漢軍那裡的氣氛完全不一樣。他們打了敗仗，再次退回江心洲。踏水歸營的敗兵個個垂頭喪氣，負傷的、掛彩的，都自顧自悶頭往回走。他們臉上是千篇一律的晦氣表情。天意難測，誰也不知道這回打了敗仗，等待他們的是什麼。

陳理在岸邊看著，痛苦得氣都歎不出來，他的心頭湧上一陣大勢已去的絕望和酸楚，他掉頭匆匆到龍帳去找父親。

未進龍帳，就聽見裡面傳出悠揚婉轉的簫聲。他知道這是父親在吹他的烏簫。簫聲雖然動聽，簫音卻是無限哀傷、悽惶。陳理掀門而入，急聲稟報：「父皇，突圍的兵勇們退回來了。看樣子，是大敗而歸！」

陳友諒卻彷彿沒聽見，仍顯得氣定神閒，繼續吹簫。

陳理猜測這是父親強持鎮靜，更加痛心。他走近父親再次輕喚：「父皇！」

陳友諒拿開烏簫，睜眼淡聲道：「敗就敗了唄，早在我意料之中。」

陳理微怔，請示接下來怎麼辦？陳友諒道：「叫人犒勞他們。三天之後，組織兵馬，再從涇江口突圍。」陳理不理解，問：「父皇，涇江口明擺著有重兵把守。如果還從那裡突圍，豈不是送死嗎？」

陳友諒苦笑道：「沒有人死，哪有人活啊！」他並不把話說完，閉上眼，將烏簫拿到嘴邊，又幽幽咽咽吹了起來。

陳理兀自搖搖頭，這時才沉重地歎出氣來。他到帳門口張望，過了一會，敗將拖泥帶水陸續到了，互相等候著，一起進帳，撲通跪地，懼聲稟報：

陛下，末將已經組織過四次突圍，損傷慘重。涇江口一帶，守軍是越來越多了。陛下啊，存糧不多了，再過三、五天，我們就要斷糧了。請陛下早定戰守大計。

陳友諒沉聲吩咐：「糧草的事，絕不能讓將士們知道！」

將軍們都唯唯應諾著，一個將軍道：「不過，早晚會在飯碗裡暴露出來的呀。」

陳友諒道：「叫兵勇們下湖，捕魚、捉蟹、宰殺戰馬。堅持一天是一天！」

幾個將軍心中有數，糧食堅持不了幾天了。有一個軟中帶硬地問：「不過，末將叩請陛下明示，還得再堅持多少天？」

這話正問到要害處，陳友諒惱羞成怒，怒視問話人，眉頭聳動著。陳理擔心父親再發威，趕緊呵斥那將軍：「放肆！」

陳友諒卻大度地擺了擺手，表情認眞地想了想，很愼重地回答：「十天吧。十天之後，就是龍出升天的日子！」

眾將莫名其妙，個個表情疑惑。

陳友諒突然目光炯炯，嗔道：「你們不信？哼，我把實情告訴你們吧！首次突圍的那天，已經有兩個特使破圍而出了。現在，他們早就該把我的信函交到張士誠手裡。我有十成把握，張士誠看了我的信後，必能火速出兵攻打金陵。朱元璋老巢被襲，首尾難顧，根據盡失，還能待得住嗎？所以，十天之後，鄱陽湖之圍必解，那也就是我們殺出重圍，龍出升天的日子！」

眾將一個個眼睛發光，總算又看到新的希望了。希望又來到了他們身邊。

這件事，陳友諒並沒有欺騙他的部下。他派出的使臣確實已經到了九龍閣，將他寫的信函交到了張士誠手裡。張士誠高踞龍座，展信閱讀。張士信側立旁邊，探頭觀信。

使臣激情洋溢地說：「陛下啊，鄱陽湖決戰，我軍水師大獲全勝！臣親自看見，朱元璋所乘的帥船被我炮石擊碎，朱元璋重傷落水。兩天後，哨騎打探得知，朱元璋從那天以後就再也沒出過房門。吳軍散布消息說，朱大帥偶染微恙，臥榻養息。嘿嘿，實際上，他早就死了！只要陛下率三十萬大軍北上，金陵彈指可破，到那時候，整個東南半壁，就全歸陛下了！」

張士誠微笑截住使臣話語：「那中原呢，歸誰？」

使臣臉色一陣發白，但很快用甘居人下的乞求口氣道：「江漢與兩湖，乃我皇存身根據，請陛下予以照應。但我皇說了，從此大漢將閉關鎖國，永不與陛下爭雄！」

張士誠面無表情地問：「陳友諒現在在哪兒呢？」使臣道：「漢江中原的陪都堅城汾水！」張士誠故作驚訝：「哦，不在那個湖心島上啦？恭喜，恭喜！」使臣摸不透對方到底了解多少實情，只得窘迫編造謊言：「我皇、我皇早就破圍而出，繼而橫掃吳軍，凱旋於汾水城下了。」

張士誠沉下臉道：「江湖上，眞是什麼樣的人都有哇！你先下去歇著。待會聽宣。」內侍引使臣揖禮下去。張士誠把信函一扔，對張士信道：「哼，陳二麻子到了這個地步，還是倒驢不倒架，還在欺騙本王！唉，朱元璋果然厲害。二十萬兵馬，竟然把陳友諒六、七十萬大軍打得落花流水。三國赤壁之戰，於今再現。士信啊，現在你明白了吧？我們沒跟陳友諒結盟，是多麼的明智！」

張士信卻另有擔心，他心情沉重地說：「陛下啊，陳友諒雖然大敗了，絕非東吳之喜。朱元璋雖然大勝，卻正是我們之悲。你說過，對我們最有利的局面，是讓陳友諒與朱元璋打得半死半活、不勝不敗。現在呢，朱元璋盡佔上風。下一步，就輪到我們了。」

張士誠聽得一愣，他知道士信說得有道理。不由問：「二弟，你有何建議？」張士信道：「陳友諒這個使者，雖然滿嘴謊話，但信中所說的攻襲金陵，仍然是上策呀！」

張士誠嗔怪道：「你又按捺不住了。」

張士信心焦地歎了口氣，道：「我們不能等朱元璋空下手來！他這人哪，梟雄本性，一旦空下手來，立刻會攥起拳頭攻打別人。現在，陳友諒敗而未亡，仍在苟延殘喘。朱元璋勝而未歸，大軍還陷在江漢一帶。此乃天賜良機呀！」

張士誠似有所動心：「攻打金陵？」他像問張士信，又像是問自己。張士信大聲道：「不是攻打，而是攻陷。以舉國之兵，一鼓作氣，攻陷金陵。」

張士誠也鎖著雙眉緊急思索起來，但最終還是搖頭，道：「有消息，脫脫又要南征了，大軍已過濟南。金陵肯定是他第一個目標，朱元璋得訊後，必然回師金陵。上策還是讓他倆相鬥，我們則坐觀成敗。士信啊，記著，智者以靜制動，後發制人。」

張士信實在忍不住了，口氣想婉轉溫和，但說出的話還是咄咄逼人：「哥，這麼多年了，你一直坐在宮裡不動，畏懼朱元璋，只圖自保，不思進取。部下久疏戰陣，早就是文恬武嬉，鬥志淪喪！哥呀，再這麼下去，東吳這個小朝廷非垮掉不可！」

張士誠聽得惱羞成怒：「這話好厲害呀！誰鬥志淪喪？誰怕朱元璋？是說部將還是說本王呢？」

這個問題自然是有口難辯，因爲張士信說的就是他哥。但他只能想個說法讓士誠下臺，正要開口解釋，張士誠卻根本不要聽他的，繼續發怒：「東吳又怎麼成小朝廷了？又怎麼非垮不可？你說！你說！！」

他直瞪著張士信。兩人對視了片刻。張士信終於垂下目光，一揖，冷冷地道歉：「恕臣失言。」然後掉頭大步離去。張士誠坐下來，氣得渾身顫抖。

一位內臣輕輕上前，附耳低語：「陛下，丞相大人有些反常啊！」

張士誠見他欲言又止的樣子，不耐煩地說：「你想說什麼，就直說出來。」內臣顫聲道：「據內衛們查探，丞相大人多次在相府宴請將帥，似有、似有舉兵篡逆之舉！」

張士誠冷冷道：「知道了。我這弟啊，就算沒此舉，他也早有此心啊！」

張士誠的消息是可靠的。此時南征的脫脫大軍已經到達濟南。脫脫所率大軍在此暫駐，等待朝廷派使臣送聖旨過來。

這一天，一尊八抬大轎在眾侍從護衛下，被抬到威嚴的濟南府臺階前。一個中年侍從高喊：「駐轎！」眾轎夫蹲身放下肩上竹槓。侍從上前拉開轎門，恭聲道：「聖使請。」

轎門雖開了，卻未見人下轎。只聽一聲沙啞的斥責：「駐轎輕點，硌著我了！」

話音落地良久，才下來一個拄杖的老太監，他膚色白皙，滿臉皺褶，顫巍巍地走到石階前，欲登階，又止步，望著高高的臺階問：「這就是濟南府麼？」

侍從回答是。老太監又問：「離大堂還有多遠呢？」侍從道：「也就一百來步。」老太監驚訝地說：「怎麼那麼遠哪？我從大都過來，都沒走過這麼遠的路！」

侍從滿臉惶惑，欲語還休。

老太監沙啞地說：「不走了，抬我進去。」說著重新歸轎。侍從趕緊再拉開轎門。老太監入轎後再嗔：「駐轎輕點，別再硌著我！」侍衛關上轎門，口裡應承：「遵命。」

眾轎夫前抬後舉，將大轎抬上臺階。內侍朝府門大吼：「聖使到！」

兩個內侍扶著老太監走進大堂的時候，脫脫早已跪定等候。老太監尚未走近，脫脫就高聲稟報：「中書省左丞相兼兵部尚書、武英殿大學士、欽命征南大元帥脫脫帖木耳拜見聖使！」

老太監走到脫脫面前，不耐煩地手一揮：「起來、起來。報個脫脫就行，嚷那麼一長串，震死我了。」

脫脫笑容可掬地親自扶老太監落座，之後朝內侍一揮手，大堂所有人全部退下。脫脫自己側立相陪。

老太監的聲音也老了，沙顫顫地問：「脫脫啊，剿賊剿得怎麼樣了？」

脫脫恭聲道：「屬下已經布置了三路大軍。一路直指中原，鉗制陳友諒殘部；兩路渡江南下，取金陵，剿滅朱元璋。之後，再轉向東南，橫掃張士誠。」老太監示意他不要再說下去，沙啞地問：「缺什麼不？」脫脫面露喜色道：「屬下極缺軍餉、糧草。恩公啊，您來可是太好了！煩您跟皇上說說，趕緊撥給我五百萬兩銀子，三百萬糧草。只要糧餉一到，我即可發兵。」

老太監微笑，臉上皮膚菊花瓣一樣收起來：「明白！就是說三路大軍都在紙上擱著，還沒發兵呢！」脫脫發窘道：「指日可發。」

老太監顫巍巍地從袖中掏出聖旨，說：「脫脫啊，皇上讓我給你捎話來了。要你火速徵集——我瞧瞧，哦！徵集百年巨木、泰山石材，還有，江南瓷器、綢緞、秀女，呈送大都。」

脫脫驚訝不已：「屬下正在布兵決戰，生死攸關呢！江南那兒更是水深火熱，朝廷徵集這些幹嘛？何況，烽火遍天下，我到哪兒徵集去？」

老太監沙聲笑了：「脫脫啊，你糊塗。給皇上辦吧。皇上要什麼，你就給他辦什麼！辦到辦不到，另說。」脫脫急忙問：「恩公，到底怎麼回事？」老太監放低聲音：「皇上大位未安，朝廷實際上還是太后在主政。明年就是太后七十萬壽了，皇上要大造樓閣亭臺，爲太后賀壽哇！」

脫脫忍不住了，慍怒地發牢騷：「都什麼時候了。還是君不君國不國的！就算皇上糊塗，王公大臣們難道不知危亡嗎？他們爲何不諫？」老太監嗔怪地斜他一眼，說：「你以爲就你知道危亡？糊塗！實話告訴你，王公大臣比你更知危亡。他們瞧得清清楚楚，大元已經不行了，他們早就把家眷、私產轉移到蒙古上都去啦！」

脫脫氣得發顫，手撐椅背支撐著自己：「完了、完了！主昏臣庸，荒淫無道！我在這兒一心剿賊，又有什麼用？」老太監看看他，意味深長地說：「不剿賊，你又有什麼用？」

脫脫一怔，淚水花花下落，斷聲道：「恩公啊，我要是個漢人的話，恐怕也會揭竿而起，舉兵造反。」老太監咯咯笑了：「你不是漢人。你是脫脫帖木耳！」

脫脫帖木耳，這位元末最爲忠誠幹練的宰相，不久後就死於朝廷內爭之中。至此，元朝實際上已經崩潰。

第十九章
喪心病狂俘虜遭焚
心智奇絕陳理當差

朱元璋與他的幾個最要緊的文臣武將在龍王廟裡議事。李善長與劉伯溫坐在兩隻平板凳上，徐達、湯和蹲著，常遇春坐一隻三腳矮凳，只有朱元璋的身後是一隻木靠椅，但他並不坐，突兀地站著。興奮地告訴大家：「胡惟庸遣人來報。隆平府方面，張士誠被陳友諒的敗訊嚇壞了，他不但沒膽量舉兵進犯金陵，還派人帶著牛、羊、米、麵，犒勞咱們太湖守軍去了！嘿嘿，你們猜，張士誠想幹嘛？」沒等別人回答，朱元璋自個就按捺不住了，高聲說：「他想跟咱結盟呀，共同驅除暴元，奪取天下！」

眾帥哈哈笑起來。劉伯溫讚道：「眞是個聰明人啊！先千方百計攻殺你，看看殺不動了，趕緊跟你拜爲兄弟！」

朱元璋說：「還有呢，胡惟庸得報，說元廷突然罷免了脫脫，要治他什麼『瀆職敗戰』之罪，押送到大都待斬去了！」

眾帥又是一陣歡笑。只有劉伯溫與眾不同的陰鬱著，他爲脫脫心痛。

朱元璋愜意道：「現在，咱徹底放心了。應天府南北兩面的威脅都解除了，咱們可以專心收拾陳友諒了。」他問常遇春：「這兩日湖心島那兒有什麼動靜？」

常遇春輕鬆地說：「乖得很！也不反攻、也不突圍了，只看見幾個破船半夜偷偷下湖打魚摸蟹。嘜，陳友諒是不是要重返舊業，回頭當他的漁夫了？」

眾人再笑。朱元璋微笑提醒大家：「不可大意。凡事都這樣，如果老沒動靜，就意味著可能有大動靜！」

眾人俱稱是。朱元璋問常遇春：「咱那棣兒給你添麻煩了吧？」常遇春笑道：「大帥把王子送來，是對咱的厚愛！不過，大帥要是體恤下情，還是把他召到自個身邊吧。」朱元璋忙問：「怎麼著？」常遇春歎苦經：「看不住啊！整天騎著汗血馬狂奔亂竄，我得調一百個軍士跟著他。」朱元璋歉意地說：「明兒，咱叫人把他綁回來！」常遇春笑著趕緊說：「多謝。」朱元璋接下來部署：「五天以內，各部都得做好進攻準備。徐達負責步軍，湯和負責水師。」

湯、徐齊聲應諾。朱元璋目光四下一掃：「還有事麼？沒事咱們就散。」

眾人說說笑笑出門，唯有劉伯溫悶著頭獨行。忽聽朱元璋在後面叫喚：「伯溫哪。」劉伯溫回首站住了：「大帥。」朱元璋趕上來，與劉伯溫並肩同行，關心地說：「剛才說到脫脫，你好像有點不開心。」

劉伯溫一怔，他早發現外表五大三粗的朱元璋其實心細如髮。他直言他的哀感：「大帥啊，整個元廷裡，我最佩服的人就是脫脫。如今他落到這個下場，我確實為他傷感。」

朱元璋沉默片刻，低聲道：「脫脫啊，生錯了時候。要擱在成吉思汗那年代，他能成蓋世大英雄啊。」

劉伯溫頓時感動極了，顫聲道：「大帥說得好，眞好！」

朱元璋見劉伯溫這麼動情，倒有點意外，也感動了。他為了不讓劉伯溫覺察，迅速往前走，趕上前面的李善長。他讓李善長陪他去湖邊巡視。兩人沿湖邊走邊看，看見不遠處的湖面蘆葦間，隱約飄著幾具浮屍。李善長道：「湖心島方向，這幾日總有浮屍順風漂來。徐達叫人剖開了浮屍的肚子，發現腸胃中沒有一粒米，只有幾條沒化盡的蘆根。說明，漢軍斷糧最少半月了。」

朱元璋點點頭，片刻道：「看來，到動手的時候了！」李善長沉吟道：「上位，在下有個建議。能否不動刀兵，給湖心島送去一紙招降書，說服陳友諒俯首歸降。」朱元璋笑道：「李先生，咱了解陳友諒這種人，他絕對不會投降。」李善長說：「即使陳友諒不降，官兵們知道後，也會軍心動搖啊。」朱元璋想想有道理，說：「也好。就勞你寫一份吧。」

李善長卻說：「別、別。這等書信，劉伯溫最爲擅長。他呀，既能寫得溫情脈脈，同時又刁鑽刻毒！」朱元璋哈哈笑著拍拍李善長，道：「成。咱請他！」

朱元璋親自去找劉伯溫。他好像有點迷上這個文人了。眞他媽見鬼了！他心裡嘲笑著自己，兩腳還是不由自主往劉伯溫住的小瓦房走。

劉伯溫又在與小六對坐下棋。小六抓耳搔腮，劉伯溫則昏昏欲睡，不時睜眼看一下棋盤，再次慵懶地閉上眼睛。

朱元璋笑嘻嘻進來，神情調皮地說：「伯溫啊，又寂寞啦？」

劉伯溫睜眼跳起：「哎喲！大帥，在下不寂寞，在下只是看上去像寂寞！喏，下棋嘛，得有平常心。」劉伯溫說著趕緊讓座，把自己的坐椅讓給朱元璋，讓小六去泡一壺茶，自己順勢坐在小六坐的板凳上。朱元璋坐下道：「聽說這圍棋裡頭暗藏兵法，是不？」

劉伯溫說：「那是。詭詰莫測。」朱元璋下令：「下回日講，你教咱下棋！」劉伯溫一口答應「成！」這時小六端上茶壺、茶盅。劉伯溫爲朱元璋倒茶。認認眞眞倒著茶，心裡卻又後悔了，勸道：「哎喲，大帥啊，咱倆最好別下棋。」

朱元璋問爲什麼。

劉伯溫煞有介事地說：「稟大帥，古往今來，多少臣相爲了陪帝王下棋，一個個都嚇破了膽，用爛了心！」朱元璋將信將疑：「怎會有那麼可怕？」

劉伯溫歎氣道：「因爲臣相們爲難啊！他們贏又不敢，輸也不是！大帥您想，這棋要是下得既不輸、又不贏，那還怎麼下？還有，這不能下的棋又不能不下，於是下著下著，就成了嚇著嚇著，豈不得肝膽俱裂麼？」

朱元璋哈哈大笑。「伯溫啊，聽你說話眞舒服，聽你罵人更舒服！嘿嘿嘿，還是善長說得對。」劉伯溫警覺起來：「善長兄說我什麼？」朱元璋拖著調子：「他說啊，你能把一句話同時說得既溫情脈脈，又刁鑽刻毒！」劉伯溫苦笑道：「哎喲！還是善長兄貼心。」朱元璋道：「伯溫哪，李善長建議招降陳友諒，你給寫個招降書吧。」劉伯溫直起身子，顯得李善長的建議不屑一聽，決然道：「陳友諒斷不會降！」

朱元璋笑著：「咱也是這麼說的。可善長的話也有道理。即使陳友諒不降，部下知道了，軍心也會亂哪。」劉伯溫不禁點頭，想了一想，告訴朱元璋，如果一定要招降陳友諒的話，後天是個好日子。

後天？朱元璋想不出這是什麼名堂，奇怪地問：「爲什麼是後天？」劉伯溫道：「後天是陳友諒五十生辰，這可是人生整壽。大帥可以給他送份大禮。」朱元璋驚訝地盯著劉伯溫，好奇地問：「天哪，你怎麼會知道陳友諒的生日？」

劉伯溫不想說的，但見朱元璋好奇，知道不說不行，故意賣了賣關子，微笑道：「這、這嘛！跟帥夫人學的。」朱元璋更驚奇了：「這跟夫人又有什麼關係？」

劉伯溫有聲有色地描述：「有一天，在下看見帥夫人冒雨出去。問她幹啥？夫人說，今天是義子陳強他娘的生日，陳強在守城呢，我得給他娘賀壽去！那一刻，在下十分感動。原來呀，帥夫人把大帥您所有結義兄弟，包括義子、義侄、將帥的生辰，甚至包括他們父母的生辰，全都記在心裡了。」

朱元璋愣在那裡：「眞呀？」

劉伯溫望著朱元璋天眞有趣的模樣，微笑著告訴他：「這些俗事，大帥自然顧不上，帥夫人默默地做著。只要到了日子，她就以大帥您的名義，帶壽禮去看望他們。有時候手頭窘迫，僅僅是送一件衣裳、半袋糧食她也送！別看東西不多，卻激起那些父母老人的感恩之心！」

朱元璋內心熱浪滾滾，說話的聲音也顫了：「眞、眞呀？」劉伯溫微笑著告訴他：「大帥啊，那些義子、義侄、將帥，之所以忠心耿耿地跟著您，並不全是因爲您的威望、權勢，他們還覺得您仁義、您慈祥！這份仁義和慈祥，是誰帶來的？是帥夫人！在下以爲，有這樣一位夫人，足頂三十萬大軍！」

朱元璋登地跳起來，激動得熱淚盈眶，他就地轉著圈說：「哎呀呀，咱這妹子！咱怎麼就不知道呢？咱眞昏！眞迂！」劉伯溫言歸正傳：「所以我才說，在下知道陳友諒的生日，是跟帥夫人學的。」

朱元璋忽然木立在那兒，道：「伯溫哪！有個事咱恐怕傷了夫人，你給咱斟酌斟酌，那事應該是她對、還是咱對。」劉伯溫道：「大帥示下。」朱元璋道：「夫人要咱下個手諭，准許所有將士的遺孀自由改嫁。咱給駁了，這事誰對？」朱元璋直瞪著劉伯溫，似乎想從他臉上立刻看出究竟來。劉伯溫深思片刻，斷然道：「夫人對！」朱元璋搖頭歎息，原地又轉個來回，站到劉伯溫面前，道：「伯溫哪。這事咱還是不贊同。但你說了她對，咱回去就下手諭，准許遺孀們自由改嫁！」

劉伯溫微笑著拱拱手道：「謝大帥！」

劉伯溫寫的招降書送到漢軍軍營的時候，陳友諒正獨坐在龍帳中，執簫吹奏，簫音更加哀傷，悽惶，彷彿在傳遞著死亡的音訊。

陳理入內，靜靜地站在旁邊，直到陳友諒一曲終了，才上前小心地說：「父皇。各部斷糧已久，幾近崩潰。上層的將軍、千總，還可靠魚蝦爲食，但吃得直作嘔。把總以下，整日只有草莖蘆根，聊以充饑。」

陳友諒無語。陳理顫聲再道：「父皇。將士們求您降恩，把最後的存糧拿出來，讓兵勇們吃上一頓。」陳友諒悶悶地說：「我說過堅持十天。現在還剩幾天？」陳理說還有三天。陳友諒道：「那麼，就再堅持三天！」

陳理滿臉的無奈。

就是在這個時候，侍衛匆匆進來報告外湖馳船來了！朱元璋的使臣到了！

陳友諒一驚，起身步出龍帳，陳理急急跟了出去。湖面上傳來一陣陣的細樂聲，樂聲響的地方，一帆小船乘風馳來。原來是船上幾個民間樂手正在吹吹打打，他們神態瀟灑輕快，令人看了好生羨慕。一位使者立於船首，身後更有令人饞涎欲滴的食物和酒罎。

陳友諒佇立在岸邊，靜靜地看著。身後，一大片官兵呆呆的，像古代兵馬俑那樣無聲無息地站著。他們的眼睛都盯著小船上的食物。小船終於接岸，使者手執一札，逕直朝陳友諒走來，近前執札一揖，高聲道：「江南中書省左丞相、吳王朱元璋致函陛下。並附贈一船酒肉。」陳友諒朝陳理示意。陳理上前將信函接過來。陳友諒再用眼示意，兩個侍衛立刻上前將使者押下去。

陳友諒對陳理說：「念！」陳理匆匆拆開信函，念道：「友諒兄五十壽誕大喜，弟元璋遙拜相賀！」此句剛剛念畢，陳理便失聲驚叫：「父皇，今天是您的五十壽辰啊！兒臣、兒臣忘了。」陳友諒苦澀地說：「這種時候，你當然會忘。因爲，你不是朱元璋啊。」陳理痛苦地說：「父皇恕罪！」陳友諒並沒有責怪之意，平和地說：「接著念！」

陳理繼續念道：「當今世界，兵戈如海，烽火連天。草木不敵三秋，蒼生轉瞬即亡。友諒兄能淨活五十，可謂高齡，足堪自豪！弟元璋盼兄福壽延年，延年福壽！但是，兄值此奄奄一息時，福從何來？壽又從何來呢？弟以爲只有一條路，請兄舉目北望，就是面前的水路。兄可率所有饑腸轆轆的漢軍弟兄傾誠來歸。愚弟這裡，米麵糧餉、熟牛肥羊，都爲列位準備妥當，來之可食，食之可安！如兄執迷不悟，有撞網跳牆之志，則請兄再舉目北望，愚弟這裡，刀槍劍戟，銅錘鐵棒，也爲列位準備妥當。如何棄取，元璋拭目以待。五十大壽甚爲難得，可喜可賀，可悲可歎。元璋再拜。」

陳友諒聽得劇烈發抖，搖搖欲墜。陳理趕緊上前扶助，痛心地叫道：「父皇！」陳友諒悲憤難耐，咬牙切齒道：「理兒，你聽見了吧，朱元璋，他多麼得意啊！這等污辱，千年未有啊！」

陳理怒叫：「父皇，把使者交給兒臣，兒臣要將他碎屍萬段。再敲鑼打鼓送回去！」陳友諒點頭：「拿他來！」陳理唰地拔劍，喝令帶使者。片刻，侍衛又將使者押上來，直推到陳友諒面前。陳理正要動手，陳友諒卻咯咯地笑了，笑聲令陳理止步。

陳友諒已經恢復了平靜。他對使者說：「回去稟告朱元璋，在下感謝他的壽禮和賀函。且容在下稍做收拾，三天後，也就是十月初六吧，在下會帶著所有的戰船、兵馬、器械，歸降吳王。」

此話一出，陳理愣了，將信將疑。後面林間，密切觀望的兵勇們悲喜交集，情動於色，不可抑制地發出騷動之聲：

哎呀，聽見沒？皇上要降了！

太好啦，不用再打了。總算是熬到頭啦！

有幾個剛知道情況的兵勇爛泥一般癱軟在地。

陳理聽到身後的動靜，轉頭看了看就明白了，人心思降啊。想想也是不寒而慄，沒有飯吃的餓鬼哪裡打得動仗？誰又會爲你賣命呢？陳友諒沒有回頭，但他隱隱聽到了，即使沒聽清，也深深感覺到了。他的臉色蒼白，渾身一陣虛脫，人都站不穩了。陳理趕緊扶住父親，朝龍帳走去。一路檢討自己：「父皇，兒臣有罪啊，竟然忘了父皇的萬壽！兒臣也沒準備什麼壽禮。」陳友諒的神情有點呆滯，他喃喃地說：「我那位愚弟不是給準備了嗎？把它們都抬進來，把將軍也叫進來。一塊過壽！」

將軍們壓抑著亦喜亦悲的心情，狼吞虎嚥地大嚼起來。陳友諒坐在金榻上，注視著兩邊吃喝的人，自己一筷不動，滴酒不沾。等大家吃得臉上放光了，他才說：「今天這生日，是我有生以來過得最有滋味的一個！」

此話別有含義，部將們都停止了吃喝，望著陳友諒。

陳友諒的臉扭曲著擠出一點笑來，說：「我的親人忘了我的生日，我的仇人卻牢記著我的生日。嘿嘿嘿，這世界整個兒搞顚倒了嘛，啊？」

部將們尷尬地陪笑幾聲，陳理不安地放下筷子摸著案角，眼睛不敢看氣歪了嘴的父親。只聽父親咬牙切齒地說：「你們幾個，都是最早跟我的弟兄。告訴你們吧，朱元璋是天底下最兇狠毒辣的梟雄，他招降是假，擾亂軍心是眞。他心狠手辣，絕不會善待任何降者。我們寧可戰死，也絕不能忍辱偷生投降朱元璋！」

原來如此！部將們驚驚乍乍的。趕緊參差不齊地應諾著。

陳友諒凜然道：「我之所以佯作答應他，那只是詐降，以安其心，以樂其懷，麻痹他一下。到十月初六那天，我們將以投降爲名，集中全部兵力，殺出一條生路來突圍！」

突圍！一聽突圍，大家的眼睛亮了起來，紛紛應和著。陳友諒露出笑容道：「你們說說，該從哪兒突圍呢？」

一部將提議從涇江口突圍。因爲那裡地勢開闊，出去就是長江。而且已經在那兒突過幾次了，地形熟悉。陳友諒斥道：「送死！朱元璋早在那兒埋下重兵了。前幾次突圍，是我在佯攻，誘敵！目的，就是爲了把朱元璋大軍朝那裡引。知道麼？我們每往涇江口突圍一次，他都會在那裡再度增兵。我之所以讓那麼多弟兄死在涇江口，就是爲了十月初六這天，我們能夠順利突圍南湖嘴！否則的話，那些弟兄的血不是白流了嗎？」

部將們這才恍然大悟。有人開始摩拳擦掌起來，彷彿眼下就要去突圍的樣子。

陳友諒和他的部將在這裡運籌帷幄，送信的使者回到了金陵，向朱元璋稟報陳友諒準備投降的消息。

朱元璋詳盡詢問了漢軍營中的各種細節，左思右想，一個晚上沒睡踏實。第二天一早，就派人去將劉伯溫請來商議軍務。

劉伯溫進來的時候，朱元璋正坐在一張長板凳上大口吞吃早飯。他的面前擱著小米粥和白饃小菜。劉伯溫施禮問安，道：「大帥召我？」朱元璋拍拍長凳道：「坐，咱請你吃飯。」他接著吩咐二虎給先生上飯。

二虎口裡應著，端個大碗替劉伯溫盛粥，並把一隻大饃放到他面前。劉伯溫猶豫地說：「請飯有請早飯的規矩麼？」朱元璋嗔道：「咱請人吃飯，不是吃規矩。」劉伯溫口稱「那是、那是」，趕緊端起碗，又看著面前那個大饃發呆。朱元璋望著他：「怎麼，不餓？」劉伯溫做個苦臉：「哎呀！見著這麼大個的饃，誰敢不餓呀！」朱元璋噗哧一笑，筷子指點著他：「聽這刁勁！噯，陳友諒回話了，他將在三天後，也就是十月初六，率部歸降。嘿嘿，他還說，要把自己綁起來，向咱負荊請罪。嘿嘿，先生那招降書寫得好，把陳友諒膽都說破了，咱樂得小半宵沒睡。」

劉伯溫扒下一小塊饃，嚼著嚼著就有滋有味起來，嚼了幾口用力一嚥，說：「大帥啊，陳友諒負荊請罪是有傳統的。五年前，他不就是把自己綁起來，跪在徐壽輝面前嗎？其結果，徐老大掉了腦袋。」

朱元璋滿意地問：「你也覺得這是詐降？」

劉伯溫斬釘截鐵地說：「斷然如此！哦，大帥剛才說，陳友諒何時歸降？」朱元璋說：「十月初六。」劉伯溫又咬了一口饃，說：「那麼也就在那一天，陳友諒將以歸降爲名，舉兵突圍！」

朱元璋興奮地笑起來：「哎呀！伯溫，你跟咱想得一模一樣！陳友諒這人，有一點倒是蠻像咱的，那就是寧死不降！」劉伯溫詼諧了一句：「大帥是陳友諒的知心人嘛。」朱元璋再問：「那麼，先生估計陳友諒會從哪裡突圍呢？」劉伯溫想想，果斷地說：「南湖嘴！」朱元璋問為何，能肯定嗎？

劉伯溫用拿饃的手比劃著：「因為，陳友諒連續從涇江口突圍三、四次了，次次失敗。這就有問題了，既然那裡突不出去，為何他還要那麼做呢？只有一個解釋，佯攻誘敵，把大帥的重兵引到涇江口去。」朱元璋滿面驚訝：「伯溫哪，這事咱想了小半宵才想明白，你怎麼就一語道破了？眞是厲害！」

劉伯溫一怔，心裡怪自己關鍵時候總是忘乎所以！他苦笑道：「我又說漏了，既然大帥想了小半宵，我怎麼的也該想個大半宵啊！」朱元璋哈哈大笑，繼之指著那一筐饃命令：「吃饃，都吃嘍！」

但陳友諒比朱元璋想像的還要狡猾。所謂歸降，的確只是他的緩兵之計。他目的是要突圍。但不是在十月初六，而是在十月初五。

十月初五這一天，天際雲蒸霞蔚，湖面萬道金光。陳友諒的隊伍在湖心洲上聚集。陳友諒親著戰甲，佇立陣前，厲聲道：「我們必須提前一天舉兵突圍，打朱元璋一個猝不及防！湖對面，現在只是一群驕兵，朱元璋正等著明天受降呢，正幻想著他的帝王大業呢，他萬萬想不到，我陳友諒非但不降，還要龍出升天，縱橫四海！弟兄們，如果你們一輩子只有一天最為榮耀，那麼就是今天。跟著我，決一死戰，殺出重圍！」

軍士們跟著他一起吼叫：「決一死戰，殺出重圍！」身著戰甲的陳理走到陳友諒面前，請示道：「請父皇示下，那些個俘虜怎麼處置？」陳友諒回頭望過去，不遠處有一座牢棚，裡面關著一群奄奄一息的戰俘。」

他冷笑道：「他們不是喜歡用自個身體當火把麼？成全他們吧！全部燒死！」

陳理臉色蒼白，駭然應諾著，轉身令手下將領執行命令。

不一會兒，湖心洲的牢棚裡傳來慘烈的叫罵聲。一炷濃煙沖天而起，火勢越來越旺。烈火之中，一些軀體在痛苦地扭曲著，在地面上滾動掙扎著。

徐達與一些將士們站在湖邊，詫異地眺望遠空那炷濃煙。風兒送過來一股難聞的氣味，幾個兵勇抽著鼻子，頓時訝然：

這什麼味兒？難聞死了！

好像是肉燒糊了。

陳二麻子早斷糧了，哪有肉吃？

徐達一個愣怔，臉色突變，嘶聲慘叫：「戰俘！陳友諒在燒咱們被俘的弟兄！」

兵勇頓時暴怒欲狂，一片叫罵：

狗娘養的！畜生！

媽的！拿下湖心島後，爺也把他們活活燒死！

一個兵勇撲通跪到徐達面前，痛哭道：「徐帥啊，我二哥也在那島上啊！」

所有的兵勇突然都不出聲了，他們全部眼巴巴地注視著徐達。徐達胸口劇烈地起伏著，紅著眼道：「咱不也有陳友諒的俘虜麼？」

兵勇們大聲叫起來：「有！」

徐達暴喝：「統統帶過來！」

痛心疾首的徐達和兵勇們準備以牙還牙，燒死漢軍俘虜。他們將漢軍俘虜從關押的石屋裡拉出來，吆喝著往空地上趕。嘴裡罵罵咧咧的。劉伯溫得知後，火急火燎來找朱元璋。朱元璋正在小樹林裡憩息，難得地同兒子待在一塊。他們在樹枝上吊一隻葫蘆，葫蘆上畫著陳友諒的臉。十幾步開外，小朱棣拉彎弓箭，瞄定葫蘆，他顯得特別認眞，耐得住氣，因爲他知道父親就在他的身後望著他。終於，他開弓了，嗖地一聲，箭鋒正中葫蘆。

朱元璋笑道：「不錯！今兒將功折罪，不打你板子了。下回要是再在軍營搗亂，重懲不貸！」朱棣得意地問：「那匹汗血馬呢？」朱元璋爽氣地說：「歸你了！」朱棣嗅嗅叫著，大喜而奔，竟一頭撞入匆匆趕過來的劉伯溫的懷裡。

劉伯溫顧不得朱棣了，直對著朱元璋叫：「大帥，大帥！陳友諒縱火焚燒俘虜，徐帥他們按捺不住，要把漢軍俘虜也全部燒死。」

朱元璋停了一下道：「咱已經知道了。」劉伯溫著急地問：「那您爲何不制止？」

朱元璋沒說話，眼睛望著樹林深處，那裡有幾隻鳥兒，閒閒地飛來飛去，比人瀟灑，比人快活。劉伯溫隨著朱元璋的眼睛望去，見他此時還有如此閒情，深覺不可思議，顫聲相勸：「陳友諒燒人，如同禽獸！咱們如果也燒人，豈不也——」

朱元璋的表情也有點猶豫，慢慢道：「話雖然不錯，但是士氣不可滅，軍心不可違啊。」

劉伯溫聽出朱元璋沒有阻止的意思，眞是心急如焚。他知道自己此時臉色難看，想笑一笑，因爲焦急，笑得沒了個笑模樣。他盡量口氣平緩地說：「上位啊，您不僅會得天下，早晚也要治天下。如果將士們都成了野獸，將來可怎麼駕馭？還有，陳友諒既然這麼做了，大帥就更不該這麼做了。」

朱元璋其實心裡也正不是滋味呢，定定看著他問：「依你看，咱應該怎麼做呢？」

劉伯溫眼中閃過一道銳氣，厲聲道：「他殺人，我誅心。誅陳友諒部下的心！」

朱元璋聽著不說話，神色卻漸漸開朗起來。他一揮手，和劉伯溫一起匆匆來到湖邊，他們走上一塊高坡，眺望湖心洲的上空，那裡果然濃煙滾滾，氣味嗆人。徐達一見兩人，也走了上來，陪立在側。他離開的地方，一群漢軍俘虜畏懼地站著。一個個神情萎縮，滿臉絕望。

「上位！」徐達正要稟報，朱元璋卻已經回轉身去，和徐達一樣，他的眼中暴出了血絲，指著遠處的濃煙，對俘虜怒斥道：「你們好好看一看，仔細聞一聞，陳友諒這頭禽獸，在燒咱們被俘的弟兄！」

俘虜們抽著鼻子，表情更加驚恐，有人竟軟軟地倒在了地上。

朱元璋動情地說：「無論漢軍還是吳軍，大夥都是人，都是苦出身，都曾經是義軍兄弟啊！可如今，天下大亂，人心淪喪，戰爭把人都逼成野獸！你們自個說，咱拿你們怎麼辦？」

嘩地響起一片抽劍拔刀之聲，軍士們一步一步逼了過來，每個人的眼中都燃燒著憤怒的火苗。戰俘們明白死到臨頭了，都恐懼地跪下、有人癱倒了。他們有的呆若木雞，表情僵硬，有的淚流滿面，泣不成聲。

突然，朱元璋面色冷峻地宣布：「咱放你們回去，全部都放，立刻就放！」

更多的俘虜癱軟在地，他們不知身爲何物了。他們害怕這不是眞的。這是怎麼回事啊？漢軍燒吳軍的俘虜，吳軍卻反其道而行之，要放漢軍的俘虜？恐怕是幻覺與幻聽吧？但朱元璋的聲音又響起來，在陣陣渾噩的腥風中格外有聲有色。他中氣十足地說：「咱不但要把你們全部放還，還要讓你們吃飽嘍，喝足嘍，打著飽咯兒回到那邊去。徐達，叫人拿酒肉麵饃來，賞這些弟兄們吃！」

徐達疑惑地應諾著。俘虜們這才眞正反應過來，撲地重重叩頭不止，好像不這樣不足以表達激動感恩的心情，不這樣朱元璋就會收回他的成命。他們亂哄哄地竭盡全力地叫嚷：

天恩哪！謝大帥天恩！

小的來世託生到大帥府上，當一輩子牛馬！

朱元璋聽得忍俊不禁，撐不住笑了笑，態度更和藹了些：「回去時捎一句話。只有陳友諒是咱死敵，其他所有漢軍，都是咱弟兄。咱這兒，酒肉麵饃候著他們，咱歡迎他們來歸！」

俘虜們欣然應諾著。朱元璋得意地朝劉伯溫掃一眼，大步離去。劉伯溫顛顛地快步跟隨著，一臉的欣慰。

兩人一前一後來到湖邊，沿著小道漫漫散步，朱元璋悠然問道：「伯溫哪，怎麼樣啊？」劉伯溫由衷讚歎：「精采之至！在下原本盼望大帥饒過那些戰俘，沒想到，大帥把他們全部放還了！更沒想到的是，大帥還讓他們吃飽了、喝足嘍、打著飽咯兒離開！他們回去一嚷嚷，陳友諒必定軍心大亂。哎呀呀，在下眞是佩服死了！」

朱元璋偏過臉來望望劉伯溫，不很放心地問：「眞的？」劉伯溫趕緊斂一斂容：「眞眞切切！」

朱元璋猾黠道：「咱怎麼聽著像是奉承？」劉伯溫驚慌表白：「不是奉承，斷斷不是！」朱元璋慢悠悠道：「哦，那就好。先生的奉承話咱愛聽。但要是聽多嘍，咱骨頭都酥！」

朱元璋前頭走了，劉伯溫跟在後頭悄悄拭汗，心裡琢磨著朱元璋的話裡有沒有什麼警告的意思。突然，前面的朱元璋立定了，大叫一聲：「不對！」

劉伯溫又是一驚，人一軟，顫巍巍問：「怎、怎麼又不對了？」朱元璋恨恨道：「咱一直覺得不對勁！但究竟是哪兒不對勁，老也想不起來，剛才咱突然想起來，陳友諒已經在舉兵了，他馬上就會突圍！」

劉伯溫猛醒，拍掌跺足叫道：「天哪！大帥，趕緊增兵南湖嘴！」朱元璋再次大叫：「不對！」劉伯溫更驚：「怎、怎麼還不對呢？」朱元璋氣呼呼的，也不知生自己的氣、還是生誰的氣，說：「陳二麻子既不會走涇江口，也不會去南湖嘴！他呀，衝咱來了！他要攻擊大營，跟咱朱元璋拼命！」

朱元璋話一出口，劉伯溫馬上意識到朱元璋比自己棋高一著了，自己的判斷再次失誤！他的心像被小蟲啃咬著，有點不甘心地問：「大、大帥，您怎麼知道的？」

朱元璋冷冷地說：「因爲，咱要是身陷死地，咱就會這麼幹！咱絕不逃命，咱拼命！陳友諒一直在涇江口裝神弄鬼，那是故意暗示咱們，好像他準備從南湖嘴突圍。可是，當咱們把軍力都布置好後，他卻哪兒都不會去，而要直奔大營，找咱朱元璋拼命！哼、哼，那天咱想了半宵，總算是想透了。咱唯一沒想到的是，他竟然提前舉兵！」朱元璋說完掉頭飛步離去。

劉伯溫呆呆地望著朱元璋的背影，內心無限感慨：這位大帥啊，嗅覺之敏，心智之奇，眞是古今罕見！將來，他要是做了君王，可叫人怎麼招架呀！

朱元璋去軍營布置戰事的時候，漢軍將士都已登船。陳友諒著戰甲佇立船首，舉起一隻手臂高喝：「傳命。解纜起錨，直馳石灣龍王廟！」

眾將一片愕然，都懷疑自己聽岔了，待在那裡相互望著，想在別人臉上找眞相。陳理驚道：「父皇，石灣是朱元璋的大營啊！」陳友諒臉上是自負的微笑。他說：「知道。我不但知道那是他的大營，我還斷定那龍王廟就是朱元璋的帥府！」陳理顫聲問：「您不是說過，我們要從南湖嘴突圍嗎？爲此，您還把朱元璋的兵馬都騙到涇江口去了。」

陳友諒神情凜然道：「你不了解朱元璋！我的誘敵之計，他肯定能看破。所以，他不但會在涇江口增加軍力，同時會在南湖嘴布上重兵，以防不測。但他絕對想不到，連南湖嘴也是我的誘敵之計。哼，當他把兩隻拳頭統統伸出去後，胸脯就敞開了。現在，朱元璋的大營已是一片空虛。我們正好一劍穿心！」

眾將聽到這裡方才明白過來。大家頓時興奮起來，有人狂呼：「一劍穿心！一劍穿心！」陳理激動得臉上恢復了多日不見的血色，歡快地說：「父皇，您、您爲何不早說呢？」陳友諒矜持地微笑道：「因爲時候不到！傳命吧。」

一將昂首高喝：「解纜起錨，直馳石灣龍王廟！」

各船依次傳呼：「解纜起錨，直馳石灣龍王廟！」

很快，船舷處伸出一排排長槳，兵勇們都在奮力划動船槳。一艘艘快船在湖面飛馳，直插朱元璋的大本營。

朱元璋大營死一般寂靜。帳門緊閉，軍旗低垂，看過去空無一人。戰船一艘艘箭一般抵岸，陳友諒當先跳下，揮劍下令：「上！」漢軍將士紛紛跳下戰船，跟著陳友諒衝上湖岸。

他們一行人撲到石灣，衝入大營。忽然，陳友諒站住了，他怒視著面前空空蕩蕩的營帳，他的面孔刹那間變形。陳理根本沒有注意父親的變化，他也在東張西望地觀察大營，他大喜過望地說：「父皇，大營果然空虛了！」

而陳友諒身體卻微微顫抖起來，他控制不住自己了。他知道這回是眞完了。他喃喃地說：「是空了。但不應該這麼空啊！我們中埋伏了！」話音未落，就聽見營中有了動靜。一支爆竹轟地炸響了，它帶著長長的火焰直沖雲霄。與此同時，四面八方響起了沉重的、驚心的戰鼓聲。無數將士從帳中、溝谷、營後閃出，無數支弓弩組成重重疊疊的箭陣，前排蹲，後排立，箭簇直指漢軍。徐達率領的大片甲士彷彿從天而降，瞬間形成巨大的包圍圈，刀槍劍矛直指漢軍，石灣已成天羅地網！

漢軍將士絕望地步步後縮，當他們明白自己的處境後，就失去了戰鬥力。唯有陳友諒往前跨了兩步，然後挺立不動了！徐達所率的甲士戰陣忽然張開了一道口，朱元璋從陣中從容步出，旁邊跟隨著打扮精悍的小朱棣。

朱元璋冷靜地直視陳友諒，道：「陳友諒，咱這些壯士衝鋒前，都流傳一句話。」

陳友諒並不迴避，虎視眈眈地回望著朱元璋。目光仍然充滿挑釁！

朱元璋一字一頓道：「明年今日，就是你的周年！」

陳友諒的臉再度變形。他大睜著血紅的眼睛，狂吼一聲，揮刀瘋狂地朝朱元璋撲過來。後面的將士見狀也狂吼著壯膽往前衝。徐達揮刀大喝：「殺！」自己率先縱身撲上去，四面八方的甲士立刻狂潮般湧上來。雙方刀槍相撞，迸出一場血戰。

陳理根本無心戀戰，他東張西望，且戰且退。悄悄招呼身邊幾個侍衛，一起朝湖邊撤。他們來時的船在湖邊靜靜排列著，像是在等候他們。他們像落水的人見了救命的木頭，慌裡慌張跳上一隻小船，狼狽逃命。小船划離岸，幾個人的心還在狂跳，陳理更是耐不住地跳著腳，連聲叫「快快」，他害怕地扭過頭，心情複雜恐懼地看著岸上的戰場。

岸上的血戰在繼續。

陳友諒砍倒了兩個吳軍兵勇，帶著傷口，橫著大刀，一步步朝朱元璋衝過來。朱元璋冷蔑地看著中他埋伏的對手，一動不動。

小朱棣一箭射去，正中陳友諒胸膛。陳友諒一把抓住箭，竟然將它從胸膛中拔出來，扔開！之後繼續踉蹌著往前衝。朱元璋仍然紋絲不動地站著。陳友諒衝到朱元璋面前，再也支撐不住，終於倒地殉命。但是他手中刀鋒，仍然直指朱元璋的雙足！

漢軍死的死，降的降，頃刻全軍覆沒。朱元璋馬不停蹄地帶著徐達、劉伯溫往湖心洲趕。快船抵岸後，朱元璋率先上岸。島上蕭條冷落，已經沒有多少生氣，他站在岸邊展眼四望，鄱陽湖卻恢復了平靜。微波從容有序地往前湧動著，像要趕去遠方赴約。但在寬闊的湖面上，斷槍殘戟、沉船覆舟卻是觸目驚心，破壞了黑綢緞子一樣優雅體面的湖的本來面貌。

朱元璋默不作聲地看了一會，轉身走向島的深處。他的身後，跟著一大群文武部下，他們個個氣宇軒昂，興高采烈。他們簇擁著朱元璋往龍帳去，正走著，突然橫插過來一個人，將自己反縛著，背後插著一支荊條，口中叼著一方帝王玉印，走到朱元璋面前，撲通雙膝跪地。

朱元璋立下來，從他口中拿下玉印，看了看，遞給一邊的劉伯溫，問：「你就是那個太子吧？」那人就是陳理，他立刻叩首及地，戰戰兢兢道：「罪徒陳理，拜見吳王。」朱元璋微笑著說：「眞是有其父必有其子呀！五年前，你爹陳友諒也曾經把自個綁起來，跪在雪地裡向徐老大請罪。這事，你知道不？」

陳理顫聲道：「罪徒知道。劣父後來把徐壽輝殺了，奪了他的兵馬。」朱元璋一聽就噗哧笑了：「咦！你怎能罵自個的爹爲『劣父』呢？你可是他的兒子啊！」沒想到陳理竟然「呸」的啐了一口，拭著淚道：「稟吳王陛下，罪徒恥有這樣的劣父！嗚嗚！他、他殘忍無道，兇狠寡情，殺了好些部將。噢，對了！他還活生生燒死了陛下的戰俘，罪徒怎麼勸都勸不住。劣父眞是、眞是個禽獸啊！嗚嗚嗚！」

朱元璋不屑地望著腳下這個小白臉，怒斥道：「住口。陳友諒是條漢子，咱瞧你才是個禽獸呢！爲能活命，竟然辱罵自個的爹！」

陳理一怔，失聲哭泣道：「陛下饒命啊，求陛下饒我一命吧。我從沒殺過人，我、我還不到十七歲呀！」陳友諒的兒子與陳友諒如此不同，朱元璋百感交集，歎道：「你這種東西，値得咱殺嗎？」

陳理一聽這話，頓時止住泣聲，睁大眼睛滿懷希望地問：「陛下不殺我？」朱元璋冷冷地說：「不殺。哦，咱非但不殺你，還想委你個美差呢！」

陳理重重叩首：「罪徒謝陛下天恩！罪徒爲陛下效力，萬死不辭！」

朱元璋揮揮手讓二虎把陳理帶走。劉伯溫端詳著玉印，和朱元璋說笑著走進龍帳。他們豁然看見：一尊金榻高置於丹陛之上，閃閃發光！

劉伯溫笑道：「聽說，五年來，這尊金榻日日夜夜都跟著陳友諒，走到哪兒帶到哪兒，片刻不離。」朱元璋感慨：「陳友諒眞是個帝王迷，活生生叫這東西害死嘍。」劉伯溫慢慢走向金榻，試探地問：「如今，斗轉星移。天意將金榻留給了大帥。此榻，陳友諒坐不得，大帥當能坐得。」朱元璋嗔怪道：「咱坐它幹嘛。死硬死硬的，不舒服！」劉伯溫此時已走到金榻面前，用手撫弄著金榻，故作驚訝道：「大帥不想君臨天下了？」

朱元璋果斷地說：「想！不過，咱還想，這人要是皇上，他就是坐木頭疙瘩上也是！要不是皇上，就是坐一座金山，那也叫沐猴而冠！一抬身子，天下人都瞧見它的猴屁股。」劉伯溫聽得咯咯笑起來，道：「精采、精采！」他特意望著朱元璋，一本正經地申明：「哦，絕非奉承，的確是精采之至！」

朱元璋也走到了金榻前，離它一步之遙了，望著，不再往前走，對劉伯溫道：「回頭叫人把它熔嘍，充餉銀，作軍費實在！」

劉伯溫答應著，突然想到剛才朱元璋和陳理的對話，便打聽要委陳理一樁什麼樣的美差。朱元璋不直接回答，而是笑道：「伯溫啊，又得勞你揮墨了。再給張士誠寫一封招降書吧？」

劉伯溫愣了愣，明白過來：「哦，大帥想讓陳理送招降書去，一直送到隆平，送到張士誠手裡！天哪！堂堂的太子做信差！這、這可是太精采了！古往今來，從未有過的精采！」

朱元璋得意一笑，低語道：「漢武帝劉邦，也沒咱這招吧？」不等劉伯溫回答，朱元璋掉頭就走。丟下劉伯溫瞠目結舌了一會，才琢磨明白，天哪！朱元璋的心，比劉邦還大呀！

劉伯溫找來筆墨，一封招降信，一揮而就。眞是下筆如有神助。拿去交給朱元璋，朱元璋滿意地瞇著眼欣賞了兩、三遍，然後吩咐大虎護送陳理去隆平府給張士誠送信。

陳理奉命身穿太子服飾，打扮整齊地上了車。大虎他們四騎前後左右相隨。到了隆平府前，陳理手捧一札下車，呆望著高高的階臺，不由渾身抖索一陣階臺兩邊，甲士執戈排立，個個面目冷若冰霜。大虎顯得比他沉著得多，穩厚地催促：「進去吧。我在這兒等著你。」

陳理壯壯膽，捧著信札，一步步踏上高高的臺階。進了隆平府，陳理被帶入九龍閣，張士誠就在裡面。他端坐龍座上，注視著捧札漸走漸近的陳理。

陳理在丹陛前拘謹跪拜，揚聲道：「信使陳理，奉吳王命覲見陛下。」張士誠疑惑地打量著他，自語道：「陳理？陳友諒有個太子，也叫陳理。」

陳理恭恭敬敬地說：「就是在下。」張士誠驚訝得直起身子：「你？你怎麼當了朱元璋的信使？」陳理面無表情，恭謹地回答：「稟陛下。當信使總比當鬼魂好。」張士誠急切地問：「你父親陳友諒呢？」

陳理木然地回答：「死了。」張士誠臉色劇變：「你們那六十萬大軍呢？」陳理說：「都在。」張士誠緊追一句：「在哪兒？」陳理道：「在吳王駕下。」

張士誠往後一靠，臉色蒼白，半天才開口：「明白了。朱元璋用你來現身說法，向我顯示他的恩威！」陳理雙手抬起信函，道：「吳王有函，令在下傳遞陛下。」一名內侍接過信札，轉奉張士誠。張士誠拿著信札猶豫了片刻，慢慢拆開。

朱元璋信中寫著：

「士誠兄弟。陳友諒已經魂歸太虛，半壁天下盡在咱掌控之下。你要麼就率部歸降，要麼就做第二個陳友諒。但愚弟認爲，第二個陳友諒，遠不如第一個！」張士誠只讀了幾句，就被滲透在字裡行間的霸蠻帝王氣薰蒸得暈頭轉向！

第二十章

死而復甦吳王懸樑
乾坤再造重八忘形

吳元年（西元一三六七年）朱元璋消滅陳友諒不久，即遣大軍南征張士誠。以雷霆萬鈞之勢，橫掃蘇、湖、杭、嘉。

徐達、常遇春帶領騎兵率先衝進平隆城。城門外的道路兩邊早已跪滿了拜迎的南吳文武臣工，他們摘下冠冕放在身邊，含笑叩首：

罪臣叩迎吳王陛下。

罪臣北望王師，如盼雨露甘霖！

大片駿騎從降臣面前馳過，片刻不停！

平隆城裡的九龍閣已經被熊熊烈火包圍了。美麗的樓閣、精緻的雕樑畫棟在火焰的焚燒中吱嘎作響，不斷掉落。披頭散髮的張士誠踉蹌地穿過烈火，砰地推開了內室的門，他驚心動魄地看見，三位愛妃已經懸樑自盡，裙袍下的蓮足仍在微微晃動！他扭頭四下望去，雕樑當中還剩一隻已經紮好的黃綃索套，孤零零地懸在空中。他知道，這是爲他準備的。他來不及多想，也沒有心情多想了，踉蹌奔過去，踩上一隻小几登高，把頭伸進絞索，留戀地朝九龍閣再望一眼，狠狠閉緊眼，踢翻小几，全身在窒息中劇烈顫抖著，很快就斷了氣！

烈火爬上了天花板，在雕樑上燃燒，一束火苗舔著了張士誠套著的黃綃索套。啪地一聲，索套斷了，張士誠的屍體落地。過了一會，這具「屍體」竟然又復甦，微微動彈起來。

大火越燒越猛！

朱元璋也策馬進了城，他志得意滿，臉上卻不表現出來，慢慢沿途巡視著。滿街的將士仍在奔行忙碌，搜捕殘餘之敵。

徐達騎著戰馬迎面過來，他姿態得意，身後跟隨一輛馬車。馬車上蒙著一片氈席。朱元璋問徐達：「你那車上是什麼？」徐達神秘地笑笑，不肯乾乾脆脆回答：「嘿嘿！寶貝！」朱元璋頓時不悅，板起臉責備：「徐達啊，戰鬥尚未結束，你就開始收羅金銀珠寶了？」徐達一臉的調皮：「不錯。還是絕世之寶呢！」朱元璋狐疑地望著他，下令打開。

護衛上前一把掀開氈席，凌亂沮喪的張士誠縮在車上，簡直活似一個路邊乞丐，他悄無聲息地閉著眼，顯然是拒人於千里之外的姿態。

朱元璋卻眼睛一亮，於是眼睛再不離開他。他下馬上前，彎腰湊到張士誠耳邊，低語：「活著嗎？」

張士誠慢慢睜眼，仇恨地望向朱元璋。朱元璋笑了：「這就好。」言罷，他一盤腿坐到張士誠身邊，彷彿坐在臥病老友的炕頭，親切地說：「士誠兄弟，咱一直想跟你聊聊，就是沒機會。」

張士誠一言不發，他早已萬念俱灰了。朱元璋看看周圍，揚鞭一指，命令去那邊的陰涼地。馬車馭手立刻將大車拉到不遠處的陰涼地。馭手、護衛隨即退下待命。車上只剩朱元璋和張士誠兩人。

朱元璋像對自家人那樣說話：「士誠啊，問你個事。咱與陳友諒決戰鄱陽湖的時候，你為何不攻我？如果你那時發兵金陵，攻咱後院，咱必敗無疑。」

張士誠一怔，沉默無言。

朱元璋繼續道：「陳友諒和你兩人，一個擁兵最多，一個糧餉最富，你倆誰都比咱強啊！兩年前，咱猶豫過很久，不知該先攻你倆哪一個？後來覺得，要是先攻你，陳友諒必定取金陵。為啥呢，因為陳友諒志比天高，驕悍無比。可是，咱要先攻陳友諒呢，你未必會取金陵，為啥呢？因為你志氣小，安於守成。」

朱元璋等於在幫張士誠回憶昔日輝煌。張士誠憤怒欲辯。朱元璋微笑制止道：「甭急，聽咱說完嘛。你呀，整天高朋滿座，和老儒們詩酒唱酬，是不？還有，你園池裡的採蓮舟，都是用金絲檀香木打造的，比元宮都奢侈，是不？咱聽說這些，對你就放心了。」

張士誠沙啞地開口了：「這時候還有什麼可說的？你是吳王，我也是吳王！只是，太陽照你不照我！」朱元璋惋惜地說：「咱給過你機會，你不肯降，這也罷了。身為一國之君，這時候應當殉國自盡哪，幹嘛要被徐達逮著，多寒磣！你要是自盡了，咱會為你造一座大墓，每年四時三節，都有香火。」

張士誠難堪地說：「我自盡了，絞索被火焰燒斷，我掉下來了。」朱元璋沉默許久，終於道：「那麼，咱賞你一根結實點的。」張士誠低聲道：「多謝。」

朱元璋跳下車板，向護衛示意。護衛上前，迅即將大車馳離。朱元璋目視它遠去。就在這一天，一代梟雄、吳王（南吳）張士誠，死於朱元璋賞賜的一根弓弦。

朱元璋消滅陳友諒、張士誠之後，班師回金陵王府。此為百廢待興之時，各類事物格外繁雜。這一日快近晌午時分，王府前又來了驛車、官轎、快馬，同時有五位官吏、士紳、信使踏上石階，彼此擁擠著爭搶而入。

王府內更是一片穿梭忙碌之狀，信使執稟札，士紳捧長軸，差役們則背著、扛著、抱著高高的簿冊等物湧入，侍衛們一面引路，一面迭聲高喝：

征南將軍六百里快報，十八日攻克泉州府，方國珍浮海亡命！

福建平章政事呈送各府縣軍民簿冊，率眾歸降。

蘇州名流舉《萬民書》求見吳王！

內侍統領二虎立於院中，他恨不能生出三頭六臂，才能夠同時迎接、支應、安排這些蜂擁而來的人們。他早已喊得舌敝唇焦，但還得不停地招呼來人：

請在待詔處用茶，等候召見！

好好，您老吉祥！您老先請到北院客房歇息，會有人侍候著。

趕緊送中書省民政司！

知道了，你先到簽押房候著。回來！昏了你啊，簽押房走那個門！

二虎終於打發完一批客人，拭汗發怒：「這還了得，王府都成廟會了！」他的肚子已經咕咕叫了，他急巴巴往裡走，準備去找點東西墊墊肚子。

他從待詔處的走廊穿過去，順便瞥了一眼待詔處裡面等候的人。都是些官吏、士紳、碩儒等人物，他們個個引頸四望，坐立不安。有人眼尖，看見了二虎，立刻叫著站了起來，一撥人即刻蜂起將二虎圍住：

總領大人，下官已經苦等兩個時辰了，煩您再給稟報一聲。

二虎滿面堆笑，一個勁地抱拳作揖：「好好，在下遵命，請您稍候。」

虎將軍，嘿嘿，在下已經是第三回求見了，求你無論如何幫個忙！

二虎保持著笑，抱拳作揖：「好、好，大人辛苦了，在下即辦。」

總領大人，蘇州府八十三位學子聯名上書，請求吳王陛下早日開科取仕，延攬民心，宏揚國學！

二虎笑著抱拳深深作揖：「好、好，在下這就稟報，請先生稍候片刻。來人哪，趕緊敬上果盤、茶水、點心！嘿嘿，各位暫且寬心坐著，缺什麼，只管吩咐。在下回頭就來侍候各位。」

二虎終於突破重圍，他在廊道上再次拭汗犯愁：「唉，這還了得！還沒開國呢，開國時乍辦呀！」

廊道盡頭，竟還有文武僚屬在排隊，等候進入朱元璋的書房。一位差役手執一札大搖大擺地從後而上，擠開別人，橫站到最前頭，口裡一邊說：「兄弟讓一讓，咱這萬急！對不住，咱是萬急！快讓一讓！」原本居前的那位僚屬生氣地說：「幹嘛呀你？我早就來了。到後面挨號去！」

差役誇張地舉起手中札子，道：「兄弟，我這萬急！」僚屬毫不示弱地也揚起手中札子，反唇相譏：「你萬急算啥？我這十萬火急！」差役發怒道：「我這是李相國的呈子，不敢耽誤！」僚屬也發怒：「我這是劉中丞的文書，刻不容緩！」差役驚訝地責備：「嘿，你怎麼不知輕重呢？陛下急等著李相國的呈子，快讓開！」僚屬針尖對麥芒：「你小子算老幾？陛下夢裡都惦著劉中丞這道文書，你後面去！」他動手將對方往後推，兩人你推我搡，竟然動手扯打起來。一人吼：「你敢動手？」另一人叫：「是你先放肆！」

二虎見狀，匆匆趕過去，站到兩人中間勸架：「兩位輕點！陛下在裡頭忙著呢。」差役揖道：「嘿嘿，虎兄，我這是李相國的呈子啊！」僚屬也是一揖，道：「請虎兄公斷，劉中丞吩咐在下，速將此件呈陛下過目，並要我立等陛下批覆。而且，我排在前頭！」差役拍著札子，高聲道：「相國說了，九府縣的任免令都在這呈子裡，今日必須發出。」僚屬聲音更高：「虎兄，中丞大人急得不行，就等陛下批覆哪！」

二虎正左右爲難，書房裡突然傳出一聲吼叫：「嚷什麼？」二虎趕緊衝二人「噓！」一聲，差役與僚屬驚懼噤聲。

書房內再傳出朱元璋的聲音：「都進來吧！」

三人走進書房，只見朱元璋滿頭大汗，面對著一案呈文，且閱且批。見兩個送札子的人近前，駐筆嗔道：「說吧，什麼事？」

差役雙手舉札道：「稟陛下，李相國送呈上九府縣官吏任免令，立等陛下批覆。」

僚屬也是雙手舉札：「稟陛下，劉中丞擬罷北伐檄文，請陛下御覽。」

朱元璋兩邊看看，竟也有些爲難了。他索性伸出兩隻手，將兩封札同時接過去。他將兩封札子在手裡掂了掂，就將李善長的呈子塞到劉伯溫僚屬手裡，將劉伯溫的檄文塞到李善長差役手裡。命令道：「回去傳話，請李先生審閱劉先生的北伐檄文，劉先生審閱李先生的任免令，都拿出意見來。一個時辰後，到咱這兒來議事。」

僚屬與差役吃驚地捧著對方的呈子，呆了片刻，趕緊深揖應諾而去。

朱元璋轉頭問二虎：「外頭熱鬧不？」二虎唉聲歎氣地訴苦：「簡直翻天覆地，這王府都快成廟會了！末將迎進送出，一大早到現在就沒停過！」

朱元璋示意案上文書：「咱也沒停過。」二虎繼續埋怨：「上位啊，末將把喉嚨都喊破了，陪笑臉把腮幫子都快笑掉了，就連鄱陽湖決戰那時，末將也沒這麼累過！」朱元璋笑嗔：「甭叫。苦日子還在後頭呢。」二虎懇求：「上位，末將就是有三頭六臂也頂不住了，內廷得趕緊添人手。」

朱元璋斜睨他一眼道：「沒人給你，外頭頂著去吧！」

二虎只得垂頭喪氣地出去應付，忘了自己是來塡肚子的。

一個時辰後，李善長、湯和、徐達、常遇春都到了王府的客廳。朱元璋讓他們坐下，自己搖著大蒲扇來回踱步。劉伯溫先抑揚頓挫地誦讀《奉天討元檄文》：「自古帝王臨御天下，中華居內以制四海，漫漫三千年矣！元以北狄入主中原，致使綱常廢壞，禮義淪喪，君臣褻亂，兄弟相鴆，蒼生如處水火，仕子痛斷肝腸！元璋乃淮右布衣，承天道而舉王師，居金陵形勝之地，控長江天塹之險。東鄰滄海，西抵巴蜀，南收閩、越、湖、湘、漢、淮，坐地千里，帶甲百萬。恩威所至，民安，食足，兵精！惟北方半壁，奄奄一息。値此，元璋再舉王師，奉天討元。驅除韃虜，恢復中華。務使天下一統，乾坤再造！」

讀畢，劉伯溫詢問地望著眾人，心裡頗爲自豪。朱元璋緩聲道：「劉先生這道《奉天討元檄文》，你們聽著如何？」徐達擊掌：「字字千鈞，氣呑霄漢。聽了渾身是勁。」常遇春也連聲讚好。湯和吱吱笑道：「劉先生一枝筆，橫掃三軍嘛。」

李善長慢悠悠品評：「氣勢尚可。舉兵北伐之意，似乎可再強化一些。」劉伯溫謙遜地頷首應承。朱元璋沉吟道：「劉先生剛才那句『恩威所至』，後面是——」劉伯溫重複：「恩威所至，民安，食足，兵精！」朱元璋道：「說得太滿了吧？能否加三個字民稍安，食稍足，兵稍精？」

劉伯溫凝神思考著，嘴裡重複：「恩威所至，民稍安，食稍足，兵稍精。」他突然眼睛一亮，失聲叫道：「太好了！陛下這三個『稍』字加上去，反而更顯出王者風範！請聽，『恩威所至，民稍安，食稍足，兵稍精』。既虛懷若谷，又壯如泰山。眞是太好了！」

眾人也是一片叫好，喜形於色。李善長感慨道：「君王畢竟是君王。這三個『稍』字，絕非臣下所能言啊。」

朱元璋正色道：「咱們已經完成北伐的一切準備，就等著舉兵了。咱的意思，由徐達任討元大元帥，常遇春任副帥，率鐵騎五萬，步軍三十萬，直取大都，務要一擊而定天下！」

徐達、常遇春興奮地高聲應諾著。朱元璋叮囑：「三弟、四弟，你們此次北伐，不光率領著鐵騎，還得帶上六大鐵律！」徐達與常遇春聞言俱一怔。

朱元璋嚴肅地說：「嚴禁劫取民財；嚴禁淫人妻女；嚴禁擅入書院宗祠；嚴禁毀損皇陵祖廟；嚴禁濫殺俘虜無論他是胡是漢；嚴禁擅徵民夫。以上六律，犯者均立斬無赦！」

常遇春嘟囔道：「太嚴厲了吧？打了十幾年仗，從沒這麼嚴厲過。」徐達也求情：「上位啊，北伐需要大刀闊斧，將士們如果顧忌太多，就不敢放手殺敵了。」

朱元璋沒等他說下去，就搖頭否決，道：「北伐和以往的征戰大不一樣。在此之前，咱們只是一方諸侯，是地方軍。而這次，咱們是王者之師！你們千里北伐，縱橫十幾個省。沿途百姓特別是北方的老百姓，會從將士們身上看出未來王朝是什麼樣兒，他們哪，祖祖輩輩都講究個『眼見爲實』！所以，你們的一舉一動，一刀一槍，都能影響到人心向背。定了！這六大鐵律，絕不含糊。咱寧可多傷亡些將士，也不能壞了王師的風範！」

劉伯溫欲言又止。朱元璋一眼瞥見，嗔道：「劉伯溫啊，有話別掖著，說！」劉伯溫道：「徐帥、常帥，容在下直言。元廷其實早該亡了。它之所以能苟延至今，一個很重要的原因，就是由於南北梟雄們坐地稱霸，爭鬥不休。這啊，不但使得早該滅亡的元胡屢敗而未死、雖死而不僵，還把義軍的名聲弄髒了、搞壞了！所以，陛下這六大鐵律如能貫徹，定能一洗前塵，重振義軍光輝啊。」

朱元璋面色愉悅，欣慰地望了一眼劉伯溫。徐達與常遇春互視一眼，同聲道：「遵命！」朱元璋笑道：「三位大帥先回都督府，兩位先生暫且留下。還有些事兒等會兒請到書房再議。」

湯和、常遇春、劉伯溫、李善長都起身，彼此稍稍一揖，往外就走，唯獨徐達坐著不動。朱元璋佯裝不見，轉過屏風，回首見徐達一臉固執樣兒，只得問他：「想要什麼？說吧。」

徐達沉聲道：「大哥，我就一個要求，你非答應不可。不然，我寧可不掛帥！」朱元璋怔一怔，見徐達像要說大事的樣子，就道：「說啊，咱聽著呢。」徐達卻道：「你先答應下來。」朱元璋看看他的樣子，只得說：「咱答應了。」徐達大聲說：「你早該稱帝了！這回，在我和四弟率軍出征前，你先登基稱帝！這樣一來，北伐的聲威也更壯了。」

「稱帝？」朱元璋再沒想到徐達說的是這個，他緩緩落座，沉思無言。

徐達進一步勸解：「大哥，多年來你對稱帝之事總是一推再推。以前嘛，我理解，你不願意樹大招風，被天下義軍側目。但這次你不能再推了。因爲，只要發兵北伐，元廷必敗無疑，而天下又不可一日無君，是不是？再一個，弟兄們個個心急火燎的，都盼著開國啊！」

朱元璋一笑，望一眼徐達，見他情切切的，就收回目光，道：「弟兄們之所以憋不住，是因爲他們都急著做開國元勳、做王公宰相、萬戶侯嘛。哼、哼，稱帝這事，皇上不急，將相急。」

徐達嗔道：「哥，這難道不應該嗎？」朱元璋連忙笑道：「應該，完全應該！但你替咱想想，一旦開國稱帝嘍，就得大行冊封。上百位戰功卓著的將軍，誰不想封個公爵侯爵？相互間肯定會攀比，會爭功、爭位、爭榮祿！這叫咱怎麼擺得平？別人且不說，就說你，你想得個什麼爵位？」

這下把徐達問得窘迫不已，「我？」他不知如何回答。朱元璋笑道：「說不出口了吧？咱再問你，你認爲李善長、劉伯溫、湯和、常遇春這幾位最重要的文武棟樑，封個什麼官銜好？」徐達張口結舌，半晌道：「別問我，我可不沾這些是非！」

朱元璋起身踱開去，道：「嘿，現在你也知道這裡頭並非一團歡喜，也有許多是非了吧？所以啊，開元稱帝，不急。寧可遲一些，遲些妥當。」徐達低了頭。想一想，又想出個事兒，就說：「還有個事兒。」朱元璋嗔怪道：「你剛才說過，就一件事。」徐達高聲道：「我又想起一件來！」朱元璋無法，只得讓他快說。

徐達說的卻是：「你當皇上後，別人封什麼我不管，但你得讓嫂子當皇后，做正宮娘娘！」朱元璋驚訝得張大了眼，道：「咦！你操這心幹嘛？」徐達一本正經地說：「大哥，我知道王府後宮有好幾個女人，她們都比嫂子年輕漂亮。你一旦做了皇上，這妃那妃只怕會更多！但是，天底下沒有任何女人比咱嫂子更賢良，你做了皇上絕不能虧待嫂子。」

朱元璋愕然，之後朗聲笑了，感慨道：「眞不愧是咱好兄弟，都管到家務事上來了。」徐達不笑，還是繃著個臉，說：「你一旦做了皇上，這就不是家務事了！」朱元璋沉吟片刻，態度也認眞起來，道：「這麼說吧，咱要是日頭，你嫂子就是月亮。日月行天，萬古不變！」

徐達這才露出笑容，快活地說：「有這話，那我就專心北伐了。」

徐達在這裡攛掇朱元璋立馬稱帝，李善長與劉伯溫並肩沿著廊道往書房去的時候，說的也是這個話題。李善長笑著說：「伯溫啊，有個事我醞釀多日，苦思且不能定，就等著你一言而斷啊！」劉伯溫趕緊道：「哎喲！善長兄這話可是壓死我了。」李善長放低聲音道：「據我所知，這幾個月呀，明裡暗裡，已有多人向陛下勸進，盼他盡快建國、開元、稱帝。」劉伯溫平靜地說：「哦，意料之中的事嘛。照我看，陛下稱帝是鐵板釘釘的。即使不勸，他也會當皇上。」

李善長便用請教的口氣道：「我猶豫的是，我該不該向陛下勸進？」劉伯溫連聲道：「應該，完全應該！」李善長有點緊張地盯著他，擔心他僅僅是隨口敷衍，猶疑地問：「眞的應該？」劉伯溫滿面驚訝，似乎覺得李善長問得有點奇怪，道：「當然是眞的！何況，在下還聽到一些很不嚴肅的傳言。說什麼，哦，對了！說『李相國把龍袍和皇冠，都早早地替陛下做好了！』怎麼，善長兄難道沒聽說？」

李善長又氣又窘：「這、這，哎呀！爲陛下準備登基用物，那是我職責所在！至於我該不該向陛下勸進，則是另一回事嘛。」劉伯溫連忙附和：「對、對！不過，在下覺得，兩回事都應該。完全應該！」

李善長卻歎起氣來，道：「當初，可是我奉獻給陛下九字戰略的高築牆，廣積糧，緩稱王。可如今，我又、又得食言了不是？」

劉伯溫笑著寬慰道：「唉呀！善長兄！由奉獻九字戰略的人去向陛下勸進，恰恰更顯出有千鈞之力呀！」李善長止步，審視著劉伯溫，對他的話還是不敢太相信。「眞的？」他又問。劉伯溫鄭重回答：「眞眞切切！」

李善長這才放心，舉步沉吟道：「既然如此，勸進就不能輕率了。我想，應該由百官們共同向陛下進諫。」

李善長說到此處，含蓄著省去了下面的話。劉伯溫喃喃自語著：「百官勸進！」他突然恍然大悟，驚叫：「對了，李相國統領百官，向陛下勸進，這才上合天道，下合古禮呀！唉，瞧我迂成什麼樣了，竟然把宰相領銜、百官勸進的規矩都忘了！」

李善長嘿嘿笑著，退讓地說：「善長雖然癡長幾歲，卻並不是宰相。還是請伯溫兄領銜吧？」劉伯溫忙不迭地拱手，用鄭重的口氣說：「善長兄乃王府大都事。首輔大臣，尊同相國。領銜勸進之尊位，非善長兄不可！伯溫只能是敬隨其後。」李善長再次審視劉伯溫：「眞的？」劉伯溫被三番五次地不信任，哭笑不得了，道：「善長兄啊，您幹嘛老問『眞的、眞的』？我在您面前，有過一句假話麼！」

李善長目光炯炯道：「假話麼，暫時沒有。可要命的是聽伯溫兄說話，總叫人覺得眞假難分！」劉伯溫叫起來：「冤，冤！善長兄這話，既壓死我了，又冤死我了！」

李善長渾身舒坦，愜意道：「嘿嘿嘿，能讓閣下喊冤，倒眞是令人愉快！伯溫哪。」劉伯溫毫不含糊地應聲「在」，李善長語重心長地說：「我們得有點心理準備啊！百官勸進，只怕陛下會一辭再辭。」劉伯溫笑道：「在下以爲，百官勸進，其目的並不是讓陛下『一勸就進』，而正是給陛下一個一辭再辭的機會。也許一辭再辭都不夠，陛下還得三辭、五辭呢。辭到最後，陛下才眾情難卻，不得不『上承天意，下順民心』，即位九五。嘿嘿。」

李善長教訓道：「伯溫！這些話，心裡明白就行，不該說。」劉伯溫態度虔誠地受教：「是、是，明白的話不該說，該說的話不明白。」李善長氣得直瞪劉伯溫。劉伯溫趕緊辯解：「我、我、我又怎麼了？為臣之道，不就是在明白與不明白之間嗎？」

兩人對視片刻，各人望見了對方瞳孔中的智慧之星，一閃一閃的。都放聲哈哈大笑。書房到了，劉伯溫主動後退半步，示意李善長：「善長兄請。」李善長也不推讓，昂首進入書房。

兩人找個位子坐下。李善長閉目端坐凝思，劉伯溫飲茶等候。李善長閉著眼睛道：「伯溫哪，你估計，陛下與我們商議何事？」劉伯溫謹慎地說：「在下還是不估計為好。」李善長豎起三根指頭，自信地斷言：「一、國號；二、國都；三、即位詔書！」

劉伯溫詼諧稱讚：「不愧為相國，掌上有乾坤啊。」

這時門簾一掀，朱元璋入內，劈頭就問：「國號取用何名？兩位可有定論麼？」李善長顯然早有準備，從容道：「關於國號，在下與伯溫所見完全一致。新王朝的國號為「大明」。其義，一者，承明教及大、小明王為宗；二者，「明」乃日月二字相合，承天道而定乾坤。三者，大明之大，天下無雙。大明之明，萬古不滅！」

劉伯溫接下去說：「其四，大明二字，典出《大阿彌陀經》。佛言，『其光明所照，無央數天下，幽冥之處皆常大明』。」

朱元璋歡喜道：「好、好，大明這名兒就是好！叫起來朗朗上口，聽上去擲地有聲，想一想都覺得滋味無窮。還有國都呢，二位有何斟酌？」

李善長與劉伯溫二人不禁沉默了。朱元璋看看他倆，道：「直說吧。」

李善長道：「關於國都所在，在下與伯溫兄頗有分歧。」朱元璋感興趣地說：「有分歧好啊，你們要是處處一致，那還用咱聖斷麼？」李善長道：「在下仍主張定都應天府。理由是，金陵城倚鍾山臨長江，虎踞龍蟠，先以形勝。立爲國都，定然國運筲永。此外，江南數省皆爲魚米之鄉，定都於金陵便於統馭全國經濟。其三，陛下的文臣武將多爲淮西子弟，他們都希望定都於應天。文武之心，不可不慮啊。」

劉伯溫沉吟道：「在下以爲，應天府可暫定爲國都，但不宜久長。因爲，歷代以來，應天府的宮闕城池遷徙無常，城隍墩塹屢經開挖塡塞，坑窪渠沼滿目皆是，因而地脈盡洩，王氣難收。六朝以來，凡定都於此者，其王朝均偏安一隅，繼之淹滅消亡。此外，千百年來，威脅中華的胡馬蠻夷多出自北部邊疆。凡聖朝盛世，立都當以戍邊制敵爲第一要務。」

朱元璋沉思片刻道：「咱是這麼想的，暫時定都應天，等全國平定之後，在汴梁或者大都兩城中擇一作爲新都，將應天降爲陪都，實行南北『兩京』制。」

李善長與劉伯溫一振，同聲道：「妥當！」朱元璋道：「這個事，只有咱仨人心裡有數，萬不可洩！」說著走向文案，取出一幀文書，笑道：「這是宋濂爲咱撰寫的登基詔書。咱看了，嘿嘿，快不認得自個了！他說咱是什麼『蜇伏千年的眞龍天子。咱娘在孕中便見得霞光滿天，咱誕生的那一刻更是天降紅霓、有青鳥白虎相護。還說，咱娘攜子入河洗浴時，上游漂下五色絲巾，取之裹身，刹時間，整條大河都紅光燦爛！』哈哈哈，宋先生這枝生花妙筆，把當年朱重八說得跟個神似的。」

李善長卻正色道：「稟陛下。在下以爲，宋先生所言無甚不妥。天子嘛，就是人間神靈。」劉伯溫幫著李善長勸說：「即使陛下自己以為不是，也要讓百姓以為是！如沒有神靈供百姓們叩拜，那也不成人間了。」

朱元璋見兩人說得圓通，心下稍稍寬慰。但終覺有點不好意思，不放心地問：「你倆都覺得這樣妥當？」李善長、劉伯溫同聲道：「妥當！」

朱元璋還是感覺彆扭：「哦！咱可不大喜歡，這些話聽上去跟戲文似的，虛得很！咱的意思，這詔書裡要直言咱是至貧出身，家無片瓦，身無完衣。爹娘死的時候，連一口米湯也喝不上，咱哥脫下自個的衣裳給老娘裹腳，兩片蘆席給爹娘下的葬。」

李善長愕然打斷：「陛下，這些苦痛窘迫之事，說出來怕會玷污天子龍威。」朱元璋卻道：「但是天下百姓聽了，卻會覺得親切無比！是不是？他們會想，『這個朱元璋，原來是土疙瘩裡拱出來的泥腿子。皇上啊！這人了不起，真是了不起！』嘿嘿！如此一來，百姓們會對咱更親切、更敬信、甚至更畏懼。是不是？出身貧賤卻取天下，這事兒非但不醜，咱最感自豪的正是這！」

劉伯溫聽到這裡，知道這是朱元璋掏心窩子的真心話，欣然道：「陛下所言，真是超凡脫俗，出神入化。古今帝王的登基詔書，概無出其右！」

朱元璋趕緊把詔書朝劉伯溫懷裡一塞，笑道：「既然如此，那就勞你重新撰寫一下吧？」劉伯溫手捧詔書道：「伯溫有幸撰寫這樣的登基詔書，只怕也會名傳千古了。」

此話令朱元璋哈哈大笑。李善長則嘿嘿窘笑了幾聲。

笑罷，朱元璋問李善長，新朝的禮法典章，制定得如何了？

李善長稟道：「從三月以來，呂昶就領著一群飽學碩儒，在太史院興致高昂地忙碌！但凡朝廷所必備的禮法、典章、皇曆、鐘磬、音律、樂舞、服飾，樣樣都在擬定之中，數日後就會呈上，請陛下裁定。」

朱元璋高興地說：「咱早說過，呂昶是個能人兒，肚子裡有個百寶箱！」

劉伯溫微笑著說：「呂先生之能，恰是我等所不能。」李善長補充道：「還有，皇宮正殿奉天殿，在胡惟庸親自督理下，日夜趕工，現已初具規模了。」朱元璋不由得興高采烈：「胡惟庸也是個能人兒！待會，咱瞧他倆去。」

劉伯溫與李善長告辭出來。李善長斜眼看看劉伯溫懷捧著的那道詔書，微微嘲諷道：「恭喜伯溫兄大獲聖寵！看來，碩儒宋濂不過是生花妙筆，劉先生才是巨筆如椽，當朝第一！」劉伯溫謙遜一笑：「在下何能？全仰仗陛下點鐵成金嘛。哦，對了，在陛下進來之前，善長兄閉著眼睛說了三件事，『國號、國都、即位詔書。』嘿嘿，陛下果然就商量了這三件事，就好像聽見了善長兄的吩咐！哎呀呀，眞是令人慚愧，善長兄閉著眼說出來的話，在下睜著眼都說不出來！」

李善長笑嗔：「伯溫啊，你不光一支筆是當朝第一，這張嘴也是當朝無二，刁絕！」

兩人哈哈大笑。笑罷，劉伯溫低聲道：「善長兄啊，這兩日，陛下把開國必備的各項事務都商量到了，可有一件天大的事，陛下卻是隻字不提！」李善長愕然問：「何事啊？」劉伯溫看看四周，伸手指天，低語：「滁州的那位。」李善長失聲驚叫：「天哪！小明王！我倒把他給忘了。」劉伯溫悄聲道：「陛下可沒忘！善長兄啊，十幾年來，陛下一直尊奉明王爲『天下共主』。如果按照這個說法，那豈不是應該立小明王爲帝嗎？」

李善長喃喃道：「是啊。一旦開國稱帝了，小明王如何處置呢？唉！」

兩人都意識到，談論這個話題危險，再也不出聲，步履明顯沉重起來。

其實這個問題一直放在朱元璋的心裡。此時他在書房裡踱來踱去，心裡已經下定決心。他的手有些顫抖地取茶碗欲飲，大虎奉詔匆匆入內。朱元璋立刻放下茶碗，滿面笑容道：「大虎啊，來、來！這些年來，咱待你如何啊？」大虎有些莫名其妙，隨口道：「好哇！陛下待咱的恩典，那是天高地厚！」朱元璋頷首問道：「開國之後，你想得個什麼爵位？」

大虎窘迫地笑笑：「這、嘿嘿，沒想過。」朱元璋鼓勵道：「直說嘛！」大虎壯膽笑道：「嘿嘿，我是至正十六年跟隨上位的，算下來，血戰也有幾十場了。要是行，盼望能封個將軍。」朱元璋頷首，沉聲道：「那就不等開國了，咱現在就授你爲虎威上將軍，封忠義侯！」大虎驚喜極了，撲地跪倒謝恩。

朱元璋親手相扶，連聲道：「起來，起來。回頭，咱就讓中書省擬旨。大虎啊，有個差使交給你，務必妥當辦理。」大虎挺著胸脯道：「上位吩咐吧。末將就是粉身碎骨，也要把差使辦妥當！」

朱元璋沉吟著：「明天，你帶上護衛，星夜趕往滁州，把小明王接到金陵城裡來安置，至於其他事情嘛，會有人跟你交代。」大虎沒有多想，還有點失望，道：「就這點差使？」他原以爲朱元璋授他爲上將軍，必有重大事情委託他辦。朱元璋微笑道：「就這。」

與此同時，金陵城開始大興土木修建皇宮。街上不時有民夫抬著石材、差役扛著木料，嗨喲嗨喲地走過。

胡惟庸坐著一頂涼轎順街而來，轎旁跟行一串助理官吏。他巡視著兩旁的施工景象，一路指點，不停地發放指示：「看！那個拐角不行，龍輦轉不過彎來，告訴老吳再加寬五尺。」

轎旁官吏一手執硬紙夾，一手執筆，且行且記：「是。朝陽道口加寬五尺！」官吏記完，撕下紙片交給下一位助理。那助理接過紙片快步離去。胡惟庸再指向一處：「看！那裡石匠活計進展太慢了！即刻從大營調五十個兵勇來，給他們打下手。記著，這五十人同時要擔負起監工之責！」

官吏記錄並複誦著：「是。從大營調五十個兵勇，打下手兼負監工。」官吏撕下紙片交給下一位助理，那助理接過快步奔離。

胡惟庸又吩咐：「今晚休工後，所有隊長、把總、工頭，都到奉天殿門外集中。我親自領著他們挨個兒驗查、訓責。」官吏記錄並複誦：「是。所有隊長、把總、工頭，到奉天殿門外集中。等候胡大人驗查、訓責。」

涼轎穿過巨大的宮門，往奉天殿去。殿前，胡惟庸下轎，威嚴地步上高高的石階。宏偉的奉天殿正在修建之中。周邊的竹架子上零落地站著十幾個工匠，正在忙碌著雕花、貼金、上漆。

胡惟庸步入奉天殿，一眼看見殿堂之中有位高大的人，背向而立，正在眺望殿頂。胡惟庸示意隨從退下，隻身上前，恭聲道：「上位，奉天殿正在日夜兼工，絕不會耽誤開國大典的日子。」朱元璋轉過身，道：「呵！胡惟庸啊，你怎麼知道大典的日子啊？這日子連咱都不知道嘛。」

胡惟庸陪笑道：「屬下失言了。這是屬下妄加估計，新朝開國，八成是在新年正月打頭那幾天，日子吉祥。屬下就是按這個日子趕造奉天殿的。」

朱元璋想了想，道：「如果是那幾天，那也只剩下三個多月，你來得及麼？」胡惟庸鄭重地說：「屬下以頭顱擔保，萬無一失！」

朱元璋滿意頷首，且走且看。胡惟庸伴隨其側，興奮地講解著：「大典那天，百官將依序穿越承天門、端門、午門，由奉天門進入奉天殿，文臣居左，武將居右，齊聚於此，三跪九叩，朝拜天子。那時刻啊，這座奉天殿將是飛光流彩，燦爛輝煌。」

朱元璋打斷他：「說起輝煌二字，咱倒要問你個事了。」胡惟庸道：「請上位示下。」朱元璋道：「咱下過嚴旨，開國之初，民物匱乏，應當萬事從儉。築造宮殿禁用漢白玉石等物。剛才咱從奉天門過來時，卻看見一塊九尺多長的巨大玉料，這怎麼回事？」

胡惟庸微露得意之色，道：「哦，那塊玉料晶瑩剔透，極為難得。屬下已經令能工巧匠雕琢一塊九龍壁，預備鑲嵌在奉天門臺階上。」朱元璋嗔道：「你難道沒聽見，咱可是下過嚴旨！」胡惟庸竟然爭辯道：「稟上位，屬下接到旨意時，那塊玉料已經開採完畢，裝船起運了。如棄而不用，反而造成更大浪費。再者，屬下認為，奉天門既是宮門又是國門，應當莊嚴輝煌，天威昭然！大典那天文武百官、中外使節都將循奉天門入朝，他們從九龍壁兩旁經過時，定能感受到中華古國之深遠，新朝開元之天威！」

朱元璋聽得愜意，卻還是板著臉道：「抗旨是要砍頭的！」胡惟庸斗膽高聲道：「為振新朝天威，屬下就是掉了頭顱也值！」

朱元璋盯著胡惟庸看了一眼，輕輕道「說得好」。之後繼續前行。胡惟庸在後面拭汗跟隨，心跳了好久。

朱元璋走到一面宮牆前站住，看見面前一摞大磚。這些巨磚每塊都長二尺寬一尺。朱元璋問：

「這磚多少錢一方？」胡惟庸道：「均價三十六銅錢一方。」

朱元璋歎息細看：「三十六個銅錢？一方磚，夠普通農家半個月的吃用了！咦，惟庸啊，這磚面為何鍥著人的姓名、還有年月？」

朱元璋注意到，每塊磚的表面，都鍥有數行小字。

胡惟庸微笑道：「稟上位。開工之初，屬下發現各地上交的城磚或有缺損，或以次充優。屬下以為，築造宮城乃百年大計，萬不可馬虎。於是屬下定了規矩，責令各地窯廠每燒築一塊城磚，磚面必須鍥上磚匠的姓名、籍貫、年月，包括驗磚者的官職所在。如此一來，任何一塊磚出了問題，便可層層追查下去，從上到下誰也脫不了責任，嘿嘿，自從立了這個規矩，送來的城磚每塊都是上品了。」

朱元璋不禁大讚：「好規矩啊！為官者，做件好事容易。可要立一條好規矩，太不容易了！」

胡惟庸隱然自得道：「屬下是這麼跟他們說的，城牆要是開裂嘍，咱們當罰則罰，該殺則殺，誰也逃不掉！要是城牆千年常在，你們的姓名不也在城頭上光照日月，萬古長存嗎？」

朱元璋哈哈大笑，連聲重讚：「好、好！二虎，傳旨中書省，胡惟庸所定立的築磚鍥名規矩，要永遠延續下去，令全國各省、州、府、縣一體遵行！即使咱死後，後世之君也必須照此遵行！」

二虎應聲而去。胡惟庸激動地深深一揖，無言。

胡惟庸伴隨著朱元璋穿過一座月亮門，進入御花園。朱元璋四下打量著亭臺湖石，滿意地說：「不小嘛。哎，惟庸啊，闢一塊地方，給夫人修個菜園子。」胡惟庸以為自己聽岔了，問：「上位說什麼？」朱元璋放大聲音道：「咱讓你弄個菜園子，不然的話，夫人日後上哪兒種菜去？」

胡惟庸吃驚道：「稟上位。歷朝歷代，豈有在御花園裡開菜園子的規矩？這有損於天子尊貴呀！再者恕屬下斗膽，大典之後，夫人就是正宮娘娘了，母儀天下，種什麼菜啊？屬下萬死不敢從命。」朱元璋微笑道：「胡惟庸啊，你這人確實忠直敢言，甚至不惜以命抗旨，咱喜歡你這性子。不過，咱要提醒你一句：抗旨不能一抗再抗！花園竣工之日，如果沒有菜園子，就把你活埋嘍，給園子漚肥！」

胡惟庸大懼，顫聲道：「上位恕罪，屬下明白了。」朱元璋突然轉爲一臉歡笑，俯向一叢花木，叫道：「哎喲，這花眞漂亮，叫什麼名啊？」

胡惟庸一時竟轉不過彎來，半晌，急忙顫聲回答：「哦、哦！它叫金絲皇牡丹。」朱元璋誇獎：「漂亮，瞧著都舒服。惟庸啊！」胡惟庸趕緊應道：「屬下在。」朱元璋問：「還記得小明王嗎？」

胡惟庸愣了一下，說記得。

朱元璋淡淡道：「後天，大虎就要到滁州接駕，把小明王接到應天府來參加開國大典，這裡頭，咱有難言之隱哪！」

胡惟庸沉默了片刻，說：「屬下明白。」朱元璋低聲道：「有些話，咱不能跟大虎說，只能找個妥當的人告訴他啊。」

胡惟庸又沉默了一會，用穩重的口氣道：「稟上位，屬下自認爲是個妥當的人。」朱元璋默默注視他一會，愼重地說：「那麼，就勞你送送他吧。那些不好說的話，出城後再說。」

這件事情交代過後，朱元璋心裡像是一塊石頭落了地。晚上回內堂也比往日早，換上睡袍，手執一柄尺把長的「癢癢搔」，不時用它敲敲腿、搔搔肩背，口中還哼著幼年唱的那支《上朝廷》：

白麵饃，大燒餅，吃飽肚子上朝廷。
噯喲喲，上朝廷。朝廷擱著大燒餅。
吃他娘，喝他娘，光著屁股曬太陽。
噯喲喲，曬太陽。太陽出來暖洋洋。

他鬆鬆垮垮、搖搖擺擺地穿過廊道，將癢癢搔插在後脖子梗上，一腳跨進了內堂。耳邊忽然傳來冷嘲熱諷的聲音：「好得意喲！」

朱元璋扭頭一看，馬夫人端坐案旁。他憨憨笑道：「嘿嘿！得意！咱不得意誰得意嘛？」馬夫人又譏誚：「忘形了？」朱元璋嘿嘿嘿幾聲，「忘、沒忘形！」馬夫人教訓道：「這就對了，要當皇上的人，得意不能忘形！累不累啊？」

朱元璋落座，頓時大發感歎：「哎喲，可把咱累死了。打睜眼起，到現在就沒停過片刻！就連打陳友諒那時，咱都沒這麼累過！」馬夫人微笑：「不至於嘛！」朱元璋訴苦道：「開國在即了，外朝內廷、文武百官、天上地下多少事？樣樣都得咱操心！好不容易熬到了下朝，剛要回家，卻又被呂昶逮著了，非要咱去試裝。」

馬夫人驚奇地問：「你又不演戲，試什麼裝啊？」朱元璋得意地晃一晃大腦袋道：「皇上的龍裝唄！哎喲，金光閃閃的！從天靈蓋直鋪到腳後跟，什麼珍珠冕哪、雙龍佩哪、還有絲環束帶的十多件，樣樣都有講究！單那頂金玉皇冠，足有大半斤沉，看把咱腦門都箍出泡來了。唉，妹子！你不知道皇上還沒當呢，苦差事先就一大堆。真是苦不堪言啊！」

馬夫人吱吱笑道：「瞧把你得意的！劉伯溫不是早說過嘛，即使當了皇上，苦難也不會結束。」朱元璋嗔道：「甭挖苦，明兒就該你試裝了，你是皇后娘娘嘛。哎，對了！妹子，咱送你一樣東西。」

馬夫人朝朱元璋身上瞧：「什麼寶貝啊？」朱元璋得意地說：「菜園子！咱叫胡惟庸在御花園裡給你開了個菜園子，往後你沒事可以在那兒轉轉。」

馬夫人生氣地說：「我要菜園子幹嘛？還有，我幹嘛非在那兒轉悠？」朱元璋訝然：「種菜啊！哎，你不是喜歡種些瓜豆的嗎？」馬夫人噘噘嘴道：「那是以前！是叫你這個窮大帥給逼的！我不栽點種點，成嗎？開國以後，就有了朝廷。外朝歸你管，內廷歸我管，該我做的事多啦，我沒功夫上菜園子。」

朱元璋警覺地望望夫人，沉下臉道：「妹子，歷朝歷代都有個規矩，內廷不得干政！」馬夫人頓時惱火：「好你個朱重八！打天下那時怎麼就沒聽你這麼說？那時，你又叫我管兵器製作，又叫我管柴米油鹽，還有內政司、孤寡院、醫藥房，什麼事你都拽上我！恨不得我天天幫你『干政』！」

朱元璋見夫人揭短，發窘地撥弄著手裡的癢癢撓，道：「哎、哎，此一時彼一時嘛！」馬夫人大聲打斷他：「噢，還有呢！你帶著十八兄弟去定陽，誰留在濠州做人質？我！一個人孤苦伶仃，提心吊膽，生娃兒的時候，身邊一個親人都沒有！現在你做了皇上，腦門上扣著大金冠了，反倒塞給我一個菜園子，讓我種瓜種豆去！你是何居心？你還有良心沒有？」說著說著，馬夫人眼圈紅了。

朱元璋趕緊搖手告饒：「哎！哎！妹子，今兒累了，不跟你吵。要不這事，咱們以後慢慢商量？」馬夫人怒咻咻道：「不成！這事關係到我後半輩子呢，非說明白不可。要不，我後半輩子都得在菜園子裡轉悠！」

朱元璋沒料到如此善解人意的夫人也會多心了，心裡覺得有趣，半眞半假地逗她：「那依你，該怎麼著？」

馬夫人卻非同尋常地頂眞起來，鄭重其事道：「說了。外朝歸你，內廷歸我！包括所有皇子的教養，皇媳的選配，內宮官吏的錄用賞罰，都我說了算。此外，還有皇親方面的事務，你也得先問過我再下旨。其他事嘛！你等我想起來再說！」

這番話可是非同小可。朱元璋心裡稍稍吃驚，想了想，苦著臉開導：「妹子啊，你聽咱說。內廷不得干政，是關係到王朝長治久安的大事。而且這規矩也不是咱開頭，它從三皇五帝一直延續到如今，可謂千年不改，萬古長存！你、你怎能讓一個做皇上的，有事先問了你再下旨？你這就不是皇后了，是皇上他娘！太后！順便說一下，咱娘早死了。」

馬夫人忿忿道：「你甭拿規矩唬我！重八啊，我現在明白了，開國以後，咱倆之間先得立個規矩、定個章程。你要想安心治天下，先得家裡頭保太平。是不？」

這話正中肯綮。家事都管不好，怎麼做皇上啊？朱元璋不得不軟下來，沉吟道：「不錯。你且說你的主意。」

馬夫人得意地開顏一笑，道：「開國以後哇，你只管下旨，說什麼『內廷不得干政』之類的規矩。我呢，絕不反駁，可該我管的事仍然統統歸我，你也別多嘴！還有，朝廷上下的事務，但凡你在場面上說過了，我絕對維護你的龍威，絕對遵行你的聖旨！可只要進了這道家門，我想說什麼就能說什麼、想問什麼就能問什麼。你呢，不准用假話誑我，也不准仗勢欺人。總而言之，出了家門，你我同執一詞，內廷不得干政。可進了家門，你還是朱重八，我還是你妹子，你我之間無話不可說，無事不能談，偏就沒那朝廷規矩！」

朱元璋沒想到尚未開國，夫人就爲他定了這樣的規矩。眞是又好氣又好笑。但他心裡也不得不佩服夫人的聰慧明智。沉吟片刻，嘿嘿笑著調侃：「妹子，你這叫做欺君哪！堂堂一個皇上成了外當家，你要做內當家。」馬夫人一撇嘴，瞪著他理直氣壯地說：「這叫做內外有別。成不成啊？」

朱元璋對夫人不敢造次，笑道：「成、成！不但成，這規矩還蠻聰明的。」馬夫人追問：「定了？」朱元璋連聲道：「定了、定了！不過，這規矩只適用於你我之間，後世之君，可是學不得！」

馬夫人得意道：「那當然，你我是開國夫妻嘛，子孫們比不了。」

朱元璋執癢癢搔笑指馬夫人：「從來只有開國之君，沒聽說開國夫妻！」馬夫人笑：「從我這開始就有了。哎，累了吧？」朱元璋作勢軟軟地往下一癱，道：「早就累了。」馬夫人笑著上前：「要不要給你鬆鬆肩哪？」朱元璋忙道：「感情好！腰酸背疼的，都快散架了。來呀！」

朱元璋閉著眼坐在凳上等馬夫人鬆肩，口裡哼哼唧唧，「白麵饃，大燒餅，吃飽肚子上朝廷。噯喲喲，上朝廷，朝廷擱著大燒餅。」馬夫人卻輕步而出，須臾，換進來一個窈窕女子。她是倩兒。倩兒一身輕薄晚裝從屏風後步出，激動地望著朱元璋。片刻，她輕輕走到朱元璋身後，伸出纖纖玉指搭在他肩脖上，揉動起來。

朱元璋閉著眼兒，舒服地哼唧著《上朝廷》。忽然他抽了抽鼻子，嗅到一股異香，扭頭驚叫：「倩兒！」倩兒眼裡含淚，顫聲叫喚：「陛下。」

朱元璋激動地問：「你怎麼回來的？什麼時候回來的？」倩兒顫聲道：「昨天，夫人派人把我接回來的。」

朱元璋轉回頭，感動地沉默著。倩兒溫情地替朱元璋按摩肩膀。

燭臺上的紅燭鮮亮。那燭花正爆出輕微的劈啪聲。

窗外，天上的月亮又圓又亮，邊上有一圈淡紅的光暈。離月亮不遠不近的地方，有一顆特別亮的星星。馬夫人抬頭望著它們。她悠悠地聯想到，她的重八是月亮，那些圍繞他的女人是那圈淡紅的光暈。而自己呢，就是那顆亮亮的星星。她感動得直想流淚。她爲自己感動著。她從被月光照亮的空地上移過去，移到有樹影的暗地裡。她朝窗子裡看。出神地看著印在窗上的那對人影兒。漸漸地，兩人的身影親密地偎在了一起，她掉頭而去。

她孤獨地走入月光。月光在地上投下忽長忽短的身影。那是她的。她在心裡對她的重八說：重八啊，沒人比我更了解你。即使我不把她接回來，你心裡也撂不下她。與其那樣，不如我把她還給你。重八啊，古往今來的皇上，沒一個是好丈夫！我只盼望你能成爲一位明君，如果眞能成爲一代明君，那你就不會被一張玉榻迷了心竅！

國家圖書館出版品預行編目資料

朱元璋／朱蘇進著
一一版一臺北市：大地，2007〔民96〕
冊；公分.--（歷史小說；30）
ISBN 978-986-7480-74-3（全套：平裝）

857.7　　96004163

朱元璋（上下冊合輯）

歷史小說030

作　　者	朱蘇進
發 行 人	吳錫清
主　　編	陳玟玟
出 版 者	大地出版社
社　　址	114台北市內湖區內湖路2段103巷104號
劃撥帳號	0019252-9（戶名：大地出版社）
電　　話	02-26277749
傳　　真	02-26270895
E-mail	vastplai@ms45.hinet.net
公司網址	www.vastplain.com.tw
美術設計	洸譜創意設計股份有限公司
印 刷 者	普林特斯有限公司
一版一刷	2007年4月

大地

特　價：399元（上下冊不分售）